KB231405

이화한국문화연구총서 13

18세기 여성생활사 자료집 ❼

김남이 역주

보고사

이 역서는 2004년도 한국학술진흥재단의 지원에 의하여 연구되었음(KRF-2004-071-AS2018)

서문

　한국 사회에서 '여성'이라는 단어는 사회, 정치 같은 현실적 영역에서는 물론 학문 영역에서도 하나의 확고한 영역을 차지한 것처럼 보인다. 따라서 이제 여성과 관련한 주제는 일견 진부하거나 반복적인 것으로 여겨질 정도가 되었다. 그러나 정작 여성의 역사가 포함된 전체사는 여전히 부재하며, 각각의 학문 영역에서도 사정은 마찬가지이다. 근래 미시사에 대한 연구가 활발해지면서 일상사, 생활사 등 주변적인 영역에 대한 관심이 확대되었고, 여성사에 대한 관심도 증대되었다. 이러한 연구 경향은 그간 역사 서술에서 배제되어 왔던 여성, 소수자 등 주변적인 존재들의 일상과 경험에 대한 자료를 발굴하고, 이들의 목소리를 통한 새로운 역사 기술의 가능성을 보여주고 있다. 여성사는 과거를 전체적으로 파악할 수 있게 하는 시각을 제공해주기 때문이다. 중심이 아닌 주변, 주류가 아닌 소수자의 문제를 역사적인 맥락에 놓는 시각은 오늘날 여성의 문제나 소수자 문제에 대한 새로운 시각을 열어줄 수 있을 뿐만 아니라 과거에 대한 전체적이고도 완전한 파악을 가능하게 해줄 것으로 생각된다.

　이런 생각에서 여성생활사 자료 번역팀이 여성 관련 자료를 읽기 시작한 지도 7년이 넘었다. 그간 17세기 여성생활사 자료집을 출간했고, 이제 18세기 여성생활사 자료집을 출간한다. 이 책에 이어 현재 진행 중인 19세기 및 개화기 여성생활사 자료집이 번역 출간되면 양반여성생활 중심이라는 한계는 있지만 조선시대 여성생활사 연구에 든든한 기반이 될 것으로 생각된다. 물론 역사 자료 역시 한 개인이나 사회, 그리고 국가의 이념이나 무의식이 배어 있다는 점에서 결코 객관적이지도 투명하지도 않다. 그러나 그렇기 때문에 이 자료를 통해 남성 문사들의 여성에 대한 의식과 무의식, 이데

올로기를 더욱 구체적으로 다양하게 볼 수 있을 것이다. 이 점 또한 조선시대 젠더 인식을 이해하는 데 중요한 요소라고 생각한다.

이 책은 17세기 여성생활사 자료집에 이어 18세기에 생존했던 사대부들의 개인 문집에서 여성과 관련된 글을 뽑아 모아서 번역한 것이다. 이 책에 수록된 글의 작가는 140여명, 이들이 남긴 여성 관련 작품 수는 천 편이 넘는다.

이 책에 수록된 자료는 『한국문집총간』에 수록된 문집 가운데 1650년~1750년 사이에 태어나 18세기에 생존했던 남성 작가들의 문집 중에서, 여성을 대상으로 하거나 여성과 관련이 있는 산문 자료들이다. 여기에는 전(傳), 행장(行狀), 비문(碑文), 제문(祭文)·유사(遺事)·서발(序跋)·설(說)·잠(箴)·의(議)·애책문(哀冊文)·시책문(諡冊文)·혼서(婚書)·언행기(言行記)·부훈(婦訓) 등 다양한 장르의 글이 포함되어 있다. 이 자료집의 많은 비중을 차지하는 행장, 비문, 제문은 사람이 죽고 난 뒤에 쓰는 글로 글을 써주는 사람들도 친지들이거나 가족의 청탁을 받은 사람들이다. 따라서 죽은 이의 생애가 가감 없이 기록되었거나 정확한 평가가 이루어졌다고 기대하기는 어렵다. 죽은 이를 미화하고 칭송하기 위해 어느 정도의 선택과 배제의 과정이 있었을 것이기 때문이다. 이런 점에서 이 기록들은 일정한 한계를 갖는다. 그러나 동시에 이 기록들이 미화하거나 칭송한 부분들을 보면 당시 여성들을 어떤 규범이나 기준에 따라 평가했는지를 알 수 있다. 그런 점에서 이 자료들은 당시 여성의 일생에 대한 기록이면서 동시에 여성에게 요구했던 규범의 기록이기도 하다. 여성을 대상으로 한 시도 적지 않게 존재하고, 시도 여성 인식의 한 측면을 드러내고 있음에 틀림없지만 이 자료집에서는 일단 시는 제외하였다.

이 자료들의 내용은 시문을 읽고 쓰는 문학과 관련된 활동뿐 아니라 일상의 언어생활과 의복, 음식, 주거상의 생활 전반을 파악하게 해 주는 다방면의 생활사 원천 자료를 포함하고 있다. 이 자료들의 작가군에는 이의현,

이덕수, 박지원, 이덕무 등 18세기를 대표하는 학자와 문인들의 작품이 모두 포함되어 있다. 숙종대부터 정조대에 이르는 18세기는 전환기적인 시대로 정치, 문화, 예술 방면에서 다채로운 면모를 보여주는 것으로 평가되는 시기이다. 이 시기 여성 관련 자료는 이러한 시대적 분위기를 반영하고 있다. 직접적인 이유는 더 따져보아야 하겠지만 이전 시기에 비해 현격하게 여성을 대상으로 한 글들이 많이 쓰여졌고 장르 또한 다양해진 것을 볼 수 있다. 또한 여성에 대한 인식도 달라지고, 가족 속에서의 여성의 위상, 부부 관계, 친정과의 관계가 달라진 것을 볼 수 있다. 이러한 현상은 가족 제도의 변화와 같은 사회 구조적인 차원은 물론이고, 남성 사대부들의 여성 인식, 각 문학 장르에 대한 관점이 변화하던 것과 맞물려 있는 것으로 짐작된다.

이 책은 18세기 여성생활사 자료집이라는 제목으로 출간되지만 이 책에 포함된 자료들은 각각 작품으로서 완결된 형태를 취하고 있다. 따라서 각 작품을 번역, 주석하고 해제를 붙였다. 특히 해제를 통해 각 작품에서 대상으로 한 여성을 18세기 조선 사회의 가문이나 당시의 여성에 대한 이해와 관련하여 파악하고자 하였다. 대상 여성을 개별적으로 이해하기보다는 조선 사회의 맥락 속에서 파악하기 위해서이다. 이 자료들은 여성의 어문 생활, 여성과 가족 관계, 여성 노동, 서모나 유모 등 가족 주변부 여성의 삶, 딸에 대한 태도 등 여성 문학과 일상생활에 대한 다양한 내용을 보여준다. 이 자료들 가운데는 뛰어난 문학성을 인정받은 작품들도 포함되어 있다. 그러나 이 자료집에서는 문학성보다는 생활사 자료로서의 가치에 보다 주목하였다. 이 번역 연구가 18세기 여성사 및 생활문화, 여성문학사로 심화, 확대되고 그 문학적 가치까지 제대로 평가될 때 자료적 가치가 더할 것으로 생각된다.

이 책은 18세기 여성생활사 자료집이라는 제목으로 나가지만 자료 전체를 시간 순서로 배열하지는 않았다. 번역 문체나 스타일에 이느 정도의 통일성을 주기 위해 각 번역자들이 맡아서 번역한 자료들을 중심으로 책을 엮었기 때문이다. 그러나 각 권 안에서는 작가별로 시간 순서에 따라 자료를 배열하였다. 번역은 직역보다는 원문을 가능한 쉽게 풀어쓰려고 했다. 자료를 함께 강독하고 각자가 번역을 다듬는 방식으로 작업을 진행하면서 번역의 통일성을 기하고자 했으나 문장에 배여 있는 각 번역자의 개성은 숨길 수 없었다. 번역 또한 개성의 발현이요, 창작의 한 과정임을 인정할 수밖에 없다. 여전히 오역과 어색한 문장이 곳곳에 숨어 있을 것을 생각하면 책으로 내는 것이 두렵기만 하다. 다만 이 번역 작업이 조선시대에 존재했던 여성 개인을 만나고, 여성의 일상과 문화를 이해하고, 나아가 여성사를 재구하는 데 작은 도움이나마 되기를 바랄 뿐이다.

많은 분량의 원고를 선뜻 출간해주겠다고 하신 보고사의 김흥국 사장님과 오랜 시간 고생하신 편집부에 감사드린다.

역자들을 대신하여 김경미 씀

차 례

김창집

이관명

이건명

이만부

이재형

이의현

채팽윤

최창대

김춘택

일러두기

1. 이 책은 민족문화추진회에서 2000년에 간행한 『한국문집총간』에 수록된 문집 가운데 1650~1750년 사이에 태어나 18세기에 생존했던 문인의 개인 문집에 수록되어 있는 여성 관련 산문자료를 망라하여 번역, 해제한 것이다.

2. 각 권은 문인의 출생 연도별로 자료를 배열하였다.

3. 각 번역문 뒤에는 해당 여성 인물 및 자료 전반에 관한 이해를 돕기 위해 간략한 해제를 달았다.

4. 일반 교양인들도 쉽게 읽을 수 있도록 원문을 가능한 한 쉽게 풀어서 번역하는 것을 원칙으로 하였다.

5. 본문에 사용된 전문용어는 현대인들이 알기 쉬운 말로 풀어쓰는 것을 원칙으로 하였으며, 처음 나오는 관직명이나 인명, 지명, 관용구 등은 ( ) 안에 한자를 병기하였다.

6. 인물, 사건 등 설명이 필요한 부분은 번역자 각주로 처리하였으며 참고한 서적은 각주에 명시하였다.

7. 맞춤법과 띄어쓰기는 한글 맞춤법 통일안을 원칙으로 하였다.

8. 부호는 다음과 같은 원칙으로 사용하였다.

   - ( ) : 음이 같은 한자를 묶는다.
   - [ ] : 음이 다르거나 한글풀이에 대한 한자를 묶는다.
        예) 측실을 경계하는 글[戒側室文]
   - 【 】 : 원문의 세주

- " " : 직접 인용, 대화, 긴 인용문
- ' ' : 간접 인용, 강조, 짧은 인용문
- 『 』: 책 명
- 「 」: 편 명
- □ : 원문의 결자(缺字)

조덕린(趙德鄰) : 1658(효종 9)~1737(영조 13). 자는 택인 (宅仁), 호는 옥천(玉川), 본관은 한양(漢陽). 군(頵)의 아들. 동부승지에 이름. 1677년(숙종 3) 사마시에 합격한 뒤 1691년 증광 문과에 병과로 급제, 설서·교리·사간 등을 역임하였다. 1725년 노론·소론의 당론이 거세지자 당쟁의 폐해를 논하는 10여조의 소를 올렸다가 당쟁을 격화시킬 염려가 있다 하여 종성에 유배되었다. 70여 세의 나이로 3년간의 적거(謫居)끝에 1727년 정미환국으로 소론이 집권하게 되자 유배에서 풀려 홍문관 응교에 제수되었으나, 서울에 들어와 숙사(肅謝)한 다음 곧 고향으로 돌아갔다. 병으로 사직하고 세상에의 뜻을 버린 채 다시 환향하여 학문에 몰두하자 제자들이 모여들었다. 1736년 서원의 남설을 반대하는 소를 올렸고, 이후 노론의 탄핵을 받고 제주로 유배 가던 중 강진에서 세상을 떠났다. 저서로『옥천문집(玉川文集)』이 있다.

홍 열부 정문 후서
洪烈婦旌門後敍

내가 젊어서 홍 열부가 절개를 지키고 죽었다는 말은 들었는데, 열부의 뛰어난 절개가 어떤 내용인지는 잘 알지 못했다. 현자(賢者)들의 전기(傳記)와 여러 고을 선비들이 정열(貞烈)함을 자세하게 진술한 것을 읽고서야 놀라고 마음이 아파서 나도 모르게 눈물을 주르르 흘렸다.

열부가 돌아간 지 45년 되던 기유년[1729], 그 가문에 정표(旌表)를 하사한다는 특명이 내려지니 그의 질손(姪孫)[1]이 나의 말로 비석에 새기기를 청하였다. 내가 생각하기에 일의 본말을 자세하게 쓰는 것이 쉽지 않고, 게다가 지금까지도 사람들의 눈과 귀에 생생하게 남아 있는데 군더더기 말이 어찌 필요할가 싶었다.

무릇 홍씨가 몸을 단속하고 행실을 깨끗이 하기가 그와 같았는데 하루아침에 누명을 쓰니 누가 믿었겠는가. 이세중(李世重)[2]은 시아버지로서 항상 홍씨를 애지중지하였고 '효부'라 일컬으며 마을에 "우리 며느리의 행실은 『삼강행실(三綱行實)』에 실린다 해도 모자라지 않을 걸세."라 자랑하였으니 이미 그녀의 현숙함을 알고 있었던 것이다. 불행히도 못된 자식과 간교한 첩이 총애를 다투고 재물을 탐하여 계략을 써서 함정에 빠뜨린 것[3]은 그래도 그렇다 하거니와 서서히 파고들어 틈을 엿보며[4] 홍씨가 죽기를 기다리다가 참소한[5]지가 이미 오래되었는데도 움직일 수 없겠다 생각되자 도리어

---

1 질손(姪孫) : 조카의 아들. 형제의 손자. 종손(從孫).

2 이세중은 과부가 된 홍씨를 아끼고 사랑하며 집안일을 모두 맡겼다. 그러나 소실 김씨와 후처 소생 아들 명기 내외의 간교에 휘말려 홍씨를 오해하고 재판까지 벌이게 된다.

3 매얼(媒孽) : 죄를 짓게 유도하여 함정에 빠뜨림.

4 관흔(觀釁) : 틈을 엿봄.

필진(必振)⁶을 협박하여 거짓 공초하도록 맹세를 받았다.⁷ 그리고 정비(貞婢)의 손을 빌려⁸ 소장(狀)을 써 보내고 공문이 내려와⁹ 체포되자 그저 홍씨가 자결을 결행하여 오지 않게 되어서 하고자 하던 바가 이루어지기만을 바랐다.

그러나 홍씨는 변고를 듣고 옥으로 달려가서 하나하나 따져가며 밝혔고, 가슴과 배를 심문관[推官] 앞에서 드러내어 원통한 상황을 명백하게 보였다. 그러자 저들은 기가 꺾여 감히 한 마디도 늘어놓지 못하였다. 그들의 말¹⁰과 증거는 모두 근거 없는¹¹ 것으로 하나도 사실인 것이 없었다. 감춰졌던 속내와 비밀스런 자취를 모두 남김없이 드러내어 빙설(氷雪)과 같은 홍씨를 모독하였던 간악한 무리들이 죄를 자복¹²하였으니 얼마나 그 열렬한가!

열부는 감옥에서 나와서 심문관에게 편지를 써서 사례하고, 또 부모님께 올리는 편지를 썼다. 편지를 다 쓰고 목욕을 한 뒤에 옷을 갈아입었다. 등불을 밝히고 단정하게 앉아 여종이 깊이 잠들기를 기다렸다가 칼을 들어 자신을 찔렀는데 한번으로 죽지 않자 두 번, 세 번 찔러서 절명하였다.

고을 사람이 목이 메어 비통해 하며 태수(太守)에게 달려가니 태수가 나와 앉아 눈물을 흘리며 "지난 번에 보니 홍씨가 기어이 죽을 것 같았다."고 하였다. 병마사(兵馬使)¹³는 장례 물품들을¹⁴ 마련하여 주었고, 고향 사람이

---

5 침윤(浸潤) : 젖음, 은택을 널리 베풂, 또는 물이 스며드는 것처럼 사람들이 참소하는 말을 차츰 믿게 됨, 혹은 참소하는 말.

6 명기 일파가 홍 열부가 간통한 것으로 얽었던 필양의 형. 필양과 홍씨의 간통을 거짓으로 증언하게 하고 그 일을 누설하지 않겠다는 서약서를 쓰도록 했다.

7 겁맹(劫盟) : 위협하여 맹세하게 함.

8 자수(藉手) : 남의 손을 빌림.

9 발관(發關) : 상부에서 공문을 내려 보내는 것. 또는 그 공문.

10 유사(游辭) : 과장되고 실속이 없는 말.

11 백찬(白撰) : 근거 없는 의론.

12 복고(伏辜) : 죄를 스스로 시인하고 벌을 받음. 복죄(服罪).

13 이재(李哉)가 쓴 「홍열부전」에는 병마사 최숙(崔橚)이라고 되어 있다.

14 상구(喪具) : 장례 때 쓰이는 관곽(棺槨), 수의 등의 제구(祭具).

글을 지어 여러 고을에 보내니, 멜꾼[擔丁]을 보내어 그 상여를 호송하게 하였다고 한다.

옛사람이 "강개하게 죽는 것은 쉽지만 조용하게 의리를 실천하기는 어렵다."고 하였다. 만약 홍 열부가 변고를 듣고 자결해 버렸다면 이것은 첩이 자결한 것과 무엇이 다르겠는가! 명기(命麒)[15] 등은 암암리에[16] 모함하여 일을 꾸며서 옥사(獄事)를 일으키고, 뱃심도 좋게 "간통한 자가 죄를 자복[17]하였고[18], 정비(貞婢)[19]가 불려가 진술을 하였네. 아무리 빙옥(氷玉)과 같이 결백하다 해도 피할 길이 없고[20] 모욕이나 당하게 될 뿐이라. 낭자께서는 스스로 계책을 세우길 바라오."라 하였다. 그러나 홍씨는 의연하게 관리에게 가서 체포되어 옥에 갇혀 갖은 수모를 겪었다.[21] 그러면서도 그 마음에 어찌 일찍이 순간이라도 죽음을 잊었겠는가! 죽음을 결단하여 커다란 수치를 씻고, 이름을 후세에까지 전하였구나. 슬프도다!

태사공(太史公)이 말한다.

죽음이 어려운 것이 아니라 죽음에 대처하는 것이 어렵다.[22] 홍씨는 시아버지와 송사를 벌이면서 단 한 마디도 시아버지에 대해서는 언급하지 않았다. 그리고 때로 맛있는 음식이 생기면 반드시 시아버지가 있는 곳에 보냈다. 심문관과 부모님께 올린 편지에서도 "시아버지의 목숨을 살려 주어 시아버지에 대한 며느리의 도리를 온전하게 하여 죽어서 남편의 얼굴을 바로

---

15 홍씨의 이복 시동생.

16 암담(黯黮) : 밝지 않은 모양.

17 수복(首服) : 죄를 자수함.

18 홍씨가 신필양이라는 인물과 간통했다고 모함했다.

19 홍씨의 여종 정심(貞心)을 칭하는 것으로 보인다.

20 무사(無辭). 사(辭) 사양하다, 받지 않다.

21 도탄(塗炭) : 몹시 곤란한 지경, 더러운 곳.

22 사마천 『사기』 열전 21 「염파·인상여열전」 "太史公曰 知死必勇 非死者難也 處死者難 方藺相如引璧睨柱 及叱秦王左右 勢不過誅 然士或怯懦而不敢發 相如一奮其氣 威信敵國 退而讓頗 名重太山 其處智勇 可謂兼之矣"

볼 수 있게 해 달라"고 빌었다. 죽을 시간이 닥쳤을 때에도 지조를 바꾸지 않았고, 변고를 당하고서도 정도(正道)를 잃지 않아 효와 의리 두 가지를 다 하고, 절개와 행실이 모두 깨끗하였다. 그가 조용하게 죽음을 결단함에 의연하기가[23] 이와 같았으니 어찌 비분강개하여 부질없이 죽은 것이겠는가!

홍만제(洪萬濟)는 열부에게는 사촌 오라버니가 되는데 평소에 효도와 우애로 알려졌다. 열부를 따라 가서 시종일관 곁을 떠나지 않았고, 옥문 밖에서 지내면서 의식(衣食)[24]을 때에 맞추어 해주고 곤액(困厄)을 함께 겪었으며 마지막에는 열부의 시신을 지고 돌아왔다. 여종 정심(貞心)은 혼자 이씨 집에 남아서[25] 협박과 유혹을 당했지만 바른 말[26]로 발분하여 모함자들을 꾸짖는 것으로 주인의 원한을 풀었다. 관청 뜰에서 심문을 당하여 양쪽 무릎이 다 문드러졌지만 시종 한결같은 말로 그것이 모함임을 밝혔다. 위급할 때 돕는 의리[27]와 주인을 위해 목숨을 바치는 충성이 찬란하게 드러났으니 도리로 마땅히 덧붙여 기록해 두어야 할 것이다.

아아! 열부가 세운 절개가 이와 같이 높고 높으니 선비들이 일제히 부르짖어 사신(使臣)[28]이 사장(事狀)을 조정에 올렸다. 그때에 태수(太守)가 전(傳)을 지었으며 또 과거(科擧)의 시제(試題)에도 넣었다.[29] 그러더니 열부가 죽은 지 오래되었는데 비로소 정려(旌閭)를 세우라는 은전(恩典)이 내려져 죽은 영혼을 위로할 수 있게 되었다. 절의(節義)라는 이름을 요행으로 바라지 않았으나 결국 드러났고, 마침내 '열부'가 되었으니 어찌 이런 이름이 있기를 바란 것이겠는가! 그러나 열부를 포상한 것은 권계하기 위해서이다. 한

---

23 낙락(落落) : 낙락(磊落). 웅장하고 위대한 모양.

24 탁전(橐饘) : 의복을 넣는 주머니와 죽, 전하여 의식(衣食).

25 열부 홍씨가 친정에 돌아가면서 유모의 아들 호경과 여종 정심을 집에 남겨 놓았다.

26 항사(抗辭) : 고상한 말, 심오한 언론. 엄격한 말.

27 급난(急難) : 매우 다급한 곤란, 어려움을 급히 해결해 줌.

28 도신(道臣) : 사신(使臣).

29 과거(科擧)의 시험 문제로 내도록 했음을 말한다.

사람을 포상함으로써 천백(千百)의 사람이 권면 받게 되니 그가 풍속 교화
에 보탬이 되는 것이 어찌 얕고 적다하겠는가! 내 말이 열부의 중한 행실을
어찌 다 표현하겠는가. 다만 기록하여 지나가는 자들이 본받고, 감동하고
사모하여 흥기되는 바가 있었으면 할 뿐이다.

열부는 번성한 가문인 남양 홍씨로서 영의정에 추증된 당성부원군(唐城府
院君) 홍세공(洪世恭)의 현손(玄孫)[30]이다. 아버지 이원(爾遠)은 삼가고 신중하
여 품행과 도의가 있었다. 열부는 어렸을 때부터 효도하고 공경하며 선량하
고 온순하였다. 임자년[1672]에 진천(鎭川) 사람 이명석(李命奭)에게 시집가니
바로 이세중의 전 부인의 아들이고, 명기(命麒)·명린(命麟)은 후처 소생이
었다. 열부가 시집간 지 얼마 못 되어 명석이 죽으니 열부가 따라 죽기를
맹세하였으나 죽지 못하였다가 끝내 변고를 만나 죽었으니 실로 명릉[肅宗]
11년[1685] 5월 모일(某日)이다.

해제 홍 열부(?~1685.5)는 이명석(李命奭)의 아내로, 홍이원(洪爾遠)의 딸이다.
남편 사후 집안의 재산권과 입후권을 행사하던 중 시집 식구들의 정절 모
해를 당하자 당당하게 자신의 결백을 밝히고, 자결했다. 홍씨는 자신이 다른 남자와
사통하여 아기를 낳았다는 정절 모해에 맞서 재판을 걸고 만인 앞에서 옷을 벗어
자신이 처녀임을 보여 결백을 증명하고 자결하였다. 이재(李栽, 1657~1729)의 「홍
열부전」·이시선(李時善, 1625~1715)의 「열녀홍씨전」도 모두 홍 열부를 대상으로
한 글인데, 홍 열부가 시부모에 대한 효와 남편에 대한 열(烈)을 모두 훌륭히 지켰
다는 점을 칭송하지만 사건의 핵심이 되는 시댁의 가족 문제에 대해서는 직접적인
언급을 하지 않았다. 홍씨는 가부장적 사회에서 여성에게 치명적일 수밖에 없는 정
절 모해라는 상황에 맞닥뜨려 자신의 결백을 당당하게 증명했다. 그러나 종당에는
자결을 통해 자기 결백과 정체성을 절규할 수밖에 없었던, 가부상석 이데올로기의
권력과 파장이 빚은 여성의 비극적 삶을 극명하게 보여주는 인물이다.

---

30 현손(玄孫) : 손자의 손자. 고손(高孫).

아내 공인[31] 권씨 제문
祭亡室恭人權氏文

당신은 마음이 따뜻하며 순수하였고, 행동은 안돈하며 온화하였소. 나이 스물 둘에 나에게 시집와서 시부모를 섬김에 공경하고 예의가 있었으며, 나를 대함에는 순종하며 어김이 없었지요. 동서[32]들로부터 친척, 마을 사람들이 모두 진심으로 믿고 따르며 흠잡는 말이 없었소. 내가 젊어서 과거(科擧) 공부를 했지만 오래도록 뜻을 이루지 못하다가, 당신이 고달프게 일하며 권면함에 힘입어 만년에 뜻을 이루었건만 하루도 섬기고 기르는[33] 즐거움을 함께 하지 못하고 당신이 죽었구려. 아아! 그 얼마나 안타까운지, 또한 얼마나 슬픈지!

당신은 어려서 아버지를 잃고 외가의 학사(鶴沙) 김 선생[34]의 집에서 길러졌지요. 당신은 자질이 아름답고 또 모범적인 가르침에 감화되어 행동과 말이 모두 예의와 법도를 따랐었소. 내 나이 젊을 때에 성질이 거칠고 사나워서 일이 내 뜻대로 되지 않으면 번번이 쉽게 화를 내고는 했지요. 당신은 곁에서 내 뜻대로 굽혀 따르며[35] 허물을 용납하고 일을 받들면서[36] 조용하게 경계하였는데[37] 그 말과 뜻이 간절하고 진심을 다한지라 내가 부끄러워져 사과하기에 바빴지요.

---

31 공인(恭人) : 5품 문무 관원의 부인에게 주는 칭호.

32 제이축리(娣姒妯娌) : 동서.

33 사육(事育) : 부모를 섬기고 자식을 기름.

34 학사(鶴沙) : 김응조(金應祖, 1587~1667). 본관은 풍산.

35 위곡(委曲) : 자신을 굽혀서 따름.

36 승영사과(承迎事過) : 승영(承迎)은 영접함, 대접함. 사과(事過)는 허물이나 과실.

37 규절(規切) : 규계(規戒). 바르게 경계함.

내가 과거에 응시하려고 성균관에 들어간 지[38] 모두 10여 년에 한 해도 빠짐없이, 어떤 때는 한 해에 두 번도 갔고, 한번 가면 혹은 대여섯 달씩 머물면서 돌아오지 않기도 했었지요. 우리집이 본래 가난하여 그 비용과 여장을 마련할 수 없었소. 당신은 힘이 모자라고 몸이 고달파 갖추어야 할 것을 감당하지 못하였지만 밤낮으로 애를 쓰며 한번도 비난하는 말이나 어려워하는 기색이 없었소.

경오년[1690]에 형님이 과거에 급제하셨고[39], 나도 이듬해 과거에서 급제하였소.[40] 이때부터 내가 매년 한양으로 가서 일 년이면 집에 있는 것이 겨우 서너 달이었지요. 벼슬한 선비로서 관복을 마련하는 일이 이전에 비하여 배나 어려워지니 당신은 굶주림과 고달픔을 참아가며 밤에도 눈을 붙일 수가 없었지요. 내가 매번 위로하며 "아픈 데는 없는지. 어찌하여 스스로를 이같이 고달프게 하는 거요?"하면 당신은 "가난한 선비의 아내에게 이것은 항상 하는 일일 뿐일진대 어찌 감히 힘들다 하겠습니까. 하물며 덕석의 지경[41]을 면하였음이겠습니까?" 하였소. 내가 때로 가만히 칭송하고 감탄하였지만 그러나 그 말에 담긴 슬픔은 알지 못하였소.

얼마 안 되어 내가 임신년[1692] 섣달 전최(殿最)[42]에 가야 했는데 당신의 출산 또한 섣달이었지요. 11월에 당신이 주천(酒泉)[43] 친정으로 먼저 가고 나는 당신보다 10여 일 뒤에 행장을 꾸려 한양으로 가는 길에 당신을 주천에서 만나 '올해 안에 돌아와 당신을 볼 것'[44]이라 하고 헤어졌지요. 한양에

---

38 유반(遊泮) : 고대에 학궁(學宮) 앞에 반수(泮水)가 있어 학궁을 반궁이라 일렀음. 명청대에는 생원(生員)이 된 것을 유반이라 하였다.

39 외과(巍科) : 이과(嵬科). 고제(高第). 과서 시험에서 우수한 성적으로 합격하다.

40 조덕린은 1691년 증광 문과에 병과로 급제하였다.

41 우의(牛衣) : 덕석. 추울 때 소의 등을 덮어 주는 옷. 가난한 생활, 가난한 선비.

42 전최(殿最) : 원래 전최는 고과(考課)에서의 최하점과 최고점, 전하여 군공이나 전적을 평가하는 것. 여기서는 과거 시험을 뜻하는 듯하다. 조덕린은 1691년 증광 문과에 급제하였다.

43 지금의 강원도 영월 지방.

도착하여 형님을 뵙고 한양에서 형님이 계실(繼室)을 얻는 일을 의논하였는데 그때가 섣달 하순이었소. 내가 머물면서 어찌하지 못하고 있던 차에 형님이 병환이 나고 하루하루 병이 깊어지더니 결국 계유년[1693] 정월 15일에 돌아가셨소. 황망한 중에 슬피 부르짖으며 새로 장가드신 처가에서 초상을 치르고 2월에 관을 모셔 남쪽으로 돌아가려던 참이었지요. 그런데 조금 있다가 기천(基川) 황 상사(黃上舍)가 부음을 전하는 편지를 갖고 와서 당신이 정월 15일에 출산을 했는데, 16일에 천연두에 걸려 20일에 돌아갔다 했소. 이 무슨 말이오! 이 무슨 말이오! 하늘이 우리 집안에 재앙을 내리심은 어찌 이처럼 유독 치우치고 또 가혹한 것이오!

　생각으로는 내가 서둘러 달려 와서 곡(哭)을 해야 하지만 형님의 관이 천리 밖에 있는데 내가 돌아가 버리면 누가 형님 관의 상여 줄을 당기겠나 싶었소. 그래서 눈물을 흘리며 머물면서 출발할 시기를 기다렸소. 형님의 관을 모시고 동쪽으로 출발하여 고생 끝에 고개를 넘자마자 형님 초상을 받들러 온 친지에게 맡기고 한 필 말로 서둘러 달려 주천에 있는 당신의 관을 찾아 왔소. 텅 빈 골짝에 해는 저물었는데 사립문은 오래도록 잠겼고 초상에[45] 상주가 없으니 외로운 당신 영혼이 오래도록 굶주리고 있었겠소. 불러도 대답 없고 술을 부어도 일어나지 않으니 사람이오, 귀신이오! 누가 당신을 이리 되게 하였소! 우리 형제가 연달아[46] 과거에 급제하니 영광이요, 부모가 모두 살아 계시고 형제가 무고(無故)하니 즐거움이라, 이제 복이 넘치려 하는데 재앙이 뒤따라 이 지경이 되었구려!

　내가 과거에 급제하지 않았다면, 벼슬 한 자리 차지하지 않았다면[47], 당신이 아직도 살아 있을 수 있었을까? 불행하게 죽지 않고 여전히 서로를

---

44 진세(趁歲) : 해가 다 참.

45 향화(香火) : 자손이 조상의 제사를 받드는 일. 제사.

46 접무(接武) : 두 발의 앞뒤가 서로 닿을 정도의 잔걸음. 전후기 이어짐, 계승함.

47 일명(一命) : 낮은 벼슬. 주(周)의 관계(官階)가 일명(一命)에서 구명(九命)이었다.

지키며 살다가, 죽어서야 이별하게 되었다면 당신이 눈을 감지 못하는 한을 품지 않았겠고, 나도 한없는 애통함을 품지 않았을 것이오.

아아! 슬프오. 내가 당신과 부부가 된 지 16년이고 달로 따지면 실제로는 14년인데, 과거시험에 응시하고 관직을 얻느라 밖에 있었던 것을 빼고 나면 그 중에 한 집에서 같이 산 것은 14년 중에 5·6년에 불과하오. 나약하고 게으르게 살아가면서[48] 자식은 또 많아서 입을 것도, 먹을 것도 없으니 배고프다 울고 춥다 호소하는 지경을 면치 못하였소. 그런 세월에 편안하게 지냈던 것은 5·6년 중에 또 하루도 없소. 그런데 당신이 홀로 지내는 처지[49]를 달래며 고생을 감내한 것은 그저 내가 일개 우재(郵宰) 벼슬이라도 얻어 위로 부모님을 봉양하고 아래로 자식들을 기르며 그런 백 년 세월이 우리 앞에 남아 있으리라 여겼기 때문이지요. 만약 이리 될 것이었다면 저런 부질없는 영화와 보잘것없는 벼슬을 어찌 당신과 같이 하는 하루의 즐거움과 바꾸었겠소!

아아! 슬프오. 당신은 기질이 맑고 약했지만 평소에 건강하여 병이 없었기에 이렇게 갑자기 떠날 줄 몰랐소. 그런데 해산한 지 하루 만에 천연두에 연이어 걸렸으니 아무리 편작·창공과 같은 명의(名醫)[50]라도 손을 놓고 어찌 하지 못하였을 것이오. 딸마저도 일찍 죽고 젖먹이도 자라지 못하였으니 비통하고 비통하오.

아아! 당신의 부음을 들은 다음날 주천(酒泉)의 아전이 당신이 두 번에 걸쳐 쓴 편지를 가지고 왔으니 바로 정월 4일과 14일에 쓴 것이었소. 편지에 다른 말은 없고 오직 당신과 딸아이에게 천연두가 시작되어 피신하는 모습

---

48 자유(呰窳) : 힘은 모자라고 재주는 줄어듦. 또는 몸이 약해져 게을러짐.

49 이광(離曠) : 남편이 집을 떠나 부인이 홀로 거하는 것. 『공자가어(孔子家語)』「치사(致思)」 "室家無離曠之思 千歲無戰鬥之患"

50 편창(扁倉) : 춘추(春秋)시대의 명의(名醫) 편작(扁鵲)과 한(漢) 문제(文帝) 때의 명의 창공(倉公).

을 실로 곡직하게 써놓았고, 그 말미에다가 "너무 많이 놀라지 마시고, 날이 추우니 섣불리 나오지 마세요."라 하였지요. 생각해 보니 당신이 이 편지를 보낼 때는 집에 있으며 천연두에 걸려 나았는데, 겨우 나았다가 또 천연두에 걸리면서 당신 스스로가 필시 병에서 헤어나지 못할 것임을 알았던 것이지요. 죽음을 면치 못할 것임에 당신도 죽음을 스스로 운명이라 여기며 편지의 말은 슬픔을 누르고 오로지 내가 놀라서 추위를 무릅쓰고 나서다가 몸을 상하게 될까 그것만을 걱정하는 것이었소. 당신의 현숙함과 어진 마음을 더욱 알 수 있으니 더욱 슬프오.

아아! 당신이 나를 이처럼 지극히 염려했는데 당신이 병든 것을 나는 알지 못하였소. 당신이 죽는 것을 나는 보지도 못했고, 부음을 듣고도 내가 바로 돌아가 곡을 하지 못하였소. 당신이 만약 지각이 있다면 아마도 나를 비정하다 할 것이오. 다 그만 둘 것이오. 그만 둘 것이오. 다시 무슨 말을 하겠소. 다시 무슨 말을 하겠소.

아아! 당신을 묻은 영가(永嘉)[51] 땅은 주천과는 30리로 가깝지만 여기서는 100여 리 먼 곳이오. 당신이 한번 가서 돌아오지 못하고 끝내 타향의 혼백이 되었으니 사람의 마음으로 참기 어려운 것임을 어찌 모르겠소. 그러나 묏자리가 본래 길하다 하는 곳이니 혹이라도 당신의 영혼이 편안할 수 있을 듯하오. 또 무덤 오른쪽에 한 곳을 비워 훗날 내가 따라 묻힐 곳으로 삼았소. 산 아래에 밭을 마련하여 아들 하나에게 주고 살게 하려 하니 당신이 외롭게 의탁할 곳이 없지는 않을 것이오.

옛사람이 '시집가서 아들을 낳는 것은 여인의 경사'라 하였는데 당신은 아들 셋을 낳았소. 장성하게 된다면, 그 재주와 용모를 헤아려 볼 때, 남보다 못하지 않을 것이니 또한 스스로 위안이 되지 않을지.

아아! 내일이 바로 당신의 재기(再期)[52]요. 전에 장례를 지내면서 소기(小

---

51 영가(永嘉) : 경북 안동의 옛 이름.

期)[53]가 되면 글을 지어 비통한 심정을 대략이나마 말하려 했었소. 그런데 장례 때에는 갑작스러워서 겨를이 없었고, 소상 때에는 또 병이 들어 짓지 못하였구려. 어느덧 오늘이 되어 궤연(几筵)[54]을 거두게 되었소. 끝끝내 지체하다가 아무 말도 않는다면 산 자나 죽은 자 모두 끝없는 한이 되겠지요. 그래서 당신을 위해 한두 마디 하오. 말은 끝나지만 마음은 다하지 못하였으니 영령이여, 어둡지 않다면 내 깊은 마음을 살펴 주시오.

해제 공인 권씨(?~1693.1.20)는 조덕린의 초배(初配)이자 안동 권수하(權壽夏)의 딸이다. 조덕린과 1677년(숙종3) 혼인하여 3남 1녀를 두었는데 해산을 하러 친정에 갔다가 천연두에 걸려 세상을 떠났다. 아들은 희당(喜堂)·희상(喜常)·희상(喜尚)이며, 딸은 이원봉(李元鳳)에게 시집갔다. 조덕린은 학업과 관직을 위해 대부분 집을 비웠고, 그 동안 외로움을 달래며 살림을 꾸려 남편의 학업과 관직 생활을 뒷바라지한 헌신적인 아내이다. 생활을 위해 상당한 노동에 시달렸던 데다, 해산 끝에 전염병에 걸려 세상을 떠난 고달픈 여성의 삶이 담겨 있다.

---

52 재기(再期) : 삼년상. 이주년. 대상(大祥)을 지내고 상기를 마치게 된다.
53 소기(小期) : 소상(小祥). 사람이 죽은 지 일 년 만에 지내는 제사.
54 궤연(几筵) : 죽은 이의 혼백이나 신주를 모셔 두는 곳. 궤는 제물을 담는 그릇, 연은 제석.

아내 공인 강씨 제문
祭亡室恭人姜氏文

　　내가 비파와 거문고를 연주하였는데 진실로 화합하던 짝을 잃었구려. 귀신이 집에 이르니 이렇듯 원통한 일을 당하였네. 나는 당신을 허물한 적 없건만, 당신은 어찌하여 나를 미워한 거요. 불행히도 저버리고 떠나니 때에 맞춰 장례와 제사를 지내오. 작년 동짓달에, 나는 북쪽으로 쫓겨 갔었소[55] 가는 도중에 제삿날을 당하니 눈보라 속에서 눈물을 뿌렸었지요. 여관에서 빈 신위에 곡하고[56] 상복을 벗었다오. 시작부터 끝까지 은애가 어긋나니, 생사(生死)가 비통하구려. 제삿날은 다시 돌아왔건만, 나는 아직도 돌아가지 못하였다오. 궁벽하고 거친 먼먼 변방에 두 아들도 와서 의지하고 있소. 고향에서 오늘 비록 제사를 지내나 상주가 없구려. 몸은 흙으로 돌아갔어도 혼은 가지 못하는 곳이 없겠지요. 만리에서 혼백을 생각하며 고기와 나물을[57] 차려 놓았소. 먼 곳도 없고 가까운 곳도 없으니 정성이 있으면 신령이 이를 것이요, 제사도 통할 것이오. 글을 지어 스스로를 위로하거니 혼백이여 나와 어긋나지 말고, 내 진심을 살펴 주시오.

> **해제** 공인 강씨(?~?)는 조덕린의 계배(繼配)이며, 진산(晉山) 강필명(姜必明)의 딸이다. 조덕린과 혼인하여 자식을 두지는 못하였다. 조덕린은 65세가

---

[55] 1725년(영조 1) 노론·소론의 당론이 거세지자 조덕린은 당쟁의 폐해를 논하는 10여조의 소를 올렸다가, 당쟁을 격화시킬 염려가 있다 하여 종성에 유배되었다가 3년 만에 70여 세의 나이로 풀려났다.

[56] 곡림(哭臨) : 원뜻은 임금이나 후비(后妃)의 상에 신하들이 시간을 정해 일제히 모여 곡을 하는 것.

[57] 효소(肴蔬) : 각종 고기와 채소 요리.

넘은 노년에 유배를 당했는데, 그 시절에 아내인 공인 강씨가 세상을 떠났던 것으로 보인다. 먼 객지 여관에서 빈 신주를 모셔 놓고 제사를 지내는 처연한 심경, 그리고 자식을 두지 못해 먼 고향에서 상주도 없는 제사를 받을 외로운 아내의 영혼에 대한 안타까움이 담겨 있다.

공인 홍씨 묘갈명 병서

恭人洪氏墓碣銘 幷序

공인은 홍씨이니 남양(南陽)의 번성한 성씨이다. 고조 홍가신(洪可臣)[58]은 선비의 학술로서 선조(宣祖) 때에 현달하였고, 홍주의 목사로 있으며 간악한 도적을 토벌하여 정난(靖難) 공신에 책록되고, 영원군(寧原君)에 봉해졌다. 벼슬은 형조 판서에 이르렀고, 시호는 문장(文莊)이며, 호는 만전(晩全)이다. 증조 영(榮)은 한성부 서윤(庶尹)[59]을 지냈고 이조 판서에 추증되었다. 판서공[홍영]에게 아들 셋이 있었는데 장남 우정(宇定)[60]은 공조 좌랑(佐郎)을 지냈고, 막내 우원(宇遠)[61]은 이조 판서를 지냈다. 좌랑공[홍우정]은 우뚝하게

---

58 홍가신(洪可臣) : 1541(중종 36)~1615(광해군 7). 자는 홍도(興道), 호는 만전당(晩全堂)·간옹(艮翁)이다. 아버지는 온(昷), 어머니는 신윤필(申允弼)의 딸이다. 민순(閔純)의 문하에서 수학하였다. 1567년(명종 22) 진사시에 합격, 1571년(선조 4) 강릉 참봉(康陵參奉)이 되었을 때 뛰어난 재주를 인정받아 예빈시주부(禮賓寺主簿)에 특진되고 이어 형조좌랑·지평을 거쳐 1584년 안산군수를 지냈다. 1594년 홍주목사로 부임하였는데, 1596년 이몽학(李夢鶴)이 반란을 일으키자 민병을 규합하여 난을 평정하였다. 이에 1604년, 이몽학의 난을 평정한 공으로 청난공신(淸亂功臣) 1등에 책록되고 1605년 영원군(寧原君)에 봉하여졌다. 『만전집』과 『만전당만록』이 있다.

59 서윤(庶尹) : 종 4품의 관직.

60 홍우정(洪宇定) : 1593(선조 26)~1654(효종 5). 자는 정이(靜而), 호는 두곡(杜谷)·계곡(桂谷), 이조 판서에 추증되고, 시호는 개절(介節)이다. 1614년(광해군 6) 진사가 되었으나 1616년 장인 해주목사 최기(崔沂)가 해주옥사의 역적괴수로 몰려 처형되자 이에 연루되어 천안에 부처되었다가 병이 중하여 석방되었다. 1623년 인조반정으로 모든 것이 무고로 드러났으나 이어서 1636년(인조 14) 병자호란으로 오랑캐에게 수모를 당하자 태백산 속에 은거하매, 영남인사들은 숭정처사(崇禎處士)라 칭하였다. 그 절의(節義)의 탁월함이 조정에 알려져 태인현감·공조 좌랑·사부(師傅) 등을 제수하였으나 나아가지 않았다. 저서로는 『두곡집』 5권이 있다. 1820년(순조 20).

61 홍우원(洪宇遠) : 1605(선조 38)~1687(숙종 13). 자는 군징(君徵), 호는 남파(南坡), 시호는 문간(文簡)이다. 1645년(인조 23) 별시 문과에 병과로 급제하였다. 1654년 강빈(姜嬪: 昭顯世子嬪)옥사의 허위임을 직언하다 장살(杖殺)당한 황해도관찰사 김홍욱(金弘郁)의 신원(伸

뛰어난 절개가 있었고 문장 또한 높았다. 병자년[1636]에 소백산 아래로 피난하였으며, 임금이 불러도 나가지 않고 이름난 산천을 방랑하며 시를 지어 읊으니 사람들이 그 시를 암송하여 회자하면서 마치 그 사람을 본 것처럼 여긴다. 판서공[홍우원]은 청렴함으로 이름이 났고 절개가 곧았으며 덕행과 문장은 선비들 중에 으뜸이었으니 세상에서 남파(南坡) 선생이라 일컬어진 분이다. 좌랑공[홍우정]의 아들 극(克)은 장흥고(長興庫) 직장(直長)[62]을 지냈는데 또한 굳세고 절개가 있었으니 부친의 풍모를 이어받았다. 미수(眉叟) 허 선생[63]이 일찍이 그가 걸출하게 뛰어난 기개가 있음을 칭송하며 조정에 천거하였다. 청송 심씨 진사 심담(沈紞)의 딸에게 장가들어 장릉[인조] 정해년[1647] 2월 모일에 공인(恭人)을 낳았다.

공인은 어려서부터 안돈하고 정숙했으며 자라서는 더욱 효도하고 근신하였다. 몸소 물 긷고 절구질하여 매우 부지런히 부모를 봉양하면서 (부모의 뜻을) 어기거나 거스른 적이 없으니 부모가 공인을 사랑하였다. 배우자를 골라[64] 나이 20세에 문소(聞韶) 김태중(金台重)[65]에게 시집보냈다. 직장공[홍극]은 그들이 가난함을 안타깝게 여기고, 또 스스로 공경하고 삼가하며 부모에게 근심을 끼치지 않음을 마음으로 어질게 여겨 특별히 여종 한 명을 주는 것으로 칭찬해 주었다.[66] 얼마 되지 않아 나중 들어 온 시어머니의 상

寃)을 주장하다 파직당하였다. 1659년(현종 즉위년) 복직되어 공주목사·사인·장령을 거쳐, 1663년 다시 수찬이 되어 조대비(趙大妃 : 仁祖繼妃慈懿王后)의 복상문제로 유배된 윤선도(尹善道)의 석방을 주장하다 파직당하였다. 학문이 고명(高明)하고 성품이 직절(直節)하다 하여 파직되었을 때마다 조정에서는 서용할 것을 국왕에게 진언하였다. 안성의 백봉서원(白峰書院)에 제향되었다. 저서로는 『남파집』 13권이 있다.

62 직장(直長) : 종 7품의 중앙 관리.

63 미수(眉叟) : 허목(許穆). 1505(선조 2)~1682(숙종 8).

64 택대(擇對) : 배우자를 선택함.

65 김태중(金台重) : 1649~1711. 이재(李栽)의 제자. 『적암문집(適庵文集)』이 있다. 그의 문집에도 여성 관련 자료가 남아 있는데 「조비단인영양남씨묘지」·「선비순천김씨행락」이다.

66 후모(後母) 권씨를 말한다. 권씨는 김태중의 재능을 일찍이 알아보고 그를 통해 가문이 창대할 것이라는 기대를 표명하기도 하였다. 『적암선생문집』 김태중의 행장 참조

을 치르기 위해 공인이 와서 집안의 일을 이어받게 되었다. 새로 온 며느리의 행장이 보잘 것 없고[67] 상자 속에 넣어 온 것이 없으니 나이 어린 부녀자들이 살짝살짝 서로 귓속말을 하였고, 입 놀리기 좋아하는 여종들도 업신여기며 함부로 하였으며 간간이 말을 지어 내어 서로 주거니 받거니 하였다. 공인은 태연하게 마음에 두지 않고 "우리 집이 원래 가난한 것을. 비난하는 말을 듣는 것이 진실로 당연하지." 하며 끝까지 따지지 않으니 사람들이 모두 탄복하였다.

(김태중) 공이 젊어서 호탕하여 생계를 돌보지 않고 밖에서 학문을 하느라 어떤 때는 몇 달이고 집에 돌아오지 않기도 했다. 공인이 어린 자식들을 데리고 냉방에서 살며 추위와 굶주림을 면치 못하였으니 사람으로서 견디지 못할 것이었다. 사람들이 위로라도 하면 공인은 매번 "대장부가 학문에 뜻을 두면 오직 부지런히 노력해야만 성취할 수 있습니다. 규방에 연연하는 하는 안일한 마음을 품고서야 어찌 학업을 도모할 수 있겠습니까?" 하였다. 공인이 젖병[68]을 심하게 앓았는데 마침 김공은 산방(山房)에서 독서를 하고 있었으니, 종기가 문드러졌다가 아물 때까지 공에게 알리지 않았다. 만년에 공과 이야기를 나누던 차에 그 일을 이야기 하게 되었는데 공이 몹시 감동하며[69] 더욱 공인을 공경하고 중하게 여겼다.

공은 생가(生家)에 부모님이 계셨는데 공인이 정성을 다하여 모셨다. 시어머니 김 부인[70]이 돌아가실 때 처사공[시아버지]의 연세가 많으셨는데 공인이 봉양하면서 음식을 조리하는 모든 절차[71]를 반드시 몸소하고 삼가하

---

67 뇌치(羸恥) : 『시경』「소아・요아(蓼莪)」, "哀哀父母 生我勞瘁 缾之罄矣 維罍之恥 鮮民之生 不如死之久矣" '缾竭罍恥'라 하였으니 '작은 병이 텅 빔은 큰 병의 수치'라 하였다. 자리에 있는 자가 자기 직분을 다하지 못하여 걱정과 근심을 끼치는 것.

68 유옹(乳癰) : 유선염. 가슴에 종기가 나 곪음.

69 동용(動容) : 마음이 감동하여 얼굴에 나타남.

70 공인의 남편 김태중의 친어머니. 김태중의 문집 『석암선생문집』에 어머니 김부인의 행략이 수록되어 있다. 「선비순천김씨행략」.

였다. 제사가 있으면 기한이 되기 전에 먼저 제수를 손질하고 제기를 준비하며, 국과 술과 음료를 마련하고 청좌(淸坐)[72]에 등불을 켜고 진설(陳設)에 대비하였다. 제사 지낼 차례가 돌아오면[73] 제사일을 알려 주기를 기다리지 않고 미리 준비하여 지아비를 번거롭게 하지 않았다. 무릇 김공의 뜻을 받듦에 크고 작은 일을 가리지 않고 돈이 있고 없음을 묻지 않으며 그대로 따르고 어김이 없었다. 김공 가문의 자제 중에 집에 와서 공부를 하는 자들에게도 곡진하게 은혜와 예의를 베풀었는데 시종일관 게을리 함이 없었다. 자녀를 교육함에는 법도가 있었고, 장유(長幼)의 예절을 반드시 엄격하게 하였다.

몇 개월이나 김공의 병을 수발하면서 공인은 옷도 벗지 않고 잠을 자지도 않았다. 약은 반드시 몸소 골랐고, 약을 드릴 때에는 반드시 먼저 맛을 보았다. 공이 돌아가셨을 때 공인은 연세가 칠순이었는데도 상복을 입고 삼년의 상기(喪期)를 모두 마쳤다. 더욱 연로해지자 재산을 아들들에게 모두 나누어 주며 "남편이 죽으면 아들을 따르는 것은 예(禮)이다."라 하셨다. 자식들이 수의를 마련하려 하자 공인은 "내 성격이 화려한 것을 좋아하지 않는다. 또 지아비의 초상을 잘 해드리지 못하였는데 어찌 앞뒤가 서로 어긋나게 할 수 있겠느냐!" 하였다. 조카 억(億)이 전민(田民)에 대한 계권(契券)을 써줄 것[74]을 청하니 "우리 집안의 종사(宗事)를 잘이어 폐해짐이 없도록 해야 한다."고 하였다.

정미년[1727]에 병이 들어 오랫동안 낫지 않았다.[75] 하루는 아들들에게 "내가 죽을 것 같구나. 너희 아버지께서 일러 주셨다." 하였다. 아들들이 깜

---

71 팽임(烹飪) : 음식물을 삶아 요리함.

72 청좌(淸坐) : 청아(淸雅)한 자리, 고요하게 앉아 있음.

73 윤회제사(輪回祭祀) : 장자가 제사를 전담하는 것이 아니라 형제들이 돌아가면서 제사를 받드는 것. 그에 따른 재산권 또한 분배되었다.

74 전민~청하니 : 조카가 상속받은 전답과 농민에 대한 상속 증명을 요청한 것으로 보인다.

75 침질(寢疾) : 병이 들어 앓아눕다. 미류(彌留) : 오랫동안 병이 낫지 않음.

짝 놀라 약을 드리니 "내 병은 이미 어찌할 수 없다만 너희들을 위하여 먹어
는 보마."하며 약을 드셨다. 마침내 모든 자녀들을 불러 영결하고 각각에게
권면하고 경계하였다. 종손 민행(敏行)에게는 "우리 두 집안이 함께 살면서
사이가 좋고 허물이 없이 지금까지 왔다. 너희들은 마땅히 힘써야 할 것이
다." 하였고, 또 "문설주 위에 생선과 쌀이 있다. 돌아가신 친정아버지의 기
일을 위해 내가 마련해 둔 것이니 때에 맞추어 보내 드리는 것을 잊지 말거
라." 하셨다. 그리고는 마침내 편안하게 돌아가시니 바로 11월 7일, 향년 81
세였다. 임하현[76] 동송석(東松石) 서남쪽 자리에 모셨다.

　장남 정석(鼎錫)은 먼저 졸하였고, 다음이 명석(命錫)·경석(慶錫)이며, 딸
은 권후준(權后準)·정치운(鄭致雲)·권보(權莆)에게 시집갔다. 정석의 아들
은 진하(振河)·기하(紀河)이고 딸은 신석표(申錫標)에게 시집갔다. 명석의 아
들은 원하(遠河)이고 나머지는 어리며, 딸은 조희채(趙喜采)·서만리(徐萬里)·
홍재희(洪載熙)·이가원(李可遠)에게 시집갔고 막내는 어리다. 경석의 아들
은 두하(斗河)이고 딸은 조희재(趙喜載)에게 시집갔으며 나머지는 어리다. 권
후준의 장남은 순(洵)인데 진사이고, 차남은 윤(潤)이며, 막내는 아직 어리다.
정치운의 아들은 재전(在田)이고 나머지는 어리며 딸은 진사 송이석(宋履錫)
에게 시집갔다. 권보는 딸이 둘인데 장녀는 류사구(柳思求)에게 시집갔고 하
나는 어리다.

　공인은 법도가 있고 대대로 청백리라 전해지는 가문에서 생장했다. 시집
가던 날에 두 벌 옷이 없었으나 예와 의를 삼가 갖추었다. 부유하고 넉넉해
지고 나서도 남편을 도와 그의 뜻을 이루니 마을에서 감탄하여 어머니와
아내로 본받을 만하다 하였으니 어찌 현숙하다 하지 않겠는가! 공 또한 문
헌대족(文獻大族)으로서 젊어서부터 준수하다는 명성이 있었다. 학문을 이
루고 행실을 닦아 제랑(齊郎)[77]에 천거되었으나 나가지 않고 집에서 일생을

---

[76] 임하현(臨河縣) : 지금의 경북 안동시 임하현.

마쳤으며, 호를 적암(適庵)이라 한다. 공이 나에게는 사촌[78]인지라 공인의 규범(閨範)이 아름다움을 익히 알고 있었다. 차남 명석이 처사 이재(李栽)가 쓴 행장을 가지고 와서 나에게 명(銘)을 청하는데 사양하지 못하여 삼가 이와 같이 서술하고 명을 쓴다.

시가의 석인(碩人)이
아름다운 가문의 일을 서술하였네.
공인의 선조는
청렴한 가문에 대대로 덕이 있었도다!
시집을 가게 됨에
번성한 가문과 혼인을 하였으니
오직 덕의 광채로다.
베치마에 가시나무 비녀로
시속과 타협하지 않았으며
검약함을 싫다하지 않고
법도와 예의에 부족함이 없었도다!
공경하고 단속하며
처음부터 끝까지 일관했으니
그 명성 더욱 높도다.
자식을 많이 두진 않았으나
사랑하면서도 잘 가르쳐서
사람마다 감복하니
뉘라서 그 처음을 말하겠는가!
아름다운 말로 명을 쓰노니

---

77 재랑(齋郎) : 관직명. 묘(廟), 사(社), 전(殿), 궁(宮), 능(陵), 원(園)의 참봉의 별칭.
78 중표(中表) : 내종·외종 간의 호칭.

옛날의 도서와 짝하리로다.

공인 남양 홍씨(1647.2.?~1727.11.7)는 필자 조덕린의 사촌 문소(聞昭) 김태중(金台重)의 아내이다. 가난한 친정 살림 때문에 시집갈 때부터 시댁 여인들의 비난을 받았지만 의연하였고, 평생 집안을 돌보지 않았던 남편을 대신하여 집안을 일구었고, 남편의 학문을 위해 자신의 병조차도 제대로 알리지 않은 현명한 아내로 그려지고 있다. 남편 사후의 집안의 어른으로서 재산권을 행사하여 유산을 분배하고, 재산 다툼으로 인해 집안이 어지러워지지 않도록 단속하는 가부장의 역할을 하고 있음도 확인할 수 있다.

증조 할머니 의인[79] 최씨 묘표
曾祖妣宜人崔氏墓表

　　증조 할머니 부인 최씨의 계파는 전주(全州)에서 나왔으며 번성한 가문이다. 중세(中世)에 영남 사천(泗川)[80]으로 옮겼고 대대로 관직[81]에 오른 분이 있었다. 도승지(贈都承旨)에 추증된 수지(水智)는 선산(善山)[82]과 해평(海平)[83]의 강산의 아름다움을 사랑하여 그곳에 옮겨 살다가 19세에 돌아가셨다. 5세조 산립(山立)[84]은 선조(宣祖) 때 신묘년[1591] 문과에 급제하셨는데 성품이 굳고 곧아[85] 선을 좋아하고 악을 미워하였으며, 관직은 예조 정랑에 이르렀으니 이분이 부인의 아버지[86]이시다. 부인의 오라버니 처사 철(喆)은 문장이 뛰어났으며 뛰어난 재주[87]와 굽힘 없는 의기[88]로 은거하며 의를 행하여 이름이 크게 나셨다.

---

79 의인(宜人) : 외명부의 한 품계. 정·종 6품 무관의 아내의 호칭.

80 사천(泗川) : 경남 남부에 위치한 지명으로, 신라 시대에 사물현 또는 사수현으로 불리웠으며, 고려 때는 사주(泗州)로 하였다가 조선조(朝鮮朝)에 지금의 사천(泗川)으로 개칭되었다.

81 관면(冠冕) : 관면을 쓰는 벼슬아치.

82 일선(一善) : 경상북도 선산 지역. 신라 눌지왕 때 일선으로 불리다가 경덕왕 때에는 '숭선(崇善)'이라 불렀다.

83 해평(海平) : 경상북도 선산군(善山郡)에 속해 있는 지명. 파징(波澄)이라고도 불리웠으며, 신라 때의 병정현(竝井縣)을 고려 초에 해평군(海平郡)으로 고쳤다.

84 최산립(崔山立) : 자는 입지(立之), 호는 우암(愚庵)이며 1591년(선조 24) 식년시에 급제하였다. 김잠(金箴)의 딸과 혼인하였다.

85 견개(狷介) : 고집이 세고 절개가 굳어서 굴종하지 않음.

86 황고(皇考) : 돌아간 아버지의 경칭, 혹은 증조부.

87 회기(懷奇) : 신회기재(身懷奇才). 뛰어난 재주를 품음.

88 부기(負氣) : 자신의 의기로 다른 사람에게 함부로 굽히지 않음.

　　부인께서는 나이 몇세에 우리 증조 할아버지 직장(直長)[89]부군 조전(趙佺)에게 시집오셨다. 부인은 성품이 온화하고 깨끗하셨으며[90] 예법[91]에 맞게 행동하고, 시부모를 효와 공경으로 받들었으며, 남편을 엄숙함[92]으로 대하여 희롱하는 말이나 시시한 우스개를 한 적이 없었다. 제사[93]를 받들고 술[94]을 빚으며 소박한 제사(祭需)[95]를 부지런하고 공경하게 모셨다. 제사를 지낼 때에는 반드시 깨끗하게 씻었고[96], 제사 음식은[97] 반드시 정결히 하였으며 굽고 국 끓이는 일[98]을 반드시 직접 살피셨다. 아래로 비복(婢僕)에게는 반드시 소세(梳洗)[99]를 하고 제사일을 하도록 했고, 시끄럽게 떠들거나 속된 일로 소란하지[100] 않도록 하였다. 아들들은 의방(義方)[101]으로 가르치고 사랑한다 하여 가르침을 느슨히 하지 않으셨다. 딸들에게는 부덕(婦德)과 부공(婦功)을 가르치고 삼베[102]며 명주[103] 짜는 일을 직접 하며 몸소 먼저 권면하였으며, 술과 마실 것[104]을 들여 제사를 도움으로써 지켜야 할 예의를 보여

---

89 직장(直長) : 정 7품 관직.

90 빙청(氷淸) : 마음이 얼음처럼 맑고 깨끗함.

91 예방(禮防) : 예법.

92 제장(齊莊) : 엄숙함.

93 두변(豆籩) : 두와 변. 제례(祭禮), 연향(宴享)에 쓰이는 기구. 예의(禮儀)의 도구.

94 주례(酒醴) : 술과 단술. 술의 범칭.

95 빈번(蘋蘩) : 개구리밥과 산흰쑥, 변변치 못한 제수(祭需).

96 관탁(盥濯) : 세척함.

97 조(俎) : 제사나 연향 때 희생(犧牲)을 담아 바치는 대(臺). 적대(炙臺). 조성(俎盛)·조실(俎實)은 적대에 담은 음식.

98 형갱(鉶羹) : 형은 국을 담는, 귀가 둘, 발이 셋 있는 제기. 형갱은 오미(五味)를 섞어 끓여 형에 담은 국.

99 소세(梳洗) : 머리를 빗고 낯을 씻음.

100 분진(紛塵) : 몹시 이는 먼지, 전하여 시정(市政)의 번잡한 속사(俗事).

101 의방(義方) : 신의를 지키도록 하는 방법. 아버지가 아들을 교훈하는 일.

102 마시(麻枲) : 삼.

103 사견(絲繭) : 명주실과 고치.

104 주장(酒漿) : 술과 음료.

주셨다.

　직장공이 돌아가시자 부인이 집안일[家政]을 홀로 맡으셨는데 단속하고 방비(防備)[105]함에 모두 법도가 있었고 조금도 게을리 한 적이 없었다. 내가 어려서 모습을 뵐 수 있었던 때에는 부인의 연세가 백세[106]가 다 되어[107] 침상의 이부자리를 떠나지 못하셨다. 그런데도 매번 집안의 제삿날이 되면 창문을 열고 일어나 앉아 제수 씻는 일들을 직접 살피셨고, 삭망(朔望)의 차례[108]때에도 기어이 전과 다름없이 그렇게 하셨다.

　다른 것들은 기억할 수가 없지만, 일찍부터 집안에서 듣고, 부인을 섬겼던 늙은 여종의 말을 참작하여 부인 당시의 일을 이야기할 수 있다.

　부인은 성품이 대범하고 엄격하셨는데 다른 사람이 뜻에 맞지 않게 하는 것을 보고 한번 꾸짖으면 자녀와 며느리들이 모두 겁이 나서 숨을 죽이며[109] 몸둘 바를 몰라 했다. 고을 사람 중에 시댁과 인척(姻戚)이 있었는데 혼조(昏朝: 광해군) 때에 자취를 더럽혔다.[110] 그가 하루는 와서 부인을 뵙고자 하니 부인은 여종을 시켜 병이 나서 만나지 못한다고 거절하며 또 “너는 손님께 벼슬 한자리나 얻었나 못얻었나 여쭈어라.”라고 하였다. 여종이 이 말을 같이 전하니 그 사람이 부끄러워 뉘우치며 감히 만나뵙기를 바라지 못하였다.

　차남 처사공은 종가(宗家)의 후사로 나갔는데 집안이 워낙 번성하다 보니 다소 소원해졌다. 장자인 진사부군이 일찍 돌아가자 처사공이 부인을 모셔

105　방범(防範) : 제패(堤埧: 제방·둑)과 모자(模子) / 방비(防備).

106　모기(耄期) : 늙어 정신이 혼몽해짐. 기(期)는 백세.

107　권근(倦勤) : 원래는 제왕(帝王)이 고달픈 정사(政事)에 지쳐 피로함을 뜻함 『서경』「대우모」에 “朕宅帝位 三十有三載 耄期倦于勤”이라 하였다.

108　삭망차례(朔望茶禮) : 초하루나 보름, 또는 그 밖의 명절이나 조상의 생일에 지내는 간단한 낮 제사.

109　병기(屛氣) : 병식(屛息). 겁이 나서 숨을 죽임. 두려워하여 조신함. 척식(惕息)은 두려워서 숨이 참.

110　광해군 때에 벼슬한 것을 말하는 듯하다.

왔는데 옆에서 충심으로 봉양함이 비할 데가 없었다. 그런데도 부인은 기꺼위 않고 돌아가겠다 결심하고 "여기는 내 집이 아니니 나는 돌아갈 것이다." 하셨다. 그 집에 오래 머문 적이 없었으며, 곧 돌아와 내 아버지의 봉양을 받으셨다.

경술년[1670] 8월 7일에 돌아가시니 태어나신 정축년[1577] 6월 15일로부터 향년 94세이시다.

2남 4녀를 두셨으니 진사부군 정형(廷珩)은 유학의 선비로서[111] 문학과 덕행[112]을 갖추었고, 일찍이 사마시(司馬試)에 급제했으나 6년 사이에 병자년[1636]의 난리를 당하여 (대과에) 응시하지 못하고 돌아가셨다. 처사공 정환(廷瓛)은 호탕하며[113] 절개가 있어 선비들이 높이 칭송하였다. 여러 딸들은 모두 부녀의 행실로 이름이 났으니 부인의 가르침을 받아 그런 것이다. 시집간 사람들의 이름은 모두 직장공의 비석 뒤에 갖추어져 있어서 여기에는 적지 않는다.

애초에 처사공이 돌을 다듬어[114] 양 대(代)의 묘갈을 세우고 또 작은 돌 하나를 마련하여 산 아래에 묻어 두었다. 부인의 장례 뒤에 이를 찾았으나 얻지 못하다가 증손 신(祿)에 이르러 이를 찾게 되어 나에게 그 묘갈(墓碣)을 새겨 달라 부탁했다. 일이 오래되어 전하는 것이 많지 않기로 들은 것들을 대략 다음과 같이 기록하여 묘소 앞에 세움으로써 처사공이 남기신 뜻을 이루고 영원한[115] 추모의 감정을 부친다.

---

111 유아(儒雅) : 유교의 바른 의리.

112 문행(文行) : 문학과 덕행. 공자가 사람을 교육하는 데 근본으로 삼은 네 가지. 곧 문학, 덕행, 충성, 신실.

113 호상(豪爽) : 호협(豪俠)하고 쾌활함.

114 벌석(伐石) : 벌은 돌을 두드림, 나무를 벰.

115 영세(永世) : 영구한 세대, 무한한 세월.

의인 전주 최씨(1577.6.15~1670.8.7)는 조덕린의 증조모로 조전(趙佺)의 아내이며, 최산립(崔山立)의 딸이다. 최씨의 모습은 의방으로 자식을 교육하고, 가정을 엄격하며 책임감 있게 이끄는 가부장의 모습으로 그려져 있다. 늙어 침상을 떠날 수 없게 되었을 때까지도 제사와 같은 집안일을 몸소 행하고 엄격하게 감독하였다는 점이 강조되고 있기도 하다. 가부장이 존재할 때에는 순종하고 현명한 아내와 어머니로, 가부장이 부재할 때에는 엄격한 가부장의 모습으로 가문을 지키도록 조선시대 여성들에게 부과되었던 기대치와 의무를 보여 준다. 한편, 후사로 나간 차남 처사공을 대하는 최씨의 태도는 후사나 양자로 나간 아들과 본생(本生) 부모 사이의 관계를 어떻게 설정했어야 하는가 하는 당대 입후 문제를 둘러싼 고민의 일단을 보여 준다.

이해조 李海朝 · 1660~1711

이해조(李海朝) : 1660(현종 1)~1711(숙종 37). 조선 후기의 학자. 본관은 연안(延安). 자는 자동(子東), 호는 명암(鳴巖). 대제학 일상(一相)의 아들이다. 1681년(숙종 7) 사마시에 합격하였으나, 1689년 인현왕후(仁顯王后)가 폐위되자 벼슬을 단념하였다가 1694년 왕후가 복위된 뒤에 빙고 별검(氷庫別檢)이 되었다. 이어서 공조·호조 낭관을 거쳐 전주 통판(全州通判)을 지내다가 1702년 알성 문과에 병과로 급제, 사가독서(賜暇讀書)한 뒤 응교·부교리·집의·대제학 등을 역임하고 전라도 관찰사가 되었다. 어려서부터 학문에 뛰어난 자질을 보였고, 할아버지 이래 3대가 대제학을 지냈으며, 시문에 뛰어나 김창흡(金昌翕)으로부터 천재라는 격찬을 받았다. 저서로 『명암집(鳴巖集)』이 있다.

아내의 소상[1]에 올리는 제문
祭亡室小祥文

유세차 신미년[1691] 7월 갑신삭 초 9일 임진일, 아내 윤씨의 기일이 일주기가 되었다. 지아비 이해조가 종들에게 술과 음식을 마련하게 하여[2] 영전에 바치고, 글을 지어 곡한다.

아아! 당신이 세상을 버린 것이 아직도 사실이 아닌 것 같구려. 눈으로 모습을 보는 것 같고 귀로 음성을 듣는 것 같은데, 당신의 기일은 이리 속히도 돌아와서 벌써 궤연(几筵)[3]을 거두고 조석(朝夕)의 곡을 끝내게 되었소. 의심하며 사실이 아니라 하였는데 이제는 의심할 수 없게 되었고, 눈으로 보고 귀로 듣는 듯하던 모습과 음성은 그림자나 메아리도 찾을 수 없게 되었구려. 의지하여 상상하는 것은 이제 오로지 꿈에서만 기대할 수 있겠지.

일 년 사이에 병과 근심이 거듭 반복되었소. 내가 길게 한숨짓고 크게 탄식하나 이야기할 곳이 없고, 어린 것들이 앙앙 울고[4] 슬퍼하나 기대어 의지할 곳이 없음을 당신은 알 것이오. 비록 영혼은 태허(太虛)에서 노닐지만 탄식하며 눈물 흘리고, 머뭇머뭇 방황하며 차마 떠나지 못하고 있소? 혹은 아득하고 어두워[5] 알고 느끼는 바가 없는 거요? 지각이 없다면 나는 당신이 슬픔을 알지 못하는 걸 부러워하고, 당신도 나를 슬퍼하지 않겠지요. 지각이 있다면 당신이 나와 어린 것들을 슬퍼함은 내가 당신의 죽음을 슬퍼함과

---

1 소상(小祥) : 사망 후 1주년이 되는 날, 13개월째 지낸다.
2 치구(治具) : 접대 준비를 함, 술과 음식을 마련함.
3 궤연(几筵) : 죽은 이의 혼백이나 신주를 모셔 두는 곳. 궤는 제물을 담는 그릇, 연은 제석.
4 고고(呱呱) : 어린 아이의 울음소리.
5 명명(冥冥) : 어두운 모양, 무지(無知)한 모양.

같을 것이니 당신은 눈을 감지 못하겠지요.

아아! 지난 꿈에 당신을 보았소. 비참하고 슬픈 모습으로 생전에 다하지 못한 말이 있다 하더니, 하려던 말을 다 하지도 못하고 홀연히 가버리더구려. 깨어 보니 당신은 보이지 않고 내 눈물만 이불을 적실 뿐이었소. 얼마 뒤에 내가 여강(驪江)[6]으로 누이를 보러 갔는데[7] 흐느껴 울며 지난 일을 말하다가 당신이 미처 다하지 못했다는 말을 대략 듣게 되었고, 나도 전날 밤의 꿈을 이야기하다가 저도 모르게 마주하고 함께 애통해 하였소. 아아! 당신은 어찌하여 내게 말하지 않고 누이에게 말하였으며, 생전에 털어놓지 않고 죽은 뒤에 꿈에서 안타깝게 밝히고[8], 누이를 통해 알게 하여 나로 하여금 더욱 마음만 괴롭고 후회막급하게 하는 거요? 그러나 이 때문에 당신이 아득하고 깊게 무지(無知)한 데 이르지 않았음이 증명되었으니 오히려 의지하여 그리워할 곳이 있는 셈이구려.

당신에게 지각이 있어 꿈에 나타난 것이라면 그것이 과연 지각이 없어 꿈에 안 보이는 것보다 나은 것이오? 지각도 없고 꿈도 없다면 나의 회한은 끝날 때가 있고, 지각이 있어 꿈에 보인 것이라면 나의 회환은 종당 끝이 없을 것이오. 꿈에 안 보일 때에는 오히려 꿈이라도 꾸기를 기다렸는데, 꿈에 당신을 보고 나니 꿈꾸지 않은 것만 못하오. 무엇으로써 나의 슬픔을 풀어야 하오.

아아! 나는 옛 사람들이 부부가 지기(知己)가 되어 서로를 경계하고 권면했다는 말을 볼 때마다 아름답고 기쁘게 여겨 외우지 않은 적이 없었지요. 당신도 글을 알지는 못했지만 그 이야기를 들을 때마다 좋아하고 사모하였소. 작은 수레로[9] 귀전하여 농사일을 격려하고 아이들을 가르치며 맹광(孟

───────────────────────

6 여강(驪江) : 한강의 원류. 경기도 여주 지역의 명승지.

7 희허(欷歔) : 탄식하는 소리, 흐느끼는 소리.

8 경경(耿耿) : 초조하고 불안한 모양, 또렷한 모양. 빛나는 모양.

9 녹거(鹿車) : 수레의 한 종류로 사슴 한 마리를 실을 정도의 작은 수레. 후한(後漢) 포선(鮑

光)[10]과 환소군(桓少君)[11]만이 앞에서 그런 아름다움을 독점하지 못하게 하자 기약했었지요.

내가 술을 좋아하여 때로는 손님을 초청하기도 했는데 당신은 매번 미리 술자리를 잘 마련하여 부끄럽지 않게 해주었소.[12] 서화(書畫)를 즐겨 때때로 사들이려고 하면 당신은 치마를 자르고 다리[髢; 가발]를 팔지라도 주머니가 비었다고 하지 않았소. 내가 매죽(梅竹) 감상을 즐기니 내가 집에 없더라도 당신은 매번 매죽을 손수 심고 가꾸어 주었지요. 산수 유람을 좋아하니 당신은 명승 유람에 필요한 것들을[13] 꼭 마련해 주고 먼 데로 유람 간다 해서 말리지 않았소.

내가 속세에 대한 생각이 끝내 없음을 잘 헤아려 내게 벼슬을 권하지 않았으며 새 거처가 볼품없고 집안 형편이 기울었으나[14] 내내 빈궁하다는 이유로[15] 나를 욕되게 하지 않으며, 거칠고 게으르다고 나를 허물하지 않았소. 이는 모두 여자들이 몹시 싫어하고 책망하는 것인데 당신은 기껍게 받아들이고 거스르는 기색이 없었소. 이는 유순하게 어김이 없었던 것일 뿐만이 아니라 나의 뜻을 기쁘게 따름이니 뜻이 실로 나와 합치하는 것이었소. 그

宣)이 청빈(淸貧)을 숭상하였는데, 결혼을 하게 되자 그의 아내가 화려한 혼수품을 모두 버리고 남편과 녹거(鹿車)를 끌며 향리로 돌아갔다. 『후한서(後漢書)』 「열녀전(列女傳) 포선처(鮑宣妻)」.

10 맹광(孟光) : 선비 양홍의 아내. 양홍은 가난하나 지조 있는 선비로서, 검소하게 생활하였으며, 아내 맹광 또한 그 뜻을 잘 받들었으며, 그런 남편을 존경하였다. 『후한서』 「양홍전(梁鴻傳)」.

11 소군(少君) : 포선(鮑宣)의 아내 환소군(桓少君). 가난을 달게 받아들이며 검소하고 근검절약한 아내의 전형이다.

12 뇌치(罍恥) : 병에 술이 없는 것은 술통의 부끄러움라는 말로, 자기의 직분을 다하여 걱정과 근심을 끼치지 않음을 말한다. 『시경』 「소아·요아(蓼莪)」 "哀哀父母 生我勞瘁 缾之罄矣 維罍之恥 鮮民之生 不如死之久"

13 제승(濟勝) : 명승지를 등반함. 제승지구는 명승지를 건너다니는 도구.

14 초창(草創) : 초솔(草率). 거칠고 소략함.

15 누공(屢空) : 쌀뒤주가 항상 비어 있음, 곧 늘 빈궁함.

런데 백 년을 함께 하려던 계획이 이제 끝나버렸소 사람이라면 누군들 배필
이 없으랴마는 깊이 이해하고 묵묵히 알아주며 포숙(鮑叔)이 관중(管仲)에게
하듯 한 사람들을 찾는다면, 당신과 나만한 경우가 다시 어찌 있겠소!

　당신이 나에게 시집온 지 16년에 내내 곤궁한 처지에 힘들고 고달파 병
들었던 것이 다섯(五)이요, 슬퍼하고 아파한 것이 사(四)요, 미간을 펴고[16]
활짝 웃었던 것은 하나나 둘도 못 되오. 애써 부지런히 집안을 일구고 겨울
에 대비하여 먹을 것을 비축했는데[17] 다른 사람이 통발을 꺼내는 지경[18]을
당하게 되었소. 당신의 평생을 돌아볼 때 어찌 너무도 애통하지 않겠소.

　나는 일찍이 당신을 의지하여 집안의 근심을 생각지 않고 날마다 시와
술로 즐겼지요. 그런데 이제 갑자기 당신이 16년간 했던 모든 일들이 죄다
내 한몸에 맡겨져 일시에 몰리는구려. 자잘한 일들로 힘들고 어렵지만 그
답답하고 원통함을 토로하기 어려운 까닭은 당신이 겪은 일이기 때문만이
아니오. 내가 살아있음을 슬퍼하고, 당신의 죽음을 애도하는 마음이 더해져
있기 때문이오. 이것이 내가 당신에게 지각이 없음을 부러워하고, 그러면서
도 당신이 혹이라도 알까봐 슬퍼하는 까닭이오.

　아아! 인생이 그 얼마나 되겠소. 이제부터 죽기 전까지 다시는 마음을 열
어 보일 날이 없을 것이오. 숨어 자취를 감추고[19] 술이나 마시며[20] 세상 밖
을 방랑하고, 불도(佛道)를 배워서 슬픔을 막는다면 이것으로도 나의 슬픔을
풀 수 있을 듯하오. 아아! 나는 지금 이럴 뿐이오. 지난날 당신이 나를 먹였
다면 이제 내가 음식을 차려 당신에게 바치오. 당신이 나를 받들던 정성으

---

16 신미(伸眉) : 미간을 폄. 근심 없이 만족한 모양.

17 지축(旨蓄) : 저장해 둔 좋은 음식. 어동(御冬)은 겨울철의 굶주림과 추위를 막음.『시경』
　　「패풍·곡풍」 "我有旨蓄 亦以禦冬"

18 발구(發笱) : 다른 사람이 통발을 꺼내어 통발의 물고기를 잡아감. 여기서는 고생한 보람을
　　누리지 못하게 되었음을 뜻하는 말로 보인다.

19 침명(沈冥) : 은거하여 자취를 숨김, 의기소침하고 어두움, 캄캄함.

20 국얼(麴蘖) : 누룩. 술.

로 내가 오늘 당신에게 바치는 마음을 헤아리고 이 술잔을 마다하지 마시
오. 아아! 슬프오. 상향.

해제 이 글은 이해조가 자신의 초배 남원 윤씨(?~1690.6?)의 소상일(小祥日)
을 맞이하여 지은 제문이다. 윤씨는 군수를 지낸 남원(南原) 윤이건(尹以
健)의 딸이며, 이해조와 혼인하여 징신(徵臣)·숭신(崇臣)과 딸 하나를 두었다. 골
동 서화와 명승 유람, 시와 음주 등 문화 취향을 실컷 누렸던 선비와, 그러한 가장
의 호사 취미를 뒷받침하기 위해 그 선비의 아내들이 어떤 육체적 정신적 고통을
감수했을지 생각하게 만드는 글이다. 또한 그런 아내의 자리가 갑자기 비워진 뒤
살아갈 의욕과 방향을 찾지 못하겠다며 숨고 싶은 의지를 표현하는 데서, 아내에
대한 사랑과 그리움, 동시에 많은 부분을 다른 사람의 희생에 빚지고 살아야했던
이들이 그들의 죽음 뒤에 맞는 무기력함을 읽게 된다.

조태채(趙泰采) : 1660(현종 1)~1722(경종 2). 조선 후기의 문신. 본관은 양주(楊州). 자는 유량(幼亮), 호는 이우당(二憂堂), 시호는 충익(忠翼)이다. 형조 판서 계원(啓遠)의 손자로, 괴산 군수 희석(禧錫)의 아들이며 태구(泰耇)의 종제, 태억(泰億)의 종형이다. 승지 김일경(金一鏡)이 올린 노론 4대신 축출의 소가 승정원에서 채택되어 판중추부사로 있던 그도 그중 한 사람으로 진도에 유배되고 다음해 적소에서 사사되었다. 1725년(영조 1) 우의정 정호(鄭澔)의 진언으로 복작(復爵)되었으며 절도(絶島)에 나누어 유배되었던 자녀들도 모두 풀려나게 되었다. 저서로는 『이우당집(二憂堂集)』이 있다.

희빈 장씨의 묘소를 이장하는 일의 가부에 관한 의론
張氏墓山移葬當否議

함일해(咸一海)의 상소[1] 중에 이미 (묘소가) 흠이 있어 불길하다는 말이 있사오니, 신중하게 하는 도리를 따라 (묘소에) 가서 살펴보지 않을 수가 없겠습니다. 그래서 신이 경연 중에 말씀을 아뢴 바가 있습니다. 그러나 묘소의 길흉과 이장(移葬) 여부는 마땅히 지술가(地術家)의 말을 따라야 할 것입니다. 신이 삼가 어찌 결정하여 아뢰겠습니까? 해당 조[예조]의 당상관이 여러 지관(地官)들을 거느리고 재차 가서 살피고 거듭 논의를 하여 하나로 의론을 모아서 아뢰게 하소서[2]. 사리(事理)가 그러하오니 다시 해당 조로 하여금 이에 의거하여 행하게 한다면 마땅함을 얻을 것이옵니다. 삼가 상재하소서[3].

해제 이 글은 조태채가 1717년(숙종 43) 우의정으로 재직하고 있을 때, 강릉의 한 선비 함일해가 희빈 장씨의 인장리(仁章里) 묘소가 길하지 않다고 상서한 일에 대한 자신의 의론을 아뢴 것이다. 희빈 장씨의 묘소를 다녀 온 예조와 지술관들이 묘소가 불길하다 하고, 또 세자가 간절히 원한다는 이유로 결국 광주

---

1 『숙종실록』 43년 12월 7일(丁亥). "강릉에 사는 유학 함일해가 상서하기를… 또 아뢰기를 '삼가 희빈의 묘소를 살펴보건대, 용맥(龍脈)은 있으나 혈(穴)이 없고 수법(水法)도 합당하지 못하여 완전한 곳이 아닌 것 같았습니다. 따라서 땅속의 불안함은 말할 수 없으니 또한 훌륭한 지사(地師)로 하여금 신과 참론하게 하여 길흉을 조사하게 한 다음 다시 길지를 잡으소서. 그렇게 하면 다만 저하의 지극한 정리에 유감이 없을 뿐만이 아니라 실로 국가의 끝없는 복이 될 것입니다.'하였다. 상서를 봉입(捧入)하니, 임금이 하교하기를, 함일해 상서의 전편에 깔린 주의(主意)는 오로지 아래 조항에 있는 것인데, 삼척의 일을 핑계하여 멋대로 진달하였으니, 일이 매우 방자하다. 그리고 감히 작호를 썼으니, 또한 매우 절통하다. 이 상서는 도로 내어주도록 하라." 하였다.
2 품정(稟定) : 웃사람에게 여쭈어 결정함.
3 상재(上裁) : 임금의 재가(裁可).

(廣州) 진해촌(眞海村)으로 묘소를 옮기라는 숙종의 명이 내려졌다. 그러나 이듬 해에는 문자를 알지 못하는 함일해가 상서를 한 것이 의혹의 빌미가 되어 다시 문제가 발생하였다. 『숙종실록』에도 이와 관련된 기사[4]가 수록되어 있는데 조태채의 문집 『이우당집』에 수록된 내용보다 길고 자세하다.

---

4 『숙종실록』 43년 12월 19일 기해(己亥). "…우의정 조태채도 함께 입시하였다. 진찰이 끝난 다음 조태채가 말하기를 '함일해의 상서 가운데 아래 조항에 이른바 용맥에 혈이 없고 수법이 합치되지 않는다고 한 등의 말은 그것이 어떠한 것인지 알지 못하겠습니다. 그러나 당초 성교로 인하여 예조의 당상관이 지사들을 데리고 가서 간심하였고 금천군 지도를 따라가서 택정한 것이니 만일 조금이라도 이의가 있었다면 어찌 완정했을 이치가 있었겠습니까? 하지만 이미 흠결이 있다는 말이 있으니 그 신중히 한다는 도리에 있어 한번 가서 살펴보고 이에 대한 시비를 막지 않을 수가 없겠습니다. 다시 예관으로 하여금 지사들을 데리고 가서 함일해와 함께 반복하여 논란하게 하여 그의 말이 과연 허망한 것이라면 죄를 주고 혹시 국법에 어긋난 것이 있다면 의당 속히 변통시켜야 할 것입니다. 여러 사람의 의논이 모두 이와 같습니다.' 하니, 임금이 이이명에게 하문하였다. 이이명도 소태재의 말이 옳다고 하니 임금이 그렇게 하라고 하였다."

90세 이상의 부녀자를 부인(夫人)에 봉하고 남편에게 작위를 주는 일에 관한 의론
婦人九十歲以上封夫人仍贈夫爵議

남편이 부인의 관작을 따르는 것은 비록 한두 가지 근거할 만한 사례가 있기는 하지만 사리가 이미 너무 구차하고 간소하며, 법리에도 또한 매우 어긋납니다. 해당 관청과 영의정[5]이 아뢴 의론이 마땅한 듯하오니 삼가 상재하소서.

해제 이 글은 90세 이상의 부인을 봉작(封爵)하는 문제에 관한 글이다. 남편이 아내의 작위를 따르게 되는 문제가 발생할 가능성을 생각하여 부정적인 견해를 보이고 있다.

---

[5] 수상(首相) : 재상 중의 우두머리. 영의정의 별칭.

정경부인에 추증된 아내 청송 심씨 묘표[6]
亡室 贈貞敬夫人靑松沈氏墓表

　　부인 심씨는 본관은 청송이고 부사 익선(益善)의 딸이자 영의정 지원(之源)의 손녀이며 화포(花浦) 충정공 홍익한(洪翼漢)의 외손녀이다. 경자년[1660] 9월 15일에 태어나 기묘년[1699] 정월 16일에 돌아가시니 겨우 마흔해를 살았다. 같은 해 3월에 장단(長湍) 동파역촌(東坡驛村) 동쪽 자리에 묻었다. 뒤에 정경부인에 추증되니 나의 관작(官爵)을 따른 것이다. 3남 3녀를 두었으니 아들 정빈(鼎彬)·관빈(觀彬)은 모두 진사이고, 겸빈(謙彬)이 있고, 딸은 이정영(李廷煐)·박서한(朴舒漢)에게 시집갔으며 막내는 어리다. 정빈은 3녀를 두고 이정영은 1남 1녀를 낳았다.

　　아아! 부인은 어려서부터 단정하고 엄숙하며 곧고 맑아, 뜻을 세우고[7] 행동하는 것은 한결같이 정도(正道)에서 나왔으며 총명하고 민첩함이 보통 사람보다 뛰어났다. 5살 때에 숙모 김 숙인(金淑人)[8] 이 길렀는데 간혹 때때로 집안일을 대신하게 되면 하나하나 돌보면서 털끝만큼도 (도리에) 어긋나지 않았다. 여종 하나가 이웃집 담장의 과일을 따서 주며 먹으라 하자 "훔친 물건이니 먹지 않겠다."고 하였다. 부사공이 일찍이 혜국(惠局)[9]의 낭관(郎官)으로 계셨는데 아전이 되고 싶어 청하던 사람이 귀고리 따위를 바쳤다. 공이 부인의 뜻을 시험해 보시고자 "네가 원한다면 내가 이것을 주마." 하시니 "물건이 아무리 아름다워도 어찌 이를 취하여 우리 아버님으로 하여

---

6 묘표(墓表) : 무덤 앞에 세우는 푯돌. 표석(表石)이라고도 하며, 관직, 성명 등을 새긴다.
7 입심(立心) : 뜻을 세움.
8 숙인(淑人) : 3품 문무관의 처에게 주는 작위.
9 혜국(惠局) : 백성의 질병을 치료하던 관서인 혜민서.

더럽고 욕된 말을 듣게 하겠습니까?"라 대답하였다. 부사공은 "우리 아이가 곧고 깨끗하니 의당 이리 말할 것이었다."이라 하였다.

나이 17세에 우리 집안에 들어와 시부모를 섬김에 공경하고 효도하니 동서와 친족들도 모두 만족스럽게 여겼다.[10] 종을 은혜로 거느렸으나 예법을 어기는 자가 있으면 바로 엄하게 꾸짖으니 위아래가 엄정하고[11] 집안이 엄숙하였다. 나를 대할 때에는 매우 공손하였으나 성품이 조금 강하여 내가 잘못한 것을 보면 바로 지적하여 바르게 간(諫)하는데 조금도 용서함이 없었다. 나 또한 그것을 받아들였으며 종당에는 그것이 크게 유익한 것이었음을 깨닫곤 하였다.

평소에 옷차림을 검소하게 했다. 한번은 숙부 청평도위(靑平都尉)[12]의 집에서 연회[13]가 벌어졌는데 좌중의 부녀자들이 모두 주옥(珠玉)과 수놓인 비단옷으로 화려함과 사치를 다투었다. 부인은 혼자 명주옷에 옅은 화장으로 그 사이에 끼어 앉아 있으면서도 조금도 부끄러워하는 기색이 없었다. 공주[숙명공주]께서 깊이 탄복하였으며 여러 부녀자들 또한 집에 돌아가서 아름답다고 칭송한 자들이 많았다.

내가 영남의 안렴사로 가있을 때 본도[경상도]의 수령이 집까지 와서 물건을 바친 일이 있었다. 부인은 이를 바로 물리치며 "서방님께서 남쪽에 관리로 계신데 어찌 받을 수 있겠습니까?"라 하였다. 부인의 처사는 넓으면서도 정밀하여 모든 일상의 일을 처리함에 빠뜨리는 것이 없었다. 죽을 때에도 염(斂)과 장례·제수품을 모두 스스로 마련해 놓은 것을 썼으니 미리 준비해 놓은 듯하였다.

---

10 환심(歡心) : 기뻐하는 마음, 만족스럽게 여기는 마음.

11 절연(截然) : 엄정한 모양, 가지런하고 단정한 모양, 자른 듯이 구별이 확실함.

12 청평도위 : 공인의 숙부 심익현(沈益顯). 1641(인조 19)~1683(숙종 9). 효종대왕의 2녀 숙명공주와 혼인하였다.

13 내연(內宴) : 궁중에서 왕이 신하를 위해 베푸는 연회.

아아! 부인이 나에게 시집온 이래 온갖 고생을 겪었는데 매일 아침, 저녁
으로 나에게는 잘 차려진 음식을 올리고 자신은 싸라기 죽을 먹었다. 항상
내가 글 읽는 것을 보면 밤에는 꼭 등불을 밝혀 주며 "서방님께서 일찍 과거
시험에 급제하여 제가 이런 거친 음식을 먹는 데서 벗어나게 해 주셨으면
합니다."라고 권면하였다. 내가 다행히 벼슬을 하고[14] 지위가 조금 높아졌
는데, 그만 부인이 떠나버렸다.

지금은 내가 벼슬이 더욱 높아지고 녹봉도 더욱 많아졌으니 지난날의 어
려움과 궁색함에 비하면 열 배나 나은 정도가 아니다. 게다가 아들 셋이
장성하여 연달아 과거에 급제하는 경사가 있고, 두 딸은 시집가서 각각 좋
은 배필을 만났다. 부자간, 아들과 딸이 단란하게 한 집에 모여 웃고 얘기하
며[15] 서로 즐거워하니 이제 인사(人事)가 대략 갖추어져 부인이 그때에 했던
말을 저버리지 않은 것이라 할 만하다. 그러나 돌아보면 부인은 여기 있지
않으니 내가 무슨 마음으로 혼자 이것을 누리겠는가! 이것이 내가 통한으로
여기는 바이며, 부인을 잊으려 해도 잊을 수 없는 이유이다.

아아! 부인이 맑은 덕과 아름다운 규범을 갖추고서도 수명을 다 누리지
못한 것은 비통해할 만한 일이다. 게다가 평소의 언행이 묻혀져 세상에 알
려지지 않게 한다면 이는 나의 비통함을 더욱 무겁게 하는 것이다. 이에
눈물을 닦아가며 부인에 관한 사실을 대략 기록하여 묘표에 걸고 영원히
전하고자 한다.

<table><tr><td>해
제</td><td>청송 심씨(1660.9.15~1699.1.16)는 조태채의 부인이며, 풍덕부사(豊德府
使) 익선(益善)의 딸이다. 1676년(숙종 2) 17세에 조태채와 혼인하여 정빈</td></tr></table>

(鼎彬)·관빈(觀彬)·겸빈(謙彬)과 딸 둘을 두며, 23년을 함께 산 아내이다. 남편
조태채의 입을 통해 전달되는 몇 가지 일화를 통해 깨끗하고 곧은 품성과 남편의
입신출세를 바라는 한결같은 정성을 가졌던 심씨의 모습을 그려볼 수 있다.

---

14 석갈(釋褐) : 평민의 옷을 벗어 버림, 곧 관직에 처음으로 임명됨.

15 아아(啞啞) : 웃음소리.

김주신(金柱臣) : 1661(현종 2)~1721(경종 1). 경주. 자는 하경(廈卿), 호는 수곡(壽谷) · 세심재(洗心齋), 시호는 효간(孝簡)이다. 조부는 예조 판서 남중(南重), 아버지는 생원 일진(一振)이다. 숙종의 장인이며 박세당(朴世堂)의 문인이다. 1686년(숙종 12) 생원시에 장원으로 합격하였고, 장원서 별검 · 귀후서 별제 · 사헌부 감찰 · 호조 좌랑을 역임했다. 딸이 숙종의 계비(繼妃: 仁元王后)가 되면서 돈녕부도정이 되고, 이어 영돈녕부사로 경은부원군에 봉해졌으며, 오위도총부도총관으로서 상의원 · 장악원의 제조 및 호위대장을 겸임했다. 최석정(崔錫鼎) · 김창협(金昌協) · 서종태(徐宗泰) 등과 교유하였다. 저서로 『거가기문(居家紀聞)』 · 『수사차록(隨事箚錄)』 · 『산언(散言)』 · 『수곡집(壽谷集)』 등이 있다.

8세조 할머니 정부인 홍씨 묘지
八世祖妣貞夫人洪氏墓誌

　　부인의 묘표는 표제에 '정부인 홍씨의 묘표'라 되어 있고 비의 등쪽[陰記][1]
에는 다음과 같이 되어 있다.

　　"판한성부윤 김종순(金從舜)[2]의 처 홍씨이다. 홍치(弘治) 13년[1500] 2월, 고
양 대자산(大慈山)에 묻었다. 세계(世系)와 생졸년도는 기록하지 않으니 지금
은 모두 상고할 수 없기 때문이다. 판윤공[김종순]의 선조와 후손만을 기록
하여 광(壙) 남쪽에 기록하였는데 과거는 간략히 하고 지금의 일은 자세하
게 썼으니 훗날 증명할 자가 있을 것이다."

　　판윤공의 아버지는 판서에 추증된 계성(季誠)이고, 할아버지는 조선조 개
국공신 제숙공(齊肅公) 균(稇)이다. 증조 할아버지는 찬화공신(贊化功臣)·참
지문하부사(參知門下府事)에 추증된 지윤(智允)이고, 고조 할아버지는 전서(典
書) 기연(起淵)이시다. 우리 김씨의 본관은 경주(慶州)이다. 판윤공께서는 세
종·문종·단종·세조·예종·성종 여섯 임금을 대대로 섬겼으며 시호는
공호(恭胡)이다. 2남 3녀를 두셨는데 장남 치운(致運)은 봉상시정(奉常寺正),
차남 치세(致世)는 홍주(洪州) 판관(判官)을 지냈다. 세 딸은 부사 권필(權佖)·
판관 김양손(金良孫)·부정(副正) 한윤범(韓允範)에게 시집갔다.

---

1 음기(陰記) : 비의 뒤에 새긴 기록.

2 김종순(金從舜) : 1405(태종 5)~1483(성종 14). 본관은 경주. 아버지는 계성(季誠)이다.
1427년(세종 9) 생원시에 합격하고 1437년 문음(門蔭)으로 충훈부사승(忠勳府司丞)에 제수,
이후 전농시직장(典農寺直長)·한성부중부령(漢城府中部令)·감찰 등을 지냈다. 병조 좌
랑 재직 중 부사직(副司直) 이보흠(李甫欽)을 사직에 잘못 승수(陞授)시킨 사건에 연루되어
논죄되었으나 공신자손이라 하여 파직에 그쳤다. 1469년(예종 1) 경상도관찰사로 나갔다가
병으로 사직하였다. 1476년(성종 7) 지중추부사로 벼슬에서 물러나기를 청하였으나 허락되
지 않았다. 시사(詩詞)에 능통하여 명성이 높았고 세조 때 청백리에 녹선 되었다.

봉사시시정[치운]의 아들은 지평(持平) 인령(引齡)이고, 판관[치세]의 아들은 직제학(直提學) 천령(千齡)이라 한다. 직제학[천령]의 장남 만억(萬億)은 군수를 지냈고, 차남 만균(萬鈞)은 대사헌을 지냈으며, 지평[인령]의 후사로 나갔다. 셋째 만일(萬鎰)은 현감이고, 다음은 만영(萬鍈)이다. 대사헌[만균]은 아들 둘을 두었는데 장남은 절도사 경원(慶元)이고, 차남은 좌의정 명원(命元)이다. 좌의정[명원]의 장남 극형(克亨)은 일찍 돌아갔고, 차남 수인(守仁)은 별제(別提)[3]이고, 절도사[경원]의 후사로 나갔으며, 셋째 수렴(守廉)은 첨추(僉樞)를 지냈다. 별제[수인]의 아들은 참판에 추증된 남헌(南巘)이고 첨추[수렴]의 아들은 예조 판서 남중(南重)[4]이다. 참판[남헌]의 세 아들은 참판 시진(始振)·정자(正字) 익진(益振)·참봉 하진(夏振)이다. 판서[남중]의 세 아들은 정랑(正郎)을 지낸 홍진(弘振)·생원(生員) 일진(一振)·부사(府使) 필진(必振)[5]이다. 참판[남헌]의 아들 정자[익진]의 장남은 양신(亮臣)인데 현감을 지낸 종연(宗衍)을 낳았다. 정자[익진]의 아들 보신(輔臣)은 판관을 지냈으며, 창연(昌衍)을 낳았다. 참봉[하진]의 아들 몽신(夢臣)은 관찰사로서, 아들 세연(世衍)을 낳았다. 정랑[홍진]의 아들 정신(鼎臣)은 부사를 지냈으며, 이연(履衍)·태연(泰衍)·복연(復衍)을 낳았다. 생원[일진]은 아들이 둘인데 성신(聖臣)은 진사이고 상연(象衍)·지연(趾衍)을 낳았으며, 내[주신(柱臣)]는 영돈녕(領敦寧)으로서 후연(後衍)·구연(九衍)을 낳았다. 부사[필진]의 아들은 개신(介臣)이다.

부인의 묘는 남향의 언덕에 있다.

---

3 별제(別提) : 여러 관아에 소속된 정·종 6품의 관직.

4 남중은 성종의 5세손 세헌(世巘)의 딸과 혼인하였다.

5 김필진 : 1635(인조 13)~1691(숙종 17). 조선 후기의 문신. 본관은 경주. 자는 대옥(大玉), 호는 평옹(萍翁)·풍애(楓崖)·야당(野塘). 아버지는 예조 판서 남중(南重)이고, 어머니는 전주 이씨 세헌(世憲)의 딸이다. 1657년(효종 8) 진사가 된 뒤, 여러 차례 대과에 응시하였으나 실패하고, 1669년(현종 10) 음사(蔭仕)로 빙고 별검(氷庫別檢)이 되었고, 그 뒤 여러 고을의 수령을 역임하였다. 특히, 원성현감(原城縣監)으로 있을 때 둑이 무너진 것을 개축하여 공을 세웠다. 1691년에 평시서령(平市署令)이 되었으나 병으로 퇴직하였다. 저서로는 『풍애유고』·『인감(人鑑)』이 있다.

기축년[1709] 5월 5일 광(壙) 남쪽 한 자 떨어진 자리에 묻었다.

정부인 남양 홍씨(?~1499?)는 김주신의 8대조 할머니로 김종순(金從舜: 1405~1483)의 아내이며 홍연산(洪燕山)의 딸이다. 홍씨의 묘지명이지만 홍씨의 행적에 대한 기술은 없고, 6대의 임금을 섬겼다는 홍씨의 남편 김종순의 행적을 위시하여 경주 김씨 가문이 얼마나 번성해 왔는가를 8대에 걸친 40명 가까운 자손들의 이름을 나열하는 것으로 입증하고 있다. 사실 이 글을 보면 홍씨 할머니보다 참봉에서부터 대사헌에 이르기까지 8대에 걸쳐 과거 급제자와 관료를 배출한 경주 김씨 가문의 쟁쟁한 내력을 인식하게 된다. 아마도 이렇듯 '훌륭한 자손들을 배출한' 내력은 조상 할머니에 대한 칭송이자, 또 그것에 기댄 가문의 쟁쟁함을 과시하는 방편이 되기도 했을 것이다.

추가하여 기록함
添錄

판윤공이 묻힌 곳은 알 수 없다. 선대에 전하기로는 효릉(孝陵)[6] 화소(火巢)[7] 안에 있다고 하는데 그 또한 꼭 그렇다고 할 수 있을지는 모르겠다. 관력 또한 족보가 없어져 전하는 것이 없지만 세조 임오년[1562]에 가정대부(嘉靖大夫)로서 경기도 관찰사가 되셨음은 흥인문(興仁門) 안의 옛 종명(鐘銘)에서 볼 수 있다. 예종 원년[1468]에 자헌대부(資憲大夫)로서 경상도 관찰사가 되셨음은 본도[경상도] 선생안(先生案)에 보인다.

단종 계유년[1453]에 장령(掌令)이 되고, 세조 신사년[1461] 12월에 도승지로서 하동부원군 정인지 · 좌의정 신숙주 · 좌찬성 황수신과 함께 고양현에 가서 장순왕후(章順王后)[8]의 장지(葬地)를 택하였다. 임오년[1462]에 호조 참판, 갑신년[1464]에 대사헌이 되었으며 성종 신묘년[1471]에 개성 유수가 되었다. 무술년[1478], 성종이 반궁[성균관]에서 노인들에게 연회를 베풀 때에 공이 상호군(上護君)으로서 정창손 · 한명회 · 서거정 · 허종 등 명공들과 함께 참석하였음은 실록에 보인다. 청렴결백한 관리로 뽑혔던 것 또한 실록에 보인다. 그리고 공의 외증조 할아버지인 판서 이구직(李丘直)의 묘표는 정통(正統) 9년[1444; 세종 26]에 세워졌는데 그 음기가 바로 공이 쓴 것이다. 공의 관함은 선무랑 · 병조 정랑 겸 승문원 부교리 · 춘추관 기사관이니 문과를 통해 등용되었음은 이를 통해 볼 수 있다.

---

6 효릉(孝陵) : 인종과 인성왕후 박씨의 묘소. 경기도 고양에 있다.

7 화소(火巢) : 능에 불이 나는 것을 막기 위해 능 주변 초목을 베어 낸 일정한 구역.

8 장순왕후(章順王后) : 1445(세종 27)~1461(세조 7). 예종의 비로 한명회의 딸이다. 세조의 총애를 받았는데, 원손을 낳은 뒤 1461년 세상을 떠났다.

경인년[1710] 10월 7일에 더하여 묻는다.

『성종실록』에는 '성종 무술년 4월 갑오에 상감께서 성균관에 행차하사 작헌례(酌獻禮)를 행하시고, 명륜당에 거둥하여 양로연을 베푸니 영의정 정창손·행상호군 김종순 등 16인이 참여하였다.'고 하였다. 이밖에도 참석한 자들이 많았는데 공은 여러 노신들 중에서 두 번째가 되시니 이때에 연세가 80세쯤 되셨다. 그리고 무술년[1478]에서 홍치 경신년[1500] 부인을 묻은 해까지 23년이니 이로 미루어 보면 부인의 향년은 거의 백세가 되는데 과연 그럴 수 있는지? 집안의 옛날 족보에 "어떤 본에는 '판윤공이 총제 박배(朴培)의 딸에게 장가들었다'고 되어 있는데 아마도 전실·후실인 듯하다."라 한 것이 맞고, 따로 묻은 것 또한 이 때문이다.

정경부인에 추증된 5세조 할머니 여흥 민씨 묘지
五世祖妣 贈貞敬夫人驪興閔氏墓誌

부인은 대사헌으로서 영의정 월성부원군에 추증된 김만균(金萬鈞)의 원배(元配)이자 직제학 김천령(金仟齡)의 둘째 며느리⁹이다. 좌승지 영홍 민원(閔源)의 딸이자 관찰사 사건(師騫)의 손녀이다. 일찍 세상을 떠나 자손이 없다. (만균의) 계배(繼配) 안씨에게 아들 둘이 있는데 장남 경원(慶元)은 절도사이고 차남 명원(命元)은 좌의정이다. 좌의정 이하 자손들은 대사헌공[김종순]의 묘표와 의정공 묘표 음기에 갖추어 기록되어 있다.

부인은 고양 대자산 언덕에 묻혔는데 대사헌 공의 묘소와는 서로 수십 보 가까운 거리에서 바라보고 있다. 작은 표석이 있는데 정덕(正德) 신사년[1521] 9월에 세워진 것이지만 돌아가신 해가 언제인지는 알 수 없다. 그런데 직제학공[김천령]이 35세로 홍치 계해년[1503]에 돌아가셨을 때 읍취헌(挹翠軒) 박은(朴誾)이 편찬한 명행기(名行記)¹⁰에 "아들 다섯, 딸 하나를 두었는데 큰 아들이 열 한 살이다"이라고 하였다. 대사헌공[만균]은 차남이니 이때가 태어나서 아직 열 살도 안 되었을 것이요, 가정(嘉靖) 무자년[1528; 중종 23]에 과거에 급제했을 때에는 나이가 겨우 서른 네 살이었다. 그리고 표석을 세운 것은 무자년[1528]보다 8년 전이니 부인의 연세는 삼십 몇 년을 채우지 못하였을 것 같다. 뒤에 정경부인에 추증되셨다.

기축년[1709] 5월 5일에 광(壙) 남쪽 한 자 떨어진 자리에 묻는다.

---

9 개부(介婦) : 적장자(嫡長子)의 처 외의 며느리를 일컬음. 만균이 천령의 차남이었으므로 둘째 며느리라 한 것이다.

10 『읍취헌유고』 권4에 「김인로명행기(金仁老名行記)」가 있다. 김종순은 김인로의 손자이다.

정경부인 여흥 민씨(?~?)는 김주신의 5대조 할아버지 김만균(金萬鈞)의 원배(元配)이다. 정보가 많지 않은 탓인지 돌아가신 해조차 상세하지 않아 그 자손들의 나이와 정황들로 민씨가 돌아가신 해를 추정하고 있다.

여동생 묘지

亡妹墓誌

내 여동생 유인 김씨는 한씨의 아내가 된 지 9년 만에 병이 들어[11] 세상을 떠났다. 빈소를 차리고 난 뒤 누이의 남편 한홍중(韓弘仲)이 울며 나에게 말하였다.

"아내가 일찍 세상을 떠난 탓에 후사가 없습니다. 만약 저와 합장(合葬)[12]을 하지 않으면 우리 자손들이 아내의 묘를 잘 받들어 모시지 않을까 걱정됩니다. 그래서 제가 반드시 넓은 묘자리를 찾아 오른쪽을 비워 두었다가 반장(返葬)[13]하려고 합니다. 하니 매형께서 대자리(大慈里)의 산소에 임시로 묻어 주십시오."

내가 그의 말에 감동하여 그해 4월 기유(己酉)일에 대자리 산소에 누이를 임시로 묻으니 바로 고양치 서쪽 돌아가신 부모님 묘소였다.

장례를 지낸 지 석 달 만에 내가 또 울며 홍중에게

"내 동생이 일찍 죽어 후사가 없으니 가전(家傳)으로 후손들에게 전해주지 않으면 우리 두 집안의 자제들이 동생의 현숙함을 알고 제사에 정성을 바칠 계기가 없을까 걱정되네. 게다가 임시로 매장하였으니 더더욱 기록해 두지 않을 수 없기에 내가 글을 지어 그 무덤에 표지를 삼고자 하네. 두 통을 썼으니 한 편은 우리 후손에게 전하고, 한 편은 자네의 책 상자[14]에

---

11 노화(勞火) : 노(勞)는 병(病). 화(火)는 풍한서습조(風寒暑濕燥)와 함께 병의 원인 중 하나.

12 동실(同室) : 원뜻은 부부가 함께 사는 것. 백거이(白居易)의 「증내(贈內)」에 "生爲同室親 死爲同穴塵"이라 하였다. 여기서는 문맥상 '합장'을 의미하는 것으로 보인다.

13 반장(返葬) : 객지에서 죽은 사람을 고향으로 옮겨다가 상사지냄.

14 건사(巾笥) : 건상(巾箱). 두건이나 문건, 혹은 책과 같은 것을 넣어 두는 상자.

보관하려는데 어떻겠는가?”라 하니 홍중이 눈물이 그렁그렁한 채[15]로
“네…네….”[16] 하였다.

내가 이 말을 홍중에게 한 것이 이제 또 일 년이 되었다. 그런데 글을
아직 못 지은 것은 내가 동생이 죽은 뒤로부터 매사가 슬퍼 항상 홀연히
죽기를[17] 원했으니 잊혀지지 않는 것을 죽음으로 잊었으면 하는 바람이 있
었기 때문이다. 게다가 어찌 차마 누이의 평소 일을 서술하고 붓 끝에 동생
이 내 눈 앞에 다시 있는 것처럼 그려내어 나의 슬픔을 새롭게 하겠는가?
그러나 한 때의 슬픔을 견디지 못한다면 내 마음을 또 어찌할 것이며, 그리
고 내 슬픔을 어찌 덜겠는가! 마침내 피를 적셔 다음과 같이 쓴다.

유인은 경주 김씨이다. 아버지 성균관 생원 일진(一振)은 일찍 돌아가셔
서 현달하지 못하였다. 할아버지는 예조 판서·경천군(慶川君) 남중(南重)이
고, 증조 할아버지는 첨지중추부사를 지내고 영의정에 추증된 오원군(鼇原
君) 수렴(守廉)이며, 고조 할아버지는 좌의정·경림부원군 충익공 명원(命元)
이시다. 어머니는 풍양 조씨이니 성균관 진사로 좌승지에 추증된 내양(來陽)
의 딸이요, 좌의정 문효공 익(翼)의 손녀이시다.

유인은 현종 갑신년[1664] 5월 19일에 태어났다. 어려서도 어머니를 섬기
고 형제들을 대함에 공경과 사랑이 갖추어 지극하였다. 한씨 가문으로 시집
가서는 온화한 기색으로 시아버지를 모시고, 온화와 유순함으로 남편을 섬
기면서 남편이 하고자 하는 일은 반드시 따르고 어김이 없었다. 혹 남편이
잘못을 하면 또 도리를 밝혀 경계하여 깨닫게 한 뒤에야 그만두곤 하였다.
이로 인하여 남편은 유인을 대할 때 손님처럼 공경하였다.

한번은 유인이 아침에 앉아 있는데 넋을 잃은 채[18] 기분이 좋지 않아 보

---

15 왕연(汪然) : 눈물이 그렁그렁한 모양.

16 유유(唯唯) : 공손하게 대답하는 소리. 남의 뜻에 순종하는 유순(柔順)한 모양.

17 합연(溘然) : 갑자기, 홀연. 갑자기 세상을 떠남. 무와(無吪) : 『시경』「왕풍·토원(兎爰)」

18 홀홀(忽忽) : 혼미한 모양, 실의(失意)한 모양.

였다. 나중에 남편이 지난 아침에 무슨 생각을 하느라 심정이 좋지 않았는지 물었다. 부인은 "꿈에 제 거울이 절로 깨졌습니다. 제가 그것이 무슨 조짐인가 생각해 보았지만 알 수가 없습니다." 하였다. 남편이 불길하다고 여겨 다른 사람에게 팔고 집에 두지 않으려 하니 유인이 웃으며 "조짐이 이미 나타났는데 머무르지 못하게 한들 무슨 소용입니까? 또 불길한 물건을 다른 사람에게 넘긴다면 불길하기로 이보다 더한 것이 없습니다."라 하였다. 남편이 옷깃을 바로 여미며 "당신의 마음은 옛사람이 화로를 팔지 않던 것과 비슷하오. 이로써 불길함을 물리칠 수 있을 것이오."라 하였다.

갑자년[1684] 봄, 유인의 어머니와 큰오빠가 한 달 사이에 돌아가시니[19] 유인은 몸을 해칠 정도로[20] 몹시 슬퍼하였다. 제사를 돕는데 비록 채소처럼[21] 보잘것없는 물건들이라도 반드시 칼을 잡고 직접 마련했으며 종이나 첩들에게 맡기지 않았고, 곡을 하면 피눈물이 치마에 스며들고 자리를 적시며 삼 년을 하루같이 보냈다. 소상(小祥)이 다가오자 몹시 마음 아파하며 남편에게 "세상에서 딸자식은 아들만 못하다고들 하더니 이제 보니 과연 그러합니다. 저는 강보에 싸여 있을 때 아버님을 여의고 어릴 때부터[22] 어머니의 품에서 자랐습니다. 비록 삼년상 외에 삼년을 혼자 더 한다 해도 제 목숨을 다시 살려 주신 수고로움을 어찌 만분지일이라도 갚겠습니까? 예(禮)에 만약 변통이 있다면 저 같은 사람은 마땅히 그 변통을 따라야 할 것입니다. 삼년상으로도 마음을 다하지 못할 것인데 이제 대상(大祥)이 되기도 전에 상복을 벌써 벗게 되었으니 오늘의 회한은 평생의 애통함이 될 것입니다."라 하며 눈물을 떨구고 큰 죄를 지은 사람처럼 울었다.

---

19 어머니 풍양 조씨와 큰오빠 성신(聖臣)을 말한다.

20 훼(毁) : 상을 치르는 중에 지나칠 정도로 슬퍼하여 몸이 여위는 것. 애훼(哀毁), 과훼(過毁)라고 쓴다.

21 저(菹) : 채소 절임. 저(葅).

22 초츤(齠齔) : 젖니가 빠지고 이를 갈 무렵의 나이. 칠팔 세 경.

그러더니 유인은 그 해 여름, 갑자기 병에 걸려 피를 토했다. 의원을 보러 왔던 편에 내 집에 와서 있었는데 몇 달 안 되어 약을 안 먹었는데도 절로 병이 나았다. 겨울이 되어 남편의 집으로 돌아가더니 병이 추위와 함께 도져 신음하다가 결국 죽을 것을 스스로 알고 있는 듯 때때로 자다 깨다 하는 중에서도 하늘을 부르며 살려 달라 빌었다. 이듬해 봄, 병이 더욱 심해져 집을 나왔고, 3월 1일 새벽, 나와 홍중(弘仲), 그리고 여종 두서넛이 둘러 앉아 속광(屬纊)[23]을 하고, 해가 떠오른 뒤에 비로소 친척들에게 알렸다. 곧 담의(襜衣)[24]를 입었다가 상을 마치고 길복(吉服)[25]을 입었다. 아아! 저 푸른 하늘은 어찌 이리 잔인하신가! 어찌 이리도 잔인하신가!

유인의 효성과 우애는 타고난 것이었다. 초상[26]이 난 뒤로는 눈물이 항상 이부자리를 적셨고, 사람들과 이야기를 나눌 때에도 갑자기 오열하며 말을 잊기도 했으니 다시는 세상 살아갈 마음이 없었던 것 같다. 그러면서 어머니의 길쌈[27] 도구를 모두 거두어 잘 간직하고 "비록 낡았지만 어머니 살아실 제의 손자국이 여기에 많이 남아 있네. 하였다. 당시 한양이 난리로 어지러웠는데[28] 유인은 보관하고 있던 유묵(遺墨)[29] 수백 함(緘)을 모두 꺼내어 열에 하나만을 남기고 불에 던져 넣으며 "유묵이 많으면 위급한 때에[30] 보

---

23 속광(屬纊) : 망자의 죽음을 확인하는 절차로서 코에 솜을 대어 숨이 남아 있는가를 확인하는 것.

24 담의(襜衣) : 상복의 하나로 상제가 담제(襜祭) 뒤에 길제(吉祭) 때까지 입는 옷. 담제는 상복을 벗는 제사. 담제는 대상을 지내고 한 달 건너서 지낸다. 대상은 초상 2년 뒤. 아내가 죽었을 때에는 남편이 초상 후 15개월 만에 지낸다.

25 길복(吉服) : 제사 때 입는 옷. 제사를 길례라고 함. 길제는 졸곡제. 초상 뒤 수시로 하던 곡을 아침저녁으로만 하도록 그치는 제사로 초상이 난 지 3개월 만에 지낸다.

26 대고(大故) : 부모의 상(喪), 혹은 죽음의 범칭. 여기서는 어머니와 큰오빠 성신의 죽음을 뜻한다.

27 견사(繭絲) : 명주실.

28 소설(騷屑) : 난리로 어지러워짐.

29 유묵(遺墨) : 죽은 사람이 남긴 친필의 시문, 서화, 편지 등.

30 완급(緩急) : 여기서는 위급한 일, 또는 변고가 발생한 때의 의미.

존하기가 어렵고, 적으면 살아서는 몸을 지킬 수 있고, 죽으면 같이 묻을
수 있네."라 하였으니 남은 글들을 같이 묻으라는 말로 자기의 뜻을 보인
것이다.

　내가 가난하여 부엌에 끼니거리가 없음을 매양 걱정하면서 비록 내가 입
에 맞아하지 않더라도 국수나 떡이 있으면 꼭 보내왔다. 내가 생각하고 있
는 것은 미리 반드시 힘을 다해 마련해 놓고서는 "마침 있네요."라 했지 어
려워하는 기색을 보인 적이 없고, 힘이 닿지 못한 것에 대해서는 또 물러나
서 가난함을 병인냥 마음 아파했다. 이 때문에 내가 유인을 대할 때에는
조심하며 배가 고프니 부르니 하는 말을 하지 않았다. 병이 들어 침상에
몸을 맡기게 되었을 때에 내가 곁에서 보살펴주었다. 유인은 매일 아침저녁
으로 어린 종을 불러서 내가 무엇을 먹는지 묻고, 귓속말로 단지의 곡식을
팔아 술을 사서 내게 올리라고 했다. 죽던 날 저녁에 실낱같은 호흡[31]을 하
고서도 여전히 그 말하는 것을 그치지 않았다.

　유인은 어릴 때 이미 베짜기[32] 같은 여공(女工)을 할 줄 알았다. 그러나
기교를 부리거나 자기가 쌓아두고 간직할 줄은 몰랐고, 자라서는 비단옷을
입고 재물을 모으는 자를 보면 탄식하며 "자리나 의복[33]은 추위만 막으면
족하다. 무늬지고 수놓인 것이 어찌 온기를 더할까. 인생은 아침이슬 같으
니 쌓고 모으는 것은 내게 소용 있는 것이 아니라" 하였다. 화장도구 같은
것들도 달라는 사람이 있으면 그 자리에서 주고 아까워하지 않았으며 비단
같은 것들은 어쩌다 얻은 것이라도 모두 나눠주고 집에 남겨두지 않았다.
유인이 베풀기를 좋아하고 검소함을 숭상함은 어려서부터 그러하였으니
실로 여사의 풍모가 있었다 할 것이다.

　아아! 유종원(柳宗元)이 일찍이 그의 누이 최씨 부인의 묘지[34]를 쓰면서

---

31 기식(氣息) : 숨. 호흡.

32 마시(麻枲) : 삼베와 마.

33 인면(絪綿) : 인은 깔개, 자리, 면은 걸치는 것.

말하였다.

"큰누님이 시집가 며느리와 아내로서의 도리를 행한 것은 내가 아는 것이 최씨가 전부 아는 것만은 못할 것이요, 혼례하기 전 어린 시절[35]은 최씨가 아는 것이 진실로 내가 아는 것만 못할 것이다."[36]

그러나 어(語)에 "공(拱)[37]은 아름[抱]에서 알고, 집은 문을 보면 안다."고 했고, 전(傳)에도 "부모를 섬기는 일에 바탕하여 임금을 섬긴다."고 했다. 유인이 지극한 성품으로 어머니에게 효도함이 이와 같았으니 시부모에게 얼마나 효도했을지 알 수 있고, 형제에게 우애함이 이와 같았으니 남편을 어찌 섬겼을지 알 수 있다. 그래서 내가 유인이 필시 온화한 기색으로 어김이 없었을 것이라 짚었던 것이다. 소박하고 검소하며 남과 다툼이 없음은 친정에서도 이와 같았는데 하물며 시댁에서 본 것이겠는가! 몸에 편하고 화려한 의복과, 풍족하게 쓸 수 있는 많은 재물은 사람들이 좋게 여기는 것이고 부녀자는 더욱 심하다. 그런데 유인이 어릴 때의 성품을 이처럼 잃지 않았으니 유인의 15세 이전은 홍중도 미루어 헤아릴 수 있을 것이다. 이미 그러하니 어릴 때부터 15세까지의 유인에 대해 홍중이 아는 것이 어찌 나보다 적다 하겠는가! 시댁에 가서 며느리와 아내의 도리를 행한 것에 대하여 내가 아는 것이 어찌 홍중이 다 아는 것만 못하다 하겠는가! 유종원이 쓴 묘지(墓誌)는 고루한 것이로다. 아아! 비록 유인의 효성과 공경함은 신명(神明)께 물으면 될 일이지만, 시부모님[38]의 자애로움과 현명함이 있지 않았다면 삼지지언(三至之言)[39]으로 수레를 가득 채운 귀신[40]이 되지 못하게 하는 것이

---

34 유자(柳子) : 당나라 문인 유종원(柳宗元).

35 세례(笄禮) : 여자가 성인이 되는 15살에 올리는 의식. 남자의 관례와 상응하는 것.

36 유종원(柳宗元)『유종원집(柳宗元集』 권13 「망자최씨부인묘지개석문(亡姊崔氏夫人墓志蓋石文)」 "我伯姊之葬, 良人博陵崔氏爲之志.(崔簡, 字子敬.) 凡歸於夫家, 爲婦爲妻爲母之道, 我之知不若崔之悉也. 然而自笄而上以至於幼孩, 崔固不若我之知也, 又烏可以已."

37 공포(拱抱) : 두 팔로 에워싼 그만한 크기.

38 존장(尊章) : 시부모에 대한 경칭.

겠는가.

유인이 아들 하나를 낳았는데 일찍 죽고 다시는 후사가 없을 것 같으니 천도(天道)가 선한 자에게 복을 주는 이치가 어찌 그리 한결같이 어두운가! 인과응보의 설이 혹시라도 허망한 것이 아니라서 마침 전생에 있던 죄과에 갚음을 한 것이고, 후세에는 큰 복으로 갚아 주려는 것인가. 그렇지 않다면 유인처럼 어질고 효성스런 사람이 어찌 후사가 없는가! 무릇 세상의 백 가지 복 중에 한 가지도 온전히 가진 것이 없는가. 어찌하여 나는 재앙이 쌓이고 쌓여 형제에게까지 미쳤는가! 하늘 때문인가, 사람 때문인가! 무슨 이유인가!

아아! 유인은 나보다 세 살이 어린데 어릴 때부터 우애함이 매우 돈독하였다. 더욱이 부모님을 잃은 뒤로는 더욱 간절하게 의지하고 지키며 살아온 것이 누나와 여동생 둘 뿐이었으니 어떠했겠는가. 큰누나는 강교(江郊)에 있으며 병에 걸려 우제(虞祭)에서 대소상 때까지 모두 멀리서 바라보며 곡만 하였다. 같은 성(城)에 같이 살면서 내가 병들어 아프고 추위에 굶주린다는 것을 알고 아침저녁으로 서로 위로하며 지낸 사람은 오직 유인뿐이었다. 이제 유인이 죽었으니 내가 앞으로 어찌 살아야 할까! 내 앞으로 어찌 살아야 하나!

아아! 내가 이미 형제가 적은 것도 견디지 못할 일이다. 삭망(朔望)의 차례에 추위와 더위를 피하지 않고 걸어가서 묘소에 잡초나 빙설이 있으면

---

39 삼지지언(三至之言) : 거짓말도 계속 듣다 보면 진실로 여기게 된다는 말. 증삼의 어머니가 증삼(曾參)이 사람을 죽였다는 말을 듣고 두 번째까지는 태연하게 베를 짰으나 그 말을 세 번째 듣고서는 사실로 믿고 그만 베짜는 것을 그만두고 도망했다는 말에서 나왔다. 『전국책(戰國策)』「진책(秦策)」 "費人有與曾子同名族者而殺人 人告曾子母曰 曾參殺人 曾子之母曰 吾子不殺人 織自若 有頃焉 人又曰 曾參殺人 其母尙織自若也 頃之 一人又告之曰 曾參殺人 其母懼 投杼踰牆而走"

40 재귀일거(載鬼一車) : 귀신은 본래 형체가 없는 것인데 한 수레에 가득 실려 있는 것을 본다고 하는 것은 없는 것을 있다고 여기는 것이니 망령됨이 심함을 말한다. 『주역』「규괘(睽卦)」上九 "睽孤 見豕負塗 載鬼一車 先張之弧 後說之弧 匪寇 婚媾 往遇雨則吉 象曰 遇雨之吉 羣疑亡也"

늘 손으로 꺾고 손가락으로 긁어내곤 했다. 이제 내가 슬픔으로 지병이 들어 쇠잔해져서 살 날이 많지 않다. 내가 죽은 뒤에 목동들의 침범을 막고[41] 제사를 받는 것은[42], 하늘이 만약 이를 살피신다면 기꺼이 허락하실 것이다. 그 일이 하늘에 달려 있지 않겠는가. 양가의 후손 중에 만약 은혜를 베풀 친척이 있어 이 글에 감동한다면 내가 편히 눈감을 수 있을 것이다.

홍중의 이름은 배도(配道)로 청주 사람이고, 우의정 청평부원군 응인(應寅)[43]의 증손이요, 지금의 성균관 사예인 성우(聖佑)[44]의 둘째 아들이다. 관례를 치르기 전에 숙부 성거(聖擧)의 후사로 나가니 유인이 항상 그 집에 거처하였다.

금상 13년 정묘년[1687, 숙종13] 5월 중순에 오라비 주신이 눈물을 닦으며 쓴다.

---

41 봉금(封禁) : 봉쇄하여 닫아 금함.

42 필분(苾芬) : 제물의 향기. 전하여 제사의 뜻으로 쓰인다.

43 한응인(韓應寅) : 1554(명종 9)~1614(광해군 6). 조선 중기의 문신. 본관은 청주(淸州). 자는 춘경(春卿), 호는 백졸재(百拙齋)·유촌(柳村), 시호는 충정(忠靖)이다. 부사직(副司直) 경남(敬男)의 아들. 1576년(선조 9) 사마시를 거쳐, 이듬해 알성 문과에 병과로 급제하여 예문관에 뽑혔고, 곧이어 승정원주서·예조좌랑·병조 좌랑·지평·정언을 지내고, 1584년 종계변무주청사(宗系辨誣奏請使)의 서장관(書狀官)으로 명나라에 다녀왔다. 1588년 선천 군수로 부임하여 이듬해 정여립(鄭汝立)의 모반사건을 적발, 그 공으로 호조참의가 되고, 이어 도승지가 되었다. 1590년 종계변무의 공으로 광국공신(光國功臣) 2등에 오르고, 정여립 모반을 고변한 공으로 평난공신(平難功臣) 1등에 책록되었다. 초서(草書)에 뛰어났으며, 저서로는 『백졸재유고』가 있다.

44 한성우(韓聖佑) : 1633(인조 11)~1710(숙종 36). 조선 후기의 문신. 본관은 청주(淸州). 자는 여윤(汝尹). 우의정 응인(應寅)의 증손, 목사 수원(壽遠)의 아들이다. 1660년(현종 10) 사마시에 합격, 남오랑(金吾郎)에 천거되었으나 사양하였으며, 1674년 인선왕후(仁宣王后)에 대한 자의대비(慈懿大妃)의 복상문제로 서인 송시열 등이 관직을 삭탈당하고 유배되자 자신도 호서(湖西)에 은거하였다. 이후 송시열 등이 등용된 뒤 관직에 다시 나왔으며 1684년에 자궁(資窮)으로 식년 문과에 급제하였다. 1689년 남인 주도의 기사환국 이후에는 그 역시 벼슬을 버리고 향리에 머물렀고, 남인이 실각하자 다시 관직에 나아갔으나 이후 이조와 공조의 참판, 대사성 등의 벼슬을 모두 사양하고 향리에서 머물렀다.

해
제 이 글은 김주신이 여동생 유인 경주 김씨(1664.5.19.~1686?.3.1)를 위해 쓴 묘지이다. 유인 김씨는 청주 한배도(韓配道)의 아내이며 20대 초반의 젊은 나이에 자식 없이 세상을 떠났다. 김주신은 그렇게 일찍 세상을 떠난 여동생과의 애틋하고 돈독한 관계를 다양한 일화와 곡진한 감정 속에 담아내고 있다. 특히 부모님을 여읜 뒤로 삼남매가 서로를 의지하며 살며 기댈 곳을 잃은 슬픈 마음이 곡진하게 그려져 있다.

형수 나주 임씨 묘지

亡嫂孺人羅州林氏墓誌

금상 즉위 10년 갑자년[1684] 봄, 진사(進士) 형님[45]이 어머님의 상을 치르는 중에[46] 돌아가셨다. 아들 둘, 딸 하나가 있는데 장남은 아직 어린아이였다.[47] 형수 유인 임씨가 발 구르며 곡하고[48] 애통해함은 미칠 바가 없었는데 곧 말씀하기를 "옛날에 제가 들으니 우리 시어머니께서 시아버님 상을 당하였을 때 상례를 맡아 치를 맏며느리가 없어[49] 시신을 싸는 수의며 이불[50] 같은 것들을 어머니께서 손수 잘 마련하여 산 사람이나 돌아가신 분에게 유감이 없었다고 합니다. 이제 제가 어찌 감히 힘쓰지 않겠습니까." 하고는 마침내 눈물을 닦고, 공경히[51] 직접 초상 치르는 일을 주관하며 다른 사람에게 이를 맡기지 않았다. 이로부터 제사 때가 되면 반드시 더욱 공경하고 삼가 근심하며 아침저녁으로 반드시 안채[52]에 등불을 밝혀 두고, 도마에 기대어 잠을 잤다.

대고(大故)[53] 이래로 남의 집에 부쳐 살며[54] 더욱 곤궁해졌지만 돌아가신

---

45 김주신의 형님 성신(聖臣)을 말한다.

46 재구(在疚) : 거상(居喪).

47 성동(成童) : 나이가 찬 아이. 8세 이상의 소년, 15세 이상의 소년.

48 곡용(哭踊) : 곡을 하면서 발을 구름. 상례 의식의 하나. 애통한 마음을 보이는 것이다.

49 초상이 나면 맏아들이 상주가 되고, 맏며느리가 주부(主婦)가 되어 상례를 주관한다.

50 의금(衣衾) : 죽은 사람의 수의와 홑이불.

51 관수(盥手) : 손을 씻음. 손을 깨끗하게 함으로써 경중(敬重)의 뜻을 표시하는 것.

52 청사(廳事) : 정사를 보는 관아, 혹은 집의 안채. 여기서는 안채.

53 대고(大故) : 부모의 상(喪), 혹은 죽음의 범칭. 여기서는 시어머니와 남편의 상을 뜻하는 것으로 보인다.

54 교거(僑居) : 타향이나 남의 집에서 사는 것.

두 분 제사를 모시는 일에서는 한번도 어려움을 알게 한 적이 없었다. 내가 탈상을 했을 때 시렁에 해진 솜옷조차 없었는데도 밥상에 좋은 음식이 있었던 것은 모두 유인이 고생하며 부지런히 살림을 꾸리고 정성이 남보다 지극해서 그런 것이었다.

유인이 상복을 벗던[55] 해에 곧이어 친정 아버지가 돌아가시니 앞뒤로 초상을 치른 5년 사이에 상복을 벗고 있던 8개월 동안도 거친 음식과 옷[56]이 아니면 당신 몸에 편하게 여기지 않았다. 그 때문인지 잘 토하고 말라 여위더니 무신년[1688] 8월 23일에 돌아가니 나이가 겨우 37세였다. 10월 임인일에 고양 대자리 산소에 합장하였다.

아아! 슬프다. 유인이 돌아가시자 염을 할 만한 오래된 치마, 저고리조차도 없었다. 종들을 꾸짖으니 "두 분 초상으로 3년 제사를 지내면서 비용이 부족하면 비녀며 귀걸이를 내다 팔아 대셨는데 치마, 저고리가 어찌 아직껏 남아 있겠습니까?" 하였다. 그제서야 빈 광주리에는 까닭이 있는 것이었음[57]을 깨달으니 거듭 나로 하여금 통한케 하는 일이었다.

유인은 집안을 잘 다스렸고 남의 곤궁함을 잘 도왔다. 시댁 사람 중에 죽음을 앞두었으나 가난하여 부엌에 끼니거리가 없는 사람이 있었다. 유인이 듣고 몹시 불쌍하게 여겨 그가 평소에 좋아하던 것이 있는가 물어서 시장에서 구해 주었다. 그 집에서는 유인에게 지극히 감동받아 지금까지도 유인의 일을 이야기하면 눈물을 떨구지 않은 적이 없다.

---

55 제상(除喪) : 상복을 벗고 길복(吉服)을 입거나 무거운 복제의 상복을 벗고 가벼운 복제의 상복을 입는 것. 『예기』「상복소기(喪服小記)」 "期而除喪 道也 祭不爲除喪也"

56 대포(大布) : 올이 굵은 베, 거친 천.

57 승광(承筐) : 『주역』「귀매괘(歸妹卦)」, 상륙(上六), "여자가 광주리를 받드나 비어있고, 남자가 양을 베나 피가 없다[女承筐无實 士刲羊无血]"라 했다. 진 헌공이 딸 백희(伯姬)를 진(秦) 나라에 시집보내려 하면서 점을 친 결과 귀매지규괘(歸妹之睽卦)를 얻었는데, 사소가 점을 쳐보고 불길하다고 했던 데서 나온 말이다. 여기서는 '빈 광수리'를 뜻하는 말로 해석하였다.

유인은 기억력이 남들보다 뛰어나서 사람의 나고 죽은 날이나 족파(族派)의 성씨를 들으면 10년이 지나도 이야기가 나오면 매번 지목해 말할 때마다 틀림이 없었다. 이로 인하여 집안의 자잘한 일들은 기록해 두지 않아도 한 가지도 빠지는 것이 없었다. 일찍 어머니를 여의고 외가에서 자랐는데 외할아버지 참판 이준구(李俊耉) 공께서 다른 자손들보다 더 특별히 사랑하셨다고 한다.

유인은 본래 명망 있는 나주 임씨 가문 사람이다. 부친 굉유(宏儒)는 청엄도(嚴道)[58] 찰방을 지냈고, 할아버지 담(墰)은 이조 판서, 증조 할아버지 서(㥠)는 황해도 관찰사를 지내셨다. 돌아가신 형님 성신(聖臣)은 경주 김씨인데 가문 대대의 내력은 형님의 묘지에 기록되어 있다.

유인은 모두 3남 3녀를 두었는데 그 중 셋은 유인보다 먼저 죽었다. 장남 상연(象衍)은 재주가 있고, 학문에 힘써 일찍부터 명망이 있었으나 유인이 돌아간 지 2년 만에 여동생과 연달아 죽었다. 비록 장가는 들었지만 자식이 없다. 지금 겨우 열 살이 된 외아들 지연(趾衍)은 혈혈단신 의지할 곳이 없으니 아득한 하늘은 이를 살펴보고 계시는 것인지!

아아! 나와 돌아가신 형님은 한번도 떨어져 산 적이 없었으니 유인이 돌아가신 뒤로 집안은 몰락하고 제사는 법도를 잃었다. 나 또한 이리저리 떠돌며 생계를 유지하다 벌써 4년이 흘러 지금에 이르렀다. 곤궁한 삶에 회환이 많아 이미 세상 떠난 가족을 더욱 그리며 마침내 눈과 귀에 잊을 수 없는 것들을 기록하여 묘지를 쓰고 돌에 새겨서 무덤에 묻는다.

광(壙) 남쪽 한 자 떨어진 곳에 묻는다.

나주 임씨(1651.?~1688.8.23)는 필자 김주신의 형 성신(聖臣)의 아내이며, 임굉유의 딸이다. 성신과 혼인하여 3남 3녀를 두었으나 그 중 셋은 모

---

58 청엄(青嚴) : 전라도 세 개의 역참 중 하나. 전남 나주.

두 일찍 세상을 떠났다. 시어머니와 남편의 상을 연달아 치르면서 가난한 살림에 자신의 물건을 내다팔아서 제사를 지내고 집안을 일구었고 그래서 정작 자신의 죽음에는 염에 쓸 제대로 된 치마조차 없었던, 안타까운 삶을 살아간 여인이다. 김주신은 그렇게 집안을 일구던 형수가 세상을 떠나고 난 뒤의 정신적, 실제적 황황함을 솔직하게 그려냈다.

큰어머니 숙인 한산 이씨 묘지
伯母淑人韓山李氏墓誌

숙인 이씨는 명망 있는 한산(韓山) 이씨 가문 사람이다. 아버지 기조(基祚)는 예조 판서를 지냈고, 시호는 충간(忠簡)이며 할아버지 현영(顯英)은 이조 판서를 지냈고 시호는 충정(忠貞)이다. 어머니 평산 신씨는 좌승지 응구(應榘)의 딸이다.

숙인은 천계(天啓) 병인년[1626] 7월 3일에 태어나셨다. 어려서부터 단정하고 신중하며 행동거지에 타고난 법도가 있었다. 15세에, 지금은 돌아가신 큰아버지 정랑부군[김홍진]께 시집오셨다. 당시 시아버지 정효공(貞孝公), 시할아버지 첨추공(僉樞公)과 부인이 모두 연로하나 건강하셨다. 숙인은 그 사이에서 잘 처신하여 무릇 봉양하고[59] 곁에서 모시는 도리가 곡진하고[60] 엄밀하여 모두 정성과 삼가함에서 나오지 않은 것이 없었다. 첨추공과 정효공께서 기뻐해 마지않으시며 "새 며느리가 효도하고 공경스러우니 실로 우리 집안의 경사이다."라 하셨다.

시어머니 정부인(貞夫人)께서 돌아가신 뒤로 숙인이 집안의 일을 주관하였는데 더욱 스스로 조심하였다. 제사를 삼가 잘 모셨고 비록 채소나 여러 가지 물건들[61]이라도 반드시 몸소 직접 조리하고[62] 음식을 살폈으며[63] 한겨울이나 무더위에도 반드시 문을 열고 화로 앞에서 일을 하였다.[64] 간혹은

---

59 승안(承顔) : 어른의 안색을 살펴 받듦. 어른을 받늘어 모시는 일.

60 위곡(委曲) : 자신을 굽혀서 따름.

61 서품(庶品) : 여러 가지 물건, 만물. 많은 제수[祭品]. 『송사(宋史)』「악지(樂志)」 "庶品豊潔 令儀雍肅"

62 조(俎) : 적(炙)을 담는 제기, 적대, 또는 도마. 조도(俎刀)는 도마와 식칼.

63 시선(視膳) : 반찬을 살피는 것, 곧 부모님이나 연장자를 모시는 도리.

손이 터서 갈라지기도 했지만[65] 조금도 일을 게을리 한 적이 없었다.

지아비를 섬김에는 엄숙함과 순종함을 다하였다. 정랑부군께서 간혹 손님을 대접하거나 방문[66]하느라 늦게 돌아오면, 아무리 한밤중이 되어도 부군께서 상을 받지 않았으면 먼저 식사를 한 적이 없었다. 평소에도 대개 그러하셨고 변함이 없으셨다. 부군이 돌아가시자 밤낮으로 울며 실낱같은 호흡을 하고서도 아침저녁의 제사[67]는 부축을 받고서라도 반드시 직접 관여하였다. 삼년상을 치르는 동안 집안 사람들은 숙인이 웃는 것[68]을 본 적이 없다.

숙인은 타고난 자질이 자애롭고 온화하며, 겉과 속이 다름없이 깨끗하였다. 기억력도 남들보다 뛰어나서 선인(先人)의 말과 행동 중에서 본받고 법으로 삼을 만한 것은 한번 들으면 잊어버린 적이 없었고, 이로 인하여 일상의 언행에서도 의리에 어긋나는 것이 대개는 적었다.

장남 정신(鼎臣)은 세 번이나 고을을 맡아 숙인을 봉양[69]하였는데 음식과 물품이 어쩌다 풍족하고 사치스러워지면 매번 분부하여 줄이도록 하셨다. 음식에 대해서는 알을 품은 닭이나 꿩을 보면 매번 물리고 들지 않으며 "한창 봄날 자애로움으로 새끼를 기르는 때에 그 고기를 잘라서 먹는 것은 마음에 차마하지 못할 것이다."라 하셨다. 그리고 관렵(官獵)을 빨리 정지하라는 명을 내리도록 하였다. 혹 관아에 처리하기 어려운 일이 있음을 들으면 "송사를 공평히 처리하기 어려운 것은 고금에 일관된 근심이다. 그러나 마

---

64 당로(當爐) : 당로(當壚)라고도 쓴다. 화로 불을 마주하는 것, 술을 데우는 것을 말한다. 여기서는 더위와 추위를 가리지 않고 항상 더운 화로를 마주하여 술과 음식을 마련하여 어른들을 봉양했다는 의미로 보인다.

65 군축(皸瘃) : 추위로 손발이 트거나 동상에 걸림.

66 명가(命駕) : 길을 떠나기 위해 마부에게 거마를 준비시킴, 혹은 다른 사람의 방문.

67 궤전(饋奠) : 상(喪) 중에 물건을 올리고 제사를 지내는 것, 혹은 올리는 물건.

68 계치(啓齒) : 웃다. 웃으면 이가 드러나기 때문에 이렇게 표현한 것이다.

69 전성양(專城養) : 전성은 목사, 태수 등 한 고을을 맡아 부임하는 이른바 지방관. 지방관의 자리를 맡아 부모님을 봉양하는 것.

음을 공정하게 다잡고 사사로운 뜻이 끼어들지 못하게 하면 가능하다."라
경계하셨다.

혹은 친족 중에 와서 생계[70]를 의지하는 사람을 보면 또 말씀하시기를
"관아의 창고에 비록 한도가 있지만, 어려움을 서로 돕는 도리로 어느 때라
도 마땅히 베풀어야 한다. 옛사람 중에 향을 피우고 하루의 일을 하늘에
고하는 자가 있었는데 진실로 스스로 돌이켜 마음에 부끄러움이 없다면 녹
봉을 털어 다른 사람을 돕는 것이 의리에 어찌 해가 되겠는가?"하셨다. 집
에 계실 때[71]에도 친외가 친인척 중에 추위와 굶주림에 스스로 목숨을 보존
하지 못할 사람이 있으면 매번 쌀독을[72] 덜어 도와주시니 (숙인을) 의지하여
살아가는 자가 많았고, 평생[73]동안 그 은혜를 마음에 품었다. 일찍이 사촌
이씨가 자신의 아내가 죽게 되었는데 스스로 생각해 보아도 염(斂)할 것이
없자 사람을 보내어 숙인에게 뜻을 전하였다. 숙인이 그 말을 듣고 눈물을
흘리며 상자 속에 있던 예복(禮服)[74]을 보내니 이 일로 친척들이 감동하고
탄복하지 않음이 없었다.

숙인은 성품이 부지런하여 비록 매우 연로해진 후에도 여전히 손에서 길
쌈 도구를 놓지 않으셨다. 편지[75]를 주고받거나, 음식, 옷감을 다른 사람에

---

70 구복(口腹) : 음식, 먹고 사는 일.

71 재가(在家) : 집에서 머물며 집을 떠나지 않음. 늙어서 집을 떠나지 못하게 되었을 때를
   말한다. 또는 시집가기 전, 혹은 친정에 있을 때이다. 여기서는 혼인하기 전 친정에 있을
   때를 말하는 것이다. 『곡량전(穀梁傳)』 은공(隱公) 2년 "婦人在家 制於父 旣嫁 制於夫 夫死
   從長子"

72 담석(儋石) : 곡물의 양을 되는 한 섬들이 항아리, 혹은 한 사람이 지고 갈 수 있는 만큼의
   양, 얼마 안 되는 곡식.

73 몰치(沒齒) : 한평생, 죽을 때까지.

74 상복(上服) : 예복(禮服), 상등의 복장. 생시에 제사 때 입던 예복을 사후에 시신에게 입혔
   다.『의례(儀禮)』「사우례(士虞禮)」"屍服卒者之上服"이라 했는데 정현(鄭玄)의 주에 "上服
   者 如特牲 士玄端也"라 하였고, 가공언(賈公彦)의 소(疏)에 "玄端卽是卒者生時所著之祭服
   故屍還服之"이라 하였다.

75 혁제(赫蹏) : 혁제(赫蹏). 글씨를 쓰는 비단 조각. 종이.

게 줄 때에는 반드시 손수 글씨를 쓰고 봉하였는데 자획이 반듯하고 바르며 하나도 비뚤거나 기운 것이 없었다. 때로는 이런 일로 하루를 다 보내시면서도 지친 기색이 없었다. 집안의 부녀자들이 정신을 피곤하게 하는 것이라 말씀드리면 달가워 않으시며 "내가 굳이 애쓰지 않아도 이렇게 되는 것이고, 또 이렇게 하지 않는다면 사람을 정성으로 대하지 않는 것이다."라 하셨다.

경신년[1700] 정월 24일에 돌아가시니 향년 75세이다. 처음에 광주(廣州) 선산에 모셨다가 갑신년[1704] 온양군 북쪽 20리 되는 범위촌 동쪽 자리에 옮겨 묻었다. 정랑부군의 묘소는 전의(全義)[76] 소곡(素谷)에 있는 정효공의 묘역에 있다. 부군께서 항상 정효공의 묘소가 좁아서 원배(元配) 민부인을 왼쪽에 합장하지 못한 것을 한스럽게 여기고 따로 묻을 것을 유언으로 명하셨다.

남편 김홍진(金弘振)은 경주 김씨이고 벼슬은 호조 정랑에 그쳤으니 일찍 세상을 떠나서 현달하지 못하셨다. 정효공 남중(南重)은 예조 판서·경천군(慶川君)으로 좌찬성에 추증되셨다. 첨추공 수렴(守廉)은 첨지중추부사로서 영의정·오원군(鼇原君)에 추봉되셨다.

숙인은 3남 1녀를 기르셨다. 장남이 바로 정신(鼎臣)인데 생원으로 전(前) 청풍부사이고, 두 아들은 어려서 죽었으며 딸은 선비 이경저(李慶著)에게 시집갔다. 부사[김정신]는 첨정 한정상(韓鼎相)의 딸에게 장가들어 3남을 낳으니 이연(履衍)·태연(泰衍)·복연(復衍)이다. 이연과 복연은 일찍 죽고, 태연은 1남 1녀를 두었다. 이경저는 2녀를 낳으니 현감 박필순(朴弼純)과 선비 한배문(韓配文)의 아내이고 모두 자식을 두었다.

숙인의 명철한 법도와 아름다운 덕은 지금 영의정 서종태(徐宗泰)[77]가 편

---

76 전의(全義) : 지금의 충남 연기군 전의면 지역이다.

77 서종태(徐宗泰) : 1652(효종3)~1719(숙종45). 조선 후기의 문신. 본관은 달성(達城). 자는 군망(君望), 호는 만정(晩靜)·서곡(瑞谷)·송애(松厓), 시호는 문효(文孝)이다. 병조 참의 문상(文尙)의 아들이다. 이명한(李明漢)의 외손자. 1689년 기사환국으로 인현왕후 민씨(仁

찬한 묘표[78]에 이미 실려 있다. 이제 나는 청풍공[정신][79]의 명을 받고 삼가 평소에 눈과 귀로 듣고 보던 바를 써서 무덤에 기록한다.

해제 숙인 한산 이씨(1626.7.3~1700.1.24)는 김주신의 큰아버지 홍진의 아내이며 예조 판서 기조(基祚)의 딸이다. 아들 정신(鼎臣)과 이경저(李慶著)에게 시집간 딸, 그리고 어려 죽은 두 아들을 두었다, 이씨는 남편의 삼년상을 치르는 동안 한번도 '웃지 않았으며', 시어머니가 돌아가신 후에는 집안의 일을 맡아 주관했고, 관직에 있는 아들에게 봉양을 받으며 청렴한 생활 태도를 모범으로 보였다. 가족과 친지, 그리고 남을 잘 도왔으며 다른 사람에게 물건이나 편지를 줄 때에는 반드시 손수 글씨를 쓰고 봉하는 것으로 사람에 대한 정성을 보였다는 기록은 이씨를 좀더 가깝게 느끼게도 한다.

顯王后閔氏)가 폐위되자, 오두인(吳斗寅)·박태보(朴泰輔) 등과 소를 올리고 은퇴하여 저술에만 전념하였다. 1694년 갑술환국으로 인현왕후가 복위되자, 다시 관직에 나와 승지·대사간·대제학·공조 판서·대사헌을 역임하였다. 저서로 『만정당집』이 있다.

78 서태종의 문집인 『만정당집』(한국문집총간 권163, 292쪽)에 「숙인한산이씨묘표」가 수록되어 있다.

79 숙인 이씨의 장남.

강 소사[80] 광기(壙記)
姜召史壙記

　아아! 이곳은 나의 큰아버지이신 정랑부군(正郎府君)과 영의정에 추증되신 내 아버지의 유모였던 강 소사(姜召史)의 무덤이다.

　사촌형 청풍공[김정신]이 나에게 말하였다.

　"소사의 무덤에 마땅히 묘지가 있어야 할 것인데 아버님의 형제가 모두 일찍 돌아가시는 바람에 실행하지 못하였으니 그 책임이 우리들에게 있네. 자네가 써보시게."

　그리고 또 말하였다.

　"강 소사는 임인년[1662]에 태어나 경자년[1720] 12월 초하루에 세상을 떠나셨네. 사람됨이 공손하고 신중하며 주인의 집안을 정성으로 섬겼네. 죽기 하루 전날 밤 갑자기 '제가 어렸을 때에 점쟁이를 만났는데 제 손금을 보더니 나이 59세 되는 해에 죽을 것이라고 했습니다. 제가 올해 그 나이가 꼭 찼으니 죽을 것입니다.'라 했네. 그날 밤 갑자기 병에 걸려 여느 하루 사이에 죽었으니 기이하기도 하지. 그런데 자네는 그 이듬해에 태어났으니 어찌 그 일을 알겠나?"

　내가 이미 선친의 뜻을 따르고 또 사촌형님의 명을 받들어 글을 쓰고 장인에게 돌에 새기라 명하여 무덤에 넣는다. 후세 사람들이 여기에 무덤이 있음을 알고, 이미 파낸 흙은 다시 덮어놓기 바란다.

　무자년[1768] 중춘(仲春)에 경은부원군 김주신이 쓴다.

---

80 소사(召史) : 이두어로 조이. 양민의 아내나 과부를 일컫는 말로 성 아래에 붙여서 쓴다.

해제　강소사(1662.?.?~1720.12.1)는 김주신의 큰아버지인 홍진(弘振)과 아버지 일진(一振)의 유모이다. 두 분이 돌아가신 뒤에, 사촌 형인 정신(正臣)과 의논하여 윤 소사의 무덤에 넣을 글을 썼다. 강소사가 자신이 죽을 날을 미리 알고 있었고, 또 그때에 갑자기 병에 걸려 죽었던, 특이한 일화가 수록되어 있다. 김주신은 자신의 유모를 위한 광기(壙記)도 썼는데, 이를 통해 18세기에 이르면 묘지명 등으로 삶이 기록되는 대상 여성의 계층과 범위가 넓어지고 있음을 확인할 수 있다.

유모 윤 소사 광기(壙記)

乳母尹召史壙記

아아! 이곳은 나의 유모 윤 소사의 무덤이다. 소사가 자식이 없고, 묘소가 한양과 멀어 제사[81]가 오래도록 끊어져서 그를 생각할 때마다 문득 눈물이 흘러내리곤 하였다. 이에 한 조각 백석(白石)에 묘지를 새기고 종을 보내어 무덤 앞에 제사를 올리고 묘지를 묻음으로써 내가 슬피 그리워하는 마음을 깃들인다.

또한 후세인들이 이 삼척(三尺) 봉분[82]을 논밭[83]으로 만들지 않기를 기원한다.

경인년[1770] 9월 하순에 경은부원군(慶恩府院君) 김주신이 쓴다.

윤 소사는 천계 병인년[1626]에 태어나 기묘년[1699] 정월 8일에 돌아갔으니 나이 74세였다. 자녀를 많이 낳았으나 모두 잘 자라지 못하였고 딸 하나만 있다.

소사는 병들고 늙자 고향에 돌아가 죽고 싶어 했는데 결국 안협(安峽)[84]에 묻혔다. 소사의 부모는 바로 내 어머니의 외할아버지이신 이 충익공[李時白][85] 집안의 노비[86]였다. 그리고 안협은 실은 충익공께서 한미할 때 몸소

---

81 향화(香火) : 제사를 지냄, 제사를 지내는 자손.

82 삼척지봉(三尺之封) : 무덤. 삼척토(三尺土)라 하면 무덤을 말한다.

83 견묘(畎畝) : 논밭, 들.

84 안협(安峽) : 강원도 지명중의 하나.

85 이시백(李時白) : 1581(선조14)~1660(현종1). 본관은 연안. 자는 돈시(敦詩), 호는 조암(釣巖). 연평부원군 귀(貴)의 아들이며, 성혼, 김장생의 문인이다. 1623년 유생의 신분으로 아버지와 함께 인조반정에 참여하여 공을 세우고 연양군(延陽君)에 봉해지고, 다음해 이괄의 난을 평정하는데 공을 세웠다. 정묘호란과 병자호란 때는 인조를 호위하고 남한산성을 방위하

농사를 지으시던 곳이다. 그래서 소사가 충익공의 명을 받들어 안협에서
와서 우리 집안에서 일을 하게 되었던 것이다. 성품이 공손하고 온후하며
어린 나를 젖먹이는 수년 동안 참으로 부지런히 보살펴 주었다.

　이전에 새겨 넣었던 묘지문에 생졸년과 장지(葬地)를 쓰지 않았기에 내가
이제 위와 같이 추가로 기록하여 더하여 묻는다.

해제　윤 소사(1626.?.?~1699.1.8)는 김주신의 유모로 김주신의 외할아버지인
이시백 집안의 노비였다가 김주신의 어머니 이씨가 혼인하면서 김주신의
집안에 함께 왔다. 처음에 광기를 작성하고, 누락된 기록이 많았는지 추가로 넣은
부분도 함께 수록되어 있다. 많은 자녀를 두었으나 모두 잘 자라지 못하였다는 기
술로 보건대 주가(主家)의 자식들을 키우며, 잃어버린 자식들 생각으로 가슴 아팠
을 유모로서의 삶을 그 이면에서 느낄 수 있다.

는 책임을 다하였고, 병자호란이 끝난 뒤에는 전란의 후유증을 수습하고 대동법을 실시하여
사회를 안정시키는 데 큰 공을 세웠다. 이조 판서, 좌참찬, 좌의정 등을 역임하였다.
86 장획(臧獲) : 노비. 장은 남종, 획은 여종.

부모님의 언행에 관하여 들은 것을 기록함 중에서
先考言行記聞錄

아버지[一振]가 할아버님[南重][87]을 집에서 봉양하신 적이 있다.[88] 그때에 어머니의 유모가 후사가 없이 죽자 그 집을 팔아 백금 200냥을 얻게 되었다. 어머니가 그 사실을 아버지에게 말씀드리자 "이것이면 술과 밥을 (아버님께) 드릴 수 있겠다." 하시고, 또 "종들을 단속해서 백금을 얻은 일을 말하지 않도록 하시게."라 하시니 어머니는 아버지의 뜻을 따르셨다. 매번 새로 술을 담갔는데 술맛이 제대로 들기 전에 손님이 오면 술병을 옷이나 수건으로 꼭 싸놓고, 술을 사온 정황은 끝까지 비밀로 하게 하셨다. 그때가 마침 신축년[1661] 가뭄이 든 해였는데, 맛있고 부드러운 음식[滫瀡][89]을 드리느라 겨우 반년 만에 백금이 바닥나고 남은 것이 없었다. 그런데도 끝까지 생계를 위한 일을 하나도 하지 않으셨다. 심지어는 비천한 종이 와서 뵙는데 할아버지께서 술을 주라 말씀하시면 아버지는 술맛이 좋은지 나쁜지 반드시 직접 살피셨다. 어머니께서 이와 같이 아버지의 뜻을 어김이 없으셨고, 아버지도 할아버지의 뜻을 받드는 데 부족한 것이 있을까 걱정하심이 또 이와 같았다.

……할아버지의 부실(副室)이 있어 아들 둘을 낳았다. 빨래[90]하는 일을 대

---

87 왕부(王父) : 남에게 자신의 조부를 일컬을 때 쓰는 말.

88 김주신의 할아버지 남중에게는 홍진, 일진, 필진이라는 아들 셋이 있었는데 그 중 둘째 아들 일진이 김주신의 아버지이다.

89 수수(滫瀡) : 고대 음식 중 하나. 녹말을 음식물에 섞어서 부드럽고 걸쭉하게 만든 음식. 『예기』「내칙」에 시부모님을 섬기는 항목 중에 "菫荁枌榆免薧滫瀡以滑之 脂膏以膏之 父母舅姑必嘗之而後退"이라 했다.

신 해 줄 여종[91]이 하나도 없었는데 아버지께서 외가의 여종 중에 당신에게 보내진 여종 하나를 드리고 그로부터 그의 자식을 대대로 종으로 부리도록 하였다.

……나의 어머니 조씨는 포저(浦渚) 문효공[趙翼][92]의 자손이자 진사 래양(來陽)의 딸이고, 연양부원군 이 충익공[李時白]의 외손녀이시다. 이 연양공 슬하에서 자랐는데 연양공께서 특별히 깊이 사랑하였고, 늘 "이 아이가 남자로 태어나지 못한 것이 한스럽다. 내가 이 아이가 좋은 배필을 얻어 시집가는 것[93]을 보겠다."라 말씀하셨다. 그때에 할아버지[金南重]는 의정부에 계셨는데, 아버지가 공부를 하려고 와 있었다. 연양공께서 마침 길에서 아버지를 만났는데 멀리서부터 아버지의 풍채가 사람들을 훤히 비추는 것을 보고 기이하게 여겨 뒤쫓아 가서 어느 집의 자식인가 물으셨다. 그리고 돌아가 식구들에게 "오늘 내 손자사위를 얻었다!"라 하셨다. 아버지가 사위가

---

90 벽광(澼絖) : 세탁하는 일. 원래 『장자(莊子)』「소요유(逍遙遊)」에 대대로 세탁하는 일을 해도 손이 트지 않는 약을 가진 자가 있었다는 내용에서 나와 튼손을 치료하는 약방(藥方)이나 재주를 뜻하는 전고로 쓰이는데, 여기서는 문자 그대로 세탁하는 등의 집안일로 해석하였다.

91 혜(嫛) : 하녀. 여종. 『설문해자』에 '여예(女隷)'라 했다.

92 포저(浦渚) 문효공(文孝公) : 조익(趙翼). 1579(선조12)~1655(효종 6). 조선 중기의 문신. 본관은 풍양(豐壤). 자는 비경(飛卿), 호는 포저(浦渚)・존재(存齋). 오위도총부부총관 안국(安國)의 증손으로, 할아버지는 현령 간(侃)이고, 아버지는 중추부첨지사 영중(瑩中)이다. 어머니는 찬성 윤근수(尹根壽)의 딸이다. 장현광(張顯光)・윤근수의 문인이다. 문과에 급제하여 관직생활을 시작했는데 1611년(광해군3) 김굉필・조광조・이언적・정여창을 문묘에 배향할 것을 주장하다가 고산찰방으로 좌천되었다. 이어 인목대비가 유폐되자 벼슬을 그만두고 고향에 은거하였다. 인조 즉위와 함께 다시 출사하여 우의정・좌의정・중추부판사・영사의 자리까지 올랐다. 성리학의 대가로서 예학에 밝았으며, 경학・병법・복술에도 떠어났다. 이려시부터 변함없이 우정을 지켜온 장유(張維)・최명길(崔鳴吉)・이시백(李時白)과 함께 '사우(四友)'라 불려졌다.

93 시금(施衿) : 혼인. 고대 혼례 의식 중의 하나로 여자가 출가(出嫁)할 때 어머니가 딸의 옷고름을 매주고 허리에 수건을 채워 주면서 "부지런하고 공경히 하여 아침부터 저녁까지 집안일에 어긋남이 없게 하라."고 경계하는 데에서 나왔다. 『의례(儀禮)』「사혼례(士昏禮)」 "母施衿結帨曰 勉之敬之 夙夜無違宮事"

되고 나자[94] 두 분 공께서 사랑하고 귀중히 여기심은 매우 특별했다. 이때
에 아버지는 겨우 성동(成童)[95]한 나이였으니 어른들에게 인정받으심[96]이
이와 같았다.

---

94 생관(甥館) : 사위가 묵는 집. 그리하여 사위를 뜻한다.

95 성동(成童) : 7, 8세 이상, 혹은 15세의 나이라 하여 설이 일정치 않지만, 여기서는 『예기』의
주를 따라 15세로 보는 것이 좋을 듯하다. 『예기(禮記)』 「내칙(內則)」 "成童舞象學射御"라
했는데 정현(鄭玄)의 주에 "成童 十五以上"이라 하였다.

96 상식(賞識) : 사람의 재능이나 물건의 가치를 알아보는 것.

어머니 행장
先妣行狀

　　나의 어머니 유인 조씨는 명망 있는 풍양(豊壤) 가문 사람이다. 성균 진사로서 승정원 좌승지에 추증된 조내양(趙來陽)의 딸이자 의정부 좌의정을 지내고 시호가 문효인 포저(浦渚) 익(趙翼) 선생의 손녀이고, 첨지중추부사로서 의정부 영의정에 추증된 영중(趙瑩中)의 증손이시다. 윗대의 맹(趙孟)은 고려 태조의 개국을 도와 명신(名臣)이 되셨으니 이분이 시조이다. 어머니 이씨는 숙부인(淑夫人)[97]에 추증되셨는데, 의정부 영의정·연양부원군으로 시호가 충익공(忠翼公)인 이시백(李時白)[98]의 딸이시다. 숭정(崇禎) 계유년[1633]에 이 부인이 충익공[이시백]을 따라 강화부에 가셨는데[99] 충익공께서 부친 충정공[귀(貴)][100]의 초상을 당하여 벼슬을 그만두고 돌아오셨다. 부인도 교외의 집으로 잠시 나가 계시다가[101] 나의 어머님을 낳으시니 바로 2월 16일이다.

---

97 숙부인(淑夫人) : 정 3품 당상관 문무관의 처에게 하사되었던 내명부의 품계.

98 이시백(李時白) : 1581(선조14)~1660(현종1). 본관은 연안. 자는 돈시(敦詩), 호는 조암(釣巖). 88쪽 주 85) 참조.

99 이시백은 1632년에 이미 강화도 유수로 재직하고 있었다.

100 이귀(李貴) : 1557(명종 12)~1632(인조10). 조선 중기의 문신. 본관은 연안(延安). 자는 옥여(玉汝), 호는 묵재(默齋), 시호는 문 정(文定)이다. 1603년 정시 문과에 병과로 급제하였다. 1616년(광해군 8)에 숙천부사로서, 해주목사로부터 무고를 받고 수감된 최기(崔沂)를 만나본 일로 탄핵을 받아 이천에 유배되었다 1619년에 풀려나와 광해군의 난정을 개탄하고, 김류·신경진·최명길·김자점 및 두 아들 시백·시방 등과 함께 반정의거를 준비하였다. 1623년 3월에 광해군을 폐하고 선조의 손자인 능양군(綾陽君) 종(倧)을 왕으로 추대, 인조반정에 성공하여 정사공신(靖社功臣) 1등에 책록되었다. 1627년 정묘호란 때에는 왕을 강화도에 호종하여 최명길과 함께 화의를 주장하다가 다시 탄핵을 받았다. 저시로『묵재일기』3권이 있다. 영의성에 추증되었으며, 인조 묘정에 배향되었다.

101 출차(出次) : 죽은 자를 추념하며 정침(正寢)을 피개(避開)하고 교외에 잠시 머무는 말.

어머니는 나면서부터 남달리 재주 있고 총명하셨다. 6살 때에 언서를 깨치고 이어 한자 배우기를 청하였으나 8·9세가 되어서야 비로소 여러 사촌 형제들이 책 읽는 소리를 전해 듣고 외우게 되었는데 매우 정밀하여 빠뜨리는 말이 없으니 증조 할아버지·할머니께서 감탄하고 칭찬하지 않음이 없으셨다. 충익공께서 특별히 사랑하심은 더욱 중하였으니 항상 슬하에서 보살피며 "이 아이가 남자로 태어나지 못한 것이 한스럽다. 남자였다면 필시 가문을 번창하게 하였을 것이다."라 하셨다.

병자호란 때 승지부군[조내양]은 가족들을 이끌고 섬으로 전쟁을 피해 가셨다. 그때에 충익공[이시백]은 남한산성에서 비통한 심정[102]으로 남한산성을 굳게 지키며 일신을 잊고 나라를 위해 죽고자 하시면서도 밤낮으로 내 어머니 생각을 그치지 못하고, 항상 어머니의 어릴 적 이름을 부르며 "살았는가, 죽었는가!" 혼자 중얼거리셨다. 막하에서 섬기던 정치화(鄭致和)·이행우(李行遇)가 듣고 이상하게 여겨 "상공께서는 일신을 생각하지 않고 유독 어린 외손녀만을 걱정하십니까?"하니 충익공이 듣고 웃으며 민망해하셨다. 충익공이 어머님을 사랑한 것은 재주 때문만이 아니다. 마치 성인처럼 부모를 사랑하고 어른을 공경함을 사랑하셨던 것이다.

어머니가 15세가 채 못 되었을 때, 이 부인께서 호서(湖西)에 있으면서 병에 걸리셨다. 농가(農家)에서는 붉은 니[赤蝨]가 가장 큰 걱정거리였는데 아무리 침상을 높게 해서 피하려고 해도 이가 밤이 되면 침상의 다리를 타고 침상까지 올라왔다. 어머니는 밤이면 반드시 손수 등불을 밝히고 이를 잡느라 날이 밝을 때까지 상 아래에 매달려 있었는데 몇 달이 되어도 게을리 하지 않고 더욱 정성을 들였다.

어머니는 15세에 내 선친께 시집오셨다. 무릇 지아비를 섬김에 공손함으로 순종하였고 때로 또 잘못된 것은 권고하고 경계하셨다. 시부모님이 계신

곳에서는 반드시 숨죽여 조심하며[103] 온화한 기색으로 받드셨다. 그 공경하고 삼가하는[104] 모습은 마치 옷을 가누지도 못할 듯[105]이 했는데 17년 동안 늘 처음 시집오던 날과 변함없었다. 시누이와 올케들을 대하고 서출(庶出)의 형제들을 돌보고 살피는 것 또한 한결같이 정성과 신의에서 나왔고 항상 조심하고 두려워 삼가며 (당신의) 친정이 명망 있는 가문임을 염두해 두지 않았다. 당시에 문효공[조익]과 충익공[이시백]이 같이 의정부에 들어가시게 되자 내 할아버지인 경천부군께서 기뻐하며 "우리 집안에 어진 며느리가 있는 까닭이로다!"라고 하셨다.

무자년[1648] 봄에 승지부군과 이 부인께서 석 달 사이에 돌아가시니 어머니께서는 예(禮)를 넘어[106] 슬퍼 애통해 하며 3년을 하루같이 보내셨다. 3년의 슬픔을 다하고도 사모함은 여전히 줄어들지 않았고, 시부모님의 초상을 당해서도 마찬가지였다.

아버지께서 일찍이 할아버님을 집에서 봉양하셨다. 그때에 어머니의 유모가 자손 없이 죽자 유모의 집을 팔아 백금 200냥이 생겼는데 모두 아버지께 아뢰었다. 아버지는 "이것이면 (아버님께) 술과 밥을 드릴 수 있겠다."라 하시고 또 "종들을 단속하여 백금을 받은 일을 말하지 말라." 하시니 어머니는 그 뜻에 순종하셨다. 매번 새 술을 담갔는데 술이 익기 전에 손님이 오면 반드시 치마폭으로 술단지를 싸놓고, 술을 사온 정황은 끝내 비밀로

---

103 병기(屏氣) : 숨을 죽임. 공경하고 삼가하는 모양. 『논어』 「향당」, "屏氣 似不息者"

104 동동촉촉(洞洞屬屬) : 동동은 공손하고 정성스러운 모양, 촉촉은 한결같이 삼가는 모양. 『예기』 「예기(禮器)」 "洞洞乎其敬也 屬屬乎其忠也"

105 승의(勝衣) : 몸은 옷을 가누지 못하고 말은 입 밖에 내지 못할 듯이 매우 공손하고 두려워삼가하는 모양. 『예기』 「단궁 하(檀弓下)」 "趙文子與叔譽觀乎九原 文子曰 死者如可作也 吾誰與歸 叔譽曰 其陽處父乎 文子曰 行幷植於晉國 不沒其身 其知不足稱也 其舅犯乎 文子曰 見利不顧其君 其仁不足稱也 我則隨武子乎 利其君不忘其身 謀其身不遺其友 晉人謂 文子知人 文子其中退然如不勝衣 其言吶吶然如不出其口 所擧於晉國 管庫之士七十有餘家 生不交利 死不屬其子焉"

106 과제(過制) : 예제(禮制)의 규정을 넘어섬.

하게 하셨다. 할아버지가 댁으로 돌아가실 때가 되었는데 가지고 있는 금이 거우 몇 조각뿐인 것을 보시고도, 결국 그것을 외삼촌께 드려서 승지부군의 묘비[107]를 갖추도록 하였다.

을사년[1665]에 상을 치르던 중에[108] 아버지께서 돌아가셨다. 당시에 초상을 주관할 맏며느리가 없어 시신을 싸는 수의며 이불 등을 어머니께서 반드시 직접 스스로 마련하고 노비나 첩에게 맡기지 않으셨다. 빈소를 차린 뒤에 병이 심해져 거의 생명이 위태로울[109] 지경이었는데 자식들이 득의(得意)하지 못한 채[110] 의지할 곳 없는 모습을 보고 근심스레 깨달은 바가 있어 초상을 끝까지 잘 치르셨다.

어머니는 조상을 받들고 돌아가신 분을 섬김에 한결같이 정성과 공경으로 근본을 삼으셨다. 제수(祭需)[111]는 비록 빌려서 마련하더라도 한번도 많고 적음을 걱정하거나 마련하기 어렵다는 말씀을 입밖으로 내지 않으시며 "선령(先靈)들께서 이를 아시고, 와서 기꺼이 흠향하시지 않으실까 두렵다."고 하셨다. 집안 여인들이 이런 말을 하면 바로 손을 저어 말을 다하지 못하게 하며 마치 할아버지께서 듣고 계시는 것처럼 하셨다.

(할아버지의) 외할아버지 성 부군(成府君)[112]께서 후사가 없었는데 할아버지께서 일찍이 아버지에게 그분의 제사를 주관하라고 명하셨다. 아버지가 돌아가시자 어머니는 그 제사를 공경히 받들며 부묘(父廟)[113]와 다름이 없이

---

107 계생지석(繫牲之石) : 계생석(繫牲石), 곧 묘석(墓石), 혹은 묘비를 말하며 생비(牲碑) 혹은 생석(牲石)이라고도 한다. 옛날에 궁묘(宮廟) 앞에 제사에 쓸 희생(犧牲)을 매어 놓던 돌을 지칭했는데 후에 공덕을 새긴 비를 지칭하게 되었다.

108 연악(練堊) : 연(練)은 소상(小祥)을, 악(堊)은 상제(喪制)가 거하는, 사방을 흰 진흙으로 칠한 방을 뜻한다.

109 멸성(滅性) : 어버이를 잃고 슬픔이 극심하여 생명을 해칠 정도가 되는 것. 『예기』 「상복사제(喪服四制)」 "毀不滅性 不以死傷生也"

110 누루(纍纍) : 병이 들어 수척한 모양, 또는 뜻을 이루지 못하고 실의한 모양.

111 자성(粢盛) : 고대 제기에 담아서 제사에 바치던 곡물. 여기서는 제수로 번역하였다.

112 김주신의 조부, 곧 일진의 부친인 남중의 외조부가 성순(成恂)이다.

모셨다. 매번 제사 때가 되면 반드시 증조 할머니 성 부인(成夫人)의 말씀을 술회하며 제사를 돕는 집안 여인들을 경계하셨다.

"우리 왕고모님께서 일찍이 '우리 부모님은 성품이 깔끔하셔서 다른 사람들이 손때를 묻혀 만든 국수나 떡은 드시지 않았습니다.'라고 말씀하셨지. 내가 이 말을 지금까지도 잊지 않고 있네. 제사에 쓰는 물건이 정결하지 않으면 신령께서 필시 흠향하지 않으실 것이니 숨잔[114]을 깨끗하게 씻고 혹이라도 관계가 소원한 분이라 하여 게을리 함이 없어야 한다."

무릇 형제들을 대함에 마음으로부터 우애 있게 하는 것은 많은 사람들이 하기 어려워하는 바이다. 외삼촌께서 일찍이 밭과 집, 노비를 나누어 주셨는데 어머니는 사양하며 "얼마 안 되는 노비이니 나눠가질 수 없습니다. 또 몇 이랑 되는 밭을 나누어 갖는다면 부모님의 제사는 장차 빈 광주리로 받드시렵니까? 제게는 생계를 유지할 것이 있으니 이것이 없어도 충분합니다." 외삼촌이 여러 번 청하였으나 어머님이 끝내 받지 않으시니 외삼촌이 마음 편치않아 하셨다.

할아버지께서 측실(側室)에게서 아들 넷을 두셨다. 장남은 아내를 얻어 집안을 꾸렸으나 아래로 세 사람은 별다른 생계거리가 없었기에 내 아버지와 형제들에게 명하여 각각 한 사람씩 돕도록 하셨다. 아버지가 돌아가시자 어머니는 노비를 주어 나무하고 물 긷는 일을 돕도록 하고, 종이 죽으면 또 종을 보내 주셨다. 또 백 이랑의 밭을 주어 먹고 사는 밑천으로 삼게

---

113 예묘(禰廟) : 부묘(父廟). 『좌전』 양공(襄公) 12년에 "凡諸侯之喪 異姓臨於外 同姓臨於宗廟 同宗於祖廟 同族於禰廟"라 했고 두예(杜預)의 주에 "父廟也 同族謂高祖以下"라 하고 『좌전』 양공(襄公) 13년 공영달(孔穎達)의 소(疏)에 "祭法云 諸侯立五廟 口告廟王考廟皇考廟顯考廟祖考廟 此云禰廟, 卽彼考廟也⋯⋯禰近也 於諸廟 父最爲近也"이라 했다.

114 배권(杯卷) : 구부러진 나무로 만든 술잔. 원래는 부인용으로 돌아가신 어머니를 그리워하는 마음을 비유하는 말이었다. 여기에서는 선조의 제사에 쓰는 제기의 범칭으로 번역하였다. 『예기』 「옥조(玉藻)」 "母沒而杯圈不能飮焉"이라 하니 정현(鄭玄)의 주에 "圈 屈木所爲 謂巵匜之屬"이라 하고 공영달(孔穎達)의 소에 "杯圈 婦人所用 故母言杯圈"이라 하여 이후에는 돌아가신 어머니를 그리워하는 마음을 비유하였다.

하며 "돌아가신 시아버님께서 사랑하시고, 떠난 남편이 돕던 사람이니 감히 잊어버릴 수가 없구나." 하셨다.

무릇 자식들[115]을 양육함에 자애로움이 남들보다 더하셨기에 병이 나면 밤새 그대로 앉아서 아침을 맞으셨다. 그러나 잘못이 있으면 또한 조금도 용서하지 않으셨다. 나를 몹시 사랑하셨지만 내가 성년이 된 뒤로[116] 며칠 동안 글 읽기를 그치자 회초리[117]를 치기도 하셨다. 행동하는 것 하나하나, 말하는 것 하나하나를 모두 도리에 맞도록 엄격하게 독려하셨고 평소의 훈계는 모두 옛 가르침으로 법을 삼으셨다.

내가 안일에 빠져 놀며 게으른 것을 보실 때마다 반드시 "일하지 않고 먹으면 짐승과 같다."고 꾸짖으셨다. 내가 오만하고 경솔하여 예(禮)를 차릴 줄 모르는 것을 보면 반드시 "너희들이 성인의 글을 읽으면서도 따라 실천하지 못하니 비록 많이 읽었다 한들 장차 어디에다 쓰겠느냐!"라 책망하셨고, 내가 편지를 쓰면서 생각에 빠져 있으면 "정명도(程明道)가 '한 방향으로만 빠져 집착하면 또한 뜻을 상하게 된다.'고 말하지 않았더냐!"라며 경계하셨다.

내가 묘소의 나무들이 햇빛을 가리니 베어서 집을 짓자고 한 적이 있었는데 "전(傳)에 이르기를 '(군자는) 궁실을 지을 때 무덤의 나무는 베지 않는다.'[118]고 하였으니 재목을 골라 베어서는 안 될 것"이라 일깨우셨고, 내가 집을 짓게 되자 또 "먼저 사당(祠堂)을 세우거라."고 경계하셨다. 내가 조정

---

115 조씨는 김필진과의 사이에서 2남[성신, 주신], 2녀[이진악 처, 한배도 처]를 두었다. 또 김 필진은 측실에게서 2남[가연, 내연], 1녀[구익좌 처]를 두었다. 주신의 형 성신은 1684년 어머니 조씨의 상을 치르던 중에 세상을 떠났다.

116 승관(勝冠) : 남자가 성년이 되면 관을 쓸 수 있었으므로 성년(成年)을 뜻한다.

117 하초(夏楚) : 고대 학교에서 훈육을 위해 사용하던 도구. 『예기』「학기(學記)」에 "夏 榎也 楚 荊也"라 하였다.

118 『예기』「곡례 하(曲禮下)」, "凡家造 祭器爲先 犧賦爲次 養器爲後 無田祿者 不設祭器 有 田祿者 先爲祭服 君子雖貧 不粥祭器 雖寒 不衣祭服 爲宮室 不斬於丘木 大夫士國 祭器 不踰竟 大夫寓祭器於大夫 士寓祭器於士"라 하였다.

의 일이나 사람들의 허물을 말하는 것을 항상 금하고, 매번 내게 '충신(忠信)'을 말하고 '독경(篤敬)'을 행하라고 권면하며 "이 두 가지에 능해야만 군자라 할 수 있다."고 하셨다. 내가 한 가지 일이라도 어머님의 뜻에 따라 하지 않는 것을 보면 "네 아버지는 이러지 않으셨다." 하고 또 "네 아버지가 살아 계셨다면 너희들이 이와 같지는 않았을 것이다."라며 탄식하셨다. 하루는 문효공[조익]께서 어버이 봉양하시던 일[119]과 충익공[이시배]이 나라를 걱정하며 하시던 말씀을 들어 나에게 간절히 일러 주시며 "너희가 이 분들을 뵙지 못함이 한스럽구나." 하셨다.

내가 불초하여 어머니의 가르침을 삼가 공경히 받들어 잘 지키지 못하였다. 그러나 심히 어리석고 불초한 내가 그래도 허탄하고 그릇된 진창에 빠지지 않고 대략이나마 조심(操心)하고 자기를 삼가하는 방도를 알게 된 것은 평소에 어머니의 가르침이 이와 같이 엄격했기 때문이다.

무릇 집안을 다스리실 때에는 오로지 검소와 절약에 힘쓰셨고, 명교(名敎)를 힘써 숭상하셨다. 항상 나에게 말씀하셨다.

"우리 시아버님은 명문 거족으로 육경(六卿)의 지위에까지 오르셨다. 전답에서 들어오는 것과 녹봉으로 비록 온 집안이 비단옷을 입는다 한들 무엇이 부족했겠느냐? 그러나 본래 화려한 풍속을 좋아하지 않으셨다. 비록 네 형을 몹시 사랑하셨지만 네 형을 어루만지며 매번 내게 경계하시기를 '비단으로 바지, 저고리를 해 입히지 말라.'고 하셨다. 그 때문에 자식들에게 화려한 비단옷을 감히 입히지 못하였다. 네 아버지는 검소함을 더욱 좋아하셔서 아무리 무더위라도 모시로 옷을 해 입지 않으셨고, 명주로 갓끈을 하지 않으셨다. 이것이야말로 네가 마땅히 알고 있어야 할 것이다."

세간의 허황된 유행을 보시고는 매우 병통으로 여겼고, 더욱이 부처와 무당의 설을 좋아하지 않으셨는데 매번 탄식하며 말씀하셨다.

---

119 병자호란 때 조익은 80세 되신 부친을 찾아다니다 인조를 호종할 기회를 놓쳐 삭탈관직되고 유배되었다가 그 효성을 인정받아 복직된 바 있다.

"지금 세상에 돈과 비단을 내어 부처에게 바쳐 재앙을 물리치고 병 낫기를 기도하는데 이 얼마나 미혹된 것이냐! 만약 부처에게 신령이 없다면 그만이지만, 만약에 신령이 있다면 가난하여 재물이 없는 자들은 모두 일찍 죽고, 재물이 넉넉한 자들만이 모두 장수할 것이니 이것이 어찌 사람을 살리는 이치이겠는가! 또 내가 지금 사대부가를 보니 초상 치르는 날[120]에 무당을 불러 제사[121]를 지내고 죽은 사람의 영혼을 위로한다 하며, 그렇게 하지 않는 자에게는 그 영혼이 분노를 품어 반드시 자손이 병이 들기를 기다렸다가 재앙을 끼친다고 한다. 이 어찌 너무나 생각 없이 하는 일이 아니겠느냐? 설령 영혼이 지각이 있다 한들 자손의 질병을 걱정하기에도 겨를이 없을 것을, 도리어 해를 끼치겠느냐? 이것이야말로 더욱 가소로운 것이다."

항상 관례(冠禮)가 없어진 것을 한스럽게 여기고 시초를 바르게 하는 뜻이 아니라고 여기셨다. 내가 15세가 되어 삼가(三加)의 예[122]를 행하려 했는데 관례[祝敎]를 독단적으로 행하는 것이 꺼려져 비록 시행하지는 못하였지만 여전히 간절한 마음을 그치지 못하셨다. 한번은 기제사에서 돌아가신 형님이 향을 두 번만 올리고 일어나 절을 하고 물러나니 (어머니께서) "예(禮)에서는 세 번 하는 것을 법으로 삼으니 향도 마땅히 세 번 올려야 한다.[123] 지금 두 번만 올린 것은 잘못이다."라 일깨워 주셨다. 비록 소소한 예절이지만 반드시 법에 맞게 하시고자 함이 또 이와 같았다.

한번은 남산 아래에서 산 적이 있는데 우리들이 추위가 두려워 견디지

---

120 단괄(袒括) : 웃통을 벗어 왼쪽 어깨를 드러내고 머리를 묶음. 초상 때 소렴(小斂) 전에 상제가 하는 복장.

121 정조(鼎俎) : 솥과 적대. 제나 연향 때 희생(犧牲)이나 음식을 담는 그릇. 여기서는 제사를 말한다.

122 삼가(三加) : 관례 때에 치포관(緇布冠), 피변(皮弁), 작변(爵弁) 순으로 관을 갈아 씌우던 의식. 시가(始加), 재가(再加), 삼가(三加)의 과정을 거치며 성인으로서의 책무를 다할 것을 당부하는 축사를 한다. 『예기』, 「관의(冠義)」.

123 제례 중 강신(降神) 하는 과정에서 삼상향(三上香)을 한다.

못하고 집에 종을 시켜서 벌목이 금해진 소나무를 몰래 베어왔다. 어머니께서 보시고는 바로 "선비들이 오히려 나라의 법을 어기는가! 어리석은 종이 주인의 명령을 어길 것임은 말할 것도 없겠구나!" 못마땅해 하셨다. 그 뒤로 우리들은 아무리 추위가 심해도 서로 법을 지키자고 경계하였다.

일찍이 집안 사람 중에 벼슬을 그만 둔 사람이 관아의 재물을 자기 집으로 돌렸다는 말을 들으시고는 두 아들을 돌아보며 말씀하셨디.

"녹봉으로 남긴 재물은 그래도 자기가 가질 수 있지만, 관아의 공공의 재물이 어찌 집안을 윤택하게 꾸미는 밑천이 될 수 있겠느냐? 세상에 비록 곧고 깨끗한 선비라도 또 부인들에 의해 잘못되는 일이 많이 있으니 매우 애석한 일이다. 너희들이 훗날 만약에 스스로 굳세어지지 않는다면 선조를 욕보이기로 이보다 큰 것이 없을 것이다."

아아! 이제 비록 다행히 죽지 않고 자리를 얻어 어머니가 가르치신 바를 저버리지 않을 수 있게 되었는데, 누가 '이 참 좋은 좋은 소식이구나.'라 말해줄 것인가! 애통하고 애통하다!

어머니께서 평소에 숙환은 없으셨는데 중년 이후로 오래 살고 싶은 마음이 갈수록 없어져서 당신 돌보기를 더욱 등한시 하셨다. 내가 못나고 사지(四肢)의 기력이 민첩하지 못하여 삼천지우(三遷之憂)[124]만을 더했고, 백리로 쌀을 져 나르지는 못할 망정[125] 도리어 집안일[126]로 수고를 끼쳐드렸다. 끝내는 지쳐 고달파 병이 드시더니 갑자년[1684] 정월 18일에 자식들을 버리고 돌아가셨다. 아아! 애통하다. 아아! 애통하다.

일찍이 작은 상자 하나를 봉하고 겹으로 싸서 잘 넣어두시고 매번 우리

---

124 맹자 어머니의 '삼천지교(三遷之敎)'에서 나와 교육하는 일을 뜻하는 것으로 보임.

125 부백리지미(負百里之米) : 백리부미(百里負米). 백리 먼 곳으로 쌀을 나르다. 효성이 지극하여 매우 가난하면서도 갖은 고생을 무릅쓰고 부모님을 봉양함을 말한다.

126 시옹(尸饔) : 어머니가 집에서 밥 짓고 나무하는 등의 집안일로 고생하는 것을 뜻하는 말. 『시경』「소아·기보(祈父)」.

들에게 "이것은 내 부모님과 시부모님께서 손수 쓰신 편지이다. 훗날 내 관 속에 묻으면 된다."고 말씀하신 적이 있었다. 어머니가 돌아가시자 자식들이 생전의 유언[127]을 삼가 받들어 처음 그 상자를 열어 보니 편지 6함이 들어 있는데 손수 안에다 구별되게 표시를 하여 섞이지 않도록 되어 있었다. 4함 이외에 1함은 바로 충익공[128]의 필적이었고, 또 1함은 문효공 부인[129]께서 호서에 계실 때 오갔던 편지인데 그 연월을 살펴보니 바로 내 어머니께서 8, 9세 되시던 때였다. 그 편지의 말을 살펴보니 정성스럽고 간절하여 실로 소꿉장난이나[130] 하는 여자 아이의 말이 아니었다. 어머니의 뛰어난 재능이 일찍부터 갖추어졌던 것임을 이에서 더욱 볼 수 있었다. 그 어린 때부터 부모의 손때 묻은 물건이 공경할 만한 것임을 알아서 하나도 버리지 않고 거두어 간직한 것이 50년이고, 또 당신과 같이 묻으라 명하셨던 것이다. 아아! 지극한 성품이 아니라면 과연 그럴 수 있겠는가!

그해 3월 경오일에 고양군(高陽郡) 서쪽 대자리(大慈里) 아버지의 묘소 뒤쪽 북쪽 자리에 남향으로 모셨다. 아버지의 묘소가 좁고 비스듬하여 합장을 하지 못하고, 이듬해 9월에 아버지의 묘소를 이곳으로 옮겨 모셨다.

돌아가신 나의 아버지 일진(一振)은 경주 김씨이다. 20세가 넘어 갑오년 [1654] 생원시에 급제하셨는데 불행히도 일찍 돌아가셔서 현달하지 못하였다. 경천부군 남중(南重)은 벼슬은 예조 판서이고 경천부군에 대를 이어 봉해지시니[131] 바로 내 아버지의 아버지이시다. 할아버지 수렴(守廉)은 벼슬이 첨지중추부사이고 의정부 영의정과 오원군에 추증되셨다. 증조 할아버지 명원(命元)은 벼슬이 의정부 좌의정에 경림부원군이시다. 묘소는 내 아버지

---

127 치명(治命) : 살아 생전에 정신이 맑을 때 하는 유언.

128 조씨의 외조부 이시백.

129 조씨의 조부 조익의 부인.

130 농와(弄瓦) : 실패를 가지고 노는 것. 여자아이의 장난감, 득녀(得女).

131 습봉(襲封) : 영지를 대대로 물려받는 것.

의 묘와 언덕은 같고, 자리만 다르니 고양에는 김씨 8대의 선영이 있으며, 김씨는 국조(國朝) 이래 대대로 한양에서 살았다.

어머니의 향년은 52세이시다. 2남 2녀를 두셨는데 장남 성신은 진사인데 총명하고 박식하여 장차 그 가문을 번창하게 할 것이었는데 불행히도 심한 병에 걸려 회복하지 못하던 중에 갑자기 어머니의 상을 당하였다. 끝내는 어머님 초상을 치르는 중에 세상을 떠났다. 애통하도다. 어찌 차마 말로 할 수 있겠는가! 차남은 바로 나 주신인데 모자라고 불초하여 이렇듯 세상에 없을 지극한 재앙을 만났다. 장녀는 선비 이진악(李鎭岳)에게 시집갔고, 차녀는 선비 한배도(韓配道)에게 시집갔다. 성신은 찰방 임굉유의 딸에게 장가들어 2남 1녀를 두었는데 장남 상연(象衍)이 아버지를 대신하여 상주(喪主)[132]가 되니 그때에 아직 열 여덟 살도 되지 못했다. 나는 선비 조경창(趙景昌)의 딸에게 장가들어 1녀를 두었다. 이진악은 2녀를 낳았는데 모두 어리고, 한배도는 1남을 낳았는데 일찍 죽었다.

어머니는 타고난 성품이 온화하며 단정하고 곧고, 명민하며 자애롭고 어지셨다. 식견과 사려가 명철하고 말씀과 의론이 유창하고 통달하여 왕왕 의론하시는 바가 성인의 교훈에 아주 근접하곤 하였다. 부모를 사랑하는 정성과 슬퍼하는 어짊은 하늘에서 타고난 것이었다.

10살이 채 못 되셨을 때이다. 새로 바느질해 만든 비단옷을 입으셨는데 입으신지 열흘이 못 되어 친척 아이가 그 옷값이 얼마나 되는지 계속 물으니 어머니께서 민망해하시며 "너, 갖고 싶니?" 하시고는 바로 옷을 벗어서 주셨다. 마을 사람들이 듣고서는 속으로 감탄하였다.

경자년[1660]에 충익공[이시백]이 임종하시니 무릇 차를 끓이는 작은 일도 모두 친히 당(堂)을 내려 와서 손수 불을 지펴서 했다. 계해년[1683]에 황 부인[133]께서 전염병[여옹(癘癰)]에 거듭 전염되셨다. 어머니께서는 50세의 늙은

---

132 승중(承重) : 장손(長孫)으로서, 아버지가 죽으면 조부모의 상사에 아버지 대신하여 상제 노릇을 하는 것.

나이임에도 밤낮으로 잠도 안 자고 친히 보살피며 곁을 떠나지 않으셨다. 우리 두 아들은 서로 "어머니께서 사랑과 공경이 쇠하지 않으심은 진실로 감동할 만한 것이다. 그러나 여러 손자들이 아주 많은데 무슨 일로 우리 어머니만 유독 고생하시게 하는가!" 이야기했다. 그리고 마침내 식사하는 때에 가서 이것은 쇠약하고 늙은 분께서 감당할 수 있는 일이 아님을 극진하게 말씀드렸다. 어머니께서는 안타까워하며 말씀하셨다.

"여러 조카와 며느리들 또한 모두 잠을 자지 않고 있으며 그들의 근력 또한 모두 나보다 낫다. 그러나 주의를 기울여 보살피며 늙은 분의 심신을 편안하게 해 드리는 것에서는 모두 나만 못하다. 그래서 노인께서 자주 나를 불러 자리 앞에 앉으라 하시는 것인데 내가 어찌 차마 물러나 쉴 수 있겠는가!"

띠[帶]를 풀지 않고 단 음식을 드시지 않은 지 무릇 20여 일에 한번도 조금이라도 게으른 모습을 보인 적이 없으셨다. 황 부인은 바로 이 부인의 계모이니 내 돌아가신 어머니께는 실은 외조모이시다. 이 부인께서 돌아가신 뒤로 어머니께서 이 부인이 하시던 것처럼 섬기셨다. 일찍이 서숙(庶叔)께서 하시는 말씀을 들은 적이 있다.

"어떤 해 8월 보름에 나와 진사 형님이 조상님 산소에서 철전(徹奠)을 하는데 광주리에 새로 딴 감이 있었다. 진사 형님이 그 중 하나를 먹고 세 개는 싸길래 내가 어머님께 드릴 것이냐고 물으니 '아닙니다. 돌아가서 할머니께 드리려고 합니다.'라 했으니 할머니는 황 부인을 이른 것이다. 무릇 부모를 넘어 조부모를 생각하는 것이 어찌 사람의 마음이 그러해서이겠는가! 그런데도 이와 같이 한 것은 입에 맞도록 봉양하는 것이 뜻을 받드는 것보다 못하기 때문이다. 내가 이에 자부인(慈夫人)께서 노인을 염려하는 마

---

133 김주신의 어머니 조씨의 어머니 이부인의 계모, 곧 이시백의 계실(繼室)인 듯하다. 김주신이 쓴 「제외증대모정경부인황씨문(祭外曾大母貞敬夫人黃氏文)」이 『수곡집』에 수록되어 있다.

음을 알 수 있었다. 맛있는 과일 하나, 좋은 음식 하나도 일찍이 먼저 드신 적이 없었다."

외할아버지와 할머니께서 젊어 일찍 돌아가셨다. 추모하는 마음은 오래 될수록 더욱 간절해져서 평생에 부모님 이야기를 할 때마다 오열하며 눈물을 흘리셨다. 어떤 사람에게 나이를 묻다가 그 연세가 우연히 부모님과 같으면 당신도 모르게 오열하셨다. 아아! 종신토록 슬퍼 사무하는 마음을 그치지 못하였고, 사랑과 존경은 오십 평생에 쇠해지지 않았으니 지극한 효성이 아니라면 애를 쓴다고 해서 여기에 이를 수 있었겠는가!

막내 여동생이 시댁으로 가며 인사를 드리니

"옛사람들이 세상에 부모가 되지 않는 사람은 없다고 하였다. 그렇지만 고부간의 은애와 정은 베풀고 갚는 데에서 생겨난다. 네가 진실로 너의 정성과 공경을 다한다면 시부모님께서도 필시 '저 아이가 내 며느리가 아니라 내 자식 같다.'라 하실 것이니 그 마음에 어찌 틈이 있겠느냐. 가장 두려운 것은 네가 혹이라도 잘못을 하면 그분들이 '이 아이가 누구의 손녀이고 누구의 자식이다.'라 할까 하는 것이다. 조심하여 부모에게 수치를 끼치지 말아야 한다. 비록 형제의 자제들이라도 보면 반드시 부모의 도리로 섬기거라."라 하시며 정성으로 권면하고 경계하니 대개 인륜을 사랑하고, 다함없이 선을 베푸심[134]이 또 이와 같으셨다.

『소학(小學)』을 매우 좋아하셔서 항상 길쌈하는 여가에 읽기를 그치지 않으셨다. 강혁(江革)이 어머니를 업고 전쟁을 피해 간 것[135]이나, 왕람(王覽)이

---

134 석류(錫類) : 선을 여러 사람에게 베품. 『시경』 「대아(大雅)·기취(旣醉)」 "孝子不匱 永錫爾類"라 했는데 모전(毛傳)에 "類 善也"라 했고 정현(鄭玄)이 전(箋)에 "孝子之行 非有蝎極之時 長以與女之族類 謂廣之以敎導天下也"라 했으니 효자의 선한 행실이 여러 사람에게 베풀어짐을 말한다.

135 강혁거효(江革巨孝) : 강혁이 어머니를 업고 피난을 하며, 이것저것을 채취해하거나 품을 팔아 어머니를 봉양했던 일. 가난하여 자신은 맨발로 다니면서도 어머니 봉양을 위해 최신을 다하였다. 『소학』 「선행(善行)」 "江革少失父 獨如母居 遭天下亂 盜賊並起 革負母逃難 備經險阻 常採拾以爲養 數遇賊 或劫欲將去 革輒悌泣求哀 言有老母 辭氣愿款 有足感動人

형을 안고 외쳐 울었다는 이야기를[136] 읽을 때는 매번 안타깝게 여기는 마음이 말과 기색에 드러났는데 목격한 듯 하실 뿐만 아니라 당신이 직접 당한 일 같았다. 매번 증자(曾子)가 '어버이가 이미 다 돌아가시고 나면 (비록 하고자 한들) 누구에게 효도를 할 수 있겠는가.'[137]라 한 교훈을 읽을 때는 세 번 반복하여 읽으며 눈물이 맺히지 않은 적이 없으셨다. 충신과 정부(貞婦), 효자편에 이르러서는 두 아들을 위하여 반복해서 설명하며 신하된 자가 마땅히 이와 같아야 하고, 부인된 자가 마땅히 이와 같아야 하는 이치를 이야기하시는데 그 말씀이 명백하고도 간결하여 쉬우니 비록 여자들이 들어도 응당 이와 같아야 함을 모두 깨우칠 수 있었다. 일찍이 "자라나는 아이는 아직 잡스러운 생각이 없을 때이다. 먼저 『소학』을 가르쳐서 그로 하여금 지향해야 할 바를 알게 하는 것이 좋다." 하셨고, 이로 인하여 나 또한 9세가 된 후에 비로소 글을 읽었는데 처음에 『사기(史記)』를 배웠고 겨우 한 권을 떼자 바로 이 책을 공부하였다. 사서(四書) 등의 책도 또한 대략 섭렵하셨는데 무릇 경전에 실린 것은 한번 들으면 바로 듣는 대로 이해하고 마음으로 터득하여 즐겨해 마지 않으셨다.

일찍이 말씀하셨다.

"부모를 섬기는 사람이 항상 공손하고 삼가는 마음으로 하면 거의 잘못

者 賊以是不忍犯之 或乃指避兵之方 遂得俱全於難 轉客下邳 貧窮裸跣 行傭以供母 便身之物莫不畢給"

136 왕람포형(王覽抱兄) : 왕람은 이복형 왕상(王祥)이 자신의 어머니, 곧 왕상에게는 계모가 되는 주씨(朱氏)로부터 미움 받고 고생하는 것을 항상 안타깝게 여겨 형이 힘든 일을 당할 때마다 형을 껴안고 울면서 형에게 그렇게 하지 못하도록 자기 어머니 주씨에게 간하고 힘든 일을 자신도 같이 하니 계모 주씨의 악행이 그쳤다. 『소학』 「선행」 "王祥弟覽母朱氏 遇祥無道 覽年數歲 見祥被楚撻 輒涕泣抱持 至于成童 每諫其母 其母少止凶虐 朱屢以非理使祥 覽與祥俱 又虐使祥妻 覽妻亦趨而共之 朱患之乃止"

137 증자~지계(曾子~之誡) : 『소학』 「명륜(明倫)」 "曾子曰 親戚不說 不敢外交 近者不親 不敢求遠 小者不審 不敢言大 故人之生也 百歲之中 有疾病焉 有老幼焉 故君子思其不可復者 而先施焉 親戚既沒 雖欲孝 誰爲孝 年既耆艾 雖欲悌 誰爲悌 故孝有不及 悌有不時 其此之謂歟"

이 없을 것이다.”

또 말씀하셨다.

“내가 금년에 나이 50세이지만 외조모님 앞에서는 몸이 가볍기가 젊었을 때와 같구나.”

또 일찍이 말씀하셨다.

“자손들이 배우지 않아 무식한 것은 마치 옥 술잔이 깨어지면 비록 그 자질은 좋지만 끝내 완전한 보배가 될 수 없는 것과 같다.”

또 말씀하셨다.

“선비는 마땅히 언행을 근본으로 삼아야 한다. 문예(文藝)는 말단이다.”

또 말씀하셨다.

“사람이 비록 평생토록 선을 행한다 해도 오히려 선을 다하고 죽기 어려운데 또 무슨 일로 마음을 비뚤게 먹고 악을 행하겠는가?”

이것들은 모두 항상 하시던 말씀들인데 지당한 의론이자 좋은 깨우침이 아닌 것이 없다.

아아! 내 어머니의 평생의 지극한 행실과 아름다운 덕행 중에 무릇 자손들에게 법이 되고 향리에 본보기가 될 만한 것이 어찌 다만 이에서 그치겠는가. 그런데 내가 모자라고 어리석어 열에 겨우 하나만을 들었으니 나의 불효죄가 천지간에 숨길 곳이 없다. 그나마 다행히 남아 있는 것은 또 때맞추어 찬술하여 영원히 전해지도록 하는 방책을 세우지 못하였다. 그리고 또 진실하고 정직하게 기술하지 못하여 조상을 심하게 무고하였으니 이것은 나의 불효죄가 부모님께 용서받지 못할 것이다. 이것이 내가 밤낮으로 마치 닿지 못할 듯 급급해하면서도[138] 오히려 감히 지나치게 드러내고 거짓으로 과장하지 못한 까닭이다. 오직 군자들께서 안타깝게 여기고 살펴 주었으면 한다.

---

138 급급여불급(汲汲如不及) : 심정이 급박하고 간절한 모양. 『예기』「문상(問喪)」“其往送也 望望然 汲汲然 如有追而弗及也”

그런데 내가 또 만 배나 절통한 것은 내 성질이 소활하고 정성이 부족하여 살아 생전에 봉양을 다하지 못하고, 집안이 가난하여 재물이 없어 장례를 풍성하게 해 드리지 못했기 때문이다. 지금 비록 세상에서 겨우 목숨을 유지하고 있지만[139] 어디에 마음을 풀겠는가! 매일 한밤중까지 잠들지 못하고 생각이 한번 여기에 미치면 나도 모르게 눈물이 흘러내리고 실성한 채 길게 탄식하며 오정(五情)[140]이 마치 날카로운 칼로 베인 듯 아프게 찢어진다. 내 마음이 돌이 아닌데 어찌 감당할 수 있겠는가! 그러나 저승에 만분지 일이라도 갚고 이 마음의 원한과 걱정을 풀 수 있는 일 한 가지가 그나마 있으니 바로 이른바 불후지책, 이것이다. 다행히 어머니께서 한 마디 말씀을 아낌없이 주시어 나로 하여금 자기(瓷器)를 구워 무덤 속에 넣게 해 주셨다. 유당(幽堂)에 묘지(墓誌)가 있어 규범(閨範)이 전해진다면 나의 지극한 아픔과 깊은 회한이 조금은 덜어질 것이다. 만약 이 일이 미처 끝나지 않았는데 헐떡이는 내 목숨이 하루아침에 멎어버린다면 이것은 내가 살아서는 불효한 사람이 되고 죽어서는 원한을 품은 귀신이 되는 것이니 어찌 비통하지 않겠는가! 어찌 슬프지 않겠는가! 오직 군자들께서 안타깝게 여겨 살펴 주실 일이다. 갑자년 9월일 불초자식 주신이 피눈물을 흘리며 삼가 쓴다.

해제 유인 풍양 조씨(1633.2.16~1684.1.18)는 김주신의 어머니로 일진(一振)의 아내이며 포저(浦渚) 조익(趙翼)의 손녀이자 이시백의 외손녀이다. 아들 성신·주신과 이진악·한배도에게 시집 간 두 딸이 있는데, 장남 성신은 조씨의 상을 치르던 중에 세상을 떠났다. 『소학』을 비롯하여 『사서』를 읽으며 학식을 갖추었고, 일찍 세상을 떠난 남편을 대신하여 가부장의 자리에서 가문과 자식들을 이끈 여성이다. 묘지의 작성을 위해서도 필요했겠거니와 가계로부터 생애의 주요 사실들을 꼼꼼하게 기록해 두었다. 이것이 기반이 되어 김주신의 스승 최석정(崔

---

[139] 시식(視息) : 겨우 눈으로 보고 코로 숨을 쉴 뿐, 목숨을 겨우 유지하며 구차하게 살아가는 것.

[140] 오정(五情) : 희노애락원(喜怒哀樂怨), 혹은 눈귀코입몸의 오근(五根)에서 생기는 정욕.

錫鼎; 1646~1715)이 조씨를 위하여 「증정경부인풍양조씨묘지명(贈貞敬夫人豐壤
趙氏墓誌銘)」을 썼을 것이다.

여동생 제문

祭亡妹文

　　유세차 병인년[1686] 4월 을유삭 23일 정미일에 오빠 주신이 삼가 맑은 술과 음식[141]을 차려 놓고 죽은 여동생 유인 김씨의 영전에서 곡하며 영결한다.

　　아아! 이제 네가 떠나고 나면 나는 장차 어디에 의지해야 하느냐? 세상 누구인들 요절의 근심이 없겠는가만 그러나 어찌 너의 죽음만큼 참혹하고 또 가련한 것이 있겠느냐. 사람이라면 누군들 동기(同氣)로 인한 근심이 없겠냐마는, 그러나 나처럼 마음이 아프고 괴로운 이가 어찌 있겠느냐. 내 마음의 아픔과 네 죽음의 참혹함은 이 세상에서 찾아보아도 모두 둘도 없을 것이다. 애통하구나. 이 한을 말로 하려 하니 애간장이 찢어진다.

　　아아! 생각해 보면 내가 타고난 운명이 험하고 기박하여 일찍이 부모님을 여의었다.[142] 내 다섯 살에 아버지께서 세상을 버리셨을 때 너는 아직도 어머니 품에 있었고 형도 아직 어린아이였으며 큰누나도 계례를 올렸으나 혼인은 하지 않으셨었다. 우리 어머니께서는 고생하며 부지런히 수고하시어 슬픔을 억누르고 자식들을 어루만져 기르셨다. 탈상이 다가오자 집을 얻고, 딸을 시집보냈으며, 이듬해에는 그 집에 형을 머무르며 공부하게 하고 나와 너만을 데리고 교하(交河)의 옛집으로 가서 살았으니 형님[성신]의 혼례를 위해서 양잠을 하고 땅을 일구었던 것이다.

　　여름날 무더위에 띠집의 지붕에는 비가 새고 아래는 축축했다. 한 그릇

---

141 서수(庶羞) : 맛있는 음식. 『의례(儀禮)』 「공식대부례(公食大夫禮)」, "上大夫庶羞二十 加於下大夫以雉兔鶉鴽"

142 민흉(閔凶) : 부모님의 상(喪).

푸성귀 반찬에 맛없는 명아주국[143]을 드시며 나물죽도 먹지 못하였으니 그 고생이란 실로 견디지 못할 것이었다. 그런데도 어머니께서 때로 환히 웃으셨던 것은 진실로 나와 네가 모두 어려서 밤낮으로 어머니 앞에서 재롱을 피워 기쁘게 해드렸기 때문이다. 큰누나가 집을 옮겨 가고, 형님이 장성하여 자립하면서 비록 간혹 다른 집에서 따로 살 때도 있었지만, 오직 나와 너만은 한번도 우리 어머니 슬하를 떠나서 하루라도 서로 떨어져 본 적이 없다.

내가 원래 잘 앓았고, 너도 또 병약하여 매번 어머님께 자식이 아플까 하는 걱정을 끼쳐드렸다. 그리고 어머님의 자애로움도 남들보다 더하셔서 비록 가난하게 살면서 제사를 받드느라 겨울옷에 솜도 두지 못하였지만, 어린 아들과 딸의 약만은 일찍이 끊어지게 한 적이 없으시다. 비록 기력이 좋지 못하여 지팡이를 짚고 움직이셨지만 아픈 아들과 딸이 먹는 것만은 반드시 직접 불을 때 만드시고 먼저 맛을 보셨다. 밥 한 끼를 먹는 것에도 오로지 아픈 자식들만을 생각하며 아픈 자식들이 먹지 못하면 또한 따라서 곡기를 끊으셨다. 그렇듯 정성이 지극하니 어찌 감동되는 바가 없겠는가! 나와 네가 거의 죽었다 회생하고 위태로운 지경에서 다시 회복하여 아픈 신세를 면하고 종당에 장성할 수 있었던 것이다. 어머니께 걱정을 끼치고 어머니의 은혜를 입기로는 나와 네가 가장 깊을 것이니 그 은덕을 갚자 한들 어찌 끝이 있겠느냐!

아아! 아버지를 잃은 어머니의 보살핌을 입어 장가도 가고 시집도 갔다. 또한 가르침을 받아 거칠게나마 아는 것도 있게 되었다. 어린 아이들은 재롱을 피우고 온 집안 가득한 노비들은 분주하게 명을 받든다. 그리고 적은 곡식이나마[144] 쌓아 두고, 제사가 폐해지지 않게 되니 어머님께서 삶을 다

---

143 여갱(藜羹) : 명아주국. 맛없는 거친 음식. 악식(惡食).
144 담석(儋石) : 곡물의 양을 되는 항아리. 혹은 얼마 안 되는 곡식.

이루었다는[145] 마음을 비로소 갖게 되셨다. 형님의 과거 공부가 날로 진보하여 우뚝하게 두각을 나타내니 벼슬을 얻어 봉양을 할 날이 손꼽아 기약할 수 있게 되었고, 나와 네가 어머니의 은혜에 보답코자 하는 소원 또한 형님을 통해서 이룰 수 있을 것 같았다. 누가 생각했겠느냐! 하늘이 재앙을 거두지 않고,[146] 신명이 큰 복 주기를 아까워해서 거의 이루어졌다가 무너지고 완전해지려던 것이 깨어져버렸다. 잠깐[147] 사이에 만사가 무너져버렸구나!

경신년[1680] 이래로 재앙[148]이 다시 일어나 어린 자식과 손자들 중에 두서너 살 된 어린 것 셋이 한 달 사이에 잇달아 죽었다. 그리고 또 흉년까지 만나 먹기도 어렵고, 거처를 옮겨 다니며 좋은 음식을 드리지 못하였으니 매일 무엇을 드시게 할까 걱정이었다.[149] 만났다 헤어짐에 기약이 없어 매양 그리워하는[150] 아픔으로 근심하였다. 이로부터 나와 너 또한 헤어져 있는 날은 많고 만남은 적어지게 되었다. 때로 너는 친척 중에 부모님 두 분이 건강하시고 살림이 넉넉하며 형제자매가 한 집에서 즐기며 곁에서 즐거움을 함께 하는 것을 볼 때마다 매번 눈물이 글썽해지면서 "우리 집에만 어찌 유독 이런 즐거움이 없을까요?"하셨다.

나 또한 남몰래 슬퍼하였지만 그러나 나는 성품이 무디고 정성이 적어 슬픔이 오래가지 않아 근심하다가도 금방 잊고는 했다. 강혁이 나물을 뜯

---

145 수생(遂生) : 양생(養生). 자신 스스로를 돌보다 건강하게 잘 살고자 하는 마음.

146 회화(悔禍) : 재앙을 거두다, 재앙을 내린 것을 후회하다.

147 부앙(俛仰) : 굽어봄과 우러러봄. 잠시. 짧은 시간.

148 화고(禍故) : 김주신의 어머니, 형 김성신이 연달아 세상을 떠난 일을 말한다.

149 하상지탄(何嘗之歎) : '상(嘗)'은 먹다, 맛보다라는 뜻이다. 왕사(王事)에 바쁜 아들이 곡식을 심지 못하여 부모님께서 무엇을 드실까 염려했다는 데서 나온 말이다. 『시경』 「당(唐)·보우(鴇羽)」 "肅肅行鴇 集于苞桑 王事靡鹽 不能稻粱 父母何嘗 悠悠蒼天 曷其有常"

150 척기지우(陟屺之憂) : 민둥산에 오른다는 말로, 어머니를 그리워한다는 뜻이다. 어머니를 뜻하기도 한다. 『시경』 「위풍(魏風)·척호(陟岵)」 "陟彼岵兮 瞻望父兮 父曰嗟予子行役 夙夜無已 上愼旃哉 猶來無止 陟彼屺兮 瞻望母兮 母曰嗟予季行役 夙夜無寐 上愼旃哉 猶來無棄 陟彼岡兮 瞻望兄兮 兄曰嗟予弟行役 夙夜必偕. 上愼旃哉 猶來無死"

고, 품팔이를 했던[151] 것은 생각하지 않고 형님이 장차 현달하실 것만을 기다렸고 또한 증자(曾子)가 '때가 아니면 미치지 못한다.'고 했던 경계를 잊어버리고 오로지 어머님의 강녕하심만을 믿었다. 봉양함에도 때가 있는 줄 어찌 알았으며, 집찬(執爨)[152]할 날이 없으리라 어찌 생각이나 했겠는가! 네가 애태우는 기색을 매번 드러내고, 급급하게 마치 미치지 못할 듯한 것이 모두 세월을 아까워하는 정성에서 나온 것이고, 오늘날과 같은 염려를 미리 해서 그런 것이었음을 이제 비로소 알겠구나.

아아! 내가 못나고 어리석으며 사지의 기력도 민첩하지 못하여 그저 삼천지우(三遷之憂)[153]만을 더하고 백리로 쌀을 져 나르지는 못할 망정[154] 도리어 집안 일로 수고를 끼쳐 어머니가 끝내는 고생으로 병이 들어 갑자기 돌아가시게끔 하였다. 아아! 살아 생전에 하루도 제대로 봉양하지 못하였고 끝내는 어머님을 근심으로 돌아가시게 하였도다. 돌아가심에 묘지 한 편 써 넣는 일을 하지 못 했고, 끝내는 제사를 맡길 곳조차 없게 하였다. 세상에 부모님 여의는 일을 사람이라면 누군들 당하지 않으랴마는 지극히 원통하기로 어찌 나만한 이가 있겠는가! 애통하다, 애통하다. 하물며 형님께서 오랜 병환 중에 어머니 초상을 치르다가[155] 요절하심이겠는가! 한 집에 두

---

151 강혁거효(江革巨孝) : 강혁이 어머니를 업고 피난을 하며, 이것저것을 채취해해거나 품을 팔아 어머니를 봉양했던 일. 가난하여 자신은 맨발로 다니면서도 어머니 봉양을 위해 최선을 다하였다. 『소학』 「선행(善行)」 "江革少失父 獨如母居 遭天下亂 盜賊並起 革負母逃難 備經險阻 常採拾以爲養 數遇賊 或劫欲將去 革輒悌泣求哀 言有老母 辭氣愿款 有足感動人者 賊以是不忍犯之 或乃指避兵之方 遂得俱全於難 轉客下邳 貧窮裸跣 行傭以供母 便身之物莫不畢給"

152 집찬(執爨) : 취사(炊事)를 맡음. 집안일을 맡음. 『시경』 「소아 · 초자(楚茨)」 "執爨踖踖 爲俎孔碩 或燔或炙 君婦莫莫 爲豆孔庶"

153 삼천지우(三遷之憂) : 맹자 어머니의 '삼천지교(三遷之敎)'에서 나와 교육하는 일을 뜻하는 것으로 보임. 앞의 행장 내용에서도 김주신이 수일간 독서를 폐했다가 어머님에게 회초리를 맞았다는 내용도 있는 것으로 보아 열심히 공부하지 않아 어머니가 근심하게 했다는 말로 보인다.

154 부백리지미(負百里之米) : 백리부미(百里負米). 백리 먼 곳으로 쌀을 나르다. 효성이 지극하여 매우 가난하면서도 갖은 고생을 무릅쓰고 부모님을 봉양함.

초상이 나니 길을 가던 사람도 슬퍼해 줄 것이다. 하물며 나와 네가 외롭게 남겨진 목숨으로 어려서는 어머니를 의지하여 자랐고, 자라서는 형님을 우러러 살아왔는데 이제 어머니를 여읜 지 겨우 열흘 만에 형님이 또 나와 너를 버리고 부모님을 따라 가니 나는 장차 누구를 바라보며, 너는 장차 어디에 의지하겠는가! 나와 네가 허둥지둥[156]하고 간절히 그리는 모양[157]은 원하는 것을 얻지 못하고 따라 가도 미치지 못하는 것과 같았다. 그러나 너는 곧 피눈물을 닦고 손을 씻고 안에서 제사를 돕고, 나는 애통함을 참아내며 지팡이를 짚고 밖에서 묘소를 만들었는데 동서로 다니며 빌려서 초상[158]을 겨우 다 치렀다.

그리고 너는 바로 상복을 벗고 입고 시아버지의 병수발을 하기 위해 돌아가고 나는 또 조카와 형수님을 모시고 제사를 받들다가 성(城) 서쪽으로 와서 살게 되었다. 이때부터 너는 초하루와 보름의 차례(茶禮) 때가 아니면 감히 와서 궤연을 모시지 못하였다. 그리고 나도 이유 없이 문밖 나서기를 꺼려하였으므로 마음만큼 너를 살펴보지 못하였으니 대략 나와 네가 한 달이면 서로 만나는 것이 사오일을 넘지 않았다. 서로 멀리 있는 한스러움이나 깊이 그리는 마음은 어머님을 잃은 이래 배나 더 억누르기 어려운 것이었다.

그러나 네가 나를 염려하고 내가 너를 걱정하는 것에는 또 이보다 더 큰 이유가 있었다. 너의 염려는 다만 내가 혼자 살면서 복상(服喪)을 하니 내 모습과 그림자가 서로를 슬퍼하며 아파 애통함을 호소할 곳이 없고, 추위와

---

155 충구(充瞿) : 충충구구(充充瞿瞿)의 줄임말로 부모를 잃고 근심과 슬픔이 마음에 쌓여 있는 모양. 『예기(禮記)』「단궁 상(檀弓上)」에 "부모가 처음 죽으면 충충(充充)하여 마치 길 가는 자가 막다른 골목에 다다른 것처럼 하며, 빈소를 모시고는 구구(瞿瞿)하여 마치 무엇을 찾되 얻지 못하는 것처럼 한다." 하였다.

156 황황(皇皇) : 허둥지둥 하는 모양, 불안한 모양.

157 망망(望望) : 그리워하고, 간절히 기다리는 모양.

158 양사(襄事) : 초상.

굶주림을 고할 데가 없어 밤낮으로 근심을 품고 스스로를 애도하는 것을 걱정하는 것뿐이었다. 나의 걱정이라면 닥쳐온 재앙[159]과 몸에 미친 화가 하늘에서 내려진 것이 아니고 나로부터 비롯된 것이 아니니, 참소함[160]을 면할 길 없어 장차 몸을 둘 곳이 없는데 바란다 한들 원한을 풀길이 있겠는가 하는 것이었다. 이 생각이 사그러들지 않고 먹고 숨 쉬는 사이에도 잊혀지지 않았는데 작년 여름 너에게 결국 대안(對案)의 근심[161]이 있었다.

(너는) 피를 토하는 병에 걸렸는데 내가 걱정할까 염려하여 바로 나에게 알리지 않았다가 불행히 서자(噬胏)하는 지경에 이르고서야 너는 비로소 나에게 처음으로 괴로움을 호소하며 간정(艱貞)의 길(吉)[162]함을 도모하려 하였다. 그런데 내가 그 안색을 살펴보니 머리털은 삐죽 솟고, 기색은 두려움에 초조한 것이 마치 예리한 칼날 앞에 선 것 같았다. 내가 이를 듣고 실로 나도 모르게 마음이 섬뜩해지고 정신이 무서워졌다. 재앙을 물릴 방책을 백 가지로 생각해 보았으나 종당에 좋은 계책이 없기로 내가 (시댁과) 살림을 나누는 방법을 이야기하니 네가 슬퍼하며 "어찌 부모의 곁을 떠났다는 책망으로 불효를 거듭하겠습니까?" 하기에 내가 또 운과지설(耘瓜之說)[163]을 거론하며 "저 증삼(曾參)은 아버지[증석]의 회초리를 피하지 않았는데 오

---

159 박부(剝膚) : 재앙과 화가 사람의 몸 가까이에 미침. 『주역(周易)』 「박괘(剝卦)」 "剝牀以膚 切近災也"

160 집집편편(緝緝翩翩) : 집집은 남의 입에 오르내리는 소리, 편편은 바람에 펄럭이는 모양, 오가는 모양. 참소하여 중상하는 모양을 말한다. 『시경』 「소아(小雅)·항백(巷伯)」 "緝緝翩翩 謀欲譖人"

161 대안(對案) : 대옥(對獄). 수심(受審).

162 간정지길(艱貞之吉) : 강직한 도를 쓰나 일을 어렵게 여기고 정고(貞固)하게 시키는 것을 이롭게 여기면 길(吉)하다는 뜻이다. 자(胏)는 뼈째 말린 고기로서 매우 씹기 어렵다. 그렇게 씹기 어려운 것을 씹어 금과 화살을 얻으니 강직한 도를 얻은 것이다. 과감하고 강직하면 그 강함에 상하기 쉬움을, 부드러우면 지킴이 견고하지 못하므로 견정(堅貞)해야 함을 경계한 것이다. 『주역』 「서합(噬嗑)」 "九四 噬乾胏 得金矢 利艱貞 吉"

163 운과지설(耘瓜之說) : 증삼이 아버지 증석의 매를 피하지 않았는데, 공자는 그것이 오히려 자신을 죽이고 부친을 불의에 빠뜨리는 최대의 불효라고 했다. 『공자가어(孔子家語)』.

히려 성인[공자]께 죄를 입었다. 하물며 어질고 인자하신 시부모님을 모시면서 그저 부모님의 뜻을 상할까 두려워하여 공손함을 지키고 명을 기다리며 신생(申生)이 했던 것[164]처럼 행동한다면 성(城)을 두려워하고 사직을 공경하느라 여우가 물고 쥐가 뜯는데도 그것들이 씹는 대로 맡겨 두는 것과 무엇이 다르겠느냐?"라 타일렀다.

너도 비로소 깨닫고, 시댁에 돌아가서 시아버님께 말을 둘러대고[165] 다시 와서 내 옆집에서 머물렀다. 본래 까닭 없이 생긴 병인지라 몇 달 안 되니 약을 먹지 않아도 나았고 나의 염려도 비로소 풀어졌다. 한 집에 같이 살면서 함께 제사를 모시게 되니 외롭고 고달프던 마음도 조금씩 절로 위로가 되었고 너의 염려 또한 없어졌다. 그러나 불행히도 여러 사람들의 노여움이 갈수록 심해지고, 도리가 아니라는 꾸짖음도 과연 너의 생각대로 피리같이[166], 칼같이 일어나니 실로 견디기 어려운 지경이 되니 너는 차라리 (시댁으로) 가서 높은 담장[167]에서 천명을 기다리고자 했다. 마침 아버지의 묘소를 개장(改葬)하는 일이 있었기에 네가 산소를 수리해야 한다고 말씀드리고 나를 따라 선산으로 관을 모시고 가니, 시끌시끌 떠들던 입들 또한 잠깐은 닫혔다.

생각해 보니 지금 부모를 떠나는 사람들은 비록 어제 헤어졌다가 오늘 만나더라도 반드시 먼저는 아프고 애통하며 걱정스럽고 두려웠던 것으로

---

164 신생(申生) : 신생은 중이와 함께 진 헌공의 적자 형제였다. 헌공이 여희에게 빠져 여희의 아들을 후계자로 세우려 하면서 형제는 위험에 처하게 되었는데 중이는 외국으로 도망쳐 나갔지만 신생은 끝까지 남아 있다가 결국 여희의 모함을 받아 죽었다. 장횡거는 이러한 신생의 행동을 공손함이라 평가하였다. 『예기』「단궁 상(檀弓上)」.

165 권사(權辭) : 상황에 따라 변화로 대처하는 말.

166 여황(如簧) : 공교롭고 거짓된 말을 잘 지어내는 것. 임기응변으로 말을 교묘하게 둘러대고도 부끄러운 줄 모르는 사람을 경계하는 것이다. 『시경』「소아·교언(巧言)」 "巧言如簧 顔之厚矣"

167 엄장(嚴墻) : 곧 쓰러질 듯 높은 담. 고장(高墻). "정명(正命)을 아는 사람은 무너질 듯한 높은 담장 밑에 서지 않는다.[知命者, 不立乎巖墻之下.]"고 했다. 『맹자』「진심 상(盡心上)」. 다시 병이 도지고 위태로워질 수도 있지만 시댁으로 돌아갈 수 밖에 없음을 뜻하는 말이다.

눈물을 자아내며 두루 호소하여 불쌍하고 가엾게 여기는 은덕을 입기를 바란다. 하물며 나와 네가 태어나면서부터 아버지의 얼굴을 알지 못하였던 것이 항상 평생에 지극한 아픔이 되었음이겠느냐! 이제 아버님을 여읜 지 20년 만에 비로소 관[玄棺]을 보게 된 이래 그 고통[168]은 아픔과 근심, 두려움에 비할 바가 아니었다. 또 이렇듯 위태롭고[169] 가난한 시절을 만났으니 나와 네가 밤낮 울며 외치듯 하소연 하듯 하는 그 소리는 슬프며, 그 원망은 고통스러웠지만 그 마음은 저승 중에서 우리를 이끌어 도와주시기를 바라는 것이었다. 그런데 너의 운명이 너무도 기박하고 나의 재앙이 여전히 심하여 선조의 혼령이 능히 그 자손을 돕도록 하지 못하고, 끝내는 일찍 꺾이는 일을 면치 못하였으니 애통하다! 차마 말로 할 수 있겠는가!

이미 개장(改葬)을 마치고 돌아와서는 여러 사람들의 입이 더욱 두려워져서 결국은 바로 시댁에 돌아갔다. 연말이 될수록 전에 병이 다시 도지기에 마음에 근심거리가 있나 의아하였는데 묵은 솜옷이 얇고 차가운 데다 쌀쌀한 바람이 밖에서 불어치니 결국은 지치고 여위어 병을 얻었고 더하여 쓰러지는 지경에 이르렀던 것이다.

세월이 흐르고 흘러 상제(祥祭)가 어느덧 닥쳐오니 너는 병들어 제사를 모시지 못하는 것을 더욱 한스럽게 여겼고, 깊은 슬픔이 병을 더하였다. 그런데 나 또한 슬픔과 경황 중에 날을 보내느라 바로 와서 만나지 못하다가 상제를 지낸 뒤에야 비로소 와서 너를 보았다. 너는 자리에 누워 신음하다가 눈을 들어 내가 담의(禫衣)에 소관(素冠) 쓴 것을 보고는 너도 모르게 눈물을 주르르 흘렸다. 가는 호흡을 이어 가고 있었으니 한 마디 위로하는 말도 꺼낼 수가 없었다. 내가 그제서야 네 병을 깊이 걱정하며 눈물을 참고 억시도 몇 마디 하다가 돌아왔다.

---

168 도독(茶毒) : 씀바귀의 독. 해독(害毒).
169 이호(履虎) : 매우 위험한 일.

그리고 생각해 보니 홍중(弘仲) 한 사람이 날마다 탕약을 수발하고, 두 서넛 여종들은 모두 몹시 어리석고 아둔하여 병수발에 면밀하지 못한 점이 많이 있었다. 하물며 시부모님도 병중이신데 근심을 끼쳤으니 또한 어찌 염려되지 않았겠느냐! 네 신랑 또한 내 마음을 먼저 알고 마침내 중문(中門) 밖 마을의 집으로 거처를 옮기도록 하고 나로 하여금 병구완을 하도록 하였다. 이때부터 내가 밤낮으로 지켜 간호하며 직접 약 수발을 하니 너도 동기 간이 옆에 있어 마치 어머님의 보살핌을 입는 듯 좋아하였고, 끈질기던 병도 과연 차도가 있어 다시 소생하리라는 소망을 가질 수 있게 되었다. 그런데 정성과 사랑이 얕고 부족하여 신명의 도우심을 입지 못하고, 수발이 면밀하지 못하여 도리어 어린 여종들이나 마찬가지였던지 병세가 점점 심해져 날마다 기운이 사그라지더니 지난 달 1일 새벽에 결국은 죽고 말았다. 아! 애통하다. 아아! 애통하다.

지난 번에 내가 처음 너를 와서 보았을 때에 어린 종이 나를 따라 문까지 와서 "여동생께서 꿈에서나 아파 신음하실 때에 상주님을 많이 부르십니다. 상주님께서 자주 와 보시면 병자의 마음이 필시 나아질 것입니다."라 하였다. 내가 마음이 아파 '알았다.' 하고 돌아왔다. 병이 심해졌을 때에는 내가 의원을 찾아 가거나 약 달이는 일이 아니면 네 곁을 떠나지 않았다. 너는 꿈에서 아파 신음할 때에도 나를 부르는 것이 아니라 매번 어머님을 불렀는데 마치 곁에 있는 사람을 부르듯 하였다. 아아! 네가 나를 어머니처럼 의지하였건만, 나는 너를 평소에 어머님께서 너를 보살피시듯 하지 못하였다. 그래서 처음에는 나를 부르며 살기를 기원하였으나 병에 걸리자 근본으로 돌아갔던 것이다.[170] 황망하고 당황하여 할 바를 모르고 속수무책으로 앉아 지켜보다가 너로 하여금 지쳐 괴로워하다 죽게 만들었으니 내가 장차 무슨

---

170 반본(反本) : 부모는 사람의 근본이니, 아프고 힘들면 근본, 곧 부모님을 부르게 된다. 여동생이 어머니를 부르며 찾았다는 말이다. 『사기』「굴원가생열전」 "夫天者 人之始也 父母者 人之本也 人窮則反本 故勞苦倦極 未嘗不呼天也 疾痛慘怛 未嘗不呼父母也"

면목으로 어머님을 지하에서 뵙겠느냐! 아아! 애통하다. 아아! 애통하다.

네가 죽은 뒤 23일 만에 비로서 담제(禫祭)[171]를 지냈는데 오직 내 이 한 몸만이 쓸쓸하게 제사를 받들었다. 옆에서 보기에도 몹시 애처로울 것이니 나는 어찌 견뎠겠느냐. 아아! 오늘 온 집안 위아래가 모두 상복을 벗고 평상복을 입는데 오직 너 한 사람만은 어찌하여 혼자 없는 것이냐! 네가 신음하는 와중에도 치마를 짓고 화장하던 일을 생각할 때마다 오장이 타들어가는 듯하고, 메마른 간장이 베이는 듯하다. 다시 차마 말로 하겠는가! 다시 말로 하겠는가!

아아! 외롭게 남겨지고 형님이 돌아가신[172] 이래, 다만 두 명 누님과 여동생만이 서로 지키며 사는 것을 운명으로 삼았다. 그런데 누님은 병이 들어 강 너머에 거처하시며 우제·연제·담제에도 와서 만나지 못하시니 일 년이면 얼굴 뵙는 것은 겨우 사나흘이었다. 한 고을에 같이 살며 나의 고통과 추위, 굶주림을 알고, 때를 따라 와서 만나 서로 위로하며 잘 지낸 것은 오직 너뿐이었는데도 오히려 집이 먼 것을 한스럽게 여기고 매양 끊어지지 않을 방법[173]을 생각하였다. 지난 번에 네 남편과 이야기를 하다가 내가 마침 몇 칸 집을 지어 사당을 받들 곳으로 삼으려 한다는 말을 듣고 너의 남편은 "저도 늙으면 옮겨 살 계획이 있습니다. 한 골짜기에 집터를 잡고 아침저녁으로 서로 오갈 수 있겠습니다."라 하였다. 내가 이 말을 듣고 몹시 기뻐하며 한창 또 밤낮으로 계획하고 생각하던 차였다. 그런 생각이 겨우 싹을 틔웠는데 네가 갑자기 먼저 떠나서 나로 하여금 더욱 의지할 곳도 없이 이

---

171 담제(禫祭) : 대상을 지낸 후 한 달을 지나 두 달이 되는 달에 지내니 초상으로부터 27개월에 지낸다. 남편이 아내를 위해서는 15개월 만에 지낸다. 여기서는 김주신 남매의 어머니의 담제를 말한다.

172 종선(終鮮) : 형제가 적음. 여기서는 형님 성신의 죽음으로 더 이상 형제가 없음을 뜻한다. 『시경』「정풍(鄭風)·양지수(揚之水)」 "揚之水 不流束楚 終鮮兄弟 維予與女 無信人之言 人實迂女. 揚之水 不流束薪 終鮮兄弟 維予二人 無信人之言 人實不信"

173 원원(源源) : 끊임없이 이어지는 모양.

지극한 회한을 안게 할 줄 어찌 알았겠느냐!

　아아! 내가 비록 어리석고 모질지만 평생에 자고(子皐)[174]의 행실을 사모하여, 발로 그림자도 밟지 않으려 했고 내 손으로 남을 해친 적도 없다. 그런데 어떤 잘못된 숨은 죄가 있어 신명과 인간의 분노를 사서 참혹한 재앙과 처참한 형벌이 내려지고 거듭 닥쳐서 오늘의 극한에 이른 것이며, 질시하고 미워하는 뜻을 드러내 보인 것이냐! 하물며 너는 성품이 지극하고 행실이 깨끗하였으니 의당 하늘에서 내린 복을 누려야 할 것이건만 시집간 지 9년 만에 구설로[175] 곤란을 당하였고 자식 하나가 일찍 죽고 다시 자손이 없었다. 그리고 결국에는 23세 젊은 나이로 갑자기 세상을 떠나니 선한 자에게 복을 주고 어진 이를 돕는다는 하늘의 도리가 과연 이와 같은 것이냐!

　아아! 생각해 보면 너는 성품과 행동이 자애롭고 어질었으며 효성과 우애는 타고난 것이었다. 어머니를 섬김에는 뜻을 받들기에 먼저 힘썼고, 모든 생각과 행동을 (어머님의 뜻에) 어긋나지 않고자 하였다. 형제를 대함에는 항상 온화함으로 사랑하였으나 잘못을 보면 반드시 경계하고 꾸짖었다. 좋은 과일 하나, 맛있는 음식 한 가지를 얻게 되면 반드시 어머니와 형제들과 함께 앉아 같이 먹으려 하였지 한번도 먼저 먹은 적은 없었다. 어머니나 형제가 먹고 싶어 하는 것이 있으면 반드시 힘을 다해 마련하면서도 그로 인한 어려움은 알지 못하게 하니 네 자신은 추위와 굶주림을 면치 못하였다.

　남편을 봉양함에 남편의 몸을 편안하게 하는 물건이라면 모두 올리지 않은 것이 없었다. 남편을 대함에 손님처럼 공경하였고, 잘못이 있으면 반드

---

174 자고(子皐) : 제나라의 대부이자 공자의 제자. 성은 고(高), 이름은 시(柴)이다. 걸을 적에 발로 그림자를 밟지 않았으며, 동물들이 겨울잠에서 깨어날 적에는 죽이지 않았고, 한창 자라고 있는 것을 꺾지 않았다. 어버이의 상에 집상(執喪)할 적에는 3년 동안 눈물을 흘리면서 일찍이 이를 드러내 보인 적이 없었으며, 난리를 피해 갈 적에도 샛길로 가거나 구멍을 통해 가지 않으니, 공자가 어리석다고 하였다. 그 사람됨이 지혜는 부족하나 두터움은 남음이 있었다. 뒤에 공성후(共城侯)에 봉해졌다. 『일통지(一統志)』.

175 순설(脣舌) : 입술과 혀. 말. 여기서는 여동생 김씨가 진정에 와서 있는 깃 때문에 시댁의 노여움을 입었던 것을 말한다.

시 온화한 목소리로 경계하였다. 부모님의 초상을 치르게 되어 제사를 도울 때에는 비록 채소나 하잘 것 없는 음식이라도 반드시 직접 불을 때었지 종이나 첩에게 맡기지 않았고, 울며 곡을 하면 피눈물이 치마를 뚫고 자리까지 적신 것이 삼년 내내 하루 같았다. 이렇듯 지극한 효성을 옮겨 시부모님을 섬겼는데 어찌 심하게 어긋나고 불순할 리가 있었겠는가! 하물며 네가 죽은 뒤에 네 어린 종이 책 하나를 가지고 와서 나에게 "동생께서 평소에 이 책을 아껴 읽었습니다. 이 책을 제가 가질 수는 없습니다."라 하기로 내가 울며 받아 읽어 보니 바로 네가 평소에 손수 베꼈던 『소학언해』였다. 그 한 편 속에 효제(孝悌)의 가르침이 아닌 것이 없고, 현부(賢婦)의 일까지도 모두 기록하고 빠짐이 없었으니 진실로 남편과 시부모[176]를 섬기는 일에 정성스러운 사람이 아니라면 이 일에 어찌 이처럼 부지런히 마음을 둘 수 있었겠는가.

아아! 너는 평생 쌓고 모으는 일을 하지 않았고 화려함을 좋아하지 않았다. 집에는 사사로운 재물이 없었고, 상자의 비단도 죽던 날에 다만 몇 폭 치마로 머리를 쌌을 뿐[177], 이외에 한 자의 비단도 넣어둔 것이 없었다. 오직 이 화장대[鏡奩] 한 개와 몇 짝의 상자는 바로 돌아가신 우리 어머니께서 어렵게 어렵게 만드신 것으로 네가 시집가던 날, 손수 네게 주신 것이다. 이제 이 물건을 전해 줄 피붙이 하나가 없고 다만 두서너 여종이 거두어 간직하고 있는데 먼지와 때가 이미 그득하고 벌레와 쥐를 막기도 어렵다. 태워 묻고 보지 않으려 하니 베는 듯한 고통이 배가 되고, 잘 간직하여 잃어버리지 않게 하려 하니 맡겨 부탁할 곳이 없구나. 내가 이 물건을 장차 어디에다 처분해야 하겠느냐! 여기에 말이 미치니 내 마음이 타는 듯하다!

아아! 어진 사람에게 후손이 있다는 말을 옛날부터 들었다. 그런데 너처

---

176 공고(公姑) : 남편과 부모.
177 엄수(掩首) : 장례 때 시신의 머리를 싸는 것.

럼 깨끗하고 밝은 사람이 이제 어찌하여 자손이 끊어졌느냐! 백도(伯道)[178]
가 자식이 없었던 것은 그래도 짐작할 수 있다만 그러나 네가 후손이 없음
은 끝내 이유를 알 수가 없으니 하늘의 도와 신명의 이치가 하나같이 어찌
이리 어두우냐!

아아! 네가 이미 한 명의 후손도 없고 네 시댁의 선영은 한창 개장(改葬)
을 하고 있으니 너의 외로운 혼백이 실로 돌아갈 곳이 없구나. 그래서 대자
동 묘소 동쪽에 임시로 묻었다가 뒷날 다시 묻을 자리를 고르려고 한다.
어둡고 어두운 곳에서 혹시라도 지각이 있다면, 부모님께서 아주 가까이
계시고 형제가 멀지 않음을 필시 기뻐할 것이다. 부모님을 잃은 애통함과
형제의 슬픔은 어젯밤 꿈처럼 순식간이고 밤낮으로 뵙는 즐거움에 흠뻑 젖
은 마음은 평소와 다름이 없으니 이것으로 구천(九天)에서나마 원한을 달랠
수 있을 것이다. 너는 아는 것이냐, 모르는 것이냐.

나 또한 어느 날에나 죽음을 맞이하여 이 슬픔을 잊고 그러한 즐거움을
누리겠느냐! 그런데 생각해 보면 돌아가신 아버님이나 형님은 모두 강하고
건강한 체질이면서도 강사(疆仕)의 수명을 누리지 못하셨다. 하물며 나는 부
모님께서 돌아가셨을 때에 본성을 잃었고, 병들어 지쳐가며 정기를 잃은
사람이다. 위태롭게 숨을 헐떡이며 하루도 목숨을 보존하지 못할 것 같으니
남은 날이 실로 적다. 그리고 또 비록 불행히 중년까지 사는 장수를 누린다
해도 앞서 지나 온 26년이 눈 깜짝하는 순간과 다름이 없었으니 너를 따라
구천으로 가는 것도 고개를 들었다 숙이는 순간에 불과할 것이다. 오늘날
내가 기원하는 것은 오로지 이것 뿐이니 그 마음 또한 슬프다.

아아! 나는 오늘부터 살아있는 사람으로서의 도리는 모두 다하였다. 오

---

178 백도(伯道) : 백도무아(伯道無兒). 백도는 등유(鄧攸). 등유는 전란을 만나 자신의 아들과,
　　아우의 아들, 조카를 데리고 피난을 가다가 아들과 조카를 모두 살리기가 어렵다고 생각하
　　자 자신의 아들은 버리고 가서 조카만을 살렸다. 뒤에 등유가 계속 자식이 없지 사람들은
　　천도가 무심하다고 했다 한다. 『진서(晉書)』 「양리전(良吏傳)·등유(鄧攸)」.

로지 네 남편을 좇아 같은 마을을 택해 살면서 남은 날을 보낼 것이다. 그런데 네 시댁의 어르신의 병이 아직도 심하여 지금 두 달이 되도록 네 부음을 전하지 못하였다. 초상은 비록 끝이 났지만, 또한 장차 살던 곳으로 반곡(返哭)[179]을 하려고 네 신랑과 의논하여 몇 칸 집을 본가 중문 밖에 지어 신주를 모시고 상례를 마치는 곳으로 삼았다. 그리고 여종으로 하여금 제사를 잘 모시도록 단속하여 아침저녁의 제사를 빠뜨리지 않게끔 하였다. 좋은 땅을 삽을 때까지 기다렸다가 반장(返葬)[180]을 한 뒤에라야 내가 눈을 감을 것이다.

아아! 세월은 흐르는 듯 봄날이 홀연 되니[181] 옛 정원엔 꽃이 피고 앞 계단엔 초목 빛이 짙구나. 새들은 날아올라 새끼를 부르고 꾀꼬리는 지저귀며 짝을 찾는다. 고요하게 만물을 바라보니 살려는 뜻을 갖지 않은 것이 없건만, 오직 너만은 저승으로 영원히 떠나가서 이 세상에 돌아오지 않는구나. 아득한 저 하늘이여. 어찌 다함이 있을까.

아아! 세월은 흐르듯 지나서 기일[182]이 홀연히 닥쳐왔구나. 운삽(雲翣)[183]은 이미 펄럭이고 상여가 곧 떠나려 한다. 한 자락 붉은 명정(銘旌) 거느리고 옛 무덤 풀 우거진 곳에 올라 한바탕 통곡하니 초목도 같이 슬퍼한다. 떠난 자가 어둡지 않다면 어찌 슬퍼하지 않으랴. 아아! 백 리(百里)의 이별에도 할 말이 그리 많았는데[184] 하물며 이승과 저승으로 영원히 이별하는 말이겠는가! 지난 번에 하고 싶었던 말은 억장에 막혀 있다. 근심과 병이 달려들고 정신이 혼미하니 아침에 한 생각을 저녁이면 잊고, 저녁에 한 생각은 아침

---

179 반곡(返哭) : 상주가 영정과 신주를 모시고 집으로 돌아가며 곡하는 상례의 절차.

180 반장(返葬) : 객지에서 목숨을 잃은 사람을 그가 살던 곳이나 고향으로 옮겨 장사지내는 것.

181 춘서(春序) : 봄날 꽃이 피는 순서.

182 영신(靈辰) : 길일(吉日). 제사를 지내기에 좋은 신령한 날.

183 운삽(雲翣) : 삽(翣)은 발인할 때 상여의 앞과 뒤에서 들고 가는 제구의 하나이다. 망자의 영혼을 좋은 곳으로 인도해 달라는 염원을 담고 있다. 보삽(黼翣), 불삽(黻翣), 운삽(雲翣)이 있는데 모두 구름 문양을 넣되 운삽은 사색으로 한다.

184 자자(刺刺) : 말이 많아 끊어지지 않는 모양.

이면 잊어버리니 오늘 토해내는 것은 바로 그 중의 하나일 뿐이다. 훗날 지하에서 모두 이야기 하며 내 마음을 다할 것이다. 우선 이렇게 차려 보내며 실성한 채 길이 외치니 지극한 애통함을 조금이나마 털어버릴 수 있을런지. 아아! 슬프다. 상향.

해제　유인 경주 김씨(1664.5.19.~1686?.3.1)는 한배도(韓配道)의 아내이고 김주신의 여동생이다. 장문의 제문에 곡진한 사연과 슬픔을 담아 놓았는데 일찍 부모와 형을 잃고 오누이가 서로를 의지하며 살았던 모습, 여동생이 죽은 뒤 김주신이 더 이상 이승에서의 삶에 의미를 두지 못하는 처참한 심경이 잘 표현되어 있다. 시댁의 산소가 개장(改葬)을 하고 있었기 때문에 시댁의 산소에 묻히지 못하고 친정 부모님 무덤 옆에 임시로 묻었다. 김주신은 자식도 없는 여동생이 시댁 산소에 묻히지 못하고, 또 제대로 제사를 받지 못할 것에 대한 각별한 염려를 표현하고 있다.

외증조할머니 정경부인 황씨 제문
祭外曾大母貞敬夫人黃氏文

유세차 정묘년[1687] 8월 초 3일 기유일에 정경부인 창원 황씨의 영구(靈柩)가 순창군(淳昌郡) 관사로부터 오시어 21일 정묘일에 천안군 남쪽 연양부원군 이충익공[이시백]의 묘소 오른쪽에 합장을 하려고 합니다. 외증손 경주 김주신이 술과 구운 닭[185]을 가지고 영서(嶺西)에서 와서 하관(下棺)[186] 하루 전날 밤에 영전 앞에 곡하여 영결합니다.

아아! 생각해 보면 우리 부인께서는 일찍이 명문가의 숙녀로서 번성한 집안의 맏며느리로 오셨습니다. 혼례를 시행하자 국의(鞠衣)[187]가 몸에 내려졌고, 아들·딸 낳을 꿈[188]이 징험함은 없었지만 자손이 매우 많으셨습니다. 내명부의 중한 작위를 받은 것이 거의 30년 세월이요, (아들이) 고을을 맡아 영화롭게 봉양함을 누린 것 또한 여덟, 아홉 고을은 됩니다. 팔순까지 장수하며 천명대로 살다 돌아가시니 완전하고 큰 복은 같이 겨룰 만한 사람이 없을 것입니다. 하물며 생전에는 나라에 큰 경사가 있을 때마다 매번 우리 조정의 예속(禮速)을 받으셨고, 상감께서 옛날의 공훈을 생각하시고 궁궐의 곡식과 비단을 때때로 하사하셨습니다. 그리고 돌아가셨을 때에는 재상들

---

185 지서(漬絮) : 제사에 쓰는 닭과 술. 후한(後漢)의 서치(徐穉)가 문상을 갈 때 술을 솜에 적셔 말린 다음 구운 닭을 싸가지고 갔다. 문상할 집에 도착하여 물을 솜에 한번 적셔 주면 바로 술의 기운이 되살아 나서 술과 닭을 올리고 갔다는 데서 유래하였다. 『후한서(後漢書)』 卷53 「주황서강신도열전(周黃徐姜申屠列傳) 시치(徐穉); 『운부군옥(韻府群玉)』 권13 「주지서(酒漬絮)」.

186 현관(懸棺) : 관을 매달아 하관하는 것.

187 국의(鞠衣) : 여자가 시집갈 때 입는 옷의 하나. 사(士)의 처는 단의(褖衣)를 입고, 대부의 처는 전의(展衣)를 입고, 경(卿)의 처는 국의(鞠衣)를 입는다고 하였다.

188 웅훼(熊虺) : 웅은 아들을, 훼는 딸을 낳을 꿈.

이 선조의 충성과 근면함을 아뢰어 주상 전하께서 성대한 특별한 은혜를 베푸셨습니다. 양도(兩道)의 여러 고을들이 제각각 그 곳의 특산물을 들고 묘소[189]로 달려오니 이는 살아서는 영광이요, 돌아가셔서는 편안하심입니다. 비록 자손들일지라도 의당 유감이 없을 것입니다. 저는 상복도 입지 않는[190] 외손이지만 부음을 들은 이래 망망(望望)함은[191] 마치 어린 아이가 자애로운 어머니를 그리워하는 듯하였습니다. 지금 석 달이 되어가지만 애통함이 갈수록 새롭고 마음이 더욱 아픈 것이 어찌 괜스레 까닭이 없는 것이겠습니까? 말을 하자니 눈물부터 먼저 납니다.

아아! 예전에 제 어머니께서는 일찍이 부모님을 여의고, 오로지 부인만을 의지하셨습니다. 그러니 은혜가 어찌 어머니를 불쌍하게 여긴 정도였겠습니까! 중년에 지아비를 여의고[192] 부인을 의지하여 죽지 않을 수 있었으니 은덕이 어찌 다시 살려 주신 것에 그치겠습니까! 이로 인하여 어머니께서는 부인을 친어머니처럼 섬기셨습니다. (부인께) 올리는 모든 것들에는 정성과 공경을 다하면서도 항상 부족하다 여기셨으며, 항상 곁에서 모시면서 반드시 온화한 기색이면서도 오히려 잘못함이 있을까 걱정하셨습니다. 비록 노래자(老萊子)가 늙은 어머니를 받들고, 증삼(曾參)이 증석을 봉양하던 것이라 해도 어찌 그 즐거움과 비교할 수 있겠습니까!

불행히 저의 재앙과 허물이 가득 차고 넘치더니 재앙이 부모님에게까지 뻗쳐 봉협(封籢)의 애통함[193]이 노인을 크게 상하게 하였습니다. 그런데도

---

189 엄감(掩坎) : 묘혈(墓穴).

190 복진(服盡) : 상복을 입는 유복지친(有服之親)의 범위를 벗어나는 것.

191 망망(望望) : 바라보고 그리워하는 모양. 『예기(禮記)』「문상(問喪)」 "其往送也 望望然 汲汲然 如有追而弗及也"

192 주곡(晝哭) : 남편을 여읜 것을 말한다. 춘추 시대에 경강(敬姜)이 남편 목백(穆伯)의 상을 당해서는 낮에만 곡을 하고, 아들 문백(文伯)의 상을 당해서는 주야로 곡을 하였는데, 공자(孔子)가 이를 두고 예(禮)를 안다고 평했던 고사에서 나온 것이다. 『예기(禮記)』「단궁하(檀弓下)」.

193 봉협지통(封籢之慟) : 통절함. 남조(南朝) 양 간문제(梁簡文帝) 「동궁상굴득자각사종계

남은 재앙은 여전히 깊고, 독한 형벌이 가혹하여 장례를 다 치르기 전에 큰 형님이 돌아가셨고, 상제(祥祭)를 치르자 막내 여동생이 젊은 나이에 죽었습니다. 홀로 외롭게 살아남아 고독하고 쓸쓸하니 아프고 애통함은 호소할 곳이 없었습니다. 추위와 굶주림을 어디에다 말하겠습니까! 제 몸과 그림자가 서로를 슬퍼함을 스스로 가엾어 하며 오로지 심장을 치며 피눈물을 흘릴 뿐이었습니다. 그때에 부인께서 저를 슬퍼하고 아파하며, 저를 위로하고 제 마음을 풀어 주심이 어머님께서 지아비를 잃던 때와 똑같으셨습니다. 저는 느꺼워 울며 슬픔을 삼키고 밥을 넘겼으니 지금까지 살아 있음 또한 어찌 부인의 은덕이 아니겠습니까!

아아! 탈상을 한 뒤로 겨우 가까이로 자주 찾아뵐 수 있었는데 남쪽으로 가신 뒤로는 다시 악실(堊室)[194]에서 멀리 사모하던 것과 같이 되니 문득 한씨[韓愈]가 '생전에 함께 살지 못하였다.'고 한 말이 떠올랐고[195], 이밀(李密)이 '(조모) 유씨(劉氏)의 은혜에 보답할 날은 짧다.'[196]고 했던 말이 더욱 생각났습니다. 그리고 혼자 슬퍼 생각하기를 '외당숙께서 남쪽 고을로 나가시면 비록 날마다 세 가지 좋은 반찬[197]을 드시겠지만, 우리들 친외가의 어르신 중에 오로지 부인만이 건강하게 장수하고 계신다. 또 내게 있어서는 어머니

(東宮上掘得慈覺寺鍾啓)」 "覽啓增思 撫端深悲 慟切視匜 哀踰封篋"

194 악실(堊室) : 칠을 하지 않은 작은 방. 중문 밖에 굽지 않은 벽돌을 쌓아 만드는데 칠을 하거나 벽을 바르지 않는다. 상제의 처소이다. 소상(小祥)이 되면 악실에 거처한다고 하였다. 『예기』「상대기(喪大記)」 "旣練 居堊室 不與人居"; 「잡기 하(雜記下)」 "三年之喪 言而不語 對而不問 廬堊室之中 不與人坐焉 在堊室之中 非時見乎母也不入門 疏衰皆居堊室 不廬 廬嚴者也"

195 한유의 「제십이랑문(祭十二郎文)」 중에 나온다. 「제십이랑문」은 조카를 애두하는 글로서, 일찍이 어지할 곳을 잃은 한유가 형수에 의지하여 함께 자라온 조카를 잃고 쓴 제문 중의 명문이다.

196 보류(報劉) : 진(晉) 나라 이밀(李密)이 조모의 손에서 자랐고 조모가 90여 세가 되었는데, 조정에서 밀을 벼슬로 불렀다. 밀이 조모를 모시기 위하여 사양하여 올리는 글에, "신이 폐하께 절개를 다할 날은 길고, 조모 유(劉)의 은혜에 보답할 날은 짧습니다." 하였다.

197 삼생(三牲) : 소, 양, 돼지고기. 미식(美食).

와 마찬가지로 여기고 섬기면서 오늘날의 풍수지탄을 조금이나마 덜 수 있는 것 또한 부인 한 분뿐이다.'라 하였습니다.

떠나신 지 얼마 안 되고 계절도 바뀌었지만 어찌 제 마음이 먼 곳에 계신 분에 대한 그리움을 그칠 수 있었겠습니까! 장차 한 필 말로 짐을 꾸려 천리 길로 혼정신성(昏定晨省) 받들려 했는데 굶주림과 병에 붙들려 지체하면서 꿈 속의 넋조차 부질없이 괴롭기만 했습니다. 그때에 사촌 형님[198]의 그리움 또한 저와 마찬가지였던지라 마침내 서로 오가며 부탁을 하였는데 다행히 집정(執政)자가 안타깝게 여겨 경기도의 고을로 옮겨 주기로 했습니다. 가을이 되어 모이면 함께 기쁘게 (조모님을) 모시는 즐거움이 멀지 않았다 여기고 오로지 세월이 빨리 가기만을 기도하였습니다. 그런데 저의 빈곤이 날로 심해져 깃들여 살 곳을 잃은 채 곤궁한 인생에 밥이나 한번 실컷 먹어보자 생각하고 멀리 숙부님께서 영서(嶺西) 지방으로 관직나가시는 길을 좇아가게 되니 또 빨리 돌아오지 못하여 뵙는 일이 늦춰질까 걱정하였습니다. 몇 달도 못 되어서 사세가 갑자기 뒤바뀌어 얼굴을 뵙고[199] 즐거이 모시려던 때가 도리어 땅 속에 묻고 영원히 이별하는 날이 될 줄 어찌 알았겠습니까? 아아! 애통합니다. 아아! 애통합니다.

부인께서 한번 남쪽으로 가신 뒤부터 저를 그리워하심은 다른 자손들보다 실로 배나 더하여 끊임없이 오갔던 편지에 말들은 다정하셨습니다. 매번 기력이 위태롭고 쇠해 진다시며[200] 죽지 않고 다시 만날 수 있도록 힘쓰라 하셨습니다. 그리고 금년 2월의 편지에서는 "해가 벌써 바뀌었구나. 그리움이 날마다 쌓인다. 내 헤아려 보니 정신이 날로 쇠약해지는 것이 머지않아 죽을 것임을 알겠구나." 하셨습니다. 제가 편지를 받들어 재차 삼차 읽고 놀라 탄식함을 이기지 못하면서도 연로한 분들이 으레 하는 말씀이라 여겼

---

198 내형(內兄) : 이종사촌 형.

199 경해(謦欬) : 기침, 시침 소리. 사람의 언성(言聲).

200 기식(氣息) : 호흡.

지, 스스로 수명을 점친 것이라고는 생각하지 못하였습니다. 진실로 이와 같을 줄을 알았다면 어찌 산 넘고 물 건너[201]는 것을 꺼려하다 끝내 한번 뵙지도 못하게 했겠습니까. 병상에 촛불 밝히고 지켜 드리지 못했고, 염할 때에 제사도 받들지 못한 채 천 리 고개 너머에 떨어져 있다가 갑자기 하루 저녁에 부음을 들었습니다. 빈 신위를 여관(旅館)에 모셔 놓고 남쪽 하늘을 바라보며 가슴을 치니 끝내 끝없는 슬픔을 안고 평생의 은택을 저버리게 된 것입니까! 아아! 애통합니다. 아아! 애통합니다.

외롭게 남겨진 목숨으로 3년 상을 치르고[202] 온갖 병을 몸에 달고 8년을 떠돌면서 모든 생각이 다 허무해졌습니다. 어찌 세상에 다시 뜻이 있겠습니까? 그러나 전에는 들어가면 품어 주셨고, 나왔다가도 갈 곳이 있었습니다. 장갱(墻羹)의 사모함[203]을 부치고, 완유(惋愉)의 즐거움[204]을 옮기며 어둡고 완악한[205] 삶을 스스로 보존할 수 있었던 것은 진실로 부인께서 살아계시기 때문이었습니다. 이제 들어가면 슬픔을 머금게 되고, 나오면 갈 곳이 없으니 장갱의 사모함은 부칠 곳이 없고 완유의 정성도 옮길 곳이 없습니다. 비록 어린 아기[206]가 자애로운 어머니를 잃게 된 것이라 해도 애통함과 슬픔이 어찌 오늘날의 저보다 더함이 있겠습니까? 저는 이제 살면서 다시 누구를 부르며, 누구를 할머니라, 누구를 부모라 불러야 합니까? 아아! 애통합

---

201 발섭(跋涉) : 발은 산야를 지나는 것, 섭은 물을 건너는 것을 말한다. 『시경』 「용풍(鄘風)·재치(載馳)」 "大夫跋涉 我心則憂"라 했고 모전(毛傳)에 "草行曰跋 水行曰涉"이라 하였다.

202 초토(草土) : 부모 상 중에 있음. 부모님을 여읜 자식은 죄인인지라 편안히 자리하지 못하고 맨땅 풀밭에 자리한다는 뜻에서 나온 말.

203 장갱지모(墻羹之慕) : 망자를 그리는 마음이 지극하고 간절함을 비유하는 말. 요(堯) 임금이 죽은 뒤에 순(舜) 임금이 자리에 앉으면 담벼락에 요 임금의 모습이 어른거리고 밥을 먹을 때에는 요 임금의 얼굴이 국그릇 속에 비쳤다.

204 완유지환(惋愉之歡) : 완유(婉愉), 화열(和悅), 온화하고 기쁨. 부모님을 모실 때에는 지극한 온화함과 기쁨으로 한다는 것.

205 명완(冥頑) : 사리에 어둡고 완고함.

206 해제(孩提) : 이제 물건을 들었다 놓았다 할 줄 아는 정도 나이의 어린 아이. 2-3세 무렵.

니다. 아아! 애통합니다.

세월은 흐르고 바뀌어 장례날이 벌써 다가왔습니다. 술을 부어 슬픔을 쏟는 것도 다시는 할 수 없으며, 관을 어루만지며 오래도록 곡하는 것도 오늘로 그만입니다. 병 끝에 붓을 잡으니 글로 마음을 다하지 못하였고, 객지에서 바치는 제사인지라 제수도 정성만큼 못하였습니다. 어둡지 않은 영령께서 이 마음을 살펴 보신들, 이 한이 어찌 끝이 있겠습니까? 한 잔 술로 통곡하며 영원한 이별을 아룁니다. 아아! 슬프옵니다. 상향.

해제 정경부인 창원 황씨(?~?)는 김주신의 외증조할머니로 이시백의 계배(繼配)이다. 김주신의 어머니 풍양 조씨가 이시백의 외손녀이니 조씨에게는 나중 들어온 외조모라고 할 수 있다. 글의 내용을 보면 김주신의 모친 조씨가 외조모 황씨를 친어머니처럼 사랑하고 모셨고, 그런 탓인지 김주신 또한 외증조모에 대한 마음이 곡진하였던 듯하다.

큰어머니 제문
祭伯母文

유세차 경진년[1700] 4월 갑자삭 5일 무진일에 조카 중훈대부(中訓大夫) 행(行) 호조 좌랑 주신이 삼가 맑은 술과 음식을 차려 놓고 큰어머니 숙인(淑人) 한산(韓山) 이씨(李氏)의 영전 앞에서 공경히 제사를 올립니다.

아아! 애통합니다. 제가 좋은 때를 타고 나지 못하여 이가 나기도 전에 아버님을 여의고, 겨우 관례를 올린 지 4년 만에 부모의 은혜를 갚지 못하게 되었습니다. 외롭고도 고독하게 죽음 속에서 살아남았는데 오직 여러 삼촌과 숙모님들의 은혜로 외롭게 버려진 남은 목숨이 기대어 의지할 수 있었습니다. 운수가 기박하고 복이 없어 재앙이 끝나지 않아 백부·숙부님, 나씨·정씨의 아내가 되신 두 고모가[207] 2년 사이에 연달아 돌아가셨습니다. 오직 숙모와 백모님만이 우뚝하게 살아계시면서 저를 가리고 저를 덮어 주셨으며 제가 추우면 옷을 입혀 주고, 제가 배고파하면 먹여 주셨습니다. 저를 걱정하고 저를 돌보아 주심이 끊임없이 계속되니 비록 제가 어둡고 어리석으나 그래도 감동하여 받들어야 하는 줄 알았습니다. 우리 큰어머님을 우러르면 항상 하늘과 같았는데 누가 오늘같이 될 줄을 알았겠습니까! 부모님을 여읜 듯 깊이 애통하니, 푸른 하늘이여! 푸른 하늘이여! 제가 장차 어디를 바라보아야 합니까!

아아! 큰어머니께서는 음양오행의 맑고 깨끗함을 모아 본성으로 타고 나셨습니다. 순연하고 밝은 덕성과 곧고 바른 행동, 가족을 화목하게 하는 의리, 자애와 효성의 돈독함은 여사(女史)들 중에서 찾는다 해도 예로부터 필

---

[207] 김주신의 고모 중에 나성두(羅星斗)의 아내가 된 분과, 정재악(鄭載岳)의 아내가 된 분을 말한다.

적할 만한 이가 드물 것입니다. 여인으로서의 규범에 대해 논한다면 태임·태사에 비교할 수 있을 것입니다. 육친(六親)[208]이 법도로 본받으니 사랑하고 사모하지 않음이 없었습니다. 이제 모여서 애도함에 어버이를 여읜 듯 슬퍼하니 하물며 저의 무너져 내리는 애통함에 어찌 끝이 있겠습니까! 삶과 죽음 사이에서 홀로 남았으니 은혜를 저버림이[209] 도리어 너무 심합니다. 병환이 드시면서부터 초상을 치를 때까지, 초상을 치르고서 묻을 때까지, 받들어 모시는 정성이나, 제사를 받드는 절차에서 작은 일[210]까지 분주하기만 했지 예의에 어긋나고 정성이 부족하기만 했습니다.

세월에 정한 때가 있어 영결의 자리를[211] 장차 갖추려고 합니다. 이제 며칠[212] 지나 땅 속에 묻어 영원히 닫히고 나면 이 깊은 통한은 어디에서 조금이라도 풀겠습니까!

지극한 행실과 아름다운 규범을 그대로 그려 서술하여 가보에 전하여 우리 후손에게 알려 주는 것이 저의 책임이건만 오직 여기에서 그쳤습니다. 삼가 바라 옵기로 존귀한 영령께서 혼백이 어둡지 않으시다면 어둡고 어둔 중에서도 보잘것없는 이 마음을 살펴 주십시오. 아아! 슬프옵니다. 상향.

해제 숙인 한산 이씨(1626.7.3~1700.1.24)는 김주신의 큰어머니로 김홍진(金弘振)의 아내이다. 일찍 돌아가신 부모님을 대신하여 조카 김주신을 보살펴 주었다. 김주신은 이씨를 위해 묘지명을 남겼다. 김주신, 「백모숙인한산이씨묘지(伯母淑人韓山李氏墓誌)」 참조.

---

208 육친(六親) : 부모, 형제, 처자.
209 고부(孤負) : 신의를 저버림. 배반.
210 두곡(斗斛) : 두는 10되 들이, 곡은 10말[斗] 들이. 혹은 얼마 안 되는 양의 형용.
211 조도(祖道) : 발인하기 전에 영결을 고하는 조전(祖奠).
212 신숙(信宿) : 이틀 밤을 묵음, 혹은 2-3일 사이.

사촌 여동생 제문
祭從妹文

유세차 신사년[1701] 섣달 그믐날에 사촌 오빠 순안(順安) 현령[213] 모(某)는 멀리서 술과 과일로 제전을 갖추어 사촌 여동생 유인(孺人) 김씨의 영전에 고한다.

아아! 네가 세상을 떠난 지 이제 또 한 해가 되었구나. 맑고 아름다운 혼백은 사라지지 않고 남아 있을까? 황홀한 중에 흩날려 버리고 어둡고 쓸쓸한 곳에서 다시는 아무 것도 알지 못하게 되었을까?

전에 네가 죽었을 때에 나는 관외(關外)에서 부음을 들었다. 노인께서 병을 앓고 계신 탓에 마음을 졸이고 걱정하느라 황황하여 네가 땅에 묻히기 전에 가서 곡을 하고 무덤에 가 보는 것을 결국 하지 못하였구나. 또 글을 짓고 제수[214]를 갖추고 사람을 보내어 관 앞에서 영결할 겨를도 없었다. 이제 겨우 너의 첫 번째 제사를 맞이하여 천 리에서 한 마디 말로 나의 맺힌 아픔을 풀어 놓는다. 너의 영혼이 흩어져 없어지지 않고 남아 있다면 필시 전에는 내게 서운하였겠지만 종당에는 나를 한없이 슬퍼할 것이다.

아아! 나는 불행히도 5살에 아버지를 잃었고, 더벅머리 어린 아이 때부터 돌아가신 숙부님께 공부를 하였다. 나이 16, 17세가 되니 숙부께서는 엄격하게 공부를 하도록 하며 나를 책상 옆으로 이끄셨는데[215] 3년이 되었을 때 그때에 네가 처음 세상에 태어난 것을 보았다. 내가 부모님을 잃고[216]

---

213 김주신은 1700년 40세의 나이로 순안 현령이 되어 나갔다.

214 지서(漬絮) : 제사에 쓰는 닭과 술.『운부군옥(韻府群玉)』 권13「주지서(酒漬絮)」.

215 김주신은 1665년 부친상을 당한이래, 숙부인 풍애(楓崖) 김필진(金必振)에게 수학하였고, 교화(交河)의 야당에서 지내며 독서를 하였다.

또 집안이 흩어져 있을 곳이 없었기에 항상 돌아가신 숙부님 슬하에 있었다. 그때에 숙부님께서는 관직에서 물러나 출입이 없었기 때문에 사위를 골라 너를 시집보내는 일은 모두 나의 주선에 맡기셨다.

이전에 숙부께서 장성한 아들 다섯을 연달아 잃었는데[217] 만년에 너를 보셨지. 그런데다 또 네가 총명하고 명민함이 남들보다 뛰어나니 이로 인하여 숙부님께서는 너를 아들처럼 여기고, 늘그막에 슬픔과 괴로움을 그저 너에 기대어 풀어 버리셨다. 또 네가 좋은 배필을 짝으로 만났으니 집안에 이제 한창 경사와 기쁨이 넘치려는데 그 해 겨울 숙부님께서 갑자기 돌아가셨다. 내가 3년 상을 마치고도 차마 떠나지 못하였는데 너는 평소에 심한 병이 있었던 데다 초상[218]을 치른 뒤로 갈수록 병이 점점 심해졌다. 의원이 침과 뜸을 놓았지만 너는 오직 내 말만을 믿었다. 또 너의 신랑도 충청도에 있으면서 병이 위독하였다. 내가 너를 데리고 어렵사리 가서 만나보고 그의 병이 낫는 것을 보고서야 돌아온 적도 있었지. 너는 나에게 있어 비록 사촌 오빠와 여동생지간이지만 앞뒤로 함께 생활한 것이 이미 오래 되었고 또 이렇듯 걱정 근심을 함께 하였지. 그래서 너는 나를 친오빠처럼 여겼고 내가 너를 보는 것 또한 천륜의 형제와 다름이 없었던 것이다.

아아! 작년 여름, 내가 서관(西關)[219]의 현령이 되어 나가게 되었다. 그러나 양친은 이미 돌아가셔서 녹봉을 받아도 봉양해 드릴 수가 없었으니 만년에 한 번 하게 된 벼슬은 영광이 아니라 그렇듯 슬픔이었다. 그런데 스스로 생각해 보니 '나에게 오늘날이 있음은 숙부님의 덕이 아닌 것이 없다. 십수 년 사이에 쇠잔한 외로운 육신을 또 숙모님에게 기대어 살았는데 이제 숙모님을 계속 봉양하지 못한다면 고을을 맡아 봉양하는 일을 내가 어찌

---

216 영감(永感) : 부모님을 모두 여의어 오래도록 슬퍼하는 것을 말한다.

217 김주신이 쓴 「제계모문(祭季母文)」에도 이에 대한 안타까움이 표현되어 있다.

218 대고(大故) : 친상(親喪).

219 서관(西關) : 서도(西道). 평안도와 황해도 지역.

차마 홀로 누리겠는가!' 하고는 마침내 숙모님을 서관으로 모시고 갔다. 다만 네가 당시 충청도 시댁에 있었던 차라 숙모님은 서관과 남쪽의 거리가 점점 멀어질수록 너를 그리워함이 더욱 간절해지셨다. 내가 숙모님 앞에서 매번 말씀드리기를 "역말로 소식을 보내기는 한양에 계실 때와 다름이 없습니다. 어차피 서로 보지 못하는데 멀고 가까운 것이 무슨 상관이겠습니까?" 하였다. 너도 편지를 보내어 '어머니께서 매번 추운 때에는 지병이 다시 도져시 편안한 날이 적으셨는데 가을과 겨울 사이 안부를 듣자오니 이전에 비하여 건강이 나아지셨다 하고 또 한질(寒疾)도 없다 하니 이는 아마도 봉양에 부족함이 없어 그런 것 같습니다. 이 아우, 멀리 떨어져있다고 한스럽게 여기지 않습니다.'라 하였다. 나도 또 네 편지를 숙모님께 보여 드렸다.

나는 다행히 만년에 자식을 보아 한창 끌어주고 안아주고 하던 차였는데 또 두 딸과 아이가[220] 곁에서 둘러서 모시며 재롱과 장난으로 날을 보내니 숙모님 또한 스스로 마음을 붙이고 돌아갈 생각을 하지 않으시며 (당신의) 집인 듯 편안하게 지내셨다. 바야흐로 이삼 년을 보내며 좋은 음식으로 봉양하고 기쁨을 함께 하며 신기(神氣)가 더 건강해지시기를 기다렸다가 한양 집으로 모시고 돌아오려고 했다. 어찌 이처럼 지낸 지 반년도 못 되어서 갑자기 천리 밖에서 너의 부음을 접하게 되어 나로 하여금 할 바를 알지 못하게 하리라고 어찌 생각이나 했겠느냐! 애통하다! 애통하다! 이 무슨 일이냐! 이 무슨 일이냐!

작년 섣달에 너는 약을 구하는 편지를 보내 왔었다.

"오래도록 병이 낫질 않습니다. 지금 또 임신까지 하였는데, (아기가) 젖을 뗄 무렵에 혹시라도 홀연히 일어나지 못할까 두렵습니다. 오라버니께서 저를 다시 보고지 히신다면 인삼 같은 좋은 약을 인편에 보내 주세요." 나는 이 편지를 보고 걱정스러웠지만 그러나 다만 병든 와중에 힘들어서

---

220 김주신에게는 후연·구연 두 아들과 딸 셋[朴弼喬·李德隣·肅宗·尹勉教의 처]이 있다.

하는 말이라 여겼다. 그 뒤에 다시 너의 편지를 보지 못하게 될 줄 누가 알았겠느냐! 애통하다! 애통하다!

네 편지를 본 지 겨우 한 달 만에 친구 이형곤(李衡坤)의 편지를 통해 네가 결국은 산병(産病)으로 정월 17일에 일어나지 못했다는 소식을 처음으로 들었다. 부음을 받던 날, 베인 듯 놀라고 애통하여 집을 나와 한바탕 오래도록 통곡하였다. 4일 뒤에 여사(閭舍)에서 성복(成服)을 하고 남쪽을 바라보며 길이 곡하였다가 바로 상복을 벗고 평상복으로 갈아입었다. 너의 초상을 끝끝내 숙모님께 고하지 못한 것은 진실로 숙모님께서 비록 한창 나이일 때에도 슬픈 일을 당하면 매번 고통으로 무너져 병이 나셨는데 이제 칠순의 노년에 만약 너의 부음을 들으시면 필시 잘 버티시며 한양 집까지 도달하지 못할 것이기 때문이었다.

그러나 너의 초상을 오래 숨기는 것도 끝내는 어려웠다. 결국 관직을 사임하고 돌아가기로 결정하고 밤낮으로 길을 재촉해 부음을 들은 지 27일 만에 다른 일로 핑계를 대어 모시고 길을 떠나 한양으로 돌아온 뒤에 너의 부음을 말씀드리려고 하였다. 그런데 봉산(鳳山)에 도착했을 때에 지병이 갑자기 도져 더 가지 못하고 낯선 땅 여관[逆旅]에서 노인의 병이 갑자기 위독해졌다. 그러나 사방을 둘러보아도 아는 사람이 없고 의원과 약도 구할 방법이 없었으니 그때의 근심과 당황함, 마음 졸임과 급박함은 사람의 마음으로 어찌 견딜 수 있는 것이었겠느냐! 다행히 신명의 도움에 힘입어 치료를 한 지 열흘 만에 기력이 조금 회복되셨다. 그런데 앞길은 여전히 멀고, 산 넘고 물 건너는 길에 다시 병이 도질까 두려워서 이에 또 왔던 길을 되짚어 다시 부임했던 곳으로 돌아왔다. 그리고 여름부터 가을까지 내내 지루하고 고달프게 기다리며[221] 누차 모시고 길을 떠나려 했지만 이루지 못하였다. 세월 흐르는 사이에 네가 세상을 떠난 것도 어느덧 한 해가 다 되었다.

---

221 흠신(欠伸) : 병들고 피곤한 모양.

숙모님은 오래도록 네 편지를 받지 못하자 매번 스스로 답답하고 우울해 하셨다. 혹은 편지의 소식을 알아 달라 부탁하기도 하고 혹은 네 남편의 편지를 보여 달라고 부탁하여 네가 편히 잘 있는지 알아보려 하셨다. 근심을 풀어드리기 위해 온갖 방법을 동원하는 정도가 아니였지만 한 해가 다 가도록 네 편지를 받지 못하시자 노인의 마음에 믿어도 보았다가 의심도 했다가 하셨다. 매번 침상 아래에서 억지 웃음과 돌려대는 말로 떠나버린 사람을 많이 디그처대었으니 그럴 때마다 베는 듯한 애통함은 날로 더해갔다. 이리저리 둘러대고 막으며 가끔은 사실을 알게 되실까 초조함이 배가 되기도 했으니 이것이 또 어찌 사람으로서 감당할 수 있는 일이겠느냐! 애통하다! 애통하다!

너는 세상을 떠나기 한 달 전, 천 리 먼 곳에서 사람을 보내어 늙은 어머니의 안부를 물었지. 그가 돌아갈 때에 내가 약간의 토산품을 부쳤다. 심부름하는 사람이 떠나기 전날 밤 숙모님께 문안을 드니 숙모님은 친히 가지고 계시던 작은 상자 하나에 시렁과 상에 있던 남은 음식을 넣고 손수 잘 싸서 부탁하셨다. 그 뒤에 들으니 네가 병이 위독했던 날에도 여전히 심부름 간 사람이 돌아왔는가를 물었다고 하더구나. 그러나 심부름꾼은 너의 초상이 이미 끝난 뒤에 도착하였으니 시댁에서 이 몇 가지 물건들을 영전 앞에 펼쳐 놓고 온 집안이 통곡을 하였다지. 애통하구나. 이 말이 어찌하여 내 귀에 들려 나로 하여금 다시 아프고 애통하게 하는 게냐!

늦봄 절사(節使)가 돌아가면서 사탕(砂糖)과 전향(篆香)222을 바쳤다. 내가 이를 숙모님께 드리니 또 친히 잘 봉해 싸서는 인편을 찾아 네게 보내려고 하셨다. 한 달 뒤에 너의 남편이 다시 내게 편지를 보냈는데, "지난번 언서(諺書)에 향패(香佩)가 같이 있습니다. 편지에 가득한 마음은 진실로 받들어 읽지도 못하겠고 그렇다고 또 차마 내버려 두지도 못하겠기에 무덤에 같이

---

222 전향(篆香) : 일명 '수향(壽香)'이라고도 한다. 반곡(盤曲) 형태의 향. 『진씨향보(陳氏香譜)』.

묻었습니다. 간 사람이 안다면 어찌 이를 두고 눈을 감겠습니까.”라 했다.

나는 이 대목을 읽으면서 나도 모르게 눈물이 흘러 턱을 적셨으며 오열하고 싶었지만 목이 막혀버렸다. 애통하다! 이 편지가 어찌하여 내 눈에 보여 나로 하여금 처음 부음을 듣던 날처럼 참혹하고 슬프게 만든단 말인가!

아아! 우리 숙모님은 모두 5남 7녀를 두셨는데 5남 3녀가 연달아 일찍 죽었다. 그리고 너는 서열로는 제일 막내였기 때문에 평소에도 사랑이 특별히 깊었으며 시댁을 오가느라 몇달만 이별하는 것에도 오히려 눈물을 금치 못하고 너의 머리를 어루만지셨다. 이제 네가 죽고 1년이 되어 가는데 여전히 네 한 몸과 품 안에 있던 아이가 이미 땅 속에 묻힌 것을 모르시고 그저 소식이 오래 끊겼으려니 하며 그리워하지 않는 날이 없으시다. 맛있는 걸 얻으면 매번 네게 보내시고 또 어린애의 치마 저고리를 지어서 보내시니 옆에 있는 사람들은 차마 어찌 못하는 마음으로 숙모님의 뜻을 따를 뿐이다. 편지를 쓸 때에는 부안들이 편지 응대를 잘 하지 못할까 걱정하여 내가 때때로 붓을 잡았는데 물러 나와서는 눈물을 줄줄 쏟았다. 애통하다! 세상에 어찌 이런 일이 있단 말이냐! 봄이 될 때까지 기다려 한양 집으로 모시고 돌아온 뒤에 너의 죽음을 비로소 고할까 했었다. 너의 부음을 듣고 나면 형세가 필시 슬픔이 지나친 데다 병까지 더하게 될 것이니 이런 때에는 장차 어떻게 해야 하는 것이냐! 네가 죽었지만 정녕 어둡지 않다면 필시 걱정하고 스스로 아파할 것이니 깊이 염려하고 남몰래 걱정함은 나와 다름이 없을 것이다.

아아! 나는 너에 대하여 평소에 동기간과 다름없이 가깝게 지내왔다. 그런데 네가 죽었는데도 관을 어루만지며 애도하지 못하였고, 장례를 치르는 데도 무덤에 가서 영결하지 못하였다. 이 애통함, 이 한스러움이 언제라야 다하겠느냐! 그 중에도 가장 애통한 것이 있으니 네가 병중에 편지 한 통을 보내어 약을 보내 달라 했는데 내가 요청에 답하기에는 곤궁하였고 또 그 값이 비싸서 사기도 어려웠다. 그리고 또 너의 병이 끝내 이 지경에 이르리라고는 생각하지 못하여 미적미적하다가 구하여 보내지 못하였는데 갑자기 너의 부음을 듣게 되었으니 내가 이에서도 너를 저버린 것이 심하구나, 너를 저버린 것이 심하구나. 그래서 인삼[223] 세 뿌리를 구하여 저과(菹果)를 만들어 술 한 잔과 함께 올리도록 보낸다. 이렇게라도 하지 않으면 내 맺힌 한을 풀길이 없어서란다. 이제 내가 조촐하나마 물건들을 싸서 보내니 너의 첫 제사에 응당 올려질 것이다. 그리고 너의 오라비에게 글을 보내어 이 뇌문(誄文)을 친히 읽어 달라 할 것이다. 네가 와서 흠향하고 영혼이 어둡지 않다면 이에 느낌이 있지 않을는지, 그렇지 않을는지.

아아! 너처럼 순수하고 밝은 자질이라면 마땅히 하늘에서 복을 받아야 하건만 겨우 아들 하나를 낳고 보기도 전에 죽다니! 그때 태어났던 아이는 난 지 8일 만에 죽었고, 아이가 죽은 지 24일 되었을 때 네가 또 죽었으니 네가 세상에 산 것이 겨우 21년이다. 옛 사람들이 이른바 신의 이치를 헤아릴 수 없다는 말이 참으로 그러하구나. 애통하고 애통하다! 무엇이라 해야 할지. 무엇이라 해야 할지. 상향.

해제 유인 김씨(1679?~1700?.1.17)는 김주신의 숙부 필진(必振)의 막내딸로 어려서 부모를 잃은 김주신이 숙부의 집에서 자라면서 김주신과 친동기간처럼 친밀하게 지냈던 사이이다. 21세의 젊은 나이로 세상을 떠났는데, 임신한 채로 병고를 치르고, 아이를 낳은 뒤 얼마 되지 않아 세상을 떠났으며, 갓난아이도 함께 세상을 떠난, 비극적 삶을 살았다. 김주신이 사촌 여동생의 어머니, 곧 숙모님을 모시고 북방 지역으로 나가 있는 동안 여동생이 호서 지방의 시댁에서 죽음을 맞았는데, 숙모님의 건강을 염려해 죽음을 알리지 못하면서 빚어진 안타까운 상황이 애절하게 그려져 있다.

---

223 삼아(三椏) : 인삼.

유모 제문
祭乳母文

유세차 경인년[1710] 10월 임술(壬戌)삭 13일 갑술일에 경은부원군(慶恩府院君) 김주신이 삼가 술과 과일을 갖추고 하인 서석망(徐碩望)을 보내어 유모 윤 소사의 무덤에 고한다.

아아! 소사가 죽은 것은 기묘년[1699] 정월 8일인데 부음은 2월 10일 경에 듣고 위패를 모셔 놓고 통곡하며 3개월간 상복을 입었다. 얼마 안 되어 내가 관서 지방의 수령으로 나가게 되었고, 이어서 조정에 벼슬로 묶이게 되어 필마로 서쪽으로 떠나게 되면서 풀 덮인 무덤에서[224] 슬픔을 털어내려던 계획은 지금 10년이 되도록 이루지 못하였다. 때로 그에 생각이 미치면 나도 모르게 눈물이 옷깃을 적시곤 하였다. 이에 하인과 종을 보내어 흙을 덮고 사초(莎草)를[225] 들이고, 묘지를 무덤 남쪽에 묻어 시골의 농부와 목동으로 하여금 이 쓸쓸한 무덤이 내 유모를 묻은 곳임을 알게 하고자 한다. 아아! 슬프다. 상향.

묘는 안협(安峽)에 있다.

유모 윤 소사(?~1699.1.8)는 김주신의 유모이다. 김주신은 부친 김일진·필진 형제의 유모인 강 소사와 자신들 형제의 유모 윤소사의 무덤에 넣는 글[壙記]를 썼는데 광기와 제문까지 쓴 것은 특별해 보인다. 유모가 죽고 10년이나 지난 뒤에 상제에 유모에 대한 의복(義服)으로 시마복이 있었는데 실제로 이 복제가 지켜지고 있었음을 이 글을 통해 확인할 수 있다.

---

224 숙초(宿草) : 일년 묵은 풀, 혹은 풀로 덮인 무덤.
225 개사(改莎) : 무덤에 떼를 입혀 잘 다듬는 일.

작은 어머니 제문
祭季母文

아아! 제가 좋은 때에 태어나지 못하여 어려서 아버지를 여의고 중년에 어머니를 여의어 외로이 홀로 기댈 곳이 없었습니다. 부사(父師)[226]의 바른 가르치심과 돌보아 품어주는 인자함은 제가 오직 숙부와 숙모님의 은혜를 입었습니다. 벙어리 귀머거리였던 저를 깨워 주시고, 저를 덮어 자식처럼 여기셨습니다. 그 은덕을 갚고자 하니 저 하늘처럼 끝이 없습니다. 재앙이 몸에 겹치고 천지신명[227]께 거듭 어긋나서 계획하고 하는 모든 일들에 시기와 해함이 따르는 듯하였습니다. 서쪽 고을로 관리가 되어 가니[228] 실로 함께 기뻐하였는데 형수 임씨(林氏)와 여동생의 부음이 천리 밖에서 갑자기 전해져 와서 연달아 황황하게 상을 치렀습니다.[229] 애통함을 감추고 아픔을 품은 채 술잔 바치며 작은 어머니의 장수를 빌었는데[230] 오랜 바람이 결국은 어긋나버렸습니다.

경사(京師)로 돌아오게 되매 거처가 나뉘어 곁을 떠나니 같은 집에서 밤낮을 함께 하는 것을 예전처럼 하지 못했습니다. 그나마 다행인 건 근래까지도 연세가 높으시나 큰 병환 없으신 것. 신명이 위로하여 우뚝하니 홀로 남아 계시며 저의 장막과 가리개가 되어 주시니 저는 기쁨과 두려움[231]이

---

226 부사(父師) : 아버지와 스승. 자신이 가르침을 받는 사람.

227 신기(神祇) : 하늘의 신령과 땅의 신령. 천지신명.

228 판여(版輿) : 고내에 사람을 이용한 일종의 가마. 노인이 앉은 채 이동하는 도구로 많이 쓰였다. 진(晋)나라 반악(潘岳)의 「한거부(閑居賦)」에 "太夫人乃御板輿 升輕軒 遠覽王畿 近周家園"이라 한 이래로, 관리가 재임 시에 부모를 맞이함을 가리키게 되었다. 김주신은 1700년에 지금의 평안도 지역에 속하는 순안 현감으로 나갔다.

229 주차(周遮) : 말이 많은 모양. 연면중첩(連綿重疊)한 모양.

230 개수(介壽) : 장수를 돕다, 축수(祝壽)하는 말.

마음에 한창 절절하였습니다. 어찌 알았겠습니까! 하루 저녁에 어버이 여읜 듯 깊이 통곡하게 될 줄을. 애통한 우리들은 어디에 의지하며 무엇을 바라보아야 합니까? 아아! 너그러운 성품과 인자하신 덕성, 순정(純正)²³²한 행실은 장수를 누리기에 마땅하건만 어찌하여 살아서는 다섯 아들을 여의셨습니까! 천리(天理)가 아득하게 어두우니 실로 믿기가 어렵습니다.

세월은 흐르듯 쉽게 지나 기일(忌日)이 벌써 다가왔습니다. 양주(楊州)에 합장을 하고²³³ 사흘을 지냈습니다. 끝나지 않을 슬픔²³⁴ 영결하는 말에 제 마음을 다해야 하는데 슬픔으로 병들고 정신이 혼미하여 겨우 몇 줄 씁니다. 고개를 들먹이며 소리쳐 부르지만 어느 곳에 닿을지요. 변변치 못한 예를 올리니 오셔서 흠향하십시오.

신묘년[1711] 2월.

해제 │ 이 글은 김주신이 작은 어머니 안동 권씨를 위해 쓴 제문이다. 안동 권씨 (?~1710.2?)는 김필진²³⁵의 아내로 권우(權堣)²³⁶의 딸이자 달성위 서경주(徐景霌)의 외손녀이다.

---

231 희구(喜懼): 『논어』「이인(里仁)」. "父母之年不可不知 一則以喜 一則以懼"

232 순비(純備): 순정(純正)함이 갖추어짐. 『순자』「정론(正論)」 "道德純備 智慧甚明"

233 여기서 양(楊)은 권씨의 남편 필진이 묻힌 경기도 양주를 의미하는 것으로 추정된다. 김필진이 쓴 「숙부통훈대부행성천도호부사김공묘지(叔父通訓大夫行成川都護府使金公墓誌)」에 "楊州牧東南三里東亭里鼈原君兆右向巽之原"이라 하였다.

234 종천(終天): 이 세상의 끝. 영원, 또 영원한 비통함이라는 의미에서 친상(親喪).

235 김필진 : 1635(인조13)~1691(숙종17). 조선 후기의 문신. 본관은 경주. 자는 대옥(大玉), 호는 평옹(萍翁)·풍애(楓崖)·야당(野塘). 62쪽 주 5) 참조.

236 권우(權堣): 1610(광해군2)~1685(숙종11). 조선 후기의 문신. 본관은 안동(安東). 자는 자명(子明), 호는 동곡(東谷). 희윤(禧胤)의 증손으로, 할아버지는 결(潔)이고, 아버지는 확(鑊)이며, 어머니는 안사흠(安士欽)의 딸이다. 1629년(인조 7) 별시 문과에 병과로 급제한 뒤 청환직(淸宦職)을 역임하였고, 1650년(효종 1) 홍문관 응교로서 『인조실록』의 편찬에 참여하기도 했다. 1651년에는 사은사(謝恩使)의 서장관으로 청나라에 다녀왔으며 이후 충청도 관찰사·대사간·전라도 관찰사·함경도 병마절도사·함경도 관찰사 등 외직과 예조 참판, 승정원 도승지 등의 관직을 맡았다. 1695년 강진에 유배되어 세상을 떠났다.

여동생의 무덤에 사초[237]하고 고하는 말

亡妹墓改莎草告辭

작년 장례[238] 때에 가뭄이 들어 무덤의 상수리나무가 시들고, 봉분도 벌겋게 드러났는데 그래도 소생하기를 바라며 따뜻한 봄날을 기다렸다. 이제 4월 여름이 되어 온갖 꽃이 모두 피는데 오직 여기에만 시든 풀이 더부룩하니 마음이 쓸쓸하였다. 사이사이 거센 뿌리가 오히려 무성하고 마른 줄기에 잎은 푸르니 삶과 죽음이 지척이구나. 내가 매번 와서 곡하며 이를 볼 때마다 더욱 슬펐음에도 바로 다듬지 못했던 것은 혼인이 있었기 때문이다. 이제 좋은 계절을 기다려 장차 한 줌 흙을[239] 더하려고 한다. 일을 하기에 앞서 와서 고하고 향(香)[240]을 바치니 너는 행여 놀라지 마려무나. 내가 네 곁에 있노니.

이 글은 김주신이 자기의 여동생인 한배도(韓配道)의 아내 유인 김씨 (1664. 5.19.~1686?. 3.1)를 위해 쓴 글이다. 여동생이 죽은 이듬해에 쓴 것으로 추정된다. 무덤에서 공사를 벌이면 행여 여동생이 놀랄까 걱정하는 마음이 담겨진 글이다. 김주신은 이 여동생을 위해 제문과 묘지도 썼다. 김주신, 「망매묘지 (亡妹墓誌)」, 「망매제문(亡妹祭文)」 참조.

---

237 사초(莎草) : 무덤에 떼를 입히고 다듬는 것.

238 양사(襄事) : 일을 이룸. 장례를 마침. 장례식.

239 부토(抔土) : 한 줌의 흙. 무덤.

240 판향(瓣香) : 모양이 오이씨같이 생긴 향.

김창집 金昌緝 · 1662~1713

김창집(金昌緝) : 1662년(현종 3)~1713년(숙종 39). 자는 경명(敬明), 호가 포음(圃陰), 본관은 안동(安東)이다. 김상헌의 증손이며, 김수항의 아들이다. 몽와 창집·농암 창협·삼연 창흡·노가재 창업이 형이고, 창립이 아우이다. 남양 홍처우(洪處宇)의 딸과 혼인하여 아들 용겸(用謙)과 딸을 낳았고, 딸은 이망지(李望之)에게 시집갔나. 저서로 『포음집(圃陰集)』이 있다.

숙인 풍양 조씨 행장 대작

淑人豐壤趙氏行狀 代作

돌아가신 어머니 숙인 조씨는 본관이 풍양이고 고려조 좌명공신 맹(孟)의 후손이시다. 증소 할아버지 희보(希輔)는 문과에 급제하고 벼슬이 승지에 이르렀다. 혼매한 군주[1]의 시대를 당하여 문을 닫고 올바름을 지키니 세상에서 칭송하였다. 할아버지 형(珩)은 예조 판서로서 두터운 덕이 있었고, 할머니인 사천(泗川) 목씨(睦氏)는 여인으로서의 법도가 매우 아름다우셨다. 아버지 상변(相抃)은 진천(鎭川) 현감을 지냈고, 어머니 밀양 박씨는 경주부윤(慶州府尹) 수홍(守弘)의 딸이니, 영남의 이름난 가문이다. 숭정 병술년[1646] 12월 29일에 내 어머니를 낳으셨다.

박 부인은 맑고 현명하며 단정하고 엄숙하셔서 집안의 모범이 되셨다. 내 어머니도 어릴 때부터 이미 그 가르침을 마음으로 익혀 부모를 섬기고 어른을 받드는 데 사랑과 공경이 돈독하고 지극하였으며 일을 할 때에는 어른도 미치지 못하는 점이 있었다. 그래서 판서공과 목 부인[2]께서 자손이 매우 많았지만 특별히 깊이 사랑하셨다. 일찍이 박 부인을 모시고 마루 위에 앉아 있는데 하인이 집 위로 올라갔다가 위험에 처하기라도 하면 매번 고개를 돌리고 보지 못하기에 그 까닭을 물으니 "그가 떨어져 다치는 것을 제가 차마 보지 못하겠습니다."라 하였다. 비록 어린 나이지만 사물을 아파하는 마음이 이미 이와 같으셨던 것이다.

7, 8세부터 놀고 장난하는 것을 좋아하지 않고 어른이 하는 일을 따라 하셨다. 여공(女功)은 번거롭게 과정을 배우지 않으셨지만 바느질, 베짜기,

---

1 광해군을 뜻하는 것으로 보인다.

2 조부모님을 말한다.

자수 등의 모든 일에 모두 능하셨다. 또 글을 좋아하여 여러 사촌 형제들이
글을 배울 때면 반드시 손으로는 바느질을 하면서 그 옆에 계셨다. 가르침
을 받는 자들도 깨닫지 못하는 바가 있었는데 (어머님은) 도리어 꿰뚫어 이해
하였다. 어른들이 그 영특함을 특별히 여기시고 글을 가르치려 하셨지만
어머니께서는 여자가 할 일이 아니니 마음을 쏟을 수 없다 하시고 낮에는
여공(女紅)을 하시고 밤에만 『소학』과 『내훈』 등 여러 책을 읽으며 모두 잘
암송하셨다.[3] 진사공 형님이 재주가 뛰어나고 학식이 높았는데 독서하는 겨
를에 매번 어머님을 위해 경사(經史)를 논해 드리면 어머님은 들을 때마다
마음으로 환히 깨달으시고, 막히는 곳도 없었다. 이로써 성현의 의리의 교
훈과 역대 제왕의 혼매함과 현명함, 치란의 자취를 꿰뚫지 않은 것이 없으
셨다. 그러나 한번도 이것을 스스로 자랑스럽게 여기지 않으시니 그래서
사람들은 어머님을 진중하다[4]고만 보았지 문자를 아는 것은 알아차리지 못
하였다.

　어머니는 나이 16세에 우리 아버지에게 시집오셨다. 우리 큰 고모님이
실은 어머님의 작은 어머니이셨기 때문에 그 현숙함을 살펴 아시고 중매를
하신 것이었다. 시집오시던 날, 사람들은 모두 좋은 맏며느리를 얻었다고
축하하였다.[5] 시집오신 뒤로는 조심하고 몸을 삼가며 한결같이 예법을 준수
하여 까닭 없이 마당에 내려서지 않고, 어두운 밤에 측간에 가실 때에는
반드시 등불을 들고 가셨다. 새벽에 일어나 시어머님께 드릴 음식을 마련하
고 삶고 끓여 맛을 내면서 입맛에 맞지 않을까만을 염려하셨다.

　우리 할머니께서 원래 병이 있으셨는데 겨울이 되자 더욱 심해졌다. 어머
님께서는 항상 마음을 태우며 걱정하시느라 용모와 머리를 다듬을 겨를도
없으셨다. 비록 한겨울 폭설이 내려도 꼭 밤새도록 한 데 서서 죽이나 약

3　상구(上口) : 시문(詩文)을 열심히 송독(誦讀)하여 입에서 익숙하게 흘러나오는 것.
4　전전(悛悛) : 삼가고 진중한 모양. 순박하고 진실한 모양.
5　책책(嘖嘖) : 찬탄하는 소리를 형용하는 말.

달이는 것을 살폈고, 할머니께서 편히 잠드시기를 기다렸다가 잠드신 뒤에
라야 잠시 당신의 처소로 가시는 것이 일상이었다. 비록 손과 얼굴이 동상
으로 갈라져도 아랑곳하지 않으셨다. 을사년[1665]에 할머니의 병이 크게 위
독해지시니 의원들은 모두 뒤로 물러나고[6] 온 집이 당황하여 어찌 할 바를
몰랐다. 어머님은 몰래 손가락을 베어 피를 짜서 약에 섞어 드렸는데 병이
나아졌다. 그러나 집안 사람 중에서는 아는 이가 적었고, 오로지 큰 고모님
만이 그 일을 보시고 탄복해 마지 않으셨다.

  출가하신 지 이미 오래되었지만 친정 부모님을 뵈러 갈 때에는 매번 집
안의 일을 세밀히 살펴 부모님의 수고를 대신하셨고, 일마다 뜻을 받들어
조금도 거스른 적이 없으셨다. 친정을 떠나 와서도 사모하는 마음이 간절하
여 항상 부모님 곁에 있는 것처럼 하셨다. 부모님의 3년 상을 다 마치고도
여전히 고기를 드시지 않은 것이 몇 개월이었다. 우리 할머니 상을 당했을
때에는 이미 노쇠해지셨는데도 슬퍼 사모하는 마음이 너무 간절하셨고 채
소와 물드시는 것을 한결같이 예(禮)에[7] 따라 하시니 우리들이 견디기 어려
움을 걱정하여 간하였지만 끝내 바꾸지 않으셨다. 제수(祭需)를 마련할 때에
는 반드시 몸소 직접 하셨는데 고달프고 힘들어도 해이해지지 않으시니 그
지극한 정성은[8] 다른 사람이 미칠 수 없는 바가 있었다. 그러나 끝내 이 때
문에 몸을 상하셔서 탈상한 지 몇달 만에 병이 나셨다.

  매양 당신이 일찍 부모님을 여의고 형제를 많이 잃었다시며 항상 슬픔
속에 사셨고, 말이나 웃음이 적으며 달고 맛있는 음식을 드시지 않으셨고,
몸에는 비단을 가까이 하지 않으셨다. 부모님의 편지는 하나하나 챙겨 거두
셨는데 비록 작은 편지 조각[9]이라도 버리지 않고 봉하여 기록하고 "훗날,

---

6 각주(却走) : 뒤로 물러나 달아남, 후퇴하여 달아남.

7 『예기』「상대기(喪大記)」 참조 "期之喪 三不食 食疏食 水飲 不食菜果 三月旣葬 食肉飮酒
　　期 終喪不食肉 不飮酒 父在爲母爲妻 九月之喪 食飮猶期之喪也 食肉飮酒 不與人樂之"

8 투철(透徹) : 사리가 밝고 뛰어남.

내 관 속에다 넣어라."하니 그 효성과 공경이 이와 같으셨다.

모두 아홉 아들을 두었는데 모두 몸소 길렀고 한번도 유모에게 맡긴 적이 없으시다. 아마도 당신의 자식 때문에 남의 자식을 힘들게 하지 않으려 하셨던 것 같다. 자식을 양육함에 자애로웠지만 지나치게 자애롭기만 하지는 않으셨다. 10살 전에는 비단옷을 입히지 않았으며, 마시고 먹는데 육식(肉食)이 과하지 않도록 하고 담박한 것을 먹도록 힘쓰셨으니, 검소함을 가르치고 또 그 기혈(氣血)을 기르기 위해서였던 것이다. 이미 장성한 뒤에도 세상에서 숭상하는 아름답고 화려한 의복을 여전히 금하니, 자부(子婦)들도 감히 비단옷을 짓지 못하였다. 자녀들이 아무리 어려도 단속을 매우 엄하게 하며 그 행동에 조금이라도 옳지 않은 점이 있으면 매번 준엄하게 꾸짖고 조금도 용서하지 않으며 항상 우리들에게 경계하셨다.

"선비는 마땅히 그 몸을 삼가 조심하고 그 마음 씀을 바르게 하며 학업에 힘써야 한다."

딸들을 깨우칠 때에는 이렇게 말씀하셨다.

"선비는 집안을 다스린 이후에야 나라를 다스릴 수 있다. 여자가 친정에 있을 때부터 했던 작은 잘못은 남편의 집안에서도 그대로 하게 된다."

자녀들이 간혹 종들의 허물을 이야기하면 이렇게 말씀하셨다.

"사람이 타고난 것에는 제각각 높고 낮음이 있는데 어찌 모두 똑같아야 한다고 꾸짖을 수 있겠느냐. 남을 책망할 때 자신을 용서하는 마음으로 하라는 것이 옛 교훈이다."

여러 자식들을 똑같이 대하며 조금도 편애함이 없으셨다. 대개 부인들이 딸은 아끼고 며느리는 멀리하는 일이 많은데 어머님은 조금도 후하고 박함의 차별을 두지 않으셨다. 친정 부모님이 돌아가시고 재산을 나누는데, 어머님은 선조대의 재산10이 적고, 형제들이 많이 가난하고 어렵다는 이유로

---

9 혁제(赫蹏) : 혁제(赫蹏). 글씨를 쓰는 비단 조각. 편지, 종이. 원문에는 혁제(赫踶).

마땅히 받을 수 있는 것도 전혀 갖지 않으셨다. 형제의 자식 중에 일찍 고아가 된 아이는 마치 당신의 아이처럼 보살펴 기르셨다. 내 아버지께서 형제들과 우애가 깊으시니 어머님께서는 그 뜻을 받들어 조금도 달라짐이[11] 없었고, 동서들을 대함에도 보통 사람이라면 하기 어려운 면모가 있었다.

할머니께서 집에서 외손녀 하나를 기르셨는데 시집을 간 뒤에도 여전히 그리워하는 마음을 그치지 못하고 한 가지라도 맛있는 음식이 있으면 반드시 나누어 보내 주셨다. 할머님이 돌아가신 뒤, 어머니는 여전히 그 일을 조금도 줄이지 않고 지켜 행하셨다. 또 그 아이가 신혼에 혼자가 된 것을 불쌍하게 여겨 곡진한 정성으로 도와주시니 이 여동생이 감동하여 항상 칭송하며 "외숙모님의 은혜가 부모님의 은혜와 무슨 차이가 있겠습니까!" 하였다. 어머님이 병환이 나시자 그 집의 여종이 문후를 여쭈러 왔는데 어머니께서는 "너희 집은 요즘 어떻게 사느냐. 그 댁 서방님 상일(祥日)일인데 내가 제사에 쓸 물건을 보태려고 미리 마련해 둔 것이 있는데 지금 병이 심하여 내 뜻대로 할 수가 없구나." 하며 마음아파하시니, 병수발을 들던 사람에게 그 여종을 불러 물건들을 보냈다.

친척이나 마을에 혼례·상례가 있거나 가난한 사람이 있으면 마치 이르지 못할까 싶어하며 도우셨는데 집에 있고 없음을 돌아보지 않으셨다. 친족[12] 중에 연세가 높은 분이 계시면 반드시 때맞추어 음식과 의복을 보냈고, 비록 미천한 사람이라도 만약 집에 노인이 있으면 반드시 봉양할 물건을 대어 주었다. 사람이 얼고 굶주려 죽게 된 것을 보면 반드시 불쌍하게 여겨 옷을 벗고 음식을 밀어 주셨다.[13] 서(庶) 조카딸이 있었는데 일찍 혼자가 되

---

10 선업(先業) : 조상 대대로 전해 내려오는 살림, 재산.

11 원방(圓方) : 사물에 따라 모양이 달라지는 것[隨物賦形, 或方或圓]. 여기서는 그 뜻을 바꾸지 않고 잘 지키며 차별하지 않았는 문맥으로 이해하였다.

12 친당(親黨) : 성이 같은 일가, 혼인으로 맺어진 일가는 척당(戚黨)이라 한다.

13 탈의추식(脫衣推食) : 옷을 벗어주고, 자기의 밥을 주다. 각별한 은혜를 베푸는 것을 말한다. 추식해의(推食解衣). 원래 한(漢) 장수 한신(韓信)이 한 고조(漢高祖) 유방(劉邦)이 자

고, 돌아갈 곳이 없게 되자 집으로 거두어 보살폈는데 세월이 흘러도 보살핌이 쇠해지지 않으니 그 조카딸의 감동이 뼈에 새겨졌다.

아버지가 흡곡현(歙谷縣)[14]으로 부임하는 것을 따라가셨다. 흡곡현이 고을은 작은데 세금은 무거워 백성이 고달팠다. 아버지는 아픈 이를 돌보듯[15] 정치를 힘써 행하셨다. 어머님도 옆에서 도우며 비록 관아의 물건 중에 해마다 들어오던 것[16]도 오히려 일체 받지 않으며 "이런 흉년을 당하여 백성들은 제대로 살지 못하고 있는데 우리 식구들은 앉아서 관의 곡식을 받아먹으면서 굶주림과 추위를 모르니 어찌 두렵지 않겠느냐!"라 하셨다. 혹 마을에 의지할 데가 없는 노인이 있다는 말을 들으면 반드시 도와주셨다. 관비(官婢)들을 가족처럼 돌보고, 그 능력의 고하를 살펴서 일을 맡겼지, 감당할 수 없는 것을 억지로 시키지 않으셨다. 그러니 그 고을 사람치고 어머님의 인자함을 칭송하지 않는 사람이 없었다. 임기를 마치고 돌아온 지 몇년이 되도록 여전히 안부를 묻고 선물을 그치지 않고 보내왔다. 종들을 넉넉하고 후하게 대접하니 사람들마다 모두 스스로가 제자리를 얻었다고 여겼다. 종들에게 채찍과 매를 들거나 꾸짖음을 내린 적이 없으셨지만 삼가 조심하며 직분을 잘 받들지 않는 이가 없었고, 어머니를 부모처럼 사랑하고 받들었다.

원래 화려하고 사치스러운 옷을 즐기지 않으셨으니, 온전하고 깨끗하면 되고 더위와 추위를 막으면 족할 뿐이었다. 스스로를 보살피는 데에 몹시 야박하여 음식이나 거처에 한번도 편안함, 쾌적함을 구한 적이 없으시다.

신에게 베풀어 준 은혜를 말하면서 "옷을 벗어 나에게 입게 하고, 먹을 것을 건네주어 나에게 먹게 하였다[解衣衣我, 推食食我]."고 한 데서 나왔다. 『사기(史記)』 권92, 「회음후열전(淮陰侯列傳)」.

14 흡곡현(歙谷縣) : 지금의 강원도 통천군 학일면.

15 여상지정(如傷之政) : 백성을 상처 입은 사람 돌보듯이 극진하게 돌보라는 뜻. 지방관들이 좌우명으로 삼는 구절이다. 『맹자』 「이루 하(離婁下)」 "孟子曰 禹惡旨酒而好善言 文王視民如傷 望道而未之見"

16 경입(經入) : 경(經)은 '상(常)'의 의미로 상시적으로 들어오는 조세, 수입.

부지런한 성품은 남들보다 더하셨으니 평생에 한순간이라도 한가한 적[17]이 없었고, 다른 사람을 꾸짖는 것도 또한 그러하셔서 우리들에게 항상 "천지 또한 한시도 휴식함이 없다. 사람이 공공연하게 앉아서 입고 먹기만 한다면 매우 옳지 않은 일이다."고 말씀하셨다. 손수 여공(女功)을 하고 밤낮으로 부지런히[18] 일하며 집안 식구들을 이끄니, 그러므로 위·아래, 어른·아이가 감히 게으름을 피우지 못하였다. 또 가르침에 규모가 있었기에 비록 재주가 없는 종들이라도 모두 재주가 좋아졌다.

장례[19] 때 쓸 수의를 미리 만들어 두셨는데 모두 집에서 비단을 직접 짜서 만들며 "집이 가난하여 저자에서 사지 못한다. 또 살았을 때에도 입지 않던 좋은 비단을 수의로 쓸 수는 없다."고 하셨다. 친척 중에 초상이 나면 매번 마련해 둔 의복으로 수의를 하게 하고, 다음에는 빠진 것을 보충하게 하셨다. 그래서 초상을 당해서도 저자에서 산 것은 많지 않았다.

조상 대대의 살림은 제법 많았지만 중간에 기근과 흉년으로 크게 몰락하였다. 어머님께서 이를 물려받고는 밤낮으로 생각하고 마음을 다하여 살림을 일구셨다.[20] 그리하여 쇠퇴했던 것들이 모두 흥성하여[21] 가문이 점점 회복되었다. 해야 할 일이 있으면 종들에게 방책을 일러 주시니 완성되지 않는 일이 없었고, 어머님이 일러주신 법도를 조금이라도 어기면 일이 꼭 잘못 되었다. 어려운 일이 있어 식구들이 여쭈면 모두 그 자리에서 해결되었는데 마땅하지 않은 것이 없었다. 기사년[1689]에 큰 변고가 나자[22] 한양을

---

17 가예(暇豫) : 가일(暇逸). 한가한 날.

18 굴굴(矻矻) : 힘써 일하는 모양.

19 송종(送終) : 죽은 이를 보내는 의식. 곧 상례(喪禮). 장례식.

20 경기(經紀) : 질서와 조리 있게 관리하고 다스리다.

21 백폐개흥(百廢皆興) : 백폐구흥(百廢俱興). 쇠폐(衰廢)했던 것이 모두 다시 흥성함.

22 기사환국을 의미한다. 홍씨 집단이 대대로 서인이었던 점을 감안할 때, 이 해에 송시열을 필두로 서인들이 대거 사사, 파직당하는 와중에 숙인 조씨의 부군이자 김창집의 장인인 홍 처우도 이에 연루되었을 가능성이 있다.

떠나 강가에 와서 사셨다. 종들을 독려하며 힘껏 농사일을 하시니 심고 가
꾸는 절묘함은 노련한 농부들도 물러설 정도였다.

한번은 우리 할머님의 수연(壽宴)을 베풀었는데, 잔치할 때가 되었는데도
조용한 것이 마치 아무 일도 없는 것 같았다. 그런데 잔치 때가 되자 일마다
풍족하고 흡족하니 사람들이 신기하다고 하였다. 재물을 아껴 허비하는 것
이 없고, 써야 할 곳이라면 조금도 인색하게 아끼지 않으셨다. 할머님의 초
상 때에도 모든 장례 도구들을 반드시 마음에 흡족하도록 하신 뒤에야 그쳤
고 그 비용을 재삼 따지지 않으셨다. 일용하는 모든 물건들을 모두 평소에
모아 두었기 때문에 필요한 때가 되었을 때에 한번도 궁색한 적이 없었다.
제사를 받들고 부모님을 봉양하는 필요한 것들은 더더욱 정성을 다해 마련
하고 모았고 경솔히 다른 곳에 쓰지 않으셨다. 술이나 장을 담그면 맛이
좋지 않은 적이 없었고, 채소 같은 것들도 모두 그 절묘한 맛을 내니 다른
사람은 따르지 못할 것이었다.

어머니는 천성이 간결하고[23] 활달하여 세속의 여인과 같은 모습은 전혀
없었다. 그러면서도 유순하고 공경하고 늘 지켜야 할 부도(婦道)를 어긴 적
이 없으시다. 인자하고 사랑하는 마음은 지성에서 나왔으며 또 고결하고
욕심이 없어 재물에 얽매이거나 탐하는 것이 없으셨다. 자신에게 박하게
하고 남들에게는 후히 했으며, 의(義)를 중요하게 여기고 이익을 뒤로 하셨
던 것은 억지로 힘써서 된 것이 아니다.

어머니는 너그럽고 대범하며 현명하고 어지시니 집안을 거느리고 사람
들을 대함에 의심나고 막히는 바가 없으셨다. 그래서 규문(閨門) 안에서 한
번도 오가는 말이 없었다. 재주가 뛰어나고[24] 명민하여 내놓는 계획이나 생
각이 사리에 곡진하게 맞았다. 그러므로 어머니가 행하는 것은 모두 두루

---

23 이직(易直) : 간편함, 간이함.
24 영발(英發) : 재주가 아주 뛰어남.

통용되는 법도가 될 만한 것이었다. 재주와 덕이 다른 사람보다 높았지만 만족해 하지 않았고[25] 자기를 자랑하지 않으셨으며 다른 사람에게 은혜를 많이 베풀었지만 일찍이 스스로를 치하하는 기색을 보인 적이 없으시다. 무속의 귀신이나 괴상한 방술은 배척하여 믿지 않고, 기도로 재앙을 물리치는 일도 결코 하지 않으니, 아무리 누차 절박한 우환을 겪었어도 끝까지 마음을 바꾸지 않았다. 비록 늙은 여종들이 간혹 화복으로 감응하는 신명함을 아뢰며 설득해 보려 했지만 끝까지 미혹되지 않으셨다.

자녀를 많이 잃고, 또 아버님이 몇 년이나 깊은 병에 걸려 그 근심을 이루다 할 수 없었지만 그러나 또한 이치로써 스스로를 위로하셨다. 혹은 자신이 수고와 고초를 감당함에 견딜 수 없는 적도 있었으나 편안하게 대처하셨고, 사람들이 혹은 나쁜 말을 해대도 묵묵히 마치 아무 것도 못 듣고 모르는 듯이 하셨다. 무릇 많은 사람들이 자기 뜻대로 되지 않으면 연연해하는[26] 모든 일체의 일들도 어머니의 마음을 얽어매지 못하였다. 이런 까닭에 평소의 기상은 편안하였고, 걱정하는 기색이 조금도 없으셨다. 어머니의 덕이 이와 같았기에 식구들로부터 친족과 마을 이웃에 이르기까지 존경으로 따르며 칭송하고 여자 중의 군자로 여기지 않는 이가 없었다.

우리 할머니의 여동생 구 부인(具夫人)께서 일찍이 "이 사람에게는 보통 사람을 뛰어넘는 행실이 있으니 하늘의 도우심을 받기에 마땅하다. 그러니 이제 복록이 점점 풍성해질 것이다."라 하신 적이 있다. 무진년[1688]에 막내 아들이 태어나자 사람들은 어머니의 지극한 행실이 신명께 전달되었다며 후손을 주신 것[27]은 하늘의 보답이라고 하였다. (아들이) 병에 걸리자 문병 온 사람들은 모두 "하늘이 이제 막 복을 내리셨는데 필시 여기에서 끝나지

---

25 감연(欿然) : 만족해하지 않는 모양.

26 개개(介介) : 마음에 걸려 잊지 못하는 모양, 미세함, 해로운 모양. 또 고고하여 절조가 있음, 굳게 지켜 변하지 않는 모양.

27 조윤(祚胤) : 후손, 혹은 복이 후손에게까지 미침.

는 않을 것입니다.”라 하였다. 병이 비록 심했지만 걱정하지 않으시니 인품으로만 본다면[28] 두려워할 만한 것이었다. 아들이 죽게 되자 실색하며 놀라지 않는 사람이 없었고 ‘천도(天道)가 무지(無知)하다.’고들 하였다.

어머니가 계유년[1693] 3월에 병환이 드셨는데 날로 심해지며 나아지지 않다가 10월 5일에 돌아가시니 향년 48세이시다. 아아! 애통하다. 어머니께서 병환이 드신 지 3개월 만에 형님이 돌아가고, 또 다음 달에 아버지께서 돌아가셨지만 모두 차마 말씀드리지 못하였다. 아아! 애통하다.

어머님는 편찮으시던 8개월 동안도 하루같이 오히려 스스로를 강하게 하여 집안일을 많이 보살펴셨다.[29] 비록 병으로 약을 드시던 때[30]도 선조의 기일(忌日)이 되면 반드시 ‘오늘 제수(祭需)는 어떻게 마련하는가.’ 물으시고 ‘나의 병이 이 지경에 이르니 정성만큼 할 수 없으니 한스럽다.’고 하셨다. 병세를 헤아려 스스로 약을 시험해 보기도 하셨는데 왕왕 효과가 있었으니 병수발을 들던 사람도 미처 생각하지 못한 것이 많았다. 아마도 어릴 때부터 병수발에 익숙하여 치료하는 기술에 하나하나 마음을 쓰셨기 때문인 것 같다. 돌아가시던 날에는 정신과 기력이 더욱 똑똑하고 밝았으며 말씀도 모두 평소와 같으셨다. 아아! 애통하다.

그 해[1693] 11월 7일에 적성방동(積城方洞)에 임시로 묻었다가 이듬해 9월 5일에 같은 현(縣) 복호동(伏虎洞) 북동쪽 자리에 영구히 묻으니 실로 아버지와 같은 무덤이요, 선영 서쪽 10여 리 되는 땅이다.

어머니의 아버지 홍처우(洪處宇)는 벼슬이 흡곡(歙谷) 현령에 그쳤다. 아들 셋이 있는데 장남 구택(九澤)은 먼저 돌아갔고, 차남은 구채(九采)이며 막내는 어리다. 딸 하나는 생원 김창집(金昌緝)에게 시집갔다. 구택은 2남 3녀,

---

28 인품(人品) : 사람의 의표(儀表), 곧 겉보기, 외모나 태도.

29 조관(照管) : 맡아서 보관함, 잘 보살핌.

30 명현(瞑眩) : 눈이 아찔할 정도의 독한 약. 이런 독한 약이라야 병을 고칠 수 있다고 한다. 여기서는 병이 위독하던 때를 말하는 것으로 해석하였다.

구채는 1남 1녀, 김창집은 1녀를 두었는데 모두 어리다.

아아! 우리 어머니처럼 덕 있는 분이라면 끝없는 복을 누려야 마땅하건만 도리어 일찍 세상을 떠나는 화를 당하셨으니 이미 그 몸에 보답을 받지 못하신 것이다. 게다가 또 (어머니의) 아름다움을 가리고 후세에 드러나도록 하지 못한다면 불초한 나의 불효죄는 더욱 스스로 용서할 길이 없을 것이고, 평생의 애통함은 더욱 스스로 풀길이 없을 것이다. 이에 감히 평소의 언행의 대략을 진술하고 입언군자(立言君子)의 은혜를 구하리라 생각하였다. 심장과 간장이 무너져 내리고 문사(文詞)가 부족하고 거칠어 그 아름다운 덕과 순전한 행동을 드러내지 못하고 도리어 혹 빠뜨리기도 한 것은 진실로 있을지언정, 감히 털끝 하나라도 미덕을 과장하여 안으로 어머니의 행실을 왜곡하고 밖으로 다른 사람을 속이지는 않았다.

엎드려 바라건대 어진 군자께서 측은하게 불쌍히 여김을 베풀어 그 몸에 보답을 받지 못한 분으로 하여금 죽은 뒤에 거듭 묻혀 없어지는 데에 이르지 않도록 해 준다면 산 자나 죽은 자에게 심히 다행일 것이다.

해제 이 글은 김창집이 장모인 숙인 풍양 조씨(1646.12.29~1693.10.5)를 위해 쓴 글이다. 풍양 조씨는 홍처우(洪處宇)의 아내이며 48세에 세상을 떠났다. 어릴 때부터의 행정과 덕성을 눈에 보이듯 그려내고 있고, 조씨를 어머니로 칭하고 있으니 둘째 아들 홍구채를 대신해서 쓴 글로 보인다. 기사환국으로 시집 홍씨 가문이 환란을 겪으면서 파란 속에서 오십 평생을 살았는데 인품과 학식이 뛰어나고, 경제와 의약 등에 이르기까지 모든 부분에서 재능을 보였던, 대단히 독특하고, 완벽한 여성이었던 듯하다.

딸의 행장
亡女行狀

떠난 내 딸은 경신년[1680] 정월 10일 경자일에 한양 향교동(鄕校洞)[31] 외가에서 태어났다. 그때에 내 부모님께서는 철원 유배처에 계셨는데 멀리서 소식을 들으시고 좋은 이름을 지어 주셨고, 그 어미에게는 잘 기를 것을 당부하셨다. 5월에 아버지가 비로소 유배에서 풀려 한양 집으로 돌아와 그 아이를 보시고는 "비록 갓난아이지만 속에 뭔가 아는 것이 있는 듯하다." 하셨고, 어머니께서도 "어진 아이로구나."라 하며 모두 매우 어여삐 여기셨다.

딸은 어릴 때부터 정숙하고 단정하며 조숙하였고, 무례하고 어리석은 태도는 전혀 보이지 않았다. 어른이 혹 꾸짖고 나무라도 조금도 거역하는 기색이 없었다. 6살에 언문을 깨쳤는데 글씨가 단정하고, 8살에는 이미 어머니를 대신하여 들고 나는 서찰들을 대신 살피니 어머니께서 몹시 칭찬하셨다. 내 어머니께서 언문을 깨친 어린 여종들을 가까이 두고자 하시니 딸은 바로 그들을 가르쳤는데 깨우쳐 가르치는 데 규모가 있는데다 전력으로 부지런히 하며 그치지 않으니 (여종들이) 며칠 만에 글을 깨쳤다. 어머니가 매우 기뻐하고 기특하게 여기고 은비녀를 만들어 상으로 주셨다.

기사년[1689][32]에 재앙의 기운이 갑자기 닥치니 너는 심히 놀라고 애통하여 전혀 웃고[33] 말하지 않았으며 망극한 소식을 듣게 되자 슬퍼함이 지극하였다. 우리 아버님[김수항]의 상여가 북쪽으로 돌아오니 네 어머니가 상여를

---

31 지금의 동소문(東小門) 안 성균관(成均館) 근처. 산수가 좋다 하여 선비들이 이곳으로 거주지를 많이 정하였다.

32 기사환국 때 김창집의 가문은 집안 전체가 화를 당하였다. 김창집의 부친은 기사환국 때 진도에서 사사되었고, 창업, 창협 등은 경기도 포천 영평산으로 은거하였다.

33 해안(解顔) : 활짝 웃음.

맞이하여 곡을 하려던 길에 친정에서 너를 만나 보았다. 너는 (어머니를) 보자 몹시 서럽게 울다가 또 말하기를 "어머니를 따라 가서 우리 할머님[34]과 아버지를 뵙고 싶습니다."라 했으니 그때 네 나이 10살이었다. 그해 가을 온 집안이 영평산 골짜기로 들어가게 되었는데 너도 따라 가서 삭망(朔望)의 차례에 꼭 참여하고, 밤낮으로 우리 어머니[35]를 곁에서 어른처럼 모시고 받들었다.

딸은 성품이 순일(純一)하고 고요하며 조리가 있었다. 길쌈과 바느질, 음식하는 일[36]들은 모두 가르치지 않았는데도 일찍부터 잘하였으니 내 어머니께서 매번 감탄하며 "누가 이 아이를 데려갈지. 작은 복이 아닐 것이다."라 하셨다. 16세에 완산(完山) 이망지(李望之)에게 시집갔다. 이망지의 고모가 나의 넷째 형수인데, 내 딸을 현숙하다 여겨서 혼인을 권한 것이라고 한다.

딸은 천성이 어질고 온후하며 유순하고 정직하였으며, 순박한 자질을 타고났던지라 다듬고 꾸미는 것이 없었다. 허탄한 마음으로 일을 하고 다른 사람을 대했으며, 조금도 겉과 속이 다른 적이 없었다.[37] 조부모를 섬기는데에 정성이 온전하고 지극하여 부모님을 대하는 것과 조금도 다름이 없었으며 시부모를 섬기게 되었을 때에도 또한 그러하였다. 비록 부모의 외딸인까닭에 시댁에서 오래 살지는 못하였지만 한마음으로 시댁에 귀의하여 자기의 집처럼 여기니 세상의 부녀자들과 비교하면 완전히 다른 점이 있었다. 시어머니 장 부인(張夫人)께서 몹시 사랑하며 매번 "내 딸이나 마찬가지이다."고 하였다.

---

34 대모(大母) : 조모(祖母).

35 김창집의 어머니이고, 이 딸에게는 할머니가 된다.

36 희수(饎羞) : '희(饎)'는 술과 밥, 혹은 끓이고 구위 음식을 조리하는 것, '수(羞)'도 맛있는 음식을 말하다.

37 휴진(畦畛) : 구획, 한계, 거리. 여기서는 겉과 속이 다르지 않았다는 말로 해석하였다.

딸이 죽자 남편[38]과 시부모는 모두 애통해 하며 장례의 모든 일들을 오로지 지극한 정성으로 하였다. 그 뒤에 장 부인이 병이 들어 거의 돌아가시게 되니 눈물 흘리며 "내가 죽더라도 우리 며느리를 살려내서 어린 것들을 맡길 수 있다면 내 어찌 편히 눈을 감지 못하겠는가?"라 하셨다. 자주 하신 말씀이지만 내외의 친척부터 시종(侍從)[39]과 종들까지 또한 아파하며 안타까워하지 않는 이가 없었다. 이미 몇 년이 되었지만 되짚어 생각해 보면 아직도 자주 눈물이 흐른다. 내 어머니도 오랜 시간이 지나도록[40] 울고 슬퍼하며 "나의 애통함은 경신년 때보다 덜하지 않구나."라 하셨으니 내 여동생 유인(孺人) 이씨부(李氏婦)가 태어날 때부터 뛰어난 자질이 있었는데 경신년[1680]에 죽었기 때문에 하신 말씀이다.[41] 그리고는 3년 뒤까지도 여전히 때마다 제수를 갖추어 보내셨다.

딸은 성품이 담박하고 고요하며[42] 욕심이 적었기에 장성해서도 여전히 혼자만의 저축이 없었고, 불의(不義)한 소득은 더욱 더럽게 여겼다. 당시 풍속이 옷치장 하는 것을 좋아하였지만, 전혀 연연해하지 않았다. 시속에서는 절기마다 시댁에 음식 보내는 것을 예(禮)로 삼았는데 우리 집은 가난하여 매번 빠뜨리고 하지 못했다. 어미가 이를 안타깝게 여겼는데 딸은 그때마다 "이것은 꼭 해야 하는 것은 아닙니다."라 하며 마음을 풀어드렸다.

딸은 생각이 깊고 지혜로우며 식견이 뛰어났다. 비록 부지런히 여공을 하고, 글 배우는 데에는 전심하지 않았지만 그 뜻을 대략 깨달았으며 조금이라도 여유를 얻으면 또 마음을 쏟곤 했다.

---

38 양인(良人) : 남편.

39 잉어(媵御) : 시종(侍從).

40 과시(過時) : 일정한 시간을 초과함, 상당한 시간을 지낸 뒤.

41 김창집 「연보」에 따르면 이 행장의 대상이 되는 이망지에게 시집간 딸이 1680년에 태어났는데, 같은 해에 김창집의 여동생 이씨부(李氏婦)가 세상을 떠났다. 손녀딸을 잃은 슬픔이 친딸을 잃은 슬픔만큼 깊다는 것을 표현한 말이다.

42 염허(恬虛) : 담박하고 충허(沖虛)함.

딸은 태어나 1년이 되기 전부터 젖을 잘 못 먹어 어려서부터 곧잘 아팠다. 게다가 집안이 거듭 화를 당하여 떠돌며 고생을 하느라 항상 거친 음식[43]을 먹으면서 몸을 더욱 상하게 되었다. 기묘년[1699]에 임신을 하였는데 겨울 추위에 조섭을 잘하지 못해 해수병(咳嗽病)에 걸려 몹시 고생했다. 이듬해 1월에 해산한 지 겨우 20일 만에 목욕을 잘못하여 병이 더욱 위독해졌다. 기혈이 크게 허해져서 열이 오른 것인데 이를 잘 알지 못하고, 오로지 열 내리는 약[44]만 쓰고 있다가 결국은 3월 6일에 죽었다. 아아! 이것이 재난을[45] 면하지 못한 것과 무엇이 다르겠는가! 죽기 하루 전날, 병을 어찌 할 수 없음을 알고 갓난아이를 시부모가 계신 곳으로 보내기로 했다. 너는 아이를 데려와 한번 안아 본 뒤에 보내면서 시부모님께 "제가 병이 깊으니, 걱정스럽습니다. 이제 아이를 부탁드리니 잘 돌봐주세요."라 말을 전하고, 또 마땅히 잘 보양(保養)하셔야 함을 간곡하게 부탁하였다. 아아! 차마 말로 할 수 있겠는가!

그 해 5월 13일에 포천(抱川) 쌍곡(雙谷)의 선조 묘역 안에 묻었다가 7년 뒤인 정해년[1707]에 그 남편이 죽어 그 해 11월 18일에 딸의 관을 옮겨 고양 성산에 합장하였다. 또 5년 뒤 신묘년[1711] 2월 24일에 교하의 모산(某山) 모향(某向)의 자리로 옮겨 묻으니 바로 (시어머니) 장 부인(張夫人)의 묘역이다.

내 딸은 겨우 스물 한 해를 살았다. 처음에 아들 하나를 얻어 '호손(虎孫)'이라 하였는데 1년 뒤에 죽었고, 지금은 딸 하나만이 있으니 바로 그 '갓난아이'이다.

아아! 내 딸처럼 어진 마음과 복스런 관상을 가진 사람이 어찌 여기에서 그쳤을까! 그 삶은 이미 끝났다 하더라도 그 성품과 행실의 아름다움까지 전해지지 않아 부모의 죄를 무겁게 하는 것은 옳지 않다. 그래서 대략 이처

---

43 여곽(藜藿) : 변변치 않은 음식. 푸성귀.
44 한제(寒劑) : 열증(熱症)을 낫게 하는 약.
45 수화(水火) : 물에 빠지고 불에 탐, 재난을 비유하는 말.

럼 엮어서 모아 보았다. 슬픔은 깊으나 글이 서툴러 다 형용하지는 못하였
지만 우리 셋째 형님[창흡]의 글을 얻어 후세에 보여줄 수 있다면 죽어도 썩지
않을 것이요, 산 자나 죽은 자에게 모두 조금은 위로가 될 것이다.

이망지는 승정원 동부승지 관명(觀命)[46]의 아들이요, 이조 판서 서하공(西
河公) 민서(敏叙)의 손자이다.

어미 남양 홍씨는 흡곡 현령(歙谷縣令) 처우(處宇) 딸이고, 영의정 서봉(瑞
鳳)이 증조 할아버지이다.

해제　이 글은 김창집이 이망지(李望之)에게 시집간 딸(1680.1.10~1700.3.6)을
위해 쓴 행장이다. 김씨는 김창집과 남양 홍씨 사이에서 태어난 외딸이다.
그래서인지 이망지와 16세에 혼인하여 1남 1녀를 낳고, 해산을 하고 두 달 만에,
21세의 나이로 세상을 떠날 때까지 계속 친정에서 머물러 살며 부모와 함께 살았
다. 딸에 대한 애틋한 마음은 딸이 세상을 떠난 이듬해인 1701년, 딸의 생일을 맞
아 쓴 제문에서도 읽혀진다(김창집, 「망녀생일제문(亡女生日祭文)」). 행장에 따르
면 셋째 형인 김창흡이 묘지(墓誌)를 쓸 것으로 되어 있는데, 김창흡이 쓴 묘지는
「질녀이씨부묘지명(姪女李氏婦墓誌銘)」이라는 제목으로 『삼연집(三淵集)』 권28에
수록되어 있다.

---

46 이관명(李觀命) : 1661~1733. 본관 전주(全州). 자는 자빈(子賓), 호는 병산(屛山)이며 시
　호 문정(文靖)이다. 1687년(숙종 13) 사마시에 합격하고 1698년 함열 현감(咸悅縣監)이 되
　어 알성 문과에 급제, 여러 관직을 거쳐 오랫동안 홍문관(弘文館)에 재직했다. 1718년 사은
　부사(謝恩副使)로 청나라에 다녀왔고, 이조 판서가 되었다. 1722년(경종 2) 아우 건명(健命)
　이 노론으로 신임사화(辛壬士禍) 때 처형되자 이에 연좌되어 유배, 노복(奴僕)이 되었다가
　1725년(영조 1) 풀려나와 우의정, 좌의정 등의 관직을 거쳤다. 저서로 문집 『병산집(屛山集)』
　이 있다.

조카딸 오씨 아내 제문 경진년
祭姪女吳氏婦文 庚辰

아아! 너는 기미년[1679] 섣달에 태어났고, 내 딸은 경신년[1680] 정월에 태어났다. 비록 해를 사이에 두고 태어났지만 실은 한 달 사이로 태어난 것이다. 금년 봄, 내 딸이 갑자기 일찍 세상을 뜨고 몇 달 되지 않아 네가 또 연이어 떠났다. 너희들의 삶이 모두 20년을 겨우 넘겼고 또 그 죽음은 또 모두 산후에 생긴 병 때문이었다. 아아! 너희들이 타고난 운명은 어찌 이같이 불행하며 또 어찌 이처럼 똑같은 게냐! 그 또한 가혹하구나! 그 또한 이상하구나!

내 딸은 성품이 순박하고 어질어서 진실로 무서운 화를 불러올 만한 점이 없었다. 그리고 너는 시원하고 깨끗하며 너그럽고 공손하였으니 더더욱 신명께 위로받고 많은 복을 받아야 마땅하거늘 그런데 이제 이렇게 된 것이냐! 내 딸은 타고난 기력이 그다지 강하고 튼튼하지 못하였기에, 그처럼 일찍 죽을 줄은 몰랐지만, 그래도 오래 살지 못할까봐 걱정을 조금은 했었다. 그런데 너는 몸과 마음이 단단하고 정신을 온축하여 사람들이 오래 살 것이라 기대하지 않음이 없었는데 또 어쩌다가 이에 이른 것이냐? 이른바 신명이라는 것이 참으로 밝히기 어려우며, 이치라는 것도 짐작하기 어렵구나!

듣자 하니 네가 지난 가을 내 딸과 같이 죽는 꿈을 꾸었다지. 내 딸이 죽게 되자 너도 필시 죽게 될 것이라 스스로 생각하더니 이제 끝내 꿈대로 되었구나.[47] 사람이 살고 죽는 것이 진실로 운명[48]으로 미리 정해진 것이

---

47 김창협이 쓴 「제질녀이씨부문(祭姪女李氏婦文)」을 보면 김창집의 딸이 3월에, 그리고 김창협의 딸 운(雲)이 4개월 뒤인 7월에 세상을 떠났다.

48 명수(冥數): 사람의 생각으로는 알 수 없는 운명.

있기에 사람이 힘으로 그 사이에서 애쓰는 것을 털끝만치도 용납하지 않아서인가! 내 딸의 병은 치료를 해도 조금도 좋아지는 기색이 없어 살리지 못하는 지경에 이르렀으니 내가 뼈에 사무치는 한으로 여긴다. 네 죽음에 대해서 둘째 형님 또한 남은 회한[49]이 많으실 것이다.[50] 그런데 네 꿈에서 이미 이처럼 먼저 보였던 것은 어째서이냐! 인사(人事)가 미진했던 것도 하늘이 하신 바가 아님이 없지 않은 것인지, 이를 알 수가 없구나.

너와 내 딸은 평소에 서로를 아끼는 돈독함이 친 동기간과 다름 없었고 사랑하고 그리며 하루라도 서로 떨어지지 않으려고 했다. 이제 과연 저승까지도 따라 가서 전날 꿈처럼 생전의 즐거움을 이어가게 된 것이냐. 말이 여기에 미치니 간장이 뽑혀 찢기는 듯하구나.

아아! 애통하다. 네가 병에 걸렸을 때 나는 막 내 딸을 잃은 터라 조심하지 않을 수 없기로 치료를 도우며 보살피지 못하였다. 네가 죽을 때에는 하룻밤 사이에 병세가 갑자기 위독해진 것이기에 달려가서 영결을 하지도 못하였다. 이제 네가 먼 곳으로 가는데, 길은 멀고 병든 몸으로 억지로 가기도 어려워 따라서 가서 땅에 묻히는 것도 보지 못하는구나. 아득한 천지간에 서러운 회한이 어찌 끝이 있겠느냐! 한 잔 술로 이 영원한 이별에 고한다.

해
제 이 글은 김창집이 조카딸 김운(金雲: 1679.12.17~1700.7.17)을 위해 쓴 제문이다. 김운은 김창집의 둘째형인 농암 창협의 셋째딸이며, 진주(晉周) 오명중(吳明仲)의 아내이다. 김창집의 제문, 아버지 김창협의 「망녀오씨부묘지명(亡女吳氏婦墓誌銘)」 등을 비롯하여 김씨가 세상을 떠난 후 그녀를 추모하여 쓰여진 글들이 매우 많다. 김창집은 조카딸의 죽음 앞에서, 그와 비슷한 시기에 세상을 떠난 자신의 딸과 조카딸이 생전에 우애 깊었던 점을 상기하며 죽음까지도 같이 했던 것에 대하여 깊은 슬픔을 표현하고 있다.

---

49 추한(追恨) : 일이 지나간 뒤에 한탄함.

50 김창협이 쓴 「망녀오씨부묘지명(亡女吳氏婦墓誌銘)」에 보면 유질(乳疾)에 걸려 갑자기 죽었다고 하였으니 치료도 해 보지 못하고 세상을 떠난 것에 대한 안타까움과 회환을 말하는 것이다.

딸의 생일 제문
亡女生日祭文

신사년[1701] 정월 10일 무술일에 병든 아버지가 술과 과일, 떡과 반찬을 갖추고 죽은 딸 이씨 아내의 영전에 곡한다.

아아! 애통하다. 네가 죽었을 때에는 내가 단 하루도 살 수 없을 것 같았는데 지금까지 여전히 살아서 네가 관에 들어가는 것을 보았고, 네가 땅에 묻히는 것을 이미 보았다. 해가 벌써 바뀌고, 연제(練祭)도 이미 지나가 네가 죽던 날을 이제 겨우 한 달 사이에 두고 있는데 나는 아직도 죽지 않고 살아서 마시며 먹고 이야기하며 웃고, 사람들과 오가며 평소와 같이 지낸다. 내가 이렇듯이 모질구나.

전에 네가 죽었을 때에는 내가 오히려 놀라고 멍하여 네가 진짜 죽은 것이라고 믿지 못하였다. 또 죽은 사람이 다시 살아날 수 없다는 걸 미처 헤아리지 못하고 자다가 깨어날 듯, 나갔다가 다시 돌아올 듯 여겼지. 이제 한 해가 또 돌아왔지만 네가 깨어난 것을 보지 못하고 네가 돌아오는 것도 보지 못하였다. 너의 부드러운 음성과 고운 모습, 어진 마음과 순순한 행동이 날마다 흐릿흐릿 사라져 내 눈과 귀로 접하는 듯함이 다시는 없게 되었으니 없구나. 죽었구나. 다시는 살아날 수 없구나. 마음이 끊어지고 뜻을 잃어버렸다. 다시는 너를 바라고 기다릴 수 없게 되었으니 나의 고통은 이로 인해 더욱 심해지는구나. 전에 네가 죽던 날에는 내가 장차 어찌 살아아 하나 했었는데.

처음에 내가 나이 열아홉에 너를 낳고, 그 뒤로도 딸 셋을 낳았지만 모두 잘 자라지 못하였다. 오직 너만이 징성하여 명망있는 가문으로 시집을 가 어진 남편과 짝이 되고 또 시부모님의 깊은 사랑을 얻었으며, 조금 있다가는 아들을 얻는 경사까지 있었다.[51] 모든 여자들이 바라는 것을 너는 모두 이루었지. 나는 매양 하늘이 너를 태어나게 한 것은 나를 슬퍼하여 내 삶을 위로하기 위해서라고 생각했었다. 이 때문에 내 비록 아들을 두지는 못했지만 사람들이 간혹 위로를 해도 내가 걱정하지 않았던 것은 네가 있었기 때문이다. 곧 너희 모자가 앞뒤로 세상을 떠나 도리어 나로 하여 끝없는 애통함을 품고 아무리 오래 지나도 놓여날 수 없게 했으니 장차 어찌 살아야 하느냐.

네가 죽을 때에 네 딸은 태어난 지 겨우 한 달 남짓 되었었다. 네가 죽기 하루 전날 네 외가로 데려갔는데 그렇게 갈 때에 이미 네 병은 위급했었다. 품에 안고 영결하는 뜻을 다했고, 또 잘 보살펴 길러주실 것을 부탁함에 간절함이 끝이 없었으니 그 자애로운 마음이 지극하였다. 지금 네 딸은 날로 달로 잘 자라 벌써 걸음마를 배우고, 말을 배운다. 그 총명한 성품과 예쁜 모습이 왕왕 나로 하여금 울다가도 웃게 하는데[52] 너는 그것을 보지 못하는구나. 이를 어찌 견디겠는가! 이를 어찌 견디겠는가!

한창 봄날이라 초목에는 싹이 움트고 개구리와 벌레들이 깨어나고 있다. 온갖 사물이 모두 기쁘고 즐겁게 회생하려는 뜻이 있건만 너만 혼자 그렇지 못하니 나의 아픔이 어떠하겠느냐! 하물며 오늘은 네가 태어난 날이다. 매년 이 날에는 꼭 너에게 음식을 보내곤 했었지. 비록 집이 가난해서 술과 음식을 가득 채우지는 못하였지만 너의 장수와 복을 빌기에 어찌 모자람이 있었겠느냐. 그런데 이제는 이것들로 네게 술을 붓고 네게 제사를 지내는구나. 이 어찌된 일이냐. 이 어찌된 일이냐.

네 상여가 나갈 때에 나는 병이 매우 심하고 또 정신이 혼란스러워서 너에게 고하는 글을 지었으나 하고 싶은 말을 다하지 못하였다. 그 뒤에 매번

---

51 웅비(熊羆) : 곰. 곰은 힘이 세고 양(陽)에 속하는 짐승이므로 남자의 비유로 쓰인다.
52 파체(破涕) : 울음을 그침.

답답한 마음을 다시 풀어보려 했지만 슬픔에 막혀 말을 다하지 못한 채 그치곤 하였다. 이제 이렇게 술을 올리는 자리를 빌어 나의 슬픔을 고하지만 끝내 그 마음을 다하지는 못하겠구나. 그러나 너는 듣고 흠향하여라. 아아! 애통하다.

이 글은 김창집이 젊은 나이에 세상을 떠난 딸 이씨부(1680.1.10~1700. 3.6)의 생일을 맞아 쓴 제문이다. 김창집과 남양 홍씨 사이에서 태어난 외딸이다. 이망지와 16세에 혼인하여 1남 1녀를 낳고, 해산을 하고 두달 여 만에, 21세의 나이로 세상을 떠날 때까지 계속 친정에서 머물러 살며 부모와 함께 살았다. 앞의 제문의 대상인 사촌 김창협의 딸과 한 달 사이로 태어나 네 달 사이에 연달아 세상을 떠났다. 김창흡, 「질녀이씨부묘지명(姪女李氏婦墓誌銘)」; 김창집, 「망녀행장(亡女行狀)」 참조.

셋째 형수 이씨 제문

祭叔嫂李氏文

유세차 병술년[1706] 10월 을유삭 초7일 신묘일에 안동(安東) 김창집은 조촐한 제수를 차려 놓고 형수이신 유인(孺人) 경주(慶州) 이씨[53]의 영전에 삼가 아룁니다.

아아! 부인의 도는 순종함을 미덕으로 삼는데 세도가 쇠퇴하고 풍속이 사라져서 능히 이를 실천하는 자가 적습니다. 유순하게 가르침을 따라 순종하니[54] 선생이 번거롭게 가르치지 않아도 되었습니다. 제가 헤아려 생각해 보고[55] "오직 우리 형수님만이 사방에서 한결같이 군자로 여긴다."고 하였습니다. 녹거(鹿車)[56]의 행실이 어찌 멀고멀다 하겠습니까! 아득한 고산(高山)으로 살림[57]을 자주 옮기니 형문(衡門)[58]의 굶주림을 흐르는 물처럼 즐기

---

53 김창집의 셋째 형 김창흡(金昌翕)의 아내로 이세장(李世長)의 딸이다. 이세장(1628~1668)의 자는 도원(道遠)이며 항복(恒福)의 증손, 시술(時術)의 아들이다. 1662년(현종 3) 증광 문과에 을과로 급제하였으며 이후 내외의 관직을 두루 거쳤다. 특히 사람들이 부임하기를 꺼려했던 절해(絶海)의 도서(島嶼)들을 두루 돌아다니며 민정(民情)을 보살폈던 인물로 알려져 있다.

54 완만청종(婉娩聽從) : 완만은 언어와 용모가 유순함. 유순하게 가르침을 따름. 『예기』 「내칙」 "女子十年不出 姆敎婉娩聽從 執麻枲 治絲繭 織紝組紃 學女事 以共衣服 觀於祭祀 納酒漿籩豆菹醢 禮相助奠 十有五年而笄 二十而嫁 有故二十三年而嫁 聘則爲妻 奔則爲妾 凡女拜 尙右手"

55 아의도지(我儀圖之) : 의(儀)는 헤아림이고 도는 꾀함이다. 『예기』 「표기(表記)」 "中心安仁者天下一人而已矣 大雅曰 德輶如毛 民鮮克擧之 我儀圖之 惟仲山甫擧之 愛莫助之"

56 녹거(鹿車) : 수레의 한 종류로 사슴 한 마리를 실을 정도의 작은 수레. 후한(後漢) 포선(鮑宣)이 청빈(淸貧)을 숭상하였는데, 결혼을 하게 되자 그의 아내가 화려한 혼수를 버리고 남편과 녹거(鹿車)를 끌며 향리로 돌아갔다. 『후한서(後漢書)』 「열녀전(列女傳) 포선처(鮑宣妻)」.

57 정구(井臼) : 물 긷고 절구질함. 집안일을 돌봄.

58 형문(衡門) : 기둥 두 개 사이에 횡목만 덜렁하니 갖다 댄 허술한 문. 가난한 사람의 문.

셨습니다. 생애는 맑고 맑으셨는데 오십에서 그쳤습니다. 이미 부유하고 또 장수하는 것, 다른 사람들은 그러했는데 누가 하늘에게 묻겠습니까! 부유한 삶과는 어긋났지만[59] 그래도 자손이 있어 남은 은택을 기다릴 수 있을 것이니 이것으로 슬픔을 풀어 봅니다.

울창한 저 아름다운 성[60]으로 돌아가 영원히 편히 쉬십시오. 아아! 슬프다. 상향.

해제 이 글은 김창집이 셋째 형수 유인 경주 이씨(?~1706.8)를 위해 쓴 제문이다. 경주 이씨는 이세장(李世長)의 딸이며, 삼연 김창흡의 부인으로 1668년 혼인하여 1706년 세상을 떠날 때까지 38년 세월을 함께 하였다. 김창흡의 문집 『삼연집』에는 이씨를 위해 쓴 3편의 제문이 실려 있는데 이씨가 세상을 떠나던 1706년과 1711년, 1714년에 쓴 것들이다.

---

59 각치(角齒) : 물소의 뼈와 코끼리 이빨. 진귀한 보물. 부귀함을 뜻하는 것으로 해석하였다.
60 가성(佳城) : 무덤의 비유.

둘째 형수 이 부인 제문 기축년

祭仲嫂李夫人文 己丑

아아! 부인께서는 진실로 여사(女士)이시니 단정하고 곧고 온화하며 어질어 형님의 짝이 되셨습니다. 의당 복이 모여 들어야 하건만 일은 도리어 이렇게 되었습니다. 편안한 부귀와 존귀한 영화가 이미 사람을 밀어냈는데, 걱정 근심과 참혹한 해독은 어찌하여 몸에 넘쳐났는지! 끝내는 큰 병에 걸려 수명을 재촉하셨습니다. 여막의 신위에는 상주가 없으니 행로가 처연합니다. 누가 실로 주관할지요. 아득한 하늘이시여! 세월은 그 얼마나 되었는지, 다시 무덤을 열어 보니 삼주(三洲)[61] 물가에 만사가 옛 자취 그대로입니다.[62] 삼가 이 모든 슬픔을 한 잔 술로 아뢰니, 저의 말은 짧지만 제 마음에 어찌 끝이 있겠습니까!

해제 이 글은 김창집이 둘째 형수 연안 이씨를 위해서 1709년에 쓴 제문이다. 연안 이씨는 이단상(李端相)의 딸이며 김창협의 아내이다. 김창협이 15세 되던 1665년에 혼인하여 아들 숭겸·재겸과 5녀를 두었다. 1708년 남편 김창협이 58세의 나이로 세상을 떠나니, 상주가 없어 상례를 주관할 사람이 없다는 것은 바로 이를 슬퍼한 말로 보인다.

---

61 삼주(三洲) : 김창협이 살던 곳. 47세 되던 1697년 8월 삼주로 거처를 옮겼다. 여기서 형제들과 삼주 물가에 배를 띄우고 유람을 하기도 하였다. 그리고 1708년 이곳에서 김창협이 세상을 떠났다. 본문 중에 "무덤을 다시 연다"고 한 것은 남편 김창협이 세상을 떠나자 합장을 하기 위해서였던 듯하다.

62 진적(陳跡) : 구적(舊蹟), 유적(遺跡).

딸의 산소를 옮기며 쓴 제문

亡女遷葬時祭文

유세차 신묘년[1711] 경신삭 15일 갑술일에 늙은 아버지가 술과 과일로 제수를 대략 갖추어 놓고 죽은 딸 이씨부(李氏婦)의 영전에 고한다.

아아! 정해년[1707][63] 겨울에 네 관을 옮겨 남편과 합장을 하려 했다. 멀리 안산(安山)에 이르렀을 때에 송사의 변고를 당하여 다시 관을 끌고 돌아왔었다. 정삽[64]이 엎어지니 그 길은 슬프고 괴로웠다. 서둘러 무덤에 흙을 덮으니[65] 성 서쪽 언덕인데 서로 지척으로 바라보건만 상사(喪事)와 질병에 이렇게 얽매여서 한번을 찾아보지 못하였구나. 어느덧 5년이 흘러 무덤에 제사를 지낸다.[66] 무덤을 다시 연다기에 병든 몸 억지로 와서 보려고 하니 평소의 모습과 자태가 끝내는 사라지는구나. 하얀 관줄[67]을 강에다 띄우니 바람 물결에 아득해지네. 너를 따라서 황천까지 갈 수는 없겠지. 어찌하여 아비와 자식이 죽어 서로를 버렸는가!

이렇듯 술과 음식을 차려 놓고 짧은 글로 영결하노니 이 언덕으로 돌아가 영원토록 편히 쉬거라. 아아! 애통하다. 상향.

해제 이 글은 김창집이 딸 이씨부(1680.1.10~1700.3.6)의 무덤을 옮기며 쓴 제문이다. 이씨부는 김창집과 남양 홍씨 사이에서 태어난 외딸이다. 이망지와 16세에 혼인하여 1남 1녀를 낳고, 해산을 하고 두달만에, 21세의 나이로 세상을 떠날 때까지 계속 친정에서 머물러 살며 부모와 함께 살았다.

---

63 1707년 9월에 딸의 남편인 이망지(李望之)가 세상을 떠났다.

64 정삽(旌翣) : 삽(翣)은 발인할 때 영구의 앞뒤에 세우고 가는 제구(祭具).

65 초초(草草) : 급히 서두르는 모양, 당황하는 모양.

66 헌길(獻吉) : 길례(吉禮)가 제사 드리는 예이므로 여기서는 제사를 지내는 것으로 해석했다.

67 소불(素紼) : 불(紼)은 관끈. 하관할 때 관을 움직이기 위해 쓰는 끈.

이관명 李觀命 · 1661~1733

이관명(李觀命) : 1661(현종 2)~1733(영조 9). 조선 후기의 문신. 본관은 전주(全州). 자는 자빈(子賓), 호는 병산(屛山), 시호는 문정(文靖)이다. 할아버지는 경여(敬輿)이고, 아버지는 판서 민서(敏敍)이며, 어머니는 원주 원씨(原州元氏)로 좌의정 두표(斗杓)의 딸이다. 아들 망지(望之)가 김창집(金昌緝)의 딸과 혼인하여 사돈지간이다. 1698년 알성 문과에 급제했고, 이조·병조·예조 등의 참판을 거쳐 양관 대제학을 지냈다. 1721년(경종 1) 관직을 삭탈 당했고, 이듬해 신임사화 때 동생 건명(健命)이 노론 4대신의 한사람으로서 극형을 받으면서 이에 연좌되어 덕천으로 유배되었다가 1725년(영조 1) 풀려 이후 우의정, 좌의정에 이르렀다. 치적(治積)이 뛰어났고, 문장에 능하였다고 한다. 저서로『병산집(屛山集)』이 있다.

며느리 안동 김씨 제문

祭子婦安東金氏文

　인생이 고달프구나! 걱정 근심과 함께 태어나 어려서부터 장성해 늙기까지 백 가지 근심이 모여 들었네. 아득한 이내 한 몸이 근심의 침입 받아 평생을 고통 속에[1] 조물주의 놀림 받았네. 비록 백 년을 산다 해도 하루의 작은 기쁨도 누리지 못하노니 대체 누가 장수하며 오래 살려 하겠는가. 게다가 우리들은 정을 쏟는[2] 데서 헤어나지 못하였으니 옛 사람들 또한 생사(生死)를 큰 일로 여겼음이다.[3]

　아! 내가 하늘에 무슨 죄를 지었기에 독한 화와 가혹한 형벌을 일찍부터 당해왔는가. 옛날에 나는 영호(嶺湖)에서 고생하다가[4] 바닷가로 가서 피신했었지. 어린 것들이 고생에 지치고 밖에서 극성이던 온갖 사나운 질병에 걸려 고통을 호소하고 부르짖으며 움집 토방에 베개를 같이하고 누웠다가 아침저녁으로 서로 연달아 죽어가는 것이 안타까웠다. 실낱처럼 끊어지지 않은 자손이라고는 오직 아들 망지(望之) 하나만을 의지할 수 있을 뿐이었다. 하늘까지 치솟는 재앙 속에서 황황한 중에 그 하나를 건져내 소중히 끌어안고 서오(西塢) 북리(北里)로 달아나 숨었다. 천금을 열 겹으로 싸듯 소중하게 숨기고 도적들이 곁에서 엿볼까 경계하며 오로지 장성하기만을 날

1　홀홀(齕齕) : 부지런히 분발하며 게을리 하지 않음.
2　종징(鍾情) : 애성을 쏟음, 마음을 기울임.
3　고인역대호생사(古人亦大乎生死) : 왕희지의 「난정기(蘭亭記)」 중에 "하물며 길고 짧은 목숨은 조화를 따라, 끝내는 죽음에 다다르는 것이라. 옛 사람이 '죽고 사는 것 또한 큰 것이다.'라 하였으니, 어찌 애통하지 않은가![況脩短隨化 終期於盡 古人云死生亦大矣 豈不痛哉]"라는 구절이 있다.
4　간관(間關) : 어렵게 고생하며 전전함.

마다 빌었으니 농부가 풍년 들기를 바라는 마음이었다.

부모의 마음이여. 좋은 아내 얻기를 바랐으니 더욱 고고한 의리를 따랐네. 선대부터 맺어온 금란지교를 받들어 떠돌며 고단한 중에[5] 두터운 인연 맺었네. 길한 날을 고르니 좋은 시절이도다. 내가 명하고 독려하여 너를 맞 아들이니 정결한 그 자태요, 아름다운 그 모습이었네. 마루로 올라가 예물을 받드니 예로써 나아오고 절도로 물러나며 절하는 모습이 법도에 어긋남이 없도다. 어머니의 얼굴은 기쁘고 편안하며, 가문의 원로들은 아름다움 칭송하였네.

보모가 번거롭게 교육하지 않았으나 여인의 행실을 스스로 온전하게 갖추었도다. 항상 효도와 순종으로 정성을 다하였으며 화려한 비단에 절대로 마음 주지 않았네. 칭송이 이미 집안에서 넉넉하니 사람들이 형제 사이를 이간하지 못하였네. 우리 집안도 이로부터 번성하고 커지리니 어찌 그저 그가 안살림 잘한 것만 아름답다 하겠는가. 신명께서 우리에게 복으로 보답하실 듯하였네. 3년이 되매 마침내 아들을 낳으니 공자님, 석가님이 싸서 보내 주신 것이로다. 포동포동 귀한 모습[6] 또래 중에 뛰어나니 옛날에는 이를 무어라 했으며 지금은 이를 무어라 이르는가. 옛날의 재앙은 오늘의 복이 깃든 곳이었도다.

병에서 나은 자가 이전의 고통을 되짚어 생각하면 정신은 우왕좌왕[7] 지금까지도 두근거리고도 남는다. 일찍이 세월이 그 얼마나 되었다고 액운을 다시 만난 겐가. 내 슬하에 안고 있던 것을 갑자기 빼앗아 가버리니 마치 구슬을 연못에 던져버린 것 같았었네. 금년 봄에 흉한 꿈을 꾸고[8] 병에 걸린

---

5 갈류(葛藟) : 복잡하여 뒤얽혀 곤란한 것을 비유함. 특히 『시경』「왕풍(王風)」의 편명으로서 왕족이 주 평왕을 풍자한 시이다. 타향을 떠돌아다니는 사람의 원한을 읊었다.

6 서각(犀角) : 이마의 윗부분이 튀어나온 귀인(貴人)의 상.

7 영영(營營) : 왕래가 빈번한 모양, 윙윙거리며 날아다니는 소리, 분주하게 일하는 모양.

8 몽훼(夢虺) : 원래 살무사나 이무기를 보는 꿈은 딸을 낳을 꿈이라고 하나, 여기서는 문맥으로 보아 딸이 깊은 병에 걸릴 흉몽을 꾸었다는 것으로 보인다.

것[9]을 핑계로 삼아 내가 말을 달려 너를 문안했더니 병이 들어 자리에 이불 덮고 누웠었지. 치솟는 열기운이 골수까지 갔았으니 번져가는 불길을 막을 수가 없었네.[10] 네 아버지와 번갈아 지키며 우왕좌왕하다가 끝내 약으로 한 가지 효험도 보지 못하였구나.

잠깐 사이 집으로 가 초혼(招魂)을 하게 되었으니 어찌 차마 만고에 우리를 저버렸더냐. 남겨진 갓난쟁이는 응애응애 울고, 부모는 소리 지르며 땅에 주저앉네. 딸이 슬픔을 누르며 상자를 열어 염습할 붉은 옷을 꺼내놓고, 혼인[11] 때 치마, 저고리로 관 덮을 것[12]으로 만들었네. 아들 잃던 지난날의 애통함을 떠올리니 내 눈에서 피눈물이 솟구친다. 어떤 사람에게 이를 견딜 강장(剛腸)이 있으랴. 그래도 이를 견디고 이를 감당할 수 있는 건 이 천지[13]가 탄식 소리[14] 한번에 모두 흩어지고, 만물이 손가락 하나[15]로 전부 가려지는 작은 것이요, 오래 살거나 일찍 죽으나 돌아가 썩어짐은 마찬가지이니 죽음은 돌아가는 것이요, 삶은 잠시 부쳐 사는 것. 내 진실로 알겠거니, 분명하게 앎[16]이 무익하다는 것은 고매한 사람과 통달한 선비가 도리어 부끄러

---

9 이수(二竪) : 병마(病魔). 진(晉)의 경공(景公)이 병에 걸려 의원 완(緩)을 불러 치료하려고 하였다. 경공의 꿈에 더벅머리 아이 둘[二竪]이 나타나 서로 말하기를 "듣자니 명의가 올 거라 하니 우리가 위태롭게 되었다. 만약 고(膏)의 위나 황(肓; 명치 끝)의 아래로 들어가면 약석(藥石)이 못 미칠 것이다."하고는 사라졌다. 의원 완이 와서 말하기를 "병이 고의 위와 황의 아래에 있으니 치료할 수 없습니다." 하였다. 결국 경공은 죽었다. 『좌전(左傳)』 成公 10年.

10 요원(燎原) : 불이 번져 들판을 태움. 기세가 강렬하여 막을 수 없음을 비유하는 말. 『서경』 「반경 상(盤庚上)」.

11 결리(結褵) : 고대에 딸을 시집보낼 때 어머니가 딸의 띠에 수건을 채워 주던 일. 결세(結帨). 혼인을 비유한다.

12 봉수(賵襚) : 초상에 부의로 보내는 거마와 의복.

13 대괴(大塊) : 대자연, 대지.

14 희(噫) : 탄식하는 소리.

15 일지(一指) : 천하가 아무리 커도 손가락 하나로 가릴 수 있으며 만물이 아무리 많아도 말 한 마디면 그 이치를 다 설명할 수 있으니, 옳은 것도 그른 것도 없다는 말에서 나왔다. 『장자(莊子)』 「제물론(齊物論)」 "天地一指也 萬物一馬也"

위하는 바임을. 호손(虎孫)[17]이를 잃었던 그때 슬픈 마음이 내 가슴 속에 오래도록 쌓여 있어 마치 한가운데 뿌리를 내리고서 얽히고설키어 베어낼 수 없을 듯하구나. 휘둘러도 어찌 못해 내 심장을 에워싸고 있으니 흩어진 실타래 같은 마음을 가다듬지 못하겠구나.

　아! 우리 며느리처럼 순수하고 아름다운 사람은 신이 주는 큰 복을 받아 마땅하건만, 내게 쌓인 재앙으로 말미암아 중도에 놓쳐버렸네. 또 누구를 원망하고 탓하랴. 내 인생 위로하며 탄식하고 한숨 쉬네. 너의 무덤을 선영에 잡았으니 산은 좋고 높으며 골짝은 깊숙하다. 신명의 도[18]를 구함에 사람의 마음과도 멀지 않으니 영령은 편안히 저 세상으로 가려무나. 지극한 마음은 글로 할 수 없고, 깊은 슬픔은 표현하기 어렵구나. 내가 제수를 차리고 나의 글을 읽어가며 한 잔 술에 한바탕 통곡을 쏟아낸다.

이 글은 이관명이 며느리 안동 김씨(1680.1.10~1700.3.6)를 위해 쓴 글이다. 김씨는 이관명의 아들 망지(望之)의 아내이며 김창집(金昌緝)의 딸이다. 김창집이 쓴 김씨 행장과 제문이 『포음집』에 수록되어 있다. 16세에 이망지와 혼인하고, 1700년에 산후병에 걸려 어린 딸 하나만을 남기고 세상을 떠났다. 김창집이 쓴 행장에서는 돈독한 행실로 특히 시어머니 장 부인(張夫人)의 깊은 사랑을 받은 며느리로 그려져 있다.

---

16 절절(竊竊) : 분명하게 통찰하는 모양. 『장자(莊子)』「제물론(齊物論)」, "夢飮酒者, 旦而哭泣, 夢哭泣者, 旦而田獵, 方其夢也, 不知其夢也, 夢之中, 又占其夢焉, 覺而後知其夢也. 且有大覺而後, 知此其大夢也. 而愚者, 自以爲覺　竊竊然知之."

17 이관명의 손자이자 이망지와 김씨 사이에서 난 아들을 말한다.

18 신도(神道) : 신명지도(神明之道). 복과 재앙을 내리는, 예측하기 어려운 귀신의 도

아내 덕수 장씨 제문
祭亡室德水張氏文

아아! 애통하오. 나와 당신이 머리를 올리고 부부가 된 것이 지금껏 거의 25년이 되었구려. 세월은 빠르고도 돌연하여 한 줌에 잡히지도 않소. 그 사이 집안에 화가 넘쳐나서 슬픔과 걱정으로 마음을 태웠으니 우리 두 사람 마음을 졸이며 간장이 문드러져 남은 것이 없을 것이오. 그런데 이제 당신이 나를 저버리고 먼저 돌아갔구려. 나 홀로 끝없는 슬픔을 안고서 같이 위로할 이도 없게 되었으니 하늘이오, 사람이오. 어찌 이런 망극한 지경에 이르렀단 말이오!

임신년[1692]에 우리는 남쪽으로 피해[19] 갔었지요. 험난한 바닷가, 바닷가의 풍토는 북쪽과는 같지 않았고, 어린애며 약한 딸들은 제대로 잘 기를 방도를 놓쳤었소. 게다가 그때에 역질까지 크게 도니 병에 걸려서 토굴 같은 험한 집에 앓아 누웠었잖소. 나와 아이들이 서로를 안고 기대어서 밤낮으로 펄펄 앓았다오. 외진 시골, 후미진 곳에서 약 처방도 잘 못하니 열흘 사이에 연달아 요절했었지요. 구슬을 연못에 빠뜨린 듯, 뜨거운 불 속에다 옥을 태우는 듯 가슴을 치고 심장을 두드려도 구해낼 수 없었으니 이것이 어찌 사람으로서 참아낼 수 있는 일이었겠소. 내가 지난해 가을 백 일이나 열병을 앓으며 죽을 뻔하다 살아났던 것이 이 때문이었고, 당신이 끝내 이 지경에 이른 것도 실은 이 때문이오. 아아! 애통하오.

그때부터 지금까지 1년의 세월이 흘렀구려. 큰아이는 장성하여 다행히도 집안을 일구었고, 또 아이 둘을 두어 슬하에서 재롱을 부리며 마음을 위로

---

19 피지(避地) : 재화(災禍)를 피하여 옮겨감. 세상을 피하여 은거함.

해 주오. 그러나 잠자리에 들면 흐르는 눈물은 아직도 마르지 않구려. 한번
생각이 날 때마다 마음과 뼛속까지 놀라고 두려우니 마치 칼끝으로 살갗을
벗겨내는 듯 깜짝 놀란다오. 멍하니 살고 싶은 마음이 없어졌는데 하물며
성품이 편벽하고 심약한 부인네야 어떠했겠소. 때때로 당신은 슬픔에 차
눈물이 눈동자에 맺혀 있고 정신이 멍한 듯 보였소. 흔들어 물어 보면 "제
뱃속에 뭔가 들러붙어 있는데 꽉 묶여서 풀리지 않네요."하며 웃곤 했었지
요. 당신처럼 허약하고[20] 맑은 사람이 10년을 하루같이 마음 태우며 고생했
으니 그를 어찌 감당했겠소!

당신이 사랑했던 자식들이 지하에 많이 가있는데 이제 당신도 돌아갔으
니 어미와 자식들이 예전처럼 지내겠구려. 지난 10년의 고통은 훨훨[21] 꿈에
서 깨어난 듯, 당신은 이 세상에 대해 연연해 할 것이 참으로 없을 거요.
그런데 나만 홀로 남아, 들어가 보면 빈 방은 적적하고, 나가서 들어보면
아이들 울음소리가 내 이목을 슬프게 하며 내 마음을 흔들어 놓소. 참으며
스스로 견뎌낼 수가 없으니 옆에 사람들이 나를 보고 한탄하오. 당신은 어
찌 차마 나를 두고 떠나가 돌아보지 않는 것이오. 아아! 애통하오.

당신의 집안은 옛날의 마등(馬鄧) 가문[22]과 비교될 만하오. 재상의 문장과
덕업, 상서공(尙書公)[23]의 맑은 명성과 아름다운 절조가 대를 건너 나타나며

---

20 왕리(尫羸) : 허약함, 병을 앓음.

21 거거(蘧蘧) : 유연하게 스스로 즐기는 모양, 높이 솟은 모양.

22 마등(馬鄧) : 동한(東漢)의 명덕마황후(明德馬皇后)와 화희등황후(和熹鄧皇后)를 일컬음.
모두 현덕(賢德)함으로 알려졌다.

23 상서공(尙書公) : 부인 장씨의 아버지 장선징(張善澂)을 말한다. 1614(광해군6)∼1678(숙
종5) 본관은 덕수(德水), 자 정지(淨之), 호는 두곡(杜谷), 시호 정장(正莊). 효종(孝宗) 비
인선왕후(仁宣王后)의 오빠. 인조 때 음보(蔭補)로 출사해서 1662년(현종 3) 증광 문과에 병
과로 급제, 병조 참판에 이르렀다. 부친의 훈작(勳爵)을 승습(承襲)하여 풍양군(豊陽君)에
봉해진 뒤, 대사간·도승지·대사헌·공조 판서·예조 판서·우참찬 등을 역임하였다.
1674년(숙종 즉위) 귀양가게 된 송시열(宋時烈)의 무죄를 주장하였으나 뜻을 이루지 못하
였다. 이듬해 예조 판서, 1677년 좌참찬·의금부판사·춘추관지사를 겸임, 후에 한성부 판
윤이 되었다.

함께 빛났던 분들이오. 상서공이 자식을 여러 차례 얻었지만 잘 자라지 못
하다 만년에 당신을 얻으니 사랑하고 아낌은 아들에 대해서보다 더하였다
오. 당신은 부귀한 집에서 살았지만 화려한 풍속을 즐겨하지 않았소. 공손
하고 검소한 품성과, 그윽하고 우아한 행동은 친척들이 칭찬하는 바요, 온
집안이 다 들어 아는 것이었소. 나의 선대부(先大夫)님과 상서공은 대대로
오거(伍擧)와 성자(聲子)[24]같은 사귐이 있었으며, 주씨와 진씨 같은 돈독함[25]
에 비길 만한 우의가 있었소.

　당신은 한미한 가문으로 시집와서 시부모를 섬김에 효성을 다하였고, 집
안에 이간하는 말이 없었소. 나는 아직 벼슬을 하지 못했고, 아버지께서 갑
자기 돌아가셨으며[26] 어머니는 연세가 높고 심한 병을 앓고 계셨소. 당신은
어린 나이에 집안일을 주관하며[27] 노심초사하였소. 위로 어른을 섬기고 아
래로 어린애를 기르는 일을 매일매일 당신에게 의지하였고, 제사 받드는
것도 그 법도가 부족하고 빠진 것이 없었지요. 심지어는 비녀와 귀걸이 같
은 장신구를 빼다 팔아서 조상 제사 받드는 일에 대기도 하였소. 성심으로
그 일을 하며 싫어하는 기색을 보이지 않았으니 내가 진실로 감탄하며 존경
하였소.

　나는 젊어서부터 학문을 연마했으나 장성해서도 여전히 곤궁하고 어려
웠소. 나이 마흔[28]이 되어서야 처음으로 급제를 하고[29] 외람되이 관리의 명

---

24 오거성자지호(伍擧聲子之好) : 위급한 처지를 서로 구해 주는 친구 관계. 오거(伍擧)는 초
　(楚) 나라 사람으로 오자서(伍子胥)의 조부 초거(椒擧)이고, 성자(聲子)는 채(蔡) 나라 사람
　으로 이름이 공손귀생(公孫歸生). 초거의 장인인 왕자모(王子牟)가 죄를 짓고 나라를 빠져
　나갔는데, 이로 인해 초거가 장인을 도주시켰다는 오해를 받고 해외로 망명하였다. 이에 공
　손귀생이 초 나라 영윤 자목(子木)을 만나 극진한 말로 설득하였고, 결국 이로 인해서 초거
　가 초 나라로 귀국할 수 있게 되었다. 『춘추좌전』 양공(襄公) 26년.

25 주진지의(朱陳之誼) : 중국 서주(徐州)에 주진촌이 있는데 주씨와 진씨 두 성만이 살면서
　대대로 서로 혼인하며 화평하게 살았다. 돈독한 우의를 표현할 때 자주 쓰이는 비유이다.

26 이관명의 아버지 이민서는 1688년, 이관명이 28세 되던 해에 돌아가셨다.

27 간고(幹蠱) : 일을 주관함. 『안씨가훈(顏氏家訓)』「치가」 "婦主中饋 唯事酒食衣服之禮耳
　國不可使預政 家不可使幹蠱"

부에 이름을 올렸소. 갑자기 청요직에 올랐을 때에 사람들이 모두 축하하였고, 비록 마음으로나마 또한 다행으로 여기지 않을 수 없었소. 그런데 당신만은 경계하면서 "세상길이 험난하니 화와 복이 들어오는 문이 따로 있는 것은 아닙니다. 서방님께 양홍(梁鴻)과 같은 지조가 있으시니 저도 맹광(孟光)과 같은 청빈함을 꺼려하지 않을 것입니다."했지요. 나는 "고요한 물가는 내가 즐기는 바라오. 당신이 이미 그런 말을 했으니 장차 당신과 함께 같이 가려 하오." 했었지요.

그러나 어머니께서 오래 병을 앓고 계셔 걱정스러웠기에 한양[30]에서 멀리 떠날 수가 없었소. 장차 조정에 사직을[31] 청하고 문을 닫아걸고 세상을 떠나와 벼슬하지 않는 길함을 이룬다면[32] 당신이 했던 경계를 저버리지 않는 일일 것이오. 어느덧 시간은 흘러갔고 이 계획은 어긋나버렸소. 이제 당신이 먼저 떠났으니 나는 이제부터는 더더욱 벼슬할 마음이 없어졌소. 조용한 곳으로 자취를 감추어 아이들을 가르치며 그들이 자립하여 가업을 실추시키지 않아서 땅 깊은 곳에 있는 당신에게 근심을 끼치지 않도록 하려 하오. 아아! 애통하오.

하늘이 선한 이에게 복을 준다는 이치, 그것이 있는 거요, 아니면 없는 거요. 만약에 그런 이치가 없다고 한다면 '남은 경사가 있다.'는 말이 어찌하여 『주역』에 들어 있으며, '반드시 장수한다.'는 말을 성인이 하였는지요. 만

---

28 강사(彊仕) : 강사(强仕). 40대를 일컫는다. 『예기』「곡례 상」 "四十曰强而仕"

29 이관명은 1687년 27세의 나이로 사마시에 급제하였다. 대과에 급제한 것은 이로부터 10여 년이 지난 1698년, 38세 때이다.

30 경연(京輦) : 국도(國都). 갈홍『포박자(抱樸子)』「기혹(譏惑)」 "其好事者 朝夕放效 所謂 京輦貴大眉 遠方皆半額也"

31 개신(丐身) : 걸신(乞身). 사직을 요청하는 것. 고대에 벼슬을 하는 것을 '위신사군(委身事君)'이라 하였다. 그래서 사직을 구하는 것을 '걸신'이라 하였다. 『사기』「장의열전」 참고.

32 가식지길(家食之吉) : 공가(公家)의 봉록(俸祿)을 받지 않음. 『주역』「대축」 "大畜 利貞 不家食 吉 利涉大川"이라 했는데 공영달은 "不家食吉者 已有大畜之資 當使養順賢人 不使 賢人在家自食 如此乃吉也"라 하였다.

약에 그런 이치가 있다면 당신처럼 마음을 곧고 맑게 가지고 평생토록 선(善)을 즐긴 사람이 조물주의 포악함을 입고 독한 형벌과 가혹한 재앙만을 실컷 겪고 끝내 오래 살지도 못하였는지요. 나같이 못난 사람은 한 가지도 칭찬할 만한 일이 없고, 평생을 돌아보건대 신명께 죄를 입을 만한 극악한 죄도 없소. 그런데 아들도 잃고 딸도 잃고 눈물 마를 때가 없으며, 또 배필마저도 지키지 못하여 이렇듯 기박하게 일게 홀아비가 되었으니 이른바 '하늘'이라는 것이 있는지 없는지 나는 모르겠구려! 아아! 애통하오.

일기(一氣)가 돌고 돌며 생사(生死)는 분분하게 어지럽소. 현자와 어리석은 이, 귀한 자와 천한 자가 모두 일개 먼지로 돌아가니 팽담(彭聃)[33]이 꼭 장수한 것도 아니요 상자(殤子)[34]가 꼭 일찍 죽은 것도 아니오. 만고의 육신이 어찌 비교할 만한 것이 있겠소. 지금 당신은 세상의 끈질기고 굳은 번뇌를 벗어나 편안하게 무덤[35]에 누워 있겠구려. 그리고 내가 이 세상에 육신을 부치고 있는 것도 그저 나그네 길에 잠시 멈추어 있느라 진짜 집으로 가는 길을 잃은 탓일 뿐이오. 내가 어찌 이런 슬픔이 무익하다는 것을 알지 못하여 도리어 달인(達人)의 비웃음을 당하겠소. 그런데도 눈물이 흘러나오는 것을 금할 수 없고 마음이 날로 더욱 썩는 것은 진실로 지극한 한이 마음에 남아 있고 막급한 후회가 있어서요.

지난 번에 세 아이가 하루도 못 되어 다 죽었던 것이 이것이 어찌 세 아이의 운명이 같아서 그런 것이었겠소. 이리저리 떠돌며 옮겨 살던 차에 제대로 적절히 마르고 습하게 해 주지 못하고, 의원의 치료를 받지 못하여 모두 수화지액(水火之厄)[36]을 면치 못한 것이니 이는 나의 잘못이오. 당신의 병은

---

33 팽담(彭聃) : 팽조(彭祖)·노담(老聃)의 합칭. 이들이 장수하였으므로 '장수'를 상징한다.

34 상자(殤子) : 20세 이전에 죽는 것. 19세~16세 사이에 죽는 것을 장상(長殤), 15세~12세 사이에 죽는 것을 중상(中殤), 11세~8세 사이에 죽는 것을 하상(下殤)이라고 한다.

35 거실(巨室) : 언연은 안식하는 모습, 거실은 천지간을 집으로 삼은 것으로 무덤의 비유이기도 하다. 『장자』「지락(至樂)」 "人且偃然寢於巨室"

해를 넘기며 혈색은 시들고 모습은 날로 여위어갔소. 열이 치솟고 기침을
하니 의원들이 위태롭다 하며 약을 크게 쓰지 않으면 살아날 수 없을 것이
라 하지 않음이 없었소. 나는 근래에 궁궐에서 숙직을 하느라 어떤 때에는
몇 달씩 궐 밖으로 나가지 못하기도 하였소. 공무를 보는 틈에 잠시 와서
당신을 살폈지만 그러나 끝내 당시의 의원들을 두루 찾아다니며 편작[37]같
은 명의의 치료를 받도록 하지 못하였소. 결국 어찌할 수 없는 지경이 된
뒤에야 당황스레 달려 나왔는데 당신은 병상에 누워서 호흡이 이미 미약해
졌었소. 열병이라 하는 사람들은 한제(寒劑)를 써야 한다 했고, 허증(虛症)이
라 하는 사람들은 허한 것을 보(補)해 줄 것을 권하였소. 나는 멍하기만 하여
물에 빠진 사람이 언제 구출될 지 알 수 없는 것 같았소. 하루하루 어지럼증
이 심해지며 효과가 없더니 결국 한 순간에 죽게 되었으니 이것은 나의 잘
못이오. 이리 될 것을 일찍이 알았다면 내가 어찌 하루라도 당신의 병을
내버려 두고 기꺼운 마음으로 금마옥당의 영화를 오래도록 누리고자 했겠
소. 아아! 애통하오.

　이제 내가 당신을 위하여 선영(先塋) 안에 묻을 자리를 정했소. 실로 우리
집안 5대를 이어온 오래된 묘역이며 아버님의 의관을 묻은 곳이오. 등성이
를 사이에 두고 아주 가까운 곳에는 큰아이의 부인 또한 묻혀 있으니 생각
해 보면 당신에게는 사구지락(斯丘之樂)[38]이 있을 것 같소. 내가 또 영박(嬴
博)[39] 땅의 시신을 거두어 당신 곁에 묻어 우리 세 아이의 혼을 위로해 주려

---

36 수화지액(水火之厄) : 깊은 물과 뜨거운 불로 험난한 지경, 상황을 말한다.

37 노편(盧扁) : 중국 고대의 명의 편작. '노편'이라 한 것은 편작이 노국(盧國)에서 살았기
　때문이다.

38 사구지락(斯丘之樂) : 사구(斯丘)는 공숙문자(公叔文子)가 죽으면 묻히고 싶다 했던 하
　구를 말한다. 공숙문자가 거백옥(蘧伯玉)을 데리고 하구(瑕丘)에 올라 "즐겁도다, 하구여.
　죽으면 내가 여기에 묻히고 싶네"라 했다. 『예기(禮記)』「단궁 상(檀弓上)」 "公叔文子升於
　瑕丘 蘧伯玉從 文子曰 樂哉斯丘也, 死則我欲葬焉 蘧伯玉曰 吾子樂之 則瑗請前"

39 영박(嬴博) : 지명. 연릉(延陵) 계자(季子)의 장자가 영박지간(嬴博之間)에서 죽었다. 여기
　서는 이관명과 장씨의 장남을 가리킨다.

하오. 또 당신의 오른쪽을 비워둔 것은 내가 같이 묻힐 때를 대비해 둔 것이
오. 내가 금년에 겨우 마흔인데 질병이 덮쳐서 모습은 시들어 가고 정신은
고달프오. 머리털과 이가 다 빠지니[40] 얼마 있으면 당신을 따라 가게 되지
않겠소. 망자에게도 지각이 있다면 장차 당신과 구천에서 함께 노닐며 이생
에서 못다한 인연을 다하려 하오. 만약 지각이 없다면 마음과 욕망[41]을 시
원하게 벗어버리게 되는 것이니 이 또한 상쾌할 것이오. 썩어 냄새날 육신
에[42] 어찌 얽매이겠소. 묵묵하게 고통의 바다 가운데에서 오래도록 이 끝없
는 슬픔과 아픔을 겪고 있구려.

　장례일이 이제 닥쳐와 상여가 떠나려 하오. 눈이 쌓여 꽁꽁 얼은 곳에
묻어야 하니 두꺼운 얼음장 높고 높구려. 휑한 들판엔 그늘이 졌고 슬픈
바람이 눈을 찌르는 듯하오. 망망한 천지여, 아득한 이 한이여. 관을 어루만
지며 한바탕 통곡하노니 심장이 미어지고 간장이 찢어진다.

해제　이 글은 이관명이 아내 덕수 장씨를 위해 쓴 제문이다. 장씨는 판서 장선
징(張善澂)[43]의 딸로 이관명과 혼인하여 25년을 살았으며, 아들 망지(望
之)·익지(翊之)와 유숙기(兪肅基)에게 시집간 딸을 낳았다. 이관명의 아버지인
이민서와 장선징 사이에 돈독한 교유가 있었으니 집안 간의 교유가 오래되었던 것
으로 보인다. 남쪽으로 떠돌며 자식들을 연달아 잃었던 슬픔과 아내에 대한 고통
어린 슬픔이 처절하게 표현되어 있다.

---

40 두동치탈(頭童齒脫) : 치활두동(齒豁頭童). 이가 빠지고 대머리가 됨, 늙어가는 모습.

41 정전애근(情田愛根) : 정전은 마음, 애근은 애욕. 불교에서는 애욕을 번뇌의 근본으로 여기
　기 때문에 '애근'이라 한 것이다.

42 토목(土木) : 분묘와 나무로 된 관, 혹은 겸사로 자칭(自稱). 안연지(顔延之)『정고(庭誥)』
　"柔麗之身亟委土木 剛淸之才遽爲丘壤";『논어』「공야장」 "宰予晝寢 子曰 朽木不可雕也
　糞土之牆不可杇也 於予與何誅."

43 장선징(張善澂) : 1614(광해군 6)~1678(숙종 4). 조선 후기의 문신. 본관은 덕수(德水). 자
　는 정지(淨之), 호는 두곡(杜谷). 대제학(大提學) 유(維)의 아들이며, 효종 비 인선왕후(仁宣
　王后)의 오빠이다. 1677년(숙종 3) 한성부 판윤으로 있을 때 외척 김우명(金佑明)의 무소(誣
　訴)로 송시열(宋時烈)이 거제부에 안치되자 이에 대한 철회를 간청하였으나 숙종은 허락하
　지 않았다. 그 뒤에도 여러 차례 송시열의 신원을 간청하는 상소를 하였으나 용납되지 않자
　고향에 돌아가 두문불출하였다.

이건명 李健命·1663~1722

이건명(李健命): 1663(현종 4)~1722(경종 2). 조선 후기 노론사대신(老論四大臣)의 한 사람이다. 본관은 전주(全州). 자는 중강(仲剛), 호는 한포재(寒圃齋)이며 시호는 충민(忠愍)이다. 유록(綏祿)의 증손으로, 할아버지는 영의정 경여(敬輿)이고, 아버지는 이조 판서 민서(敏敍)이며, 어머니는 원주 원씨로 정승 두표(斗杓)의 딸이다. 1717년 사촌형 이이명(李頤命)의 정유독대(丁酉獨對) 직후, 특별히 우의정에 발탁되어 왕자 연잉군(延礽君: 뒤의 영조)의 보호를 부탁받았다. 이어 경종 즉위 후 좌의정에 승진해 김창집·이이명·조태채와 함께 노론의 영수로서 연잉군의 왕세자 책봉에 노력했으나, 이로 인해 반대파인 소론의 미움을 받았다. 1722년(경종 2) 목호룡(睦虎龍)의 고변으로 전라도 흥양(興陽)의 뱀섬[蛇島]에 위리안치 되었다. 그러다가 경종의 병을 발설했다는 죄목으로 소론의 탄핵을 받아 유배지에서 살해당하였다. 김창집 형제 및 민진원(閔鎭遠)·정호(鄭澔) 등과 친밀하였다. 저서로『한포재집(寒圃齋集)』10권이 있다.

강빈[1]을 신원하는 일의 가부에 관한 의론
姜嬪伸雪當否議

　돈녕부 황흠(黃欽)[2]과 형조 판서 이건명(李健命), 공조 판서 민진원(閔鎭遠)[3]은 오늘 이러한 임금님의 교서가 (강빈의) 깊은 원한을 안타깝게 여기시고 슬퍼 아파하며 불쌍하게 여기신 것이니 무릇 아래 사람으로서 누군들 감동하여 탄식하지 않을까 생각하옵니다.

　당초에 이 일은 궁궐 안에서 일어난 것이고 또 근거할 만한 옥안(獄案)[4]도 없습니다. 그래서 백성들이 그 원한을 많이 말하지만 그러나 그 실상을 궐

---

1 강빈(姜嬪) : 소현세자의 비. ?~1646(인조 24). 1637년(인조 15)에 소현세자와 함께 볼모가 되어 심양(瀋陽)으로 갔다가 1645년에 귀국하였다. 같은 해에 세자가 죽자 그 소생인 원손(元孫)이 폐위되고 봉림대군(鳳林大君)이 세자로 책봉되었다. 1646년에 임금의 수라상에 독을 넣은 사건이 발생하자 그 사건의 주범으로 모함을 받아 3월에 사사되는 '강빈옥사'가 일어났다. 당시 많은 조정의 신료들이 그 부당함을 반대하였으나 오히려 유배를 당하였다. 효종이 즉위한 뒤에는 효종의 왕통에 저촉되는 일이기에 논의가 금지되었다가 숙종 43년(1717) 영의정 김창집(金昌集)의 발의로 신원이 되고 민회빈(愍懷嬪)으로 봉해졌으며, 관련 피해자들도 모두 복관·증직되었다.

2 황흠(黃欽) : 1639(인조 17)~1730(영조 6). 조선 후기의 문신. 본관은 창원(昌原), 자는 경지(敬之)이며 신구(藎耇)의 아들이다. 1680년(숙종 6) 별시 문과에 급제한 이후 좌우참찬과 육조의 판서를 두루 역임하였다. 50여 년 동안 관직에 있으면서 3대(숙종·경종·영조)를 섬겼는데 매사에 신중하였으며 청렴 검소한 것으로 알려졌다.

3 민진원(閔鎭遠) : 1664(현종 5)~1736(영조 12). 본관 여흥(驪興), 자는 성유(聖猷), 호는 단암(丹巖)·세심(洗心), 시호 문충(文忠)이다. 아버지는 여양부원군 민유중(閔維重)이며 숙종계비 인현왕후(仁顯王后)의 오빠이자 우찬찬 민진후(閔鎭厚)의 동생이다. 1091년(숙종 17) 증광 문과에 급제하였으나, 동생 인현왕후의 유폐로 등용되지 않다가 1694년 갑술옥사(甲戌獄事) 후에 등용되었다. 노론의 영수라 일컬어졌으며, 벼슬은 좌의정에 이르렀다. 문장과 글씨에 능했고, 『숙종실록』『경종실록』 등의 편찬에 참여했다. 저서로 『단암주의(丹巖奏議)』『연행록(燕行錄)』『민문충공주의(閔文忠公奏議)』가 있다. 강빈의 신원 문제가 나왔을 당시 봉묘도감제조로서 김창집과 함께 금천에 있는 강빈의 묘소를 가서 살피고 왔다.

4 옥안(獄案) : 재판 조서(調書).

밖에서 자세히 알 길이 없습니다. 이제 70년이나 뒤에 저희들 같은 후생들이 조금 들은 것으로 어찌 감히 함부로 그 일을 논하겠습니까. 오로지 상감께서 깊이 헤아려 상량하시고 널리 조정의 의론을 수집하시어 처리하는 데에 달려 있을 뿐이옵니다.

해제 이 글은 인조를 독살하려 했다는 죄로 죽임을 당한 소현세자 비 강빈(?~1646)의 신원을 논의한 글이다. 애초에 강빈을 신원하는 일은 1717년 김창집의 건의로 시작되었으며, 이건명 또한 이에 찬성하는 입장이었다. 다만 이 글에는 문면에 그러한 의사가 잘 드러나 있지는 않다. 이건명이 형조 판서라는 직함을 사용하고 있는 것으로 보아 1718년 경에 쓴 것으로 보인다.

민회빈[5]의 묘소를 옮기는 일의 가부에 관한 의론
愍懷嬪遷葬當否議

이번에 민회빈(愍懷嬪)의 묘소를 옮겨 합장하는 일은 신(神)의 이치에 잘 맞을 뿐만이 아니라 일의 과정 또한 간소하고 검약하였습니다. 그래서 봉심대신(奉審大臣)[6]이 천장(遷葬)해야 한다는 의견을 아뢰었고, 상감의 재가(裁可)가 있었나이다.[7]

대개 땅 속의 일을 비록 미리 헤아리기 어렵고, 근래에 사대부 집안에서 이와 같이 오래되고 먼 묘소를 옮긴 자가 간혹 있다고는 하지만 무사(無事)한가 여부를 어찌 거슬러 알았겠습니까? 다만 일의 형세와 사람의 마음에 그만 두지 못하는 점이 있었기 때문일 것입니다. 그러나 일에 깊이 염려할 만한 점이 있고, 인정 또한 다 펴지 못한 것이 있습니다.

이제 성상께서 거의 80년만의 천장(遷葬)을 실로 중대하다 여기고 하교하시니 이는 실로 충분히 십분 신중하게 하라시는 뜻에서 나온 것인즉 그 밖에 미처 의논하지 못한 것에 대해서 신이 어찌 적절한 소견이 있어 대답하여 아뢰겠습니까? 오직 임금님께서 상량하여 살펴 처결하심에 달려 있을 뿐이옵니다. 엎드려 상감의 재가를 바라옵니다.

해제　민회빈은 소현세자 비 강빈(姜嬪)이 신원되면서 봉해진 작위이다. 처음에는 민회빈의 묘를 수리하는 차원에서 시작하였는데 김창집과 민진원이 민회빈의 묘를 고양에 있는 소현세사의 묘역에 쌍분(雙墳)을 지어 천장(遷葬)하는

5　민회빈(愍懷嬪) : 소현세자 비 강빈(姜嬪)이 신원되면서 봉해진 작위이다.
6　봉심대신(奉審大臣) : 금천에 있는 강빈의 묘소를 가서 살피고 온 봉묘 도감 두제조(封墓都監都提調) 김창집(金昌集)과 제조 민진원(閔鎭遠)을 말하는 것으로 보인다.
7　정탈(定奪) : 임금의 재가.

것이 좋겠다는 의견을 내었다. 그러나 천장을 진행하는 과정에서 숙종은 80년 넘게 안봉되었던 묘를 옮기는 일이 어렵고, 모든 왕후의 묘가 부장된 것은 아닌 사례를 들어 '천장(遷葬)' 대신 '봉묘(封墓)'를 시행하자는 쪽으로 의견을 바꾸었다.[8] 이 건명은 천장에 반대하는 입장이었다.

---

8 이에 숙종은 '천장도감'을 혁파하고 '봉묘도감'을 설치할 것을 하교하였다. 『숙종실록』 44년 8월 29일(갑진).

단의빈[9]의 복제에 관한 의론
端懿嬪服制議

신이 예학에 대하여 평소에 익혀두지 못하였다가 이제 자문하심에 이르러서야 『의례(儀禮)』를 고찰하여 보았습니다.

옛날에 며느리는 시부모를 위하여 기년(朞年)복을 입고, 시부모는 맏며느리[10]를 위하여 대공(大功)[11]복을 입고, 그 아래 며느리들을 위해서는 소공(小功)[12]복을 입었습니다. 당송(唐宋) 이래로 며느리는 (상복을) 올려 시부모님을

---

9 단의빈(端懿嬪) : 1686(숙종12)∼1718(숙종44). 조선 제20대 왕 경종의 비. 본관은 청송(靑松). 아버지는 청은부원군(靑恩府院君) 심호(沈浩)이다. 1696년 세자빈(世子嬪)으로 책봉되었으나 경종이 즉위하기 2년 전에 병으로 죽었다. 타고난 품성이 뛰어나 어릴 때부터 총명하고 덕을 갖추어, 어리지만 양전(兩殿)과 병약한 세자를 섬기는 데 손색이 없었다. 1720년 경종이 즉위하자 왕후에 추봉되었다. 전호(殿號)는 영휘(永徽)라 하였으며, 1726년 공효정목(恭孝定穆)이라는 휘호가 추상되었다. 시호는 영휘공효정목단의왕후(永徽恭孝定穆端懿王后)이고, 능호는 혜릉(惠陵)으로 경기도 구리시 인창동에 있다.

10 『예기』「상복소기(喪服小記)」에 시아버지의 뒤를 잇지 못하고 장자가 죽었을 경우에 그 아내인 적부(適婦)를 위하여 시어머니는 소공복(小功服)을 입는다고 하였고, 그 소(疏)에는 "예(禮)에는 시부모가 적부(適婦)를 위하여 대공복(大功服)을 입는다고 하였다."고 하였다.

11 대공(大功) : 시부모가 맏며느리를 위해서, 그리고 남자를 기준으로 조카며느리를 위해서, 여자를 기준으로 하여 시조부모와 시백부모를 위해서 입도록 규정하고 있다. 그러나 『가례』에서는 그 범위가 넓다. 즉, 정복의 범위는 『의례』에 규정된 것 외에도 출가하지 않은 종자매(從姉妹)를 비롯하여, 출가한 고모·자매·조카딸이 포함되고 있다. 그리고 의복에서도 『의례』와 같이 조카며느리·시조부모·시백숙부모를 포함하고 있으나, 맏며느리는 자최장기(杖期)로 비중을 높이고 있다. 그 밖에 남자를 기준으로 하여 둘째 이하의 며느리를, 또 여자를 기준으로 하였을 때는 손자와 둘째 이하의 며느리를 비롯하여 시조카며느리와 시소가발을 대공친으로 규성하고 있다. 또한, 출계를 한 사람의 처가 남편을 낳아 준 부모를 위해서, 그리고 어머니가 같은 의붓형제를 위해서 상복을 입는 것으로 되어 있다.

12 소공(小功) : 소공에는 5개월간 상복을 입는데 이때의 상복을 소공복(小功服)이라 하고, 소공복을 입는 친족의 범위를 소공친이라고 한다. 소공친은 할아버지 형제의 내외(증조부·종조부·종조모), 아버지의 사촌형제 내외(종숙부·종숙모), 6촌형제(재종형제), 4촌형제의 아들(종질), 형제의 손자(종손) 등과, 외가로 외할아버지·외할머니·외아저씨(외삼촌)·이모 등이 해당된다. 또한 시집간 여자의 경우는 남편의 형제, 남편형제의 손자, 남편 사촌형제의

위하여 3년복을 입고, 시부모는 적부(嫡婦)를 위하여 1년복을, 그 아래 며느리들을 위해서는 대공복을 입었습니다. 그래서 그 뒤로는 그것을 그대로 따랐습니다.『주자가례』와 우리 조정의 국전[經國大典], 그리고 문원공(文元公) 김장생(金長生)의『상례비요(喪禮備要)』도 모두 이와 같습니다. 이제 만약에 곡절을 따지지 않고 다만 고례(古禮)만을 좇아서 회복하려고 한다면 도처에 장애가 있을 것이라 함부로 논의하기 어려운 점이 있습니다. 엎드려 상감의 재가를 바라옵니다.

해제 이 글은 숙종이 며느리 단의빈 심씨(1686~1718)를 위해 어떤 상복을 입어야 하는가 하는 문제에 관한 의견을 개진한 것이다. 1718년 경종의 비 단의빈 심씨가 죽자 대전(大殿)인 숙종이 며느리의 상을 어떻게 입을 것인가 문제가 논의되었다.『숙종실록』에도 이와 관련된 조정 신료들의 논의 과정이 수록되어 있는데[13] 당송대 이전의 고례를 회복하여 며느리를 위해 숙종이 9개월 대공복을 입어야 한다는 의견과 당송대-주자(주자)에 의해 확정되고 조선이 시행해 온 제도대로 기년복을 입어야 한다는 의견으로 나누어져 있다. 이건명은 당송대 이래『주자가례』에 따른 복제의 시행을 주장하였으며, 조정의 논의 또한 부장기(不杖朞)[14]로 결정되었다.[15]

아들, 남편형제의 부인(동서) 등이 소공복친의 범위에 든다. 그런데 소공복을 5개월간 입는 것은 원칙적인 규정이고, 실제로는 경제적 이유나 일상 생활조건에 따라 줄여지기도 했다. 상복을 입는 기간이 줄어지는 것을 강복(降服)이라고 하는데, 가령 소공이면 한 등급 낮은 시마(緦麻)에 해당하는 기간과 복장을 하게 된다. 시마는 3개월간 상복을 입는 것이며 시마복도 소공복과는 다른 모양으로 짓는다. 소공복을 짓는 재료는 숙포(熟布)로서 대공복보다는 가는 베를 사용하는데, 김장생(金長生)의『가례집람(家禮輯覽)』에는 11새[升]로 규정되어 있다.

13『숙종실록』44년 10월 9일(계축).

14 부장기(不杖朞) : 상장을 짚지 않고 1년 또는 5개월, 3개월 동안 복을 입는 것을 말한다. 조부모, 백숙부모, 형제, 중자(衆子: 맏아들이 아닌 모든 아들, 서자 포함)와 아내, 그리고 형제의 아들과 고모가 이에 해당된다. 또 누이가 시집을 가지 않은 경우와 시집은 갔어도 남편이나 자식이 없으면 부장기로 입는다. 여자로서 남편 형제의 아들을 위해서나, 첩이 큰 부인을 위해서, 첩이 남편의 중자를 위해서, 시부모가 큰며느리를 위해서도 같다. 5개월 복은 증조부모를 위한 복이며, 3개월 복은 고조부모를 위한 복이다.

15 이날의 의논에 대하여 실록의 사관은 "송시열(宋時烈)의 기해년의 예론(禮論)이 마침내 화태(禍胎)가 되었음을 경계삼아 한 사람도 분명하게 말하거나 바로 대답하는 자가 없었으므로, 식견이 있는 자는 몰래 탄식하였다."라고 논평을 달았다.『숙종실록』44년 10월 9일(계축) 참조

여동생을 살해한 죄인 이성보를 처벌하는 일에 관한 의론
殺妹罪人李成輔處斷議

신이 법조문[16]을 상고하니 형이 동생을 죽인 죄는 본래 사형에는 이르지 않습니다.[17] 그 동기간을 죽인 사정이 절통한 까닭에 일차로 죄를 논하여 재결하신[18] 뒤에 사건을 계복(啓覆)[19]함에 들어갔는데 벌써 하교가 있으셨으니 즉 성상께서 인륜을 돈독히 하고 풍속을 후하게 하시려는 뜻이 지극하다 이를 만하옵니다. 일을 맡은 신하가 스스로 마땅히 이에 의거하여 받들어 행하면 될 것이니 꼭 다시 다른 의견을 드리지 않아도 될 것이옵니다. 엎드려 성명한 재가를 비옵니다.

해제 이 글은 여동생을 살해한 오빠를 처벌하는 문제에 관한 의론이다. 이건명은 법조문에 의거, 형이 동생을 죽인 것이 원래 사형죄에 해당하지는 않는다고 하였다. 그리고 글의 내용으로 보면 이미 여동생을 죽인 오빠에게 곡진한 사정이 있음을 감안하여 재심(再審) 절차에 들어갔던 것 같다.

---

16 율문(律文) : 대명률의 법조문. 경국대전의 형전은 대명률에 의거하였다.

17 율문에는 사형죄에 해당하지 않는다고 했으나 세종대에는 다툼 끝에 여동생을 죽인 오빠를 극형에 처했다는 기록이 있다.(『세종실록』 즉위년 10월 4일(경진). 또 영조대에 민진원이 왕에게 아뢴 내용을 보면 형이 동생을 죽인 경우, 원래는 사형 죄에 해당하지 않았지만, 효종대에 형이 동생을 포로 쏘아 죽인 일이 있은 뒤로 형죄로 처단되어 왔던 사정을 짐작할 수 있다. 그러나 민진원이 문제삼은 형제의 경우, 동생을 죽인 형의 심정이 매우 참담한 사정을 담고 있는 것이었기에 단순 살제(殺弟)와 동등하게 사형죄로 다스려서는 안 된다는 것이었고, 영조 또한 이 의견을 수용하였다. 『영조실록』 1년 3월 8일(병오) 참조. 조씨 형제의 사정에 대해서는 『경종 수정실록』 3년 12월 30일(을해) 참조.

18 판하(判下) : 군주의 최종 결재.

19 계복(啓覆) : 조선시대 사형 죄인에 대한 최종심리 및 판결을 위하여 국왕에게 세 번 아뢰는 제도. 경국대전 형전(刑典) 「추단(推斷)」 조에 있다. 심리한 문서와 함께 적용조문을 명시하여 세번에 걸쳐 국왕에게 계문을 올려 국왕의 결재를 받아 형량을 확정하여 집행하였다.

90세의 부녀자에게 작위를 봉하는 일에 관한 의론
婦人年九十封爵議

　　나라가 이렇게 드문 경사를 만났으니 무릇 추은(推恩)[20]과 관계되는 것은 의당 비상한 일일 것입니다. 그러나 다만 연로한 부인에게 작위를 봉하는 일은 예전(禮典)에도 수록되어 있지 않습니다. 근년에 비록 한두 사례가 있기는 하지만 한 때의 특별한 은전에서 나온 것이니 반드시 취하여 법으로 시행할 것은 아닙니다. 이제 자문을 내리심에 감히 여쭈어 청하지[21] 못함이 있사옵니다. 삼가 상감께서 참작하시어 처결하는 데 달려 있을 뿐이옵니다.

　　노인을 우대하는 차원에서 90세 이상의 부녀자에게 작위를 봉하는 문제를 의논한 것이다. 이건명은 이 일이 전거가 없는 일이요 특별한 사례이므로 꼭 시행할 필요는 없다는 입장을 개진하고 있다.

---

20 추은(推恩) : 은혜를 미루어 다른 사람에게도 미치게 함. 제도적으로는 70세 이상인 노인에게 특별히 하는 가자(加資)제도를 말한다. 『숙종실록』에 보면 조사(朝士)는 70세 이상, 서인은 80세 이상이며 추은하여 가자하도록 하였는데, 이를 받기 위해 나이를 속여 신고하는 자들도 있었다고 한다. 『숙종실록』 44년 5월 16일(무오) 참조.

21 질청(質請) : 실제 정황에 근거함. 실제에 근거하여 깨우치는 것. 『순자(荀子)』「정명(正名)」.

명성왕대비[22]께서 승하하신 후에 전하께 올린 위로의 전
明聖王大妃昇遐後大殿陳慰箋 代作

옥후(玉候)[23]가 상도(常度)를 잃어 병환으로 걱정을 오래도록 끼치셨는데[24] 모후께서 돌아가시니[25] 곧 망극한 애통함에 싸였나이다. 국모(國母)[26]를 이미 잃었으니 어린아이 같은 그리움[27]을 어찌 견디겠습니까.

가득 찬 것을 받들듯[28] 성실함이 깊었으며, 선한 행실로 감화시켜 교화를 펼치셨습니다.[29] 약을 쓰지 않고도 기쁜 일이 있었으니 바야흐로 양궁(兩宮)이 기쁨을 받들려던 차였는데 하늘이 우리를 불쌍히 여기지 않으사[30] 죽음

---

22 명성왕대비(明聖王大妃) : 명성왕후. 1642(인조20)~1683(숙종9). 조선 제18대 왕 현종의 정비이며 숙종의 어머니이다. 본관은 청풍(淸風). 아버지는 영돈녕부사 청풍부원군(淸風府院君) 김우명(金佑明)이다. 1651년(효종2) 세자빈(世子嬪)에 책봉되었고, 1659년(현종 즉위년) 왕비에 책립되고, 1683년 12월 5일 창경궁의 저승전(儲承殿)에서 42세로 승하하였다. 숙종과 명선(明善)·명혜(明惠)·명안(明安) 공주를 낳았는데 명선·명혜공주는 일찍 죽고, 명안공주는 해창위(海昌尉) 오태주(吳泰周)에게 출가하였다. 시호는 현열희인정헌문덕명성왕후(顯烈禧仁貞獻文德明聖王后)이고, 능호는 숭릉(崇陵)이다.

23 옥후(玉候) : 임금의 체후(體候).

24 유질지우(惟疾之憂) :『논어』「위정(爲政)」에 맹무백(孟武伯)이 효(孝)에 관해 묻자 공자가 "부모가 오직 그의 병만을 근심하게 하는 것이다.[父母唯其疾之憂]"라고 답하였다. 이는 효도는 자식이 병을 앓는 것 외에 다른 일로는 부모를 근심하게 하지 않도록 하는 것이라는 뜻이다. 여기에서는 명성왕후가 병을 앓았음을 뜻하는 말이다.

25 빈천(賓天) : 제왕을 비롯하여 존귀한 사람의 죽음을 완곡하게 일컫는 말.

26 모의(母儀) : 국모(國母)의 자리인 중전(中殿).

27 유모(孺慕) : 어린아이가 부모를 그리워하듯, 돌아가신 부모님을 그리워하고 그이 죽음을 슬퍼함.

28 봉영(奉盈) : 효자가 부모를 섬길 때 마치 가득 차 있는 물건을 받들 듯이 조심하고 또 조심한다는 뜻을 담은 말이다. 진호(陳澔) 찬,『진씨예기집설』권8「상대기(喪大記)」제22.

29 석류(錫類) : 효자의 덕행이 널리 퍼져 사람들이 그에 감화되어 모두 효행을 하게 되는 것을 말한다.『시경』「대아·기취(旣醉)」"威儀孔時 君子有孝子 孝子不匱 永錫爾類"

30 부조(弗弔) :『서경』「주서(周書)」「다사(多士)」"王若曰 爾殷遺多士 弗弔旻天 大降喪于

을 내리시니 만백성이 이토록 복이 없음을 어이해야 합니까. 애통하게 부르짖으니[31] 진실로 병환 중일 때보다 애절하오나 상례를 행함에 슬픈 감정에만 치우침[32]은 마땅히 경계해야 합니다.

　엎드려 생각건대 신하의 직분에 있으면서 달려가 곡도 하지 못하옵니다. 아름다운 모습을 영원히 이별함을 슬퍼하오니, 비통한 마음을 어찌 이기겠습니까. 성상의 끝없는 효성을 생각하오니 신의 염려가 더욱 더하옵나이다.

해제　이 글은 이건명이 1683년(숙종 9) 모후 명성왕대비의 승하를 맞은 숙종에게 올리는 위로의 전(箋)으로, 다른 사람을 대신하여 지은 것이다.

殷 我有周佑命 將天明威 致王罰 勅殷命 終于帝"

31 반호(攀號) : 군주 또는 부모의 죽음을 당하여 가슴을 두드리며 슬프게 우는 것을 말한다. 반호는 용의 수염을 부여잡고 울부짖는다는 말이며 용은 군주를 상징한다.

32 경정(徑情) : 상(喪)에서 감정을 그대로 나타내는 것. 초상에서는 슬픈 감정을 그래도 드러내어 표현해서는 안 되기 때문에 최마(衰麻)와 곡하고 발구르기의 수(數)를 제정하였는데 이것은 절제하기 위해서라고 했다. 『논어』「팔일(八佾)」 범씨주(范氏註) "喪不可以徑情而直行 爲之衰麻哭踊之數 所以節之也 則其本戚而已"

정부인에 추증된 아내 광주 김씨 묘지명 병서
亡室 贈貞夫人光州金氏墓誌銘 幷序

정부인에 추증된 광주(光州) 김씨가 죽은 지 20년 되는 계미년[1703]에 남편 완산 이건명이 조정의 명을 받아 강화도 유후(留後)로서 신주에 부인의 작호를 고치게 되어 슬프게 탄식하며 이른다.

기억해 보면 계해년[1683]에 내 선친께서 이 고을 수령으로 오셨는데[33] 부인이 나를 따라 와서 모셨고, 다음 해에 한양으로 돌아왔다가 8월 10일에 죽었다. 이제 그의 방은 여전한데 사람의 일은 달라지고 말았구나. 내가 불초 자식으로서 선조의 그늘에 기대어 조정의 자리에 올라 지위가 여기까지 이르렀으니 오로지 은혜를 저버릴까 그것만이 걱정이었다. 그런데 부인이 일찍 세상을 떠나 함께 누리지 못하였으니 아아! 슬플 뿐이다.

부인의 고조부 김장생(金長生)은 세상에서 사계(沙溪) 선생이라 일컬으니 도학으로 세상에 알려졌고, 관직은 참판에 이르셨다. 증조부 반(槃)[34]은 이조 참판을 지냈고, 조부 익희(益熙)[35]는 이조 판서와 양관(兩館) 대제학을 지

---

33 이건명의 부친 이민서는 1683년 강화도 유후로 근무했다.

34 김반(金槃) : 1580(선조 13)~1640(인조 18). 자는 사일(士逸), 호는 허주(虛州), 시호는 문정(文貞). 아버지는 장생(長生)이고, 어머니는 창녕조씨로 부사 대건(大乾)의 딸이다. 집(集)의 아우이며 송익필(宋翼弼)의 문인이다. 1613년(광해군 5)에 계축옥사가 일어나자 낙향하여 10여년 동안 초야에 은거하며 학문을 탐구하였다. 1623년(인조 1) 인조반정 후 다시 관직을 지냈다. 1627년 정묘호란 때 인조를 강화로 호종하고 돌아왔으며 이후 대사간·승부능시·형조 참의·대사성·부제학 등을 두루 역임하였다. 병자호란 때에는 남한산성에 호종하였고, 화의가 이루어진 뒤에는 호종한 공으로 가선대부(嘉善大夫)에 올랐다. 중요한 관직을 두루 거쳤으며 영의정에 추증되었다.

35 김익희(金益熙) : 1610(광해군 2)~1656(효종 7). 자는 중문(仲文), 호는 창주(滄洲). 아버지는 반(槃)이며, 어머니는 서주(徐澍)의 딸이다. 1633년(인조 11) 증광 문과에 병과로 급제하여 부정자(副正字)에 등용되었다. 1636년 병자호란이 일어나자 척화론자로서 청나라와의

내셨다. 부친 만균(萬均)[36]은 승지이고, 어머니 숙부인 이씨는 대제학 일상(一相)[37]의 딸이자 좌의정 월사 정구(廷龜)의 손녀이니 부인의 친·외가는 모두 이름난 가문이다. 그러나 부인은 성품이 부드럽고 신중하며 거친 말과 다급한 기색을 한 적이 없고, 어린 아이와 어른을 대할 때에 모두 공손하였으니 타고난 성품이 그러했다. 또 여공(女工)을 익혀 무릇 베 짜고 음식 하는 일들을 하나도 못하는 것이 없었으며 이를 다른 사람에게 시킨 적도 없었다.

나이 17세에 나에게 시집왔는데 그때에 승지공[김만균]께서는 이미 세상을 떠나고 이 부인은 충청도 집에 계셨다. 혼례를 치르고 몇 해 뒤에 한양으로 왔고, 시집온 지 7년 만에 딸 하나를 낳고, 바로 병이 들어 일어나지 못하였다. 딸도 몇 달 만에 죽으니 (부인은) 겨우 23세였다.

부인은 지극한 행실이 있었고 시부모를 섬김에 친부모를 섬기듯이 하였다. 내 선친[38]께서 일찍이 조정에서 편안치 못하여 강교(江郊)에서 몇 달을

화평을 반대하며, 왕을 남한산성에 모시고가서 독전어사(督戰御使)가 되었다. 문집으로 『창주유고』가 있다.

36 김만균(金萬均) : 1631(인조 9)~? 자는 정평(正平), 호는 사휴(思休)·취선(醉仙)·이호(梨湖). 할아버지는 참판 반(槃)이고, 아버지는 이조 판서 익희(益熙)이며, 어머니는 이덕수(李德洙)의 딸이다. 송시열(宋時烈)의 문인. 1654년(효종 5)에 춘당대 문과에 병과로 급제하였으며 병조 좌랑·정언·수찬·검토관·부교리·교리 등을 거쳐 승지가 되었다.

37 이일상(李一相) : 1612(광해군 4)~1666(현종 7). 본관은 연안(延安). 자는 함경(咸卿), 호는 청호(靑湖). 계(烓)의 증손으로, 할아버지는 영의정 정구(廷龜)이고, 아버지는 이조 판서 명한(明漢)이며, 어머니는 나주 박씨(羅州朴氏)로 동량(東亮)의 딸이다. 1628년(인조 6) 17세로 알성 문과에 병과로 급제했으나 바로 관직에 나가지 않고 공부에 전념하였다. 1633년 검열이 되고, 대교·정언을 거쳐 헌납이 되었다. 1636년 병자호란 때 왕을 호종하지 못하고, 또한 척화신으로서 화의를 반대해 이듬해 탄핵을 받아 영암으로 귀양갔다. 효종이 즉위하면서 우승지에 발탁되어 총애를 입었으며, 대사간을 거쳐 1652년(효종 3) 도승지가 되었다.

38 이민서(李敏敍) : 1633(인조 11)~1688(숙종 14). 본관은 전주(全州). 자는 이중(彝仲), 호는 서하(西河), 시호는 문간(文簡). 극강(克綱)의 증손으로, 할아버지는 유록(綏祿)이고, 아버지는 영의정 경여(敬輿)이며, 어머니는 박임경(朴任景)의 딸이다. 뒤에 도정 후여(厚輿)에게 입양하였다. 서울에 살았으며 송시열(宋時烈)을 사사하였다. 1650년(효종 1) 진사시에 합격하고, 1652년 증광 문과에 을과로 급제한 뒤 검열·정언·지평·교리 등을 역임하였다. 문장과 글씨에 뛰어나 많은 시문을 남겼으며, 김수항(金壽恒)·이단하(李端夏)·남구만(南九萬) 등과 교유가 깊었다. 1677년 광주목사로 있을 때에는 임진왜란 때의 의병장 박광옥(朴

보낸 적이 있는데 부인에게 명하여 살림을 맡도록 하였다. 부인이 밤낮 정성으로 봉양하고 손님들을 접대하며 가난한 살림을 넉넉하게 일구니 선친께서 매양 그 정성을 칭찬하셨다. (부인이) 죽은 뒤에 우리 대부인께서도 몹시 탄식하고 안타까워하시며 "우리가 효부를 잃었구나. 오래도록 잊을 수 없을 것이다."라고 하셨다.

아아! 부인처럼 아름다운 덕을 가진 사람이 일찍이 아버지를 여의고 오래 살지 못하였으며, 또 한 점 혈육이 없으니 하늘이 부인에게 재앙을 내림이 어찌 그리 지독한 것인가!

묘소는 포천(抱川) 쌍곡(雙谷)에 있으니 바로 우리 이씨의 선산이다. 갑자년[1684] 9월에 장례를 치렀다.

이씨는 왕실에서 계보가 나왔으니 세종 장헌대왕의 지자(支子) 밀성군(密城君)[39] 침(琛)이 계시고, 9대를 거쳐 나에 이르렀다. 선친 민서(敏敍)는 이조판서와 양관 대제학을 지내셨고 시호는 문간공(文簡公)이시다. 이씨 5대의 묘는 모두 한 언덕에 있는데 부인의 무덤에만 오래도록 묘지(墓誌)가 없었다. 내가 마침내 부인의 세계(世系)와 덕행을 적어 무덤 속에 넣는다.

명(銘)에 이른다.

덕이 있고 지극한 행실이 있으니

규문의 빛이로다.

오래 살지 못하고, 자손도 없으니

光玉)의 사우를 중수하고, 김덕령(金德齡)을 제향하였다. 저서로는 『서하집』 17권이 있고, 편서로 『고시선(古詩選)』·『김장군전(金將軍傳)』이 있다.

[39] 밀성군(密城君): 1430(세종 12)~1479(성종 10). 조선 선기의 왕자. 이름은 침(琛). 자는 문지(文之). 세종의 다섯째 서자이며, 어머니는 신빈 김씨(愼嬪金氏)이다. 총명과 지혜가 뛰어나 다른 아들들보다 부왕의 남다른 사랑을 받았다. 7세에 밀성군에 봉하여졌고, 세조가 잠저(潛邸)에 있을 때 우애도 남달리 돈독하였다. 세조가 왕위에 오르자 큰 일들은 반드시 그의 자문을 받았다. 오위도총부도총관, 각 시(寺)의 도제조, 의금부 도위관 등을 두루 역임하였다. 1468년(예종 즉위년) 익대공신(翊戴功臣) 2등, 1471년(성종 2) 좌리공신(佐理功臣) 2등에 각각 책록되었다. 시호는 장효(章孝)이며, 뒤에 효희(孝僖)로 고쳐졌다.

행로가 고달팠도다.

지석(誌石)을 무덤에 넣어

영원토록 간직하노라.

이 글은 이건명이 초배(初配) 정부인 광주(光州) 김씨(?~1684.8.10)를 위해 쓴 묘지명이다. 정부인 김씨는 김장생(金長生)의 후손으로 아버지는 만균이며, 어머니는 월사 이정구의 손녀이니 명망가의 자손이었다. 당시 16세이던 이건명과 역시 16세의 나이로 혼인하여 7년을 살다가 딸을 낳고 바로 세상을 떠났다. 그 후 20년의 세월이 지난 뒤에 이건명의 관작에 따라 김씨에게 정부인(貞夫人)이라는 내명부의 작호가 내려져 이 글을 썼다.

장모[40] 숙부인 연안 이씨 제문
祭外姑淑夫人延安李氏文

제가 명문가에 장가들었을 때 겨우 나이 16세였습니다.[41] 부인께서는 건강하셨지만,[42] 이미 슬프게도 남편을 잃으셨지요.[43] 저를 자식처럼 여기며 어머니와 다름없이 보살펴 주셨습니다. 그렇게 보살핌[44]을 입으리라 기대했건만 어찌하여 제가 이런 슬픔을 당하였습니까. 장점(長簟)에는 먼지만 일고, 한 점 혈육을 남기지 못하였습니다. 20년 세월 동안 세상 일로 이리저리 밀려 다녔습니다. 만남은 적고 항상 떨어져 있으며 애환을 여러 차례 겪었습니다. 기대고 바랄 곳이 없어지니 은혜와 사랑은 더욱 돈독해졌습니다. 작년에 남쪽으로 오셨을 때 문전에 들어가 인사를 드렸는데 한 번 깊은 병에 드시더니 6년을 누워 계셨습니다. 신명의 도우심에 기대고 제 마음으로도 기도했는데 어찌하여 하루 저녁에 갑자기 흉한 소식 전해온 것입니까.

세상에서 여인의 법도는 고을을 넘어서지 않습니다. 그러니 진실로 마루에 올라 보지 않으면 누가 그 깊은 법도를 엿볼 수 있겠습니까. 부인의 아름다운 규범은 대대의 덕으로 증명할 수 있습니다. 어찌하여 복이 충만하지 않았으며 어찌하여 수명이 덕에 걸맞지 못하였습니까. 이 이치가 참으로 아득하니 물을 곳도 없고, 대답도 없습니다. 아름다운 무덤 길한 곳이니 멀리 가실 날이 이에 닥쳐왔습니다. 글을 지어 슬픔을 부치며 보잘것없는 제

---

40 외고(外姑) : 장모. 악모(嶽母). 『이아(爾雅)』「석친(釋親)」"妻之父爲外舅 妻之母爲外姑" 이건명의 장모 연안 이씨를 말한다.

41 이건명은 16세 때 김만균과 연안 이씨의 딸 광주 김씨와 혼인하였다.

42 재당(在堂) : 어머니가 건재하신 것을 말한다.

43 주촉(晝燭) : 대낮의 등불. 곧 무용한 목숨이라는 의미에서 남편을 잃은 여인을 말한다.

44 고복(顧復) : 항상 자식을 보살피고 염려하며 사랑하는 부모의 정성스러운 양육(養育).『시경』「소아・요아(蓼莪)」"父兮生我 母兮鞠我 拊我畜我 長我育我 顧我復我 出入腹我"

수를 올립니다. 미미한 정성이나마 신령께 통한다면 와서 흠향하소서.

해제　이 글은 이건명이 장모 숙부인 연안 이씨를 위해 쓴 제문이다. 연안 이씨는 대제학을 지낸 이일상(李一相)의 딸이자 좌의정 월사 이정구(李廷龜)의 손녀이며, 승지 김만균(金萬均)의 아내이다. 또한 이건명의 초배인 광주 김씨의 어머니이다. 16세의 나이로 이건명이 장가들었을 때부터 어머니처럼 그를 돌보아 주었다.

딸의 제문
祭亡女文

을유년[1705] 11월 16일 병자일에 가인(家人)이 막내딸의 기일이라 알려 주기에 그 아비와 어미가 계절 음식을 대략 갖추어 놓고 제사지내며 고한다.

아아! 오늘은 네가 죽은 날이다. 네가 죽은 날로부터 오늘이 벌써 1년이 되었구나. 너의 모습과 말은 내가 꿈에서도 한번을 보지 못하였으니 네가 나를 그리는 것이 내가 너를 그리는 것만 못해서 그런 것인가 보다. 아니면 너의 영특한 자질과 맑은 기운이 이 속세에서 오래 머물 만한 것이 아니었기에 비록 잠시 깃들었지만 하루아침에 진짜 너의 세상으로 돌아가서는 이 세상을 다시는 돌아볼 생각을 하지 않는 것이냐.

너는 태어난 지 겨우 7년만인 작년에 병을 얻고, 겨우 열흘 만에 떠나버렸다. 죽음을 맞게 되었을 때에 말을 못하고 기운이 모두 소진됐지만 부모의 은혜를 생각하며 생사의 순간에도 안타까워하였다. 그 말은 얼마나 낭랑하였던지, 그 모습은 얼마나 절절하였던지. 지금까지도 내 눈에 보이고, 내 귀에 가득 울려 잊을 수 없게 하는구나. 아아! 애통하다.

기억나는구나. 네가 죽음을 앞두고 있을 때 내가 "네가 이리 되고 말았구나. 하고 싶은 말이 무어냐?" 하고 물으니 너는 "제 나이도 어린데 무슨 말이 있겠습니까." 하고 그렇듯 어른처럼 말했었는데 이제 내가 너를 곡하며 또 무슨 말을 하겠느냐. 이제 나와 네 어미가 술잔에 술을 따르고 쟁반에 음식을 차려 놓고 네가 와서 흠향하기를 기다리고 있단다. 너는 아는 게냐. 모르는 게냐.

|해제| 이 글은 이건명이 7세의 나이로 세상을 떠난 막내딸을 위해 쓴 제문이다. 이건명은 일찍 세상을 떠난 막내딸을 먼지 낀 속세에 머물기에는 너무 맑고 아름다웠던 존재로 그리고 있다. 임종하는 순간에도 어른처럼 의연하게 죽음을 맞았던 딸을 그리는 부모의 마음이 담담하게 그려진 깊은 슬픔 속에서 느껴진다.

아내 제문
祭亡室文

　내가 당신과 산 지 28년 세월이 되었구려. 그 사이의 고생이야[45] 이루 다 말할 수노 없소. 아! 당신의 병은 실로 근원이 있는 거였지요. 정해년[1707]에 둘째 아이를 잃고 마음이 마디마디 끊어지며 홀연히 살아갈 마음이 없어졌지요. 하물며 당신은 부녀자이니 정에 끌리는 것[46]을 어찌 피할 수 있었겠소. 비통함에 마음은 타들어 가고,[47] 겉모습은 상했었지요. 어느덧 7년 세월 되어가니 밑바닥부터 병이 깊어졌구려.

　내가 작년 여름 구설로[48] 곤액을 당하였소. 먼 변방에서 깃들어 살게 되니 강호에서의 세월은 잘도 흘러가더이다. 올 초겨울에 외람되게도 발탁되는 은혜를 입어 도성으로 들어왔지요. 당신의 병은 이미 위독해져서 여섯 달을 연명했지만 날로 더욱 위태롭게 되었소. 그래도 병이 회복되어[49] 오랜 병을 치료할 수 있기를 바랐지요. 그런데 약 먹이고고 뜸 뜨는 방법을 잘 몰라 죽음을 갑자기 재촉하게 되었소.

　생각해 보면 당신은 평소에 당신의 기력을 자부했으니 내 허약함과는 비교가 안 되었지요. 그런데 하루 저녁에 나는 살아남고 당신이 죽을 줄 어찌 알았겠소 두 아이는 자주 아프고, 딸 하나는 아직 시집도 못 갔소[50] 슬프디

---

45 계활(契闊) : 근고(.勤苦), 노고(勞苦). 『시경』「패풍(邶風)·격고(擊鼓)」 "死生契闊 與子成說 執子之手 與子偕老"

46 경정(徑情) : 임성(任性), 임의(任意).

47 훈(薰) : 근심하여 마음이 타는 것과 같음. 『시경』「대아·운한(云漢)」 "我心憚暑 憂心如薰"

48 다구(多口) : 다언(多言). 말을 해서는 안 되는데 말을 하는 것. 『맹자』「진신 하(盡心下)」 "無傷也 士憎茲多口"

49 양화(陽和) : 봄, 따뜻한 기운, 상서로운 기운, 화색이 도는 낯빛.

슬픈 과부는 의지할 곳도 믿을 곳도 없구려. 누가 이들을 어루만져 길러서 당신에게 염려를 끼치지 않을 수 있을지.

세월은 잘도 흘러[51] 원일(遠日)이 닥쳐왔구려. 백 년을 함께 하자던 기약은 오늘 아침 이제 끝나오. 혼령이여. 지각이 있다면 여기에 와서 흠향하시오.

해제 이 글은 이건명이 계배(繼配) 안동 김씨를 위해 지은 제문이다. 제문의 서두에 부인과 함께 28년을 보냈다는 구절이 나오는데 초배(初配)인 광주 김씨는 혼인한 지 7년 만에 23세의 젊은 나이로 세상을 떠나고 그 뒤에 안동 김씨와 했던 것이다. 안동 김씨는 군수 김수빈(金壽賓)의 딸이고, 이건명과 혼인하여 면지(勉之)·성지(性之)·술지(述之)와 딸 둘을 낳았는데 성지는 일찍 세상을 떠났고 면지와 술지는 1722년 목호룡의 고변 사건으로 이건명이 죽임을 당했을 때, 같이 옥사하였다.

---

50 미자(未字) : 출가하지 않았음. '자(字)'는 옛날에 여자가 출가하는 것을 뜻하는 말로도 쓰였다.

51 거저(居諸) : 어조사로서 세월, 광음을 비유하는 말. 『시경』 패풍 「백주(柏舟)」 "日居月諸 胡迭而微"

이만부(李萬敷) : 1664(현종 5)~1732(영조 8). 조선 후기의 학자. 남인 계열이다. 본관은 연안(延安). 자는 중서(仲舒), 호는 식산(息山). 할아버지는 이조 판서 관징(觀徵), 아버지는 예조 참판 옥(沃), 어머니는 전주 이씨(全州李氏)로 승지 동규(同揆)의 딸이다. 1678년(숙종 4) 15세 때, 아버지가 송시열(宋時烈)의 극형을 주장하다가 탁남(濁南)에게 몰려 북청(北靑)에 유배되었을 때, 그곳에 따라가서 여러 해 동안 지내며 학문을 닦았다. 평소에 주렴계(周濂溪)·정명도(程明道)·정이천(程伊川)·장횡거(張橫渠)·주자(朱子) 등 5현(賢)의 진상(眞像)을 벽에 걸고 존모하였으며, 이황(李滉)을 정주학의 저전(嫡傳)으로 존숭하였나. 만년에는 역학(易學)에 관해서도 깊이 연구하였다. 글씨에 뛰어났으며, 특히 고전팔분체(古篆八分體)에 일가를 이루었다. 저서로 『식산문집(息山文集)』과 『역통(易統)』, 『대상편람(大象便覽)』, 『사서강목(四書講目)』 등이 있다.

아내 유씨 제문
祭亡室柳氏文

아아! 애통하오. 당신과 부부로 30년을 지내다가 유명을 달리 한 지 이제 3개월이 되었소. 돌이켜 생각해 보면 30년은 순식간에 한바탕 꿈처럼 지났고, 석 달은 천년처럼 아득하구려. 그러니 내 심기가 평온하지 못하지 않겠소. 어찌 이같이 되었단 말이오. 당신과 함께 지내 온 30년이 차례로 펼쳐져 하나하나 다 떠오르고, 내 마음에 모여 들어 마디마디 슬픔이 솟아나오. 이 내 몸이 죽어지지 않아 이런 비통 속에 오래도록 살아야 한다면 나는 앞으로 어찌해야 하오.

당신은 품성이 곧고 바르며 청렴결백하고, 효성과 우애가 있고 너그러웠지요. 그런 성품으로 내 부모를 잘 섬겨 사랑을 받았고, 내 형제에게 우애로 대하여 기쁘게 하였으며, 내 못난 점을 이끌어 주고 부족해 미치지 못하는 점을 채워주었소. 당신은 거친 밥도 실컷 먹지 못하면서 내 허기를 채워 주었고, 당신은 제대로 된 치마 저고리가 없으면서 내게는 때에 맞게 옷을 지어 주었소. 내 몸을 보살펴 주느라 깊이 병들었다가도 다시 일어나 내 뜻을 받들어 맞춰 주었고, 고생고생하면서도 유감이 없었으니 아내 된 도리를 당신보다 더 잘 지킨 사람은 없을 것이오.

나는 사나이 장부로 태어나 어진 아내와 한평생을 함께 하면서 곤궁과 추위와 굶주림에 지치며 근심하며, 하루도 몸 편히, 마음대로 살게 해 주지 못하였소. 게다가 정성이 부족하여 당신의 병 하나를 고치지 못하고 한을 품은 채 영원히 가도록 하였으니 당신이 나를 저버린 것이 아니라 실은 내가 당신을 저버린 것이오. 어찌 슬픔뿐이겠소. 부끄러움 또한 극심하오. 애통하오. 애통하오. 끝났구려. 끝났구려. 당신의 덕을 그리워하고, 당신의 성품이 아름답게 여겨지오.

외롭게 남겨진 곤궁한 목숨이기는 당신과 내가 마찬가지였지요. 그렇기에 부부가 서로 의지하여 살며 달리 기댈 곳이 없었던 세월이 20여 년이었소. 무릇 빈천을 싫어하고 부귀를 탐내는 것이 여자의 보통 마음이지요. 그런데 당신은 '장부가 죽을 때까지 우러러 바라는 것은 행실에 염치가 있고 또 하늘과 사람에게 부끄러움이 없는 것[1]이니 이것이 자신을 욕되지 않게 하는 것이다. 의롭지 못한 부질없는 영화(榮華)를 어찌 좋다 할까?'라 생각하였지요. 나 또한 일찍부터 '예쁘게 꾸미고 총애를 다투는 것은 여자로서 부끄러운 행동인데 저 사람은 이미 복승(服承)의 가르침을 받았고, 또 분수를 편히 여기며 사리를 아니 높일 만하다.'고 생각하였소. 당신이 비록 말로 하지는 않아도 나는 당신이 간직하고 있는 것을 알았고, 내가 비록 말하지는 않았지만 당신 또한 필시 나의 마음을 헤아렸을 것이오. 그러나 당신은 겸손함으로 자처하며 남의 위에 서지 않으려 하니 그 때문에 집안 친척들도 당신의 마음가짐과 덕성의 실상을 깊이 알지는 못하였소. 오직 당신이 김씨 가문의 제사를 받들고,[2] 어머니 윤씨를 섬기던 범절과 첩들을 대하던 도리는 비록 옛날 현숙한 부인의 행실이라 일컬어진 것도 그보다 더하지 못할 것이오. 이것이 (우리 부부의) 의리가 더욱 중하고 정이 더욱 깊은 이유이며, 한갓 사랑에 빠져 있기만 하던 사람들과 다른 이유라오. 애통하오, 애통하오. 끝났구려, 끝났구려.

당신이 지킨 행실은 어디에 물어도 보답을 받아야 한다[3]는 이치에 어긋나지 않을 것이오. 그런데 나의 행실이 신명을 저버려 십 수 년 사이에 요절한 자식을 곡하느라 눈물이 마르지 않았고, 딸 아이 하나는 천지간에 미망

---

1 부앙무소괴작(俯仰無所愧怍) : 군자의 즐거움 중의 하나로 세상에 부끄러움이 없는 것을 말한다. 『맹자』「진심 상(盡心上)」 "仰不愧於天 俯不怍於人 二樂也"

2 이는 이만부의 처음 아내 의성 김씨(爾楷의 딸)의 제사를 살 받들었다는 말이다.

3 식보(食報): 보답, 보응을 받다.

인이 되었소. 내가 매번 방에 들어가 홀로 된 그 아이의 모습을 볼 때마다
문득 섬뜩하니 두려운 마음[4]을 물리칠 수 없소. 게다가 당신은 항상 그 아이
와 함께 있으며 마음 아파하던 사람이었으니! 생각해 보면 당신의 수명이
줄어든 것이 꼭 이 때문은 아니겠지만 여기까지 생각이 이르니 나의 가슴이
더욱 막히고 간장은 찢어지려고 하오.

자식을 낳아 기를 희망이 거의 끊어지던 끝에 얻은 어린 딸아이가 영특
하여 사랑스러웠지요. 또 양자를 데려오고 며느리를 들이니 후사를 잇는
의리에도 부족함이 없게 되었소. 그러니 우리 부부가 슬픔을 기쁨으로 바꾸
어 이 만년을 보낼 수 있을 것이라 생각하였소. 당신이 나를 이렇듯 속이고
매미가 허물을 벗듯 갑자기 부부의 인연을 놓아버려 나로 하여금 다시 끝없
는 비통함을 겪게 할 줄 누가 알았겠소! 노씨 부인이 된 아이[5]는 돌아갈
곳이 없으니 그 통곡은 하늘까지 닿을 듯하고, 지백(之柏)[6]이는 약하게 타고
나 튼튼하지 못하고 허약하여 목숨을 보전하기 어려울 듯하오. 새로 온 며
느리는 수줍음 기운이 다 가시기도 전에 꽃다움을 잃고 시들었소. 예쁜[7] 어
린 딸아이는 마치 슬픈 일을 아는 듯하면서도 슬퍼하지 않으니 이는 모두
조석으로 나의 슬픔을 보태는 것들이오. 내가 목석처럼 굳은 마음으로 그들
을 대할 수가 없기에 멀리 피하여 보지 않으려 한 것도 여러 번이지만 그도
그러지도 못하였소.

전에는 매번 극심한 슬픔이나 참기 어려운 일을 당하면 이치로써 스스로

---

4 출척(怵惕) : 섬뜩하게 두려운 마음. 봄에 비와 이슬이 내릴 때 군자가 그것을 밟으면 반드
시 두려운 마음이 생기면서 돌아가신 부모님을 만날 것 같은 생각을 한다는 『예기』「제의
(祭義)」에서 나왔다. 『예기』「제의(祭義)」 "霜露旣降 君子履之 必有悽愴之心 非其寒之謂
也 春雨露旣濡 君子履之 必有怵惕之心 如將見之"

5 노현수(盧玄壽)에게 시집간 장녀를 말한다.

6 지백(之柏) : 이만부가 쓴, 초배 의성 김씨 묘지명을 참조해 보면 지백은 이만부가
후사로 들인 아들로, 원래는 이만부의 동생의 아들이다. 「망실공인의성김씨묘지(亡室
恭人義城金氏墓誌)」 참조.

7 구구(姁姁) : 곱고 아름다운 모양.

를 다스렸고 당신 또한 반드시 나보다 앞서 "어찌 옛사람들의 경계를 생각하지 않으십니까?"라 하니 내가 당신에게 감동되어 스스로 마음을 풀었고, 이로써 성명(性命)을 보전할 수 있었소. 지금은 애통하고 슬픈 일이 한두 번이 아닌데 나를 권면해 주는 당신의 한 마디 말을 들을 수가 없구려. 아아! 이 세상 천지에 장차 또 누구를 의지해야 하오! 애통하고 애통하오. 끝났구려. 다 끝났구려.

당신은 평생을 베치마 한 벌로 살아 번갈아 빨아 입을 옷도 없었소. 그러니 장례 때 당신에게 입힐 옷들은 황망한 중에 모두 빌려 갖추었으니 상사(喪事)에 맞지 않은 것이 많았지요. 그러나 힘이 닿는 대로 정성을 게을리한 것은 없소. 고향에 묻히고 싶다는 소원은 나로서도 비록 간절했지만 그러나 사정이 내 마음을 따라주지 않아다오. 그래서 이곳 식산(息山)[8] 한쪽 등성이를 골라 당신의 유택으로 삼으려 하오. 상주(尙州)는 당신의 고향이고, 식산은 내가 깃들어 사는 곳이니 정으로든 의리로든 멀지 않은 것 같은데 당신은 어떻게 생각할지 모르겠소.

내 마음 한바탕 쏟아내어 당신과 이별하려 했는데 붓을 잡고 종이를 대하니 온갖 심사가 억장을 메워 글자마다 눈물이 떨어져 끝내 글을 다 짓지 못하였구려. 당신은 필시 못 다한 내 말을 알 터이니, 이 자리를 돌아보고 멀리 가지 마시오.

해제 이 글은 이만부의 계배(繼配)인 풍산 유씨 제문이다. 유씨는 천지(千之)의 딸이자 유성룡의 증손이다. 제문 중에도 거론되었지만 딸 둘을 낳았는데 장녀는 노현수(盧玄壽), 차녀는 김택동(金宅東)에게 시집갔다.

---

8 식산(息山) : 경북 상주시 서곡동. 화개동. 외답동.

효자와 열부, 충성스런 종의 열전 중에서

孝子烈婦忠奴列傳 中

열녀 이씨는 고(故) 현감 이연정(李延挺)의 여동생이다. 모(某) 집안 사람이 아내가 되었는데 남편이 항상 "나와 당신은 같은 날에 죽읍시다." 하였다.

아들 하나를 낳아 세 살이 되었는데, 남편이 병으로 죽게 되자 "나와 당신이 같은 날에 죽기로 약속했는데 이제 내가 죽으니, 당신은 필시 나를 따라 죽으려 하겠지. 그러면 이 아이는 누구를 의지하는가. 아이가 열 살이 될 때를 기다렸다가 나를 따라도 될 것이네."라 하였다. 이씨는 "그리하겠습니다."라 하였다. 남편이 죽던 날, 곡벽(哭擗)[9]에 절도가 있으며 몸을 훼손하지 않았다. 상례 도구를 자신이 직접 후하게 갖추니 보는 사람들이 의아해하였다.

아이가 9살이 되던 해 섣달 그믐날, 이씨가 어머니에게 말하였다. "서방님이 돌아가시며 제게 '내가 당신과 함께 죽기로 약속하였네. 그러나 아이가 열 살이 되기를 기다렸다가 나를 따라 죽어도 될 것이네.' 하였고, 저도 이미 허락하였습니다. 내일이면 아이가 열 살을 채우니 제가 비로소 돌아가신 분과의 약속을 지킬 수 있게 되었습니다." 어머니가 딸을 안고 울며 "이것이 무슨 말이냐. 무슨 말이냐!" 하니 딸은 "사람이 한번 죽는 것은 이치입니다. 제가 죽어야 할 목숨으로 죽지 않고 7년의 세월을 보냈지만 서방님이 임종할 때 한 말씀은 의리 상 저버릴 수 없습니다. 어머니를 저버리는 것이 불효막심하지만 두 가지 모두를 온전히 할 도리는 없으니 어찌 하겠습니까."라 하였다.

---

9 곡벽(哭擗) : 곡을 하고 가슴을 치다. 상례 때 북받치는 슬픔에 하게 되는 행위이다.

그리고 다음날부터 결코 먹지 않으니 어머니가 곁을 떠나지 않았다. 그 곁에서 칼을 치우자, 이씨는 "제가 죽는다 해도 어찌 우리 부모님이 주신 몸을 상하게 하겠습니까?" 하였다. 행동과 말은 평소와 다름없었고 오로지 입에 곡식을 대지 않더니 12일 만에 목숨이 절로 끊어졌다.

무릇 남편을 잃은 여인이라면 누군들 따라 죽으려 하지 않겠는가. 그러나 그 여인이 바로 죽는 것은 무너지는 절통한 심정으로 순식간에 죽음을 결단하는 것이다. 그런데 시간이 지나고 세월이 흐르면 사람의 마음 또한 조금은 느슨해지게 된다. 그런데도 기한이 되자 음식을 먹지 않음으로써 평소에 했던 말을 저버리지 않았으니 그 의리가 더욱 지극하며, 그 일은 더욱 어려운 것이었다. 아아! 자식을 기르는 7년 동안 어찌 하루라도 죽음을 잊은 적이 있겠는가!

해제 이 글은 효자와 열부, 그리고 충노(忠奴)의 열전 중에서 열부 이씨에 관한 부분만을 발췌 번역한 것이다. 이씨는 같은 날에 죽자 했으나 먼저 떠나며 남편이 한 당부와 약속을 지키기 위해 남편이 죽은 후 7년간 죽음을 유예하며 아들을 키워내고, 그 후에 스스로 곡기를 끊는 고통스러운 방식을 택해 굶어 죽었다. 효와 열의 도리가 충돌하는 가운데 종사(從死)를 만류하는 어머니와, 생의 욕구를 끊고 죽음을 결단하는 딸의 정경은 처절하기 이를 데 없다. 또한 7년의 세월 동안 '하루도 죽음을 잊은 적이 없다.'는 이만부의 평은, 그 문맥이 온전하게 이씨의 변함없는 지조와 열행을 칭송하는 것이었을지 분명하지 않다. 남편이 죽은 뒤에, 자식과 집안을 유지하는 책임을 온전하게 감당하면서, 그 삶 속에서 늘 죽음을 생각했어야 하며, 어느 순간엔가는 죽음을 결단하기를 종용받았을 여성들의 삶이 너무도 상징적으로 담겨 있다.

서고모 홍씨 부인 광기

庶姑洪婦壙記

서고모의 성은 이씨이고 본관은 연안이다. 어머니는 평양(平壤)의 기생이었고, 고모 자매 두 사람을 낳았는데 고모는 그 둘째이다. 13세에 속량이 되어 한양의 집으로 와서 자랐고, 15세에 홍우주(洪宇疇)의 아내가 되었다. 우주는 하명(夏命)이 측실에게서 낳은 아들로, 하명은 그때 북도의 병마절도사로 있었다.

시집간 지 19년만인 경진년[1640]에 남편이 숙환으로 세상을 떠났다. 임종을 하자 고모는 항아리 속에 있던 염수(鹽水)를 찾아 모두 마셨다. 독이 안에 퍼져 몸이 부어오르고 기운이 막혔는데, 옆에 있던 사람들이 감물(甘物)을 부어 넣어 소생하였다. 고모는 지아비와 같은 날에 죽지 못한 것을 몹시 애통해 하다가 감시가 소홀해진 틈을 타 이틀 뒤에 자결하니 살려내지 못하였다. 염을 한 뒤에 하실(下室)[10]에 함께 모셨다. 애통하다!

고모는 온화하고 곧고 유순하여 미천한 사람의 모습이 없었다. 느긋하며 행동이 부지런하지 못했는데[11] 할아버지 치정공(致政公)[12]께서 "그런 중에도 오히려 주관이 있구나."하셨다. 시집가서는 남편이 '현숙하다' 하였고 시부모님과 가족들은 '능하다'고 하였으며, 남편이 죽게 되자 그 마음을 더욱

---

10 하실(下室) : 내당(內堂), 곧 부녀자가 평소에 거처하던 곳으로 여기에 궤연을 차리고 상식(上食)을 한다.

11 자자(孜孜) : 부지런히 힘쓰는 모양, 급하고 절박한 모양.

12 치정공(致政公) : 이관징(李觀徵). 1618(광해군10)~1695(숙종21). 이만부의 할아버지. 조선 후기의 문신. 본관은 연안(延安). 자는 국빈(國賓), 호는 근옹(芹翁)·근곡(芹谷), 시호는 정간(貞簡)이다. 1694년에 갑술옥사가 일어나자, 기사환국 때의 발계인(發啓人)으로 삭출(削黜)되었다. 해서(楷書)에 일가를 이루었다. 저서로는 『근곡집』이 있다.

강하게 결단하였으니 온 집안 사람들이 치정공의 말씀을 더욱 믿게 되었다.

5녀 1남을 두었는데 첫째, 둘째 딸은 장성했으나 아직 시집가지 않았고, 나머지는 어리다.

고모는 무신년[1608]에 태어나 올해 죽었다. 33년을 살았으니 짧기도 하다. 장례를 지냄에 조카인 식산거사(息山居士) 이만부가 고모의 단명을 슬퍼하고 또 훗날 묘소가 파헤쳐지고 버려질까 두려워 이 글을 무덤에 넣어 후세인들이 살필 수 있도록 한다. 경진년[1640] 중춘(仲春) 모일(某日).

해제 연안 이씨(1608~1640)는 평양 기생의 딸이며, 홍우주(洪宇疇)의 아내이다. 또한 이만부에게 서고모가 되니, 이관징의 서녀이자 이만부의 아버지인 이옥(李沃)의 서형제로 13세에 속량되어 한양에서 성장하였다. 남편 홍우주는 홍하명의 측실에게서 낳은 아들이다. 남편이 죽자 염수(鹽水)를 마시고 자결을 시도하였으나 실패했다가 사람들의 감시가 소홀해진 틈을 타서 다시 자결하였다. 서고모에 대한 기록은 흔치 않은 편인데, 이만부가 이런 기록을 남긴 것은 비록 감정의 이입 없이 가계와 죽음, 그리고 남은 자식들에 대한 서사만을 매우 간단하게 기록해 두었지만, 그에 대한 안타까운 마음과 그에서 기인한 기록의 욕구가 있었던 탓이다. 서녀로 태어나 '천인의 근본'을 늘 자의로든 타의로든 늘 환기했어야 했고, 남편의 죽음과 함께 어린 자녀들을 남겨 둔 채 종사(從死)로 길지 않은 생을 마감해야 했던 조선시대 또 다른 여성의 삶의 아픈 흔적들이 담겨 있다.

아내 공인 의성 김씨 묘지

亡室恭人義城金氏墓誌

　　공인 김씨는 본관이 의성이며, 연성(延城)의 후손인 이만부의 처음 아내
이다. 시조인 금사광복대부(金紫光祿大夫) 태자첨사(太子詹事)를 지낸 의성군
(義城君) 용비(龍庇), 아들 은청광록대부(銀靑光祿大夫)에 추봉되고 상서(尙書)
좌복야(左僕射)로 행(行) 정헌대부(正憲大夫) 감문상호군(監門上護軍)을 지낸
의(宜)가 고려조에서 가장 유명하였다. 그 뒤에도 대대로 이름난 관리가 있
었다. 우리 조정에 들어서는 몇 대 뒤에 정언(正言)을 지낸 한계(漢啓)가 있
다. 정언공이 만흠(萬欽)을 낳고, 이 분이 판관(判官)을 지낸 원(鵷)을 낳았으
며, 원이 첨지(僉知)를 지낸 형윤(亨胤)을 낳았다. 형윤이 금부랑(禁府郎)을 지
낸 극계(克繼)를 낳고 이 분이 판결사(判決事)를 지낸 왕(迋)을 낳았으니 공인
에게는 할아버지가 되신다. 판결사의 둘째 아들은 이해(爾楷)라 하는데 선비
윤 아무개의 딸에게 장가들어 갑신년[1644] 8월에 공인을 낳았다.

　　공인은 7, 8세 무렵 어머니를 잃었지만 그러나 가르침을 게을리 하지 않
아 여인의 일에 속하는 것에는 능통하지 않음이 없었다. 임술년[1682] 4월에
나에게 시집왔다. 그때에 내 아버님께서 북쪽 지역으로 귀양가 계셨고[13] 어
머니께서도 함께 가셨기 때문에 할아버지 치정공(致政公)[14]께 예를 올렸는
데 공께서 매우 가상하게 여기고 사랑하셨다. 6월에는 내가 북쪽으로 부모
님을 뵈러 갔고, 계해년[1683]에 어머니께서 돌아가셔서 관을 모시고 돌아왔
다. 갑자년[1684]에 내가 또 북쪽으로 아버님을 뵈러 갔다가 을축년[1685]에

---

13 이만부의 아버지 이옥(李沃)은 1678년, 이만부가 15세 때에 북쪽 지방으로 귀양을 갔는데
　　이만부가 함께 갔다.

14 이만부의 할아버지 이관징(李觀徵).

돌아왔고, 병인년[1686]에 아버님께서 남쪽으로 옮겨 가시게 되어 내가 또 따라서 남쪽으로 갔다가 정묘년[1687]에 돌아왔다.

기사년[1689]에 아버님께서 유배가 풀려 조정으로 돌아오시니[15] 내가 비로서 서호(西湖)[16]에 자리 잡고 처음으로 살림을 시작하여 제대로 일구지 못하였는데 공인이 경오년[1690] 8월에 세상을 떠나니 겨우 나이 27세였다. 나와 이생에서 부부로 산 것이 9년인데 떠돌아다니며 환란 속에 있었던 지라 같은 집에서 산 것은 몇 년이 되지 않는다. 임신을 했었지만 매번 놓쳤기에 결국 한 점 남겨진 혈육도 없으니 이생에서의 삶이 더욱 처량하다. 슬프다.

공인은 남편과 부인을 섬김에 정성을 다하였으며 어렵다고 피하지 않았다. 비록 궁핍하였지만 나에게는 추위와 더위, 그리고 배고프고 부른 것을 반드시 때에 맞게 해주었다. 아버님께서 매번 관직을 그만두고 호상(湖上)으로 가셨는데 공인은 그때마다 치마를 팔아서 부엌에 들어가 친히 음식을 만들고 한번도 다른 사람을 대신하게 한 적이 없으니 아버지께서는 "내 입에 딱 맞는 것은 오직 우리 며느리가 올리는 것뿐이다."라 하셨다. 내가 이로 인하여 공인의 행실에 감동하였다.

묘소는 파주(坡州) 전지산(田地山) 유묘(酉卯) 자리에 있으니 바로 손곡(蓀谷) 선영의 동쪽 산자락이다. 내가 남쪽으로 와서 살며 돌아가지 않은 지가 이제 20여 년이다.[17] 노쇠하고 또 병이 심하여 하루 아침에 죽어도 고향으로 돌아가 공인과 같은 곳에 묻힐지는 알 수 없으니 더욱 슬프다. 동생의 아들인 지백(之柏)이를[18] 후사로 들였는데 선비 유성화(柳聖和)[19]의 딸에게 장가들었다.

---

15 이만부의 아버지 이옥이 기사환국으로 남인이 정권을 잡게 되면서 조정으로 돌아온 일을 말한다.

16 서호(西湖) : 한양의 서강, 양화진.

17 이만부는 1697년 34세 무렵부터 경상도 상주의 노곡(魯谷) 식산(息山)에 살았다.

18 이만부는 이만유의 아들 이지빈(李之彬)을 후사로 들였는데 지백(之柏)이라 한 것은 아마도 그의 아명인 듯하다.

19 유성화(柳聖和) : 1668(현종9)~1748(영조24). 본관은 풍산, 자가 중개(仲仲), 호는 서호(西

[해제] 의성 김씨(1644~1690)는 이만부의 처음 아내이다. 이만부와 9년을 살며 한점 혈육을 남기지 못하고 27세의 나이로 세상을 떠났다. 이만부가 귀양 간 아버지를 따라 옮겨 다니느라 항상 집을 떠나 있었기 때문에 함께 산 기간은 9년 남짓이고, 이만부가 30대 중반부터 경상도 상주 식산에서 거처하고 있었고, 김 씨의 묘소는 경기도 파주에 있었기 때문에 살았을 때나 죽음 이후의 모든 자취들 이 참으로 쓸쓸하다는 느낌마저 준다.

湖). 의한(宜河)의 손자이다. 음보로 현감을 지냈고, 호조 참판에 증직되고 풍양군(豊陽君) 에 봉해졌다. 저서로 『유고(遺稿)』가 있다.

아내 공인 풍산 유씨 묘지

亡室恭人豊山柳氏墓誌

연성(延城)의 후손 이만부의 계실(繼室) 유씨는 본관이 풍산(豊山)이다. 시조인 백(伯)은 문과에 급제하였고, 3대를 지나 공조(工曹) 전서(典書)를 지낸 종혜(從惠)가 있으며 또 4대를 지나 군수(郡守)를 지낸 공작(公緯)이 있다. 군수공이 중영(仲郢)[20]을 낳으니 황해도 관찰사로서 영의정 풍산부원군에 추증되셨다. 송은(松隱) 처사 김광수(金光粹)[21]의 딸에게 장가드니 김 부인은 현숙한 덕이 있으셨다. 아들 둘을 낳았는데 막내가 바로 문충공(文忠公) 서애(西厓) 선생이시다. 문충공 유성룡(柳成龍)은 자(字)가 이현(而見)이다. 문충공의 막내아들 진(袗)[22] 은일(隱逸)의 선비로 천거되어[23] 사헌부(司憲府) 지평

---

20 유중영(柳仲郢) : 1515(중종 10)~1573(선조 6). 조선 중기의 문신. 본관은 풍산(豊山). 자는 언우(彦遇), 호는 입암(立巖). 소(沼)의 증손으로, 할아버지는 자온(子溫)이고, 아버지는 간성군수 공작(公緯)이며, 어머니는 증 이조 참의 이형례(李亨禮)의 딸이다. 유성룡(柳成龍)의 아버지이다. 1540년(중 35) 식년 문과에 병과로 급제하고, 지성균교수(知成均敎授)가 되었다. 이어 황주·상주·양주·안동의 훈도(訓導)를 역임하면서 지방교육에 큰 힘을 기울였다. 1546년(명종 1) 양현고 직장(養賢庫直長)을 겸하였으며, 이듬해 박사가 되었으나 파직되었다. 의주목사로 나가 국경지방의 밀수 행위를 조절하고 생산을 권장하였으며, 황해도 관찰사로 있을 때에는 민폐를 제거하고 교육을 진흥하는 등 선정으로 알려졌다. 충신(忠信)스러우며 모든 일에 성의를 다하고 대소공사에는 힘을 다하며 명예와 지위에 뜻을 두지 않았다. 저서로는 『입암집』이 있다.

21 김광수(金光粹) : 1468(세조 14)~1563(명종 18). 조선 중기의 학자. 본관은 안동(安東). 자는 국화(國華), 호는 송은(松隱). 할아버지는 사직 효온(孝溫)이고, 아버지는 지례현감 극해(克諧)이다. 1501년(연산군 7)에 진사가 되었다. 고향 의성에 머물면서 시가를 읊조리며 청빈하게 지냈으며, 효성과 우애가 지극하여 부근의 사람들로부터 존경을 받았다. 죽은 뒤 대곡산(大谷山)에 장사지냈는데, 그 뒤 외손인 유성룡(柳成龍)이 왕의 명을 받아 제사지내고 묘를 살펴보았다. 의성의 장대서원(藏待書院)에 제향되었다. 저서로 『송은집』 등이 있다.

22 유진(柳袗) : 1582(선조 15)~1635(인조 13). 조선 중기의 문신. 본관은 풍산(豊山). 자는 계화(季華), 호는 수암(修巖). 아버지는 영의정 성룡(成龍)이다. 임진왜란 뒤 아버지에게서 글을 배우고 1610년(광해군 2) 사마시에 합격하였다. 1616년에 유일(遺逸)로 천거되어 세자

(持平)에 이르렀고, 이조 참판에 추증되었으며 호를 수암(修巖) 선생이라고 하는데 공인에게는 할아버지가 된다. 아버지 천지(千之)[24] 또한 은일하는 선비로서 천거되어 관직이 사헌부 장령(掌令)에 이르셨다. 장령공이 선비 하진영(河晉瀛)의 딸에게 장가들어 2남 3녀를 낳았는데 공인은 그 중의 막내이다.

공인은 타고난 자질이 유순하고 곧고 바르며 절조를 지키니[25] 장령공께서 가장 사랑하셨다. 갑자년[1684]에 하 숙인(河淑人)[26]께서 돌아기시고, 기사년[1680]에 징령공[27]이 돌아가시니 공인은 직접 술과 음식을 만들어 제사에 올렸고, 슬픔으로 여위어 거의 초상을 다 치르지 못할 것만 같았다. 신미년[1691]에 탈상을 하고, 동짓달에[28] 나에게 시집을 왔으니 공인이 태어난 기유년[1669]으로부터 23년째 되던 해였다. 혼례를 치르고 이듬해인 임신년[1692] 봄에 우리집으로 왔다. 우리 할아버지 치정공께서는 장령공과 젊은 시절부터 교유하셨는데 예물을 어루만지며 "서애[유성룡]의 손녀이자 자강[유천지]의 딸이 우리 집안의 며느리가 되었구나."

공인의 옷차림과 치장은 매우 검소하고 화려한 것이 없었는데 그러나 그런 것을 부러워하는 기색이 없었다. 빈천하게 되었을 때에도 반드시 예를 어기지 않고 따랐으며 어른의 질문에 답할 때에는 조리가 있고 어지럽지 않았으니 아버님께서 매우 아끼고 귀히 여기셨으며 온 집안의 사람들이 조금씩 기꺼운 마음을 갖게 되었다.

익위사세마(世子翊衛司洗馬)에 제수되었으나 사양하였다. 이조 참판에 추증되었으며, 안동 병산서원(屛山書院)에 제향되었다. 저서로는 『수암집』이 있다.

23 유일(遺逸) : 은거하는 선비. 추천에 의하여 관직에 나아갈 수 있었다.

24 유천지(柳千之) : 1616(광해군 8)~1689(숙종 15). 지는 자강(子强), 호는 어은(漁隱)이다. 저서로 『어은집(漁隱集)』이 있다.

25 집수(執守) : 절조를 지키다. 견지하다.

26 공인의 어머니를 말한다.

27 공인의 친정 아버지 유천지를 말한다.

28 지월(至月) : 동짓달.

　1692년 가을, 어떤 일이 생겨 공인이 상산(商山)에 잠시 살게 되니 수암공 [유진]께서 상산의 시리(柴里)에 자리를 잡으신 뒤로 자손들이 와서 살게 되었던 것이다. 계유년[1693]에 내가 풍현(風眩)[29]때문에 서둘러 한양의 서호로 돌아왔는데 공인도 따라왔다. 이때부터 나는 여러 해 동안 병에 걸린 채 낫지 못하였고 공인은 곁에서 나를 보살피느라 자신은 돌보지 못하였다. 때로 위급한 지경이 되어 옆에 있던 사람들이 소리쳐 울며 차마 가까이 가지 못할 때에도 유인만은 홀로 만류하며 '기필코 그런 일은 없을 것이다.' 하며 한결같이 지극한 정성을 바쳤다. 내가 몇 차례나 위험을 겪고도 살아난 것은 실로 그 정성에 감동됨이 있어서일 것이다.

　을해·병자년[1695·1696]에 큰 흉년[30]이 들었는데 가난하여 먹고 살 것이 없었다. 정축년[1697]에 내가 비로소 남쪽에서 살게 되어[31] 노곡(魯谷)에 집을 짓고 살았다. 무인년[1698]에 아버님께서 남쪽으로 내려 오셨다가 가을에 돌아가시니 기묘년[1699]에 우리 형제들이 관을 모시고 돌아와 장례를 치렀다. 경진년[1700]에 공인이 따라서 한양에 왔다가 동짓달에 상제(喪制)를 마치고 다시 함께 남쪽으로 갔다. 금상[숙종]이 즉위한 지 13년 되는 정유년 [1717][32]에 공인은 숙환으로 일어나지 못하였다. 애통하다.

　공인은 침착하고 말과 웃음이 적었으며 너그럽고 청렴하며 정직하였다. 옳지 않은 일을 하는 사람을 보면 진창에 앉은 것처럼 미워하였지만 그것을 기색이나 말로 겉으로 드러낸 적은 없었다. 효성과 우애를 타고 나서 두

---

29 풍현(風眩) : 어지럼증, 혹은 간질.

30 대살(大殺) : 매우 심한 흉년.

31 남식(南食) : 남식은 남쪽지방의 방식으로 만든 음식으로 남식이란 남쪽으로 가서 남쪽지 방의 음식을 먹는다는 말이다. 한유(韓愈)의 「초남식이원십팔협률(初南食貽元十八協律)」 에 "내가 남방으로 귀양을 왔으니, 남방의 음식을 먹는 게 당연하지[我來禦魑魅 自宜味南 烹]"라 하였다. 여기서는 이만부가 경북 상주의 노곡에 가서 살게 된 것을 말한다. 이만부 34세 때의 일이다.

32 1704년(숙종 43)이다.

언니와 조금이라도 틈이 벌어진 것을 보지 못하였고, 항상 애타게 그리는 마음을 이기지 못하였다. 조씨의 아내가 된 누이가 매우 가난하였는데 치마 저고리감[33] 등 남는 것이 있으면 모두 대주었고, 조카딸들을 더욱 깊이 사랑하며 돌보았다. 평생에 혼자 간직하거나 아껴둔 물건이 없었고, 다른 사람에게 빌렸다 갚지 못한 것이 있으면 갚지 못할까 걱정하며 힘써 마련하여 갚고서야 안심하였다. 서호에 있을 때에 전(前) 아내의[34] 어머니인 윤씨가 이웃 마을에 살았다. 윤씨는 과부였으며 다른 자식도 없었는데 공인이 안타깝게 여겨 친어머니처럼 섬겼고 윤씨도 자신의 딸과 다름없이 대하였다. 전 아내의 제사를 모실 때에는 정성과 정결함을 다하였고, 내가 소홀히 하는 점이 있으면 바로 정색을 하고 일깨워 주곤 하였다.

　나를 섬기면서는 겸손과 순종으로 일관하였다. 30년의 가난한 삶에 자신은 제대로 된 치마가 없고 거친 밥도 배불리 먹지 못하였지만 나에게는 추위·더위에 맞게 입히고, 배고프지 않도록 마음과 힘을 다하여 받들었다. 중년에 여러 차례 자식의 죽음을 당하니 사람으로서 감당할 수 있는 것이 아니었지만 공인은 기어이 먼저 스스로 슬픔을 누르고 나를 위로해 주었다. 정해년[1707]에 자식들을 잃은 뒤, 후사를 이을 희망이 끊어지니 내가 공인이 꺼려하지 않은 것을 알고 측실을 들였다. 공인은 엄하면서도 은혜롭게 그를 대했는데 무지한 천첩도 감동하여 공인을 잘 받들었고, 공인이 죽자 참으로 슬퍼하며 곡하였다. 공인은 임종할 때에 첩을 오라 하여 "내가 김씨의 제사를 받들었는데 내 마음만큼 하지 못한 것이 한스럽다. 내가 죽으면 네가 마땅히 제사를 잘 받들어 모셔야 한다. 반드시 이것을 삼가야 할 것이다. 내가 죽었다고 해서 그만두면 안 된다."라 하였다.

　이것은 모두 옛날 현숙한 부녀자의 행실이다. 내가 세상과 화합하지 못하

---

33 필단(匹段) : 베와 비단 같은 옷감.
34 전실(前室) : 이만부의 초배 의성 김씨를 말한다.

여 빈천하게 늙어가며 고인(古人)이 남긴 가르침에 귀의하여 후회와 허물을 면하고자 하였다. 공인은 천성으로 처신하며 저 의롭지 못한 부귀영화를 보잘것없이 여겼던 정도를 넘으니 이 사람을 비록 '규중의 지기(知己)'라 말한다 해도 지나치지는 않을 것이다. 공인은 스스로 겸손과 절약에 힘썼고 자기의 역량을 헤아려 모든 말을 했는데, 이것은 일부러 겸양을 베푼 것이 아니라 실제의 마음이 그러했던 것이다. 이로 인하여 비록 가까운 친척이라도 공인에게 유순한 부녀의 행실이 있다는 것은 알았지만, 곧은 마음과 밝은 덕을 지녔다는 것은 혹 미처 깊이 알지 못하기도 하였다. 아아! 내가 어려서부터 병을 잘 앓아 편안한 세월이 없었는데 공인은 정성을 다하고 애를 태우며 보살펴 살려 주었다. 공인이 어쩌다가 한번 병에 걸려 겨우 50년을 살고 말았으니 인자한 하늘이 보답하는 이치가 어그러졌도다!

　2남 4녀를 낳았는데 2남 2녀는 모두 잘 자라지 못하였다. 장녀는 선비 노현수(盧玄壽)에게 시집갔는데 또한 일찍 혼자가 되었으며 막내딸은 어리다. 동생 만유(萬維)의 둘째 아들 지백(之柏)을 양자로 들였는데, 사문(斯文) 유성화(柳聖和)의 딸에게 장가드니 또한 서애 선생의 주손(胄孫)이다. 이 해 7월 9일에 고을 동쪽 사방곡(沙坊谷) 서북쪽을 향한[35] 자리에 묻고, 그 언행의 일부를 대략 기록하여 무덤에 넣었다. 남편 식산거사 이만부가 쓴다.

해제 공인 풍산 유씨(1646~1717)는 서애 유성룡의 손녀이며 이만부의 계배(繼配)로 23세에 이만부의 아내가 되어 30년 곤궁한 세월을 함께 한 동반자이다. 이만부의 처음 아내(의성 김씨)와 그 친정어머니를 잘 받들었다는 일화, 그리고 자손을 보기 위해 이만부가 첩을 들였을 때의 유씨의 대응이 기록되어 있다. 이만부가 유씨를 위해 쓴 「제망실유씨문(祭亡室柳氏文)」에도 초배인 의성 김씨와 관련된 내용이 나오는데 아마도 그에 대한 풍산 유씨의 대처가 매우 인상 깊었던 듯하다.

---

35 사(巳)는 방위로는 중앙, 해(亥)는 서북과 북쪽의 사이.

송암처사 정공과 유인 윤씨 정려문 음기

松巖處士鄭公孺人尹氏旌門陰記

금릉군(金陵郡)[36]에 감수(鑑水)라 하는 도랑이 있고, 감수 근처에 있는 마을을 신촌(新村)이라 하는데 바로 옛날 송암(松巖) 처사 정공의 마을이다. 언덕이 깊고 그윽하며 우뚝하게 솟은 곳에 작은 집이 있는데 이곳 사람들에게 물어보니 바로 정공과 유인 윤씨 두 분의 정문(旌門)이 세워진 곳이다. 문규(文圭) 정보(鄭甫)가 공의 유사가 담긴 행장을 가지고 나를 찾아와 절하고 말하였다.

"제 선조의 행적은 지리지에 실려 있어 고을에서 모두 칭송받았는데 100여 년 만에 비로소 정려(旌閭)가 세워졌습니다. 그런데 부모님께서 돌아가신 뒤에 선왕 숙종 12년[1686]과 22년[1696]에 모두 조정의 명이 내려서 두 개의 비석을 세운 것은 드러내어 표창하기 위해서였습니다. 그러나 종들이 사사롭게 자신들이 한 것입니다.[37] 이 글이 가장 오래되었기 때문에 군자에게 버림받지 않았는데, 공의 글을 얻어 새김으로써 후세에 믿고 상고할 수 있게 된다면 후손들에게 은혜를 베푸심이 얼마나 크겠습니까."

아! 찬란하도다. 말을 기록한 사람이여. 진실로 마땅히 힘써야 할 것이다. 그 정성이 매우 돈독함을 귀하게 여기노니 어찌 사양하겠는가.

살펴보니 공의 이름은 일(鎰)[38]이고 자는 경중(景重)이며 연일(延日) 사람으로서 영양공(榮陽公) 정습명(鄭襲明)의 후손이다. 겨우 약관의 나이를 넘겼

---

36 금릉군(金陵郡) : 현재의 경상북도 김천.

37 정공의 유인 윤씨의 일이 살아남은 종 계화(季化) 등에 의해 전해졌던 것을 말하는 듯하다.

38 정일(鄭鎰) : 1556년 생. 1570년 식년 진사시에 급제하였다. 아버지는 사신(思愼)이며 경북 상주(尙州)에 거주하였다.

을 때 진사 시험에 급제하였고, 부모를 섬김에 뜻을 어김이 없었다. 상산(尙山)에서 살다가 감수(鑑水)의 자연을 좋아하여 옮겨 살았으니 은둔하는 선비의 풍모를 사모하였던 것이다.

임진년[1592]에 섬나라 오랑캐가 쳐들어 왔는데 마을까지 와서 노략질을 했다. 공은 황급히 숲속으로 숨었고 (부인) 윤씨는 아이를 안고 같이 황급하게 도망을 갔는데 목숨을 모두 보전할 수 없을 것을 헤아리고 명주로 자신의 몸을 칭칭 감아 오랑캐들에게 들키지 않도록 한 다음 도암(道巖)의 깊은 연못 속으로 몸을 던졌다. 여종 막개(莫介)도 따라 죽었다. 뒤에 공은 결국 도적들에게 사로잡혔는데 같이 가자고 꾀었지만 공은 의리를 들어 그들을 끊임없이 꾸짖다가 결국 해를 당하였다. 종 계화(季化)가 도적들이 가기를 기다렸다가 주인과 주인 마님의 시신을 거두어 장례를 치르고, 남겨진 아이를 업고 윤씨의 친정으로 가니 종당에 그 후손이 이어지게 되었다.

공의 일은 이미 창석(蒼石) 이준(李埈)[39]의 상산지(商山誌)[40]에 기록되어 있고[41] 윤씨의 일은 이 학사(學士)의 기록이 상세하다. 무릇 충과 효와 절의의 이치는 하나이다. 그러나 혹은 편중되기도 하여 한 집안에서 모두 갖추기는

---

39 이준(李埈) : 1560(명종 15)~1635(인조 13). 조선 후기의 문신. 본관은 흥양(興陽). 자는 숙평(叔平), 호는 창석(蒼石), 시호는 문간(文簡)이다. 조년(兆年)의 증손으로, 할아버지는 탁(琢)이고, 아버지는 수인(守仁)이며, 어머니는 신씨(申氏)이다. 유성룡(柳成龍)의 문인으로, 1582년(선조 15) 생원시를 거쳐 1591년(선조 24) 별시 문과에 병과로 급제해 교서관 정자가 되었다. 정경세와 더불어 유성룡의 학통을 이어받아 학계에 중요한 위치를 차지하였다. 또한, 정치적으로는 남인 세력을 결집하고 그 여론을 주도하는 중요한 소임을 하였다. 상주의 옥성서원(玉城書院)과 풍기의 우곡서원(愚谷書院)에 제향되었다. 저서로는『창석집』이 있다.

40 상산지(商山誌) : 1617년(광해군 9) 이준(李埈)이 편찬한 경상도 상주 읍지. 2권 2책. 필사본. 목사로 부임한 강복성(康復誠)의 후원으로 시작, 뒤를 이은 정호선(丁好善)의 재임 기간에 완성하였다. 책머리에 목록이 있다. 임진왜란을 겪은 뒤 지방 통치질서 재편의 자료로 편찬된 읍지이다. 임진왜란으로 분탕된 상주의 문화, 즉 편찬 당시까지의 시문, 인물을 비롯하여 사회 실태 등을 알려 주는 좋은 자료이다.

41『상산지』충절(忠節) 조에 보면 정일이 임진왜란 때 왜적에게 잡혔으나 굴복하지 않아 죽음을 당하였고, 이 일이 조정에 알려져 지평(持平)에 추증되었다는 기록이 있다.『상산지』(국립중앙도서관), 90쪽.

어렵다. 남편은 의리를 위하여 죽고 아내는 절의를 지켜 죽었으며, 심지어는 밥 짓고 나무하는 천한 자들까지도 또한 오로지 충성과 절의로써 공을 따라 스스로 실천한 것은 옛날에도 없었던 일이다.

논자는 말한다.

"어질도다! 정공이여. 열렬하도다! 윤씨여. 그 종과 여종도 의인이 아닌 사람이 없었구나. 비록 그러하나 만약 공이 평소에 점치로 감동시켜 교화한 것이 아니라면 어찌 갑자기 그런 일을 했겠는가! 공이 평소에 부모를 섬기던 행실과 오랑캐에게 잡혔을 때의 행동은 소매 속에 주역을 넣고 있는 사람이 본다 해도 그 온 집안 상하가 교화되어 후세까지 함께 빛날 것임은 거짓이라 없을 것이다."

해제 이 글은 송암 정일과 그의 아내 윤씨 부부가 임진왜란 때 왜적에게 항거하고, 죽은 일을 포상하기 위해 내려진 정문의 음기이다. 남편 정일은 함께 갈 것을 종용하는 왜적을 꾸짖다가 죽음을 당하였고, 그의 아내 윤씨는 아이를 안고 도망가다가 아이와 남편을 살리고, 왜적에게 정절을 잃지 않으려는 마음으로 자신은 깊은 못에 몸을 던져 죽었으며 윤씨의 여종 또한 함께 따라 죽었다. 이만부는 한 집안에서 부부와 그리고 미천한 종들까지 열절(烈節)을 실천하였음에 감탄하며, 정일이 평소에 보여준 행동과 처신의 감화에서 그러한 열행의 근원을 찾고 있다.

할머니 정경부인 삭녕 최씨 묘지
祖妣貞敬夫人朔寧崔氏墓誌

정경부인에 추증된 최씨는 본관이 삭녕(朔寧)으로 세조 때의 명신인 영의정 영성부원군(寧城府院君) 최항(崔恒)[42]의 8대 손이다. 할아버지 동립(東立)은 서해(西海) 장관(長官)[43]을 지냈으며 아버지 호(皡)는 좌령막(佐嶺幕)을 지내고 돌아가셨다. 어머니 이씨는 태종(太宗)의 서자인 근녕군(謹寧君)의 후손으로서 처사 정겸(廷謙)[44]의 딸이시다. 만력(萬曆) 기미년[1619] 7월 14일에 부인을 낳으셨다.

부인은 어려서부터 행동과 도량이 범상치 않았으며, 잘 베풀고 혼자 감춰두는 것이 없었다. 7세에 아버지를 여의니 슬퍼하는 법도가 마치 어른 같았다. 18세에 내 할아버지 치정부군(致政府君)[李觀徵]께 시집오셨다. 부인이 홀로 계신 어머님을 끝까지 봉양하기를 원하였는데 치정공께서 이를 어질다 여기고 봉양하도록 해주셨다. 이 부인께서 전토(田土)와 노비를 마련하여 주시니 부인은 "부모가 후사를 들여 가문을 이어야 하는데 딸이 어찌 재산을 차지하겠으며, 하물며 이로 인하여 시댁의 청렴한 덕망에 허물을 끼치게

---

42 최항(崔恒) : 1409(태종 9)~1474(성종 5). 조선 전기의 문신·학자. 본관은 삭녕(朔寧). 자는 정보(貞父), 호는 태허정(太虛亭)·동량(旽梁). 충(忠)의 증손으로, 할아버지는 윤문(潤文)이고, 아버지는 증영의정 사유(士柔)이다. 어머니는 오섭충(吳燮忠)의 딸이다. 서거정(徐居正)의 자부(姉夫)이다. 1434년(세종 16) 알성 문과에 장원으로 급제, 집현전부수찬이 되었다. 최항은 18년 동안 집현전 관원으로 있으면서 경연관·지제교(知製敎)로서 뿐만 아니라, 유교적인 의례·제도를 마련하기 위한 고제 연구와 각종 편찬 사업에서 주도적인 역할을 하였다.

43 백(伯) : 벼슬 이름, 한 지방의 장관.

44 이정겸(李廷謙) : 1648(인조 26)~1709(숙종 35). 조선 후기의 문신. 본관은 전의(全義). 자는 경익(景益). 승문원 판교 수준(壽俊)의 증손으로, 할아버지는 형조 정랑 석기(碩基)이고, 아버지는 행운(行運)이다. 어머니는 이이성(李以省)의 딸이다. 행일(行逸)에게 입양되었다. 진사를 거쳐 1682년(숙종 8) 증광 문과에 병과로 급제했다.

된다면 더더욱 원하는 바가 아닙니다."라 하며 끝내 사양하였다.

시부모를 섬김에 공경하고 삼가며 예의에 어긋나는 점이 없었다. 일용하는 모든 것들은 반드시 직접 살폈고 시동생과 올케들을 사랑하였으며 자신의 재산을 내어 놓아 혼인의 비용으로 썼다. 찬성공은 엄격한 성품으로 자제나 며느리들의 허물을 용납하지 않으셨는데 유독 부인에 대해서만은 기꺼이 받아주셨다. 치정공이 외롭고 가난한 여러 사촌들을 모아 집에서 가르치니 부인은 그늘을 위하여 채소와 거친 밥이나마 지어 함께 먹으면서 재물의 유무에 마음을 쓰지 않았으니 그들의 성취가 훌륭했던 것은 비단 치정공의 가르침 때문만은 아니라고들 한다.

치정공께서 여러 고을을 맡으심에 부인은 청렴과 절약, 근검함으로 치정공의 벼슬에 조금의 허물도 끼치지 않았다. 돌아가신 아버님[李沃]께서 일찍 현달하셔서 항상 외직에 계셨는데 생선이나 과일을 보내면 편지로 "이것들이 어디에서 난 것입니까? 옳지 않은 일에 관계된 것은 아니겠지요?"라 세세히 물었다. 자식들은 반드시 의방(義方)⁴⁵으로 교육하였고, 다른 사람의 허물을 말하지 못하게 금하였다. 부인의 언니가 일찍 돌아가시고 자식 하나만을 외롭게 남기니 부인이 자기의 자식처럼 보살폈다. 본가의 후사로 나간 동생이 있는데 정신병⁴⁶에 걸려 사람다운 도리가 없었다. 부인은 그를 불쌍히 여겨 옷을 꿰매어 입혀 주고, 그의 두 아들을 기르셨으며, 그의 집안일을 돌보고 불쌍히 여기는 마음으로 사랑하고 보살피셨다. 미친 사람도 부인을 보면 문득 부인의 명에는 순종하며 죽을 때까지 덕을 칭송하였으니 정성으로 감동시킨 바가 참으로 크셨다.

부인은 화려한 것을 좋아하지 않았고, 늘 입던 치마 저고리는 곳곳이 모

---

45 의방(義方) : 반드시 지켜야 하는 규범과 도리. 자제를 바른 도리로 가르치거나 혹은 그러한 가교(家敎)을 뜻하다. 『포박자(抱朴子)』 「숭교(崇敎)」 "愛子欲敎之義方 雕琢切磋 弗納於邪僞"

46 광역(狂易) : 성격이 난폭해짐, 정신이 이상해짐.

두 꿰맨 것이었다. 직접 베를 짜셨는데 노고로 힘들어도 게을리 함이 없었다. 혹자가 "두 대에 걸쳐 벼슬하여 녹(祿)을 받는데 어찌 이렇게 고달프게 합니까?"하면 부인은 "천성을 바꾸지는 못하지요."라 하셨다. 지혜와 사려가 뛰어나고 의론은 정대하셨으니 일을 당하면 한 마디 말로 판단하는데 사람의 마음을 감복시키는 점이 있었다. 집안에서는 은혜와 의리로 화목하면서도 엄격한 법도가 있었다. 약한 사람을 불쌍히 여기고 곤궁한 사람을 도우며 자기의 사욕을 이기고 의리를 행하니 사시던 인근의 마을까지 감화되어 모두 부지런히 와서 섬겼다.

임자년[1672] 2월 6일에 우연히 병에 걸려 세상을 떠나니 55세이시다. 당시에 치정공께서 종성(鍾城)[47]에 부임하셨다가 돌아오지 못하셨다. 그해 4월 파산(坡山) 오리동(梧里洞) 선영의 아래에 임시로 묻었다가 을해년[1695]에 교하(交河) 월롱(月籠)의 남쪽 북향의 자리에 있는 치정공의 묘소에 합장하였다. 자손들은 치정공의 묘지에 수록되어 있다.

정경부인 삭녕 최씨(1619.7.14~1675.2.6)는 이만부의 할머니, 곧 이관징(李觀徵)의 아내로 세종조 집현전 학사인 삭녕부원군 최항의 후손이다. 18세에 이관징과 혼인하여 37년의 세월을 함께 살며 자신은 제대로 된 옷 한 벌 없이 검약하게 살았지만, 시댁과 친정의 가족들을 모두 돌보며 정신병에 걸린 사람을 극진히 돌보았다.

---

47 종성(鍾城) : 함경도 두만강 유역에 있는 지명.

이재형 李載亨·1665~1741

이재형(李載亨) : 1665년(현종 6)~1741년(영조 17). 자는 가회(嘉
會), 호는 송암(松巖), 본관은 전주. 함경도에서 태어났으며 생부는
응시(應瑞)이고 후사 없이 세상을 떠난 당숙부 응징(應徵)의 후사로
들어갔다. 농암 형제들과 교유하였고, 북관(北關)을 대표하는 성리
학자 였으며 윤증을 배척한 북소(北疏)로 유명한 최신(崔愼)을 사숙
하였다. 저서로 『송암집(松巖集)』이 있다.

완이의 혼서

浣兒婚書

　실가(室家)를 이루기 원하는 것은 인정(人情)에 모두 같습니다. 중매의 말을 기나려 하늘이 정해준 인연을 맺게 되었으니 얼마나 다행인지요. 내려주신 것들이 이미 넉넉하니 저희의 경사가 실로 깊습니다.

　삼가 받자오니 댁의 귀한 질녀(姪女)는 보모의 가르침을 일찍부터 배워서 부녀의 법도를 능히 이루었습니다. 저의 아들 완(浣)이는 부족함[1]을 아직 고치지 못하여 말을 삼가는 행실에 부족함이 있고, 담장을 대한 듯 아는 것이 없으니[2] 그 학문이 어찌 가업을 맡기는 데에 취할 만한 것이 있겠습니까. 미미한 분수를 헤아리지 않고 고귀한 가문에 망령되이 마음을 둔 것이 어찌 재주를 헤아려 구한 것이겠습니까. 비루하게 여기지 않는 은혜를 특별히 입고 이제 신이한 거북이 길하다고 고하는 말을 얻음에 기대었나이다. 이에 선조들의 의식을 살펴 감히 납채의 의식을 고하나이다.

　이 글은 이재형의 아들 완(浣)의 혼서로 18세기 혼서의 내용과 격식을 확인할 수 있는 자료이다. 완은 이재형의 계배(繼配)인 해주 오씨와의 사이에서 낳은 아들로 참봉을 지냈다. 수신자는 며느리가 될 사람의 숙부이다.

---

1 규점(圭玷) : 백옥 위의 반점으로 사람의 결함이나 과실을 비유한다. 『시경』「대아·억(抑)」 "白圭之玷 尙可磨也 斯言之玷 不可爲也"

2 장면무지(墻面無知) : 담장만 바라보고 있어 본 것이 없음. 학문이 성취되지 못하고 무지함을 말한다. 『서경』「주관(周官)」 "蓄疑敗謀 怠忽荒政 不學牆面 涖事惟煩"

훈융진 여종 이랑의 일에 관한 기록
記訓戎鎭婢李娘事

내 고향의 상사(上舍)[3] 정공(鄭公)이 나에게 부탁하며 말하였다.

"제 첩의 어머니는 뛰어난 행실이 있었습니다. 그런데 아직까지 정려의 은전이 없어서 매우 안타깝습니다. 한 마디 말씀을 얻어 기록하기를 원합니다." 그리고 부민(府民)이 쓴 행장과 고을 원의 보첩(報牒)을 꺼내어 보여 주었다. 내가 그 글을 읽어 보니 다 읽기도 전에 나도 모르게 옷깃을 여미게 되었다. 글을 잘 하지 못한다고 감히 사양할 수가 없기로 이에 행장을 살펴서 대략 다음과 같이 기록한다.

낭자의 성은 이씨이고 이름은 취(翠)이니 훈융진의 여종이다. 아이 때부터 이미 곧고 맑은 절조가 있었다. 16세 되던 무오년[1618]에 훈융진의 첨사(僉使)에게 수청 들어 딸 하나를 낳으니 첨사는 바로 종성 사람 김광원(金光遠)이다. 김광원은 교체되어 돌아간 뒤로 이들을 보살펴 주려는 마음이 전혀 없었다. 그런데도 이랑은 한 마음으로 김광원만을 바라보며 두 남편을 섬기지 않겠다는 뜻을 굳게 지켰다. (이랑은) 천인의 명부에 이름이 올라 있었기 때문에 누차 광폭한 겁박을 당하였지만 감언으로 애걸하며 죽음으로 맹세하여 종당에 (광폭한 일은) 면하였다.

경오년[1630]에 김광원이 고원(高原) 군수로 있다가 부임지에서 죽어 돌아왔다. 이랑이 머리를 풀어 헤치고 맨발로 달려갔는데 그 슬픈 얼굴빛과 애절한 울음은, 본 사람이라면 눈물이 흘러 옷을 적시지 않는 이가 없었다. (김광원의) 부인과 밤낮으로 궤연 옆에서 머물렀는데 초췌함이 날로 심하여

---

[3] 상사(上舍) : 생원이나 진사를 말한다.

버텨내지 못할 것 같았다. 그런데도 제사와 상식에는 반드시 부인에게 아뢴 뒤에 직접 스스로 제찬을 마련하였고 한번도 다른 사람에게 맡기지 않았다. 군[김광원]의 부모를 섬김에도 정성과 공경을 극진히 하여 자기 상자 속에 있던 물건들을 모두 팔아서라도 입에 맞는 것들로 지극히 봉양하였다. 얼마 되지 않아 군의 부모님이 돌아가시자 슬퍼 사모하며 정성을 다하는 것은 군수[김광원]의 초상을 치를 때와 똑같았다.

상기(喪期)가 끝나자 돌아와 자신의 어머니를 봉양하였다. 어머니마저 돌아가셨는데 아들이 없으니 상례와 장례, 제전의 도구를 이랑이 힘을 다해 마련하여 유감이 없게 하였다. 상례를 모두 마치고 나니 나이가 거의 50세가 다 되었는데 곤궁하여 의지할 데도 없었기에 외딸에 의지하는 것으로 노년의 삶을 살아가고자 하였다.

본진의 가장(假將)[4] 모씨는 본래 사납고 난폭한 사람이었는데 이랑의 지조를 빼앗으려 협박하였다. 이랑이 칼로 머리카락을 자르고 이마를 벽에 찧어 피가 흘러 얼굴을 다 적시자 소리를 지르며 달아났다. (이랑은) 겨우 위험에서는 벗어났지만 외양이 모두 훼손되었다. 이후로 모녀가 서로를 끌어안고 울며 "우리가 지극히 미천한 몸으로 다행히 큰 욕 당하는 것을 면하였구나. 늙어가는 처지에 도리어 오늘 같은 일이 있을 줄 어찌 알았겠느냐. 내 행실이 신명을 저버려 신체발부(身體髮膚)를 온전히 하지 못하였으니 훗날 저승에 가면 내 부모님과 서방님을 뵐 수 없을 것이다."라 하였다. 비통하게 울부짖으며 날을 보내다 그로 인하여 병을 얻더니 3년이 지난 임진년에 끝내 일어나지 못하였다. 원근(遠近)에서 그 일을 들은 자들은 자기 친척을 슬퍼하듯 한탄하며 눈물 흘리지 않는 이가 없었다. 일이 조정까지 알려졌으나 끝내 보답이 없었다.

아! 효와 열, 두 가지 행실은 인도(人道)의 큰 절목이다. 대장부로서도 오

---

4 가장(假將) : 관인. 봉성장(鳳城將), 문어사(門御使), 세관(稅官)과 함께 책문(柵門) 안의 검열하는 관인을 말한다.

히려 어려운데 하물며 여자이겠는가! 한 가지를 갖추기도 어려운데 하물며 효성과 열행을 겸비하는 것이겠는가! 이랑은 미천한 창기의 몸으로 천한 창기의 집에서 태어나 창기들 사이에서 자랐다. 그런데도 그가 세운 행실이 이렇듯이 탁월하였으니 이것은 어려운 중에서도 더욱 어려운 것이다. 세 가지 어려운 일을 갖추어 했는데 아직도 정려로 포상 받지 못하였으니 정 상사(上舍)가 안타까워하며 남몰래 탄식함이 마땅하다.

비록 그렇지만 이랑이 죽은 지 이미 40년이 지났는데도 거리에서 이야기 하는 자들은 그의 효를 칭찬하고, 골목에서 의론하는 자들이 그의 열행을 칭송한다. 그곳에서 남북으로 오가는 자들이라면 들어 알지 못하는 자가 없어서 어제의 일처럼 알고 사모하니 이 또한 하나의 정려라고 할 수 있다. 어찌 꼭 그의 집에 정표를 세운 뒤에라야 정려가 내렸다고 하겠는가. 내가 이랑을 보지 못하였고, 그의 딸이 상사공의 첩으로서 지극한 효성이 있고 또 지조가 비범하다는 말을 들었으니 풍교(風敎)의 유래를 알 수 있었다. 이 에 함께 언급하여 이런 어머니에게서 이런 딸이 나왔음을 보이고자 한다.

해제 이취(李翠: 1603~1652)는 이재형과 지인 관계에 있던 정공의 첩의 어머 니이다. 함경도 훈융진에 소속된 관비로, 임지에 왔던 관원 김광원의 딸을 낳은 뒤, 그가 모녀를 돌아보지 않음에도 불구하고 일부종사의 정절을 지켰다. 자 신들을 버려둔 김광원이 죽은 뒤에는, 달려가 그의 상례를 정성으로 치르고, 그의 부모를 봉양하였다. 또한 그녀는 50세가 넘은 나이에 관원의 겁탈 위협을 받게 되 자 목숨을 걸고 항거하였다. 이런 이랑의 삶을 두고 이재형은 이랑이 효와 열행을 겸비하였으며, 더욱이 천한 창기가 그러했다는 점에서 칭송하고 있다. 이랑은 언 제, 누구에게든 취해질 수 있는 관비의 삶을 운명으로 체념할 수 없었던 듯하다. 누구도 지시하지도 원하지도 않았던 관비의 일부종사 정절과 시부모에 대한 봉양 은 언제, 누구에게든 겁탈당할 수 있는 천한 관비로서의 삶에서 벗어나 한 사람의 첩으로라도 자신을 온전히 지키고 싶었던 처절한 열망의 문제로도 읽힌다.

둘째 누님 최씨의 아내 제문
祭仲姊崔氏婦文

아아! 애통합니다. 우리 누님께서 이렇게 되셨습니까. 누님의 수명이 겨우 66세에서 그친 것입니까. 누님이 우리를 떠나가신 지 벌써 29일이 되었습니다. 처음엔 아득하고[5] 황황하여 누님이 세상을 버리고 저승에[6] 가로막혀 있다는 것을 오히려 알지 못했습니다. 자다 깨다 하는 사이에 혹시 목소리라도 귀에 들릴까, 쳐다보는 때에는 혹시 모습이라도 눈에 보일까 바라보고 발돋움하여 그리며[7] 떠났던 사람이 돌아오기를 기다리고, 잠든 사람이 깨어나기를 기다리는 것 같았습니다. 하루가 가고 이틀이 가고 이제 달이 지나도록 끝내 듣고 볼 수 없으니 끝이긴 끝인가 봅니다. 다시는 바랄 수가 없게 되었으니 누님은 과연 이 세상을 버리고 저승에 떨어져 있는 것인지요. 누님의 정성스런 효성과 우애가 그 보답을 받지 못한 것입니까! 누님의 아름답고 총명한 자태가 이 그 은택을 입지 못한 것입니까!

이번 여름에 한 번 병이 나시니 회복할 수 없을 것 같았습니다. 약도 안 쓰고 의원에게 보이지 않았는데 곧 병세가 회복되어 열흘 사이에 신기(神氣)가 보통 때와 같아졌습니다. 온 집안이 기뻐하며 천지신명의 큰 도움 때문이라고 여겼는데 몇 달 되기도 전에 갑자기 이렇게 되니 하늘을 믿을 수 없고 신명을 헤아릴 수 없다는 것은 이런 것인지요! 아아! 애통합니다.

우리 형제는 딸이 셋, 아들이 셋[8]이고 누님은 그 중에 둘째셨지요. 중년

---

5 망망(芒芒) : 광대하고 드넓은 모양.『시경』「상송·장발(長發)」“洪水芒芒 禹敷下土方”

6 명막(冥漠) : 텅비어 아무 것도 아는 것이 없음. 죽음, 혹은 망자를 가리킨다.

7 망망기기(望望企企) : 망망(望望)은 바라보거나 그리워하는 모양, 기기(企企)는 발돋움하고 기다리는 모양이다.『예기』「문상(問喪)」“其往送也 望望然 汲汲然 如有追而弗及也”이라 했는데 정현(鄭玄)의 주에 “望望 瞻顧之貌也”이라 했다.

이래로 하늘이 우리 집안에 화를 내려 부모와 형제가 앞뒤로 떠났습니다. 쓸쓸한 인간 세상에서 모습과 그림자를 서로 의탁할 것이라고는 오직 큰누님과[9] 작은 누님, 그리고 저 세 사람뿐이었습니다. 그런데 큰누님은 멀리 백 리 밖에서 살아서 수시로[10] 만날 수가 없었고 오직 작은 누님만이 문을 마주하고 의지하여 살아 왔습니다. 서로가 살아 있는 것을 천명으로 여기던 자들이 또 어떠했겠습니까. 걱정이 있으면 반드시 마주앉아 서로를 위로하였고, 기쁨이 있어도 반드시 마주하여 같이 기뻐했습니다. 근래에는 늙으신 데다 병도 같이 깊어져 걸음걸이도 비록 힘들어졌지만 그래도 아침저녁으로 만나는 것을 그만두지 않았으니 마시고 먹고 얘기하며 웃는 일을 누님과 같이 하지 않은 때가 드뭅니다.

재앙 속에 남은 인생은 고달프고 인간 세상의 즐거움이 없었지만 그래도 그것으로 다행이라 여겼습니다. 사람입니까. 귀신입니까. 나를 원수로 여기는 자가 누구이기에 나로 하여금 이 행복도 다하지 못하게 한 것입니까. 사흘만 보지 못하여도 멀어진 것처럼 여겼는데 이제부터는 떨어져 있어야 하는 날이 그 얼마나 되는지도 모릅니다. 밥 한 끼만 나누지 못하여도 일찍이 한으로 여겼는데 같이 밥을 나눠 먹지 못하는 날이 이제부터 그 얼마일지 모릅니다. 말과 생각이 여기에 미치니 심장(心腸)이 모두 찢어집니다. 아아! 슬픕니다.

제가 부모를 잃고 형제와 이별한 것이 이미 여러 해인데 온통 고통스러운 마음은 갈수록 더욱 애절해졌습니다. 매번 누님과 같이 아파하고 애도하던 사람들에게 누님이 이제 가셨으니 이제부터 죽은 자에게는 부러울 것이 없겠습니다. 땅속[11] 구천에서 사이에서 부모님을 모시고 형제들을 만나 평

---

8 이재형의 본생부모에게서 난 형제들을 말한다. 즉 재태(載泰), 재홍(載興)과 현희설(玄希卨), 최병두, 송홍서(宋弘緒)의 아내가 된 형제들이다.

9 현희설(玄希卨)에게 시집간 누님을 말한다.

10 시월(時月) : 사시(四時)와 월분(月分), 시간, 시후(時候).

11 천대(泉臺) : 묘혈(墓穴). 낙빈왕(駱賓王)의 『악대부만사(樂大夫挽辭)』 오(五)에 "忽見泉

생의 아픔과 회환을 풀어놓고 계신지요. 날마다 서로를 따라 노닐며 기쁘게 웃고 즐기며 세상에 있을 때와 똑같이 지내시는지요. 죽은 우리 아이 최명(最鳴)[12]이도 그 곁에서 모시고 있는지요. 이 아비[13]의 슬픔을 누님은 잘 아시니 제가 말하지 않아도 반드시 저의 마음을 얘기하고 어루만지며 가엾게 여기실 겁니다. 비록 그렇지만 지하는 깊은 어둠 속인지라 헤아려 알기에는 어렵습니다. 누님께서는 어찌하여 제 꿈에 와서 제 영혼을 만나 그것을 지세하게 말씀해 주지 않으십니까? 아아! 슬픕니다.

내일은 누님을 묻는 날입니다. 위로는 남편이 있어 초상을 주관하고 아래로는 자식이 있어 정성을 다합니다. 염과 빈소 차리는 일부터 장례에 이르기까지 온갖 일에 모두 예를 다하고 있으니 이것이 위로가 됩니다. 아들이 내년에 누님을 영구히 모신 뒤에 그의 죽은 누나와 동생의 묘를 누님 묘소 옆으로 옮기려고 한답니다. 그 뜻이 간절하고 슬프니 누님의 평소의 소원을 따른 것 같습니다. 이는 누님이 듣고 싶어하는 말일 것인지라 여기에 감히 함께 고합니다.

이제 영원히 떠나심을 당하여 영결하는 말이 없을 수 없습니다. 글을 지어 슬픔을 고하는데 어찌 한 마디 말이 없으십니까. 술잔 올리며 정성을 드리는데 어찌 한 번 드시지 않습니까. 한바탕 소리 내어 길게 부르짖어 보지만 이 마음 어찌 끝이 있겠습니까. 아아! 슬픕니다. 상향.

> **해제** 이만부의 둘째 누나─최씨의 아내는 이재형의 본생부(本生父) 이응서(李應瑞)와 양천 허씨 사이에서 태어났으며 최병두(崔炳斗)에게 시집갔다. 이재형의 본생 6남매 중 3남매만 살아남았고, 그 중에도 둘째 누나와는 가까운 거리에서 일상을 함께 세상을 떠난 부모와 형제에 대한 그리움, 삶의 적적함을 서로

臺路 猶疑水鏡懸"이라 하였다.

12 최명(最鳴) : 이재형의 아들. 이재형의 초배인 충주 박씨에게서 난 셋째 아들로 일찍 죽었다.

13 노지(老舐) : 자식을 사랑하는 마음을 비유하는 노우지독(老牛舐犢)의 준말이다. 소가 새끼를 사랑하여 항상 핥아 주는 데서 유래하였다.

위로해 주었다. 그런 일상의 애틋함들이 제문에 담겨 있다. 이런 글들을 보면, 우리가 흔히 생각하듯, 전통시대에 여성이 혼인을 하고 나면 친정이나 친정의 가족과 완전히 멀어지는 것이 아니고, 여전히 가까운 관계 속에서 일상을 함께 하는 일이 전혀 없었던 것도 아님을 알 수 있다.

조카 차씨의 아내 제문
祭姪女車氏婦文

　유세차 경신년[1740] 7월 기사삭(己巳朔) 11일 기묘일에 숙부가 지면(漬綿)[14]을 올리고 곡하며 조카 차씨의 아내 영전에 곡하며 술을 올린다.

　아아! 애통하구나. 네 나이 올해 59세이다. 옛 사람들은 60세를 중수(中壽)로 여겼는데 네가 60세보다 한 살이 적으니 나는 네가 장수하지 못한 것은 아니라고 여긴다만 너의 평생을 생각해 보면 세상사는 잠시의 즐거움도 전혀 없었으니 이것이 내가 몹시 슬퍼하며 아파 애통해 하는 이유이다.

　너는 11살에 아버지를 여의고 어머니만을 의지하여 울며 곡하는 중에서 자랐었지. 나이 22세에 시집을 갔고, 시집간 뒤로 아들과 딸을 연달아 잃어 눈물 마를 때가 없었다. 경술년[1730] 늦봄부터 한여름 사이에는 장남과 막내, 두 아들이 연달아 죽었고 초가을에 또 남편이 세상을 떠났다. 인간 세상 참혹하대도 이 같은 일이 어찌 또 있겠느냐. 슬하에 살아남은 것이라고는 아들 윤장(允壯)이 하나인데 그때 나이 겨우 9세였지. 다급한 중에 피해 숨느라 제대로 된 곳에 맡기지도 못하였으니 슬픔을 머금고 눈물을 참아내며 오로지 아들이 살아있기를 바라는 마음으로 10년을 고통 속에 보내었지. 올 봄이 되어 윤장이 아내를 맞으니 조금이나마 네 마음을 위로해 주리라 기대했는데 네가 곧 죽었구나.

　아아! 네 가슴 속 가득한 슬픔과 마음을 메운 고통은 맺혀서 풀 수 없을

---

14 지면(漬綿) : 지서(漬絮)라고도 한다. 제사에 쓰는 닭과 술. 후한(後漢)의 서치(徐穉)가 문상을 갈 때 술을 솜에 적셔 말린 다음 구운 닭을 싸가지고 갔다. 문상할 집에 도착하여 물을 솜에 한번 적셔 주면 바로 술의 기운이 되살아나서 술과 닭을 올리고 있다는 데서 유래하였다. 『후한서(後漢書)』 권53 「주황서강신도열전(周黃徐姜申屠列傳) 서치(徐穉)」;『운부군옥(韻府群玉)』 권13 「주지서(酒漬絮)」 참조.

뿐만 아니라 이치로 미루어 보더라도 또한 헤아리기가 어렵구나. 하늘이 그렇게 한 것이라 한다면, 너처럼 순순한 덕과 아름다운 행실로는 의당 하늘에 죄를 얻음이 없어야 한다. 신(神)이 그렇게 한 것이라고 한다면, 너처럼 맑은 자질과 순수한 자태라면 의당 신명의 도우심을 입어야 할 것이다. 너로 하여금 이렇듯 망극한 지경에 이르게 한 것은 과연 누구인 게냐! 아아! 애통하다.

네가 죽은 지 이제 다섯 달이 되었구나. 빈소를 차리고, 장례를 지냈으며 졸곡제도 마치고 부제(祔祭)를 지냈다 들었다. 모든 일이 끝났구나! 그런데도 네가 죽어 귀신이 되었다는 것을 차마 인정하지 못한 것은 항상 기일이 되기 전에 한번 볼 수 있으리라 기대했기 때문이었다. 오늘 와서 문으로 들어가도 네가 맞아주지 않고 휘장을 들어도 네가 없으며, 너를 불러도 대답하지 않고 네게 술을 부어도 마시지 않게 된 뒤에야 비로소 네가 죽어 귀신이 되어서 다시 보는 걸 바랄 수 없게 되었다는 것을 믿을 수 있었다. 흰 머리로 죽을 날이 가까운 때에 도리어 너를 곡하게 되었으니 어찌 마음이 아프지 않겠느냐. 다만 네가 어느 곳으로 돌아갔는지, 어느 곳에 있는지 알 수가 없으니 너의 남편과 생전처럼 지내고 있는 것인지. 너의 죽은 아들, 딸을 슬하에 모아 놓고 생전에 맺혔던 한을 풀고 있는 것인지. 또 네 부모님과 내 부모님을 뵙고 이끌어 돌보심을 입으며 따라 노닐고 있는 것인지. 만약 그렇다면 진실로 네가 즐거울 것이니 나 또한 회한이 없을 것이다. 그러나 신의 이치는 어둡고도 어두워서 헤아리기가 어려우니 이것이 슬프구나. 아아! 애통하다.

네가 처음에는 내 집의 북쪽 인근 백 보쯤 되는 곳에 살면서 아침저녁으로 오가며 늘 단란하게[15] 지냈었지. 네가 환란을 만나 흩어진 뒤로부터는 비록 각각 남쪽과 북쪽에서 따로 살았지만 네가 항상 끊임없이 찾아 왔었

---

15 단원(團圓) : 친척들이 단란하게 모여 있는 것.

다. 근년 이래로 네가 어사(漁社)[16]의 누님 댁 근처로 옮겨 살면서는 내가 매해마다 한 번 혹은 두 번씩 누님을 뵈러 가곤 했었지. 그러면 너는 두세 명의 사촌들과 술을 빚고 안주를 마련하여 누님 곁에서 함께 대접하며 수십 일씩 즐거움을 다하였으니 실로 쓸쓸하지 않았다. 그런데도 오히려 이별은 많고 만남은 적다고 한스럽게 여겼지. 이제는 깊은 땅 속에 묻히고 저승으로 막혀서 천고 억만 겁 세월이 지나도 오다는 기약을 할 수 없으니 비록 이전처럼 이별이 많고 만남이 적던 시절을 돌이키려 해도 그럴 수 있겠느냐!

들자니 네가 아플 때에도 나를 몹시 보고 싶어 하며 말과 기색으로 여러 번 표현했었다지. 그런데 내가 끝내 보지 못하였구나. 이는 내 애통함만 배가 되는 것일 뿐 아니라 영원히 떠나는 너의 혼백도 필시 회한이 끝없을 것이니 생각해 보면 나에게도 유감이 있었을 듯하구나. 그런데도 임종할 때에 나한테 "지나치게 슬퍼하여 몸을 상하지 않으시기를 원합니다."라 전해달라 했었지. 이것으로도 너의 아량과 성의가 죽음에 이르러서 더욱 간절했음을 볼 수 있구나.

끝없는 애통함, 영결하는 회한을 스스로 풀 길 없어 눈물을 참아내며 글을 이어 이렇게 대강이나마 썼다. 네가 듣는 게냐, 듣지 못하는 게냐. 알고 있는 게냐, 알지 못하는 게냐. 한바탕 소리치며 길게 외치노니 천지는 아득하구나. 아아! 애통하구나. 상향.

해제 차씨의 아내(1682~1740)는 이재형이 친딸처럼 가까이서 지내며 왕래가 많았던 질녀이다. 이재형의 형인 재태(載泰)의 딸이자 차석용(車錫庸)의 아내로 추정된다. 이재형이 차석용(車錫庸)을 위해 쓴 「학생차군묘표(學生車君墓表)」가 『송암집』 권5에 수록되어 있다. 이새형은 조카가 장수를 못한 것은 아니지만 자식과 남편을 연달아 잃는 비운의 삶을 산 것에 가슴 아파하는 한편, 늘 왕래하며 함께 단란하게 지냈던 날들을 추억하고 있다.

---

16 어사(漁社) : 어촌(漁村).

생모 유인 허씨 가장
生親孺人許氏家狀

유인 양천 허씨의 9대조 유례(惟禮)[17]는 역적을 토벌한 공로로 길성군(吉城君)에 봉해졌고 공조 판서에 추증되었다. 증조는 응수(應壽), 할아버지는 경립(敬立), 아버지는 종윤(宗胤)이며 어머니는 전주 이씨로 성균관 전적(典籍)을 지낸 사우(士瑀)의 딸이다.

유인은 자질이 깨끗하고 순수하며 총명함이 남보다 뛰어나서 한번 눈으로 본 일은 바로 기억하고 잊지 않았다. 일의 이치에 대해서도 옳고 그른 것을 잘 분별하고 취하고 버릴 것을 결단하니 부모와 형제들이 매번 남자로 태어나지 못한 것을 한스럽게 여겼다. 아이 때부터 이미 부모에 대한 사랑이 깊었으니, 어머니 이 부인이 눈병이 있어 사물을 잘 분별하지 못하셨는데 유인이 밤낮으로 곁에 있으면서 잠시도 떠나지 않고 보살펴 드리는 도리를 다하였다. 시집을 가고 귀근(歸覲)을 와서는 항상 눈물을 흘리며 "여자는 시집을 가면 부모 형제와 멀어집니다. 우리 어머니의 눈을 밝게 할 수 있다면 제가 어찌 꼭 이별을 이렇게까지 아파하겠습니까."라고 하니 본 사람들이 감동하며 슬퍼하였다.

시부모에게 순종하고 제사를 삼가 모시며 단정하고 엄숙하며 성실하고 한결같으니 온 집안이 공경하고 복종하였다. 아버님은 남자 형제가 없고 여동생만 있었는데 서로 떨어져 있지 않고자 같은 마을에 사셨다. 유인은 그 뜻을 받들어 우애를 지극히 돈독하게 하여 한 자의 베라도 반드시 나누어 갖고 한 말 되는 곡식이라도 반드시 함께 한 것이 거의 이십 년이었는데

---

17 허유례(許惟禮) : 조선 초기의 공신. 본관은 양천(陽川). 숭도(崇道)의 아들, 이시애(李施愛)의 처조카. 1467년(세조 13) 5월 이시애가 반란을 일으켰을 때, 난을 평정하는 데 결정적 공로를 세웠다.

터럭 하나라도 혹여 마음으로 거슬려 하는 것이 없으셨다. (아버님의) 여동생이 돌아가셨을 때, 시집가지 않은 딸이 있었는데 유인이 데려 와 집에서 양육하며 지극한 자애로움으로 보살폈고, 음식과 의복은 당신의 자식보다 반드시 먼저 해 주면서도 오히려 그의 마음을 다치게 할까 걱정하셨다. 그 딸이 시집을 가게 되자 혼수를 꾸려 보내는데[18] 당신의 상자를 다 비워 주면서도 아까워하지 않았다. 가문 사람들에 대해서는 노소와 귀천을 막론하고 한결같이 성심으로 대하였으며 궁한 이를 돕고 가난한 사람을 보살핌에 두루 공평하지 않음이 없어 각각 기꺼운 마음을 얻었다. 친족 부녀자 중에 집에서 먹고 사는 자가 늘 대여섯 명은 되니 매번 시비(侍婢)들에게 "가문이 화목하지 못한 것은 종들의 좋지 못한 언행으로 인하여 많이 일어난다. 너희들이 만약 이런 행동을 한다면 그 죄는 죽어도 용서할 수 없을 것이다."라 경계하니 이 때문에 집안으로 밖의 말[19]이 들어오지 않았다.

종들에게 죄나 허물이 있으면 조금도 용서하지 않았지만 그러면서도 또한 깊이 사랑하여 보살피니 그들이 배가 부른지, 고픈지, 추운지, 더운지 하루도 살피지 않는 날이 없었다. 종을 부릴 때에는 반드시 그에 맞는 방도로 하니 비록 사나운 종이나 드센 여종들도 모두 마음을 고치고 충성을 바쳤다. 늙은 종 하나와 여종 하나가 있었는데 일찍이 선조(先祖)부터 부리던 사람들이었다. 그들을 매우 후하게 봉양하며 대할 때에도 예의를 더하였다.

대개 베풀기를 좋아하고 궁한 자들은 더욱 도우셨다. 주린 자, 추위에 떠는 사람을 보면 측은해 하지 않은 적이 없으시니 옷을 벗어 주고 음식을 밀어 주면서도 마치 미치지 못할까 걱정하는 듯이 하셨다. 이 때문에 이웃 마을의 부녀자나 할머니들이 급한 일이 있을 때마다 매번 (유인께) 고하였다. 한 노파가 집이 매우 가난했는데 몇 년 동안이나 (살림을) 갖추어 (부엌에)

---

18 자송(資送) : 떠나보낼 때 돈이나 재물을 주는 것, 혹은 재물을 내어 서로 보내는 것.

19 외언(外言) : 남자들이 하는 말, 공적인 일과 관련된 말.『예기』「곡례 상」"外言不入於梱 內言不出於梱"이라 했는데 정현(鄭玄)의 주에 "外言內言 男女之職也 不出入者 不以相問 也"이라 하여 남녀간에 각각 외언과 내언이 있다고 하였다.

불을 피우고 몸을 가릴 옷을 마련해 주었다. 그 노파가 죽을 때에 자기의 자녀들에게 "우리집이 지금까지 죽음을[20] 면할 수 있었던 것은 오로지 아무 댁에서 구휼해 주신 힘 덕분이다. 너희들이 만약 이 은혜를 잊는다면 반드시 재앙이 있을 것이다."라 하였다.

유인은 평소에 청렴하고 깨끗하였으며 재물에 대해서 초탈하여 얽매인 바가 없었다. 항상 말씀하기를 "이욕(利慾)에 대한 마음이 한번 속에서 싹이 트면 바로 밖으로 드러나고, 그러면 얼굴도 모두 변한다. 비록 숨기며[21] 덮고자 한들 그럴 수 있겠느냐."라 하셨다. 친정 부모님께서 남기신 노비 몇 사람이 있었는데 일찍이 부군(府君)[22]께 "친정 부모의 재산은 진실로 출가한 딸이 가져서는 안 됩니다. 하물며 저쪽은 가난하고 이쪽은 넉넉함이겠습니까. 더더욱 취해서는 안 될 것입니다. 제가 받은 노비들을 본가에 머무르게 하면서 그들로 하여금 제 병든 어머니를 보살피도록 하는 것이 어떻겠습니까?"하니 부군께서 의롭게 여기고, 인하여 약속을 하고, 자손들에게도 그 일을 거론하지 말도록 하셨다.

부군께서는 선조의 제사를 받드는 종자(宗子)이신데 장자(長子) 재태(載泰)가 아버지보다 먼저 죽었다. 아버지의 초상이 끝나고 고조·증조 2대의 신주는 마땅히 장방(長房)[23]의 집으로 모두 옮겨야 했다. 신주를 옮기려 할 때에 유인이 울며 장손에게 "집안의 운이 불행하여 2대의 신주가 일시에 사당을 나가니 슬픔 마음 끝이 없네. 무릇 옮겨 가신 신주의 제사를 받들 종[24]이

---

20 전학(塡壑) : 구덩이를 메운 시체, 곧 죽음을 뜻한다.

21 엽연(厭然) : 가리는 모양, 감추는 모양.

22 유인의 남편. 이재형의 생부 이응서를 말한다.

23 장방(長房) : 4대 이내의 자손 중 항렬이 가장 높은 연장자. 주자의 『주자가례』에 '최장방이 신주를 모셔 옮겨 간다'는 구절이 있어 이를 따르기도 했으나 일치된 예는 아니었다.

24 제복(祭僕) : 『주례』에 나오는 관명(官名)으로 제례를 주관한다. 『주례』「하관(夏官)·제복(祭僕)」 "祭僕掌受命於王 以眂祭祀 而警戒祭祀有司 糾百官之戒具" 여기에서는 제사를 받드는 일을 할 종을 말한다.

종가에 머물러 있는 것이 비록 법도라고 하지만, 사람의 마음에 아쉽고 부족한 점이 없지 않네. 산 사람의 도리로 말하자면 선조께서 옮겨 가시는데 자손이 전혀 호송하지 않는 이치가 어찌 있겠는가. 하물며 지금 당한 상황이 보통의 경우와는 다르니 고집하고 융통하지 않는 것은 안 될 것이네." 하시고는 인하여 여종 하나를 보내어 제사를 받들도록 하였다.

말년 이래로 초상이 연달아 나니 집안 일에 대해서는 전혀 마음을 두지 않으셨다. 그러나 자손을 권면하고 경계하는 것은 오히려 더욱 부지런히 하여 한 가지 선행이라도 들으면 기쁨이 얼굴에 드러나고, 한 가지라도 옳지 않은 일을 들으면 말로 노여움을 표현하셨다. 막내딸이 일찍 죽고 그의 어린 딸이 의지할 곳 없음을 슬퍼하여 집으로 데려와 기르셨는데 자애로움이 비록 돈독했지만 가르침은 매우 엄하셨다. 말질(末疾)[25]에 걸렸다가 돌아가실 때 한 말씀도 또한 모두 훈계하는 말이었으며 더욱 분명하고 간절하셨다.

유인은 숭정 을해년[1635] 5월 6일에 태어나 경자년[1720] 6월 7일에 돌아가시니 향년 86세이시다. 그해 9월 26일에 부군의 묘 왼쪽에 합장하였다.

후사로 나간 아들 재형이 피눈물을 흘리며 썼다.

양천 허씨(1635.5.6~1720.6.7)는 이재형의 본생모로 이응서의 아내이며, 허종윤(許宗胤)의 딸이다. 이응서와 혼인하여 살다가 말질(末疾)에 걸려 86세에 세상을 떠났다. 3남 재태·재형·재흥(載興)과 3녀 현희설·최병두·송홍서에게 시집간 딸을 두었는데 그중 장남 재태는 허씨 생전에 세상을 떠났고, 재형은 중부(仲父) 응징(應徵)에게 출계하였다. 허씨는 가족과 이웃에 대한 연민과 사랑이 깊으면서도 엄격한 교육을 병행한 여인으로 그려져 있다. 한편 종자·종손이었던 생부 이응서와 친형 재태가 모두 생전에 세상을 떠나 대수(代數)가 나한 소상의 신주를 장방으로 체천하는 문제 등 당시의 종법의 질서가 실제 상황에서 어떤 식으로 구현되고 있었는가를 확인할 수 있는 사례도 보여 준다.

---

25 말질(末疾) : 사지(四肢)의 질환.『좌전』소공(昭公) 원년 "陽淫熱疾 風淫末疾"이라 했는데 두예(杜預)의 주에 "末 四支也"라 했다.

어머니 유인 박씨 가장
先妣孺人朴氏家狀

　　어머니는 유인 충주 박씨의 증조 할아버지 유일(惟一)은 임진왜란 때에
왕자를 구한 공로로 창열사(彰烈祠)에 배향되셨다.[26] 조부는 관(瓘), 아버지
는 사언(士彦), 어머니는 연안 차씨로 선비 경축(敬軸)의 딸이다.

　　어머니는 숭정 계미년[1643] 12월 24일에 태어나셨다. 타고난 자질이 따뜻
하고 맑으며 행동이 곧고 깨끗하였다. 또 효성이 깊어서 아이 때부터 비록
나물 하나, 채소 한 가지라도 감히 먼저 먹지 않고 반드시 부모님께 드렸고,
부모님이 편찮으시면 울며 음식을 먹지 않았다. 옛 전(傳)과 여계(女戒) 등의
글 보는 것을 항상 좋아하였고 아름다운 말과 좋은 행실을 보면 기록해 두
고 잊어버리지 않았다.

　　우리 아버지에게 시집온 뒤로는 받들어 순종하며 어김이 없었고, 정성과
공경의 도를 다하였다. 아버지는 어려서 부모님을 여의고 백부·백모님의
양육을 받으셨다. 어머니는 그분들을 시부모처럼 섬기며 봉양을 지극하게
다하여 아버님의 뜻에 잘 맞추었다. 시집온 다음해, 아버지께서 말질(末疾)
에 걸려 의원의 집에서 몇달을 치료하시게 되었다. 어머니는 낮에 자리에
편히 앉지 못하고 밤에 잠자리에 들지 못하며 항상 문에 기대어 기다리셨
다. 아버지의 병이 심해지자 하늘에 호소하여 울며 기도하며 하지 않는 바
가 없었고, 당신의 목숨과 바꾸어 달라고 소원하니 사람들은 모두 신명의
감응을 얻으리라 여겼다.

　　그러나 끝내 일어나지 못하시게 되니 결국 칼을 가져다가 스스로 목을

---

26 창열사(彰烈祠): 함경도 경성(鏡城)에 있는 서원으로 현종 병오년[1666]에 긴립되었다. 정
　　문부(鄭文孚), 이붕수(李鵬壽) 등과 함께 배향되었으며 박유일은 호조 좌랑에 추증되었다.

베려하였다. 옆에 있던 사람들이 다급히 구해내어 칼이 급소[27]를 찌르지는
못하였지만 상처에서 피가 줄줄 흐르니[28] 사람들이 차마 쳐다보지 못하고
끔찍해 하였다. 시간이 얼마 지난 뒤에 겨우 소생하였지만 물 한 모금, 쌀
한 알을 입에 대지 않은 것이 8·9일이었으니 자진(自盡)하려고 하셨던 것
이다. 친정 아버지의 간절한 깨우침에 억지로 몇 숟가락의 미음을 드셨다.
그러나 슬픔으로 몸이 날로 상하여 모습이 완전히 달라지니 본 사람들 중에
놀라며 참혹해 하지 않는 이가 없었다. 어머니는 밤낮으로 궤연 옆에서 자
고 머물며 아무리 병이 심하여 일어날 수 없을 때에도 오히려 직접 제사
올리는 일을 하루도 폐한 적이 없으셨다.

　상제(喪制)가 끝나고 신주를 사당에 모시게 되자 마치 돌아갈 곳이 없는
것처럼 황황해 하셨다. 매양 사당 문 밖에서 곡을 하셨는데, 문을 지나가던
사람들이 모두 감동하여 눈물이 옷을 적시도록 울었다. 절사(節祀)[29]와 기제
사가 되면 곡하며 우는 일을 멈추고 여종 하나를 데리고 직접 제찬(祭饌)을
갖추셨다. 여종에게는 항상 “내가 오늘날 힘을 바칠 곳은 오로지 제사를 받
드는 일 한 가지뿐이다. 너도 힘을 다하여 나의 뜻을 따르거라.”라 경계하시
니 여종도 감동하여 정성을 다하였다.

　어머니는 당신이 낳은 자식이 없어 아버지의 사촌 형인 응서(應瑞)의 둘
째 아들인 나를 후사로 들이셨다. 내가 나이가 아직 어렸을 때에는 매양
나를 어루만지고 우시면서 “네가 좀 더 자라면 네 아버지의 제사를 맡길
수 있을 것이니, 내가 다시 무얼 돌아볼 것이 있어서 이 목숨을 구차하게
연명하겠느냐.” 말씀하시곤 했다.

　평생 상인(喪人)으로 자처하며 한번도 이[齒]를 드러내며 웃은 적이 없

---

27 후(喉) : 목, 목구멍, 긴한 곳, 요충처.

28 임리(淋漓) : 긴 모양, 성한 모양.

29 절사(節祀) : 한식, 추석, 단오 등 명절에 조상의 산소에 가서 지내는 제사. 절사의 범위에
　대해서는 예법가들이 규정하는 것이 조금씩 다르다.

고,[30] 소복을 입고 채소만 드신 것이 거의 10년이었다. 그런데 병이 날로 심해지자 친정 부모님께서 어머니가 수척해져 버티기 어렵게 된 것을 안타깝게 여겨 억지로 고기를 먹도록[31] 하였다. 이로 인하여 애통함은 배가 되었고 10여일 뒤에 결국 자진(自盡)하시니 바로 을묘년[1675] 8월 30일이었다. (유인의) 아버지가 시신을 대하여 곡하며 말씀하셨다. "너의 죽음은 네가 소원하던 바를 이룬 것이니 내가 무엇을 애통해 하겠느냐. 현숙하였으나 운명이 기박했으니 이것이 슬프구나."

마을과 고향의 사람들이 지금까지도 모두 어머니의 행적을 기억하고 있으며, 여러 차례 나라에 아뢰었지만 아직도 정려의 은전은 내려지지 않고 있다. 고애자(孤哀子) 재형이 피눈물을 흘리며 썼다.

해제 유인 박씨(1643.12.24~1675.8.30)는 이재형이 후사로 들어간 어머니로 남편은 이재형의 중부(仲父)인 응징이며 아버지는 박사언(朴士彦)이다. 남편에 대한 지극한 순종과 애정은, 길지 않은 서술 속에서도 압축적으로 보인다. 남편이 세상을 떠난 뒤에 바로 칼로 목을 베어 종사(從死)를 시도했고, 다시 10년의 세월을 보낸 뒤에 결국 자진하였다. 그 세월 동안 남편에 대한 봉제사와 후사를 세우는 일을 했으며, 그 외에는 상인(喪人)으로 자처하며 유폐된 생활을 했다.

---

30 현치(見齒) : 고시(高柴)가 부모의 상을 치르며 삼 년 동안 울면서 한번도 이를 보이며 웃지 않았는데 군자가 이를 어려운 일이라 했던 데서 나왔다. 『예기』「단궁 상(檀弓上)」, "高子皋之執親之喪也 泣血三年 未嘗見齒 君子以爲難"

31 개소(開素) : 상례를 치르며 채식만 하다가 그 기간이 끝나면 다시 고기를 먹기 시작하는 것을 말한다. 개훈(開葷), 개재(開齋).

이의현 李宜顯 ·1669~1745

이의현(李宜顯) : 1669(현종 10)~1745(영조 21). 조선 후기의 문신. 본관은 용인(龍仁). 자는 덕재(德哉), 호는 도곡(陶谷), 시호는 문간(文簡)이다. 후천(後天)의 증손으로, 할아버지는 정악(挺岳)이고, 아버지는 좌의정 세백(世白)이며, 어머니는 정창징(鄭昌徵)의 딸이다. 김창협의 문인으로 문학(文學)에 뛰어나 숙종 때 대제학 송상기(宋相琦)에 의해 당대 명문장가로 천거되었다. 목호룡(睦虎龍)의 고변으로 신임옥사가 일어나 많은 노론 관료가 죄를 입자, 그역시 정언 정수기(鄭壽期)의 논척으로 평안도 운산에 유배되었다. 영조가 즉위해 노론이 득세하자 풀려 나와 1725년(영조 1) 형조 판서로 서용되었다. 그는 신임옥사 때나 정미환국 등의 비상시 때마다 청의(淸議)를 지켜 의론을 굽히지 않았다. 또한 영조 초 이조 판서로 있으면서 사사로운 보복에 급급했던 민진원(閔鎭遠)·조관빈(趙觀彬) 등의 전횡을 견제하려 노력해 사림의 신망을 크게 얻었다. 민진원이 죽은 뒤 노론의 영수로 추대되었다.

숙인 남양 홍씨 묘지명 병서

淑人南陽洪氏墓誌銘 幷序

원주의 수령 원명익(元命益)이 그 아내인 숙인 홍씨를 잃고, 손수 행장을 지어 나에게 그 무덤의 묘지를 청하였는데 (행장의) 말이 천여 마디나 되었다. 나는 말한다.

아! 명으로 새길만 하도다. 부인의 행실은 그 큰 것으로 일곱 가지가 있으니 '효'와 '우애'와 '엄숙함', '공경함' '올바름' '근면함' '검소함'이라 하는 것인데 지금 숙인은 일곱 가지를 모두 갖추었다. 비록 옛날 유향(劉向)[중루][1]의 기록이라 해도 어찌 이보다 더할 수 있겠는가!

숙인의 효성에 대해 말하자면, 부모를 섬김에 정성을 다하고 조부모에게까지 그 정성을 미루어 바쳤다. 세상의 부녀자들은 부모의 상을 당하여 예(禮)를 따르지 않는데, 유인만은 상제를 매우 굳게 지켰다. 작은 어머니[季母]를 친어머니처럼 섬겼고, 작은 어머니 또한 딸처럼 여겼으니, 마음이[2] 서로 잘 맞아 지기(知己)로 인정하였다. 시부모와 시할머니를 섬김에는 살아 계실 때에는 뜻을 받들어 순종하며 공손하고 공경히 하였고, 돌아가심에는 장례와 제사에 그 정성과 정결함을 극진히 하였다.

숙인의 우애에 대해 말하자면 동기를 한 몸처럼 여기고, 남편의 형제도 자신의 동기처럼 대하니 수십 년을 함께 살면서도 끝까지 이간하는 말이 없었다. 동서들 사이에서도 은의(恩義)가 돈독하니 사람들이 제각각 기꺼운 마음을 가졌다.

숙인의 엄숙함과 공경함, 그리고 올바름에 대해 이야기하자면 천성이 단

---

1 중루(中壘) : 유향(劉向). 중루교위(中壘校尉)를 지냈다. 그가 쓴 『열녀전(列女傳)』을 뜻한다.
2 기미(氣味) : 정취(情趣).

정하고 곧아서 남편을 섬김에 예의가 매우 엄숙하여 함부로 대하는 것이 없었고, 바른 도리로 돕는[3] 일이 자못 많았다. 몸가짐을 삼가 공손히 하며 항상 "만약 조금이라도 근신하고 단속하는 것을 놓치면 필시 낳아주신 부모님께 욕이 미치니 이것은 죄이다"라 하였다. 선하지 않은 일을 보면 반드시 준엄하게 지적하고 용서하지 않았으며, 선악과 시비 판단은 쪼갠 듯 매우 엄격하였다. 무당이나 옳지 않은 도에 미혹되지 않았으니 확고하게[4] 여사(女士)의 풍모가 있었다.

그 근면과 검소함에 대해 말하자면 집안을 잘 다스려 없는 살림이나마 부지런히 일구고[5] 고생하며 스스로 검약하며 밤낮으로 게을리 하지 않았다. 화려한 것을 좋아하지 않아 비단옷을 입지 않았으며 고을로 부임하는 남편을 따라 가서도 더욱 청겸 결백하기에 힘쓰니 집밖이 깨끗하게[6] 오가는 것이 없었다.[7]

아아! 세상이 옛날과 같지 않아 기풍이 날로 무너지고 있다. '남자'라 불리는 자들도 의리가 없고 행실이 없음이 모두 이와 같은데, 더욱이 여인으로서 이와 같이 덕이 아름다운 자를 어찌 쉽게 얻을 수 있겠는가! 이어 생각해 보면 위에서 말한 '숙인의 작은 어머니'는 바로 나의 누나이다. 내가 진실로 누나의 말씀을 익숙하게 들은 터라 행장이 아니더라도 이미 숙인의 덕을 알고 있었으니 어찌 감히 기꺼이 명을 쓰지 않겠는가!

숙인의 가문은 남양(南陽)에서 나왔다. 고조 할아버지 성민(聖民)은 판중추 부사를 지냈고 (시호는) 문정공(文貞公)이다. 증조 할아버지 서익(瑞翼)은 분병조 참의(分兵曹參議)[8]를, 할아버지 명하(命夏)는 영의정에 (시호가) 문간공

---

3 규익(規益) : 경계하여 도움.
4 거연(居然) : 사물에 의해 요동하지 않는 모양.
5 길거(拮据) : 힘써 일함.
6 절연(截然) : 잘라 끊는 모양, 확실한 모양.
7 교관(交關) : 왕래함.

(文簡公)이시다. 아버지 원보(遠普)는 임피(臨陂) 현령을 지냈고, 어머니 경주 이씨는 참판 시술(時術)의 딸이다. 현종 갑인년[1674]에 태어나 나이 49세 되던 해 2월 26일에 죽었다. 1남 2녀를 두었으나 자라지 못하였다. 같은 해 4월 6일에 원주 장산리(長山里) 원씨 선영에 장사지냈다. 원씨 집안에 대해서는 표지(表誌)에 모두 있어서 여기에는 쓰지 않는다.

명에 이른다.

얼마나 덕스럽고 곧았던가.

어찌하여 수명이 넉넉지 못하였으며,

어찌하여 후손이 없었던가![9]

태사가 명을 지어

그 풍도(風度)를 밝히거니,

덕 있는 여인의 반열에서 영원하리라.

남양 홍씨(1674~1722.2.26)는 원명익(元命益)의 처로 홍원보(洪遠普)와 경주 이씨 시술(時述)의 딸 사이에서 태어났다. 이의현의 누나가 숙인의 계모(季母)였기 때문에 비교적 정보가 많았던 듯하다. 그러나 그러한 관계의 가까움에 비하여 묘지명에 서술된 내용은 상당히 간략하고 규범화되어 있다. 다만 이의현이 숙인 홍씨를 통해 이른바 '당대의 남자라고 불리는 자들도 의리를 알지 못하고 행동이 바르지 않음'을 비판하고 있어 주목된다.

---

8 분병조(分兵曹) : 병조의 분조(分曹).

9 영빙(伶俜) : 외로운 모양, 영락한 모양.

정경부인에 추증된 청송 심씨 묘지명 병서
贈貞敬夫人靑松沈氏墓誌銘 幷序

　돌아가신 우의정[10] 충익공 우파(牛坡) 조태채(趙泰采)에게는 어진 아내가 있으니 정경부인에 추증된 청송 심씨이다. (심씨는) 영의정 지원(之源)의 손녀로, 아버지는 부사(府使) 익선(益善)이고 어머니 남양 홍씨는 충정공 익한(翼漢)의 딸이다. 의정공[심지원]은 효종 때 명성이 있었고, 충정공[홍익한]은 명나라에 대하여 죽음으로 의리를 지켰으니 그 집안 대대의 덕이 이와 같다.

　부인은 어려서부터 식견과 도량이 뛰어났다. 한번은 아이들과 소꿉장난을 하는데 불이 땔나무로 퍼지더니 집까지 태울 지경이 된 적이 있었다. 아이들은 모두 도망가 숨어버렸지만 부인 혼자 도망가지 않고 서둘러 사람을 불러 불을 끄니 어른들이 몹시 기특하게 여겼다. 여종이 이웃집의 과일을 몰래 따서 주고 먹으라 하니 물리치고 먹지 않았다. 부사공[심익선]께서 일찍이 관직에 계실 때 귀걸이를 바치며 벼슬에 임명해 달라는 부탁을 받으시고는, (부인의) 뜻을 시험하니 바로 "이것은 뇌물입니다. 받을 수 없습니다."라 대답하였다. 부사공이 기뻐하며 "이 아이라면 의당 이리 말할 것이었다."라 하였다. 충익공[조태채]이 영남의 안렴사로 나가셨을 때, 수령이 집에 뇌물을 가지고 왔는데 바로 거절하였다. 충익공이 현감으로 있을 때[11]에는 가난한 친척이 와서 벼슬을 하게 해달라 요청하니 단호한 말로 물리쳤지만, 그가 병이 심하게 들었다는 말을 듣고는 돌보아 보살펴 주어 회생하게 하니 그 사람이 감읍하였다.

---

10 상국(相國) : 백관의 우두머리. 재상의 통칭. 조태채가 우의정을 역임했으므로 여기에서는 우의정이라고 밝혀 적었다.

11 조태채는 외직으로 옥구 현감을 맡은 적이 있다.

부인은 성품이 검소하고 화려한 것을 좋아하지 않았다. 매번 친척들이 모일 때면 올 굵은 명주옷에 옅은 화장으로 비단옷에 진주 보석 차림 사이에 앉아서도 부끄러워하지 않으니 사람들이 탄복하지 않음이 없었다. 집안을 다스림에 작고 큰 일이 모가 질서정연하니[12] 조금도 잘못되고 빠진 것이 없었다. 시어머니를 효성으로 섬기고, 동서들을 온화함으로 대하며 남편을 도와 바른 도리로 유익하게 한 점이 매우 많았다. 종들을 부림에는 은혜가 있었지만 위엄 또한 없이 하지 않으니 집안이 엄숙하여 이간하는 말이 없었다.

숙종 기묘년[1699] 1월 16일에 병으로 졸하니 겨우 40세였다. 장단(長湍) 동파역촌(東坡驛村)에 묻었다가 24년 뒤에 충익공이 돌아가니 마침내 함께 묻었다.

아들·딸 여섯을 두었는데 장남 정빈(鼎彬)은 군수, 관빈(觀彬)은 참판, 겸빈(謙彬)은 교관(敎官)이고, 딸은 이정영(李廷煐)·진사 박서한(朴舒漢)·생원 홍계백(洪啓百)에게 시집갔다. 정빈은 아들이 없어 영극(榮克)을 후사로 들였고, 딸은 넷인데 (셋은) 이육(李焴)·송요협(宋堯協)·윤득민(尹得敏)에게 시집가고 하나는 어리다. 관빈 또한 아들이 없어 같은 집안의 영석(榮晳)을 후사로 들였고, 겸빈은 2남 2녀를 두었으니 장남이 바로 영극이고, 나머지는 모두 어리다.

조씨는 양주(楊州)의 이름난 가문이다. 충익공의 3대조는 지사(知事) 소민공(昭敏公) 존성(存性)·판서 충정공(忠靖公) 계원(啓遠)·군수로 영의정에 추증된 희석(禧錫)이시다[13]. 부인이 세상을 떠났을 때 충익공은 승지(承旨)의 자리에 있었는데 뒤에 누차 벼슬을 하여 의정부 우의정에까지 이르셨고, 부인 또한 누차 (내명부의) 자위를 받아 정경부인에 이르셨다.

아아! 부인은 엄격하고 정숙한 행실로 여인의 곧음을 얻으셨으니[14] 규문

---

12 정정(井井) : 질서 정연한 모양, 정결히고 고요한 모양.

13 즉 조태채의 부친이 희석, 할아버지가 계원, 증조 할아버지가 존성이다.

14 『주역』「함괘(咸卦)」 "彖曰 咸 感也 柔上而剛下 二氣感應以相與 止而說 男下女 是以亨

의 성대한 아름다움은 남간(南澗)의 읊조림에[15] 필적할 만하다. 그런데 불행히도 중도에 일찍 돌아가셔서 복록을 오래도록 누리지 못하였으니 이것이 진실로 공께서 깊이 슬퍼하고 친척과 가족들이 매우 안타깝게 여기는 점이다. 비록 그렇기는 하지만, 여인의 현달로는 뛰어난 어진 선비의 배필이 되는 것보다 더한 것이 없다. 충익공은 종사(宗社)가 위태로운 시기를 만나 우뚝하니 신하의 큰 절개를 세워 종신토록 나라를 위해 목숨을 바치시어 아름다운 충정을 혁혁하게 드러내셨다. 그리고 부인은 바로 그분의 아름다운 배필이니 그 영광은 아마도 끝없이 멀리 퍼질 것이다. 어찌 어헌(魚軒)[16]과 상복(象服)[17]의 부귀함이나 장수하고 자손 많은 것이 그저 한 때의 영광인 것과 비교할 수 있겠는가. 부인은 지하에서도 유감이 없으실 것이로다!

명(銘)에 이른다.

아름답도다, 부인이여.

덕이 풍성하셨으나

오직 오래 살지 못하셨도다.

의열한 선비의 자손이요.

충신의 아내이니

그 영광 오랠지어다.

무덤에서도 매우 편안하실 것이니

공께서 옆에 계시며

함께 영원히 썩지 않으리로다.

利貞 取女吉也"

15 남간지영(南澗之詠) : 제후의 부인이 선조의 제사를 경건하게 지내는 것을 말한다. 『시경』 「소남(召南)·채빈(采蘋)」 "于以采蘋 南澗之濱 于以采藻 于彼行료 于以盛之 維筐及筥 于以湘之 維錡及釜 于以奠之 宗室牖下 誰其尸之 有齊季女"

16 어헌(魚軒) : 제후의 부인이 타는 수레. 물고기 껍질이나 짐승의 가죽으로 장식한다.

17 상복(象服) : 고귀한 신분의 여인들이 입던 옷. 『시경』 「용풍(鄘風)·군자해로(君子偕老)」 "君子偕老 副笄六珈 委委佗佗 如山如河 象服是宜 子之不淑"

 청송 심씨(1659~1699.1.16.)는 조태채의 부인이며, 심지원(沈之源)의 딸이고 홍익한(洪翼漢)의 외손녀이다. 조태채와 혼인하여 3남 정빈(鼎彬)·관빈(觀彬)·겸빈(謙彬)과 3녀 이정영(李廷煐), 박서한(朴舒漢), 홍계백(洪啓百)에게 시집간 딸을 낳았고, 40세에 세상을 떠났다. 조태채가 쓴 「망실증정경부인청송심씨묘표(亡室贈貞敬夫人靑松沈氏墓表)」가 그의 문집 『이우당집』에 수록되어 있는데 이의현이 쓴 이 글은 조태채의 묘표에 수록된 일화들과 거의 겹치고 있어 이를 토대로 작성한 글임을 알 수 있다.

유인 해주 오씨 묘지명 병서

孺人海州吳氏墓誌銘 幷序

유인 해주 오씨의 가문은 해주(海州)에서 나왔다. 증조 할아버지 형(吳逈)은 벼슬을 하지 않았고, 할아버지 성몽(聖蒙)은 문과에 급제하고 형조 정랑을 지냈다. 아버지 언(嵃)은 통덕랑(通德郎)을 지냈으며, 상주(尙州) 황씨에게 장가들어 유인을 낳았다.

유인은 성품이 곧고 정숙하여 여인으로서의 행실을 갖추었다. 18세에 신씨 집안으로 시집을 갔는데 시댁에서도 미덕을 자못 칭송하였다. 그러나 운명이 너무나 곤궁하여 겨우 6살에 어머니를 잃어 의지할 곳이 없어지니 큰어머니에게서 길러졌다. 4년 뒤에 통덕랑[아버지]이 다시 혼인을 하니 유인은 울며 슬퍼함을 면치 못하였다. 시집을 갔는데 시댁이 매우 가난하여 부엌에는 밥 지을 거리도 없었고, 결국은 심한 병에 걸려 손발을 모두 못쓰게 되었다.

숙종 을해년[1695] 2월 2일에 죽으니 나이는 29살에 그쳤고 시집간 지 겨우 12년만이었다. 딸은 9살, 아들은 5살이며 막내딸은 강보에 있었다. 아들은 총명함이 일찍부터 남달라 역사를 읽고 의문점을 잘 풀었는데 어른들도 미치지 못하였다. 어머니가 죽은 지 1년 뒤에 또 어린 나이로 죽으니 유인의 곤궁함은 죽은 뒤에도 여전했다 할 것이다. 슬플 따름이다.

유인의 무덤은 양주 신씨의 선영에 있다. 두 딸은 학생(學生) 민진하(閔鎭夏)·진사 이중욱(李重郁)에게 시집갔다. 신씨 가문은 평산(平山)에서 나왔다. 남편의 이름은 구(球)[18]이니 전에 희릉(禧陵)[19] 봉사(奉事)[20]를 맡았다.

---

18 신구(申球) : 1666(현종 7)~1734(영조 10). 조선 후기의 유생(儒生). 본관은 평산(平山). 초명은 관(竟). 자는 군미(君美). 고려개국공신 숭겸(崇謙)의 후손으로, 할아버지는 육(堉)

명에 이른다.

백양(白羊) 골짜기[21] 깊은 그 무덤에,

이 정석(貞石)을 묻노니 영원토록 편안하소서.

해제 해주 오씨(1667~1695.2.2)는 오언(吳崎)과 상주 황씨의 딸이고, 신구(申球)의 아내이다. 신구와 17세에 혼인하여 12년을 살다 29세의 나이로 세상을 떠났다. 그 사이에 2녀 1남을 두었는데 1남은 어려서 죽고, 두 딸은 민진하(閔鎭夏)·진사 이중욱(李重郁)에게 시집갔다. 오씨는 어려서 어머니를 잃고 아버지가 다시 혼인을 한 뒤에는 큰어머니가 길러 주었다. 신구와 혼인을 한 뒤에도 가난한 집안 살림에 병까지 얻어 불행한 삶을 살았으며 그 자식들 또한 일찍 죽었던, 몹시 불행한 여인이다.

이고, 아버지는 여규(汝逵)이며, 어머니는 청주 한씨(淸州韓氏)로 수(修)의 현손녀이다. 송시열(宋時烈)의 문인이다. 1689년(숙종 15) 기사환국으로 제주에 안치된 송시열을 위하여 소를 올렸고, 1716년 7월 경기도·충청도·전라도의 유생 60명이 연명하여 소를 올릴 때 주창자가 되어 윤선거(尹宣擧)와 그의 아들 증(拯)을 논핵하여 그들의 관작을 추탈하고 윤선거의 문집을 훼판하게 하였다. 1722년 신임사화로 거제에 유배되었다가 영조가 즉위하자 돌아와 영릉(英陵)·희릉(禧陵) 참봉을 지냈다. 그뒤 1727년(영조 3) 정미환국으로 다시 쫓겨나 고향으로 은퇴하였다

19 희릉(禧陵) : 중종의 계비 장경왕후(章敬王后)의 능호.

20 봉사(奉事) : 조선시대 종8품의 관직.

21 백양곡(白羊谷) : 경기도 양주에 있다. 평산 신씨의 묘역인 듯하다. 신구의 계배(繼配)인 수원 최씨 또한 이곳에 묻혔다.

유인 수원 최씨 묘지명 병서
孺人水原崔氏墓誌銘 幷序

평산 신구(申球)가 나를 찾아와 말하였다.

"제 운명이 기박하여 일찍이 아내를 잃고 자식도 없다가 다시 수원(水原) 최형곤(崔亨坤)의 딸을 배필로 맞았습니다. 아내는 성품이 온화하고 마음이 고요하며 모습이 단아하고 말이 적었습니다. 증조 할아버지 엄(崦)과 할아버지 천극(天極)은 모두 효성으로 알려지셨는데, 아내는 조상의 미덕을 이어 받아 부모를 섬김에 깊은 사랑이 있었고, 돌아가시고 나자 슬피 사모함이 더욱 깊어졌습니다. 간혹 제사에 참여하지 못하면 반드시 목욕재계하고 멀리서나마 절을 올려 그 정성을 보였습니다. 시부모를 받듦에도 매우 삼갔습니다. 제 어머니가 늙고 병이 들자 구체(口體)를 봉양하고 기거(起居)를 보살피는 데 밤낮을 게을리 하지 않았습니다. 제 어머니와 같은 연세의 이모님을 모셔와서 같이 살며 어머님의 뜻에 맞도록 따랐습니다.

전 아내[22]의 제삿날에는 음식을 거르며 말하기를 '이분이 일찍이 저의 남편을 섬겼으니 형제로서의 의리가 있습니다. 어찌 차마 고기를 먹겠습니까?' 하였습니다. 저의 곤궁함이 매우 심하여 살림[23]이 궁색하였지만[24] 편안하게 여기고 걱정하지 않으며 '이것은 선비에게는 늘 있는 일입니다.'라 하였습니다. 그러나 마땅한 방법으로 얻은 것이라면 작은 것도 버리지 않았고, 이로 인하여 조금이나마 연명할 수 있었으니 옛날에 이른바 '운수를 좋게 바꾼 자'에 가깝습니다.

---

22 해주 오씨를 말한다. 1695년에 세상을 떠났다.

23 정구(井臼) : 물긷고 절구질함. 살림살이.

24 소연(蕭然) : 쓸쓸한 모양.

불행하게도 중도에 세상을 떠났는데 죽을 때에도 뒷일을 처리하며 작은 것까지도 모두 식구들에게 가르쳐 일러 주는데 모두 이치에 합당하였으니 평소의 식견과 도량을 더욱 확인할 수 있었습니다. 경종(景宗) 신축년[1721] 정월 6일에 죽었는데 가난하여 장례도 제대로 치르지 못하다가 5월 1일에야 비로소 양주(楊州)의 백양곡(白羊谷)에 묻었습니다. 아들·딸 다섯을 두었는데 모두 일찍 죽어, 제 형의 아들 징하(徵夏)를 후사로 들였습니다. 아내가 살아서는 저의 가난 때문에 곤궁하였는데 죽어서도 그 아름다운 덕을 드러내지 못함이 거듭 슬픕니다. 한 마디 귀중한 말씀을 얻어 그 혼백을 위로해 주었으면 합니다."

나도 이러한 슬픔을 두 번이나 겪었으니[25] 진실로 이른바 호랑이에게 물려 본 사람은 호랑이 말만 들어도 낯빛이 변한다는 것이 어찌 말에서 그칠 뿐이겠는가.

마침내 유인을 위하여 명을 쓴다.

수명이 짧아 마흔하고도 아홉이었네.

영원까지 전하노니 천수를 누릴지어다.

[해제] 수원 최씨(?~1721.1.6)는 신구(申球)의 계배(繼配)로 최형곤(崔亨坤)의 딸이다. 신구와 혼인하여 5남매를 두었으나 모두 일찍 죽고, 자신은 49세의 나이로 세상을 떠났다. 그리고 뒤에 신구의 형의 아들 징하(徵夏)를 후사로 들였다. 남편의 전배(前配)에게 '한 남편을 섬긴 형제의 의리'를 갖고 있었으며 그의 제사를 잘 받들었다는 기록이 있다.

---

25 이의현은 15세에 함종 어씨와 혼인하였는데 32세 되던 1700년 어씨가 세상을 떠났다. 이듬해 1701년 은진 송씨와 혼인하였는데 1716년 송씨도 세상을 떠나고 1717년 다시 전주 유씨와 혼인하였다.

숙부인 청송 심씨 묘지명 병서

淑夫人靑松沈氏墓誌銘 幷序

　　고(故) 대사간 홍우서(洪禹瑞)[26]의 아내 숙부인(淑夫人)[27] 심씨는 청송 사람이다. 증조 할아버지 설(偰)은 사산(四山) 감역(監役)을 지냈고 영의정에 추증되었으며, 할아버지 지원(之源)[28]은 영의정을 지냈고, 아버지 익선(益善)은 풍덕 부사를 지냈다. 풍덕공의 본생조(本生祖)는 정선 군수를 지낸 혁(㑒)이고 아버지는 처사 지택(之澤)[29]이시다.[30]

　　부인은 어려서부터 효성과 공경이 매우 돈독하였고 홍씨 가문에 시집오게 되자 이 도리를 미루어 시부모를 섬기고 동서들과 우애가 있어 순종하고

---

26 홍우서(洪禹瑞) : 1662(현종 3)~1716(숙종 42). 조선 후기의 문신. 본관은 남양(南陽). 자는 중웅(仲熊), 호는 서암(西巖). 관찰사 명원(命元)의 증손이며, 부사 홍수량의 아들이다. 『가례원류(家禮源流)』의 발문에 스승 송시열(宋時烈)을 배반한 윤증(尹拯)을 비난한 정호(鄭澔)를 변호하다가 소론의 탄핵을 받고 서주 현감(西州縣監)으로 좌천되고, 이듬해 『가례원류』 시비에서 승리한 노론이 집권하기 전에 죽었다. 시문에 능하였고, 당대 명필로서 특히 예서에 능하였다.

27 숙부인(淑夫人) : 조선(朝鮮) 때 외명부의 품계의 하나. 정삼품 당상관인 문무관의 처에게 주던 봉작. 동반(東班) 문관인 통정대부의 처와 서반(西班) 무관인 절위장군의 처에게 주어졌다.

28 심지원(沈之源) : 1593(선조 26)~1662(현종 3). 조선 중기의 문신. 본관은 청송(靑松). 자는 원지(源之), 호는 만사(晩沙). 감찰 금(錦)의 증손으로, 할아버지는 숙천부사 종침(宗甚)이고, 아버지는 감찰 설(偰)이다. 어머니는 청원도정(靑原都正) 이간(李侃)의 딸이다. 1620년(광해군 12)에 정시 문과에 병과로 급제하였다. 그의 아들 익현(益顯)이 효종의 딸인 숙명공주(淑明公主)에게 장가들어 효종의 두터운 신임을 받았다. 현종이 즉위하면서 자의대왕대비(慈懿大王大妃)의 복제 문제(服制問題)로 서인의 영수로서 송시열(宋時烈)의 뜻을 쫓으면서도 남인 조경(趙絅)을 적극 신원하기도 하였다. 저서로 『만사고(晩沙稿)』가 있다. 글씨에 능하여 과천의 정창연비(鄭昌衍碑)가 남아 있다.

29 지택(之澤) : 박세채가 그의 묘표를 썼다, 박세태, 「처사심공묘표(處士沈公墓表)」, 『남계선생박문순공문정집(南溪先生朴文純公文正集)』 권75.

30 심익선은 지택의 2남 중 차남이었는데 종조부(從祖父)의 후사로 나갔다.

공경하였다. 밤낮으로 게을리 하지 않고 좋은 시절에는 성대하게 베풀어 즐거움을 다하고, 병이 들면 음식을 잘 마련해 드렸으며 초상에는 깊이 슬퍼하고 제사에는 정성을 바치며 처음부터 끝까지 한 마음으로 섬기는 법도를 엄숙하게 지켰다. 살림을 합하여 한 집에서 사는데 겉으로 드러내는 것이 없었다. 장자(長子)가 자식을 남기고 죽자 자기의 자식과 다름없이 길렀으며, 막내가 어려 혼자가 되니 더욱 불쌍히 여기며 평소에는[31] 온화하게 경계하고 병이 들었을 때에는 몸소 음식을 마련해 주었으니 이것이 그 우애의 실상이다.

숙부인은 내조도 매우 잘하였고, 바르고도 예의가 있었다. 성품은 곧고 깨끗하며 주고 받는 것에 엄격하여 항상 남편에게 누를 끼칠까 염려하였다. 이 때문에 대간공[남편 홍우서]이 청렴하다는 명성이 더욱 드러났다. 처음에 시아버지 부사공[홍수량]이 종자(宗子; 맏아들)가 일찍 죽어서 그 일을 임시로 맡게 하였는데[32] 후사가 정해지자 부인은 기용(器用) 등의 모든 물건을 모두 거두어 전부 돌려주고 털끝만큼도 남겨 두지 않았다. 집안을 다스림에 합당함을 얻었고, 매번 대간공께 올리는 음식을 몸소 살피며 하루도 다른 사람에게 대신하게 한 적이 없다. 자식을 교육함에 법도가 있어 반드시 자식들이 도리를 따라 실천하게 하였고, 남녀의 유별함에 대해서는 더욱 삼갔다.

아랫 사람들을 부림에 번거롭지 않고 질서가 있었으며 무속과 점복(占卜)을 엄격하게 배척하였다. 사치를 즐기지 않고 오로지 여공(女紅)에만 힘썼는데 재주가 좋아 바느질을 하면 꼼꼼하면서도 민첩하니 사람들이 부인의 손끝이 귀신이 붙은 듯하다고 하였다.

만년에 대간공[홍우서]의 상제(喪制)를 치르며 슬픔이 지나쳐 병이 되어 7

---

31 거신(居申) : 연거신신(燕居申申)을 뜻하는 말로 보이는데 원래는 공자가 평소에 한가하게 거처할 때 그 모습이 편안[申申]했던 것을 말한다. 『논어』 「술이(述而)」. 여기에서는 평소에 온화하고 좋은 말로 경계하고 일깨워 주었다는 의미로 쓴 듯하다.
32 권섭(權攝) : 임시로 직무를 대리함.

년이나 병석에 누워 있었다. 돌아가신 어머니의 상기(喪期)와 가깝다 하여 생신 잔치를 받지 않으셨는데 신축년[1721] 환갑이 되던 해에도 가족들이 애써 청함에도 고집하고 (잔치를) 허락하지 않으니 여기에서 평생 사모하던 마음을 볼 수 있다.

이듬해 5월 15일에 돌아가셔서 대간공의 묘소에 합장하였다. 2남 3녀를 두었는데 장남 계흠(啓欽)[33]은 진사로 장원급제하였고, 차남은 계현(啓鉉)이다. 딸은 서윤(庶尹) 김태연(金太衍)·참봉 조영증(趙榮曾)·선비 윤업(尹渓)에게 시집갔다. 계흠의 아들은 조해(朝海)·붕해(鵬海)이고 막내는 일찍 죽었으며 세 딸은 어리다. 계현에게는 어린 딸 하나가 있다. 서윤 김태연의 아들은 인대(仁大)이고 딸은 서일수(徐日修)·조재복(趙載福)에게 시집갔다. 참봉 조영증은 2남 2녀를 두었고, 조해는 딸 하나를 두었는데 모두 어리다,

홍씨는 남양이 본관인데 부사공 수량(受渷)[34]의 아버지 처후(處厚)[35]와 할아버지 명원(命元)은 모두 경기도 관찰사를 지내셨다. 부인과, 돌아가신 나

---

33 홍계흠(洪啓欽) : 1690(숙종 16)~1747(영조 23). 조선 후기의 문신. 본관은 남양(南陽). 자는 경백(敬伯). 경기도 연천 출신. 대사간 우서(禹瑞)의 아들이다. 1726년(영조 2) 사마시에 진사장원으로 뽑힌 뒤 1713년 혜릉 참봉(惠陵參奉)이 되었다. 그뒤 장악원 주부·공조 좌랑을 거쳐, 석성 현감(石城縣監)으로 있을 때 풍속을 바로잡고 군정(軍政)을 확립하며 기민을 널리 구제하는 등 선정을 베풀었다. 이후 해주 판관으로 승진하였지만 일시 파직되었다가 곧 바로 형조정랑에 복직되고, 진휼차사(賑恤差使)로 활약한 뒤 정선 군수를 지냈다.

34 홍수량(洪受渷) : 1627(인조 5)~1697(숙종 23). 조선 후기의 문신. 본관은 남양(南陽). 자는 청숙(淸叔), 호는 규헌(葵軒). 경기관찰사 처후(處厚)의 아들이다. 1663년(현종 4) 사마시에 합격하고, 강릉 참봉(康陵參奉)을 제수받은 뒤 첨정·순흥 부사를 역임하였다. 벼슬길에 나아가 정치를 공정하게 하였으며, 특히, 중외의 관직을 역임하면서 번거로움을 피하고, 대강과 요령을 따라서 사물을 처리하여 위엄보다 덕으로써 다스렸으므로 사람들이 더욱 두려워하였다. 만년에는 요로에 나가지 않고 성밖에 거처하며 세월을 유유하게 보냈다. 문장이 아름다웠고 더욱이 시부(詩賦)에도 뛰어났으며, 글씨를 잘 썼는데, 특히 해서(楷書)에 능하였다.

35 홍명원(洪命元) : 1573(선조 6)~1623(인조 1). 조선 중기의 문신. 본관은 남양(南陽). 자는 낙부(樂夫), 호는 해봉(海峯). 아버지는 진사 영필(永弼)이며, 어머니는 경력 조수(趙琇)의 딸이다. 증광 문과에 병과로 급제하고 승문원에 들어가 홍문록(弘文錄)에 올랐다. 문장과 시에 뛰어났다. 뒤에 이조 판서에 추증되고, 또 그 아들의 공로로 찬성이 가증(加贈)되었다. 저서로 『해봉집』이 있다.

의 어머니 정 부인(鄭夫人)[36]은 모두 화포(花浦) 충정공(忠正公) 홍익한(洪翼漢)[37]의 후손으로 이종 형제간이다. 그래서 내가 부인의 미덕을 익히 알고 있었는데 이제 계흠이 지은 행장을 보니 더욱 상세하게 다 갖추어져 있다. 그것을 이루 다 기록할 수가 없어 우선 그 말을 간략하게 엮어 기록하고 명을 쓴다.

광채를 안으로 간직함이 곧으니[38]
땅의 덕과 조화를 이루셨네.
이렇듯 맑고 아름다운 덕으로
성대한 가문을 빛나게 이으셨도다.
사실을 기록하여 영원까지 전하노니
동관(彤管)이 이를 보존하네.
내가 그 가문을 보니 충신의 후손이라.[39]
지례(芝醴)[40]에 근원이 없다 하지 말지어다.

---

36 이의현의 어머니, 연일(延日) 정씨로 창징(昌微)의 딸을 말한다.

37 홍익한(洪翼漢) : 1586(선조 19)~1637(인조 15). 조선 후기의 문신. 초명은 습(霫). 자는 백승(伯升), 호는 화포(花浦)·운옹(雲翁). 병자호란 때 3학사(學士)의 한 사람이다. 찬성 숙(淑)의 현손이며, 관찰사 서주(敍疇)의 증손으로, 할아버지는 애(磑)이고, 아버지는 진사 이성(以成)이며, 어머니는 김림(金琳)의 딸이다. 백부인 교위(校尉) 대성(大成)에게 입양되었다. 이정구(李廷龜)의 문인이다. 1636년 청나라가 조선을 속국시하는 내용으로 사신을 보내오자, 청에게 제호(帝號)를 참칭한 죄를 문책하고 그 사신들을 죽임으로써 모욕을 씻자고 상소하였다. 병자호란이 일어났을 때에는 최명길(崔鳴吉) 등의 화의론(和議論)을 극구 반대하였다. 청나라의 강요로 화친을 배척한 사람의 우두머리로 지목되어 오달제(吳達濟)·윤집(尹集)과 함께 청나라로 잡혀갔다. 그곳에서 청의 갖은 협박과 유혹에도 끝내 굽히지 않다가 죽임을 당하였다. 1653년 도승지가 추증되고, 1686년 이조 판서와 충정(忠正)이란 시호가 내려졌으며 그 뒤 1705년 영의정이 추증되었다. 저서로는 『화포집(花浦集)』·『북행록(北行錄)』·『서정록(西征錄)』이 있다.

38 함장가정(含章可貞) : 『주역』「곤괘(坤卦)」, "六三 含章可貞 或從王事 无成有終 象曰含章可貞 以時發也 或從王事 知光大也"

39 충정공(忠正公) 홍익한(洪翼漢)의 후손임을 말하다.

40 지례(芝醴) : 영지(靈芝) 예천(醴泉). 영지는 걸출한 인재, 예천은 단 샘물이다. 여기에서는 걸출한 자손에게는 훌륭한 조상이라는 근원이 있음을 말한 것이다.

해제

숙부인 청송(淸松) 심씨(1661~1722.5.15)는 남양 홍우서(洪禹瑞)의 아내로, 심익선의 딸이며 이 글의 필자인 이의현의 어머니 정 부인(鄭夫人)과 이종 사촌간으로 모두 홍익한(洪翼漢)의 후손이다. 홍우서와 혼인하여 2남 3녀를 두었는데 2남은 계흠(啓欽)·계현(啓鉉)이며, 3녀는 김태연(金太衍), 조영증(趙榮曾), 윤업(尹澲)에게 시집갔다. 숙부인의 부모인 심익선과 남양 홍씨는 3남 5녀를 두었는데 그 중 딸들은 각각 이영(李泳), 황하민(黃夏民), 조태채(趙泰采), 홍우서(洪禹瑞), 이한장(李漢章)에게 시집갔으니 조태채와 홍우서는 동서지간이다. 조태채는 장인 심익선을 위해 묘표를 지었다.(조태채, 「풍덕부사침공묘표(豐德府使沈公墓表)」, 『이우당집(二憂堂集)』 권6 참조.) 부덕을 잘 갖춘 여성으로서 훌륭하게 그려져 있는 중에 적장자의 위치가 정해지지 않은 상태에서 종자(宗子)와 종부의 역할을 대행하다가, 후사가 결정된 후에는 그 모든 권한과 재산을 깔끔하게 돌려주었다는 기록이 칭송과 함께 있어 종법제가 자리잡아가던 당대, 이를 둘러싸고 어떤 배면(背面)의 현상들이 있었던 것인지 짐작하게 한다.

정부인 풍산 홍씨 묘지명 병서
貞夫人豊山洪氏墓誌銘 幷序

옛날에 부덕(婦德) 기술한 것으로는 동관(彤管)[41]의 기록과 중루[劉向]의 책이 숭상된다. 거룩한 조정이 하늘의 운수를 따라 왕의 교화가 널리 퍼지니 내교(內敎)의 돈독함은 과거에 부끄러울 것이 없다. 비록 미천한 여느 백성[42]이라도 오히려 의연하게 예의와 법도로 스스로를 지키니 하물며 법도 있고 이름난 가문에서 난 사람이겠는가! 고(故) 목사(牧使) 조공[趙泰興]의 아내 정부인(貞夫人) 풍산(豊山) 홍씨 같은 분이 바로 그 하나이다. 부인은 바로 내 아버지의 이종사촌 동생이신지라 내가 진실로 이미 익숙하게 그 아름다운 덕을 알고 있었다. 이제 그분의 아들 조언신(趙彦臣)[43]・익신(翊臣)이 지은 행장을 보았는데 그 미덕을 이루 다 쓰지 못하고 우선 그 중에 큰 것들만을 골라 뽑는다.

그 행장의 시작은 이러하다

"양대(兩代)의 시부모를 효성으로 받드니 시부모가 착하게 여기며 항상 '우리 집안을 번성하게 할 사람은 이 며느리이다.'라고 칭찬하였고, 모든 가족이 입을 다투어 높이 칭송하였다."

중년의 일은 다음과 같다.

"목사공[조태흥]의 여동생 셋이 모두 시집을 가지 않고, 동생 한 분이 일찍

---

41 동관(彤管) : 자루가 붉은 붓. 옛날에 여사(女史)가 궁중의 일을 기록할 때 동관을 썼던 데서 유래하여 여인의 훌륭한 행실을 기록한 문장을 비유한다.

42 편호(編戶) : 호적에 편입된 백성. 일반 백성.

43 조언신(趙彦臣) : 1682년(숙종 18)~?. 자는 여보(汝輔), 본관이 순창(淳昌). 아버지는 태흥(泰興), 할아버지는 이정(爾鼎)이다. 1710년 과거에 급제하였으며 관직은 병조 참판에 이르렀다.

세상을 떠났다. 아이들이 모두 어렸는데 (부인께서) 가르쳐 교육하고 혼인시켜 그들이 살림을 이루게 해 주셨다. 선조의 제사를 받듦에 반드시 삼가고 정결하게 하였다. 일찍이 목사공을 따라 남쪽 고을로 가셨는데 가까운 곳에 살던 누님을 모셔와 봉양하며 어머니처럼 섬겼다. 친가가 가난하여 제사를 받들지 못할까 염려하여 밭을 사서 도와주셨다.”

집안을 다스림은 다음과 같다.

“근검절약하며 관리에 법도가 있었다. 가난하고 어려운 사람을 구제하여 도울 때에는 오히려 미치지 못할까 걱정하였다. (살림) 모으는 일을 애써 하지 않았지만 집안 살림은 절로 넉넉해졌다. 첩들은 은혜로 대하였으며 종들은 바른 도리로 거느리셨다. 고을 관아에 계실 때에는 안팎의 구분을 엄하게 하여 오고 가는 것이 절대로 없게끔 하셨다.”

자녀 교육은 다음과 같다.

“비록 자식을 매우 사랑하였으나 엄격한 가르침을 폐하지 않으셨고 반드시 충신효우(忠信孝友)로 권면하며 매번 외숙(外叔) 문곡공(文谷公)을 들며 그 법도를 본받으라 하셨다. 신임사화 뒤에 언신(彦臣)이 부인을 모시고 깊은 골짝으로 물러나 살았는데 부인은 평소와 다름없이 편안히 지내셨다. 뒤에 무신난(戊申亂)[44] 때에는 (언신이) 청주(淸州)에 흉적들을 소탕하러 부임하게 되자 부인은 편지를 보내어 ‘신하는 의리로 죽음에 맞서는 것이니 내 염려는 하지 말거라.’라 하셨다. (언신이) 재신(宰臣)[45]의 반열에 오르니 부인은 근심하며 ‘네가 덕으로 감당하지 않는다면, 어두운 곳에 오르는[46] 격이니 두렵구나.’라 하셨다. 익신(翊臣)이 학문에 전념할 곳을[47] 얻게 되자 기뻐하며 ‘네

---

44 무신난(戊申亂) : 1728년 이인좌의 난. 정권에서 배제된 소론과 남인이 연합해 일으킨 난.

45 재신(宰臣) : 재(宰)는 2품 이상의 관리나 정3품(正三品) 이상으로서 중앙의 중요 관직에 있는 신하를 뜻한다.

46 명승(冥升) : 어두운 곳에 오르는 형상이니 바르게 하는 노력을 그치지 않아야 한다는 경계를 담고 있다. 『주역』「승괘(升卦)」 “象曰 地中生木 升 君子以順德 積小以高大”; “上六 冥升 利于不息之貞”

가 이런 신선의 땅을 차지하였으니 세상의 영화와 부귀라도 바꿀 수 없는 것이다.'라 하셨다. 그가 과거 공부를 그만두려는 뜻을 보이자 문득 권장하여 그 뜻을 이루도록 하셨다."

아! 부인의 덕이 이와 같았으니 진실로 옛사람 중에서 찾아야 할 것이다. 어찌 말세의 부녀자들[48]이 이를 수 있는 경지이겠는가!

부인의 아버지는 현감 홍주천(洪主天)이고, 힐아버지는 부사 탁(濯)이며, 부사의 아버지는 바로 선조 때의 명신 대사헌 이상(履祥)이니 모당공(慕堂公)이라 불리던 분이다. 현감[홍주천]이 동지(同知)[49] 안동 김광찬(金光燦)의 딸에게 장가들었는데 동지의 아버지는 바로 청음 김상헌(金尙憲) 선생이시다. 부인은 이 두 가문의 후손으로서 융성하게 가르침을 받았으니 그분이 모든 미덕을 두루 갖추셨음은 이상할 것이 없다. 아아! 현명하시도다!

부인은 효종 병신년[1656]에 태어나 돌아가실 때 77세였다. 양주(楊州) 무산(茂山) 목사공의 묘소에 합장하였다. 목사공은 조태흥(趙泰興)이니 순창(淳昌) 사람이다. (아들) 조언신은 문과 급제하고 참판을 지냈으며, 익신은 종부(宗溥)와 아직 어린 동생을 두었다. 종부는 언신의 후사로 들어갔다.

명에 이른다.

아아! 위대한 분이시여.

매우 어질고 또 현명하셨도다.

법도를 삼가 지켜 따름에

어려서나 늙어서나 한결같았네.

아내답게, 어머니답게 하셨으니

그런즉 저 여인이[50]

---

47 장수(藏修) : 은거하여 학문에 전념하다. 『예기』「학기(學記)」.

48 잠이(簪珥) : 비녀와 귀걸이. 전하여 부녀자.

49 동지(同知) : 동지중추부사(同知中樞府事)의 약칭(略稱).

50 규달(閨闥) : 궁녀의 침실, 부인의 방.

어찌 다만 여인의 본보기일 뿐이랴!

의당 세상이 이를 본받아야 하리라.

내가 이 아름다움을 명으로 새기노니

뛰어난 선조들을 뒤좇아 짝이 되시네.

덕은 풍성하신데

내 좋은 문장[51] 아님이 부끄럽구나.

해제   풍산 홍씨(1656~1732)는 순창 조태흥(趙泰興)의 아내이며 홍주천(洪柱天)과 안동 김씨의 딸이고, 선조 때의 명신 이상(洪履祥)의 후손이다. 조태흥과 혼인하여 언신(彦臣)·익신(翊臣) 두 아들을 낳았으며, 77세에 세상을 떠났다. 홍씨의 외가 또한 청음 김상헌의 집안이니 명문가의 후손이었다 할 것이다. 또 홍씨는 이 글의 필자인 이의현의 아버지 좌의정 세백(世白)의 이종 여동생[姨妹]이기 때문에 이의현이 일찍부터 홍씨의 덕행을 잘 알고 있었던 것으로 보인다. 이의현은 풍산 홍씨가 그런 후손답게 비단 여성의 모범일 뿐만 아니라 세상 사람들이 모두 본받을 만한 현철함을 지녔다고 평가하고 있다.

---

51 홍필(鴻筆) : 대문장, 대문장을 씀.

공인 성주 이씨 묘지명 병서

恭人星州李氏墓誌銘 幷序

　　고(故) 처사 평산(平山) 신명정(申命鼎)[52]은 옛날을 숭상하고 뜻이 돈독한 선비이다. 평소의 행실은[53] 더욱 훌륭하였기에 고을에서 마침내 그의 효성을 조정에 아뢰어 사헌부 지평에 추증되었다. 어진 아내가 있어 그를 내조하였는데 처사보다 4살이 어리다. 18세에 시집을 와서 51세에 혼자 되었다. 또 12년 있다가 기유년[1729] 윤7월 22일에 죽으니 향년 62세였다. 인천 비령(費嶺) 동쪽 언덕에 처사와 다른 무덤에 임시로 모셨다가 신씨의 선영에 합장하였다.

　　1남 2녀를 두었는데 아들은 광언(光彦)이고, 딸은 어유연(魚有琄)·서택수(徐擇修)에게 시집갔다. 광언이 이미 정호(鄭澔)[54]공과 이희조(李喜朝)[55]에게

---

52 신명정(申命鼎) : 인천에 거주하였으며 신궁(申絉)의 아들이다.

53 내행(內行) : 평소의 집안에서의 행실.

54 정호(鄭澔) : 1648(인조 26)~1736(영조 12). 조선 후기의 문신. 본관은 연일(延日). 자는 중순(仲淳), 호는 장암(丈巖). 철(澈)의 현손이며, 종명(宗溟)의 증손으로, 할아버지는 직(稷)이고, 아버지는 감찰 경연(慶演)이다. 어머니는 민광환(閔光煥)의 딸이다. 송시열(宋時烈)의 문하로 매우 촉망받았으며, 1675년(숙종 1) 송시열이 귀양가게 되자 과거를 단념하고 성리학(性理學)에 힘썼다. 신임사화로 노론 4대신과 함께 파직되어 강진으로 유배되었다. 1725년(영조 1) 노론의 재집권으로 풀려나와 우의정에 승진되어 신임사화로 죽은 노론 4대신의 신원(伸寃)을 누차 상소했으며, 좌의정을 거쳐 영의정이 되었다. 1727년 정미환국으로 관직에서 물러났다. 시문과 글씨에 모두 솜씨가 있었다. 충주의 누암서원(樓巖書院)에 제향되었다. 저서로 『장암집』, 『문의통고(文義通攷)』가 있다.

55 이희조(李喜朝) : 1655(효종 6)~1724(경종 4). 조선 후기의 문신. 본관은 연안(延安). 자는 동보(同甫), 호는 지촌(芝村). 부제학 단상(端相)의 아들이며, 송시열(宋時烈)의 문인이다. 1680년(숙종 6) 경신환국이 있은 뒤 유일(遺逸)로 천거되어 건원릉 참봉(健元陵參奉)에 임명되었으나 사퇴, 다시 천거되어 전설별검(典設別檢)에 임명, 이어서 의금부 도사·공조 좌랑을 지내고 진천 현감이 되어 선정을 베풀었다. 1721년(경종 1) 신임사화로 김창집(金昌集) 등 노론 4대신이 유배당할 때 영암으로 유배되었고, 철산으로 이배 도중 죽었다. 1725년(영

글을 부탁하여 처사(處士)의 무덤에 기록하였는데 다시 (어머니를) 따로 묻고 기록이 없는 것을 통한으로 여겨 울면서 나에게 말하였다.

"제 어머니 이씨의 본관은 성주(星州)이고, 문열공 이조년(李兆年)의 후손입니다. 고조 할아버지 욱(稶)은 관찰사, 증조 할아버지 석망(碩望)은 부사(府使), 할아버지 진필(震泌)은 현감을 지내셨습니다. 아버지는 학생(學生)[56] 중무(重茂)이고, 어머니 해주 오씨는 현감 협(浹)의 딸입니다. 타고난 자질이 단아하고 어질었으며, 조신하고 고요하며, 자상하면서도 분명하여 표리가 옥처럼 밝았습니다. 일찍이 손수 『소학』과 『효경』을 베껴 써서 스스로를 단속하셨으니 이것은 우리 어머니 가문의 이름난 행적입니다. 여인의 글은 마땅히 간결해야지 번다해서는 안 됩니다. 비록 적지만 또한 후세에 전하여 보여줄 만하니 공을 통하여 영원히 전해짐을 기약하고자 합니다."

내가 말하였다.

"알았네. 내가 진실로 이미 말하였거니와 자네 선친의 뜻과 행실이 이미 훌륭하신 데다가 또 훌륭한 내조를 받으셨네. 번다하게 드러내지 않아도 아름다운 덕을 알 수 있거든 하물며 그 단아함과 어짊, 곧고 고요함이 내조의 근본이 됨이겠는가! 마땅히 시를 지어 '계명매조(雞鳴昧朝)의 읊조림'[57]을 계승해야 할 것이로세."

시에 이른다.

조 1) 신원되어 좌찬성에 추증되었다. 인천의 학산서원(鶴山書院)과 평강의 산앙재영당(山仰齋影堂)에 봉향되었다. 저서로는 『지촌집』 32권이 있다.

56 학생(學生) : 유생(儒生)의 통칭. 품계가 없는 자. '생칭유학사칭학생(生稱幼學死稱學生)'

57 계명매조(雞鳴昧朝) : 어진 아내의 내조. 애공(哀公)이 여색에 빠지고 태만하자 그의 어진 왕후와 정녀(貞女)가 경계하여 서로 도를 이루었음을 읊은 시이다. 어진 왕비가 군주의 처소에서 군주를 모시고 있으면서 날이 새려고 하면 반드시 군주에게 "닭이 이미 울었으니 조정에 신하들이 가득 모였을 것"이라며 일찍 일어나 조회를 보게 한 것이다. 실제로는 닭 울음이 아니라 창승의 소리였으니, 어진 왕비가 늦을까 염려하는 마음에서 비슷한 소리만을 듣고도 닭의 울음이라 여긴 것이다. 『시경』 「제풍(齊風)·계명(鷄鳴)」 "雞旣鳴矣 朝旣盈矣 匪雞則鳴 蒼蠅之聲"

아름답도다, 저 정숙한 여인이여,

곧은 선비에게 시집오셨네.

선비가 훌륭한 행실로

신념 있어 뜻을 지키니

능히 힘써 도와서

진실로 두 아름다움이 칭송되었네.

육이(六二)의 길함은[58]

순종함을 법으로 삼는다네.

아름답도다, 여인의 덕이여.

행실에 허물이 없으셨도다.

그윽한 덕망[59]을 드날리노니

옛날의 동사(彤史)와 짝이 되리라.

[해제] 공인 성주(星州) 이씨(1668~1729.윤7.22)는 처사 신명정(申命鼎)의 아내로 고려 문열공 이조년(李兆年)의 후손이고, 중무(重茂)와 해주 오씨의 딸이다. 18세에 22세이던 신명정과 혼인하여 33년을 함께 살며 1남 광언(光彦)과 3녀를 낳았다. 이씨가 51세 되던 해에 신명정이 졸하고, 그 뒤로 12년의 세월을 홀로 보내다 62세에 세상을 떠났다. 남편과 한 자리에 묻히지 못하였는데, 거기에 어머니의 삶에 관한 기록이 없음을 안타깝게 여긴 아들 광언의 요청으로 이 글이 쓰여졌다. 짧은 기록 속에 단아하며 곧았던 성품과 『소학』과 『효경』을 베껴 읽으며 자신을 단속했던 일이 특기되어 있다. 아들 광언의 부탁으로 이희조가 쓴 신정명 관련 글은 「신군묘표(申君伯凝墓表)」로 이희조의 문집 『지촌집』 권24에 수록되어 있다.

---

58 육이(六二) : 음효(陰爻). 곤도(坤道)를 통언(統言)하는 것.

59 유광(幽光) : 그윽한 깊은 곳에서 빛나는 빛. 알려지지 않은 덕망.

숙인 연안 김씨 묘지명 병서

淑人延安金氏墓誌銘 幷序

　　나의 종숙(宗叔) 원외공(員外公)[60]에게는 두 분의 배필이 계신데 전배(前配) 숙인 김씨는 연안 김씨 가문으로 영돈녕부사 의민공(懿愍公) 제남(悌男)[61]의 증손이자 청주 목사 래(琜)의 손녀이며, 광흥창수(廣興倉守) 천석(天錫)의 딸이다. 어머니는 해평 윤씨로 학생(學生) 식(埴)의 딸이요, 재상 오음(梧陰) 두수(斗壽)[62]의 현손이시다.

　　의민공[김제남]이 선조 때 국구(國舅)가 되셨고, 오음공[윤두수]과 그 아들 해창공(海昌公)[63]이 연달아 재상[64]에 오르며 가문이 존귀해졌다. 숙인은 번

---

60 원외공(員外公) : 이세운(李世雲).

61 김제남(金悌男) : 1562(명종17)~1613(광해군5). 조선 중기의 문신. 본관은 연안(延安). 자는 공언(恭彦). 할아버지는 안도(安道)이고, 아버지는 영의정 오이며, 어머니는 안동 권씨로 상(常)의 딸이다. 선조의 장인이다. 1602년 둘째딸이 선조의 계비[仁穆王后]로 뽑힘으로써 돈녕부도정(敦寧府都正)이 되고, 왕비로 책봉이 되면서 영돈녕부사에 연흥부원군(延興府院君)으로 봉해졌다. 1613년 이이첨(李爾瞻) 등에 의해 인목왕후 소생인 영창대군(永昌大君)을 추대하려 했다는 공격을 받아 사사되었으나, 1616년에 폐모론이 일어나면서 다시 부관참시되었다. 1623년 인조반정 후에 관작이 복구되고 왕명으로 사당이 세워졌다. 영의정에 추증되었으며, 시호는 의민(懿愍)이다.

62 윤두수 : 1533(중종28)~1601(선조34). 조선 중기의 문신. 본관은 해평(海平). 자는 자망(子茫), 호는 오음(梧陰), 시호는 문정(文靖)이다. 계정(繼丁)의 증손으로, 할아버지는 희림(希琳)이고, 아버지는 군자감정 변이며, 어머니는 부사직(副司直) 현윤명(玄允明)의 딸이다. 저서로는 『오음유고』 등이 있다.

63 해창공(海昌公) : 윤방(尹昉). 1563(명종18)~1640(인조18). 조선 중기의 문신. 본관은 해평(海平). 자는 가회(可晦), 호는 치천(稚川). 사용(司勇) 희림(希琳)의 증손으로, 할아버지는 국자감정 변이고, 아버지는 영의정 두수(斗壽)이며, 어머니는 관찰사 황기(黃琦)의 손녀로 참봉 대용(大用)의 딸이다. 이이(李珥)의 문인이다. 인품이 중후하고 문장에 능했으며 효성이 지극하였다.

64 대각(台閣) : 의정부. 재상의 지위.

성한 친외가에서 나고 자라 그 기풍에 능히 물들었으니 성품은 말과 웃음이 적고, 단정하고 엄숙함으로 스스로를 지켰다. 사람에게는 부지런히 베풀기를 게을리 하지 않았으며 정결한 것을 좋아하여 거처하던 마루와 방은 먼지 하나도 남겨지지 않았고, 주머니와 상자에는 자잘한 것들도 모두 가지런히 정리되어 있었다. 항상 병을 앓았지만 그러나 날마다 반드시 빗질로 머리를 다듬고, 아침마다 시부모님을 뵙고 부엌일을 살핌에 매우 삼가하며 자신의 몸은 돌보지 않았다. 원외공을 섬김에 순종하면서도 경계하였으니 진실로 집안의 정승이라 일컬어졌다.

오공에게 시집간 지 25년만인 을해년[1695] 12월 10일에 돌아가시니 43세였다. 시아버지인 현령공(縣令公)이 우시며 "나는 늙었는데, 입고 먹는 온갖 것들을, 그 누가 잘 보살펴 주겠는가."라 하였고, 친척들도 매우 슬프게 곡하며 "이렇듯 어진 사람을 잃었으니 우리 집안 사람들은 어찌해야 하는가?" 하였다.

금천(衿川) 암강(嚴江)에 묻으니 원외공과 같은 무덤이었다. 뒤에 공과 함께 포천 쌍곡의 선조 묘역 아래로 옮겼다. 아들은 의하(宜夏)이고, 딸들은 김석범(金錫範)·조태좌(趙台佐)에게 시집갔다. 원외공은 뒤에 창녕 성씨에게 장가들어 아들 둘을 낳았는데 의철(宜哲)과 의대(宜大)이다. 보창(普昌)·보행(普行)·보성(普聖)·한명집(韓命集)의 아내는 의하의 소생이다. 김석범·조태좌 또한 자식이 있으나 모두 기록하지는 않는다. 공은 이세운(李世雲)[65]이니 벼슬은 형조 좌랑에 이르렀고, 스스로 묘지를 지었다.

명에 이른다.

아아! 정숙한 여인이로다.

명망 있는 가문에서 태어나

그 몸과 마음을 가지런히 하였으니

---

65 이세운(李世雲) : 1657(효종8)~?. 1684년에 진사로 급제하였다.

결점이 하나도 없으셨네.

덕스럽고 행실이 있으셨으니

동관(彤管)의 필치에 부끄럽지 않도다.

이게 가려져 있던 것을 드러내어

유실(幽室)을 밝히는도다.

해제　연안 김씨(1653~1695.12.19)는 이세운(李世雲)의 초배(初配)로 선조(宣祖)의 장인인 김제남(金悌男)의 증손녀이자 윤두수(尹斗壽)의 현손이니 친외가가 모두 명문 거족이었다. 18세 무렵 이세운과 혼인하여 25년을 함께 살며 1남 의하(宜夏)와 김석범(金錫範)·조태좌(趙台佐)에게 시집간 2녀를 두었다. 43세의 나이로 세상을 떠났다. 이의현은 명문가의 자손이었던 김씨가 혼인한 뒤에 겸손과 삼가는 태도를 잃지 않았음을 칭송하고 있다.

숙인 반남 박씨 묘지명 병서
淑人潘南朴氏墓誌銘 幷序

한산(韓山) 이 자평(李子平)[66]이 그의 아내 숙인(淑人) 박씨를 잃고, 깊이 슬퍼하며 손수 수백 마디 말 되는 행장을 짓고, 나에게 말하였다.

"부부[67]간의 의리는 사람마다 기미(氣味)가 같지만, 서로 비슷한 사람은 드문데 저와 숙인에게는 그러함이 있었습니다. 저는 부녀자들이 과시하고 자랑이 많으며 게다가 성질에 온화함이 적은 것을 항상 싫어했습니다. 저는 고요함을 좋아하고 소박함을 편히 여기니 나가서 벼슬하는 일을 잘 하지 못했습니다. 그런데 숙인은 모자란 듯 겸손하여 끝까지 허물이 없었으며 순종함으로 저를 받들어 주었습니다. 지나치게 떠들지 않고[68] 가난함을 부끄러워하지 않았으며, 부귀영화를 바라지 않았으니 유연하게[69] 제 뜻과 합치하지 않는 것이 없었습니다.

제가 관직에 나간 이래, 간간이 어려움을 많이 겪었지만 한번도 이해득실에 마음을 쓰지 않고 매번 제게 '과거 벼슬은 군자가 끝까지 힘쓸만한 일이

---

66 이 자평(李子平) : 이병성(李秉成). 1675(숙종 1)~1735(영조 11). 조선 후기의 문신. 본관은 한산(韓山). 자는 자평(子平), 호는 순암(順庵). 산보(山甫)의 5대손으로, 아버지는 병마절제도위 속(涑)이며, 형이 병연(秉淵)이다. 김창흡(金昌翕)의 문인이다. 1702년(숙종 28) 진사시에 합격하여 사환(仕宦)하였으나 대과에 급제하지 못하여 청요직(淸要職)을 역임하지 못하였고, 군수·공조 정랑 등을 역임하고 부사에 이르렀다. 시문에 능하고 글씨를 잘 썼다고 한다. 저서로는 『순암집』이 있다.

67 앙려(伉儷) : 배필, 짝.

68 희희(嘻嘻) : 화락한 모양, 자득한 모양, 웃으며 이야기하는 모양. 그러나 여기서는 '부녀자와 아이들이 지나치게 웃고 떠들면 후회하게 된다'는 『주역』의 뜻에 따라 번역하였다. 부녀자와 아이들이 지나치게 웃거나 떠든다면[嘻嘻], 마침내 후회하게 된다. 『주역』「가인괘(家人卦)」 구삼(九三).

69 유연(犁然) : 전율하는 모양.

아닙니다. 세상이 점점 험악해지니 어찌 일찌감치 버리고[70] 옛날 포선(鮑宣)과 환소군(桓少君)의 일을 따름으로써 만년을 즐기지 않을 수 있겠습니까'라고 권면하였으니 그 식견의 명철함이 바로 이와 같았습니다. 그런데 제가 우물우물 늦추며 결정을 하지 못하는 사이에 숙인이 갑작스레 죽었습니다. 무릇 사방으로 벗을 구해도 마음이 맞는 자를 얻기가 어려운데 규방 안에서 얻기야 어찌 더 지극히 어렵지 않겠습니까? 저의 궁함으로 이렇듯 좋은 친구를 잃고, 또 함께 은거하자던 뜻도 이루지 못하였으니 간 사람의 뜻을 거듭 저버린 것, 이것이 더욱 슬픕니다. 그대의 한 마디 말을 얻어 그 영혼을 위로하고 또 제 한도 풀고 싶습니다."

내가 그의 말을 듣고 나도 모르게 상연(爽然)[71]히 흥기되어 말하였다.

음(陰)은 유순하고 곤(坤)은 순종함이니 진실로 여인이 항상 지녀야 할 덕이다. 그 마음과 도량이 곧고 고요하여 근엄하게 유인(幽人)과 지사(志士)의 절조가 있었다. 숙인과 같은 분은 옛날에도 또한 드물었을 것이니 지금 세상에는 없다. 『시경』에 이르기를 "네게 여사(女士)를 배필로 주리라."[72]라 하였는데, 숙인이야말로 '여사'라는 호칭에 부족함이 없으리로다.

그런데 '남전(藍田)의 종자는 반드시 다르다.'[73]고 하였고, '빈 골짝의 향기가 반드시 멀리까지 퍼진다.'고 하였으니 사람의 어질고 어질지 못함은 대개 가문[世類]과 관련되어 있다. 숙인은 대대로 이름난 가문의 사람이니 할

---

70 사전(舍旃) : 버려두다는 뜻으로, 원래는 참소하는 말을 버려두고 그럴 듯하게 여기지도 않으면 그 말이 먹혀들지 않는다는 『시경』의 시에서 나왔다. 『시경』「당풍(唐風)·채령(采苓)」, "거짓말을 듣지 않고 내버려 두고서, 또한 그럴듯하게 여기지도 않는다면, 사람이 참소하는 말을 한다고 하더라도, 어떻게 그 말이 먹혀들겠는가.[舍旃舍旃 苟亦無然 人之爲言 胡得焉]"

71 상연(爽然) : 시원한 모양. 뚜렷한 모양.

72 이이녀사(釐爾女士) : 어진 아내를 얻음. 『시경』「대아·기취(旣醉)」 "釐爾女士 從以孫子"

73 남전출옥(藍田出玉) : 친재는 천재를 낳는다. 남전(藍田)은 중국 협서성 남전현의 동남에 있는 산이며 예부터 아름다운 옥의 산출지로 유명하였다. 남전이 예부터 명옥을 산출하듯이 현명한 부모에게서 현명한 자식이 태어난다는 말.

아버지이신 문정(文正)·문강공(文康公) 두 분은 절의와 학문으로 당시에 모든 선비들이 추숭하였다. 또 소현세자께서 (숙인의) 외할아버지가 되시니 왕실[74]의 사람으로 기린의 뿔과 이마처럼[75] 범상한 사람과는 다르다. 그래서 어릴 때부터 이미 어른과 같았다. 한번은 궁궐에 들어갔는데 숙종께서 여러 말씀으로 시험해 보셨는데 응대가 민첩하며 예의가 있어 상감께서 뛰어나다고 여기셨다. 부귀한 집안에서 나고 자랐지만 부귀에 얽매이지 않았고, 가난한 집안으로 시집가서는 완연하게 원래 익숙하던 것처럼 하였다. 형님[이병연]이 재상의 반열에 올랐지만 한번도 벼슬을 요청하지 않았다. 의복은 항상 똑같았고, 사치를 일체 끊었으며 앞뒤의 사이에서 처신함에는 겸손과 온화함, 공경함으로 하여 법도를 얻었고 말은 간결하면서도 합당하였으며 행동은 자상하면서 우아하였다. 항상 성실함에 힘쓰니 한 가지 일도 교만하고 거짓된 것이 없었다. 잔치에 가는 것을 좋아하지 않았으며 잡설(雜說)을 보는 것도 좋아하지 않고 오로지 『소학』으로 자신을 단속하니 이것이야말로 유인이 근본을 세우고 미덕을 모두 갖춘 이유일 것이다! 아아! 어질도다!"

숙인의 본관은 반남(潘南)이다. 증조 할아버지 해(垓)는 참판에 추증되셨고, 할아버지 세면(世冕)은 참찬에 추증되셨다. 아버지 태정(泰定)[76]은 금창부위(錦昌副尉) 경헌공(敬憲公)이시고 어머니는 경녕군주(慶寧郡主)[77]에 봉해지셨다.

---

74 옥첩(玉牒) : 왕실의 계보.

75 인각린정(麟角麟定) : 인각은 기린의 뿔, 인정은 기린의 이마로 매우 희귀한 물건을 비유하는 것이다. 여기서는 왕실의 고귀한 태생을 비유하였다.

76 박태정(朴泰定) : 1640(인조 18)~1688(숙종 14). 조선 후기의 문신. 본관은 반남(潘南), 자는 정지(定之), 호는 경신재(敬愼齋). 아버지는 첨지중추부사 세면(世冕)이다. 박세채(朴世采)의 문인으로 소현세자(昭顯世子)의 둘째딸과 결혼하였고, 1659년(효종 10)에 금창부위(錦昌副尉)가 되었다. 뒤에 특별히 1품이 올라 오위도총부도총관에 이르렀다. 언제나 정좌하여 독서에 힘쓰니 마음은 경적(經籍)에 묻혀 학문이 특출하게 뛰어났다. 시호는 경헌(敬憲)이다.

77 경녕군주(慶寧郡主) : 소현세자의 제 2녀이다. 1659년(효종 10) 효종의 명에 따라 소현세자의 자녀들이 군과 군주에 봉해졌다.

숙인은 기유년[1729] 2월 3일에 죽었으니 나이 54세였다. 안산(安山) 죽율리(竹栗里)에 묻었다. 아들 도중(度重)과 딸 셋이 있는데 장녀는 윤상정(尹尙靖)에게 시집가 딸을 낳았고, (그 딸은) 박사춘(朴師春)에게 시집갔다. 그리고 차녀는 진사 조성규(趙聖逵)에게, 막내는 김간행(金簡行)에게 시집갔다. 자평의 이름은 병성(秉成)으로 문정공 목은 이색(李穡)의 후손이자 돈녕부 도정 속(涑)의 아들이다.

명에 이른다.

반남과 야천[78]의 가문이요

장묘(長廟)[79]의 후손이라.

이에 정숙한 자질을 길렀으니

어려서부터 능히 그러하셨네.

선조를 본받아 단속하시니

아름다운 거동은 끝이 없으셨도다.

법도 있는 가문으로 시집을 오셔서

존귀한 가문임을 내세우지 않고

오로지 깊은 겸손함으로

형우(珩瑀)[80]가 고요하고 아름다우며

금슬(琴瑟)이 화락하셨도다.

이름 있는 가문이라 하였으나

우리의 간소함을 즐기며

세상의 화려함을 싫어하셨네.

---

78 반야(潘冶) : 반은 반남선생이라 불린 문정공(文正公) 박은(朴訔), 그리고 야는 박소(朴紹)이니 그는 김안로를 배척하다 영남으로 귀양을 갔으며 호를 야천(冶川)이라 하였다. 김창흡, 「錦昌副尉朴公墓誌銘 幷序」, 『삼연집』, 『한국문집총간』 166, 20쪽

79 장묘(長廟) : 궁궐과 종묘의 사이를 막은 긴 벽. 여기서는 박씨가 소현세자의 외손녀인 것을 말하는 듯하다.

80 형우(珩瑀) : 패옥(佩玉)의 상부와 중부에 있는 옥. 모두 백옥으로 만든다.

우뚝하도다, 풍모여.

부자(夫子)와 함께 은거해

속세를 떠나 살며

어찌 우리 분수를 지키지 않으랴.

이 영원한 은거의 뜻 품었으나

오랜 계획 어긋나니[81]

부자(夫子)가 눈물을 떨구네.

수명은 짧았으나 영원토록 전하여

동사(彤史)에 향기를 드리우도다.

누가 그분이 돌아가셨다 하는가.

무덤에 명을 써서

행적을 드러내노니

천백 년을 기약하네.

해제 반남 박씨(1679~1729.2.3)는 이병성(李秉成)의 아내로 아버지는 박태정(朴泰定), 어머니는 소현세자의 제2녀 경녕군주(慶寧郡主)이니 소현세자에게는 외손녀이다. 이병성과 혼인하여 1남 3녀로 아들 도중(度重)과 각각 윤상정(尹尙靖), 진사 조성규(趙聖逵), 김간행(金簡行)에게 시집간 3녀를 키우고 54세의 나이로 세상을 떠났다. 남편에게 벼슬을 버리고 귀전(歸田)할 것을 권면하였으나 끝내 그 꿈을 이루지 못하였다. 왕실의 후손이었음에도 화려한 잔치와 생활보다 소박한 은거를 꿈꾸었으며, 잡설(雜說)을 좋아하지 않고 『소학』으로 자신을 단속했던 여성으로 그려져 있다.

---

81 치지(差池) : 어긋난 모양. 가지런하지 않은 모양.

공인 전주 유씨 묘지명 병서

恭人全州柳氏墓誌銘 幷序

기미년[1739]에 사문(斯文) 우세준(禹世準)[82]이 눈물을 흘리며 나에게 말하였다.

"제가 하늘의 도움심을 입지 못하여 11살에 아버지를 여의고 20살에 어머니를가 잃은 채 외롭게 남은 목숨으로 구차히 지금까지 살아, 이제 65세가 되었습니다. 바람이 촛불에[83] 갑자기 닥칠까 걱정되어 서둘러 어머니의 자취를 드러내어 후세에 보이고자 감히 청합니다."

이어 말하였다.

"저의 어머니 공인 유씨는 본관이 전주입니다. 먼 조상 직제학을 지낸 유극서(柳克恕)는 고려조 때에 유명하였고, 대대로 이름난 사람이 있었습니다. 용(蓉)·세륭(世隆)·정휴(廷休)에 이르면 삼대가 벼슬을 하지 않았는데 정휴가 제 어머니의 아버지입니다.

제 어머니는 성품이 유순하고 곧았습니다. 혼인하기 전에는 효성와 우애로 칭송받았고, 우리 집안으로 시집을 오셔서는 시부모를 섬김에 한결같이 어김이 없었습니다. 제사는 더욱 정결하게 받들며 남편을 보좌하고 자식과 조카들을 교육하고 종들을 대우함에 모두 올바른 도리를 얻었습니다. 제 아버지가 돌아가셨을 때에는 예에 지나칠 정도로 슬퍼하여 혼절했다 깨어나셨습니다. 자식들을 더욱 경계하고 단속하며 학문으로 스스로를 연마하

---

82 우세준(禹世準) : 자는 준경(準卿). 1675년(숙종 1) 생이며, 1725년 증광시에서 51세의 나이로 급제하였다.

83 풍촉(風燭) : 바람에 흔들리는 촛불처럼 위태로운 인생. 여기서는 자신이 늙어 언제 세상을 떠날지 모르겠다는 걱정을 표현한 것이다.

여 가문의 명성을 떨어뜨리지 않도록 권면하였습니다. 좋은 손님이 오시면 힘을 다해 받들었는데 절고지풍(截鼓之風)[84]이 있었습니다. 한번은 굶주린 기색이 있는 사람이 찾아 왔는데 서둘러 쌀을 씻어 죽을 지어서 먹도록 해 주니 그 사람이 감사해마지 않았습니다. 아! 제 어머니의 뛰어난 행실이 진실로 한 두 가지가 아닌데 제가 늙어 잊어버려 모두를 말하지 못합니다.. 그러나 또한 한 무퉁이만으로도 나머지 세 곳을 알 수 있을 것입니다.

숙종 갑술년[1694]에 어머니께서 병이 드셨는데 5월 29일 저녁에 급히 밥을 지어 자식들을 먹이시더니 밤에 결국은 저희들을 버리셨습니다. 아아! 이는 아마도 일어나지 못할 것을 스스로 아시고 자식들과 이별하려 하셨던 것 같습니다. 그때 연세가 52세였습니다.”

우군의 말은 여기에서 그쳤지만 그러나 말이 너무도 슬프니 지극한 마음에서 나온 것이다. 내가 나도 모르게 슬프게 마음에 감동됨이 있어 마침내 글을 짓는다.

공인의 무덤은 충추(忠州) 북촌(北村) 월현(月縣)에 있다. 길한 자리를 골라 우공(禹公)의 산소를 옮겨 공인과 합장하려 하나 아직은 하지 못하였다. 자녀들은 공의 묘석에 이미 기록되어 있어 여기에는 쓰지 않는다.

명에 이른다.

아름답구나, 공인이여.

능히 아름다움을 드러내셨네.

이에 현석(玄石)에[85] 새겨서

후세에 알리노라.

---

84 절고지풍(截鼓之風) : 진(晉)나라 때 도간(陶侃)의 어머니 담씨(湛氏)가 겨울에 손님이 찾아 와서 접대할 것이 없자 욕초[褥草; 풀자리]을 잘라서 말을 먹이고, 머리털을 잘라 팔아서 안주를 마련했다는 고사에서 유래하였다.

85 현석(玄石) : 비석, 묘비.

<table>
<tr><td>해
제</td><td>전주 유씨(1643~1694.5.29)는 우세준(禹世準)의 어머니이고, 성균 생원</td></tr>
</table>

우석주(禹錫疇)의 아내이며, 유정휴(柳廷休)의 딸이다. 우세준이 20세에
되던 해 52세의 나이로 세상을 떠났다. 임종하기 직전, 자식들을 위해 서둘러 밥을
지어 먹였다는 일화는 아버지를 어린 나이에 잃고 이제 자신마저 떠나야 하는 상
황에서 자녀들에 대한 깊은 사랑과, 그보다 더한 깊은 슬픔과 염려를 담은 일화로
보인다. 우세준은 그로부터 45년의 세월이 흐른 뒤에 자신이 이제 늙어 죽고 난 다
음 어머니의 행적이 전해지지 못할 것을 염려하여 이의현에게 묘지명을 청탁했다.

큰누나 유인 묘지
伯姊孺人墓誌

　나의 큰누님 유인 이씨는 통덕랑(通德郎) 안동 권상명(權尙明)의 아내이다. 우리 이씨는 본관이 용인(龍仁)인데 증조 할아버지 후연(後淵)은 좌찬성에 추증되고, 할아버지 정악(挺岳)은 파주 목사를 지냈으며 영의정에 추증되셨다. 아버지 세백(世白)은 좌의정이셨고, 어머니 영일 정씨는 고양 군수로 좌찬성에 추증된 창징(昌徵)의 딸이다.

　큰누님은 숭정(崇禎) 후 임진년[1652] 4월 13일에 태어나셨다. 어려서부터 마치 어른처럼 의젓하였고 여공(女紅)을 배우면서는 종일 고개를 숙이고 여공을 그치지 않았다. 또래와 놀면서도 절대로 뜰 아래로 내려가지 않으며 "이것은 부녀자가 할 일이 아니다."라 하니 할머니 김 부인께서 항상 감탄해 마지 않으셨다. 시집 가서는 시부모를 봉양함에 정성과 예의가 모두 지극하였고 동서들을 대함에도 각각 그 도리를 다하니 집안이 화락하여 이간하는 말이 없었다. 친정 부모님을 섬김에도 사랑이 깊었다. 의정공[李世白]의 초상 때에는 이미 노년이 되셨음에도 애통함이 예법을 벗어나 거의 목숨을 보전하지 못할 뻔했다. 어머니께서 살아 계시니 집안 일을 제쳐 두고[86] 자주 와서 모시고 곁에서 보살피는 데 극진하지 않음이 없었다. 자녀들을 기르면서는 사랑한다고 하여 가르침을 폐하지 않았다. 통덕공께서 일찍 세상을 떠나시자 자식들을 통덕공의 큰형인 수암 선생[權尙夏][87]께 맡겨 자녀

---

86 파탈(擺脫) : 철개(撤開), 탈리(脫離).

87 권상하(權尙夏) : 1641(인조 19)~1721(경종 1). 조선 후기의 학자. 본관은 안동(安東). 자는 치도(致道), 호는 수암(遂菴)·한수재(寒水齋), 시호는 문순(文純)이다. 서울 출신. 아버지는 집의 격(格)이며, 우참찬 상유(尙游)의 형이다. 송준길(宋浚吉)·송시열(宋時烈)의 문인이다. 16세기에 정립된 이황·이이의 이론 중 이이·송시열로 이어지는 기호학파의 학통을

들로 하여금 보고 느끼며 뜻을 이룰 수 있도록 하였다.

유인이 비록 서사(書史)를 익히지는 않았지만 사리에 통달하니 의정공께서 일이 있을 때마다 매번 묻고 의논하시며 여자로 여기지 않으셨다. 성품이 엄숙하고 말과 웃음이 적으며 무당이나 미신을 좋아하지 않아 기도나 굿을 일절 하지 않았다. 산골짝의 마을에서 잠시 산 적이 있었는데 그 집에 신을 모시는 기구가 땅에 두서너 번이나 저절로 떨어졌다. 마을 사람이 "귀신이 필시 두렵고 꺼리는 것이 있어서 그런 것일 겁니다."라 하였다. 그 뒤에 다른 마을에 가서 살게 되었을 때에도 그러하였다. 제사를 매우 엄하게 지키며 비록 편찮을 때에도 제사 음식은 반드시 직접 만들고 풍성하게 차리도록 애쓰며 "이것은 중대한 일이다. 지금 이렇게 지내지 않으면 훗날 필시 점점 줄어들 것이다."라 하였다.

친족과 마을 사람들에게 후하게 대하였으며 급한 사람을 도울 때에는 비용이 있고 없고를 따지지 않았다. 이웃에서 불이 났는데 그 집의 며느리가 마침 아이를 낳았다. 유인은 그가 불에 놀라 병이 들까 걱정하며 자주 괜찮은지를 물었고, 또 밥과 국을 지어 보내 주었는데 평소 알던 사람에게 하는 것과 다름 없으니 듣고 탄복하지 않는 사람이 없었다. 종들을 거느림에 은혜와 위엄을 같이 보였고, 맡겨 부리는 데에는 규모가 있었다. 집안 일을 처리함에는 둘 것과 꼼꼼히 할 것을 적절히 하여 질서가 정연하며 어지럽지 않았다. 실을 잣고 베를 짜는 일은 늙어서도 여전히 게을리 하지 않으셨고, 임종88하기 하루 전날에는 칼과 자, 남은 실들을 꺼내어 딸에게 주며 "이것

계승하고, 그의 문인들에 의해 전개되는 이른바 호락논변(湖洛論辨)이라는 학술토론 문화를 일으키는 계기를 주었다. 이단하(李端夏)·박세채(朴世采)·김창협 등과 교유했으며, 문하에서 배출된 뛰어난 제자로는 한원진·이간·윤봉구(尹鳳九)·채지홍(蔡之洪)·이이근(李蓬根)·현상벽(玄尙璧)·최징후(崔徵厚)·성만징(成晚徵) 등 이른바 '강문팔학사(江門八學士)'가 있다. 저서로는 『한수재집』·『삼서집의(三書輯疑)』 등이 있다.

88 속광(屬纊) : 사람이 죽어갈 무렵에 고운 솜을 코나 입에 대어 호흡의 기운을 살피는 것에서 유래하여 임종(臨終)을 뜻한다.

은 내가 평생을 잡고 부지런히 하던 일이니 너희들이 마땅히 알아야 할 것
이다."라 일러 주셨다.

유인은 평소에 건강하여 병이 없었는데 중년에 슬픔으로 인해 앓아눕게
되었고, 점점 오래 끌더니 환갑이 되던 해 11월 24일에 결국 돌아가셨다.
통덕공의 무덤 오른쪽에 묻었는데 다른 혈(穴)에 봉분을 같이 하였다. 통덕
공은 재주와 행실이 뛰어났으나 뜻을 이루지 못하였다. (통덕공의) 아버지인
집의(執義) 격(格)[89]은 강직한 간언(諫言)으로 알려지셨다. 세계(世系)는 통덕
공의 묘지에 모두 실려 있어 여기에는 적지 않는다.

2남 1녀를 낳았는데 아들은 섭(燮)[90]·형(瑩)이고 딸은 선비 황식(黃埴)에
게 시집갔다. 섭은 참판 이세필(李世弼)의 딸에게 장가들어 아들 하나를 낳
으니 초성(初性)이다. 다시 현령 조경창(趙景昌)의 딸에게 장가들어 1남 2녀
를 낳았는데 아들은 덕성(德性)이고 장녀는 김한봉(金漢鳳)의 아내이며 막내
는 어리다. 또 측실이 낳은 아들 선성(善性)이 있는데 주서(注書)에 추증된
어사상(魚史商)의 딸에게 장가들었다. (사위) 황식은 일찍 죽었고 후사로 들
인 아들은 어리다. 초성은 현감 송순석(宋淳錫)의 딸에게 장가들어 아들 둘

---

89 권격(權格) : 1620(광해군 12)~1671(현종 12). 조선 중기의 문신. 본관은 안동. 자는 정숙
(正叔), 호는 육유당(六有堂). 아버지는 선산부사 성원(聖源)이다. 1650년(효종 1) 진사가 되
었고, 다음해 정시 문과에 급제, 승문원 정자가 되었다가 1653년 세자시강 원설서가 되었다.
1654년 정언·지평이 되었다가 집의에 올랐다. 직간을 잘하기로 소문난 민응형(閔應亨)으
로부터 간신(諫臣)의 풍모를 지녔다는 평을 들었다.

90 권섭(權燮) : 1671(현종 12)~1759(영조 35). 조선 후기의 문인. 본관은 안동(安東). 자는
조원(調元), 호는 옥소(玉所)·백취옹(百趣翁)·무명옹(無名翁)·천남거사(泉南居士). 서
울 출생. 할아버지는 집의(執義) 격(格), 아버지는 증 이조 참판 상명(尚明), 어머니는 용인
이씨(龍仁李氏)로 좌의정 세백(世白)의 딸이다. 아우는 내사산 형(瑩)이다. 큰아버지는 학
자 상하(尚夏), 작은아버지는 이조 판서 상유(尚遊)다. 어머니는 현명한 분으로 그에게 많은
영향을 미쳤다. 16세에 경주 이씨(慶州李氏) 이조 참판 세필(世弼)의 딸과 혼인하였다. 14세
에 아버지와 사별했기 때문에 큰아버지의 각별한 보살핌과 훈도를 받으며 수학하는 한편,
외숙인 영의정 이의현(李宜顯), 처남인 좌의정 이태좌(李台佐) 등과 함께 면학하기도 하였
다. 일생을 전국 방방곡곡 명승지를 찾아 탐승(探勝) 여행을 하며 보고 겪은 바를 시문으로
남겼다. 저서로 『옥소집(玉所集)』이 있다.

을 낳았으니 조응(祚應)·서응(瑞應)이고, 딸 둘은 모두 어리다.

아아! 나는 어린 동생이라 누님의 사랑을 가장 많이 받았다. 평소의 아름다움을 보고 기억하는 것이 참으로 많은데 누님의 지극한 효성과 우애는 실로 보통 사람보다 뛰어난 것이었다. 내가 기박하고 모자라서 자식들이 모두 잘 자라지 못하니 유인의 애통함이 매우 깊었다. 차남을 양자로 들여 집에서 양육하며 사랑으로 부지런히 기르는데 자신이 낳은 자식보다 더 극진하였고, 그가 장성하며 선대의 가업을 잇기를 날마다 소망하였다. 그러나 겨우 10살에 갑자기 요절하니 유인은 놀라 소리치고 애통해 하며 밤낮으로 눈물을 흘렸다. 절기마다 꼭 음식을 차려 제사를 지내니 그 슬픔과 그리움은 오랠수록 더욱 간절해졌다. 병이 위독할 때에도 여전히 그 아이의 생일 제사를 지내라 하며 "내가 아무리 병들었다 해도 어찌 차마 그 아이를 굶게 할 수 있겠느냐."라 하였고, 임종할 때까지도 그리워해 마지 않았다. 아아! 진실로 지성에서 나온 효성과 우애가 아니라면 어찌 그리 할 수 있었겠는가! 이러하였으니 그 밖의 미덕들 또한 미루어 알 수 있을 것이다. 마침내 울면서 뒤에 기록한다.

해제   유인 이씨(1652.4.13~1712.11.24)는 이세백의 큰딸이니 곧 이의현의 누나이며, 권상명(權尙明)의 아내이자 옥소(玉所) 권섭(權燮)의 어머니이다. 특히 아들 권섭에게 큰 영향을 준 어머니로 알려져 있다. 2남 1녀를 낳았는데 아들은 섭(燮)·형(瑩), 딸은 황식(黃埴)에게 시집갔다. 유인 이씨의 풍모는 여러 가지 일화를 통해 그려지고 있는데 '서사(書史)를 익히지 않았음에도' 학문에 통달하였고, 가문과 주변의 사람들을 지극하게 보살폈으며, 여공(女功)을 평생의 소임으로 알고 여성으로서의 덕목을 철저하게 지켰다. 아들 옥소 권섭과의 관계 속에서 드러난 면모, 곧 소설을 언문으로 필사하였고, 상당한 문식(文識)과 문예적 취향을 가졌던 면모 등은 여기에서는 잘 드러나 있지 않다.

둘째 누님 유인 묘지

仲姊孺人墓誌

아아! 올해는 어떤 해인가! 아이의 병이 위독해지고 누님의 숙환이 또 심해지시더니 4월 23일에 돌아가셨고, 아이는 (4월) 29일에 죽었다.[91] 열흘도 안 되는 동안 흉악한 재앙이 거듭 닥쳤으니 아아! 하늘이여!

집안이 적료해졌으니 선조의 제사를 받들 사람은 자손 중에 오직 이 아이뿐이었다. 그런데 이 아이가 죽었으니 선친의 제사는 끊어졌다. 외롭게 남겨진 여생에 누님을 어머니처럼 의지하였는데 누님이 돌아가셨으니 의지할 곳 잃은 고통이 또 닥쳐온다. 무릇 사람이 태어나면 부모를 의지하게 되는데 하루 아침에 제사가 끊어지고, 자애로운 보살핌을 잃어 결국은 고독한 사람이 되었다. 아아! 올해는 어떤 해인가!

누님의 장례를 치른지 몇 달 만에 손자 홍치원(洪致元)이 울면서 나에게 묘지를 청하였다. 내가 다만 아직 식지 않았을 뿐 죽은 몸으로서 어찌 남은 기력이 있어 문자를 쓸까마는 이 일이 조금이라도 늦어져 누님의 아름다운 자취가 사라져 없어지고 증명할 수 있게 된다면 이를 어찌 견디겠는가! 마침내 마지막 남은 숨으로 힘껏 버티며 침상에 기대어 입으로 불러 가며 쓴다.

누님은 용인 이씨이다. 돌아가신 아버지 세백(世白)은 좌의정 충정공 우사(雩沙) 선생이고, 할아버지 정악(挺岳)은 파주 목사(坡州牧使)로서 영의정에 추증되셨으며 증조 할아버지 후연(後淵)은 좌찬성에 추증되셨다. 어머니는 정경부인 영일(迎日) 정씨인데 고양 군수(高陽郡守)로서 좌찬성에 주층된 창징(昌徵)의[92] 딸이다.

---

91 이의현의 아들 보문(普文)이 1740년, 26세의 나이로 죽었다. 이로 보면 이 글을 쓴 시기는 1740년 무렵으로 이의현은 당시 72세였다.

(누님은) 효종 병신년[1656] 12월 9일에 외가댁에서 태어났다. 외증조부 상국(相國) 충정공(忠貞公)께서 특히 범상함을 칭찬하며 매번 남자로 태어나지 못한 것을 한스러워하셨다. 우리 아버지의 가법이 엄정하고 어머니의 가르침 또한 엄숙하였다. 할머니 김 부인은 바로 문정공(文正公) 청음(淸陰; 김상헌)의 손녀이고, 외할머니 홍 부인은 충정공(忠正公) 화포(花浦; 홍익한)의 딸이니 모두 덕망과 행실을 갖추고 세상의 여종(女宗)[93]이 되신 분들이다. 누나는 어려서부터 그를 보고 본받아 배워 여인의 법도[94]를 능히 갖추었다.

18세에 남양 홍씨 가문의 통덕공[洪德普]의 아내가 되었다. 당시에 통덕공의 아버지 상국 기천공(沂川公)[95]은 이미 돌아가셨고, 그 어머니이신 윤 부인만이 살아계셨는데 누님이 그분을 섬기며 한결같이 예법을 준수하고 공경하며 어김이 없었다. 숙안공주[96]는 효종의 딸로 기천공에게는 종손부(從孫婦)[97]가 되신다. 고귀하며 강한 분이라 사람을 인정함이 적었지만 누님의 행동을 보시고는 혀를 차며 경탄하고 그의 동생 숙휘공주[98]에게 "평소에 정 부인(鄭夫人)[99]이 자녀를 교육함에 법도가 있다는 말을 들었는데 그렇다

---

92 창징(昌徵) : 정창징. 1615(광해군 7)~1664(현종 5). 자는 자휴(子休). 아버지 유성(維城)은 통훈대부 원주목사이다. 정창징은 1639년(인조 16) 진사시에 합격하고, 1662년(현종 3) 고양 군수를 지냈으며 숭록대부 의정부 좌찬성에 추증되었다. 부인은 남양 홍씨이다.

93 여종(女宗) : 여자의 모범이 되는 여자. 여사(女師). 『열녀전(列女傳)』「송포녀전(宋鮑女傳)」.

94 곤범(壼範) : 부녀자의 법도, 모범.

95 홍명하(洪命夏) : 1607(선조 40)~1667(현종 8). 조선 중기의 문신. 본관은 남양(南陽). 자는 대이(大而), 호는 기천(沂川), 시호는 문간(文簡)이다. 병조 참의 서익(瑞翼)의 아들이다. 1630년(인조 8) 생원이 되고, 1644년 별시 문과에 을과로 급제하여, 검열을 거쳐 1646년 문과중시에 병과로 급제한 뒤 규장각 대교, 정언·교리·부수찬·헌납 등을 지냈다. 성리학(性理學)에 조예가 깊었으며, 특히 효종의 신임이 두터워 효종을 도와 북벌계획을 적극 추진하였고, 박세채(朴世采)·윤증(尹拯) 등 명신들을 조정에 천거하였다. 글씨에도 뛰어났다. 순조 때 여주의 기천서원(沂川書院)에 배향되었으며, 저서로는 『기천집』이 있다.

96 숙안공주(淑安公主) : 효종의 제 1녀. 정비 인선왕후 소생이다.

97 종손부(從孫婦) : 종손(從孫)은 형제의 자손, 종손부는 그 자손의 아내.

98 숙휘공주(淑徽公主) : 효종의 제 3녀. 『숙휘신한첩(淑徽宸翰帖)』을 만들었다.

99 이의현의 어머니 영일 정씨를 말한다.

둘째딸 김씨의 아내 묘지
第二女金氏婦墓誌

내가 늙어갈수록 더욱 운명이 기박하고 험난하여 신명께 죄를 지었는지 경신년[1740]에 아들이 죽고, 김씨[111]의 아내가 된 딸 또한 죽었다. 슬픔이 거듭되고 애통함이 겹치니 사람으로서 견디기 어려운 지경이라 울부짖고 무너질 듯 마음이 찢어지니 천지간에 아득하기만 하다. 하루는 딸의 시아버지인 참찬공[112]이 딸의 유사(遺事) 몇 조를 직접 써서 나에게 보여 주었는데 그 초고는 다음과 같다.

세상을 떠난 손부(孫婦)는 유순한 덕을 천성으로 타고 났으니 어른을 섬김에 그 뜻을 어기지 않았을 뿐만 아니라 식구들을 대하면서도 모두 기꺼워하는 마음을 갖게 하였다. 시집온 지 17년에 한번도 거친 말이나 황황한 기색을 보인 적이 없고 몸가짐과 일처리가 모두 자연스러운 데서 나왔지 하나도 마음을 억지로 해서 애쓴 것은 없었다. 말과 행동이 법도에 맞지 않는 것이 없었다. 남편의 여동생들과 오랫동안 같이 살면서 어찌 마음에 맞지 않는 일이 없었겠는가마는 편안하게 대처하며 처음과 끝이 한결 같았다. 종들에게 죄가 있는데 일이 은밀한 부분에 관계된 것이면 기어이 그들

---

111 김씨(金氏) : 김성주(金聖柱)를 말한다. 1710(숙종 36)~1734(영종 10). 자는 원보(元輔). 본관은 경주. 아버지는 당진 현감을 지낸 한명(漢明)이다. 윤봉구(尹鳳九)에게 학업을 배우며 그에게 인정받았다. 1730년 병에 걸렸다가 1733년 어머니의 상례를 치르며 병이 심해져 25세의 젊은 나이에 후사 없이 세상을 떠났다. 임종할 때 가족들과 영설하면서도, 아내에 대해서만은 법도대로 영결을 허락하지 않다가 장자의 간청에 의해 아내와 영결하며 어른을 잘 모시고 제사를 잘 받들라는 당부를 했다는 기록이 이의현이 사위를 위해 쓴 「여서경주김군묘지명병서(女壻慶州金君墓誌銘. 幷序)」에 실려 있다.

112 참찬공(參贊公) : 김성주(金聖柱)의 한아버지 유경(有慶)을 말한다. 1669(현종 10)~1748(영조 24). 자는 덕유(德裕). 시호는 효정(孝貞). 참찬 벼슬로 치사하였다. 이의현, 「여서경주김군묘지명병서(女壻慶州金君墓誌銘. 幷序)」, 『도곡집』 권18; 『문과방목』 참조.

을 위하여 덮어 주었고, 그 마음이 비록 악했다 해도 심하게 매도한 적은 없었다.

타고난 성품이 담박하여 욕심이 없었으니 비록 작은 물건이라도 절대로 다른 사람에게 달라 하지 않으면서도 다른 사람이 달라고 하면 매번 응해 주면서도 어려워하지 않았다. 사람들에게 매우 분명하게[113] 처신하였고, 또한 가벼이 험담이나 칭찬을 하지 않았다. 그래서 다른 사람들에게 원망이나 미움을 받지 않았다. 의지할 곳이 없는 늙은 여종을 집에서 살게 하였는데 일찍이 '10년을 곁에서 보아서 그의 인품을 잘 안다.'고 말하였다. 비록 기쁜 일, 화날 일을 당해도 한번도 기색과 말로 드러낸 적이 없으며 또한 다른 사람과 논쟁하고 따지며 말하는 것을 보지 못하였다. 본래 성품이 겸손하여 남이 알아주기를 바라지 않으니 가족들도 그가 부도(婦道)를 이처럼 순연하게 갖추었음은 알지 못하였다. 그 아이가 죽은 뒤에야 그 평생의 행적이 한 가지도 흠잡을 것이 없음을 생각하며 상하·노소가 비로소 한 소리로 칭송하여 "지금 세상에 이만한 부인을 다시 보지 못할 것이다."라 하였다. 이 몇 가지 일을 미루어 보면 그 덕성이 타고난 것임을 대략 알 수 있다.

기질이 본래 여리고 약하여 오래 병을 앓았고, 남편을 잃은 뒤로는 기운이 남김없이 다 빠져 결국은 치료하기 어려운 병에 걸렸다. 계축년[1733]에 그 아이의 시어머니가 산후병으로 떠나니 아이가 태어난 지 겨우 7일째였다. 그 아이를 어렵사리 기르며 10살이 될 때까지 모녀처럼 서로 의지하였는데 딸아이가 임술년[1742] 7월에 어린 나이로 죽으니 비통함이 너무 지나쳐 결국 9월 19일에 일어나지 못하였다. 애통하다. 애통하다!

하늘은 아름다운 자질과 뛰어난 덕성을 그 부부에게 주고 배필이 되게 하였으니 그 뜻이 우연이 아니었을 것이다. 그런데 운명이 기박하고 단명한 것이 하나같이 똑같고[114] 또 자손을 남기지 못하였으니 천리가 어그러지고

---

113 경위(涇渭) : 사물의 진위, 시비 및 인품의 우열, 청탁(淸濁)을 비유하는 말.

114 동부(同符) : 같은 부호, 신표. 서로 들어맞음, 꼭 갖음.

막내 여동생 정부인 묘지
季妹貞夫人墓誌

아아! 내가 늙어서 죽지 않고 천지신명께 죄를 지어 경신년[1740]에 아들이 젊어서 죽고, 그가 죽기 7일 전에 누님 홍 유인이 먼저 떠나셨다. 임술년[1742] 봄에는 여동생 시랑(侍郎) 김씨[117]의 아내가 이어 세상을 떠나고 가을에 둘째딸 김씨의 아내가[118] 또 죽었다. 곡수(穀燧)가 세 번 바뀌기도 전에[119] 자식과 동기간이 모두 나를 저버리고 먼저 화를 당하였으니 끔찍하도다. 사람의 근심과 고독함이 어찌 여기에까지 이르렀는가! 비애가 병이 되어 자리에 누워 숨을 헐떡이고 있다.

하루는 여동생의 아들 김치만(金致萬)이 울면서 말하였다.

"제 어머니의 아름다운 덕은 친척들 사이에 널리 알려져 있습니다. 그러나 상세하고 믿을 만하기로는 우리 삼촌만한 분이 없으십니다. 또 연세가 높고 숙환이 있어 사람의 일도 두렵기에 어머니의 유적을 편찬하는 일을 늦출 수 없을 것 같아 서둘러 시행하기를 원합니다. 그리고 땅 속의 혼령도 필시 그러기를 매우 소망하실 것입니다."

아! 말이 이처럼 비통하고 간절하니 비록 목석이라도 그 마음이 어찌 움직이지 않겠는가. 마침내 눈물을 흘리며 글을 쓴다.

대개 듣자니 부인의 아름다운 법도를 볼 수 있는 것에 세 가지가 있다

---

117 김씨(金氏) : 남편 김희로(金希魯)를 말한다.

118 이의현의 둘째딸 김성주의 아내를 말한다. 앞의 글 「제이녀김씨부묘지(第二女金氏婦墓誌)」 참조.

119 곡수미경삼(穀燧未更三) : 묵은 곡식이 없어지고 새로운 곡식이 돋을 때, 곧 계절이 바뀔 때마다 수목(燧木)의 종류를 바꾸던, 개화(改火)의 풍속에서 온 말로 사계절의 변화를 말하며, 특히 여기서는 동기와 자식들이 몇 달 간격으로 사이에 세상을 떠난 것을 말하는 것으로 보인다. 『논어(論語)』 「양화(陽貨)」 "舊穀旣沒 新穀旣升 鑽燧改火 期可已矣"

한다. 하나는 '어릴 때의 행동'이요, 둘째는 '부인으로서의 도리'요, 셋째는 '어머니로서의 가르침'이다. 이 세 가지를 능히 갖춘 뒤에라야 여인으로서의 법도의 시종을 말할 수 있다. 세속의 부녀자들은 전전(剪剪)[120]하니 대개는 이를 따르기만 하는 것인데, 부인만은 홀로 능히 넓게[121] 마치 아무 일도 아닌 듯하였으니 어찌 어렵지 않겠는가!

부인이 어렸을 때 행동에 대해 말하고자 한다. 부인은 나면서부터 아름다운 행실과 도량이 있었다. 돌아가신 부모님도 진실로 자애롭게 한다 하여 가르침을 느슨하게 하지 않으셨고, 또 그 내외가 대대의 미덕에 감동하여 무젖었다. 그리하여 천성의 자질이 일찍부터 아름다웠고 행동에 절로 법도가 있어 부모님께서 모두 특별히 사랑하셨다. 숙모인 숙휘공주(淑徽公主)는 효종(孝宗)의 딸로 왕실에서 나고 자라 사람을 알아보는 식견이 매우 높았는데 부인을 볼 때마다 가상하다 칭찬하셨다.

며느리로서의 도리에 대하여 말하고자 한다. 부인은 17세에 김씨에게 시집가서 그의 정성과 공경을 다하고, 예(禮)를 따름에 부족함이 없었으며 앞뒤의 사이에서 처신함에 각각 그 도리를 다하였다. 시아버지 충헌공(忠憲公)은 엄격한 분으로 사람을 인정함이 적었는데 매번 '어진 며느리, 어진 며느리'라 하며 남다르게 대우하셨다. 그래도 부인은 한마음으로 공손히 받들고 감히 조금이라도 게을리함이 없었다. 남편을 섬기면서는 한결같이 예법을 따르니 옛날 '계명매조(雞鳴昧朝)의 읊조림'[122]에 견주어도 완연하게 어진 내

---

120 전전(剪剪) : 정제(整齊)된 모양, 표동(飄動)하는 모양.

121 회연(恢然) : 큰 모양, 마음이 활달한 모양.

122 계명매조(雞鳴昧朝) : 어진 아내의 내조. 애공(哀公)이 여색에 빠지고 태만하자 그의 어진 왕후와 정녀(貞女)가 경계하여 서로 도를 이루었음을 읊은 시이다. 어진 왕비가 군주의 처소에서 군주를 모시고 있으면서 날이 새려고 하면 반드시 군주에게 "닭이 이미 울었으니 조정에 신하들이 가득 모였을 것"이라며 일찍 일어나 조회를 보게 한 것이다. 실제로는 닭 울음이 아니라 창승의 소리였으니, 어진 왕비가 늦을까 염려하는 마음에서 비슷한 소리만을 듣고도 닭의 울음이라 여긴 것이다. 『시경』「제풍(齊風)·계명(鷄鳴)」, "雞旣鳴矣 朝旣盈矣 匪雞則鳴 蒼蠅之聲"

조였다.[123] 이로 말미암아 집안이 정돈되고, 상하가 엄숙하였다. 본래 성품이 깨끗하고 소박하여 화려한 것을 좋아하지 않았고 젊어서부터 궁하게 살며 온갖 어려움을 다 겪었지만 조금도 한탄하고 한스러워하는 기색이 없었다. 뒷날 집안이 어느 정도 일구어진 다음에도 또한 예전과 태도를 바꾸지 않았다. 제사와 관련된 일에는 더욱 정성을 다하였고 직접 칼과 도마를 잡고 일하느라 자고 먹을 거를이 없었다. 솥과 광주리, 시부[124]에서부터 제사에 올릴 온갖 물건까지 하나같이 모두 아름답고 좋으니 보는 사람들이 모두 입을 모아 칭찬하며 "이 집안이 제사를 이처럼 삼가 받드니 하늘의 복을 받는 것이 마땅하다."라 하였다.

어머니로서의 가르침에 대하여 말하고자 한다. 부인은 비록 서사(書史)를 깊이 익히지는 않았지만 식견이 남보다 뛰어나서 의리와 시비를 매우 분명하게 논변하였다. 또 일찍부터 가정에서의 가르침을 가슴 깊이 새겼는데, 우리 부모님은 매번 조상들께서 자신들 단속하던 일을 거론하며 누누이[125] 그 일을 입에서 그치지 않으셨고 부인 또한 선친의 군건한[126] 절개를 늘 보아 왔다. 부인이 부귀를 하찮게 여기고 청렴결백함을 귀하게 여겼던 것은 대개 부모로부터 받은 바가 있어서이다. 늘 영화로운 벼슬을 사모하지 않고 편안한 마음[127]으로 스스로를 지키며 자손들을 경계하여 가르쳤다. 그러니 치만(致萬) 또한 과거 공부를 그만 두고 학문에 전심(專心)[128]하여 아름다운 이름을 잃지 않을 수 있었던 것은 실로 부인의 바른 가르침으로 인해서이

---

123 즉사(卽事) : 어떤 일에 나아가 관계하거나 일을 하다, 현재 혹은 눈앞의 사물을 대면하다, 눈앞의 사물을 읊은 시라는 뜻이 있다. 여기에서는 '계명매조'의 어진 내조를 안연히게 실친 했다는 의미로 보인다.

124 광기부심(筐錡釜鬻) : 솥과 시루 등 취사 용구.

125 진진(津津) : 흘러 넘칠 정도로 가득 찬 모양, 물이 흐르는 모양.

126 빙벽(氷蘗) : 빙벽(氷檗). 얼음을 마시고 황벽나무를 먹음, 괴로운 상황을 비유하는 말.

127 염정(恬靜) : 조용하고 마음이 편안함.

128 장수(藏修) : 마음을 집중하여 학문에 힘씀.

다. 아아! 부인의 덕은 진실로 이루 다 쓸 수 없지만, 그러나 만약 훌륭한 근본이 없었다면 어찌 여기에 이르렀겠는가!

지난 계묘년[1723]에 시랑공[김희로]이 사화(土禍)[129]를 당해 변방 먼 곳으로 유배를 갔다. 시랑공의 어머니는 병으로 따라 가지 못하였는데 시골 마을을 전전하느라 슬하에서 봉양을 하지 못하니 사정이 참으로 비통하였다. 부인이 홀로 남아 (어머니를) 보살피며 위험 속에서 마음을 태우니[130] 고초가 뼈 속까지 스몄다. 그러나 옆에서 모시고 받들며 모든 일을 스스로 처리하니 다만 정성과 능력이 남보다 뛰어날 뿐이 아니라 예전의 군자들도 실천하기 어렵다고 근심하던 절개와 일치하는 것이요, 여염집의 천한 아낙들이라면 한탄하며 야단하지 않을 수 없는 것이었다.

성품이 효성과 우애가 돈독하여 종신토록 (부모 형제를) 그리워했으며 부모님과 시부모님의 서찰은 상자 속에 간수해[131] 두었다가 병이 위중해지자 같이 묻어 달라고 유언하였다. 늙은 누님이 어렵게 홀로 살며 죽조차도 계속 먹을 형편이 안 되었다. 부인이 매우 마음 아파하며 먹고 입는 모든 것을 힘껏 도우니 누님이 감동하여 울며 "효자가 부모를 섬기는 것도 이보다 더 하지는 않을 것이다."라 하였다. 내가 노년에 자식을 잃고[132] 종사(宗祀)를 의탁할 곳이 없게 되니 부인이 말할 때마다 꼭 눈물을 흘렸다. 임종할 때에는 순수 편지를 써서 이별을 고하며 나의 장수를 빌고 나의 곤궁함을 슬퍼하였는데 지성으로 쓴 간절한 것이라 내가 나도 모르게 편지를 잡고 소리쳐 울었다.

---

129 『경종실록』 3년 1월 19일(기해), "…김희로를 위원군(渭原郡)에, 강욱(姜頊)을 삼수부(三水府)에, 구정훈(具鼎勳)을 동래부에 찬배(竄配)하였다."; 『영조실록』원년 12월 28일(정유), "…김희로는 방석하여 돌아가 그 어미가 죽기 전에 병을 보살피게 하는 것이 체하(體下)하는 도리에 합당하겠습니다."

130 훈심(薰心) : 마음을 태움, 근심하고 괴로워 함.

131 장거(藏弆) : 잘 간수해 거두다. 거(弆)는 거두다, 감추다의 뜻이다.

132 이의현의 아들 보문이 26세의 나이로 자식도 없이 세상을 떠났다.

친족과 화목하고 가난한 사람을 도움에는 온화하고 자애로우며 바르고 정결하여 안팎이 옥처럼 투명했고, 사람들을 거느림에는 은혜와 신의가 두루 넉넉하여 거칠고 사나운 자들도 감복하였다. 집안을 잘 다스린 것에 대해서는 정부자(程夫子)가 일컬은 바 '운수가 좋은 자'가 바로 부인이다. 만년에는 가문이 더욱 융성해졌지만 그러나 근신하며[133] 스스로를 지켰고, 한 편이 청탁[134]하는 편지도 없었으니 어찌 보통의 부녀자들과 견줄 수 있겠는가!

내가 늙어 필력이 모자라 그 행실의 한두 가지도 드러내지 못하는데 만약 옛날 중루[劉向]와 같은 자로 하여금 기록하게 한다면 반드시 역사에 광채를 드날리고 후세에 영원까지 전해질 것이다. 내가 다시 무슨 말을 하겠는가!

우리 이씨의 본관은 용인이다. 증조 할아버지 후연(後淵)은 좌찬성에 추증되고, 할아버지 정악(挺岳)은 파주 목사로서 영의정에 추증되셨다. 아버지 세백(世白)은 좌의정에 시호가 충정이고, 어머니는 정경부인 영일 정씨이며, 좌찬성에 추증된 행(行)[135] 고양 군수 창징(昌徵)의 딸이다.

(남편) 시랑공의 이름은 김희로(金希魯)이니 공조 참판이고, 본관은 청풍(清風)이다. 아버지는 우의정 구(構)이고 할아버지는 전라도 관찰사 징(澄)이시다.

부인은 현종 신해년[1671]에 태어났고, 두 번이나 명부(命婦)의 직첩을 받아 숙부인(淑夫人)에서 정부인(貞夫人)에 이르렀다. 3월 8일에 죽었으니 나이 72세였다. 병이 위독했을 때에도 죽음[136]을 슬퍼하는 기색이 없었으며 자식들과 이별할 때에도 정성으로 일깨웠다. 광주(廣州) 오금리(梧琴里) 새로 고른 땅에 묻었다. 치만은 시직(侍直)[137]을 지냈으며 참판 홍석보(洪錫輔)의 딸

---

133 근근(斤斤) : 삼가고 근신함.

134 간독(竿牘) : 편지, 서찰.

135 행(行) : 높은 품계로서 낮은 벼슬을 겸직하는 것.

136 달화(怛化) : 죽음. 『장자(莊子)』 「대종사(大宗師)」 "俄而子來有病 喘喘然將死 其妻子環 而泣之 子犁往問之 曰叱避 無怛化"

137 시직(侍直) : 조선(朝鮮) 때 세자익위사의 정8품의 벼슬. 정원은 2원. 부솔(副率)의 아래,

에게 장가들어 아들 종후(鍾厚)·종수(鍾秀)를 낳았는데 장남은 생원이고,
딸은 진사 홍익필(洪益弼)에게 시집갔으며 하나는 어리다.

해
제 정부인 이씨(1671~1742.3.8)는 이의현의 막내 여동생이며 청풍 김희로
(金希魯)의 아내이다. 17세에 혼인하여 아들 치만을 길렀고, 72세의 나
이로 세상을 떠났으며 평생 동안 내명부에 숙부인과 정부인으로 두 번 이름을 올
렸다. 이 글은 이씨의 아들 치만의 부탁을 받고 쓴 글인데 여인의 세 가지 행실,
곧 '유의(幼儀), 부도(婦道), 모교(母敎)'의 측면에서 이씨의 행적을 기술하고 있다.

세마(洗馬)의 위.

파평 윤씨 묘표

坡平尹氏墓表 代作

　윤씨는 나의 할아버지 되시는 형주 참의 이후천(李後天)이 부신(副室)로 아버지는 부사 윤수(尹燧)이고 어머니는 이씨이다. 만력 임자년[1612]년에 태어나 숭정(崇禎) 후 을축년[1685]에 돌아가셔서 양주(楊州) 금곡면(金谷面) 서북쪽 자리에 묻었다.

　3남 4녀를 낳았는데 방악(方岳)은 현감이고 관악(冠岳)·훈악(勛岳)은 가선(嘉善) 첨사(僉使)[138]이며 딸은 진사 윤세번(尹世蕃)·무과에 급제한 허승(許昇)·이선규(李善揆)·정응상(鄭應祥)에게 시집갔다. 방악은 아들이 둘인데 세범(世範)과 세해(世楷)는 모두 인의(引儀)[139]이며 딸 하나는 진사 김린(金磷)에게 시집갔다. 관악은 아들이 없어 동생[훈악]이 아들을 후사로 들였다. 훈악은 아들이 넷이니 세복(世復)·세진(世晋)·세환(世渙)·세제(世濟)이다. 윤세번은 아들이 하나이니 진사 윤인명(尹寅明)이고 허승은 아들 둘에 딸 하나이니 아들은 허순재(許純絳)이고 딸은 아직 시집가지 않았다. 이선규는 딸이 둘인데 장세봉(張世鳳)·류해운(柳海運)에게 시집갔고, 정응상은 아들 둘 딸 둘인데 아들은 정숙(鄭璛)·정욱(鄭頊)이고 딸 하나는 이흡(李瀹)에게 시집갔고 하나는 아직 시집가지 않았다. 세범의 아들은 의석(宜錫)·의협(宜協)이다. 안팎의 증손·현손들이 모두 40여 명이다. 유사는 모두 묘지에 실려 있어 여기에는 쓰지 않는다. 우리 이씨의 본관은 용인이다.

---

138 첨사(僉使) : 동첨절제사(同僉節制使), 정6품 관직의 약칭, 혹은 첨절제사(僉節制使) 종3품의 약칭.

139 인의(引儀) : 통례원(通禮院)에 딸린 종6품(從六品)의 문관(文官) 벼슬.

파평 윤씨(1612~1685)는 이의현의 할아버지인 후천(後天)의 부실(副室)
이다. 행적과 성품에 대한 기술은 없고 40여 명에 이르는 자손에 대한
기록이 묘표의 대부분을 차지하고 있다.

영빈[140] 안동 김씨 묘표

寧嬪安東金氏墓表

을묘년[1735] 정월 계미일에 영빈(寧嬪) 김씨가 돌아가니 향년 67세였다. 식 달 뒤 갑신일에 양주(楊州) 풍양(豐壤)의 새로운 자리에 묻었는데 장례가 끝난 뒤에 그의 아우 치겸(致謙)이 행장을 갖추어 나에게 글을 청하기에 내가 말하였다.

"부인의 행일은 문지방을 넘어서지 않으니 기록할 만한 것이 진실로 적습니다. 더욱이 궁궐 깊은 곳에 거처하게 되면 전담해서 하는 일이 없으니 더욱 뚜렷하게[141] 기록할 만한 것이 없지만 그러나 영빈은 이와는 다릅니다."

영빈의 집안 안동 김씨는 번성한 가문이다. 시조인 선평(宣平)[142]은 고려조에 공훈이 뛰어났고 5백 년을 대대로 전하여 우리 조정에 들어와서는 더욱 융성하니 좌의정 문정공 상헌(尚憲)은 대의(大義)를 자임하며 세상에서 청음선생(淸陰先生)이라 불렸고, 아들 광찬(光燦)은 동지중추부사였는데 두 아들이 모두 재상[143]의 지위에 올랐기 때문에 그 은혜로 영의정에 추증되었

---

140 영빈(寧嬪) : 숙종의 후궁 안동 김씨. 『영조실록』11년 1월 12일(계미). 숙종의 후궁 영빈 김씨의 졸기 참조 "숙종의 후궁 영빈 김씨(寧嬪金氏)가 졸하였다. 김씨는 도정 김창국(金昌國)의 딸로서 궁궐에 뽑혀 들어와 후궁이 되었는데, 숙종의 예대(禮待)가 다른 빈어(嬪御)와는 달랐으므로 임금도 또한 그를 예로써 높이었다. 이때에 이르러 졸하니, 임금이 말하기를, '선대 왕조의 후궁은 다만 이 한 사람만 남았다. 일찍이 인현성모(仁顯聖母)와 더불어 기사년의 환란을 만났다가, 갑술년 성모께서 복위(復位)되었을 때에 그도 또한 복작(復爵)되었다. 내가 어렸을 때에 항상 어머니라고 일컬었는데 지금 그 상을 당한 소식을 들으니 슬픈 감회를 억누르지 못하겠다. 예장(禮葬)은 안빈(安嬪)의 예에 따라 행하도록 하라.' 하였다가, 이윽고 명령을 바꾸어 명빈(明嬪)의 예를 쓰도록 하였다."

141 표표(表表) : 탁월함, 특출함.

142 김선평(金宣平) : 생몰년 미상. 고려 태조 때 공신. 본관은 안동. 930년(태조 13) 태조가 견훤(甄萱)과 싸울 때, 안동에서 권행(權幸)·장길(張吉)과 더불어 태조를 도운 공으로 대광(大匡)에 임명되었다. 뒤에 벼슬이 아부(亞父)에 이르렀다.

다. 아들 수증(壽增)은 공조 참판으로 스스로 호를 곡운거사(谷雲居士)라 하였으니 청렴한 행실과 굳은 절개가 있었으며, 아들 창국(昌國)은 성천(成川) 부사(府使)이다. 부사공께서 전주 이씨 판돈녕부사인 정영(正英)의 딸에게 장가들어 영빈을 낳으셨으니 그 가문의 높은 명망은 이와 같다.

옛날에 노행분궐(路行汾蹶)[144]을 시인이 노래하였고, 여자가 자신을 영화롭게 하는 일은 한씨가 쓴 것이 있으니 어찌 기록할 만한 것이 없겠는가.

숙종께서 젊으셨는데 아직 자손을 낳는[145] 경사를 보지 못하시니 인현왕후께서 걱정하사 먼저 지혜를 열고 숙인을 올려 왕실의 후사를 늘리려 하셨다. 이에 영빈이 선발에 응하여 숙의[146]가 되었다. 이미 귀인(貴人)에 오름에 처음부터 법도에 맞게 행하고 예의를 갖춘 모습이 매우 아름다우니 궁중에서 모두가 칭송하였다. 상감께서도 현숙하다 여기시고 은애와 사랑을 더하시니 영빈은 더욱 두려워 걱정하며 마치 얼음을 밟는 듯 조심하였다. 얼마 뒤에 기사년[1689]의 변고[147]로 인현왕후께서 물러나시니 영빈도 작호를 삭탈당하고 본가로 돌아가게 되었는데 험한 일을 당하였지만 절망하지 않았고 원망하는 마음도 없었다. 갑술년[1694][148]에 인현왕후께서 복위되시고 영빈의 작위도 회복되었다. 인현왕후께서는 아름다운 도량으로 흠이 없으셨고, 영빈 또한 안으로 덕을 품어 끝까지 아름다우셨건만 나라의 안위(安危)

---

143 태보(台輔) : 삼공(三公), 재상의 지위.

144 노행분궐(路行汾蹶) : 분궐로행(汾蹶路行). 『시경』 「대아·한혁(韓奕)」, "韓侯取妻 汾王之甥 蹶父之子 韓侯迎止 于蹶之里 百兩彭彭 八鸞不顯其光 諸從之 祁祁如雲 韓侯顧之 爛其盈門"

145 종사(螽斯) : 후비(后妃)가 투기하지 않아서 자손이 많음을 노래한 시경의 시에서 유래, 자손이 많음을 비유한다. 『시경』 「주남(周南)·종사서(螽斯序)」, "螽斯后妃子孫衆多也"

146 숙의(淑儀) : 종2품의 내명부(內命婦)에게 주던 작호. 왕의 후궁.

147 기사환국(己巳換局) : 1689년(숙종 15) 후궁 소의 장씨(昭儀張氏) 소생을 원자로 정호(定號)하는 문제를 계기로 서인이 축출되고 남인이 장악한 일을 말한다.

148 갑술환국(甲戌換局) : 1694년(숙종 20) 기사환국으로 집권한 남인이 물러나고, 소론과 노론이 다시 장악한 정국(政局). '갑술옥사(甲戌獄事)' 또는 '갑술경화(甲戌更化)'라고도 한다.

와 인륜의 밝고 어두움에 영빈 한 몸의 형통과 곤액이 뒤따라서 기박한 일을 당하였던 것이니 어찌 기록할 것이 없겠는가.

영빈은 일찍부터 총명하고 지혜가 많았으며 여자로서의 일을 잘 배웠다. 입궁하던 날 곡운공[149]께서 손수 경계하는 말을 써서 주셨는데 받들어 행하며 게을리하지 않았다. 사람됨이 엄숙하고 곧으며 말과 웃음이 적었으니 존귀한 사람의 자태와 도량이 원래부터 있었다. 사람을 대할 때에는 오로지 정성과 공경으로 하니 아름다운 명성이[150] 자자하였고, 거처[151]는 맑고 화목하니 상감께서 갈수록 더욱 공경하고 존중하셨다. 평소에 예의를 잘 알았으니 무릇 큰 의식(儀式)[152]이 있을 때마다 매번 영빈으로 하여금 주관하게 하였다. 효성이 지극하였는데 일찍 후궁이 되어 들어간 까닭에 항상 부모님의 곁을 떠난 것을 회한으로 여겨 말을 할 때마다 눈물을 흘렸다. 집안의 제사와 묘소의 의례는 모두 성심으로 돌보았는데 그러면서도 오히려 만족스럽지 못한 듯 하였다. 여공(女紅)은 민첩하면서도 교묘한 것이 보통 사람을 뛰어넘었고, 곤정(梱政)은 치밀하게 하였다. 그러나 은택을 구하지 않고 이익을 도모하지 않으며 오로지 분수를 지키며 스스로 검약하니, 돌아가시던 날 염할 옷 외에 남은 재물이 없었다. 그분의 행실이 이와 같았으니 어찌 기록할 만한 것이 없겠는가!

아아! 영빈이 덕은 뛰어났으나 운수가 어그러져 온갖 걱정과 두려움을 겪었고 자손을 두지 못하였으니 한(漢)나라의 반희(班姬)[153]와 비슷한 점이

---

149 곡운공(谷雲公) : 곡운은 영빈의 조부 김수증(金壽增)의 호이다. 1624(인조 2)~1701(숙종 27).

150 혜문(惠問) : 아름다운 명예, 명성.

151 초풍(椒風) : 한(漢)나라 궁궐의 이름으로 소의(昭儀)가 거처하던 곳이다. 전하여 비빈의 처소.

152 의절(儀節) : 의식의 절차, 예절.

153 반희(班姬) : 후한의 반소(班昭). 후한의 학자. 반고(班固)가 완성하지 못한 한서(漢書)를 완성하였다. 궁에 들어가 황후와 여인들의 교사가 되어 조대고(曹大家)라 불리었다.

있는 것 같다. 이것이 슬플 따름이다. 그러나 거듭 식월지복(蝕月之復)을 보고 증성지총(增成之寵)[154]을 받들어 후궁[155]으로 봉해지고 고귀함이 지극한데 이르렀으며 늙어서 여러 조정을 거치며 예우가 갈수록 더욱 두터워졌으니 죽어서도 또 슬픔과 영화에 유감이 없을 것이다. 모두 저가 능히 그 시종을 알 수 있는 것이 아니니 우리 성상의 수신제가(修身齊家)[156]의 교화를 또한 그 만분지일이라도 우러러 볼 수 있다. 이 더욱 기록하지 않을 수 없기에 이에 표를 짓는다.

해제 영빈 안동 김씨(1669~1735.1.12)는 숙종의 후궁으로 김상헌의 현손녀이며 수증(壽增)의 큰아들인 창국(昌國)의 딸이다. 1702년 영빈에 봉해졌고, 남다른 성품과 행실과 숙종의 우대와 인현왕후의 신임을 받았다. 기사환국, 갑술환국 같은 정치적 상황 속에서 인현왕후와 부침을 함께 했으며 67세의 나이로 사가에서 세상을 떠났고, 뒷날 인현왕후가 복위될 때 함께 복위되었다.

---

154 증성지총(增成之寵) : 증성은 한나라 궁궐의 이름. 궁궐에 들어가 후궁으로서 군주의 사랑을 받았음을 뜻한다.

155 궁빈(宮嬪) : 제왕의 후궁. 첩.

156 수제(修齊) : 수신제가(修身齊家).

정부인에 추증된 반남 박씨 묘표
贈貞夫人潘南朴氏墓表

정부인 반남 박씨는 관찰사 한산(韓山) 이공[157]의 재실(再室)이다. 19세에 시집 와서 22세에 돌아가셨는데 일찍 죽어 자식이 없고 시댁에 있던 기간 또한 짧아 집안일을 주관하지 못하였기에 후세에 뚜렷하게 드러낼 만한 행적이 없다. 다만 그분의 집안만은 상고해서 알아 둘 만하다.

증조 할아버지 이하 삼대는 목사 동망(東望), 통덕랑 류(瀏), 장령 세장(世樟)이다. 목사공의 할아버지 문강공(文康公) 야천(冶川) 소(紹)는 명성이 자자하였고, 부인의 어머니 김씨는 충암(冲菴) 김정(金淨) 선생의 후손이니 친외가가 모두 훌륭하여 진실로 보통 사람과는 다른 점이 있다.

이제 관찰사의 원배(元配)의 아들인 이수보(李秀輔)[158]가 장차 돌을 새겨 부인의 무덤에 표석을 세우려고 행장을 나에게 주었는데 행장은 이러하다.

"성품이 단정하고 우아하며 마음이 자애롭고 어질었으며 아내로서 그 도

---

[157] 이공(李公) : 이만직(李萬稷). 1654년(효종 5)~1727년(영조 3). 조선 중기의 문신. 본관은 한산(韓山). 자는 자장(子長). 목은(牧隱) 이색(李穡)의 11세손이며 조부는 의금부 도사 덕사(德泗)이고, 아버지는 평안도 관찰사 가선대부 태연(泰淵)이며 어머니는 문화 유씨(文化柳氏)로 관찰사 경집(敬輯)의 딸이다. 이의현의 아버지 이세백이 그를 일러 "이공은 나라의 그릇이다. 어찌 그로 음직(蔭職)에 묻혀 평범한 자들로 앞서게 하겠는가!"라는 말을 할 정도로 신망을 얻었다고 전하나, 관직에 나가게 된 것은 1699년(숙종 25) 46세라는 늦은 나이에 진사시에 2등으로 합격하면서부터이다. 지방관을 두루 거치며 선정을 베풀어 두터운 인망을 얻었다고 전한다. 1727년(영주 3) 11월 28일 창년 74세의 나이로 세상을 떠났다. 공주(公州) 줄동(茁洞)에 부인 정씨와 합장하였다.

[158] 이수보(李秀輔) : 1677(숙종 3)~1753(영조 29). 조선 후기의 문신. 본관은 한산(韓山), 자는 군좌(君佐). 강원도 관찰사 만직(萬稷)의 아들이다. 1721년(경종 1) 헌릉 참봉(獻陵參奉)에 제수된 뒤 여러 고을의 관직을 거치면서 명성을 떨쳤나. 영조는 목민관으로서 우수한 그의 자질을 인정하여 통정대부(通政大夫)로 벼슬을 높여 포상하였다. 그 뒤 청주 목사를 거쳐 돈녕부도정이 되었다.

리를 다하였고 어머니로서 사랑이 돈독하였다.”

아! 이것만으로도 그 대대로 전해오는 덕을 볼 수 있으니 남은 아름다움에 물들은 바와 부인의 아름다운 덕은 이 몇 가지에 더할 것이 있다. 어머니 잃은 효자의 마음으로 어찌 기록하지 않을 수 있겠는가.”

부인은 숙종 병인년[1686]에 돌아가셨고, 34년 뒤에 관찰사[이만직]의 품계가 2품으로 오르니 그에 따라 정부인에 추증되셨다. 묘소는 공주(公州) 저동(猪洞) 곤찰사 묘지에서 동쪽으로 10리 쯤 되는 곳에 있다. 관찰사는 이만직(李萬稷)이니 문정공(文靖公) 목은(牧隱) 색(穡)의 후손이다. 수보는 벼슬이 목사이고 참봉인 수득(秀得)은 마지막 아내(末配) 소생이다. 이 두 아들이 비록 부인의 소생은 아니지만 실로 또한 부인의 자식과 다름없으니 이른바 ‘자식이 없어도 자식이 있다’는 말이 틀린 것이겠는가. 이에 표문을 짓는다.

반남 박씨(1665~1686)는 강원도 관찰사 이만직(李萬稷)의 계배(繼配)이다. 19세에 이만직과 혼인하여 22세에 세상을 떠나니 혼인 기간은 3년이라는 짧은 시간이었다. 박씨의 묘표는 이만직의 처음 아내의 아들인 수보(李秀輔)가 행장을 가지고 와서 표문을 청하였는데 그 행장 또한 매우 소략하여 특필될 만한 박씨에 대한 ‘기억’이 없었던 것임을 짐작할 수 있다. 남편 이만직의 품계가 올라가며 사후 34년만에 정부인에 추층이 되었고, 그렇듯 직첩을 받게 됨에 따라 가문의 위용을 갖추기 위해 묘표를 갖추어 작성하게 되었던 사정을 짐작할 수 있다.

정부인 김씨 묘표
貞夫人金氏墓表

　부인의 본관은 광주(光州)에서 나왔다. 증조 할아버지는 부사과(副司果)인 선생(善生), 할아버지는 부사(副司)인 용양(勇梁), 아버지는 선공봉사(繕工奉事) 익추(益烌)이며 어머니는 진주(晉州) 소(蘇)씨로 동지(同知)를 지낸 동명(東鳴)의 딸이다. 23세에 이씨 가문으로 시집을 와서 이만직(李萬稷)[159]의 삼배(三配)가 되었다.

　부인은 어려서부터 성품이 뛰어났다. 19세에 어머니를 여의니 슬픔과 애통으로 거의 목숨을 보전하지 못할 뻔하였고, 계모(繼母)를 섬김에는 효성이 더욱 깊었다. 시집을 가서는 시부모를 모시지 못하는 것[160]을 애통해 하며 공의 형님 내외분을 시부모님처럼 섬겼으며 제사에는 정성과 공경을 더욱 다하였다. 공의 두 아내 기일(忌日)에는 반드시 고기를 먹지 않았고[161], 두 번째 아내[162]가 자식이 없었던 것을 마음으로 아파하며 눈물을 흘렸다. 공의 측실들에게 예로써 대우하고 함께 산 지 40년에 한번도 틈을 내는 기색을 보인 적이 없었다. 도리를 알고 사세에 밝아 식견이 탁월하였으니 사내 장부[163]도 따라가지 못하는 점이 있었다. 숙종께서 승하[164]하시자 울며 자

---

159 이만직(李萬稷) : 앞의 「증정부인반남박씨묘표(贈貞夫人潘南朴氏墓表)」의 '이공(李公)' 주 참조.

160 이만직의 아버지 이태연(李泰淵)은 1669년(현종10) 세상을 떠났으니 김 부인이 23세의 나이로 시집왔을 1688년 무렵에는 돌아가셨기에 최소한 시부모가 구존(俱存)한 상황은 아니었다.

161 소식(素食) : 고기 반찬이 없는 밥을 먹음. 채식. 남편의 전(前) 아내에 대하여 예제를 넘어 정성을 다하였음을 표현한 것으로 보인다. 『주자가례』의 제례에는 재계 기간 동안에 '고기를 먹되, 부추나 마늘처럼 냄새나는 채소는 먹지 않는다'고 되어 있다.

162 반남 박씨를 말한다. 바로 앞의 이의현이 쓴 「증정부인반남박씨묘표」 참조.

손들에게 "너희들이 편하게 입고 먹는 것은 성은(聖恩)이 아닌 것이 없다. 훗날 벼슬을 하게 되거든 한마음으로 성은에 보답하도록 힘써야 할 것이다."라고 말씀하였으니 부인의 올바른 가르침은 이것을 통해 나머지도 돌이켜 볼 수 있다.

처음에 공이 연달아 두 아내를 잃고 불안하며[165] 힘들어 거의 살 수 없을 것만 같았다. 부인이 그 집안에 들어가 모든 일을 주관하고 몸소 노력하며 검약하여 마침내 남편을 안정되고 편안하게 해 주었으며 집안을 일구었다. 대개 세상의 부인을 논할 때에 덕이 있어도 공을 이룬 자는 드물고, 말은 잘 해도 실천하지 못한다고 하는데 부인은 순전한 덕을 갖추면서 공을 이루었으며, 말은 올바르고 행동은 과단성이 있어 모든 미덕을 두루 갖추고 하나라도 혹 부족한 것이 없었다. 아아! 현명하도다!

사과공[金善生]은 사계(沙溪) 선생[金長生]의 사촌 형제이다. 세상에서 예법(禮法)으로 이름난 집안을 칭할 때는 반드시 김씨 가문을 먼저 거론하니 부인의 현숙함은 진실로 유래가 있어서 그런 것이다. 진실로 천성이 뛰어나지 않았다면 또한 어찌 이럴 수 있었겠는가!

부인은 기해년[1719]에 정부인에 봉해졌고 계묘년[1723] 3월 18일에 돌아가시니 향년 59세였다. 공주(公州) 줄동(茁洞)에 모셨다. 장남인 목사(牧使) 수보(秀輔)는 공의 초배(初配) 정씨 소생이고, 참봉(參奉) 수득(秀得), 부사(府使)인 홍진유(洪晉猷)·선비 신필우(愼必遇)의 아내는 모두 부인의 소생이다. 이 수보가 나에게 "제 어머니의 묘가 돌아가신 아버님의 묘소와 열 걸음쯤 되니 매우 가깝습니다만 아직도 합장을 못하였으니 어찌 따로 기록을 하여 후세에 보이지 않을 수 있겠습니까?"라 하기에 마침내 썼다.

공은 한산(韓山) 사람으로 벼슬은 관찰사에 이르렀으며 명(銘)이 있다.

---

163 수미(鬚眉) : 수염과 눈썹, 남자.

164 척방(陟方) : 임금의 승하.

165 표요(漂搖) : 흔들거림, 물결을 따라 떠다니거나 유랑함, 안정되지 않음.

해제 정부인 김씨(1665~1723.3.18)는 강원도 관찰사 이만직(李萬稷)의 삼배
(三配)로 아버지는 익추(益秌)이며 어머니는 진주(晉州) 소(蘇)씨로 동지
(同知)를 지낸 동명(東鳴)의 딸이다. 23세에 이만직과 혼인하여 1남 수득(秀得)과
2녀 홍진유(洪晉猷)·선비 신필우(愼必遇)에게 시집간 딸을 낳고, 59세에 세상을
떠났다. 남편과 합장을 하지 못한 터라 별도의 묘표가 필요했던 듯, 원배(元配)의
아들 수보(秀輔)가 행장을 가지고 와서 이의현에게 글을 청하였다. 돌아가신 시부
모님을 대신하여 이만직의 형님 내외를 지극히 섬긴 짐, 이반식의 두 아내의 제사
를 잘 받들고, 두 번째 아내인 반남 박씨가 아들이 없었던 것을 안타까워했던 점,
측실을 예로써 대우했다는 점 등이 거론되고 있다. 또 김씨의 증조부 선생(善生)이
사계 김장생과 사촌지간이었던 점을 들어, 예법을 갖춘 법도 있는 집안이라는 점
도 강조해 놓았다. 이의현은 이만직의 계배인 반남 박씨를 위해서도 「증정부인반
남박씨묘표」를 쓴 바 있다.

어머니 정경부인 영일 정씨 행장
先妣貞敬夫人迎日鄭氏行狀

아아! 돌아가신 나의 어머니 정경부인 정씨는 가문이 경상도 영일현(迎日縣)에서 나왔는데 영일 정씨는 우리 나라의 번성한 가문이다. 먼 조상이 되는 습명(襲明)은 고려 때에 지주사(知奏事)를 지냈고 직간(直諫)으로 알려져 국사(國史)에도 전해진다. 그 뒤로 대를 이어 관리[166]가 나왔으며 10대를 전하여 몽주(夢周)는 문하시중(門下侍中)을 지냈고 성리학을 처음으로 열었으니 우리 조선의 선비들이 나오게 된 도통의 근원은 실로 이분을 근본으로 한다. 고려가 멸망할[167] 때를 당하여 절개를 지키다 돌아가시니 우리 조정에서 문충(文忠)이라 시호를 추증하고 공자(孔子)의 사당에 배향하니 후학들이 최고의 스승으로 받든다. 포은선생이라 일컬어진다. 아들이 두 분인데 종성(宗誠)은 이조 참의를, 종본(宗本)은 성균관 사성을 지내셨다.

사성[정종본]에게는 아들이 둘 있는데 장남 순(恂)은 직장(直長), 차남 신(愼)은 사정(司正)을 지내셨다. 사정[鄭愼]은 아들이 없어 직장[鄭恂]의 아들 지충(智忠)을 후사로 들였고, 지충은 완(浣)을 낳고, 완은 광윤(光胤)을 낳으니 예문관 검열이다. 검열은 족부인 사헌부 감찰 인창(仁昌)의 후사로 나갔다. 감찰의 아버지인 철권(鐵拳)은 벼슬을 하지 않았고, 할아버지인 수(脩) 또한 감찰이셨으니 실은 참의공[종성]의 아들이다. 검열[광윤]이 운(雲)을 낳고 운이 귀응(龜應)을 낳으니 사직서(社稷署) 참봉(參奉)을 지내고 좌찬성에 추증되었는데 바로 어머니의 고조 할아버지이시다. 증조 할아버지 근(謹)은

---

166 삼조(簪組) : 관복. 관에 꽂는 비녀와 끈에서 유래. 관리를 뜻한다.
167 여록(麗錄) : 여(麗)는 고려, 록(錄)은 제왕이 하늘로부터 천명을 받은 문서. 고려조의 운명을 뜻하는 말로 쓰인 것이다.

승문원(承文院) 박사(博士)로 영의정에 추증되셨고, 할아버지 유성(維城)은 의정부 우의정에 시호가 충정공(忠貞公)이신데 우리 현종(顯宗)을 도와 충성과 결백함으로 일대의 명신이 되셨다.

아버지는 고양 군수를 지낸 창징(昌徵)인데 아들 연평위(延平尉) 제현(齊賢)[168]으로 인하여 좌찬성에 추증되셨다. 어머니 남양 홍씨는 사헌부 장령인 화포(花浦) 선생 익한(翼漢)의 딸이다. 화포공은 병자호란 때에 명나라에 대한 의리를 지키다 오랑캐의 조정에서 결국 순절하셨는데 조정에서 그 고을에 정려(旌閭)를 세우고 영의정에 추증하였으며 시호를 충정(忠正)이라 하였다. 선비들이 사당을 세우고 제사를 지낸다.

어머니는 숭정(崇禎) 을해년[1635] 9월 17일에 태어나셨다. 어릴 때부터 이미 단아하고 진중하며 정숙하고 한결같으니 비록 아이들과 같이 놀 때에도 일정한 법도가 있었고 어린 아이의 경박한 기미가 전혀 없었다. 조금 성장해서 말은 간결하면서도 정당했고 일처리는 꼼꼼하고 적절했으며 용모와 행동에는 절로 존귀함이 있었으니 여러 어른들이 모두 특별히 사랑하고 여자로 여기지 않으셨다. 화포공의 어머니 이씨는 병자호란 이후로 날마다 눈물만 흘리셨다. 내 어머니께서 곁에 계시면서 매번 위로하여 마음을 풀어 드리니 내 어머니를 쓰다듬으며 "내가 이 세상에 오래 살고 싶은 마음이 없지만 너를 의지하여 조금이나마 스스로 위안을 삼는다. 네가 참으로 나의 효성스런 자손이구나."라 하고 따로 노비를 주심으로써 어머니를 가상하게 여기는 마음을 표현하셨다.

16세에 우리 아버지에게 시집오셨는데 이때에 충정공[169]의 지위가 이미 매우 높아 조정의 명망이 융성하였고, 얼마 뒤에는 재상의 지위에 발탁되셨다. 또 동생이 공주에게 장가드시니[170] 가문이 혁혁하게[171] 존귀해졌다. 그

---

168 정제현(鄭齊賢) : 효종의 4녀 숙휘옹주(淑徽翁主)의 부마. 영조의 잠저(潛邸)였던 순화방(順化坊)의 창의궁이 원래는 정제현의 거처였다고 한다.
169 정씨의 할아버지 정유성을 말한다.

러나 어머니는 더욱 삼가고 겸손하며 앞뒤로 처신함에 가문이 좋은 것을 절대로 내세우지 않았으니 종학(鍾郝)[172] 가문의 법도가 있었다. 돌아가신 할아버지 의정부군께서 매우 합당하다 여기며 온 집안 부녀자들 중의 으뜸으로 받드셨다. 할머니 김 부인께서도 법도 있는 가문에서 성장하여 법도가 뛰어나셨는데 그 덕성이 비슷하니 더욱 아끼며 중히 여기셨다. 돌아가신 증조부 참의부군께서는 일찍이 충정공에게 "내가 젊어서부터 늙어서까지 부녀자들을 많이 보았는데 성품이 순전하고 아름답기로 새 며느리만한 사람은 아직 보지 못하였다. 장자(長者)의 아이가 진실로 마땅히 이와 같으니 우리 집안의 복은 아직 다 끝나지 않았다."라 하셨다.

어머니는 성품이 온아하고 곧고 깨끗하였으며 마음을 지키고 처신을 하는 데 엄격하고 정직하였으니 무릇 세상에서 하는 구차하게 굽신굽신 따르기만[173] 하는 행동이나 지나치게 자랑하고 거짓말로 떠벌리는 습속에 대해서는 더러운 때처럼 부끄럽게 여기셨다. 부지런함도 남보다 뛰어나셨으니 날마다 반드시 새벽에 일어나 세수 하고 친히 내 선친께 올릴 음식을 살피고 온갖 음식을 만드심에 정미(精美)함을 다하였고, 늙어서도 그 일을 그만두지 않으셨다. 팔순이 되어서도 나를 위하여 부엌일을 하며[174] 고생을 꺼리지 않으시고 고기 한 점, 채소 하나같이 사소한 것도 잘 마련하여 두고 반드시 정리하여 어지럽지 않도록 하셨다. 예전에 고기를 자를 때 반드시 바르게 자르고, 파를 한 치까지 잘 잘랐던 사람과 은연중에 서로 부합하는

---

170 정창징의 아들, 곧 정씨의 남동생 정제현이 부마가 되었던 것을 말한다.

171 정귀(鼎貴) : 권세가 있고 존귀한 사람.

172 종학(鍾郝) : 진(晉)나라 왕혼(王渾)과 왕담(王湛) 형제의 아내인 종(鍾)씨와 학(郝)씨가 덕행이 있었다. 여기에서 부덕을 갖춘 아내를 뜻하는 말이 되었다.

173 의위(依違) : 마음을 결정하지 못하고 우물쭈물 주저함, 혹은 고분고분 순종함.

174 시옹(尸饔) : 부엌일을 맡아 함.『시경』「소아(小雅)·기보(祈父)」에 "기보여, 진실로 총명하지 못하도다. 어이하여 나를 근심 속에서 전전하여 어머니로 하여금 아직도 음식을 맡게 하는고.[祈父 亶不聰 胡轉予于恤 有母之尸饔]"라 하였다.

것이다. 음식에서는 정성과 간결함만을 취하셨고 특별히 좋아하는 것은 없었으며 맛있는 것을 즐기지 않으셨다. 비록 매우 늙고 병이 드셨을 때에도 조상님의 기일이 되면 며칠 동안 채식을 하였고, 조상께 올리는 예에는 정성과 애도를 더욱 다하였다. 아버지가 장손이 아니었기에 집에서 제사를 모시지 않았지만 반드시 정결하고 좋은 것들을 준비해 두었다가 종가(宗家)에 보내어 제수에 내비하도록 하였다.

아버지가 병이 나시자 죽 끓이고 약 달이는 일을 직접 하시고 자식이나 종들이 대신하게 하지 않으셨다. 한겨울에도 방에 들어가지 않고 여름에도 서늘한 곳으로 가지 않으며 고달픈 몸을 스스로 이겨내다 병이 나으신 뒤라야 그만 두셨다. 외직에 계실 때 딸을 시집보냈는데 모두 몸소 베를 짜서 만들거나 혹은 평소에 받던 녹봉을 절약한 것에서 나왔지 작은 것이라도 관아의 물건을 사용하지 않았고, 재물이 있고 없는 것으로 남편을 번거롭게 하지 않았다.

근래에 재상집에는 으레 온갖 사람들이 많이 드나들었는데 어머니께서는 항상 비천하게 여기며 "선비의 집안이 어찌 이처럼 잡스럽고 어지러운가!"라 하시고 엄격하게 금하셨다. 여인의 거처 안으로는 다만 가까운 친척이나 하인들의 출입만을 허락하고 나머지 사람들은 감히 가까이 오지 못하게 하였다. 연줄로 벼슬을 청하는 자들은 바로 엄격하게 꾸짖고 내쳐 끊었으며 과일이나 작은 물건들도 경솔히 받지 않으시니 사람들이 모두 경외하며 칭송하여 "상공(相公)뿐 아니라 그 부인의 청렴함도 세상에 드문 것이다."라 하였다. 서로 경계하여 감히 망령된 부탁이나 사사로운 청탁을 감히 하지 못하니 이로 인히여 선친의 지위가 삼공(三公)[175]에까지 이르렀지만 그러나 집안은 영락하기가 마치 빈한한 선비의 집과 같으니 한 시대의 모범이 되었다.

---

175 삼정(三旌) : 삼공(三公)의 높은 관직. 원래는 공(公), 후(侯), 백(伯)을 지칭했다.

내명부(內命婦)의 작첩을 받아 존귀해 진 뒤에도 몸소 검약함을 실천하고 항상 명주옷을 입고 비단 옷을 걸치지 않았으며, 사람들이 간혹 권하여도 듣지 않으셨다. 내가 벼슬하는 것을 따라 가셨는데 종들을 엄격하게 단속하여 절대로 안팎으로 오고가는 것이 없도록 하셨다. 내가 혹 수연(壽宴)에서 조금이라도 바치는 것이 있으면 또 지나침을 경계하며 "우리 두 집안에서 전해 내려오는 법도에 어긋날까 걱정되는구나."라 하셨다.

어머니는 효성과 우애가 돈독하셨다. 고양공(高陽公)[176]께서 오래 살지 못하고, 도위공(都尉公)은 더욱 일찍 돌아가시니 평생 비통해하며 말씀하실 때마다 비오듯 눈물을 흘리셨다. 대부인께서 연로하시니 자주 가서 모셨고, 돌아가셨을 때에는 어머니의 연세도 이미 육순에 가까웠는데 상제를 지킴에 느슨함이 없었다. 동생 한 분이 일찍 홀로 되어 곤궁하게 사니 불쌍하게 여기고 염려함이 매우 지극였고 돌보고 도와주었으며 병이 들었을 때에도 또한 걱정해 마지 않으셨다. 시부모를 섬기면서는 정성을 다하였고 내려주신 의복이나 물건들은 항상 앞에다 늘어 놓고 때때로 어루만지며 자녀들에게 "매번 볼 때마다 말씀을 받드는 것 같으니 내가 죽을 때까지 쓸 것이다."라 하셨다. 시부모님께 받은 빗은 세월이 오래되어 다 닳아 망가졌는데도 버리지 않으셨으니 비록 작은 일이지만 지극한 정성으로 애모하였음을 볼 수 있다.

아버님의 막내 여동생인 김씨 부인[177]이 매우 가난하였다. 시부모님께서 특별히 사랑하셨으므로 더욱 잘 대우하며 돕고 사랑하며 그 뜻을 곡진히 따랐다. 친족을 매우 돈독하게 대우했으며, 가난하고 곤궁한 사람에게는 더욱 후하게 하였다. 종들을 거느림에 은혜로우면서도 위엄이 있고 상과 벌을 매우 분명하게 하여 비록 죄를 지어 매를 맞았더라도 한 가지 잘한 일이

---

[176] 고양공(高陽公) : 부인의 친정 아버지로 고양 군수를 지낸 정창징을 말한다.
[177] 이세백의 여동생으로 김하영(金夏英)에게 시집갔다.

있으면 반드시 기억해 두었다가 은혜를 베풀었다. 이로 인하여 종들이 두려워 복종하면서도 어머니를 좋아하며 따랐다. 집안을 다스림에 크고 작은 일이 정돈되어[178] 정연하게 차례가 있었다. 80세가 되어서도 정신이 쇠하지 않아 집안 일을 젊을 때처럼 살피셨다.

내가 부모님 만년에 태어나니 은혜로 부지런히 사랑하며 길러주심은 진실로 남다른 점이 있다 할 만하다. 허물이 있으면 경계하고 꾸짖고 용서하지 않으셨으며, 매번 충정공과 아버지의 맑고 소박한 법도를 들며 그에 도달하도록 권면해 주셨다. 그 가르침이 깊고 간절함이 이와 같으셨던 것이다. 아아! 내가 불효함이 지극하여 아침저녁으로 문안 올리고, 따뜻하고 시원하게 잘 보살펴 드리는 일에 모자람이 많았다. 그런데 어머니는 말년까지 실로 깊은 자애와 지극한 사랑을 베푸셨다. 말년에는 나 또한 나이가 들었지만 보살펴 주심은 어린 아이때와 다름이 없었다. 배고픔과 목마름, 춥고 더운 것에서부터 매일 쓰는 물건들에 이르기까지 마음을 써 살펴 주시지 않은 것이 없었고, 그러면서도 혹시 조금이라도 아플까봐 걱정하시기를 50년을 하루같이 하셨다. 내가 여러 번 자식들이 요절하는 일을 겪자 어머니는 항상 근심하고 걱정하셨다. 만년에 손자 하나를 얻게 되자 지극히 사랑하셨고 돌아가실 때까지도 사랑해 마지 않으셨다. 이제 그 아이가 장성하여 아내를 얻게 되었는데 어머님은 보시지 못하신다.

내가 갑술년[1694]에 부모님께서 모두 살아 계실 때[179] 대과에 급제하였다. 옥당(玉堂)의 관원으로 있다가 부모님 봉양을 요청하여 금성(金城)에 자리를 얻었는데 마침 일이 있어 부임하지 못하였다. 몇 년 뒤에 승지로 있다가 이천부(伊川府)를 맡아 나갔고 조금 있다가 또 연달아 영남과 해서(海西) 지방의 안렴사로 나갔으니[180] 부모님을 봉양할 수 있게 되었다.[181] 조정에

---

178 정정(井井) : 질서와 조리가 있는 모양, 깨끗하여 변하지 않는 모양.

179 구경(具慶) : 부모가 모두 살아계심.

180 이의현은 41세 되던 1709년(숙종 35) 5월 이천부사가 되었고, 1712년(숙종 38)에는 경상

돌아온 뒤에 예조참의로 특별히 승진하니[182] 판서의 지위[183]에 이르게 되었
다. 어머니는 충정공께서 두르셨던 금띠를 주시며 "나는 네가 높은 벼슬
을[184] 하고 또 우리 할아버지의 금띠를 차는 것을 보게 되니 마음이 지극히
기쁘구나. 너의 아버지 또한 일찍이 이 띠를 두르셨기에 3대가 한 띠를 차는
셈이다. 그 일이 더욱 기이하구나. 내가 혹 네가 재상[185]의 반열에 드는 것도
볼 수 있을까."라 하셨다. 이듬해에 경기도 관찰사로 나가라는 명이 내려
명을 받들고 관지로 부임하려던 차에 갑자기 어머니의 상을 당하였다.[186] 그
뒤로 팔좌(八座)[187]의 자리에 올랐고, 외람되이 위평(韋平)의 제수를[188] 입었
지만 부모님께 미치지 못하는 슬픔은 갈수록 더욱 깊어졌다. 아아! 슬프다.

어머니는 계해년[1683]에 아버님의 품계를 따라 숙부인(淑夫人)에 봉해졌
고, 다음 해에 정부인(貞夫人)에 올랐으며, 병자년[1696]에 마침내 정경부인
(貞敬夫人)에 봉해지셨다. 가만히 이 모두를 합하여 의론해 보니 어머니께서
는 대대로 아름다운 덕을 받들며 일찍부터 그 덕에 감화되었고, 엄숙함으로
스스로를 지키며 옥처럼 견실(堅實)하셨다.[189] 만년에는 또 덕스러운 기량이

감사, 1714년(숙종 40)에는 황해도 관찰사로 나갔다.

181 영양(榮養) : 아들이 관직을 얻어 그 녹봉으로 부모를 봉양하는 것을 말한다.

182 1716년(숙종 42) 3월에 개성 유수의 자리에서 조정으로 들어와 5월에 이조 참의, 6월에
예조 참의에 임명되고, 9월에는 예조 참판이 되었다.

183 경월(卿月) : 경대부 혹은 백관을 뜻하는데 조선에서는 육조의 판서를 지칭하였다. 원래
는 『서경』 「홍범(洪範)」 "임금은 해를 살펴야 하고, 경사(卿士)는 달을 살펴야 하며, 사윤(師
尹)은 날[日]을 살펴야 합니다.[王省惟歲 卿士惟月 師尹惟日]"라 한 데에서 왔다.

184 요금(腰金) : 대관(大官)이 허리에 차던 금인(金印) 혹은 금어대(金魚袋). 고위 관직.

185 황각(黃閣) : 재상. 삼공(三公)의 관서로서 문을 황색으로 칠한 데서 유래한다.

186 1717년 이의현이 경기도 관찰사 겸 개성부 유수, 강화부 유수에 임명되었는데 12월에 어
머니 정부인이 돌아가셨다.

187 팔좌(八座) : 여덟 가지의 고위 관리. 육조 판서와 홍문관 대제학 , 한성부 판윤을 말한다.

188 위평지배(韋平之拜) : 부자(父子)가 모두 정승에 임명되는 것. 한(漢)나라의 위현(韋賢)·
위현성(韋玄成) 부자와 평당(平當)·평안(平晏) 부자가 정승이 되었던 고사에서 유래한다.
『한서(漢書)』 「평당전(平當傳).

189 율연(栗然) : 견실하고 치밀한 모양.

더욱 온전해져 관용과 넉넉함으로 너그러움이 있고, 자애와 어짊으로 사물을 사랑하며 모든 사람을 품어 덮어 주니 사람들이 모두 기꺼운 마음을 가졌다. 부인으로서의 덕성과 어머니로서의 행실은 후세까지 찬란하게 드리워져 자손들이 의지할 수 것이다.

어머니는 본래 건강하여 병이 없었는데, 정유년[1717] 겨울 병이 드셨다가 12월 18일에 돌아가시니 춘추 83세이시다. 이듬해 2월 24일, 양주(楊州) 동쪽 운길산(雲吉山) 아래 도산리(陶山里) 동쪽에서 서쪽을 향한 자리에 묻으니 아버지의 묘소와는 10리 되는 가까운 곳이다.

어머니는 5남 8녀를 두셨다. 아들 의현은 의정부우의정에 양관의 대제학을 겸하였다. 딸들은 선비 권상명(權尙明)·홍덕보(洪德普)·윤단(尹溥)·강화경력(江華經歷)[190] 김희로(金希魯)에게 시집갔고 나머지는 모두 일찍 죽었다. 나는 처음에는 관찰사 어진익(魚震翼)의 딸에게 장가들었는데 자식은 없었다. 다시 주부(主簿) 송석하(宋夏錫)의 딸에게 장가들어 1남 2녀를 낳았는데 아들 보문(普文)은 판부사(判府事) 신사철(申思喆)의 딸에게 장가들고, 딸들은 황륜(黃棆)·김성주(金聖柱)에게 시집갔다. 세 번째로 선비 류인(柳寅)의 딸에게 장가들어 2녀를 낳았는데 모두 어리다. 권상명은 2남 1녀를 낳으니 아들 섭(燮)·형(瑩)은 참봉이고, 딸은 황식(黃埴)에게 시집갔다. 홍덕보는 양자 득복(得福)이 있는데 현령이고, 윤단은 양자 상겸(相謙)이 있으며, 김희로는 1남 치만(致萬)이 있는데 참봉이다. 안팎의 증손·현손이 모두 30명 남짓이다.

어머니의 순전한 덕과 아름다운 행실이 어찌 여기에서 그치겠는가. 그런데 내가 늙고 쇠락하여 잊어버린 것이 많아 겨우 그 중 한두 가지만을 기록하여 뒷날 동관(彤管)을 맡을 자가 거두어서 드러내 밝혀 주기를 기다린다. 아아! 슬프다.

정미년[1727] 9월에 불초 자식 의현이 피눈물을 흘리며 삼가 쓴다.

---

190 경력(經歷) : 주요 부서의 실무를 담당했던 종4품 관직. 관찰사 등의 보좌관으로 근무했다.

해
제 정경부인 영일 정씨(1635.9.17~1717.12.18)는 이의현의 어머니이고 이세백(李世白)의 아내이다. 아버지는 정몽주의 후손 정창징이며 어머니는 화포 홍익한의 딸이다. 16세에 이세백과 혼인하여 5남 8녀를 낳았는데 그 중 이의현이 장남이다. 83세까지 장수하며 아들 이의현의 봉양을 받았고 자손이 번성하였으며, 정경부인의 지위에까지 올라, 조선시대 여성이 가질 수 있는 내외의 영화를 모두 누렸던 듯하다. 만년에 본 아들 이의현에 대한 정성어린 보살핌과, 엄격하면서도 자애로웠던 행실 등이 아들 이의현의 섬세한 서술 속에서 잘 묘사되어 있다.

정경부인에 추증된 아내 어씨 행장
亡室贈貞敬夫人魚氏行狀

용인(龍仁) 이익현에게는 모두 세 사람의 아내가 있는데 그 첫 번째 아내
가 정경부인에 추증된 함종 어씨이니 강원도 관찰사로 의정부 좌찬성에 추
증된 진익(震翼)의 딸이다. 10대 조상 변갑(變甲)[191]은 세종 때 집현전(集賢殿)
직제학(直提學)을 지냈고 명리를 버리고 관직에서 물러난[192] 절개가 있는 분
이다. 그 아들 효첨(孝瞻)[193]은 판중추부사 문효공(文孝公)이다. 문효공은 아
들이 둘인데, 세겸(世謙)은 좌의정 문정공(文貞公)이고 세공(恭兵)은 병조 판
서 양숙공(襄肅公)이시다. 3대의 네 사람이 모두 문학과 공적[194]으로 이름을
날렸고 『국조명신록』에 모두 수록되었다. 양숙공의 증손 계선(季瑄)[195]은 좌

---

[191] 어변갑(魚變甲) : 1380(우왕 6)~1434(세종 16). 조선 초기의 문신. 자는 자선(子先), 호는
면곡(綿谷)이며, 목사 어연(魚淵)의 아들이다. 1399년(정종 1)에 생원이 되고, 1408년(태종
8) 식년 문과에 장원한 뒤 교서관 부교리·성균관 주부를 거쳐 좌정언·우헌납 등을 역임하
였다. 1420년(세종 2)에 집현전 응교가 되었으며, 1424년에는 집현전 직제학이 되었다. 뒤에
좌찬성에 추증되고 고성의 면곡서원(綿谷書院)에 제향되었다.

[192] 염퇴(恬退) : 명리에 뜻을 두지 않고 벼슬을 하지 않음.

[193] 어효첨(魚孝瞻) : 1405(태종 5)~1475(성종 6). 조선 초기의 문신·학자. 자는 만종(萬從),
호는 구천(龜川)이며 시호는 문효(文孝)이다. 집현전 직제학 변갑(變甲)의 아들, 직제학 성
사제(成思齊)의 외손, 좌의정 박은(朴訔)의 사위이다. 1423년(세종 5) 생원시에 합격하고,
1429년 식년 문과에 급제했으며 1443년 집현전에 들어가 1449년에는 직집현전(直集賢殿)을
맡았다. 예학(禮學)에 밝았다.

[194] 노벌(勞伐) : 공로, 공적.

[195] 어계선(魚季瑄) : 1502(연산군 8)~1579(선조 12). 조선 중기의 문신. 자는 선지(瑄之). 지
중추부사(知中樞府事) 세공(世恭)의 증손으로, 할아버지는 맹순(孟淳)이고, 아버지는 절충
장군 숙평(叔平)이며, 어머니는 순흥안씨(順興安氏)로 제용감봉사(濟用監奉事) 관(琯)의
딸이다. 1528년(중종 23) 사마시에 합격하였고, 1540년 진사로서 식년 문과에 을과로 급제하
여 관직생활을 시작하였다. 문벌 있는 가정에서 태어나 충효를 겸전한 인물이며 검소한 생
활은 다른 사람에게 모범이 되었고, 권세에 아부하지 않았다. 서예에 능하였는데, 특히 예서
(隸書)는 당대의 으뜸이었다.

참찬을 지냈다. 그의 아들 운해(雲海)[196]는 유일(遺逸)의 선비로 천거되어 여러 차례 각 도(道)의 도사(都事)에 임명되었으며, 평창군수(平昌郡守)로서 관직을 마쳤다. 율곡 이이 선생께서 깊이 인정하셨으니 바로 부인의 고조 할아버지이시다. 증조 할아버지 몽린(夢麟)은 동몽교관(童蒙敎官), 할아버지 한명(漢明)은 좌수운(左水運) 판관(判官)을 지냈으며 좌참찬에 추증되셨다. 관찰공께서 원주(原州) 학생(學生) 원빈(元玭)의 딸에게 장가들어 현종 8년 정미년[1667] 정월 21일에 부인을 낳았다.

　부인은 총명하고 조신하여 보통 아이와는 매우 달랐다. 편지나 바느질은 꼼꼼하면서도 신속하여 힘들이지 않고도 해내니 보는 사람들이 놀라 신기해하지 않음이 없었다. 17세에 나에게 시집왔는데 그때 나의 부모님은 모두 연세가 많았고, 아들은 다만 나 한 사람뿐이었다. 내가 장성하여 아내를 얻는 것을 보시게 되자 기뻐함이 실로 지극하셨다. 부인이 이미 단정한 용모에 아름다운 자질을 가진 데다 정숙한 덕과 아름다운 행실이 있으며 여공(女功)을 하는 재주가 또 보통 사람보다 월등하게 뛰어나니 이로 인하여 더욱 사랑하고 중히 여기며 항상 "우리 며느리의 덕성은 세상의 부녀자들과 비교할 수 있는 것이 아니다. 이 아이가 우리 가문에 시집온 것은 실로 우리 집안의 큰 경사이다."라 하셨다. 그러나 부인은 그렇다고 해서 스스로 느슨해지지 않고 더욱 삼가 두려워하며 조금도 그 뜻을 어기거나 거스른 적이 없었다.

　부인은 성품이 소박하고 곧아 순수하여 속임수[197]가 없었고 말이 유창하

---

196 어운해(魚雲海) : 1536(중종 31)~1585(선조 18). 조선 중기의 문신·학자. 자는 경유(景遊), 호는 하담(荷潭). 계선(季瑄)의 아들이다. 1564년(명종 19)사마시에 합격한 뒤 과거와 벼슬을 단념하고 학문연구에 몰두하였다. 1568년(선조 1)에 이탁(李鐸)·박순(朴淳)·노수신(盧守愼) 등이 초야의 선비 중 학덕을 겸비한 인재를 등용하자고 건의하여 성운(成運)·임훈(林薰)·한수(韓脩)·남언경(南彦經)·최영경(崔永慶)·김천일(金千鎰)·홍가신(洪可臣)·유몽학(柳夢鶴)·송대립(宋大立) 등과 함께 천거되어 관직에 나아갔다. 이이(李珥)·성혼(成渾) 등과 깊이 교유하였다.

197 기변(機變) : 간교한 속임수, 거짓. 임기응변.

지 못하니 다른 사람의 기색을 살펴 받듦으로써 사랑을 구하는 일에 능하지 못하였다. 성실하고 소박하여 안팎이 한결같고, 남을 거스르고 해치려 하는 마음이 전혀 없었으므로 사람들이 믿고 존경하였다. 동서들로부터 멀고 가까운 친척들에 이르기까지 모두 한 입으로 '어진 부인'이라 칭송하였고, 이로 인하여 우리집에서 지낸 18년 동안 시종일관 이간하는 말이 나지 않았다.

나를 섬김에 또한 온화하면서 분별힘이 있었으며 도리로 일깨워준 것이 매우 많았다. 선량한 사람은 대개는 나약한 이가 많아서 일을 주관함에[198] 미숙한데 부인은 그렇지 않았다. 아랫 사람을 거느림에 엄숙하여 위엄이 있으니 종들이 사랑으로 받들며 감히 함부로 하지 못하였다. 가정(家政) 정연하게 조리가 있었고 한 가지 일도 빠지거나 잘못되지 않았다. 편협하여 관용이 적은 것은 부녀자의 공통된 문제인데 부인의 마음은 매우 넓었다. 사람들이 혹 마음에 맞지 않게 요구해도 결코 같이 다투지 않았고, 불평한 일을 당해도 화가 난 기색을 겉으로 드러내지 않았으니 더욱 그의 온화함과 너그러움을 볼 수 있다. 내가 간혹 몹시 성을 내며 질책하면 부인은 더욱 공손한 기색으로 한 마디도 항변하지 않고 오직 깊이 자신을 억누르며 사과하였고, 그러면 나도 스스로 잘못을 깨닫고 화를 그치곤 하였다.

한번은 집에 불이 난 적이 있는데 불길이 부인의 방까지 번졌지만 끝내 방을 나오지 않았다. 일이 마무리된 다음에 사람들이 물어보니 "여자는 급박한 일을 당했다 해도 경솔히 문밖을 나가서는 안 됩니다. 하물며 시부모님께서 계신데 제가 어찌 함부로 움직이겠습니까?"라 하였다. 부모님께도 감탄하여 "이 일은 실로 역사에 기록된 행실과도 은연중에 합치한다."라 하셨다. 무릇 송나라의 백희(伯姬)와 같은 행실[199]은 천 년에 한 번 있는 것인

---

198 영간(營幹) : 일을 처리함, 경영 관리함.

199 백희(伯姬) : 춘추시대 노(魯)나라 선공(宣公)의 딸. 송나라 공공(恭公)에게 시집갔는데 남편 공공이 죽은 후 혼자 살다가 집에 불이나자 부인의 의리는 보모(保姆)와 부모(傅母)가 함께 하지 않을 때에는 밤에 당을 내려가지 않는 법이라 하여 결국 불에 타 죽었다.

데 부인은 넉넉하게 실행했으니 현숙하지 않았다면 어찌 이와 같을 수 있겠
는가!

부인은 타고난 기질이 매우 약하여 자주 병에 걸렸으니 일년 중에 평안
한 날이 항상 적었다. 또 기혈이 고르지 못하여 근 10년 동안 임신을 하지
못하였다. 부모님께서는 이를 매우 걱정하셨고, 자식을 낳을 방법이라면 써
보지 않은 것이 없었다. 비록 입에 쓴 탕제라도 또한 싫어하지 않고 마시며
"시부모님께서 걱정하는 마음으로 하신 것인데 어찌 감히 받들지 않겠어
요." 경오년[1690]부터 비로소 연달아 아이를 낳았는데 모두 네 살이 되어
죽었다. 뒤에 또 아이를 낳았지만 부인이 이미 허약하여 잘 아픈데다가 연
달아 임신을 하여 더욱 쇠약해졌고, 또 잇달아 자식이 죽는 일을 겪으며
비애가 쌓여 몸은 날로 쇠잔해졌다. 부인은 스스로 오래 살지 못할 것을
알고 항상 탄식하며 "제 병이 이와 같으니 당신을 오래 섬기지 못할 듯합니
다. 위로는 양가의 연로한 부모님께 걱정을 끼치고 아래로는 어린 것들의
젖먹일 사람이 없어지는 것이니 이것이 더욱 슬픕니다."라 하였다.

경진년[1700] 4월 우연히 풍기(風氣)[200]에 걸려 날로 쇠잔해지더니 엿새째
되던 날 갑자기 눈을 감았다. 그달 18일이었으니 겨우 34세였다. 친정 어머
니 원씨 부인은 76세였는데 아드님을 따라 서쪽 고을에 가 계셨다. 상을
당한 날 종이를 가득 메운 편지가 왔는데 모두 그립다는 말이었다. 그 편지
를 영전 앞에서 읽었으니 아아! 참혹하였다. 그때에 아들은 여섯 살이고 딸
은 네 살로 모두 일찍부터 총명하여 어머니를 잃은 슬픔을 알았으니 이것이
더욱 참혹하여 차마 볼 수 없었다. 부모님도 부인을 잃은 뒤로 비통함을
스스로 그치지 못하여 몇해가 지나도 말씀하실 때마다 눈물을 흘리셨고,
두 어린 아이를 기르며 날마다 그들이 장성하기를 소망하셨다. 아버님은
병환이 위독해졌을 때 나에게 "우리 집안 일에 대하여 내가 하나도 마음에

---

200 풍기(風氣) : 병명. 『사기(史記)』「편작·창공열전(扁鵲倉公列傳)」.

걸리는 것이 없는데 오직 두 아이만이 아프게 맺혀 잊지 못하겠구나.”라 하셨다. 아아! 어찌 차마 말로 하겠는가!

아버님이 계미년[1703] 4월에 돌아가시고, 이듬해 6월에 두 아이가 모두 병이 나더니 동생이 7일 저녁에 죽고, 오빠는 그 다음날 아침에 죽었다. 이제 부인의 자손은 결국 끊어졌고 우리 집안의 제사도 장차 기댈 곳이 없게 되었으며, 아버님께서 임종하며 하신 부탁도 또한 헛되게 되고 말았다. 하늘이여! 하늘이여! 어찌하여 이런 일이 있습니까! 처음에는 부인을 양주(楊州) 동금촌(東金村) 마산리(馬山里) 서쪽에서 동쪽을 향한 자리에 묻었는데 조상의 묘역과 언덕 하나를 사이에 둔 곳이었다. 이때에 이르러 두 아이를 부인의 무덤 곁에 묻었다. 아아!

아버지는 항상 부인을 칭송해 마지 않으며 “우리 며느리는 반드시 복을 받을 사람이다. 우리 집안의 경사가 반드시 이 며느리에게서 크게 피어나게 될 것이다.”라 하셨다. 하늘이 어질고 선한 사람을 돕지 않아 부인의 수명을 짧게 하고 또 그 자손까지 끊어서 내 아버지가 평소에 바라고 소망하던 지극한 마음을 하루 아침에 이렇듯 어그러지게 할 줄 누가 알았겠는가!

내가 부모님의 명으로 종사(宗祀)의 중한 임무를 받들게 되었기에 은진(恩津) 송씨(宋氏)에게 다시 장가들어 1남 2녀를 낳았다. 아들 보문(普文)은 판부사(判府事) 신사철(申思喆)의 딸에게 장가들었고, 딸들은 황륜(黃棆)·김성주(金聖柱)에게 시집갔다. 비록 부인이 몸소 낳은 자식은 아니지만 실로 또한 부인의 자식이니 부인은 자식이 없으면서도 자식이 있다고 이를 만하다. 이것으로 슬프고[201] 외로운 영혼을 조금이나마 위로할 수 있기를 바란다.

부인이 세상을 떠났을 때 나는 관직이 병조(兵曹) 좌랑(佐郎)이었고, 9년 뒤에 통정대부(通政大夫)로 품계가 오르니 부인도 따라 숙부인(淑夫人)에 봉해졌다. 또 4년 있다가 내가 2품이 되니 정부인(貞夫人)에 추증되었고, 또

---

201 엄억(掩抑) : 억눌린 모양, 울적한 모양.

15년 뒤에 내가 1품으로 오르면서 정경부인에 추증되었다. 아아! 내가 지난 날 젊었을 때에 부인은 내게 "서방님께서 현달하시면 저 또한 같이 그 영광을 누리는 것이니 어찌 다행스럽지 않겠습니까."라며 학업을 권면하였다. 벼슬한[202] 지 몇년 만에 부인이 갑자기 죽어 영전 앞에서 부질없이 고하고 있으니 그래도 그 영광을 같이 누린다고 말할 수 있을까? 슬프고 슬프다.

부인의 장례를 치른 뒤에 지술가들이 묘터가 좋지 않다고 하여 묘[203]를 조성하는 일을 아직 다 마치지 못하였다. 그래서 묘지(墓誌)는 넣지 못하고 우선 행장을 지어 후세인들에게 보인다. 비록 내 글이 부족하여 부인의 미덕의 실질을 다쓰지 못하였지만 그래도 이를 통해 그 만분지일이라도 상고할 수 있기를 바란다.

정미년[1727] 9월에 남편 이의현이 행장을 짓는다.

정경부인 함종 어씨(1667.1.21~1700.4.18)는 이의현의 처음 아내로 아버지는 세종조 집현전 학사 어변갑(魚變甲)의 후손 진익(震翼)이고, 어머니 원주 원씨는 원빈(元玭)이다. 함종 어씨가 번성한 가문이었던 만큼, 행장의 서두는 그 번성한 가계를 기술하는 데 할애되었다. 어씨는 1683년 17세에, 당시 15세이던 이의현과 혼인하여 34세되던 해에 병을 앓다 엿새만에 세상을 떠났다. 이의현과 18년을 함께 살며, 몸이 허약하여 오래도록 자식을 얻지 못하고 온갖 노력을 기울인 끝에 딸과 아들을 낳았으나 그 어린 자식들을 두고 세상을 떠나고, 오누이마저 이어 세상을 떠난 안타까운 삶을 살았다. 이의현은 아내의 행적과 성품을 세심하게 그려내고 있는데, 집에 불이 난 위급한 상황에서도 방문 밖을 나서지 않아 송나라 백희(伯姬)에 비견되며 칭송받았다는 기록도 있다. 처음 아내 함종 어씨와 두 번째 아내 은진 송씨의 행장이 모두 1727년 9월에 지어졌는데 집안의 묘역을 정리하며 묘지를 작성하기 위한 기초 자료로 행장을 동시에 작성한 것으로 보인다.

---

202 통적(通籍) : 문적(文籍)에 이름을 올려 궁궐에 출입할 수 있게 된다는 뜻에서 관리에 임명되는 것을 말한다.

203 영수(塋隧) : 무덤.

정경부인에 추증된 아내 송씨 행장
亡室贈貞敬夫人宋氏行狀

　　정경부인에 추증된 은진 송씨는 용인 이의현의 두 번째 아내이다. 이비지 하석(夏錫)은 사도시(司䆃寺) 주부(主簿)[204]이고, 어머니 창녕 성씨는 우계(牛溪) 성혼(渾)[205] 선생의 현손이고, 아버지는 참봉 희집(熙緝)이다.

　　송씨는 세계(世系)가 멀리까지 올라가니 11세조 유(愉)는 호가 쌍청당(雙淸堂)인데 은일(隱逸)로 이름이 났다. 그의 4세손 참봉 세량(世良)에게는 아들 둘이 있었는데 장남 귀수(龜壽)는 종묘 봉사(宗廟奉事)[206]를 지냈으며 호는 서부(西阜)이다. 효성이 지극한 성품으로 초상 중에 흰 제비가 여막(盧幕)에 둥지를 지으니 사람들이 효성에 감동된 것이라고 하였다. 차남 인수(麟壽)는 이조 참판을 지냈으며 호는 규암(圭菴)인데 덕행으로 선비들 사이에서 모범이 되어 문충(文忠)이라는 시호를 특별히 받았다. 서부공[송귀수]에게는 아들 둘이 있었는데 장남 응기(應期)는 의빈도사(儀賓都事)[207]를, 차남 응광(應光)은 우봉(牛峰) 현령을 지냈다. 규암공[송인수]에게는 아들로 응경(應慶) 하나가 있었는데 (응경이) 아들이 없어 도사공의 아들 승조(承祚)를 후사로 들였다. (승조는) 지례(知禮) 현감을 지냈다. 승조의 아들 시혁(時爀)은 지평(砥平)

---

204 사도시(司䆃寺) 주부(主簿) : 사도시는 조선시대 궁중의 미곡과 장(醬) 등의 물건을 관장하기 위하여 설치되었던 관서이며 주부는 그에 소속된 종6품의 관원이다.

205 성혼(成渾) : 1535(중종 30)~1598(선조 31). 조선 중기의 성리학자. 본관은 창녕. 사는 호원(浩原), 호는 묵암(默庵)·우계(牛溪). 현령 충달(忠達)의 증손으로, 할아버지는 지중추부사 세순(世純)이고, 아버지는 현감 수침(守琛)이다. 어머니는 파평 윤씨(坡平尹氏)로 판관 사원(士元)의 딸이다.

206 종묘 봉사(宗廟奉事) : 종묘서 봉사. 종묘와 그 안에 있는 영녕전(永寧殿)·정사사(丁字閣)을 수호하는 일을 맡아보던 관아의 관직.

207 의빈도사(儀賓都事) : 부마(駙馬)의 관청인 의빈부에 소속된 종5품 관원.

현감을 지냈고, 지평공은 아들이 없어 지례공의 동생인 병조 좌랑 방조(邦祚)의 손자 기명(基明)을 후사로 들이니 기명은 영릉 참봉을 지냈다. 참봉공이 (아버지) 시영(時瑩)을 낳으니 시영은 대군의 사부를 지냈다. 사부공은 종숙부로 전첨을 지낸 희조(熙祚)의 후사로 들어갔으니 희조는 바로 우봉공[응광]의 아들이고, 참봉공[기명]이 실제로 주부공[하석]을 낳은 것이다.

부인은 숙종 8년 임술년[1682] 2월 19일에 태어났다. 부인의 가문이 비록 대대로 혁혁하게 융성하지는 못하였지만 대대로 이어온 덕의 아름다움은 그보다 앞서는 가문이 없다. 쌍청공이 높은 절개를 지녔고 그의 어머니 유씨가 열녀로 정려를 받았다.[208] 서부공의 효성과 규암공의 학문 또한 한세상을 울렸으며 좌랑공은 강직함으로 지중한 명성이 있었다. 그 동생인 갑조(甲祚)[209]는 광해군 때에 절개를 지켜 경헌(景獻)이라는 시호를 특별히 받았으니 바로 우암 송시열 선생의 아버지이다. 사부공의 형인 시영(時榮)[210]은 오랑캐의 난리 때 순절하여 충현(忠顯)이라는 시호를 특별히 받았다. 선조와 종족이 도학(道學)과 절행(節行)으로 알려진 자가 많으며 우계[성혼]와 청송(聽松) 문정공 수침(成守琛)·절효공 수종(成守琮)·강수(江叟) 박훈(朴薰)·충

---

208 유씨는 1371년(공민왕 20) 호안공(胡安公) 유준(柳濬)의 딸로 태어나 진사 송극기(宋克己)와 혼인하였으나 남편이 세상을 떠나고 22세에 홀몸이 되었다. 청상의 몸으로 유복자 송유와 함께 개성의 친정에 살고 있었으나 친정에서 재혼을 종용하였다. 이에 유씨는 한밤중에 아들을 데리고 500리가 넘는 시가인 회덕으로 갔고, 이후 시부모를 섬기며 아들 송유를 훌륭하게 길렀다. 1653년(효종 4)에 그의 정절을 기려 나라에서 정려를 내렸다.

209 송갑조(宋甲祚) : 1574(선조 7)~1628(인조 6). 조선 중기의 문신. 자는 원유 (元裕), 호는 수옹(睡翁). 의빈부도사 응기의 아들이며 시열(時烈)의 아버지이다. 1617년(광해군 9) 생원시와 진사시에 모두 합격하였으나 같이 합격한 이영구(李榮久) 등의 반대를 무릅쓰고 서궁(西宮)에 유폐되어 있는 인목대비를 혼자 배알하였다가 유적(儒籍)에서 삭제되었다. 그길로 즉시 귀가하여 독서로 소일하면서 후학을 양성하였다.

210 송시영(宋時榮) : 1588(선조 21)~1637(인조 15). 조선 중기의 문신. 자는 공선(公先) 혹은 무선(茂先), 호는 야은(野隱). 좌랑 방조(邦祚)의 아들이며, 시열(時烈)의 종형이다. 1636년 병자호란이 일어남에 왕명을 따라 강화도의 분사(分司)에 들어갔으나 이듬해 정월 22일에 강화성이 적에 의하여 포위되고 남문이 함락되자 김상용(金尙容)·홍명형(洪命亨)·이시직(李時稷) 등과 함께 자결하였다.

숙 백인걸(白仁傑)의 학술, 정헌(正獻) 이윤경(李潤慶)·문정(文貞) 윤근수(尹根壽)·충간(忠簡) 이산보(李山甫)의 명덕(名德), 충헌(忠憲) 윤전(尹烇)의 절의는 모두 그로부터 나와서 안팎이 협력하여 아름다움을 이루고 싹을 틔우면서 점점 물들어 온 것이니 진실로 다른 사람들과는 다름이 있다. 그리하여 부인의 성품은 깨끗하고 높고 곧아 비루한 세속의 모습이 없고 깨끗하게 임하(林下)의 기풍[211]이 있었으니 진실로 전범(典範)을 아직노 볼 수 있도다!

부인이 처음 우리 가문에 시집왔을 때내 원배(元配)[212]의 아들 둘이 있었는데 보살펴 기름에 은애와 의리가 곡진하니 두 아이 또한 생모처럼 의지고 믿었다. 전 아내의 제사에는 반드시 마음을 다하여 준비하니 기명(器皿)과 제찬(祭饌)은 모두 풍성하고 정결하도록 애쓰며 "내가 이를 만약 소홀히 하여 돌아가신 분이 안다면 어찌 서운해 하고 원망하지 않겠는가."라 하였다. 전 아내가 부리던 어린 여종을 불쌍히 여겨 자기의 종으로 삼았다. 전 아내의 어머니 원 부인(元夫人)에게는 더욱 돈독하고 후하게 하여 맛있는 음식을 자주 보내드렸다. 내가 외직으로 나갈 때 따라 가 있으면서는 과일과 포, 고기 중에 노인에게 적절한 것을 골라 직접 상자에 간수하기에 지극한 정성을 들였다. 원 부인께 보내면 원 부인이 감탄하며 눈물을 흘리기까지 하셨다.

일가의 부인 중에는 지체 놓은 사람들이 많았는데 모일 때에는 옳으니 그르니 잘했니 못했니 말들이 분분하였다. 그런데 부인은 자기를 단속하고 근신하여[213] 사람들의 비난을 받지 않으니 비록 부인을 좋아하지 않는 사람이라도 끝내 마음대로 헐뜯지는 못하였다. 나를 섬김에 예를 다하며 정중하였고, 편안하게 있을 때에도 더욱 스스로를 정숙하게 하니 나도 감히 친숙하다 하여 함부로 행동하지 못하였다. 사람을 대함에 매우 후하세 하여 요

---

211 임하풍기(林下風氣) : 부녀자의 한아(閑雅)하고 표일(飄逸)한 풍채를 지칭하는 말. 남송 유의경(劉義慶), 『세설신어』「현원(賢媛)」 "王夫人神情散朗 有林下風氣"

212 이의현의 원배(元配) 함종 어씨를 말한다.

213 주근(周謹) : 세밀하고 근신(謹愼)함.

구하는 것이 있으면 바로 응해 주었는데 집에 있고 없는 것을 따지지 않았다. 굶주리고 추위에 떠는 사람은 더욱 불쌍하게 여겨서 반드시 도와주고자 했다. 물건에 대해서는 담박하니 욕심이 없었는데 어릴 때부터 그러해서 아름답고 좋은 것을 보면 매번 다른 아이에게 양보하니 중모(仲母)인 한(韓) 유인께서 매양 '얼음처럼 깨끗하고 옥처럼 정결하다'고 칭찬하셨다. 외방 관부(官府)에 있었던 전후에도 한 가지도 요구하고 찾은 것이 없으며 항상 나에게 단속하며 경계할 것을²¹⁴ 권면하였다. 이로 인하여 관아의 상하가 모두 입을 모아 부인의 청렴함을 칭송하였다.

부인은 대대로 청주에서 살았으니 진실로 시골 사람이다. 본래 검약함에 익숙하여 의복과 음식은 모두 소박하고 거친 것을 취하였다. 무릇 세속에서 말하는 화려한 장식이나 당시에 유행하는 모양이라고 불리던 것들은 몸에 가까이 하지 않았고 비단과 진귀한 장신구 같은 것들을 진흙처럼 여겼다. 화려한 옷²¹⁵과 예쁜 장식 만드는 데 재주가 있는 사람을 부러워하는 마음이 조금도 없었다. 도리어 항상 베 짜는 것을 즐기며 매번 직접 베틀에 앉아 쉬지 않고 삐걱삐걱 북[杼]소리를 내면서 나와 아이들의 옷을 만들었다. 이런 일은 한양의 부녀자들은 본래 미천하다 여기고 하지 않는 것인데 부인은 태연하게 하며 부끄럽게 여기지 않았다. 나도 본래 화려한 것을 좋아하지 않았고 당시의 상황도 점점 어려워져서 관직을 그만두고 물러날 뜻이 더욱 커졌다. 부모님이 연로하신 탓에 결정하지 못하였는데 부인이 담박함을 편히 여기는 것을 보고 마음으로 기뻐하며 조만간 손을 잡고 전원으로 돌아가서 포선과 환소군, 양홍과 맹광처럼 살며 만년을 함께 즐기려고 했는데 부인이 갑자기 떠나버렸다.

부인은 평소부터 몸이 약하고 기운이 적었지만 그래도 큰 병은 없었다.

---

214 간칙(簡飭) : 이때 간(簡)은 '검열(檢閱)' '시찰(視察)' '검험(檢驗)'의 의미로 쓰인 듯하다.
215 현복(袨服) : 화려하고 아름다운 옷. 성복(盛服), 염복(豔服).

처음에 아이를 낳다가 하혈을 너무 많이 했고 그로 인하여 허비증(虛憊證)이 생겼지만 한참 지나고 나니 괜찮아졌다. 그런데 병의 뿌리는 여전히 있었던 듯 두 번, 세 번 해산을 하고 나자 점점 더해졌다. 네 번째 해산에서는 처음으로 아들을 얻어 온 집안이 희색을 띠며[216] 서로 축하하였고 부인 또한 스스로 다행으로 여겼다. 그러나 병이 더욱 위독해지더니 결국은 살려내지 못하는 지경이 되고 말았다. 임종 때에도 정신이 어지럽시 않아 뒷일을 세세하게 모두 처리하였다. 그때 아이의 돌을 겨우 몇 달 남겨 두었는데 오직 이것을 마음에 한으로 품은 채[217] 죽었다. 슬프고, 슬프다!

부인이 20세에 시집와서 나와 같이 산 것이 겨우 16년이니 아, 짧기도 하다! 부인이 죽던 날은 바로 병신년[1716] 7월 6일이고 나이 겨우 35세였다. 향년과 함께 산 세월이 전(前) 부인[218]과 대략 같지만 또한 다르기도 하다. 부인은 나에게 시집온 지 8년 만에 숙부인에 봉해졌고, 4년 뒤에는 정부인으로 올려 봉해졌으니 남편인 나의 작위를 따른 것이었고, 정경부인에 추증된 것은 실로 15년 뒤이다.

처음에는 부인을 전 부인의 묘 옆에 장사지냈다. 그 이듬해에 어머니께서 돌아가셔서[219] 거기서 십 리쯤 되는 도산리(陶山里)에 묘소를 지었다. 또 이듬해에 부인의 무덤을 옮겨 그 아래에 묻으니 동북쪽 자리 서남쪽을 향한 곳이다.

부인이 처음에 딸을 낳았는데 1년 있다가 죽었으며 다음 두 딸은 황륜(黃棆)·김성주(金聖柱)에게 시집갔다. 아들 보문(普文)은 판부사 신사철(申思喆)의 딸에게 장가들었다. 우리 두 사람의 뒷일은 오직 이 아이 하나에 달렸으니 천도(天道)에 지각이 있다면 자손을 계속 이어지게 하여 부인이 눈을 간

---

216 동색(動色) : 얼굴에 감동한 표정을 드러냄, 경색(景色)이 변화함.

217 경결(耿結) : 마음에 남아 맺힘.

218 처음 아내 함종 어씨를 말한다.

219 염롱(簾櫳) : 규합(閨閣). ‘염롱을 버리다(棄簾櫳)’는 죽음을 의미하는 말로 보인다. 1717년 12월에 이의현의 어머니 정(鄭)부인이 돌아가셨다.

지 못한 한을 풀어줄 것이다.

처음에는 짧은 묘지(墓誌)를 지어 묻은 곳을 표시하려 했다. 그런데 생각해 보니 돌아가신 부모님의 유택(幽宅)을 아직도 생각하는 중이다. 부인이 이미 (어머니 묘소) 옆에 묻혔으니[220] 또한 마땅히 따라서 천장(遷葬) 여부를 결정해야 한다. 그래서 우선 행장을 먼저 지었는데 말은 비록 다 갖추지 못하였지만 대체는 또한 이미 대략적으로 거론하였으니 보는 자들이 자세히 살피기를 바란다.

정미년[1727] 9월일에 이의현이 쓴다.

해제 정경부인 은진 송씨(1682.2.19~1716.7.6)는 이의현의 계배(繼配)로 아버지는 하석(夏錫)이고, 어머니 창녕 성씨는 우계(牛溪) 성혼(渾)의 현손자 참봉 희집(熙緝)이다. 이의현의 초배인 함종 어씨가 1700년 세상을 떠난 뒤, 1710년 송씨의 나이 20세 때에 혼인하였다. 이의현과 16년을 살며 아들 보문(普文)과 딸 둘을 두었고, 거듭 되는 해산으로 인해 병을 얻어 35세의 나이로 세상을 떠났다. 이의현이 처가 송씨 가문을 매우 현달한 것은 아니라고 했지만, 쌍청당 송유를 비롯하여 은진 송씨 가문의 뛰어난 인물들을 일일이 거론하고 송씨의 성품과 덕행의 내력을 거기에서 찾고 있다. 기술된 내용 중에는 경화 사족의 부녀자들이 당대의 유행을 따르며 베짜기와 같은 집안일을 미천하게 여기며 하지 않는 한편, 복장과 장식의 유행을 선도했던 풍속의 일면도 담겨 있다.

---

220 종장(從葬) : 순장(殉葬), 배장(陪葬), 부장(附葬) 등의 의미이다. 고대에 세왕이나 남편의 무덤 옆에 신하나 처첩을 묻던 데서 유래하였다.

숙인 창녕 성씨 행장
淑人昌寧成氏行狀

　　나의 종숙부 좌랑공[221]의 계배(繼配)인 성씨는 창녕 사람이다. 선조는 고려의 숭윤(中允)[222] 인보(仁輔)에서 나왔고 5세를 내려와 정평공(靖平公) 석인(石因)은 조선에 들어와서 예조 판서를 지냈다. 또 3세를 내려 문안공(文安公) 임(成任)은 관직이 이조 판서였고, 문안공 이후로 대를 이어 사람들이 나오더니 거의 대족(大族)이 되었다. 증조 할아버지 래(逑), 할아버지 창일(昌一)은 모두 벼슬하지 않았으며 아버지 집(成鏶)은 무과(武科)로 급제하였는데 일찍 돌아가셨다. 어머니 우봉 이씨는 선교랑 만희(晩熙)의 딸이고 관찰사 지신(之信)의 후손이다. 숙인은 우리 숙종 경신년[1680] 1월 18일 무신일에 태어나 지금 임금 임자년[1732] 5월 4일 기축일에 돌아가니 향년 53세이다.

　　숙인은 나면서부터 성품이 훌륭했다. 어려서 아버지를 잃고 상례를 집행함에 슬퍼함은 어른 같았고, 울며 곡하다 거의 실명할 뻔하였다. 시집을 가서는 시부모를 섬김에 예를 다하였다. 처음 시집오던 때에 나이가 겨우 18세였는데 시아버지인 현령공(縣令公)[223]께서 "이 아이가 필시 우리 집안을 화목하게 할 것이니 나이가 어리다고 경시해서는 안 된다."고 칭찬하며 집안일을 맡기고 크고 작은 일을 자문하셨다. 얼마 있다가 현령공께서 돌아가시고 시어머니 윤씨가 연로하여 병이 드니 숙인이 약수발을 들고 곁에서 모시면서 옷도 벗지 않은 것이 5년이었다. 시어머니가 돌아가시자 사시(四時)의 상제(喪制)를 살펴서 아름답고 좋은 것을 갖추어 극진하게 지내니 감

---

221 이세운(李世雲) : 1657(효종 8)~?. 1684년 식년 진사로 급제하였다.
222 중윤(中允) : 고려 때의 동관(東官)의 정5품 관직명.
223 현령공(縣令公) : 이윤악(李胤岳).

탄하며 "집이 가난한데 어찌 이와 같이 할 수 있는가. 이는 신부의 덕택이로 다!"라 하였다.

장례를 치르며 숙인은 날마다 정성과 힘을 다하여 수고를 자임하며 3년 동안 직접 물 긷고 절구질하여 음식을 만들어 제사를 받들었다. 추운 때에는 손발이 트고 상하여 피가 나왔고 밤에도 앉아서 선잠을 잤는데 6·7년을 하루같이 하였다. 병을 치료하고 약 대는 비용을 다른 사람에게 많이 빌렸는데 8·900냥이나 되어 재촉하는 말이 나오려 하자 숙인이 힘써 노력하여 마련해서 얼마 되지 않은 시간에 모두 갚았다.

공은 항상 '내가 가난함 때문에 선조에게 누를 끼치지 않고 상례, 장례에 유감이 없도록 해 준 것은 모두 유인의 힘이니 이 사람이 나의 은인'이라고 말씀하셨다. 숙인을 손님과 벗처럼 대우하셨고, 돌아가실 때에도 부탁함이 매우 정중하였다. 공은 집에 계실 때에는 진솔하고[224] 검소하며 베풀어 주기를 좋아하셨고 사물에 마음을 쓰지 않으셨다. 때마다 오가는 친구가 집안에 가득하였는데 숙인은 늘 힘껏 술과 음식을 준비하였고, 한번도 비용의 유무를 말한 적이 없다. 공의 사촌 자제들 중에 부모를 잃거나 가난하여 의지할 데가 없는 자들은 자기의 집처럼 와서 의지하였다. 숙인은 정성으로 이들을 사랑하며 장성한 이들은 관례와 혼례를 치러주며 시종일관 틈을 두지 않으니 모두 감동하여 받들며 좋아하고 어머니처럼 섬겼다. 친척 중에 상을 당했는데 스스로 준비하지 못하는 자가 있으면 집에서 도구를 스스로 마련하여 상례를 치르도록 도왔다.

공이 교유하던 분들은 당대의 현인(賢人)과 장자(長者)가 많았다. 이로 인하여 숙인의 덕의 명성은 여러 공들 사이에서 널리 알려졌고 모두 '현철한 아내, 현명한 부인'이라 칭송하였다. 공의 병이 위독해지자 숙인은 목욕을 하고 밖에 서서[225] 선조의 사당에 울고 기도하며 자신이 병을 대신하게 해

---

224 탄이(坦易) : 성정이 너그럽고 진솔함, 높낮이가 없이 평평함. 탄솔평이(坦率平易), 탄평 (坦平).

달라고 빌었다. 기어이 공이 돌아가시자 근심과 슬픔으로 병이 들었지만 예를 행함은 갈수록 돈독해져 죽을 때까지 그러하였다.

아마도 숙인이 그 선조대부터 곧음과 효성, 청렴, 결백함으로 알려져 칭송받았기 때문에 가문의 유법이 오래 되어도 조금도 쇠하지 않았던 것인 듯하다. 숙인의 아버지는 형제가 다섯 분인데 대부인(大夫人)을 지극한 효성으로 섬겼다. 증조 할머니는 병자호란 때 시어머니를 모시고 안협(安峽) 산 속으로 전쟁을 피해 가다가 길에서 도적과 마주치자 서로 칼을 품은 채 낭떠러지로 추락하였다. 피가 땅에 흐르니 도적들이 서로 돌아보며 놀라 휘둥그레지더니 가버렸다. 집안 사람이 시신을 모시고 돌아왔는데 다행히 신체가 온전하였다. 일을 조정에 아뢰니 세금과 부역을 면제하고[226] 달마다 곡식을 내려 주었다. 대대로 전해 오는 미덕이 이와 같으니 숙인의 현숙함 또한 유래가 있는 것이다.

숙인은 어려서 아버지를 잃었고, 대부인은 연로하여 매우 쇠약했는데 봉양에 더욱 정성을 다하였다. 대부인이 돌아가시자 직접 모든 일을 하며 빈소와 장례, 제사의 예를 극진히 하여 아쉬움이 없게 하였다. 선조의 제사에는 반드시 채소와 과일, 생선과 고기를 갖추었고 멀고 가깝다는 이유로 틈을 두지 않았다. 동생 한 분이 있었는데 우애가 매우 깊었고 그가 장성하도록 양육하며 부모님이 살아계실 때와 똑같이 하였다.

공이 돌아가신 뒤에 숙인은 가문을 지키고 자손들을 교육하며 걱정과 근심 속에 수고하며 지쳤지만 조금도 스스로 안일해지지 않았다. 매일 날이 밝기 전에 일어나서 가묘(家廟)에 가서 절하고 정당(正堂)[227]에 앉아서 모든 일을 처리하였다. 세시(歲時)의 제사는 기일이 되기 전에 청소를 하고, 제사

---

225 노립(露立) : 노립은 정해진 거처가 없다는 뜻인데 여기서는 선조를 모신 사당 안으로 들어가지 않고 사당 밖에 서서 기도했다는 뜻으로 보인다.

226 사복(賜復) : 특별한 은혜로 세금과 요역을 면제해 줌.

227 정당(正堂) : 가장이 거처하는 곳, 정방(正房).

에 참여하는 종들도 또한 재계하고 옷을 갈아입도록 했다. 제사에 쓸 것을 마련할 때에는 반드시 직접 술과 장(醬)을 살폈는데 요점은 정결함과 정성에 있었다. 본래 풍성하고 사치한 것을 숭상하지 않으며 "선조께 올리는 것은 정성으로 해야지 물건으로 해서는 안 된다."고 하였다. 제삿날이 되면 밤새도록 자지 않고 앉아서 일에 대비했고, 제사를 마치고도 아침까지 슬퍼하며 우셨다. 강가에 있는 선조의 묘소에는 간혹 세대가 먼 종인(宗人)이 침범하거나 밭을 갖고도 바치지 않았는데, 깨우쳐 주고 법을 세워 그 밭을 나누어 다시 제전(祭田)으로 두도록 하고 해마다 들어오는 수확으로 제사를 받들도록 하였다. 이에 친척들은 모두 그 결정이 누구도 따를 수 없는 경지라고 감탄하였다. 상을 치르는 동안에 극도로 몸이 상하게 되었는데 10여년을 소식(素食)하면서 병으로 위독했던 것도 여러 번이었다. 다행히 조금씩 차도가 있었던 것은 아마도 때마다 특별한 도우심의 감응이 있어서였던 것 같다.

지난 숙종 계사년[1713]에 공이 한양에서 돌아가셨다. 이듬해 정월에 암강(巖江)**228**으로 모셔와 장사지내고, 얼마 뒤에 궤연을 받들고 강상(江上)에서 상제(喪制)를 지켰다. 숙인은 밤낮으로 상복을 입고 거하며 거적을 깔고 앉아 방 하나에 몸을 맡긴 채 새벽과 저녁에 제사를 올렸다. 곡하는 소리가 끊이지 않으며 눈물이 흘러 땅을 적시는 것이 몇년이 지나도 그치지 않았다. 살던 집을 새로 수리하였는데 거칠게 바른 진흙이 그대로 드러나고 칠을 하지 않았다. 여름에는 더위와 장마에 바닥이 축축해지고 벌레와 벼룩이 집에 가득하였다. 병으로 편안하지 못한 데다 밤새도록 잠을 자지 못하였지만 한번도 벌레를 잡거나 몸을 긁지 않았고 옆의 사람들에게 벌레 한 마리라도 함부로 죽이지 말라고 경계하며 "내가 흉한 화를 겪는 죄인인데 어찌

---

228 암강(巖江) : 금천에 있는 지명으로 선영이 있었던 곳이다. 종숙부 이세운과 그의 초배인 연안 이씨의 무덤이 이곳에 있었다.

스스로 편안하기를 구하겠는가”라고 하셨다. 얼마 뒤에 개미떼가 밤낮으로 벌레들을 물고 지고 문 밖으로 나가더니 마침내 벼룩이 사라졌다. 친척과 이웃 사람들은 지극한 정성이 결국은 미물까지도 감동시켜 일어난 일이라며 찬탄하지 않는 이가 없었다.

이후로 숙환이 날로 심해져 시간이 지날수록 점점 더 심해지더니 걷거나 출입하는 일을 할 수 없게 되었다. 밤에 괴롭고 힘들 때면 물을 마실 뿐 탕약은 먹지 않았는데, 항상 자리 옆에 물을 떠놓고 몇 년을 이와같이 하였다. 하루는 꿈에 공이 약물[藥漿]을 보내 주니 다음날부터 물 마시는 것을 바로 그치고 다시는 물을 마시지 않으며 병 또한 조금은 나아졌다. 훗날 자식들이 자나 깨나 생각하던 것에 감응이 있다고 말한 것 또한 헛되지 않았다. 그러나 결국은 여러 해를 끌며 병이 심해지더니 돌아가시게 되었다. 약을 때로 드시지 않으며 “나는 미망인이다.”라 하였다. 한번은 새벽에 사당에 알현하고 물러나 계단 아래에 서서는 오래도록 눈물을 흘리다가 “방에 들어가면 마치 시부모님을 뵙는 것 같네. 그러나 내가 많이 늙었으니 사당을 알현하는 일을 오래 할 수 있기를 어찌 바랄 수 있겠는가.”라 하셨다.

그 이듬해[1732], 암강에 있는 여막(廬幕) 근방의 집에서 돌아가셨다. 임종하실 때에는 한 마디도 후사(後事)에 대해서는 말씀하지 않으셨고, 술을 가져와 두 아들과 영결하고 자리로 돌아가서 임종하셨다. 숙인은 일찍이 장남 의하(宜夏)에게 “돌아가신 네 어머니[229]의 초상 때 상장례를 이미 검소하게 했으니 나의 초상에도 그와 같이 해야지 더하는 것이 있어서는 안 된다. 훗날 저승으로 같이 돌아가서 이전과 지금의 장례 치례에 다른 것이 있다면 신(神)의 이치에 어찌 편안하겠는가.”말한 적이 있다. 이에 이르러 염하고 장례하는 모든 일을 이전의 상과 똑같이 하니 숙인의 유지를 받든 것이다.

숙인은 인자하고 너그러우며 총명하고 식견이 높고 생각이 원대하였다.

---

229 이세운의 초배 연안 김씨를 말한다.

부모에게 효도하고 형제에게 우애하며 친척을 대할 때는 삼가며 은혜가 있었다. 집안 사람들을 거느림에는 엄하여 법도가 있었고 기거하는 자리는 반드시 일정한 위치가 있었으며, 입고 먹음에는 반드시 일정한 때가 있었다. 기억을 잘 하여 크고 작은 일을 놓치지 않았고 집안 일을 관리함에는 항상 말 없이 스스로 판단하였다. 평소에 단정하고 경계하며 스스로를 지켰고, 손에 잡고 있는 일로 하루를 보내며 스스로 느긋하거나 안일하지 않았다. 기쁨이나 분노를 갑자기 드러내지 않으며 마음에 맞지 않는 일이 있어도 끝까지 거친 말이나 무서운 기색을 보이지 않았다. 사람에 대한 자애로움이 깊고 두터워 항상 차마 하지 못하는 마음이 있었다. 곤액을 당하여 가여운 사람이 있으면 비록 소원한 사람일지라도 또한 그를 위해 눈물 흘리고 측은하게 여겼고, 반드시 구제해 주었다. 그것이 너무 지나치다고 말하는 사람에게는 매번 "성정이 원래 그러하여 그만둘 수가 없습니다."라고 하였다.

자손들을 교육함에 사랑이 매우 깊었지만 그렇다고 기색과 말을 경솔히 하지 않았다. 허물이 있으면 반드시 꾸짖어 책망하며 그들로 하여금 뜰 아래에서 죄를 받도록 하였다. 혹은 자손들로 하여금 스승을 좇아 학문을 배워 성취하는 바가 있기를 바라셨다. 또 일찍이 "너희들이 학문에 힘쓰는 것을 집에 있는 부녀자는 자잘하여 잘 알지 못한다. 내가 세속의 부녀자들을 보니 매번 자잘한 집안일에 매여 가난하다는 말하기를 좋아하였다. 무릇 선비로서 비루하고 편벽되며 이익을 가까이 하고, 불평하며[230] 마음이 넓지 못한 자들은 모두 부인의 말을 마음에 담고 있기 때문이었다. 옛날에 너희 아버지가 일찍이 관직에서 물러나 집으로 돌아와 탄식하며 '오늘날의 사대부들은 모두 용렬하고 비루하여[231] 오로지 자신의 집안을 돌보는 데에만

---

230 겸겸(慊慊) : 유감스럽거나 불만족스러운 모양.

231 규규(規規) : 식견이 천박하고 융통성이 없는 모양.

힘쓰고 있으니 세상이 쇠퇴했구려. 아무개는 어진 선비인데도 오히려 그러하니 가난으로 곤란을 당하다가 그 행실을 잃은 자요'라고 말씀하신 적이 있다. 너희들은 이를 마음에 새겨두고 소홀히 하지 말거라."라며 자손들을 일깨우셨다.

또 경계하시기를 "내 성품이 본래 세상의 명예와 이익과 같은 영화를 좋아하지 않는다. 너희들과 함께 아름다운 산수를 찾아 가서 거기에 집을 짓고 독서하고 농사 지으며 세속을 추구하지 않는 것이 선비된 도리라고 생각되는구나. 다만 몸을 단속하고 행동을 바르게 하며, 망령되이 사람을 사귀지 않아 남에게 자신을 그르치지 않아 '군자인(君子人)'이라고 일컬어진다면 또한 부모에게 영광이 될 수 있다. 어찌 꼭 부귀와 영달을 누린 뒤에라야 영광이겠느냐."라 하셨다. 간혹은 서실로 나와 책이나 책상, 벼루가 어지러운 채 정리되어 있지 않으면 반드시 손수 정돈하고 청소하며 "너희들의 게으른 성질이 이와 같은데 어찌 일을 힘쓸 수 있겠느냐."하기도 하셨다.

거처와 의복과 음식은 반드시 장유(長幼)에 따라 순서를 정하게 하였고, 비록 작은 일이라도 또한 경계를 세우는 일에 마음을 두어 법도를 세워 교시함에는 항상 효제(孝悌)의 윤리를 최상에 두었다. 매번 '정대(正大)' 두 글자를 들어 거듭 권면하였으니 가정에서의 가르침이 엄격하였다. 일찍이 주문공(朱文公)의 『소학』을 거론하며 "이것은 세상에 태어난 사람이라면 반드시 스스로 행해야 하는 것일 뿐이다. 어찌 붓으로 책에 써놓아야만 할 수 있는 것이겠느냐."라고 하셨다.

매번 아들에게 차분하게 "허물과 실수는 사람이라면 면하기 어려우니, 근심이 거기에 있다. 남이 말해 주지 않으면 자기는 알지 못하니 내게 잘못하는 것이 있으면 너는 의당 그럴 때마다 즉시로 바로잡도록 도와주고 스스로 꺼려하거나 어려워하지 말거라."하시다가는 조금 있다가 웃으며 "비록 그렇지만 직언을 들으면 그 말이 선한 줄 진실로 알면서도 받아들이기는 어렵다는 것을 깨달았다. 진실로 바른 군지[232] 중에 세상과 부합하는 이가 적구나.”라 하셨다.

간혹 뜻하지 않은 비방을 받으면 모든 자손들은 감당하지 못하였지만 숙인만은 편안하게 마치 아무 것도 못 들은 듯 느긋하게 “나에게 이런 일이 없는데 저런 말이 어찌 있겠느냐. 오래 되면 의당 절로 그치게 될 것이니 마음을 쓸 만한 것이 못된다. 나는 많은 일을 이런 방법으로 겪어 왔다.”라 일깨워 주셨다. 또 말씀하시기를 “무릇 재앙이나 횡액을 당하거든 항상 다른 사람들이 당하는 것은 나보다 심할 것이라고 생각하여라. 이런 마음으로 자신을 견주어 보면 스스로 힘을 얻을 수 있을 것이다. 일은 마땅히 조용하게 될 것이라 여기고 스스로 기다릴 것이요, 부질없이 혼자 분분하게 굴어서는 안 되니 그러면 손해만 있지 이익은 없다.”라 하셨다.

신축년[1721]에 암강(巖江)의 선려(先廬)를 새로 수리하였다. 완성이 되자 의하(宜夏)에게 정침(正寢)의 당(堂) 이름을 ‘원목(遠睦)’으로 정하도록 명하였으니 영원토록 화목을 닦으라는 뜻을 깨우치기 위한 것이었다. 매번 신하와 자식이 임금과 아버지에 대하여 지켜야 할 의리[233]가 무거우니 어찌 남자와 여자[234]라고 하여 다르게 보겠느냐고 말씀하셨다.

경자년[1720] 여름, 숙종의 병이 위독해지시니[235] 의하에게 급히 명하여 강에서 한양으로 들어가 왕의 병세와 안위를 살피라고 하며 “지금 바야흐로 나라가 우환으로 허둥대고 있다. 네가 비록 미천한 포의의 선비이지만 대대로 녹(祿)을 받던 가문의 후예이니 의리 상 물러나 시골에서 누워 있을 수는 없다.”라 하셨다. 왕의 부음을 듣자 당(堂)에서 내려와 오래도록 슬피 울다가 울음을 그치고 “평생 동안 나라의 은혜를 깊이 안 적이 없는데도

---

232 장사(莊士) : 단정(端正)한 선비, 정인군자(正人君子).

233 분의(分義) : 명분을 지켜서 할 일을 함, 인정과 의리.

234 금신잠이(衿紳簪珥) : 금신은 유자(儒者)의 복장으로 선비와 벼슬아치를 말하며 잠이는 비녀와 귀걸이로 원래는 고귀한 부녀자들이 사용하던 것인데 부녀자를 뜻한다.

235 대점(大漸) : 병이 위독함. 『서경』「고명(顧命)」 “王曰 嗚呼 疾大漸 惟幾”

나도 모르게 눈물을 흘리게 되니 군신간은 부자지간과 같다는 것이 진실로 헛된 말이 아니구나.”라 하셨다.

숙인은 비록 경서를 부지런히 공부한 적은 없었지만 타고난 자질이 밝고 깨끗하여 절로 도리에 합치하였으니 보통의 부녀자들이 감히 도달할 수 있는 것이 아니었다. 이로 인하여 친족들과 친구들이 마음속에서부터 존경하고 따르지 않는 이가 없었고, 큰 일이 있으면 반드시 자문을 한 뒤에 행하였다. 숙인이 돌아가시자 모두 “모(某)의 집은 어찌해야 하는가!”라고 하였으니 숙인의 덕이 자신을 닦고 다른 사람에게 신뢰를 얻은 것이 이에까지 이른 것이다. 아아! 어찌 현숙하지 않은가!

숙인은 2남 1녀를 두었는데 아들 의철(宜哲)은 진사이고, 의대(宜大)는 지조와 행실이 있었으나 일찍 죽었으며 딸은 시집가지 못하고 일찍 죽었다. 의하는 원배(元配)인 김씨의 아들이고 또 자매 두 사람이 있는데 진사 김석범(金錫範)과 선비 조태좌(趙台佐)에게 시집갔다. 의하는 아들 보창(普昌)·보행(普行)·보성(普聖)을 낳았고 딸은 한명집(韓命集)에게 시집갔다. 의철은 아들 보한(普翰)·보형(普衡)을 낳았는데 보형은 의대의 후사로 들어갔다. 사위 김석범의 아들은 도동(道東)·도남(道南)이고 사위 조태좌의 아들은 전(銓)이며 내외의 손자가 약간 명이 있다. 공은 이세운(李世雲)이고, 현령공(縣令公)은 이윤악(李胤岳)이니 용인 이씨는 현달한 가문[236]이다.

숙인께서 돌아가신지 4년이 되는 그해 8월 20일 갑신일에 포천(抱川) 쌍곡리(雙谷里) 선영 아래에 묻었다. 2년 뒤인 갑인년[1734] 봄에 또 공의 묘소를 옮겨 전배(前配)와 숙인의 묘를 합쳐서 ‘품(品)’자 모양의 묘소를 만들었다. 일을 마치고 의하·의철 등이 숙인의 행적을 엮어 가장(家狀)을 만들었는데 매우 자세하였다. 그럼에도 남기신 아름다움에 혹이라도 빠뜨리거나 잘못된 것이 있을까 염려하여 또 추가로 나머지를 기록하여 그 세세함을

---

236 세가(世家) : 대대로 녹(祿)을 받은 가문. 대대로 현귀(顯貴)한 대가(大家). 『맹자』 「등문공 하」, “仲子 齊之世家也”

지극히 하였다. 그리고 내게 글 한 편을 지어 이어 달라고 청하였다. 내가
이미 그들의 효성스러운 생각[237]을 깊이 슬퍼하였고 또 종친의 말석에 끼인
사람으로서 일찍부터 익히 들으며 흠모하여 감탄함이 있었기에 마침내 글
을 그 글을 하나로 썼는데 번다하고 줄이지 않았으니 오로지 입언군자(立言
君子)가 재량하고 감정(鑑定)하여 무덤에 세우고, 동사(彤史)에 실려서 영원
토록 환하게 보이며 여성의 영원한 법도가 되기만을 바란다.

　　정사년[1737] 8월일에 삼가 쓴다.

　　　　　숙인 창녕 성씨(1680.1.18~1732.5.4)는 이의현의 종숙부인 이세운(李世
해제　　　雲)의 계배이다. 아버지는 무과 출신의 성집(成鏶)이고, 어머니 우봉 이씨
는 만희(晩熙)의 딸이다. 18세 되던 1690년 무렵 이세운과 혼인하여 2남 1녀를 낳
았다. 1713년, 성씨가 33세 되던 무렵 남편 이세운이 세상을 떠난 뒤, 53세에 세상
을 떠나기까지는 한 집안의 '가장(家長)'이 되어 자손의 교육과, 경제, 제사 문제를
주관했다. 세상을 이의현은 이세운의 아내인 연안 김씨의 묘지명도 쓴 바 있는데
비교적 간략하게 기술된 반면, 창녕 성씨의 행장은 매우 상세하게, 삽화적으로 기
술되어 있는데, 이의현도 글의 말미에서 밝히고 있듯이 상세하게 작성된 가장(家
狀)을 토대로 했기 때문인 듯하다.

---

237 효사(孝思): 부모에게 효도하는 마음.『시경』「대아」「하무(下武)」"永言孝思 孝思維則
　　(鄭玄箋: 長我孝心之所思 所思者其維則三後之所行 子孫以順祖考爲孝"

채팽윤(蔡彭胤) : 1669(현종 10)~1731(영조 7). 조선 후기의 문신. 본관은 평강(平康). 자는 중기(仲耆), 호는 희암(希菴)·은와(恩窩). 충연(忠衍)의 증손으로, 할아버지는 진후(振後)이고, 아버지는 현감 시상(時祥)이며 어머니는 권흥익(權興益)의 딸이다. 1687년(숙종 13) 진사가 되고, 1689년 증광 문과에 갑과로 급제하였다. 그가 궐내에 노닐 때면 언제나 숙종이 보낸 내시가 뒤따라 다니며 그가 읊은 시를 몰래 베껴 바로 숙종에게 올리게 하리만큼 시명(詩名)을 날렸다. 어려서부터 신동이라 불렸고, 특히 시문과 글씨에 뛰어났다. 남인으로서 갑술환국 이후 20여 년을 관직 밖에 있으면서 많은 시문을 지어 남겼다. 저서로 『희암집(希菴集)』이 있다.

의인 한씨 묘지명
宜人韓氏墓誌銘

평강(平康) 채팽윤에게는 어진 아내가 있으니 의인(宜人) 청주 한씨이다.
그의 선조인 태위 란(蘭)은 고려의 태조를 도와 벽상·삼한공신(壁上·三韓
功臣)[1]이 되었으며 자손은 더욱 커지고 번창하였다. 우리 조선에 들어와서
는 장수와 재상, 국구(國舅)[2]와 훈벌로 더욱 융성하였다. 호가 구암(久菴)인
백겸(百謙)[3]은 도덕과 문학으로 한 시대의 모범이 되었으니 이분이 의인의
고조 할아버지이다. 구암 선생에게는 동생이 두 분 있었는데 둘째 중겸(重
謙)은 상사(上舍)를 지냈고, 셋째가 서평부원군(西平府院君) 문익공(文翼公) 준
겸(浚謙)[4]이다. 구암 선생의 아들은 우의정을 지낸 흥일(興一)[5]이고, 의정공
의 후사로 들어간 이명(以明)은 일찍 세상을 떠났는데 문익공의 손자이고
우리 장인의 후손이며 상사공의 증손이다.[6]

---

1 벽상·삼한공신(壁上·三韓功臣) : 삼한공신은 고려 때 후삼국 통일에 공이 있던 사람에게
준 칭호이고 벽상공신은 공신의 초상을 조정의 벽에 붙인 데서 유래한 것으로 역시 정1품
공신에게 주던 칭호이다.

2 국구(國舅) : 임금의 장인을 말하니 청주 한씨 가문에서는 여섯 명의 왕비가 나왔다.

3 한백겸(韓百謙) : 1552(명종 7)~1615(광해군 7). 조선 중기의 문신. 자는 명길(鳴吉), 호는
구암(久菴). 아버지는 판관 효윤(孝胤)이며, 어머니는 예빈시정(禮賓寺正) 신건(申健)의 딸
이다. 민순(閔純)의 문인이다. 실학의 선구자로서 실증적이며 고증학적인 방법으로 조선의
역사·지리를 연구하고, 『동국지리지』와 「기자도(箕子圖)」, 「기전설(箕田說)」이 있다.

4 한준겸(韓浚謙) : 1557(명종 12)~1627(인조 5). 조선 중기의 문신. 자는 익지(益之), 호는
유천(柳川). 아버지는 경성판관 효윤(孝胤)이며, 어머니는 예빈시정(禮賓寺正) 신건(申健)
의 딸이다. 인조의 장인이다.

5 한흥일(韓興一) : 1587(선조 20)~1651(효종 2). 조선 중기의 문신. 자는 진보(振甫), 호는
유시(柳示). 어머니는 교위(校尉) 김정준(金廷俊)의 딸이다. 1637년 봉림대군(鳳林大君: 뒤
의 효종)이 청나라에 볼모로 잡혀갈 때 배종하였다.

6 조경이 쓴 한흥일의 신도비명에 '한흥일이 서평부원군의 손자를 후사로 들였는데 일찍 세

아버지[7]는 후상(後相)이고 어머니 한산 이씨는 예조 참판 연년(延年)의 딸이다. 장인께서 동복(同福)[8]에서의 관직을 마치고 돌아온 지 얼마 안 되어 의인이 태어났다. 의인은 단정하고 엄숙하며 뛰어나고 투철하여 사리를 꿰뚫어 알았다. 장인은 항상 의인을 칭찬하며 "이 아이가 적벽(赤壁) 강산[9]의 정기를 모아 타고 났다"고 하였다. 임술년[1682]에 어머니가 돌아가시고[10] 병인년[1686] 3월에 나에게 시집왔다.

정묘년[1687]에 내가 상사(上舍)에 오르고 기사년[1689]에 갑과(甲科)로 문과에 급제하여 그해 겨울에 호당(湖堂)[11]에 선발되었다. 신미년[1691]에 춘방(春坊)[12]에 들어갔고, 임신년[1692]에는 한림원으로 옮겼다. 유인은 그 모두 좋아하지 않으며 "서방님께서는 작은 재주로 이름을 알리고 있을 뿐이니 제가 실로 두렵습니다."라 하였다. 갑술년[1694]에 내가 예조[13]에 올랐다가 병조[14]를 거쳐 사간원[15]으로 옮겨가니 의인은 "외직을 청하심이 좋겠습니다. 지금 이 시대의 일은 어찌될 지 알 수 없습니다."라 하였는데 얼마 안 되어 일에 연루되어 파직을 당하였다.[16] 내가 이미 관직을 그만 둔 뒤로는

상을 떠났다'는 기록이 나온다. 조경, 『용주선생유고』 권19, 「우의정한공묘비명」 참조

7 원문에 '고(考)'자가 빠진 듯하다.

8 동복(同福) : 현 전남 화순 지역에 해당하는 지명.

9 적벽은 동복 지역에 있는 절경이기도 하다.

10 배권지통(杯圈之痛) : 배권은 음식을 담는 그릇으로 부인이 사용하는 것이라 주로 어머니에 대한 그리움을 형용할 때 쓴다. 『예기』「옥조(玉藻)」, "母沒而杯圈不能飮焉[鄭玄注 圈 屈木所爲, 謂巵匜之屬; 孔穎達疏: 杯圈 婦人所用 故母言杯圈]"

11 호당(湖堂) : 독서당(讀書堂)의 별칭(別稱). 문관 중 특히 문학(文學)에 뛰어난 사람에게 임금의 특명으로 사가(賜暇)하여 오로지 학업을 닦게 했다. 대제학과 예조 판서가 선발권을 가졌으며 대상은 당하관 문사로서 40세 이하인 자로 한정하고 그가 당상관으로 승진하면 교체하였다. 호당이라는 명칭은 연산군 때 폐지되었던 독서당을 중종이 다시 설치하면서 생겼다.

12 춘방(春坊) : 세자시강원의 별칭.

13 남궁(南宮) : 예조의 별칭.

14 기성(騎省) : 병조의 별칭.

15 미원(薇垣) : 사간원의 별칭.

다시는 세상에 마음을 두지 않았다. 그때에 인재를 선발하는[17] 일이 있었는데 의인이 듣고서는 웃으며 "서방님께서 관직을[18] 얻으려 하지 않음은 옳습니다. 다만 부모님을 위하여 벼슬[19]을 한 번 하는 것만은 가하지 않겠습니까."하기에 남포(藍浦) 현감이 되어 갔는데[20] 도리어 기뻐하지 않았다.

얼마 뒤에 모읍(某邑)으로 가라고 말하는 사람이 있었는데 '당신의 부모님이 계신 곳과 가까운 곳'이라 하니 외리로 부임하지 않을 수 없었기에 내가 힘써 노력하여 부임하였다. 의인은 8월에 그곳에 와 9월에 부모님의 처소에서 작은 술자리를 열었는데 얼굴에 기쁨을 드러내며 "서방님의 소원을 조금이나마 풀게 되었습니다."라고 하였다. 10월에는 양친을 맞아 모시고 형제들이 모두 왔다. 의인이 즐거워하며 "요사이 음식 먹는 것[21]이 부실했는데 이제 즐거워지니 조금씩 나아질 것입니다."라 하더니 5일도 못 되어 병이 나서 19일 만에 변고가 일어났다. 그때가 병술년[1706] 11월 12일이니 그가 태어난 을사년[1665] 4월 10일과는 42년이 된다.

우리 의인과 같은 덕이라면 의당 복록을 누려 마땅하다. 그리고 또 평소에 잘 아팠지만 아무리 몹시 지쳤다 해도 필시 다른 것은 없었을 터인데, 아아! 운명인가! 지난 번에 기뻐하지 않았던 것은 아마도 징조였던 것 같으니 오지 않았더라면 죽음을 면했을 것을. 나의 행실이 신명을 저버려 재앙

---

16 채팽윤은 1694년 사간원 정언(正言)으로 있으면서 홍문록(弘文錄)에도 이름을 올렸다. 그러나 곧 이이와 성혼의 문묘 출향을 주장하는 이현령(李玄齡)의 상소에 참여했던 것이 이유가 되어 홍문록에서 이름이 삭제되었다. 그 뒤 벼슬에서 물러나 제자들을 기르는 일에 전심하였고 1724년 영조가 즉위한 뒤에 다시 관직에 나가게 된다.

17 검거(檢擧) : 선발하여 발탁함, 선택함.

18 주행(周行) : 조정에서 벼슬하는 것. 원래는 주관(周官)이 항렬을 뜻하는 말이었나. 『시경』 「주님(周南)·권이(卷耳)」 "嗟我懷人 寘彼周行"

19 봉격(奉檄) : 관리로 임명되는 것. 한(漢)나라 모의(毛義)가 "태수 사령장을 받고 기뻐한 것은 늙은 부모를 위해서이다[奉檄而喜爲親屈也]."고 한 데서 유래하여 '봉격색희'라고 하면 부모님을 기쁘게 해드리기 위하여 관직에 나가는 것을 뜻하게 되었다.

20 채팽윤은 1706년 5월 남포 현감으로 부임하였다.

21 비저(匕箸) : 숟가락과 젓가락. 음식.

이 의인에게 옮겨 갔으니 어찌 의인의 진짜 운명이겠는가!

이전에 나로 하여금 문묵(文墨)에 전념하고 의식(衣食)에 마음이 어지럽지 않도록 한 것은 작은 것까지도 의인의 힘이다. 새로운 고을에 막 부임하여 하루도 20년 간의 노고에 답해줄 겨를이 없었지만 또 '기다리면 겨를이 있겠지'하였는데 의인은 어찌[22] 기다려 주지 않았는가! 이에 벼슬을 그만두고 음식은 세 그릇을 넘기지 않는 것으로 나의 애통함을 표하였다.

나에게 자식이 없으니 의인이 빌어보지 않은 곳이 없었지만 끝내 아들을 두지 못하였다. 갑신년[1704]에 백형(伯兄) 수찬공(修撰公)의 둘째 아들 응동(膺소)을 아들로 삼았다. 의인은 들고 날 때에도 품에 안고, 정성껏 젖을 먹였고 밤낮으로 문에 서서 그가 잘 자라는가 살폈다. 아이 또한 잠깐이라도 떨어져 있지 않으려 하며 자기가 의인의 소생이 아니라는 것을 알지 못하였다. 사람들이 혹 떼어 놓으면 아이는 화를 내고 먹지도 않으니 의인의 사랑도 더욱 깊어졌다. 한번은 겨울 밤에 작은 병풍을 둘려 쳐 놓고 곁에서 독서와 바느질을 하다가 우리가 서로 마주하여 누우니 응동이 우리 사이에 파고 들었다. 의인이 아이를 어루만지며 "이렇게 백 년만 살면 좋겠어요."라고 했다. 아아! 이런 즐거움을 다시 얻을 수 있을까. 항상 "응동이가 아내를 얻으면 제가 맡아서 해산도 해 줄거에요."라 했다.

병이 난 지 사흘째 되던 날 내게 "제 병이 심히 심하니 필시 일어나지 못할 겁니다. 저기 상자 속에 간직해 둔 것은 모두 응동이의 아내를 위한 것입니다. 잘 간수해 두셨다가 저의 뜻대로 해 주세요."라 했다. 내가 놀라서 위로하며 "당신의 병은 그저 땀이 안 나서요. 땀만 나오면 나을 것인데 그런 말을 어찌 한단 말이오!"라고 했는데 아아! 결국은 이렇게 되었구나. 5·6년만이라도 더 살았다면 며느리가 오는 것을 보았을 터이고 그러면 한(恨)도 없었을 것이다. 그리고 아홉 살 된 아이를 슬프게 곡하며 울게 하였으

---

22 증(曾) : 여기서는 '어찌', 곧 '기(豈)'자와 같은 의미로 쓰였다.

니 죽은 사람에게 지각이 있다면 그 또한 눈을 감을 수 있었을까.

처가의 제사는 매우 간결하여 제수(祭需)에는 일정한 가짓수가 있었다. 의인이 반드시 응동이를 불러 보여 주며 "내가 죽어도 이렇게 해라." 하였다. 이제 의인을 제사함에 그 예제를 온전하게 받드니 의인의 뜻을 행하는 것이고 그것을 응동에게 보여주는 것이기도 하다.

의인은 지극한 행실이 있었으며 효성과 우애는 친성으로 타고난 것이었다. 상을 치르는[23] 20년간 장인[친정 아버지]을 섬기면서 정성을 더욱 게을리 하지 않으니 장인도 매우 칭찬하며 장부 아들처럼 여기고 의심스러운 일이 있을 때마다 반드시 물어보았다. 비록 다른 마을에 살았지만 반드시 3일에 한 번씩 가서 뵈었다. 장인은 집안을 엄격하면서 법도 있게 다스렸다. 자제들이 잘못을 하면 혹은 몇 달씩 감히 뵙지 못하였고 종들도 죄를 지으면 비록 작은 것이라도 용서받지 못하였다. 의인이 반드시 부드러운 얼굴과 온화한 기색으로 옆에서 풀어드려야 장인도 위엄을 거두고 따르셨다.[24] 의인은 병이 들자 장인에게 편지 쓰는 것을 운고(運孤)에게 맡기지 않았다. 내가 만류하며 "틈이 조금 날 때 합시다." 하였으나 의인은 "어찌 그만둘 수 있겠습니까. 이번이 영결입니다."라 하였다. 병이 심해질수록 목 놓아 "70세 늙은 아버지를 내가 다시 보지 못하는 건가. 아아! 하늘이여."라 호소했다.

처음에 병이 들었을 때 여러 차례 나에게 "제 병이 심합니다. 시부모님이 늙으셨고, 또 우리에게 천금 같은 아이 하나만 있으니 피접(避接)[25]하지 않을 수가 없습니다." 하기에 양친은 귀환하시도록 하고 아이 또한 다른 곳으로 옮겼다. 얼마 있다가 또 "서방님은 어찌 안 가십니까."하며 말을 하려다가는 또 울고 하였다. 내가 부득이하게 집 밖으로 물러나 있다가 악이나 미움을 물리치는 일이 있다는 것을 들으면 그때마다 "내가 들어가겠소!"라

---

23 점괴(苫塊) : 부모 상 중에 쓰는 거적자리와 흙덩이 베개. 상을 치르는 중임을 뜻한다.
24 제위(霽威) : 위엄을 거둠, 노여움을 품.
25 피접(避接) : 역병 등이 돌 때 병을 피하기 위해 거처를 임시로 옮김.

소리치면 (의인도) 억지로 먹고는 하였다. 내가 집 밖으로 물러나 있다가 뒤에 시중들던 여종을 따라서 들어가 보았는데 의인이 이를 알고 울려 하기에 내가 "부부는 하나요. 내가 병이 나면 당신은 피할 거요? 내가 어찌 버리고 가겠소." 하였다. 아아! 어질도다. 자기의 병을 걱정하지 않고 위로는 시부모를 염려하고 아래로는 나를 걱정하였다.

내가 일찍이 한가롭게 사람들과 바둑을 두며 지낸 적이 있었는데 의인이 간절하게 "서방님께서는 문장을 끝까지 공부하지 않으셨습니다. 바둑과 장기에 허비하는 시간을 어찌 문장 공부에 쓰지 않으십니까. 서방님께서 영원히 전해지시면 저도 같이 영원해집니다."라 경계하였다.

의인은 질투와 탐욕을 개, 돼지처럼 더럽게 여겼다. (외방의) 관아에 가게 되자 비록 채소 한 웅큼, 땔나무 한 묶음이라도 사사롭게 요구하지 않으며 "서방님께 누가 될까 두렵다."고 하였다. 내가 장차 한 부(部)의 책을 엮으려고 하니 의인이 "옛 사람 중에는 돌을 싣고 돌아온 자가 있다고 하는데 이 책이 돌을 감당할 수 있습니까?"라고 하니, 내가 부끄러워져서 그만두었다. 여공(女功)이 꼼꼼했던 것이나 집안을 질서있게 이끈 것은 모두 (그 덕의) 말단일 뿐이다.

아아! 내 규문의 현숙한 보좌를 잃었으니 다시는 내가 나의 허물을 알지 못할 것이다. 내가 병이 나서 석 달 만에 죽어 내가 아무 말도 못하게 된다면 의인의 의인됨을 누가 알겠는가. 마침내 병든 몸을 애써 부지하고 눈물을 닦으며 명을 쓴다.

　의인이 병든 것은

　고향이 그리워서라.[26]

---

26 월성(越聲) : 고향을 그리워하는 마음과 이를 담은 읊조림. 장석월음(莊舃越吟)의 고사에서 나온 듯하다. 장석은 전국(戰國)시대 월나라 사람인데, 초나라에서 벼슬하다가 병이 들자 월나라를 그리워하며 월나라 소리로[말로] 읊조렸다는 고사에서 나왔다. 『사기(史記)』 「장의열전(張儀列傳)」 여기에서는 의인 한씨가 고향과 친정의 부모님을 그리워했던 마음을 비유한 것으로 보인다. 이어지는 명의 내용으로 보아 시댁의 선영이 아니라 한씨의 고향,

반드시 반장(返葬)[27]하여

산자나 죽은 자를 저버리지 않으려 하오.

가까운 내 고향을 두고

멀리 왕기(王畿)[28]에서 묘자리를 구하니[29]

사람들은 그만두라 하고

내 마음은 남몰래 슬프오.

이에 양지바른 곳을 찾아

연성(蓮城)[30]을 고르니

양주(楊州)가 길하구나,

물이촌(勿移村)은 그 이름이라.[31]

동쪽으로 곧장 십리면 실로 옛 서울이니

삼각산이 뒤에 있고

큰 강이 앞에 있소.

구암 선생의 옛 집터엔[32]

대나무 무성하고

그 아래 인가(人家)에는

장인의 집이 있다오.

친정 가까운 곳에 묘를 만든 것과 관련되어 있는 내용이다.

27 반장(返葬) : 외지에서 죽은 자를 고향에 돌아가서 묻는 것.

28 왕기(王畿) : 왕의 수도에서 사방 1000리 이내의 지역.

29 원래 한씨를 안산(安山)에 묻으려 하였으나 산역(山役)이 불길하다 하여 한양 근방 서호 (西湖)에 장사지냈다. 「망실한씨발인도안산인산사불리장향수촌고문(亡室韓氏發靷到安山 因山事不利將向水村告文)」, 『희암집』 권27(『한국문집총간』182) 494쪽.

30 연성(蓮城) : 조선시대 경기도 안산의 속군(屬郡).

31 물이(勿移) : 물이촌. 한씨를 한양 근방 서호(西湖)의 물이촌에 장사지냈다. 「망실한씨발인도 안산인산사불리장향수촌고문(亡室韓氏發靷到安山因山事不利將向水村告文)」, 『희암집』 권27 (『한국문집총간』182) 494쪽.

32 물이촌은 한씨의 고조인 구암 한백겸이 거하던 곳이다.

띠집 몇 칸을 엮어

초례당(醮禮堂)을 만들었으니[33]

지금 20년 세월

길흉(吉凶)을 함께한 곳이라.

하늘의 뜻과 사람의 일에

만감이 교차하니

내가 구차히 한 일이 아니라

당신의 뜻을 따른 것이오.

음양가에게 물으니

길하며 이롭지 않음이 없다 하오.

백 년 뒤에는

나도 같이 묻힐 것이요,

또 백 년 뒤에는

자손들이 와서 의탁할 것이라.

인간 세상에서 누리지 못한 것

저승에서 누리기를 바라오.

정해년[34]으로 해가 바뀌고

정월[35]이 끝이 나니[36]

그날은 계(癸)일이요

---

33 1686년 이곳에서 채팽윤, 한씨 부부가 혼인하였다.

34 강어(彊圉) : 천간 중 네 번째인 '정(丁)'의 별칭. 『회남자』「천문훈(天文訓)」"大荒落之歲 歲有小兵 蠶小登 麥昌 菽疾 民食二升 巳在丁 曰强圉(高誘注: 在丁 言萬物剛盛 故曰强圉 也)" 유인은 병술년[1707] 11월 12일에 세상을 떠났고 이듬해가 정해년이다. 이를 표현한 것으로 보인다.

35 섭제(攝提) : 간지 중 '인(寅)'. 인월(寅月)은 정월의 별칭.

36 한씨의 상기(喪期)는 정해년[1707] 1월로 끝이 나고, 2월에는 한씨를 한양 성외의 서호에 장사지낸 뒤에 당시 채팽윤이 근무하고 있던 남포 관아로 반곡하였다. 「반곡후고문(返哭後 告文)」 『희암집』 권27(『한국문집총간』182) 494쪽 참조.

산자락은 남쪽을 안고 있네.
아아! 흩어지는 봄 구름은 하늘에 있고
깨끗한 가을 달은 연못에 있구나.
오직 이 의인을 어느 날에나 잊을까.[37]

해제 의인 청주 한씨(1665.4.10~1706.11.12)는 채팽윤의 처음 아내로 아버지는 후상(後相)이고, 어머니 한산 이씨는 예조 참판 연년(延年)의 딸이다. 장수와 재상, 국구(國舅)와 훈벌을 배출한 쟁쟁한 가계를 배경으로 한 여성이다. 1686년, 21세에, 채팽윤의 나이 18세 때에, 혼인하여 20여 년을 함께 살다가 42세의 나이로 세상을 떠났다. 자식이 없어서 채팽윤의 형 명윤(明胤)의 아들 응동(膺소)을 후사로 들였다. 채팽윤은 한씨 가문의 쟁쟁한 인물들을 거론하며 아내 한씨의 가문적 배경을 서술하는 한편, 양자로 들였던 아들 응동과 함께 했던 부부의 화락했던 순간, 병이 들어 함께 있을 수 없는 상황에서 서로를 염려하며 안타까워했던 순연한 애정의 장면을 매우 감성적으로 그리고 있다. 한편으로 남편 채팽윤의 벼슬길과 학문 여정에 대해서는 엄격하게 지침을 보여주며 남편을 인도하는 엄처로서의 모습도 그려져 있다.

---

37 전(旃) : 이때 '전(旃)'자는 지시대명사 '지(之)' 혹은 '지언(之焉)'의 합음자로 보아 해석하는 것이 타당할 듯하다.

딸의 무덤에 씀
殤女瘞誌

아아! 여기는 전(前) 군수 채팽윤의 딸을 묻은 곳이다.

아이는 병신년[1716] 2월 1일에 태어나 4년 뒤인 기해년[1719] 3월 16일에 가림(嘉林)[38]의 외가에서 죽었다. 아이는 어미보다 나를 더 사랑하여 항상 내 슬하를 맴돌며 떠나지 않았다. 아비가 출입할 때면 매번 "아버지와 오래 떨어져 있고 싶지 않아요."라 소리치고는 했다.

아아! 누가 이 아이로 하여금 아비를 떠나 결국 돌아오지 못하게 하였는가. 떠나보내어 여기에 이르게 하였는가. 아비의 죄로다! 아비의 죄로다!

그해 5월 12일에 사치(蛇峙)의 왼쪽 자락에 묻었다.

해제 이 글은 채팽윤이 어린 나이에 죽은 딸(1716.2.1~1719.3.16)의 무덤에 넣기 위해 쓴 글이다. 아버지의 곁을 맴돌고 오래 떨어져 있는 것을 싫어했다는 짤막한 언급 속에 특별했던 부녀지간의 사랑이 담겨 있다.

---

38 가림(嘉林) : 지금의 충남 부여 임천(林川)의 옛 지명이다. 통일신라 때 가림(嘉林)으로 고쳤다.

4월 10일, 아내 의인 한씨 제문
四月十日祭亡室宜人韓氏文

아아! 당신은 마음을 다하여 내 몸을 편하게 해주었지요. 당신을 한 번 즐겁게 해주려고 내가 이때를 손꼽았건만[39] 당신은 조금도 기다려주지 않았으니 내 마음은 어디에다 풀어야하오. 당신은 멀리 넓은 하늘에 있으니 아득하여 알지 못하는지. 나는 혼탁한 세상에 남아 오직 아이만을 의지하고 있소. 전에 한 말을 세세하게 짚어보니 어제의 일처럼 완연하오. 산이 높다 한들 내 슬픔이 끝없음만 못할 것이요, 물이 깊다 해도 내 눈물이 마르지 않는 것만 못할 것이오. 날이 갈수록 날로 잊힌다더니, 옛사람들이 나를 속였소. 오래될수록 더욱 새로워지니 어찌 감당할지요. 훨훨 짝지어 나는 제비가 내 마음 무너지게 하는구려. 저승과 이승이 한 가지 이치라면 나처럼 슬퍼함이 없을 수 있겠소. 정성은 통한다 하니 이 잔을 다 비우기 바라오. 아아! 슬프오. 상향.

해제 의인 청주 한씨(1665.4.10~1706.11.12)는 채팽윤의 처음 아내로 1706년 11월 12일에 세상을 떠났다. 4월 10일은 한씨의 생일이니, 아내가 세상을 떠난 뒤 생일을 맞아 쓴 '생일제문(生日祭文)'이다. 아내를 잃고 외로운 자신의 처지와, 잊혀지지 않는 아내에 대한 그리움이 담긴 글이다. 채팽윤이 한씨를 위해 쓴 묘지명도 있다.(「의인한씨묘지명(宜人韓氏墓誌銘)」, 『희암집』 권24(『한국문집총간』 권182).

---

39 제문을 쓴 4월 10일은 한씨의 생일이니 이 글은 생일제문(生日祭文)이다. 생일제가 『주자가례』에 명시되지 않은 탓에 그 시행 여부를 두고 16세기 이후 논란이 되어 왔지만, 이 시기에도 여전히 생일제를 지내거나 생일제문을 짓는 일이 계속되고 있었음을 확인할 수 있다.

추석날 아내에게 올리는 제문
秋夕祭亡室文

아아! 당신이 병이 났을 때에 나는 당신이 죽을 줄은 몰랐소. 내 소원을
청할 곳이 없으니 장차 어디를 따라야 하오. 당신의 신명은 공중을 떠다니
며 아침저녁으로 나에게 오겠지요. 말로 할 수가 없으니 마음을 어찌 풀어
야 하오. 드센 여종들은 다투어 으르렁거리고, 가난한 살림에 안주인도 없
구려. 내 몸을 누가 돌봐주며, 우리 아이는 누가 살펴주오. 거북점이 어둡
고[40] 무양(巫陽)[41]도 거짓이오. 저승과 이승으로 이렇듯이 갈라지니 서리고
맺힌 마음 더욱 아득해지오. 꽃이 피고 잎이 지며, 꾀꼬리와 제비가 서로
날아다니오. 바다에 내리는 비는 처마를 시끄럽게 하고 산에 뜬 달은 사립
문을 엿보는구려. 아침이 되어도 일어나기 어렵고, 저녁이 되어도 돌아오기
어렵지요. 약속이라도 한 듯 슬픔이 몰려 오니 만 가지, 천 갈래구려.

계절은 흐르고 흘러 중추(中秋)가 되었구려. 작년을 생각해 보면 마음속
이 마치 불에 타는 것 같소. 부모님의 병환은 낫지 않고 장마로 길도 막혔소.
새 무덤에 풀은 시들었을 것인데 끝내 하나하나 했던 말을 저버렸구려. 항
상 하던 말이 귓가에 또렷하게 어제 일처럼 남아 있소. 정성이 통한다면
꿈에서라도 이별하지 않았으면. 정신이 문득 혼미하니 왕래함은 늘 황황하
구려. 어째서 잠시라도 머물며 평소처럼 풀어 놓지 않는지. 영령이 멀리 있
지 않을 것이니, 나의 이 마음을 살펴주시오. 아아! 슬프오.

---

40 망매(茫昧) : 확실하지 않음.
41 무양(巫陽) : 무팽(巫彭). 전설 상의 여자 무당.

채팽윤이 추석을 맞아 지내는 절사(節祀)에서 아내를 위해 쓴 제문이다. 채팽윤의 세 아내 중 대상이 명시되어 있지는 않지만, 이 글 앞뒤의 배치로 보아서는 원배(元配) 의인 청주 한씨(1665.4.10~1706.11.12)를 위한 제문으로 보아야 할 것이다. 아내가 살아 있었던 작년 추석을 떠올리며 아파하는 마음을 표현하고, 부모님의 병환과 장마로 길이 막혀 묘소에 가보지 못한다는 사실도 고하고 있다. 아내가 죽은 뒤의 스산한 집안 살림과 계절의 물상(物象)이 일으키는 쓸쓸한 정회가 감성직으로 표현뇌어 있다.

아내의 소상일에 올리는 제문
亡室小祥祭文

　　유세차 정해년[1707] 11월 기유삭 12일 경신일에 남편 남포(藍浦) 현감 채팽윤이 삼가 작년 삼고(三皐)[42]하던 날이 돌아와 그날 누차 고하였던 말을 다시 펼쳐놓고 아내 청주 한씨의 영전 앞에 고하오.

　　아아! 슬프오. 함께 늙어가자 약속했는데 장수하는 사람이 있고 단명한 사람이 있구려. 내 슬퍼하지 않으려 해도 내 마음에 슬픔이 맺혀 있다오. 가난을 함께 하며 좋은 날 기다렸는데, 주는 것이 있으니 뺏는 것도 있구려. 내 슬퍼하지 않으려 해도 내 간장이 찢어진다오. 모습은 흙으로 돌아가 아득하니 볼 수가 없지만 아름다운 덕은 비석에 새겨져 영원히 전해질 거요.

　　아름다운 꽃에는[43] 싹이 있고, 수려한 나무에는 가지가 있는데 어찌하여 하늘이 당신에게는 씻은 듯 자취를 남기지 않은 것인지요. 그러나 어찌 자손이 없다 하겠소. 당신을 어머니로 삼은 아이가 있지요.[44] 내 그 모습을 보건대 법도를 간직하고 있는 것 같소. 몽매지간에도 당신을 생각하면 오열하노니 애틋하고 지극한 마음, 천지 간에 통할 거요. 당신은 죽었어도 죽지 않은 것이니 죽은 자나 산 자나 위로가 되오.

　　이 닷 말의[45] 녹봉이 내게 어찌 귀하겠소만 지체하며 떠나지 못하고서 오늘까지 눌러 앉아 있소. 대통소 소리 애잔하고 주렴에는 달빛이 쓸쓸하구

---

42 삼고(三皐) : 사람이 죽으면 지붕의 중류에 올라가 옷을 흔들며 세 번 '돌아오시라.'고 고복(皐復)하는 것. 이로부터 상주를 세우는 등의 상례 절차가 시작된다.

43 요초기수(瑤草琪樹) : 선경(仙境)에 있다는 아름다운 꽃과 나무.

44 양지로 들인 아들 응동(膺소)을 말한다.

45 오두(五斗) : 닷 말의 쌀. 관리의 얼마 안 되는 봉급. 도연명이 다섯 말의 곡식을 받기 위해 관직을 하며 허리를 굽히지 않겠다고 했던 말에서 나왔다.

려. 아프던 모습은 멍하면서도 오히려 기억나는데 임종하며 했던 말은 차마 다시 짚어보지 못하겠소. 깊이 생각하고 잠자코 헤아려 봐도 후회와 슬픔이 천 가지 만 가지구려. 당신에 나를 은애함이 실로 깊건만 나는 당신을 저버린 것이 적지 않구려. 죽을 때까지 행장(行裝)을 준비하라 하고 날마다 한양 가기를 손꼽으며 장인을 가서 뵙고 마음을 털어 놓으려 했었지요.

새로 올린 무덤에 묵은 풀 우거지고 오래 된 둥지에는 먼지가 끼었구려. 눈 닿는 곳마다 콧날이 시큰하니 무엇에 마음 주어야 하오. 죽은 자에게 지각이 있다 하는데 그림자와 메아리도 당신과 통할 것이 없구려. 지각이 없다 하는데 자나 깨나 어찌 그리 자주 오는지. 술잔 놓고 이에 한 조각 향을[46] 피우니 바로 내 마음이오. 영령이 멀지 않다면 와서 흠향하기 바라오.

 채팽윤이 아내의 소상일에 쓴 제문인데 시기로 보아 원배(元配) 의인 청주 한씨(1665.4.10~1706.11.12)의 소상(小祥) 제문이다. 한씨의 초상이 있던 1706년 11월로부터 13개월째 되는 1707년 11월에 쓴 제문이다. 떠난 아내의 모습과 음성을 보고 들을 수 없는 아쉬움과 떠났으면서도 쉽게 잊혀지지 않고 늘 맴도는 아내로 인한 슬픔을 표현하고 있다. 또한 죽기 직전까지 친정 아버지를 뵙고 싶어했던 아내의 모습은 채팽윤이 쓴 아내의 묘지명에서도 보이는데 그 소원을 들어주지 못한 죄책감도 토로하고 있다. 한씨의 묘소를 남편 집안의 선영 충청도 한산이 아닌 경기도로 정한 과정에 대해서는 한씨의 친정 아버지 한후상을 위해 채팽윤이 쓴 제문이 참조가 된다. 「제부옹한부정후상문(祭婦翁韓副正後相文)」 『희암집』 권26(『한국문집총간』182) 476쪽.

---

46 판향(瓣香) : 한 조각의 향. 흠앙(欽仰)하는 마음을 표시할 때 피우는 것으로 '심향(心香)'이라고도 한다.

아내의 담제일에 올리는 제문
亡室禫日祭文

유세차 무자년[1708] 정월 기유삭 9일 정사일(丁巳日)에 남편 남포 현감 채팽윤이 아내 의인 한씨에게 고하오.

아아! 당신이 나를 버린 뒤로 해가 세 번 바뀌었구려. 연제(練祭)[47]도 이미 마쳤고, 예에 따라 이제 담제(禫祭)[48]를 지내오. 시냇물이 흘러가 영원히 돌아오지 않듯이, 환한 달빛을 잡아둘 시간이 없듯이.

섣달[49]에 여기에 왔는데 아이는 병에 걸려서 밤낮으로 무릎에 앉아 소리내어 우는구려. 쓰다듬어 주고 어루만져 주나 내 마음은 쓰리고 아프오. 당신은 홀로 어디로 가버리고 이 노고를 나에게만 맡겼소. 때가 다 되어[50] 제전을 거두지만 당신을 굶주리게 하는 일은 없을 거요. 당신이 주는 도움에 힘입어 아이가 일어나 술잔을 받들고, 현달하여 죽은 자에게까지 영광을 미룬다면 당신이 기뻐하겠지요. 그런데 생각해 보면 내 몸은 가문을 위해 할 수 있는 것이 없으니 당신이 나에게 어찌 이리 독하게 하여 나를 이같이 되게 하였소. 평생을 생각해 보면 자나 깨나 눈물 흘리는 것이오.[51]

묘지(墓誌)를 아직 묻지 못했고, 상석(床石)도 놓지 못하였구려. 부모님의 병이 오래 끌고 아이의 홍역까지 기승이라 해가 세 번이나 바뀌도록 끝내

---

47 연제(練祭) : 소상(小祥). 한씨의 소상은 정해년[1707] 11월 12일, 초상 후 13개월째에 지냈다.

48 담제(禫祭) : 『주자가례』에 따르면 초상때부터 2년, 달수로는 25개월만에 대상(大祥)을 지낸다. 대상 후 한달을 지내고 27개월째에 지내는 것이 담제이다.

49 궁랍(窮臘) : 세밑, 세말(歲末).

50 순시(旬時) : 이때 '순(旬)'은 기한이 다 찼다는 의미이다.

51 산산(潸潸) : 눈물을 흘리는 모양. 『시경』「소아·대동(小雅)」 "睠言顧之 潸焉出涕"

하지 못하였다오. 저기 새로 만든 무덤을 보노라니 넘쳐나는 애통함을 어찌 이기겠소. 몸은 비록 묻혔지만 정령(精靈)만은 하늘로 올랐겠지요. 묻힌 몸은 날로 썩겠지만, 승천한 영혼은 더욱 빛나겠지요. 백 년 뒤에 서로 만나 남은 회포를 다할 수 있을지 삼가 맑은 술과 제수로 담제를 지내오. 아아! 슬프오. 상향.

이 글은 채팽윤이 원배(元配) 의인 청주 한씨(1665.4.10~1706.11.12)의 담제(禫祭)에 쓴 것으로 아내가 죽은 지 15개월 째 되는 1708년 1월에 썼다. 채팽윤은 아내 한씨가 세상을 떠난 뒤, 1707년 11월 12일, 초상 후 13개월째에 연제[소상]를 지내고, 소상 후 2개월이 지난 1708 1월 9일, 곧 초상 후 15개월째에 담제를 지냈다. 부모님의 숙환과 아이의 홍역으로 인해 묘지도 묻지 못하고 상석도 놓지 못한 미안함, 사후의 만남으로 현생에서의 아쉬웠던 인연을 이어가길 바라는 마음을 담아 놓았다.

아내의 대상일에 올리는 제문
亡室大祥祭文

유세차 무자년[1708] 11월 계유삭 12일 갑신일은 세상을 떠난 나의 아내 의인 청주 한씨의 두 번째 기일(忌日)이니 남편 팽윤이 삼가 축관(祝官)[52]이 아뢰는 말을 인하여 고하오.

아아! 한양에 있을 때에는 마산(馬山)이 있는 줄 몰랐고, 마산에 있을 때에는 둔촌(遁村)이 있는 줄 몰랐으며, 둔촌에 있을 때에는 정곡(程谷)이 있는 줄 몰랐지요.[53] 이전 수십 년 동안 동서남북으로 다니며 겪은 죽음과 삶, 영광과 치욕은 모두 내가 알 수 없었던 것들이라오. 그러니 또 어찌 이후 몇년 동안 동서일지, 남북일지, 어느 날에 죽고, 어느 날에 누가 날지, 무엇으로 영광되고 무엇에 치욕당할지 어찌 알겠소. 이는 모두 하늘의 명을 들어야 하는 것이지 내가 관여할 수 있는 것이 아니라오. 그러니 당신의 죽음이 어찌 슬프겠으며 내가 살아있는 것이 어찌 즐겁겠소. 태상(太上)의 망정(忘情)[54]은 노력하지 않아도 지극한 자는 통달하거니 내가 일찍이 그것을 추구하지 않은 적이 없었소. 내 머리털은 날로 세어가고 오른턱[55] 첫 번째 어금니가 흔들리다 빠졌으며 피가 왕왕 목구멍으로 나온다오. 아득한 바다를 떠가는 듯 갈 곳을 모르니 기대어 쉴 곳도 없이 놀라 두려워

---

52 축(祝) : 축관. 제사 때 신에게 주인의 복을 빌어주는 사람.

53 위의 지명들은 채팽윤이 거주하던 곳들을 말한다. 이 제문을 썼던 1708년 9월에 둔촌에서 홍주(洪州) 정곡(程谷), 곧 정자동(程子洞)으로 돌아와 회암을 짓고 우거하고 있었다.

54 태상지망(太上之忘) : 태상지망정(太上之忘情). 망정(忘情)은 희노애락의 감정이 없는 상태. 잊는 것이 가장 좋다는 말.『세설신어(世說新語)』「상서(傷逝)」 "聖人忘情 最下不及情 情之所鍾 正在我輩"

55 우거(右車) : 오른쪽 턱. '거(車)'는 이가 박혀 있는 아래턱 뼈를 말함.

하고 있소. 감춰버린 듯[56] 생기[57]를 회복할 수 없으니 또한 면치 못하는 것도 있다오.

바람과 서리가 닥치면 풀과 꽃이 시드는 것이 사물의 변화이고, 슬픔과 기쁨이 나타나는 것은 마음이 느껴서이지요. 누군들 이렇듯 살아있는데 마음이 유독 없겠소. 죽은 사람이야 맑고 고요할[58] 따름이리니 당신은 고요한 채로 내 슬픔을 알지 못하겠지요. 그렇다면 내가 당신을 슬퍼하는 것 또한 그만할 수 있을 것이오. 그러나 슬픔이 마음에 얽혀 있으니 풀에 뿌리가 있고 샘에 근원이 있어 절로 생겨나고 절로 솟아나는 것과 같구려. 그러니 어느 겨를에 당신이 나를 알아주고 알아주지 않는 것을 생각하며 억지로 슬픔을 누르겠소. 아아! 애통하오. 내가 진실로 순봉천(荀奉倩)[59]처럼 하지 못하거니와 또 감히 증자(曾子)를 바랄 수도 없으니 겉으로 본다면 당신을 잊는 것이 마땅하지만 마음의 슬픔이 너무도 깊어 그칠 수 없다는 것을 그 누가 알겠소.

『시경』에 이르기를 “그대에게 의상(衣裳)이 있으되 입지 않고 끌지 않으며, 그대에게 거마(車馬)가 있으되 달리지 않고 몰지 않누나. 그대 완연히 죽거든 다른 사람이 이에 즐거워하리라.” 하였소. 그 2장에서는 “그대에게 뜰이 있으되 물 뿌리지 않고 쓸지 않으며, 그대에게 종고(鍾鼓)가 있으되 두들기지 않고 치지 않누나. 그대 완연히 죽거든 다른 사람이 이에 차지하리라.”하였소. 3장에서는 “그대에게 술과 밥이 있으되 어찌 하여 날로 비파를

---

56 엽연(厭然) : 숨기고 감추는 모양. 편안한 모양.

57 복양(復陽) : 생기(生機)를 회복하다. 『장자』「제물론(齊物論)」 “近死之心 莫使復陽也[成玄英疏 陽生也]”

58 막연(漠然) : 잡된 생각이 없이 맑고 담박한 모양, 고요한 모양.

59 순봉천(荀奉倩) : 순령상신(荀令傷神). 순봉천은 아내가 한겨울에 병이 나 열이 나자 자신이 밖으로 나가 찬 기운을 맞고 차가운 몸으로 아내의 열을 내리게 해 주었다. 『세설신어』「혹닉(惑溺)」 “荀奉倩 與婦至篤 冬月婦病熱 乃出中庭自取冷 還以身熨之” 사랑하던 아내를 애도하는 마음을 비유한다.

타며 또 잔치하여 즐기고 또 날을 길게 보내지 않는고. 그대 완연히 죽거든 다른 사람이 집에 들어오리라." 하였소.[60] 너무하는구려. 그것이 오늘을 위한 길이요. 잠자코 거슬러 올라가 보고, 부딪혀 격발해 봐도 갈 곳이 없고 내가 당신을 슬퍼하는 그 마음 같은 것은 없구려. 백 년 전에는 내가 내 마음을 알아주고, 백 년 뒤에 서로 지하에서 만나면 당신도 나의 마음을 알 수 있을 거요. 아아! 애통하오.

지난 번에 당신을 수촌(水村)에 묻으면서 한양에 옛집이 있으니 아침에 내가 관직을 그만두고[61] 저녁에 내가 돌아와 절기 때마다 직접 제사를 지내는 것[62]으로 나의 슬픔을 채워보려 했었소. 이제 우리 부모님이 늙으셔서 멀리 떠날 수 없기에 응동이[63]를 끌어안고 궁벽한 산 아래, 거친 들판 구석에서 지체하고 있소. 한양 옛집의 담장과 골목은 황량하고 수촌의 새 무덤에 향화(香火)는 처량하고 쓸쓸하겠지요. 슬프고 슬프오. 사람의 일이 이럴 수 있는 거요. 산속의 집[64]은 적막하고 한 해가 저물어가니 바람에 눈 내리고 눈에 보이는 것은 모두 시들었으니 눈물이 절로 흐르오.

생각해 보면 당신이 처음 죽던 날 아직도 눈 앞에 있는 것 같은데 흐르는 물이 멈추지 않듯 영궤(靈几)[65]를 거두게 되었소. 망자는 더욱 멀어지고, 산 자에게는 슬픔이 남았구려. 시골 막걸리와 들에서 난 음식으로 보잘것없는 제수를 갖추었으나 또한 어찌 나의 마음을 다할 수 있겠소. 어둡지 않은 영령이 있다면 이 마음 살펴주길 바라오. 아아! 애통하오. 상향.

---

60 시운(詩云)~입실(入室) : 『시경』「당풍·산유추(山有樞)」 3장을 모두 인용하였는데 각 장마다 처음 2구는 생략하였다.

61 투불(投紱) : 인수(印綬), 곧 인끈을 던져버리다. 관직을 그만 둔다는 말이다.

62 요(澆) : 술을 땅에 뿌려 제사지내는 것. 이백 「東山吟」 "白鷄夢後三百歲 灑酒澆君同所懽"

63 아동(阿仝) : 양자로 들인 아들 응동이를 말한다.

64 임비(林扉) : 산속에 있는 집. 청방문, 「여산시(廬山詩)·원통사(圓通寺)」 "歐公闢浮屠 晚乃好緇衣 偶與訥公語 中宵坐林扉"

65 영궤(靈几) : 영좌(靈座). 영위(靈位)를 모셔 놓는 자리.

해제 이 글은 채팽윤이 1708년 11월 12일, 원배(元配) 의인 청주 한씨(1665. 4.10~1706.11.12)의 대상일을 맞아 쓴 것이다. 글의 서두에 적힌 간기로 보면 한씨의 대상은 한씨가 1706년 11월 12일에 세상을 떠나고 25개월째 되는 1708년 11월 12일에 있었다. 세월이 오래 되었고, 망자가 이미 지각이 없을 것이라면 자신도 지각이 없을 망자를 위해 더 이상 슬퍼하지 않을 수 있을텐데 오히려 그리움과 슬픔이 더해간다는 심정을 간절하게 표현했다.

안음 강식[66]의 모부인 만사

姜安陰植母夫人輓辭

　　부인의 덕은 집 밖을 넘어서지 않지만 '내가 증험할 바가 있다'고 하였다. 내가 일찍부터 부인의 아들들을 잘 알았으니 안음공(安陰公) 아래로는 그 우애를 보았고, 중랑공(中郞公) 이하로는 그 공경함을 보았다. 가정에서의 바른 교육으로 내면이 온화하고 부드러우며 행실은 돈독하고 학문이 깊었다. 관리[67]가 되어 약옥(藥玉)[68]으로 봉양하니 영광과 경사가 번갈아 이르렀으며 걸출한 자제들[69]은 인재(人才)[70]의 명부에 끊이지 않고 기록되었다. 칠순을 넘겨 팔순을 바라보나 정력은 더욱 강건해지셨다. 이에서 부인의 융성한 덕을 알 수 있으며 하늘에 복을 받은 것임을 이에서 증명할 수 있다.

　　나는 후세에 태어나 부인께서 사마(駟馬)[71]의 화려한 수레[72]를 타고 부자

66　강식(姜植) : 1648년생. 1669년 생원. 자는 자고(子固), 본관은 진주, 강석로(姜碩老)의 아들이며 창원 황도형(黃道亨)의 외손이다. 이로 보아 이 글의 대상이 되는 강식의 모부인은 창원 황씨로 추정된다. 한양에 거주. 황주 진관(黃州鎭管) 및 병마절제도위(兵馬節制都尉) 등을 지냈다. 강식이 안음 현감에 제수된 것은 1692년(숙종18)이다. 『사마방목』『문과방목』『승정원일기』참조.

67　판여(板輿) : 주로 연로한 사람이 타는 가마. 관리로 있는 사람이 임지로 부모님을 모셔와 봉양하는 것을 지칭하였다. 반악(潘嶽)「한거부(閑居賦)」"太夫人乃禦板輿 升輕軒 遠覽王畿 近周家園"

68　약옥(藥玉) : 약옥선(藥玉船). 옥의 한 종류인 약옥으로 만든 술잔. 술을 실은 배라는 뜻으로 술잔을 뜻한다. 양만리(楊萬裏)「추량만작(秋涼晚酌)」"古稀尙隔來年在 且醂今宵藥玉船"

69　난아봉모(蘭芽鳳毛) : 난아는 난초의 어린 싹으로 자제들이 특출하고 빼어남을 비유한다. 봉모는 봉황의 깃털로 진귀하고 드문 인재를 비유한다.

70　준조(俊造) : 재주와 지혜가 걸출한 사람.『예기』「왕제(王制)」"司徒論選士之秀者而升之學 曰俊士 升於司徒者不征於鄉 升於學者不征於司徒 曰造士"

71　소사(雕駟) : '사(駟)'는 수레 하나에 네 마리의 말을 맨 것. 현귀(顯貴)한 사람이 타는 수레. 사마헌거(駟馬軒車), 사마고거(駟馬高車), 사마고문(駟馬高門). '조거(雕車)' 즉 꽃을 새기고 장식을 한 화려한 수레를 비유하는 말로 보인다. 한유(韓愈)「초국부인묘지명(楚國夫人

(夫子)를 좇아 동서의 관아로 가셨던 것을 미처 보지 못하였다. 그러나 그분의 모도(母道)로 그 부도(婦道)를 증험할 수 있으니 여인이면서 선비이셨다. 아! 현숙하시도다!

내가 중랑공에 대해서는 지음(知音)을 잃은 애통함[73]이 있다. 지금은 또 남쪽으로 내려와 있어 장례를 돕는 반열[74]에도 들지도 못하니 아아! 아플 따름이다. 삼가 시를 붙여 이른다.

명령은 현명하고 순종함에 법도가 있었으니

부인의 덕이로다.

번성하여 창대했으나 장차 감추려 하였으니

부인의 복이로다.

덕의 말씀 융성하고 복의 말씀 이루어졌으니

어찌 백 년을 가지 않겠나.

이로써 효자의 정성을 위로하노라.

해제 이 글은 채팽윤과 교유했던 안음(安陰) 강식(姜植)의 어머니(?~?)를 위해 쓴 만사이다. 채팽윤은 모부인에게 외인(外人)이자 후세 사람으로서 부인의 덕을 직접 보지 못하였지만 그 자손들의 학덕(學德)과 현달함을 통해 어머니로서의 도리를 완성한 여인으로 평가한다. 또한 어머니로서의 도리를 잘 지켰다면 남편에게 아내로서 부도를 다했을 것이라는 점 또한 유추할 수 있다며 어머니와 아내로서 완성된 여성이었을 것이라며 이를 '여사(女士)'라는 말로 집약하였다. 강식이 석로(碩老)의 아들이며 창원 황도형(黃道亨)의 외손인 것으로 보아 이 글의 대상이 되는 강식의 모부인은 창원 황씨로 추정된다.

墓志銘)」 "文駟雕軒 往來有煒"

72 문헌(文軒) : 화려한 수레, 혹은 화려하게 채색하고 장식을 한 난간과 창문이 있는 회랑.

73 단현(斷絃): 거문고를 잘 연주하였던 백아(伯牙)가 그의 소리와 뜻을 잘 알아주었던 종자기(鍾子期)가 죽자 거문고 줄을 끊었다는 고사에서 유래. '지음(知音)'의 교유.

74 집불(執紼) : 장례 때 영구(靈柩)의 끈을 잡고 가는 것. 상례의 범칭으로도 쓰인다.『예기』「곡례(曲禮) 상」, "助葬必執紼[鄭玄注: 葬 喪之大事 紼 引車索]"

아내 한씨의 영구를 발인하여 안산에 도착하였으나 산역(山役)이 불길하다 하여 수촌으로 향하며 고하는 글

亡室韓氏發靷到安山因山事不利將向水村告文

당신을 양곡(陽谷)에 의탁할 수 없다 하기에 내가 이에 서호(西湖)[75] 곁에 묘를 잡았소. 물이촌(勿移村)[76]은 당신도 아는 곳이니 병인년[1686]에 이곳에서 우리가 초례(醮禮)를 치렀지요.[77] 인간 세상에 홀로 죽지 않고 있으니 거문고[78] 켜는 아름다운 꿈[79] 속에서 눈물을 흘리오. 날이 밝으면 영거(靈車)가 출발하니 삼각산(三角山)을 바라보며 양화(楊花)[80]를 거슬러 올라가오. 영령이여, 한양 가까운 곳으로 돌아가는구려. 아아! 슬프오. 거듭 아뢰오.

┌──┐
│해제│ 이 글은 채팽윤이 원배(元配) 의인 청주 한씨(1665.4.10~1706.11.12)의 영
└──┘ 구가 안산(安山)으로 갔다가 산역(山役)이 불길하다 하여 다시 한양 근방의 서호(西湖)로 오게 된 것을 한씨의 영령에 고하는 글이다. 서호의 물이촌은 한씨의 고조인 한백겸이 살았던 곳이며 이들 부부가 초례를 치렀던 추억이 있는 곳이다.

---

75 서호(西湖) : 마포에서 도성 15리 되는 지점에 있던 서강(西江) 지역을 아우르는 명칭. 『신증동국여지승람』 3 「동국여지비고」 2, 한성부(漢城府) 참조.

76 물이촌(勿移村) : 한씨의 고조인 한백겸이 살던 한성부 성외(城外)의 지명. "구암 한백겸이 수생리에 살았는데, 서재를 넓히고 학문을 강의하였다. 드디어 마을이름을 고쳐서 물이촌이라 하고, 기문을 지어서 생각하는 바를 표시하였다." 『신증동국여지승람』 3 「동국여지비고」 2 한성부(漢城府) 참조.

77 채팽윤과 의인 한씨가 1686년에 혼인한 것을 말한다. 「의인청주한씨묘지명(宜人韓氏墓誌銘)」, 『희암집』 권24(『한국문집총간』182) 443쪽 참조.

78 보슬(寶瑟) : 거문고의 미칭인데, 이전의 화락했던 부부지간의 금슬을 그리워하는 것을 말한다.

79 시몽(詩夢) : 시와 같은 꿈속. 아름다운 꿈.

80 양화(楊花) : 서강의 하류 지역.

반곡[81] 후에 고하는 글
返哭後告文

　올해는 정해년[1707]이요, 이 달은 중춘[2월]이요, 날은 임진일이오. 남편 팽윤이 곧 흐릿한 눈으로 술잔에 눈물을 담고, 막혀 버린 목으로 글을 지어서 석제(夕祭)를 인하여 영궤의 앞에서 아뢰오.

　아아! 당신의 몸을 수촌(水村) 언덕에 의탁한 것은 당신이 아플 때 날마다 돌아가고 싶어했던 마음을 차마 저버리지 못해서라오. 당신의 혼백을 남포(藍浦)의 관아로 모셔온 것은 살아서 못 다 누린 것을 마저 함께 누리고 싶어서라오. 그러나 당신의 즐거움은 저기에 있고 여기 있지 않을 것이니 영혼이 나를 버리고 나를 따르지 않았을까 두렵구려. 이승과 저승이 감응함이 있다면 정성이 통하기를 바라오.

해제　이 글은 채팽윤이 원배(元配) 의인 청주 한씨(1665.4.10~1706.11.12)의 대상을 마친 뒤, 1707년 2월 남포의 관아로 반곡한 뒤에 이를 고한 글이다. 채팽윤은 아내가 병이 났을 때 한양의 아버지를 뵈러 가고 싶어 했으나 그 소원을 들어주지 못한 것을 안타깝게 기술한 바 있다. 그렇듯 그리워한 곳에 묻혔기에 아내의 혼백이 자신을 따라 남포의 관아로 오지 않았을지도 모르겠다는 서운함과 걱정이 섞인 감정을 표현해 놓았다.

81　반곡(返哭) : 상례(喪禮) 의식의 하나로, 장례를 마치고 돌아와서 정침(正寢)에서 곡하는 것을 말한다.

아내 한씨의 묘에 비석을 세우며 고하는 글
亡室韓氏墓立石告文

유세차 무자년[1708] 2월 무인삭 15일 임진일에 남포(藍浦) 현감 채팽윤이 삼가 비석을 세우고 묘지를 비석[82] 아래에 묻는 일로 인하여 겸하여 조촐한 제수를 갖추어 올리며 아내 의인 청주 한씨의 영전에 고하오.

아아! 지난번 꿈에 환하게 나를 맞아 주던 것은 당신이 아니었소? 대체 어디 아득한 곳, 볼 수도 없는 곳에 있으면서 나로 하여금 쓸쓸한 무덤에서 울게 하는 것이오. 당신이 죽은 지 3년이지만 황홀하게[83] 아직도 살아 있는 듯하오.

동호(銅湖)를 건너 서쪽으로 가면 능음(凌陰)[84]의 옛집에 이르오. 옛 그대로인 살구나무는 당신이 심은 것이고, 완연한 누대는 당신이 오르던 곳이지요. 정원의 가지들이 울고 강의 새들이 슬퍼하며, 종들은 나를 보고서 아무 말을 못한다오. 도성에 들어 와 오른쪽으로 돌면 남쪽 산자락의 주문(朱門)이 보이지요. 시냇물 희미하게 흐느끼니[85] 풀들도 따라 울고, 소나무에 솔바람 소리 슬프구려.[86] 바람이 슬프구려.

생전의 자취를 찾아보건만 방[87]에는 사람이 없고 정원도 비었구려. 왼쪽

---

82 농대(籠臺) : 무덤의 표석, 곧 비(碑)의 밑바탕 돌[趺石]을 속명으로 농대(籠臺)라고 한다.

83 황홀(怳惚) : 원래는 자손이 조상의 제사를 정성껏 지내면, 마치 조상을 어렴풋이 보는 듯한 느낌을 갖는다는 말에서 나왔다. 『예기(禮記)』「제의(祭義)」. 여기서는 한씨가 세상을 떠난 지 3년이 되었지만 그리움 가득한 마음에 아직도 어렴풋하게 아내가 살아있는 것처럼 보인다는 뜻으로 쓴 듯하다.

84 동호(銅湖)·능음(凌陰) : 동호는 지금의 동작동 근방을, 능음은 얼음을 저장해 두는 빙고(氷庫)를 말한다. 동빙고는 두모포에, 서빙고는 한양 하류 둔지산에 있었다.

85 유인(幽咽) : 낮고 가라앉거나 희미한 소리. 물소리나 곡읍하는 소리를 형용하는 말.

86 수류(颼飀) : 비바람 소리, 차고 매서운 바람, 한풍(寒風), 쇠퇴한 모양.

오솔길을 길을 따라 배회하며 '사랑하던 나의 집'을 읊조려봐도[88] 기울어진
담과 부서진 문, 무너진 벽과 어지러운 섬돌이구려. 창문[89]을 열고 눈을 들
어 보니 예전의 물건들은 그대로 펼쳐진 채 그대로인데. 옷걸이[90]는 넘어져
있고, 상과 자리는 흩어져 있소. 그을음[91]이 지붕까지 퍼졌고, 거미줄이 상
자를 덮었구려. 당신이 있던 곳에[92] 향기로운 먼지[93]는 없어지지 않았고, 봉
해 놓은 글[94]에는 당신이 쓴 글씨가 아직도 남아 있다오. 북쪽 창문을 열어
보며 눈물을 흘리니 오래된 뽕나무가 담장에 나란히 서 있구려.[95] 해마다
봄이 되어 가지에 새 잎이 돋아나면 당신은 예쁜 광주리를 끼고, 나는 빈시
(豳詩)[96]를 읊조렸지요. 예전에 함께 걸으며 서로 따르던 곳을 이제는 그림
자만 드리운 채 홀로 돌아왔구려. 가지와 가지가 얽히고 설키어 풀어지지
않으니 내 마음의 시린 아픔 같구려.

　배회하다 성곽을 나와 쓸쓸히[97] 산에 오르니 큰 강은 아득하게 서쪽으로

---

87 규합(閨閤) : 여자의 거처.

88 오려(吾廬) : 도연명(陶淵明)이 은거하여 한가로이 살면서 '나의 집을 사랑한다[愛吾廬]'
했던 말에서 나왔다. 여기서는 아내 한씨가 생전에 이 집을 매우 사랑하고 그리워했음을
표현하는 말로 보인다. 도연명 「독산해경(讀山海經)」, "뭇 새들은 깃들 곳 있으매 즐겁고 나
는 또한 내 집을 사랑하노라[衆鳥欣有托　吾亦愛吾廬]"

89 영함(欞檻) : 난간. 영(欞)은 난간이나 창문에 붙이는 격자.

90 휘이(楎桋) : 옷걸이.

91 매수(煤穟) : 그을음. 여기서 '수(穟)'는 이삭의 모양을 한 물건을 헤아리는 양사로 보아야
할 듯하다. 납란성덕(納蘭性德), 「채상자(采桑子)」 "香篝翠被渾間事　回音西風　何處疏鐘　一
穟燈花似夢中"

92 행좌(行坐) : 다니거나 좌정하는 것, 일거일동(一擧一動)을 이름.

93 향진(香塵) : 향기로운 먼지, 여인의 발걸음을 말한다. 왕가(王嘉) 『습유기(拾遺記)』 「진시
사(晉時事)」 "石崇又屑沈水之香如塵末　布象牀上　使所愛者踐之"

94 봉식(封識) : 봉함하고 표기를 해 놓음.

95 이립(離立) : 나란히 섬, 병립(並立).

96 빈시(豳詩) : 『시경』 「빈풍(豳風)·칠월(七月)」, 『서경』의 「무일(無逸)」과 함께 농사의 어
려움을 가슴에 새기고 나라의 근본에 힘쓰도록 하는 노래. 여기서는 부부가 함께 일하고
공부했던 모습을 표현한 것이다.

97 착막(錯莫) : 착막(錯漠). 쓸쓸하고 고적함.

흐르는데 한 번 간 사람은 언제 돌아올런지. 무덤 앞 풀엔[98] 쓸쓸하게 비 내리더니, 황량한 이내 속에 석양이 지는구려. 기러기 짝을 지어 북으로 날아가고, 하늘은 아득한데 외로운 구름이로고. 아아! 말지어다. 백 년도 언뜻 부는 바람처럼 머무르지 않노니, 내가 한탄하며 그대를 슬퍼하는 시간이 또 얼마나 되리. 장수하고 단명함은 원래부터 정해진 분수가 있다 하는데 나만 홀로 어찌 천수를 누리겠소.

이에 비석을 세우고, 묘지(墓誌)를 묻소. 죽은 자에게 지각이 있다 해서가 아니라 그저 당신보다 나중에 죽게 된 남편을 위로하려는 것일 뿐이라오. 아아! 슬프오.

뒤에 한산(韓山)으로 이장하여 선생[채팽윤]과 합장하였다.

해제 이 글은 채팽윤이 1708년 2월, 원배(元配) 의인 청주 한씨(1665.4.10~1706.11.12)의 담제를 1월에 치른 뒤 묘에 비석을 세우고 묘지를 묻으며 쓴 글이다. 예전에 살았던 집을 돌아보며 그곳에 남은 아내의 흔적들로 아내의 부재를 절감하는 심정을 매우 구체적인 정경(情景) 속에 섬세하게 담아냈다.

---

98 숙평(宿苹) : 원문에 숙아(宿芽)라 되어 있는데 미상이다. 앞뒤의 맥락을 고려할 때 '무덤 앞의 들풀'이나 죽음의 뜻과 관련되어 있는 숙평(宿苹)의 잘못인 듯하여 이로 고치고 해석하였다. 원래 숙평은 『초사(楚辭)』 「이소(離騷)」에 나오는 풀이름이기도 하고, 특별히 무덤 앞의 들풀을 지칭하기도 한다. 명(明) 정약용(鄭若庸) 「옥결기(玉玦記)」 「관조(觀潮)」 "不見射弩英雄 玉匣又陳宿苹"; 청(淸) 포송령(蒲松齡) 『요재지이(聊齋志異)』 「소매(小梅)」 "至座有良朋 車裘可共 迨宿苹旣滋 妻子陵夷 則車中人望望然去之矣"

의인 한씨의 묘에 고하는 글
告宜人韓氏墓文

유세차 무술년[1718] 늦봄 임진일에 남편 서천(舒川)[99] 군수 채팽윤이 아내 의인 청주 한씨에게 고하오.

저승길이 이미 닫혔고, 그림자와 메아리도 점점 아득해지오. 황량한 무덤엔 풀이 시들었고 저물어 가는 봄날 석양이 비끼는구려. 홀로 인간 세상에 남아 다시 바닷가 고을을 맡아왔다오. 땅은 옥마(玉馬)[100]를 이웃하고, 하늘에는 세성(歲星)[101]이 돌고 있소. 옛일을 추억하니 내 마음 슬프오. 이 눈물 언제나 마를까. 떠나간 사람은 아시는지. 상향.

이 글은 채팽윤이 1718년 50세의 나이로 서천 군수로 있을 때 원배(元配) 의인 청주 한씨(1665.4.10~1706.11.12)를 위해 지은 것이다. 한씨가 세상을 떠난지 12년 뒤의 일이다. 시간의 흐름과 함께 한 경물에 대한 담담한 서술로 아내를 추억하는 심경을 드러내었다. 아내 한씨와 함께 며느리의 묘에 고하는 글도 같은 시기에 쓴 것으로 보아, 이때에 집안의 묘소를 일제히 돌아보고 정비한 것으로 보인다. 충남 홍주(洪州)는 채팽윤의 고향이자 주거지로 부모님이 계셔서 부모님 생전에는 자주 귀근하였고, 부모님의 묘소가 있는 곳이다. 청주 한씨의 묘소는 처음에 한양 서호 근방이었다가 나중에 이곳으로 이장하였다.

---

99 서천(舒川) : 충남 서천.

100 옥마(玉馬) : 지명으로 보인다. 훗날 한씨가 이장하여 채팽윤과 합장되는 '한산(韓山)'은 서천 동쪽 20여 리 남짓한 곳에 있으며, 본래 백제의 마산현(馬山縣)이었고, 마읍(馬邑), 마현(馬縣) 등으로도 불렸다. 『신증동국여지승람』 권17 충청도 한산군 조.

101 세성(歲星) : 목성(木星), 1년, 광음(光陰), 세월.

며느리 이씨의 묘에 고하는 글
告子婦李氏墓文

무술년[1718] 3월 임진일에 시아버지가 며느리 한산 이씨의 영전에 고한다. 어찌하여 우리를 저버리고 이 산자락에 누워 있느냐. 오래된 묘, 새로운 묘를 바라보고 있노라니 마음이 아프구나. 내가 이제 고을을 맡아 왔는데 영령은 조금도 기다리지 않았는가. 평소에 하던 말이 일마다 새록새록 눈물이구나. 썩은 뿌리에서도 다시 꽃이 피건만 인간사는 그렇지가 않구나. 한 잔 술 들고 와서 뿌리노니 흠향하기 바란다.

해제 한산 이씨(?~1717.11)는 채팽윤의 며느리이고, 성징(聖徵)의 딸이다. 이 글은 채팽윤이 1718년 자신의 고향이자 집안의 묘소가 있는 충남 홍주 근처의 서천 군수로 부임하여 집안 사람들의 묘소를 돌아보던 중 며느리 이씨의 묘에서 쓴 글로 보인다. 자신보다 먼저 세상을 떠난 가족들의 묘를 보는 마음, 돌이킬 수 없는 그들의 죽음에 대한 슬픔을 간결하게 표현하였다. 채팽윤은 며느리 이씨의 죽음과 관련하여 두 편의 시를 남기기도 했다. 「정유십일월십오일지경부자부인기운어기이(丁酉十一月十五日之京赴子婦引期韻語記異)」; 「자부반곡후자(子婦返哭後)」 『희암집』 권15(『한국문집총간』182) 290쪽 참조.

최창대 崔昌大 · 1669~1720

최창대(崔昌大) : 1669(현종 10)~1720(숙종 46). 조선 후기의 문
신·학자. 본관은 전주(全州). 자는 효백(孝伯), 호는 곤륜(昆侖).
증조부는 영의정 명길(鳴吉), 아버지는 영의정 석정(錫鼎)이며 어
머니는 경주 이씨로 경억(慶億)의 딸이다. 문장에 뛰어나 박세채·
김창협에 비견되었고, 제자백가와 경서에 밝아 당시 사림에게 추앙
을 받았으며, 글씨에도 능히였다. 저서로 『곤륜집(昆侖集』) 20권
10책이 있다.

외할머니 정경부인 윤씨[1] 제문 갑술년[2]
祭外王母貞敬夫人尹氏文 甲戌

아아! 성(性)이 사람에게 주어질 때에 통함과 인색함이 있습니다. 기(氣)가 사람에게 모일 때에 풍성함과 간략함이 있습니다. 바른 성(性)을 얻은 사람은 반드시 그만한 덕이 있고, 풍성한 기를 얻은 사람은 반드시 그만한 복록이 있습니다. 그런데 담론하는 자들 중에 혹은 "덕이 여자에게는 인색하고 남자에게는 통하며, 복록이 옛날에는 풍성하였으나 지금은 적다. 지금 남자가 아닌데도 덕이 통하고 지금임에도 복록이 풍성한 자가 있다."라고도 하니 그 말이 오묘하고 깊습니다.

아아! 할머니는 외모는 장엄하고 마음은 따뜻하셨으며 안은 넓고 겉은 방정(方正)하였습니다. 굳세면서도 자상하고, 일정하면서도 막힘이 없었습니다. 사람을 거느림에 산이 만물을 압도함에 만물이 감히 요동하지 못하듯 하였고, 사람을 받아들임에 골짜기가 물을 품음에 모여들지 않음이 없는 것과 같았습니다. 나라에서 쓰이지 못하고 규방 안에서 행함이 그친 것이 안타깝습니다. 이것이 어찌 바른 성(性)을 얻은 것이 아니겠습니까.

할머니의 가문은 혁혁하고, 부덕은 현숙하였습니다. 구명(九命)[3]에 영화롭게 봉해졌으니 처음부터 고귀하셨습니다. 70세가 되시도록 강녕하시니 어찌 장수하지 못하리라 생각했겠습니까. 활기찬[4] 아이들은 이미 의관을 갖

---

1 최창대의 외할머니는 경주 이경억(李慶億)의 부인이며, 해평 윤원지(尹元之)의 딸이다.

2 1694년(숙종20)으로 최창대가 26세 되던 해이다. 이 해에 최창대는 별시에 응거하여 전시(殿試)에서 병과로 급제하였다.

3 구명(九命) : 주나라 때 관직을 9등급으로 나누고 이를 구명(九命)이라 하였다. 또한 구명 중 최고의 관작을 구명이라고 하였다. 『주례(周禮)』「춘관(春官)」, 「전명(典命)」 및 『예기』「왕제(王制)」 참조

추고 관례를 했으며 어여쁜 딸들은 혹은 뒤서거니 앞서거니 정성을 바쳐 효도하지 않음이 없습니다. 덕을 우러르고 사랑을 바라니 이것이 어찌 풍성한 기를 얻은 것이 아니겠습니까.

나라에 빛이요, 친족에게 경사이니 온화하고[5] 덕이 밝아[6] 아름다운 명성이 영원히 전해질 것입니다. 살아서는 세상이 부러워하는 바가 되셨고, 돌아가심에 사람들이 존숭하니 이로 말미암아 본다면 남자가 아니면서도 덕이 통달하였고 지금이면서도 기가 풍성합니다. 할머니와 같은 분은 온 세상을 다 들어도 없을 것입니다.

오실 때에는 순순하였고, 가실 때에는 때에 맞아 마음을 맡기고 돌아가시니 또 어찌 슬퍼하겠습니까. 오직 이 소자는 손자의 반열에 끼어 이 본성의 나머지와 이 기의 나눔을 입을 수 있었습니다. 은혜의 지극함과 보듬어 사랑해 주시던 인자함은 또 여러 형제들보다 몇 배가 되니 죽을 때까지 잊을 수 없습니다. 삶과 죽음, 저승과 이승의 사이에서 또 어찌 소리쳐 부르며 눈물 흘리고 가슴이 막혀[7] 고통스럽지 않을 수 있겠습니까!

술과 안주를 차려 놓고 향을[8] 드리며 긴 말로 영결을 고하오니 이 또한 지극한 애통함은 글로 할 수 없다는 말에 비추자면 부끄러운 것일는지요. 아아! 슬프옵니다. 상향.

해제 최창대의 외할머니 정경부인 해평 윤씨(1624?~1694?)는 이경억(李慶億)[9]의 아내이고 감찰 원지(元之)의 딸이며, 조선 중기의 명신 두수(斗壽)

---

4 편편(翩翩) : 새가 경쾌하게 나는 모양, 동작이 빠르고 생기가 있는 모양.

5 옹용(雍容) : 행동과 태도가 종용하고 급박하지 않음. 몸가짐이 온화하고 의젓함.

6 현융(顯融) : 현명함, 현저함. 『국어(國語)』「주어 하(周語下)」 "度於天地 而順於時動 和於 民神 而儀於物則 故高朗令終 顯融昭明[韋昭注 融長也]"

7 엄어(掩抑) : 심정이 막히고 답답한 모양.

8 필분(苾芬) : 제물의 향기. 제사에 쓰는 물품을 비유한다.

9 이경억(李慶億) : 1620(광해군 12)~1673(현종 14). 조선 후기의 문신. 본관은 경주(慶州).

의 증손녀이다. 70세에 세상을 떠났다. 최창대는 '여자는 덕이 부족하고, 지금 세상은 좋은 기를 타고날 수 없다.'는 논자들의 평을 인용하며, 외할머니 윤씨는 '여자이며 금세(今世)의 사람'이면서도 바른 성(性)과 풍성한 기(氣)를 타고 났다는 점에서 지금 세상의 남자들과 비교할 수 없는 완전함을 가진 인물로 묘사하였다.

자는 석이(錫爾), 호는 화곡(華谷), 시호는 문익(文翼)이다. 할아버지는 대건(大建)이고, 아버지는 판서 시발(時發)이며, 어머니는 승지 신응구(申應榘)의 딸이다. 1644년(인조22) 25세의 젊은 나이로 정시 문과에 장원해 예조와 병조의 좌랑을 역임하고 세자시강원 사서가 되었다. 1651년(효종 2) 귀인 조씨(貴人趙氏)와 김자점(金自點)의 역모 사건에 관련되어 파직된 대사헌 조석윤(趙錫胤)을 구하려고 간하다가 효종의 노여움을 사서 경성에 안치되었다. 이듬해 석방되어 돌아와 1653년 순안어사(巡按御史)가 되어 영남 지방의 민정을 시찰하고 탐관 오리를 징계하였다. 1661년(현종2) 좌승지를 거쳐 대사성이 되고, 1664년 부제학(副提學)을 지낸 뒤 한성우윤·도승지를 기쳐 대사헌이 되었다. 1668년 동지사가 되어 청나라에 다녀오고 이어서 경기도 관찰사를 지낸 뒤 이조와 호조·예조·형조의 판서를 두루 역임하였다. 그 뒤 1672년에 우의정과 좌의정을 지냈다. 『화곡유고』가 있다.

정경부인에 추증된 전주 이씨 묘지명 계사년[10]

贈貞敬夫人全州李氏墓誌銘 癸巳

지금 우의정 조공[11]에게는 어진 아내가 있었으니 전주 이씨이다. 병자년 [1696] 3월 5일에 돌아가시니 향년 57세이다. 양주(楊州) 풍양(豊壤)의 서쪽을 등진 자리에 묻었다. 우의정께서 당시 벼슬이 이조 참의였으므로 부인도 예에 따라 숙부인에 봉해졌다가 뒤에 정경부인에 다시 봉해졌다. 장남 판관 군(判官君)[12]이 일찍이 나에게 울며 말하였다.

"우리 어머니처럼 덕이 아름다운 분이 오래도록 병을 앓아, 가난하고 주린 데다 또 오래 살지 못하셨네. 아버님께서 만년에 재상의 자리에 오르셨지만 이미 함께 할 수 없으니 이것이 내가 죽을 때까지 애통해 할 것이네. 우리 어머니처럼 덕이 아름다운 분에 대하여 또 기록해 둔 바가 없어 슬프게도 사라지고 들리는 것이 없게 한다면 이는 거듭 나의 죄일세. 자네와는 3대를 내려오는 좋은 사귐이 있기에 감히 수고롭게 부탁하네."

우의정은 내 아버님의 친구이시고, 판관군은 또 나와 교유하였으므로 부인이 행한 아내로서의 도리와 어머니로서의 아름다운 행동은 일찍부터 들

---

10 1713년(숙종 39)으로 이때 최창대는 45세였다. 1712년(숙종 38) 모친상을 당하여 이때에는 상중에 있었다.

11 조선 후기의 문신 조상우(趙相愚)를 말한다. 1640(인조18)~1718(숙종 44). 본관은 풍양(豊壤). 자는 자직(子直), 호는 동강(東岡), 시호는 효헌(孝憲)이다. 기(磯)의 증손으로, 할아버지는 희보(希輔)이고, 아버지는 예조 판서 형(珩)이며, 어머니는 목장흠(睦長欽)의 딸이다. 이경석(李景奭)의 문하에서 수학했으며, 1657년(효종 8) 사마시에 합격한 뒤 송준길(宋浚吉)의 문인이 되었다. 남구만·최석정 등과 함께 온건한 소론으로서 정치 활동을 하였다. 또한, 오랜 기간 관직에 있으면서 부세제도·형사제도·예론을 비롯한 국정 전반에 대한 건의를 많이 하였다. 글씨를 잘 써서 장렬왕후(莊烈王后)의 옥책문을 쓰는 데 선발되었고, 충현서원(忠賢書院)의 사적비 등을 남겼다. 남평의 용강사(龍岡祠)에 제향되었다.

12 장남 조태수(趙泰壽)를 말한다.

어온 것이 있다. 효자의 부탁을 어찌 사양할 수 있겠는가!

삼가 살펴보니 부인의 계파는 공정대왕(恭靖大王)[13]에서 나왔다. 증조 할아버지 유간(惟侃)은 동지중추부사로 좌찬성에 추증되었고 조부 경직(景稷)은 호조 판서로 좌의정에 추증되었으며 시호는 효민(孝敏)이다. 아버지 장영(長英)은 상주 목사이고 어머니 영일 정씨는 좌의정 철(澈)의 증손녀이자 생원 직(溭)의 딸이다.

부인은 나면서부터 성품이 지극하여 부모님을 돈독하게 사랑하였고, 말을 배울 무렵에 벌써 부모님을 봉양할 줄 알아서 새로운 음식을 보면 반드시 먼저 어른께 드린 뒤에 먹었다. 외출해서도 반찬이나 과일 같은 작은 것이라도 반드시 간직해 돌아와서 드리니 목사공께서 일찍이 "효성스런 우리 딸이로구나."라 하셨다. 목사공이 일찍이 외직을 맡아 나갔다가 갑자기 병에 걸렸다. 부인은 이미 장성하여 일가를 이루고 있었는데 병이 드셨다는 소식을 듣자 곧장 밤새워 달려갔다. 밤낮으로 곁에 있으며 밤에 잠자리에 들지 않고, 약은 반드시 직접 갖추어 드렸다. 그 뒤에 정 부인이 병에 걸렸을 때에도 또한 그같이 하였다. 목사공의 병이 위태롭게 되자 칼로 다리살을 베어 피를 내서 약에 섞어 드렸다. 목사공이 돌아가시자 또 슬픔이 병이 될 정도였으나 조금도 두려워하지 않았다. 3년 상을 마치고도 여전히 좋은 음식을 먹지 않고 음악을 듣지 않았다. 이에 안팎의 가까운 형제들이 모두 "딸로서 이처럼 효성을 다하는구나." 하였다.

시부모님을 섬길 때에도 반드시 정성스럽고 공경히 하였다. 평소에 잘 아파서 자신도 침상을 떠나지 못하였는데도 이를 더욱 열심히 하여 반드시 빗질까지[14] 살펴 모시며 오직 삼가고 수고하며 감히 게을리 그만두거나 안

---

13 공정대왕(恭靖大王) : 조선 2대 왕 정종(定宗)의 묘호.

14 즐쇄(櫛縰) : 즐은 빗질, 쇄는 머리싸개. 자식이 부모를 봉양하면서 아침에 반드시 해야 하는 일 중의 하나. 『두씨통전(杜氏通典)』 "子事父母 雞初鳴 咸盥漱 櫛縰笄 緫拂髦 冠緌纓 端韠 紳 搢笏(咸 皆也 縰 韜髮者也 緫 束髮也 垂後爲飾 拂 髦振去塵著之髦 用髮爲之 象幼時髦 其制未聞也 緌 纓之飾也 端 玄端士服也 庶人深衣 紳大帶 所以自紳約也 搢 猶揷也 揷)"

일하게 하지 않았다. 시어머니 목 부인[15]이 이미 연로하셨는데 모든 면에서 충심으로 봉양하였다. 우의정 공은 형제 중 막내였는데 목 부인이 늘 공의 집에 가서 봉양을 받으니 마음이 편안하셨기 때문이다. 목 부인이 돌아가시고 종손이 가난하고 약하여 사당에 일이 있을 때마다 공의 집에서 갖추어 준비하였다. 부인은 아무리 아플 때에도 반드시 직접 나서 제사에 앞서 일을 준비하고 제수품을 풍성하고 깨끗하게 준비하였다. 이에 조씨 집안에서는 모두 말하기를 "부인으로서 이처럼 순종하는구나." 하였다.

우의정 공은 조상우(趙相愚)이니 예조 판서로 의정(議政)에 추증된 형(珩)의 아들이다. 젊어서는 동춘당(同春堂) 송준길(宋浚吉) 선생을 섬겼다. 지중한 명성이 있는 집이었기 때문에 가난하고 소박하면서도 빈객을 기꺼워하였다. 손님으로 오는 사람들 중에는 일대의 이름난 분들이 많았는데 부인은 반드시 술과 음식을 마련하여 공의 교유를[16] 도왔다. 논밭에서 들어오는 수입이 얼마 되지 않으니 힘껏 길쌈을 하고 쓰임새를 절약하여 노소가 추위와 굶주림을 면하였고, 우의정 공은 집안의 생계에 마음을 두지 않았다. 공이 벼슬하게 되자 뇌물을 받지 않고 청탁을 거절하며 오직 남편에게 누를 끼칠까 두려워했다. 외직을 맡아 고을로 따라 가서는 더욱 삼가 조심하니 관아의 안팎이 깨끗하였다. 이에 집안 친인척들이 모두 "재상의 아내로서 이처럼 잘 처신하는구나."라 하였다.

자녀를 가르침에 엄하고 법도가 있었으며 아끼고 사랑한다하여 교육을 그르치지 않았다. 장남 태수(泰壽)는 음사로 판관이 되었고, 차남 해수(海壽)는 진사로 아산(牙山) 현감을 맡고 있으며, 셋째 두수(斗壽)는 아직 공부하는 중이다. 판관의 아들 준명(駿命)·구명(龜命)은 모두 소과에 급제하였고, 딸은 교관 이필흥(李必興)·감역 권익문(權益文)·심경(沈璟)·조하장(曹夏章)·

---

15 시어머니 목장흠(睦長欽)의 딸을 말한다.
16 관곡(款曲) : 정성스럽게 대접함, 진실한 사귐.

이시형(李蓍亨)에게 시집갔다. 자손들이 연달아 과거에 급제하여 벼슬하고, 다섯 사위가 모두 이름난 집안의 사람이며 안팎의 자손이 모두 30명이 넘는다. 이에 교유하거나 알던 사람들은 모두 "어머니가 현명하여 복과 상서가 이처럼 후하구나." 하였다.

우의정 공이 당대의 이름난 대부로서 요직의 벼슬을 두루 거친 10여 년에 너그럽고 인자하여 집에서는 거친 말과 다급한 기색이 없었다. 종들은 잘 단속되고 집안이 조용하니 비록 공을 좋아하지 않는 사람이라 해도 집안의 일로는 감히 지목하여 따지지 못하였다. 조카와 자손들도 대문을 나란히 하여 살면서 공을 아버지처럼 섬기고 연달아 오가며 뵙고 인사드리며 잔치하고 즐겁게 모시니 풍류가 그득하였다. 이에 고을에서 말하기 좋아한다는[17] 사람들이 모두 "우의정 공이 어질어서일 뿐만이 아니라 또한 덕 있는 부인의 내조가 있어서이다."라 하였다.

부인이 어렸을 때에 한번은 옷을 잘 차려 입고 상에 앉아 있었는데 옆에 있던 사람이 잘못하여 물을 엎질러 옷이 모두 젖었다. 앉아 있던 사람들이 모두 놀라 소리를 내며 웅성거렸다. 그러나 부인은 가만히 기색을 바꾸지 않고 있다가 천천히 일어나서 다른 옷으로 갈아 입었다. 그때 나이가 11세였으니 보던 사람들이 모두 남다르다 칭송하였다. 그분의 타고난 성품이 단정하고 진중하기가 이와 같았다.

내가 옛날의 큰 집안, 이름난 가문이 흥성하는 것을 가만히 살펴보니 관록과 지위가 융성하고 명성이 드높을 뿐만 아니라 반드시 어진 부인이 안에서 집안을 잘 다스려 위대한 집안으로 될 수 있었다. 시에 "이미 좋은 거처를 소유함을 기뻐하니 한길(韓姞)이 편안하고 즐겁도다."[18]라 했으니 이것은

---

17 유담(游談) : 한가롭게 이야기함, 말하기를 즐겨함, 그런 사람들.

18 『시경』 「대아·한혁(韓奕)」을 말한다. 한후(韓侯)가 궐보의 딸 한길(韓姞)을 아내로 맞이하였다. 「한혁」장은 윤길보가 주 선왕을 찬미한 시로서, 선왕이 제후들에게 명을 내려 주었기 때문이다.

시인이 제후를 칭송하고 찬미하며 그에게 아름다운 배우자가 있음을 즐거
위한 것이다. 부인은 덕과 아름다움을 갖추고 능히 군자의 배필이 되어 이
미 자신이 영광을 누리고, 죽어서는 지극히 높은 품계에 추증되었다. 자손
이 번창하며 학문에 힘쓰고 있으니 조씨 가문의 경사는 아직 다하지 않았
다. 전에 이르기를 "덕이 후한 사람은 광채가 난다."고 한 것이 이에 있을진
저! 이분은 의당 동관(彤管)에 실어 후세의 사람들에게 전하여 그들로 하여
금 보고 사모함이 있도록 해야 할 것이다.

　삼가 명에 이른다.

　제나라에 뛰어난 여인 있으니,

　그 덕은 크셨도다.

　효도와 공경으로

　아버지와 시아버지에게 한결같이 하셨네.

　현명하게 남편을 도우시니

　명예만 있고 허물은 없으셨도다.

　한창 융성하고 바야흐로 번창하려는데

　어찌하여 오래 살지 못하셨나.

　비록 오래 살지 못하였으나

　또한 자손들이 있다 하네.

　무덤에 시를 넣노니

　더불어 영원할지어다.

해제 정경부인 전주 이씨(1640~1696.3.5)는 조선 후기의 문신 조상우(趙相愚)
의 아내이다. 이씨의 아버지는 상주 목사를 지낸 장영(長英)이며 어머니는
송강 정철(鄭澈)의 증손녀로 생원 직(溭)의 딸이다. 조상우와 혼인하여 3남 태수
(泰壽)·해수(海壽)·두수(斗壽)를 낳았으며, 57세의 나이로 세상을 떠날 때 자손
이 30명에 달하였다. 장남 태수의 아들 준명(駿命)·구명(龜命) 또한 잘 알려진 인

물들이다. 최창대는 전주 이씨의 행적을 '딸' '부인' '재상의 아내' '어머니'라는 네 가지 범주로 나누어, 딸로서 효성이 지극하고, 부인으로서 생활에 무심한 남편을 대신하여 집안을 열심히 일구었으며, 재상의 아내로서 현명하게 처신하고, 또 자손들을 잘 자라게 한, 매우 대범한 여성으로 그려 놓았다.

정경부인에 추증된 여흥 민씨 묘지
贈貞敬夫人驪興閔氏墓誌

부인은 여흥 민씨이니 호조 판서로 시호가 숙민(肅敏)인 성휘(聖徽)의 딸이자, 형조 판서로 영의정에 추증되고 시호가 충정인 오두인(吳斗寅)[19]의 원배(元配)이다. 숙민공은 인조를 섬기며 힘써 뛰어난 공적을 쌓아 명신이 되셨고, 충정공은 기사년에 인현왕후께서 폐위될 때에 직간을 하다 돌아가셨는데 주상께서 나중에 후회하고 기려 포상하고 작위와 시호 및 정려를 내리셨다. 부인의 고조 할아버지 기문(起文)은 중종 때에 명성이 있었고, 홍문관 부제학을 지냈다. 증조 할아버지 리(蒞)는 병조 참판에 추증되었으며, 조부 유부(有孚)는 문과에 장원급제하였는데[20] 관직은 정랑(正郎)에 그쳤고 좌찬성에 추증되셨다. 어머니 정부인(貞夫人) 창원 황씨는 진사 정열(庭悅)의 딸이다.

부인은 천계(天啓) 을축년[1625] 10월 18일에 태어났다. 성품이 지혜롭고 명민하며 뛰어나 친정에 있을 때에 (아버지) 숙민공께서 매우 사랑하셨다. 시집을 갔을 때 시아버지 관찰사 천파공(天坡公) 오숙(吳䎘)은 먼저 이미 세상을 떠나셨다. 시어머니를 섬기는 데 뜻을 어김이 없어 말이나 일을 모두

---

19 오두인(吳斗寅) : 1624(인조 2)~1689(숙종 15). 조선 후기의 문신. 본관은 해주(海州). 자는 원징(元徵), 호는 양곡(陽谷), 시호는 충정(忠貞)이다. 병마절도사 정방(定邦)의 증손으로, 할아버지는 사겸(士謙)이고, 아버지는 이조 판서 상(翔)이며, 어머니는 고성 이씨(固城李氏)로 효길(孝吉)의 딸이다. 숙부 숙(䎘)에게 입양되었다. 1689년 형조 판서로 재직 중 기사환국으로 서인이 실각하자 지의금부사(知義禁府事)에 세번이나 임명되고도 나가지 아니하여 삭직 당하였다. 이 해 사직(司直)을 지내고, 5월에 인현왕후 민씨(仁顯王后閔氏)가 폐위되자 이세화(李世華)・박태보(朴泰輔)와 함께 이에 반대하는 소를 올려 국문을 받고 의주로 유배 도중 파주에서 죽었으며, 그해에 복관되었다. 저서로는 『양곡집』이 있다.
20 1591년(선조 24년) 식년시(式年試) 갑과 1등으로 급제하였다.

시어머니의 뜻에 맞추고, 행동[21]에 법도가 있으니 온 집안이 모두 잘 한다 감탄하였다. 기묘년[1639]에 충정공[오두인]이 할머니의 상을 치르게 되었는데 부인이 상례를 행함에 매우 삼가니, 나이 어린 부녀자 같지 않았다.『소학』과『가례』를 조금 배웠으나 이를 겉으로 드러내지 않았다. 가난하고 어려운 사람을 보면 비록 자신이 입고 있던 것이라도 매번 벗어서 주곤하였다.

병술년[1646] 4월 24일에 병으로 돌아가셔서 양성(陽城) 오씨의 선영 북쪽 자리에 묻었다. 뒤에 충정공이 존귀해지자 정경부인에 추증되었다. 1남 1녀를 두었는데 아들 관주(觀周)는 일찍이 생원시에 급제하였으나 후모(後母)인 김 부인을 상례를 치르며 슬퍼함이 지나쳐 병이 들어 죽었다. 자식이 없어 뒤에 조카 완(琬)을 후사로 들였다. 딸은 도정 남택하(南宅夏)에게 시집가서 2남 1녀를 두었는데 아들 도규(道揆)는 대사간을 지냈고, 도진(道振)은 선비이며, 딸은 현감 민승수(閔承洙)에게 시집갔다. 도규는 2남 2녀를, 도진은 5남 1녀를 두었으며, 민승수는 1남 5녀를 두었다.

부인이 돌아가신 지 이미 70년인데 무덤에 묘지가 없었다. 후부인(後夫人) 황씨[22]의 아들 해창위(海昌尉) 태주(泰周)[23]가 묘지명을 만들다 완성하지 못하고 죽자, 동생 진주(晉周)가 해창위의 뜻을 이루고자 그의 종조부 지평 숙(䎘)이 쓴 행장을 가지고 나에게 써줄 것을 부탁하였기에 삼가 의거하여 썼다.

---

21 주선(周旋) : 기거동작(起居動作).

22 오두인은 3차례 혼인하였는데 원배는 민성휘(閔聖徽)의 딸이고, 계배(繼配)는 김숭문(金崇文)의 딸, 그리고 삼배(三配)가 황연(黃埏)의 딸이다. 여기서는 삼배 황연의 딸을 말한다.

23 오태주(吳泰周) : 1668(현종 9)∼1716(숙종 42). 조선 후기의 문신·서예가. 자는 도장(道長), 호는 취몽헌(醉夢軒). 종친부전적(宗親府典籍) 시겸(士謙)의 증손으로, 할아버지는 이조 판서 상(翔)이며, 아버지는 판서 두인(斗寅)이다. 12세인 1679년(숙종 5) 현종의 딸인 명안공주(明安公主)와 혼인하여 해창위(海昌尉)에 봉해졌고, 명덕대부(明德大夫)의 위계를 받았다. 그 뒤 광덕대부(光德大夫)로 품계가 올랐다. 1689년 희빈 장씨(禧嬪張氏) 소생 왕자를 세자로 책봉하려는 숙종과 남인에 대하여 노론의 송시열(宋時烈) 등이 반대운동을 일으키사, 이에 찬동하여 책봉을 반대하는 의견을 상계했다가 일시 관작이 삭탈되었으며, 얼마 뒤 왕명에 의하여 직첩이 환급되기도 하였다.

|해|
|제|

정경부인 여흥 민씨(1625.10.18~1646.4.24)는 오두인(吳斗寅)의 원배(元配)로, 아버지는 숙민공(肅敏公) 성휘(聖徽)이며, 어머지 정부인(貞夫人) 창원 황씨는 진사 정열(庭悅)의 딸이다. 민씨는 어렸을 때부터 명민하였으며 『소학』과 『가례』를 배웠던 여성이다. 민씨는 오두인과 혼인하여 아들 관주(觀周)와 남택하(南宅夏)에게 시집간 딸을 낳고 22세의 나이로 세상을 떠났다. 아들 관주가 오두인의 계배, 곧 관주에게는 계모가 되는 김씨의 상례 기간에 세상을 떠난 것으로 되어 있어 실질적인 혈육은 딸 하나인 듯하다. 최창대는 오진주의 부탁으로 이 글을 쓰게 되었는데, 최창대의 아내 해주 오씨와 오진주는 남매지간으로 모두 오두인의 삼배(三配) 상주 황씨 소생이다. 민씨가 어린 나이에 세상을 떠나고, 그뒤로 70여 년의 세월 동안 묘지가 완성되지 못하였는데, 이때에 이르러 오두인의 세 부인에 대한 묘도문자가 최창대를 통해 한번에 완성되었던 것으로 보인다.

정경부인에 추증된 원주 김씨 묘지
贈貞敬夫人原州金氏墓誌

부인의 성은 김씨이니 신라 경순왕 김부(金溥)의 후손이다. 증조 두남(斗南)은 동지중추로서 호조 판서에 추증되었고, 조부는 성균관 생원 해룡(海龍)이며, 아버지는 학생 숭문(崇文)이고 어머니는 청풍 김씨이니 효종 때의 유명한 재상 문정공 육(堉)[24]의 딸이다.

부인은 숭정(崇禎) 신미년[1631] 2월 23일에 태어났는데 일찍이 부모님을 잃고 외가에서 자랐다. 어려서부터 단정하고 은혜를 베풀며 말과 웃음을 구차하게 하지 않으니 문정공[김육]이 매우 사랑하셨다. 18세에 오두인 공의 계실로 가니 관찰사로 호가 천파(天坡)인 오숙(吳䎘)이 바로 시아버지이다. 천파공은 먼저 돌아가셨고, 시어머니가 계셨는데 부인이 어머니를 섬김에 부도를 잘 갖추고, 남편을 받듦에도 어김이 없었으며 전(前) 부인의 자식들[25]을 은혜로 보살피며 옷과 음식을 자기의 자식과 똑같이 하였다. 아무리 종이라 해도 거친 말로 욕하며 꾸짖은 적이 없었으니 대개 어짊과 순종함은 하나의 성품에 근원한 것이기 때문인 듯하다.

계묘년[1663] 4월 8일에 돌아가셔서 양성(陽城)[26] 오씨 묘역에 남쪽을 향한 자리에 묻었다. 오공은 관직이 형조 판서에 이르렀고, 뒤에 포상을 입어 재상에 추증되었고 부인도 그에 따라 정경부인에 봉해졌다. 1남 1녀를 두었으

---

24 심육(金堉) : 1580(선조 13)~1658(효종 9). 조선 후기의 문신・실학자. 본관은 청풍(淸風). 자는 백후(伯厚), 호는 잠곡(潛谷)・회정당(晦靜堂), 시호는 문정(文貞)이다. 기묘팔현(己卯八賢)의 한 사람인 식(湜)의 4대손이며, 할아버지는 군자감 판관 비(棐)이고, 아버지는 참봉 흥우(興宇)이며, 어머니는 현감 조희맹(趙希孟)의 딸이다.

25 원배 여흥 민씨의 소생 아들 관주와 딸[남택하의 아내]을 말한다.

26 양성(陽城) : 지금의 경기도 안성 지역.

니 아들 정주(鼎周)는 지금 선공감(繕工監) 부정(副正)이고 딸은 일찍 죽었다. 부정에게는 아들 선(璿)이 있는데 이제 겨우 열 다섯 살이다.[27] 부정의 동생 해창위 태주(泰周)가 (오두인의) 세 번째 아내인 황 부인 소생인데, 일찍이 내게 부인의 묘지를 써 달라고 했었다. 그가 죽은 뒤에 동생 진주(晉周)가 이어서 행장을 가지고 부탁하며 삼가 아래와 같이 써서 해창위의 유지(遺志)를 이루고자 한다고 하였다.

원주 김씨(1631.2.23~1663.4.8)는 오두인의 계배(繼配)로, 아버지는 학생 숭문(崇文)이고 어머니 청풍 김씨는 효종 때의 유명한 재상 문정공 육(堉)의 딸이다. 18세 되던 1648년 무렵 오두인의 계실로 와서 아들 정주(鼎周)와 딸 하나를 두었다.

---

27 성동(成童) : 8세 이상, 15세 이상의 소년을 말한다.

정경부인에 추증된 상주 황씨 묘갈명 갑신년[28]
貞敬夫人尙州黃氏墓碣銘 甲申

부인은 상주(尙州) 황씨이니 형조 판서로 시호가 충정인 오두인(吳斗寅)의 계실(繼室)이다. 인현왕후가 폐위되었을 때에 충정공은 직간을 아뢰다 돌아가셨는데 인현왕후가 복위되자 주상께서 영의정에 추증하도록 명하셨다. 부인은 전에 이미 (충정공을) 따라 정부인에 봉해졌는데 이에 이르러 정경부인으로 올리고, 부인이 세상을 떠날 때까지 달마다 곡식을 주라고 명하였다.

부인의 먼 조상은 상산군(商山君) 효원(孝源)이니 세조 때에 공신에 책록되었고 좌찬성을 지냈으며 시호는 양평(襄平)이다. 증조 할아버지 우한(佑漢)은 대사헌을 지냈고 조부 정영(挺英)은 일찍 세상을 떠났으며 아버지 연(埏)은 풍천 부사였다. 어머니 유씨는 현달한 문화 유씨 가문으로, 부원수 비(斐)의 딸이다.

부인은 충정공을 24년 동안 예로 섬겼으며 3남 4녀를 두었고 59세 되던 갑신년[1704] 4월 18일에 돌아가셨다. 장례를 치른 뒤에 아들 해창위(海昌尉) 태주(泰周)가 무덤에 묘갈을 세우고자 나에게 묘갈명을 써달라고 부탁하였으니, 나는 부인에게 사위가 된다.

부인을 가만히 살필진대 민첩하고 변함이 없으며, 은혜로우면서도 바르셨으니 진실로 어진 아내이자 현명한 아내이셨다. 현명하고 이치를 꿰뚫으며 의리를 좋아함에 있어서는 실로 장부와 군자의 마음이 있었다 한 것이다. 『시경』에 "잘못하는 것도 없고 잘하는 것도 없을지니 오로지 술과 밥만을 이에 생각한다."[29]라 했으니 이것은 특히 부인의 덕을 말한 것으로 겸양

---

28 1704년(숙종 30)으로 최창대 36세 되던 해이다.
29 『시경』「소아·사간(斯干)」 "乃生女子 載寢之地 載衣之裼 載弄之瓦 無非無儀 唯酒食是

과 낮춤에 근본한 것이다. 만약 고귀하면서도 능히 부지런하고, 말을 함에 법도가 있게 되면 문백(文伯)[30]의 어머니와 같은 사람은 성인(聖人)이 선하다 여기고, 어진 역사가가 그를 기록 하였으니 또한 천하에 부인된 자들을 권면하려는 것이다. 부인이 한 언행의 실제는 마땅히 갖추어 기록하고 깊이 새겨서 영원까지 빛나도록 해야 할 것이다.

처음에 충정공이 연달아 아내를 잃었을 때[31]에 아이와 부녀자들은 앞에 가득한데 어머니는 연로하여 그들을 살피지 못하시니 집안 일은 더욱 영락해졌다. 이런 때에 부인이 시집을 왔는데 그때 나이 21세였다. 친정에 있을 때부터 이미 효성과 순종으로 집안 일을 주관하여 부모에게 매우 사랑받았는데 혼인을 하자 시어머니가 모든 일을 바로 맡겼다.

부인은 날마다 새벽에 일어나 청소하고 여종들에게 각각의 할 일을 주었다. 먹는 것을 때에 맞게 하고 휴식과 일을 절도 있게 하며 자신이 솔선하니 사람들도 기꺼이 힘써 일하여 부족한 일이 없었고, 재물의 유무로 남편을 상관하게 하지 않았다. 궁핍한 사람을 보면 마치 자신이 아픈 것처럼 여기며 비록 사랑해 아끼던 것이라도 조금도 아까워하지 않고 주었다. 내외의 친척들도 와서 의지하니 객사에는 식객들이 항상 가득하고, 부인이 대주는 것을 바라는 사람들이 밤낮으로 문전에 끊이지 않았으나 물 흐르듯이 응대하며 힘겨워 하지 않았다. 가난하여 집안을 제대로 일구지 못하는 사람을 가르치고 기르고 시집 장가 보낸 것도 또한 10여 명이나 된다. 한번은 부인 집의 세수(歲收)[32]를 싣고 들어오던 배가 가라앉은 적이 있었는데 친척 한 사람이 깜짝 놀라며 "이 집 배가 가라앉았다니, 나는 어찌 먹고 살꼬!"라 한 적도 있다.

議 無父母詒罹"

30 경강(敬姜) : 노나라 공보목백의 아내이자 문백의 어머니.

31 오두인의 원배 여흥 민씨는 1646년, 계배 원주 김씨는 1663년에 세상을 떠났다.

32 세수(歲收) : 해마다 거두는 쌀 등의 수입.

부인이 집안을 잘 다스리고 베풀기를 좋아했던 것은 타고난 것이니 비록 자손이나 다른 사람이 본받으려 해도 종당에 이르지 못할 경지이다. 순연한 행실이 있고, 대의에 밝았으며 시어머니를 효성으로 섬기며 밤낮으로 곁에서 모시다가 주무신 뒤에야 물러났다. 진지는 반드시 직접 드렸으며 크고 작은 일에서 뜻을 어기지 않았으며 어머니의 마음에 맞도록 여러 면으로 노력하니 시어머니가 매우 편안해 하며 "내 늙도록 많은 사람을 보아 왔지만 우리 며느리만큼 행실이 지극한 사람은 보지 못하였다. 하늘이 필시 우리 며느리에게 복을 줄 것이다."라 말씀하셨다.

제사를 지낼 때에는 풍성하고 깨끗하게 했으며 채소나 과일 같은 사소한 것도 반드시 직접 골라 대비하였다. 일을 할 때에는 씻고 닦는 것을 엄숙하게 하고 게으름이 없으니 제기와 물품들은 깨끗하고 좋았으며 제사의 음식들은 맛이 좋아서 당대의 고귀한 집에 예의를 숭상하는 자들이라도 또한 그만하다고는 하지 못하였다.

전(前) 부인의 자녀들을 매우 잘 보살피며 일찍이 "이 사람들이 나를 어미로 여기는데 내가 어찌 자식으로 여기지 않겠는가."라 하셨다. 당신의 자식처럼 보살펴 키워 주시니 사람들이 그 자매와 형제들이 다른 어머니 소생인 것을 알아차리지 못하였다. 장녀 남씨 아내는 전 부인[33]의 소생인데 한 번은 위장에 병이 나 병세가 극심했다. 부인은 "이 사람은 나와 같이 늙어왔으니 오직 나만이 그의 식성을 잘 안다네."라 하며 마침내는 직접 가서 데리고 와서 음식을 만들어 먹이며 보살피셨다. (장녀가) 죽게 되자 몹시 애통해 하였고, 그의 아이를 볼 때마다 눈물을 흘리곤 하셨다.

(친정) 황씨의 종손이 일찍 죽고 없어서 집안에서 제사를 모실 수 없자 부인은 울며 "내가 추위와 굶주림으로 근심하지 않는데 내 부모로 하여금 제사를 못 받게 하실 수 있겠는가."라 하고 매번 무덤에 제사를 드리는 일이

---

33 남택하에게 시집간 큰딸로, 오두인의 원배 여흥 민씨 소생이다.

있을 때마다 반드시 제물을 갖추어 보내고, 집을 지어서 자손들을 살게 하였다.

　기사년에 충정공이 항의하는 상소를 올리게 되었을 때[34] 자제들이 모두 두려워하였지만 부인은 의연하게 "대장부가 이미 군주를 섬기기로 몸을 맡겼다면 나라에 변고가 있을 때에 죽음으로 직분을 다할 뿐이지 위험이나 화를 어찌 걱정하겠느냐!"라 하셨다. 대고(大故)[35]를 당하자 애통함에 살려는 뜻이 없는 듯 물조차도 마시지 않았으나 얼마 뒤에 탄식하시며 "내가 죽기는 쉽지만, 누가 자식들을 보살피겠는가?"라 하시고는 억지로 죽을 드셨다. 그러나 상복을 벗지 않고 남과 말을 하지 않으며 이를 드러내어 웃지 않으셨다. 초상을 마치고 나서는 베옷에 거친 음식을 드시며 죽을 때까지 검소하게 사셨다.[36]

　충정공은 이미 양성(陽城)에 묻히셨는데 원배(元配)[37]의 묘소와 다른 곳이었다. 부인이 해창위[38]에게 항상 말씀하기를 "내가 죽거든 나를 따로 묻고, 합장을 하여 예의를 어기는 일이 없도록 해라." 하셨다. 상을 치를 때 자식들이 유지를 받들어 광주(廣州) 서월곡(西月谷)의 자리에 별도로 묻었으니 명안공주[39]께서 하사하신 자리이다. 아아! 이 몇 가지만으로도 대략을 알 수 있을 것이다.

　명에 이른다.

　누구라 현달과 평탄함이 그와 같을까.

---

34 1689년 기사환국으로 서인이 실각하고, 인현왕후가 폐위되었을 때, 오두인이 이세화(李世華)・박태보(朴泰輔) 등과 함께 인현왕후의 폐위에 반대하는 상소를 올린 것을 말한다.

35 오두인이 인현왕후의 폐위에 반대하는 상소를 하고 이 일로 국문을 받고 파주로 유배가던 중에 세상을 떠난 것을 말한다.

36 초구(草具) : 거칠고 나쁨, 혹은 변변치 못한 음식.

37 여흥 민씨를 말한다. 최창대 「증정경부인여흥민씨묘지(贈貞敬夫人驪興閔氏墓誌)」『곤륜집』 권17(『한국문집총간』183) 316쪽 참조.

38 오두인과 상주 황씨 사이에 난 아들 오태주를 말한다.

39 해창위 오태주의 아내, 현종의 딸인 명안공주(明安公主)를 말한다.

누구라 아름다움과 은미함이 그와 같을까!

그 덕을 들은 자라면 누군들

이를 드러내지 않겠는가!

해제 상주 황씨(1645~1704.4.18)는 오두인의 세 번째 아내로, 아버지는 풍천 부사 연(埏), 어머니 문화(文化) 유씨는 부원수 비(棐)의 딸이다. 21세에 오두인과 혼인하여 24년을 함께 살며 3남 4녀를 낳았는데, 아들 중 하나는 숙종의 딸 명안공주와 혼인한 해창위 태주이다. 59세로 세상을 떠날 때까지 연로한 시어머니를 봉양하며 대가족의 큰살림을 잘 꾸렸으며, 오두인이 인현왕후 폐위에 반대하여 정치적으로 고초를 겪게 되었을 때에도 의연하게 대처한, 대범한 여성으로 그려져 있다. 이 글은 1704년에 작성되었으며, 앞의 오두인의 두 부인의 묘지명과 비교해 보면 상세한 편이다.

어머니 정경부인 경주 이씨 행장 병신년[40]

先妣貞敬夫人慶州李氏行狀 丙申

돌아가신 어머니는 성이 이씨이니 선조는 경주 사람으로 신라가 건국되었을 때에 혁거세를 도와 최고의 공을 세운 이알평(李謁評)이 시조이다. 고려 말에 시중(侍中)을 지내고 덕행과 공업(功業), 문장으로 세상에 크게 알려진 익재(益齋) 제현(齊賢)이 먼 조상이다. 6대조 공린(公麟)은 박팽년(朴彭年)의 사위인데 여덟 마리 거북이 길몽을 꾸고 대장부 아들 8인을 두니 장남 원(黿)[41]은 무오사화 때 죽었으며 호는 재사당(再思堂)이라 한다. 그 후 2대 동안 집안이 어려워져 벼슬을 하지 못하였다. 증조 할아버지 대건(大建)은 약관의 나이로 진사시에 급제하였다. 학문과 덕행이 있어 성균관에서 공부하였는데 '성균관의 안연(顔淵)'이라 불렸으나 불행히 일찍 돌아가셨다. 할아버지 시발(時發)은 소경왕(昭敬王)[42]을 섬겼는데 재주와 명망이 한 시대의 으뜸이었으며 임진왜란을 겪은 이후로는 공적이 성대하게 드러나 관직이 형조 판서에 이르렀다. 호는 벽오(碧梧)이며 시호가 충익(忠翼)이다. 아버지 경억(慶億)[43]은 효종과 현종을 섬겼는데 청렴한 덕성과 아름다운 명망이 있었으며 좌의정을 지냈고 호는 화곡(華谷)이다. 어머니 해평(海平) 윤씨는 영의정으로 시호가 문정(文靖)인 두수(斗壽)의 증손녀이자 감찰 원지(元之)의 딸이다.

---

40 1716년(숙종42) 최창대가 48세 때이다. 이해 11월에 아버지 최석정이 세상을 떠났다.

41 미수 허목이 쓴 「재사당묘갈」이 있다. 「재사당묘갈(再思堂墓碣)」 『기언』 별집 권21(『한국문집총간』 권99) 237쪽 참조.

42 소경왕(昭敬王) : 조선 14대 왕 선조(宣祖).

43 최창대의 아버지 석정은 이경억의 문인이었다.

　어머니는 인조 을유년[1645] 정월 기축일에 태어나셨다. 할머니 신 부인(申夫人)은 승지를 지낸 만퇴(晚退) 응구(應榘)의 딸이다. 바르고 깊이 있고 아름다우며, 서사(書史)에 통달하고 식견과 도량이 있어 온 세상이 어진 어머니라고 칭송하였다. 어머니가 겨우 젖을 뗄 무렵 신 부인이 데려와 기르셨는데 사랑을 깊이 쏟으며 밤낮으로 품에서 떼놓지 않고 일마다 가르쳐 일깨워 주셨다. 어머니는 10살도 되기 전에 말과 행동이 어른 같고 도량이 세상의 어린 부녀자들과는 다르니 신 부인이 더욱 특별히 중히 여기셨다. 나이 18세에 내 아버님께 시집오셨는데 이때 화곡공[이경억]과 형님 춘전공[이경휘]은 지위와 명망이 모두 융성하고 가문이 번성하였다. 그리고 두 집에는 장부 아들만 아홉이고 딸은 오직 어머님뿐인데다 또 신 부인께서 사랑을 쏟으셨던지라 두 분 또한 몹시 사랑해 아끼셨다.

　시집오셨을 때에 시아버지 정수공(靜修公)[44]께서 병환으로 집에 계시며 벼슬을 하지 않아 집안이 적적했다. 어머님은 자신을 눌러 조심하고 겸손하게 삼가며[45] 자신을 단속하고 시부모를 섬기고 동서들을 대함에 각각 그 마땅한 도리를 다하며 조금도 어긋난 적이 없었다. 이에 어른 아이가 모두 기꺼이 따르니 정수공께서 심히 어질다 여기고 특별하게 대우하였다. 타고난 식견이 높고 대의에 밝아 무릇 하는 말씀이나 일처리는 옛날의 가르침에 절로 들어맞는 것이 많았다. 또 세상의 흥망과 일의 성패를 꿰뚫고 인물의 선악과 길흉을 잘 알아 말씀이 왕왕 잘 맞았다.

　아버지[46] 또한 마음으로 중히 여기며 조정에 오르게 되자 비록 거취와

---

44 최창대의 할아버지 명길(鳴吉)을 말한다.

45 근근(斤斤)‧삼감, 근신함.

46 최창대의 아버지 석정을 말한다. 1646(인조24)～1715(숙종41). 조선 후기의 문신‧학자. 초명은 석만(錫萬). 자는 여시(汝時)‧여화(汝和), 호는 존와(存窩)‧명곡(明谷), 시호는 문정(文貞)이다. 기남(起南)의 증손으로, 할아버지는 영의정 완성부원군(完城府院君) 명길(鳴吉)이고, 아버지는 한성좌윤 완릉군(完陵君) 후량(後亮)이다. 어머니는 안헌징(安獻徵)의 딸이다. 응교 후상(後尙)에게 입양되었다. 남구만(南九萬)‧이경억(李慶億)의 문인이고, 박세채(朴世采)와 종유(從遊)하면서 학문을 닦았다. 그의 저서 『예기유편』이 주자의 주와 다

출처[47] 같은 것도 때로 의논하셨다. 아버지께서 옥당에 처음 들어가셨을 때 임금은 어리고 군소배들이 정치를 어지럽히며 옛 신하들은 죄인의 명부에 이름이 많이 올라 있었다. 아버지가 시국에 관한 일을 논하여 상소를 올리려고 하다가 늙은 부모님이 쫓겨나 유배당하게 될까 걱정하니 어머니는 "바른 말을 하다가 죄를 입는 것은 진실로 학사의 영광입니다. 또 권력을 잡은 자들이 오래가는 이치는 마땅히 없을 것인데 다시 무엇을 의심하겠습니까?"라 분별하여 말씀하셨다. 아버지께서 결단하여 상소를 올렸다가 관직에서 쫓겨나셨지만 조금 있다가 군소배들이 죄를 입어 쫓겨나고 아버지는 높은 자리에 등용되셨다.[48] 그 뒤로 아버지의 관직은 더욱 높아졌고, 변란이 많은 세월을 거치면서 일마다 임금을 보좌함에 행동은 의리에 합치하였다.

병술년[1706] 이후로 아버지는 영의정의 자리에 올랐고 막내 외숙[49]도 연달아 이조·병조[50]를 맡았으며 막내 숙부[51]도 이조를 맡아 항상 오가며 모여서 의논하는 것들이 모두 관리[52]와 인재의 등용, 그리고 군국(軍國)의 대사(大事), 형벌과 정치 같은 중한 일들이었다. 가끔 어머니께 물어 보기도 했는데 어머니가 한마디 말로 시비와 득실을 가리니 두 분 공께서 매번 좋다고 칭송하시며 따를 수 없는 경지라 여기셨다. 막내 숙부께서는 항상 "우리 형수님이 장부로 나서 조정을 휘두르며 무리를 제압하고 나라를 편안케

르다며 비판받는 등 노론의 집중 공격을 받자 1711년 이후 미사(渼沙)로 은퇴하였다. 저서로 『예기유편』과 『명곡집(明谷集)』 36권이 현재 전한다.

47 어묵(語默) : 은거와 출사, 곧 출처를 말한다.

48 현용(顯用) : 높은 지위에 임용함.

49 이인엽(李寅燁) : 이경억의 아들. 1656년생. 1686년 정시에 을과 2인으로 급제하였다. 자는 계장(季章)이고 호가 회와이다.

50 양전(兩銓) : 조선(朝鮮) 때 문무관(文武官)을 전형(銓衡)하던 이조(吏曹)와 병조(兵曹)의 통칭(通稱). 이조(吏曹)를 동전(東銓), 병조(兵曹)를 서전(西銓)이라고 하였다.

51 최석항(崔錫恒) : 1654년생으로 1680년 별시에 병과 9인으로 급제하였다. 자는 여구(汝久), 생부는 후량(後亮), 양부는 후원(後遠)이다. 좌의정까지 지냈다.

52 전주(銓注) : 관리를 등용하여 적절한 관직을 주는 일.

하지 못하는 것이 한스럽습니다!"라 하셨다.

자식들을 가르치면서 비록 학문을 독려하셨지만 반드시 식견과 도량을 먼저 갖추라 하셨다. 내가 어려서 시 짓는 것을 좋아하여 시우(詩友) 몇 사람과 날마다 시를 주고받으니 어머니는 "시인 중에는 경솔하고 천박한 사람이 많다. 일체의 편벽된 기호는[53] 덕과 기량을 기르는 도가 아니다."라 경계하셨다. 또 일찍이 내게 말씀하시기를 "사대부는 집에서는 효도하고 우애하며 관직에 나가서는 청렴결백해야 하는데 진실로 쉽지가 않다. 만약에 명성을 가까이 하려는 마음이 있고, 스스로 좋게 여기는 기색이 있다면 진정한 것이 아니다. 반드시 명예와 절조가 닦여 저절로 흘러나오고, 자랑하며 높게 여기는 마음이 없은 뒤에라야 진정한 사대부라 이를 수 있다."라 하셨다.

또 일찍이 아버지께 "관록과 지위가 빛나고 높은 것은 장부가 지극히 바라는 것입니다. 그러나 세상길이 험난하고 어려우니 오로지 몸과 이름을 보전하는 것을 중히 여겨야 합니다." 하시며 매번 일을 사양하고 관직을 그만두어 만년의 절조를 보전하라고 힘써 권하셨다. 또 나에게도 영화로운 벼슬길에 나갈 뜻을 접고 세속의 그물을 멀리하라 경계하셨다. 동쪽 교외에 작은 집을 지어 몸소 살림을 일구었는데 돈을 빌려[54] 살림에 대기도 하셨다.

막내 외숙 회와공(晦窩公)[55]은 연로할수록[56] 지위가 더욱 높아지셨는데 내 어머니를 마치 친어머니처럼 섬기며 날마다 사람을 보내어 안부를 물었다. 외직으로 나가게 되더라도 반드시 멀리에서 인사를 드렸고, 늘상 며칠에 한번씩 오셔서 크고 작은 일들을 반드시 여쭙고 행하였다. 작은 아버지도 어머니를 마음으로 따르고 친애하며 공경하고 중히 여기니 당신의 자매

---

53 벽호(癖好) : 인이 박힐 정도로 유별나게 좋아하는 것, 사물에 대한 유별한 기호.

54 자모(子母) : 이자[子]와 본전[母]을 뜻하니, 돈을 빌렸다는 말이다.

55 이인엽(李寅燁) : 1656(효종7)~1710(현종11). 자가 계장(季章), 호는 회와(晦窩). 『조선문과방목』.

56 애(艾) : 50세 혹은 70세, 노인.

와 다름없이 대했다. 어머니 또한 틈을 두지 않고 한결같이 정성스런 마음
으로 대하였다. 때로 일이 생겨 경계하고 권면하면 작은 아버지는 그때마다
허탄한 마음으로 듣고 받아들였다. 어머니에게 혹 잘못이 있으면 작은 아버
지는 기세를 높여 할 말을 다하며 생각해 주는 바가 없었지만, 실은 형제처
럼 간절하게 선을 권면하는[57] 의리가 있었던 것이다. 그러나 두 분께서 번
갈아 요직에 계신 지 10여 년에 어머니는 털끝만치도 사사로운 일로 청한
적이 없었다. 아버지가 재상까지 오른[58] 20년 동안 집안에 한번도 장사치
들[59]이 드나들지 않으니 온 집안이 다 "이것이 단지 상공의 청렴한 덕 때문
만은 아니니, 바로 내정(內政)의 엄격함을 알 수 있다."고 하였다.

　제사를 반드시 정성으로 삼가 받들었으니, 평소에 병에 잘 걸려 침상을
떠나지 못했지만 제사가 있으면 반드시 몸소 나서서 경건함을 다하셨다.
안주와 과일 같은 세세한 것들도 반드시 잘 골라 대비하고, 그릇과 상도
반드시 장부에 기록하여 잘 간수하였다. 집안을 다스리면서 큰 법도를 지키
고 작고 자잘한 것에 연연하지 않으니 법도가 일관되어 조목조목 잘 다스려
졌다.

　무슨 일을 할 때에도 작든 크든 남편을 관련되게 하지 않으니 아버지가
관직을 맡아서 오로지 공무에만 마음을 쓰고, 한가하게 물러나서는 경적에
만 생각을 둘 수 있었던 것은 실로 어머니의 도움이 있어서였다. 아버지가
베풀기를 좋아하는 성품이고 재물을 천하게 여기시는 데다 곤궁하고 어려
워 죽게 된 사람에 대해서는 더욱 그러하여 마음을 다하여 구제하고 도우셨
다. 어머니도 한결같은 마음으로 따라 받들어 어렵고 가난한 사람을 만나면

---

57 절시(切偲) : 선행을 간절하게 권면함. '절절시시(切切偲偲)'의 준말.

58 정축(鼎軸) : 정(鼎)은 종묘(宗廟)의 제례(祭禮)에 쓰이는 귀중한 도구이므로 나라의 중책
　을 맡은 재신(宰臣)에 비유하고, 축(軸)은 수레바퀴의 한가운데 있는 구멍에 끼우는 긴 나무
　또는 쇠를 말하는데 역시 중요한 지위를 말한다. 따라서 정축은 일반적으로 재상(宰相)을
　지칭하는 말로 사용한다.

59 쾌서(儈胥) : 거간상인(居間商人).

비록 빌려서라도 반드시 도와 주셨다. 우재(迂齋) 조 부제학[60]과 정재(定齋) 박 응교[61]의 초상 때에는 부의를 보낸 것 말고 재물을 내어 도와준 것이 또한 많았다. 먼 친척 형제나 서자들 중에 가난하여 의지할 곳이 없는 자들도 모두 거두어 도왔고, 혼례와 상례를 잘 치러 준 것도 열 집이 넘는다.

종을 거느림에 은혜로우면서도 엄격하니 모시던 여종들은 어머니 앞에서 감히 수다스럽게 굴지 못하였다.[62] 일찍이 말씀하기를 "이 아이들은 소인이다. 말과 기색이 너그러워지면 스스로 위엄을 해치니 집안의 법도가 엄격하지 못할 뿐만 아니라 저들 또한 쉽게 죄와 허물에 빠지게 될 뿐이다." 라고 하셨다. 아버지가 장성하여 숙부 동강공(東岡公)의 후사로 나갔는데 몇 년 사이에 연달아 동강공 댁의 상을 치르게 되었다. 어머니가 바로 내정(內政)을 맡으셨는데 종들이 본래 드세어 통솔이 되지 않았는데 소리나 기색을 내지 않으면서 다스리고 어루만지기를 합당하게 하며, 엄중하게 대하고 공정하게 행동하니 1년이 못 되어 집안의 종들이 믿고 복종하며 하나도 도망하거나 배반하는 자가 없었다.

어머니는 성품이 침착하고 모습과 행동이 느긋하고 진중하니, 사람들이 정중하게 우러러 존경하였다. 웃으며 사람을 대할 때에는 말씀과 웃음이

---

60 조지겸(趙持謙) : 1639(인조 17)~1685(숙종 11). 조선 후기의 문신. 본관은 풍양(豐壤). 자는 광보(光甫), 호는 오재(汚齋). 광주(廣州) 출신. 영중(瑩中)의 증손으로, 할아버지는 좌의정 익(翼)이고, 아버지는 이조 판서 복양(復陽)이다. 어머니는 이경용(李景容)의 딸이다. 아버지 복양이 어려서부터 윤순거(尹舜擧) 형제와 교우했고, 특히 윤선거(尹宣擧)와는 친분이 두터워 윤선거의 상에 복(服)을 입었던 사이여서 윤선거의 아들 증(拯)과 우의가 두터웠다. 이러한 연유로 소론의 거두 중 일인이 되었다. 저서로 『오재집』이 있다.

61 박태보(朴泰輔) : 1654(효종 5)~1689(숙종 15). 조선 후기의 문신. 본관은 반남(潘南). 자는 사원(士元), 호는 정재(定齋). 할아버지는 참판 정(炡)이고, 아버지는 판중추부사(判中樞府事) 세당(世堂)이며, 어머니는 현령(縣令) 남일성(南一星)의 딸이다. 당숙인 세후(世垕)에게 입양되었다. 당시 서인 중에서 송시열(宋時烈)과 윤선거(尹宣擧)가 서로 정적으로 있을 때, 윤선거의 외손자임에도 불구하고 친족 관계라는 점을 떠나 논의를 전개했다. 1689년 기사환국 때 인현왕후(仁顯王后)의 폐위를 강력히 반대해 주동적으로 소를 올렸다가 심한 고문을 받고 진도로 유배 도중 옥독(獄毒)으로 노량진에서 죽었다. 저서로는 『정재집』이 있다.

62 서어(絮語) : 끊임없이 계속되는 낮은 말. 군소리, 수다.

온화하니 어머니를 본 사람이라면 좋아하고 사모하지 않는 이가 없었다. 비록 깊은 병으로 수척해졌을 때에도 타고난 존귀한 모습을 간직하셨다. 평소에 거친 말이나 급박한 기색을 한 적이 없었으니 비록 절박한 우환을 당하더라도 한번도 찡그리며 걱정하고 탄식하는 모습을 한 적이 없으시다. 아버지의 관직이 높아짐에 따라 누차 정경부인에 봉해지셨다. 아들 하나를 두니 나이고, 딸 둘은 이성휘(李聖輝)·이경좌(李景佐)에게 시집갔다. 임진년 [1712]에 이질(痢疾)로 고생하다 8월 13일에 돌아가시니 향년 68세였다. 청주(淸州) 대율리(大栗里) 선영의 북쪽을 등진 자리에 묻었다.

아아! 어머니의 도량은 넓고 진중하였으며 성품과 식견은 밝고 통달하셨으니 장부와 군자 중에서 찾아보아도 많지 않을 것이다. 평생의 아름다운 언행을 모두 헤아리는 것도 쉽지 않은데 슬픔과 혼란 속에 황망하게 무너지니 내용과 순서를[63] 자세히 하지도 못하였고, 또 과장된 말로 칭송만 하여 스스로 부모님을 무고하는 죄에 빠지게 될까 두렵다. 이에 그중에 한두 가지만을 기록하여 재주 있는 입언군자가 취해 주실 것에 대비한다.

해제　경주 이씨(1645.1~1712.8.13)는 최석정의 부인이고 최창대의 어머니이다. 아버지는 좌의정을 지낸 경억(慶億), 어머니 해평(海平) 윤씨는 영의정 두수(斗壽)의 증손녀이자 감찰 원지(元之)의 딸이며, 이시발의 손녀이다. 이씨의 6대조 공린(公麟)은 박팽년(朴彭年)의 사위였다. 양가에 아들이 많았던지라 명민했던 딸, 이씨는 깊은 사랑을 받았다. 18세에 최석정과 혼인하여 50년간 살며 1남 2녀를 낳았고, 68세의 나이로 이질에 걸려 세상을 떠났다. 남편과 시댁의 가족들에게 정치적인 문제에 관한 조언을 해주기도 했던, 대범하고 식견이 높은 여성이었다. 남편 최석정이 남인을 비판하는 상소를 올리려 했을 때에 직언으로 권면했으며, 집안의 남자들이 이씨와 많은 일을 의논했다. 품위가 있고 침착하며 사람들을 복종시키는 힘이 있는, 대가의 여장부 풍모가 느껴지는 여성이다. 이 글은 1716년, 최창

---

63 전차(詮次) : 차례, 내용의 순서. 뽑아서 순서를 정함.

대가 46세 되던 해에 썼는데, 바로 전해인 1715년 아버지 최석정이 70세의 나이로 세상을 떠났다. 최창대가 쓴 아버지 행장에 따르면 이듬해인 1716년[丙申] 청주의 선영에 부인과 합장을 한 것으로 되어 있으니 이때에 묘지를 작성한 듯하다. 「선고 의정부영의정부군행장(先考議政府領議政府君行狀)」『곤륜집』 권19(『한국문집총간』권183) 346쪽 참조.

김춘택 金春澤 · 1670~1717

김춘택(金春澤) : 1670(현종 11)~1717(숙종 43). 조선 후기의 문신. 본관은 광산(光山). 자는 백우(伯雨), 호는 북헌(北軒). 생원 익겸(益兼)의 증손으로, 할아버지는 숙종의 장인인 만기(萬基)이며, 아버지는 호조판서 진구(鎭龜)이다. 증조모 윤씨에게서 학업을 익히고, 종조부 만중(萬重)으로부터 문장을 배웠다. 서인·노론의 중심 가문에 속하였으므로 항상 정쟁의 와중에 있었으며, 특히 1689년의 기사환국 이후로 남인이 정권을 담당하였을 때에는 여러 차례 투옥, 유배되었다. 그 뒤 노론에 의해서는 환국의 공로자로 칭송받았으니, 1701년 소론의 탄핵을 받아 부안(扶安)에 유배되었으며, 희빈 장씨의 소생인 세자를 모해하였다는 혐의를 입어 서울로 잡혀가 심문을 받고, 1706년 제주로 옮겨졌다. 저서로 『북헌집(北軒集)』과 『만필(漫筆)』이 있다.

정씨에게 시집 간 고모 제문

祭鄭氏姑母文

유세차 계미년[1703] 2월 18일 기축일에 조카 춘택과 질부 이씨[1]가 산가 조졸한 제수를 갖추어 올리며 정씨에게 시집간 고모의 영전에 고합니다.

고모와 저는 2년 차이로 태어났습니다. 어려서부터 같이 장난하며 놀았으니 친애함이 유난했었지요. 장성하여 시집을 가니 시아버지가 먼 곳으로 유배가셨고 우리 집안도 재앙을 당하여 골육(骨肉)이 산산이 흩어졌습니다.

제가 신미년[1691]에 아버지를 뵈러 제주도에 갔을 때[2] 고모는 고모부의 임소를 따라 가셨습니다. 제가 제주로 가느라 남쪽으로 가면서 오가며 들러 뵈었던 일이 꿈결인 듯[3] 어슴푸레합니다. 술을 마련하여 마시고, 고기를 사고 밥을 지어 객지에서 저를 환대하고, 제 마음을 풀어 주었습니다. 천원(泉源), 기수(淇水)[4]로 언제나 돌아갈까. 흩어졌던 자들이 모여서 늙은 부모님의 곁에 있으니 고모님 또한 오겠다 하셨지요.

온화한[5] 우리 사촌[6]은 군자에 어울리는 짝이니 자녀를 많이 두고, 우리 이웃에 집을 정하여 살고 있습니다. 사람이 살아가는 일에 그 도리가 대략

---

1 김춘택의 아내 전주 이씨를 말하는 것으로 보인다. 이사영(李思永)의 딸이다.

2 아버지 김만기가 기사년[1689]에 제주도에 유배되었다.

3 창황(悵怳) : 어슴푸레한 모양.

4 천원기수(泉源淇水) : 친정. 제후에게 시집간 위(衛)나라의 여자가 친정을 그리며 근친을 하고자 하나 그리 하지 못하고 천원과 기수는 자신이 친정인 위나라에 있는데 자신은 위나라에 있지 못하는 심정을 표현한 것이다. 『시경』「위풍(衛風)·죽간(竹竿)」, "泉源在左 淇水在右 女子有行 遠兄弟父母 淇水在右 泉源在左 巧笑之 佩玉之儺"

5 완완(婉婉) : 화순(和順)한 모양.

6 당(堂) : 조부를 같이하는 친속 관계. 동종(同宗)이면서 적친(嫡親)은 아닌 관계. 당방(堂房), 당형제(堂兄弟). 여기서는 김춘택의 사촌, 곧 고모의 딸을 말하는 것으로 보인다. 이용(李墉)에게 시집갔으며, 아들 진항(鎭恒)을 낳았다.

이나마 갖추어지나 했는데 시어머니를 잃고 시아버지를 잃었으니 어찌하여 불행이 끝나지 않습니까. 끝내는 그 자신까지 죽게 되었으니 신명께 무슨 허물을 얻은 것입니까!

고모는 평생에 자애와 효성이 참으로 깊으셨는데 베어내듯 버리시니 어찌 차마 이리 하셨습니까. 하물며 저 군자는 이미 아버지를 잃었는데 홀아비가 되었으니 이보다 더 궁한 것은 없습니다. 영령께서는 그것을 생각하지 않으십니까. 부드럽고 온화한 이가 일찍 죽으니[7] 선한 자에게 복을 준다는 이치를 증명할 수 없습니다. 가까운 친척[8]이어서가 아니니, 길 가던 사람 또한 슬퍼할 것입니다. 생각해 보면 지난 날 저의 슬픔을 어찌 형용하겠습니까. 질부와 같이 산 것이 이제 10년이 되어 가니 국과 탕을 끓일 때는 제 식성을 물어봅니다. 의리에 높고 낮음이 없는데 어찌하여 살아 있고 어찌하여 죽었는가 서로 말을 합니다.

지난 달 초에 돈을 얼마간 내어 각자의 장부(丈夫)를 위해 산방(山房)의 여비를 마련했습니다. 고모님께서 병이 끝내 위독하게 되시니 고모부께서 먼저 오셨는데 돈을 또 보내어 아애(阿愛)에게 부치셨지요. 갑자기 돌아가셔서 이 일을 다시 못할 줄 어찌 알았겠습니까. 갑(甲)이와 우리 술(述)이는 나이가 모두 열 살인데[9] 술이가 과일과 떡이 있어도 감히 드리지 못합니다. 슬프지 않은 말이 없고, 비통하지 않은 일이 없습니다. 관 앞에서 영결하노니 응답함[10]이 있기를 바라옵니다.

해제 김씨는 김춘택의 고모이며 정형진(鄭亨晉)의 아내로, 아버지는 광성부원군 만기(萬基), 어머니는 청주 한씨이며, 큰언니가 숙종의 정비 인경왕후

---

7 요알(夭閼) : 요절.

8 주친(周親) : 지친(至親). 『서경』「태서(泰誓) 중」, "雖有周親 不如仁人[孔傳: 周至也]"

9 고모는 아들이 하나 있고, 김춘택은 아들 덕재·미재를 두었는데 미재는 요절하였다.

10 함(頷) : 고개를 살짝 끄덕여 부르는 소리에 응답하거나 허락한다는 의사를 보이는 것.

이다. 김춘택은 고모와 조카 사이이지만 두 살 터울로 친구처럼 자랐던 듯하다. 함
께 즐거웠던 어린 시절에 대한 기억에서 시작하여 환란으로 가족들이 흩어졌다 다
시 모였던 과정, 그리고 고모의 불행한 삶에 대한 애도가 담긴 글이다.

해녀설
潛女說

　이른바 '잠녀(潛女)'라는 것은 잠수를 업으로 하니 미역을 채취하거나 전복을 딴다. 그런데 전복을 따는 일은 미역을 따는 것에 비해 매우 어렵고 고통도 더하다. 그들의 모습이 시커멓고 파리하며 걱정과 곤란 속에 곧 죽을 것 같은 형상이기에 내가 위로해 주고, 또 그 일을 자세하게 물어보았다.

　(잠녀가) 대답하였다.

　"저는 바닷가로 가서 땔나무로 불을 지펴 놓습니다. 제가 옷을 다 벗은 다음 가슴에 박을 차고 자루를 끈으로 삼아 박에다 묶습니다. 이전에 땄던 전복 껍데기를 승낭에 넣고 손에는 뾰족한 쇠꼬챙이를 들고 헤엄치고 자맥질하여 마침내 잠수를 합니다. 바닥에 다다르면 한 손으로는 돌의 가장자리를 만져 보아 전복이 있는가를 알아냅니다. 그런데 돌에 붙어 있는 전복은 견고하고 껍데기째 엎어져 있습니다. 견고하기 때문에 바로 캘 수가 없고 엎어져 있기 때문에 그 빛깔은 검으며 돌들과 섞여 있습니다. 그래서 전에 캤던 껍데기를 위로 보이게 뒤집어서 그 장소를 표시해 둡니다. 그러면 껍데기의 안쪽은 밝게 빛나기 때문에 물 속에서도 보고 알 수 있답니다. 이쯤이면 제 숨은 몹시 가빠집니다. 바로 물 밖으로 나와서 박을 껴안고 숨을 쉬는데 찢어질 듯한 그 소리[11]가 대체 몇 번이나 되는지 알지 못합니다. 그렇게 해서 되살아난 뒤에 드디어 다시 잠수를 해서 미리 표시해 두었던 곳으로 가서 쇠꼬챙이로 전복을 캐서 주머니 안에다 넣고 나옵니다.

　물가로 나오면 추위에 얼어 떨리는 걸 감당할 수가 없습니다. 6월이라

11　획연(劃然) : 찢어지는 소리. 갑자기. 뚜렷하게 구별되는 모양.

해도 그렇지요. 불을 지펴 놓은 곳에 가서 따뜻하게 한 뒤에라야 살아나게 됩니다. 어떤 때는 한 번 잠수로는 전복을 발견하지 못하기도 하고, 재차 들어갔다가도 전복을 따지 못하는 일도 있습니다. 전복 한 번 캐보려다가 죽을 뻔한 적도 많습니다. 또 해저의 돌들은 뾰족하고 곧아서 닿기만 해도 바로 죽습니다. 그곳의 물뱀은 지독한 짐승이라 물리면 바로 죽습니다. 그래서 저와 같은 일을 하는 사람들 중에는 급사하고, 추위에 죽고, 돌과 뱀에 숙은 자들이 늘어서 있습니다. 저도 비록 요행으로 살았지만 병으로 고생입니다. 제 모습을 한번 보세요."

나는 그녀가 불쌍하였다. 잠녀가 또 앞으로 와서 말하였다.

"공께서는 전복을 따는 일이 어렵다는 것만 아시지 제가 전복을 사는 일이 몹시 어렵다는 건 모르십니다."

내가 말하였다.

"자네는 전복을 따는 사람일세. 또 자네를 통해 전복을 사는데, 어찌하여 자네가 스스로 전복을 산다고 하는 것인가?"

잠녀가 말하였다.

"저는 백성이며, 전복은 맛있는 것입니다. 백성으로서 맛있는 것을 얻어 임금께 올리는 것에 충당하고 여러 관리들이 먹는 것에 대비하며 또 관리들이 사람들을 대접하는 것에 대기도 합니다. 이것이 저의 직분입니다. 제가 비록 제가 입고 먹는 거리로 삼지는 못하지만 매번 관리와 그들이 대접해야 할 사람들을 생각하면 비록 최하의 것이라도 마땅히 제게 가해질 임무인데 제가 감히 직분을 다하지 않겠습니까! 비록 병이 난들 감히 한스러워하겠습니까!

오직 관리늘이 몹시 좋아하는 것이니 그들의 말을 따르지 못할까 두렵기만 합니다. 욕심을 채우지 못한 자는 그 천하고 비루함이 저와 다를 것이 없습니다. 오직 희고 빨갛게 분칠하고 비단을 걸쳤다는 점만이 다를 뿐이지요. 좋아하기 때문에 제가 따는 전복은 항상 그들이 모아 놓는 대상이 됩니다. 말을 따라 주기 때문에 더더욱 독촉하며 징수하기를 그치지 않습니다. 전복이 많이 모여 가득 차면, 많이 모였기 때문에 팔아서 기어이 부를 더하려고 합니다. 제가 만약 병이 나서 전복을 따지 못하거나 혹은 캐러 갔으나 소득이 없는데 전복 징수 독촉을 받게 되면 때때로 그들이 전복을 모아 둔 곳에 가서 사다가 다시 관아로 보냅니다. 무릇 파는 것과 사는 것은 각각 하고 싶은 대로 하는 것입니다만, 지금 제 형편으로는 사지 않을 수 없으니 그래서 값을 최고로 쳐서라도 사는 것입니다. 저는 이 때문에 파산했습니다. 전복 하나만으로는 그것을 따는 근심이 저 자신에 그치지만 그것을 사야 하는 재앙은 가족 모두가 또 보전하지 못할 지경이니 제가 어찌 매우 어렵고 심히 곤란하지 않겠습니까!"

나는 태산의 호랑이[12]와 영주의 뱀[13]을 생각하며 무서운 정치와 가혹한

---

12 태산지호(泰山之虎) : 공자(孔子)가 제자들과 함께 태산(泰山) 부근을 지나갈 때 어떤 아녀자가 무덤 앞에서 애절하게 곡하는 것을 보고 제자 자로(子路)에게 연유를 묻게 하니, 여인이 말하기를 "예전에 시아버지께서 호랑이에게 물려 죽었고 또 남편까지 호랑이에게 희생을 당해서 입니다." 이어 공자(孔子)가 "어찌해서 다른 곳으로 옮겨가지 않습니까?"하니 여인은 뜻밖에도 대답하기를 "마을로 내려가 탐관오리(貪官汚吏)들의 가렴주구(苛斂誅求)를 당하기보다는 차라리 이곳이 편합니다." 이에 공자가 제자들에게 탄식하며 말하기를 "제자들아 잘 기억해 두어라. 가혹한 정치는 호랑이보다도 무서운 것이로구나!"라고 했다.

13 영주지사(永州之蛇) : 영주(永州) 땅에는 기이한 뱀이 나오는데 검은 색 바탕에 흰색무늬로 그 뱀이 초목에 닿기만 하면 초목이 모조리 말라 죽었고, 사람이 물리면 치료할 방법이 없이 죽어야 했는데, 이렇게 독한 까닭에 심한 중풍이나 팔다리가 굽는 병, 악성종양 등을 치료하는데 쓰일 수 있었다. 그래서 왕명에 의하여 이 뱀을 잡도록 하였고, 이 뱀을 1년에 두 마리를 바치는 사람에게는 조세를 감면해 주었다. 그만큼 잡기도 어려울 뿐더러 목숨을 걸고 해야 할만큼 위험 부담이 큰 일이었다. 그럼에도 영주사람들은 앞 다투어 그 뱀을 잡아드렸다. 이 마을에 장씨(蔣氏)라는 자가 있었는데 삼대에 걸쳐 이 일에 종사하여 왔다고 했다. 그런데 꽤나 슬퍼 보여서 그 까닭을 물으니 "제 조부도 그 뱀 때문에 죽었고, 부친도 그러하였으며, 저도 몇 번이나 죽을 뻔하였지요."라고 대답하는 것이다. 이에 "그럼 세금을 내고 목숨을 부지하지요"하니 "이전부터 뱀 잡는 일을 하지 않았다면 저는 아마 오래 전에 죽었을 것입니다. 저희 가문이 이곳에 산지 삼대(三代)가 되었지만 이웃 사람들의 생활은 나아지는 것이 아니라 날로 궁핍해졌습니다. 또 이리 저리 나라에서 거둬가는 것들이 많아 먹고 살 길을 찾아 여기저기 떠돌다가 굶주림에 쓰러지기도 하고, 추위에 얼어 죽고, 전염병에 걸려 죽어서 지금은 열에 하나도 남아있지 않은 실정입니다. 혹독한 관리가 미을에 와서 소란을 피우면 마을 사람들은 물론 개나 닭까지도 모두들 잔뜩 놀라 움츠리며 눈치를 보고

세금이 없기를 바라지만, 이제 잠녀(潛女)가 전복을 캐야 하는 어려움과 전복을 사들여야 하는 고통을 겸하여 당하고 있으니 진실로 민망할 따름이다.

해제 이 글은 김춘택이 제주도에 유배되어 있던 시기에 지은 것이다. 잠녀의 입을 빌어 전복을 따서 세금으로 공납하고, 부족한 공납을 충당하기 위해 전복을 도로 사들여야 하는 기막힌 잠녀의 상황이 그대로 전달되고 있다. 김춘택은 잠녀의 입을 빌어 당대 관료의 남학을 비판하고 있으며 이것은 정쟁에 휘말려 먼 섬 제주도까지 떠밀려 온 유배객 김춘택 자신의 울화를 같이 담고 있는 것처럼 보인다.

있지만, 저는 1년에 두 번 뱀을 바칠 때만 바치고 나면 평소에는 그러한 시달림은 받지 않아도 된답니다. 그러니 대체로 1년 중 죽음을 무릅쓰는 때는 두어 번이고, 나머지는 편히 지낼 수 있는 것이지요. 비록 제가 이일을 하다가 죽더라도 이웃사람들보다는 늦게 죽는 것이니 어찌 제가 이일을 마다하겠습니까?"라 하였다. 유종원 『고문진보』 「포사자설(捕蛇者說)」.

어머니 행록[14]
母夫人行錄

나의 어머니 이씨는 선조가 충청도 한산에서 나왔으니 목은(牧隱) 선생[15]
의 후손이다. 증조 덕수(德洙)는 이조 참의로 호가 이유당(怡愉堂)이고, 할아
버지 홍연(弘淵)은 의정부 좌참찬을 지냈으며 할머니는 정부인 김씨이다. 아
버지 광직(光稷)은 사헌부 지평을 지냈고, 어머니 공인 안동 김씨는 청음(淸
陰) 문정공[16]의 후손으로 동지중추부사 광찬(光燦)의 딸이다.

어머니는 신묘년[1651] 11월에 태어나셨다. 14세에 지평공[김광직]이 돌아
가시고 공인 김씨가 그 슬픔으로 병이 드니, 어머니는 결국 참찬공 김 부인
댁에서 자랐다. 참찬공 김 부인은 부인을 자신의 자식처럼 여겼으니 비록
어머니가 참찬공 김 부인에게 간 것이었지만 또한 친히 낳은 자식과 같이
여겼다. 17세에 우리 아버지[17]에게 시집오니 할아버지 광성부원군(光城府院

---

14 이 글은 1706년(숙종 32), 김춘택이 해남에 유배되어 있으며 어머니 한산 이씨 생전에 작성
해둔 것이다.

15 이색(李穡) : 1328(충숙왕 15)~1396(태조 5). 고려 말의 문신·학자. 본관은 한산(韓山).
자는 영숙(穎叔), 호는 목은(牧隱). 곡(穀)의 아들이며 이제현(李齊賢)의 문인이다.

16 김상헌(金尙憲) : 1570(선조 3)~1652(효종 3). 조선 인조·효종 때의 상신(相臣). 본관은
안동. 자는 숙도(叔度), 호는 청음(淸陰)·석실산인(石室山人)·서간노인(西磵老人). 돈녕
부도정 극효(克孝)의 아들이며, 우의정 상용(尙容)의 동생이다. 3세 때 큰아버지 대효(大孝)
에게 출계(出系)하였다. 효종이 즉위하여 북벌을 추진할 때 그 이념적 상징으로 대로(大老)
라고 존경을 받았으며, 김육(金堉)이 추진하던 대동법에는 반대하고 김집(金集) 등 서인계
산림(山林)의 등용을 권고하였다.

17 김진귀(金鎭龜)를 말한다. 1651(효종 2)~1704(숙종 30). 조선 후기의 문신. 자는 수보(守
甫), 호는 만구와(晚求窩), 시호는 경헌(景獻)이다. 반(槃)의 증손으로, 할아버지는 증 영의
정 익겸(益謙)이고, 아버지는 영돈녕부사 광성부원군(光城府院君) 만기(萬基)이며, 어머니
는 한유량(韓有良)의 딸이다. 인경왕후(仁敬王后)의 오빠이다. 1680년 별시 문과에 병과로
급제하였다. 1689년 기사환국으로 남인 정권이 들어서자 탄핵을 받고 제주도에 위리안치되
었다. 1694년 갑술환국으로 서인이 집권하게 되자 풀려났다.

君) 서석(瑞石) 선생이 시아버지이고, 서원부부인(西原府夫人) 한씨가 시어머니이다. 나의 증조 할아버지 익겸(益兼)[18]은 포의의 선비로 정축년[1637] 오랑캐의 난리 때[19] 강화도에서 순절하였고 아내인 윤 부인[20]께서는 당시까지 살아계셨다.

우리 광산 김씨는 대대로 사계(沙溪) 선생[21]을 존숭하였는데 아버지에게는 고조이시다. 김씨는 오래전부터 이씨아 이미 오싱(伍聲)의 우호와, 진진(秦晉)의 친함[22]이 있었다. 서석 선생께서는 지평공과 어릴 때부터[23] 함께 교유하였으며 성장하면서 더욱 서로 공경하였다. 하루는 지평공이 서석 선생을 찾아왔는데 내 아버지가 갓 태어나 우는 것을 보시고 "나도 지난 달에 딸을 낳았네."라 하고 마침내 혼인을 약속하셨다. 혼인을 하게 되었는데 지평공께서 보지 못하시니 두 집안이 모두 깊이 슬퍼하였다.

지평공은 영특한 재주와 민첩한 성품을 가졌으며, 자애로움과 효성이 더욱 돈독하였다. 그러나 불행히도 아들이 없으니 부인을 생각하는 것은 손

---

18 김익겸(金益兼) : 1614(광해군 6)~1636(인조 14). 조선 후기의 문신. 자는 여남(汝南). 할아버지는 장생(長生)이고, 아버지는 참판 반(槃)이며, 어머니는 서씨이다. 익희(益熙)의 아우이다. 병자호란이 일어나자 강화로 가서 섬을 항전했는데 전세가 불리해지던 중 김상용(金尚容)이 남문에 화약궤를 가져다 놓고 그 위에 걸터앉아 자분(自焚)하려고 하였다. 이때 김상용·권순장(權順長)과 함께 자결하였다.

19 병자호란을 말한다.

20 윤부인(尹夫人) : 윤지(尹墀, 1600~1644)의 딸이다. 윤지는 조선 후기의 문신. 본관은 해평(海平). 자는 군옥(君玉), 호는 하빈옹(河濱翁). 영의정 방(昉)의 손자로, 해숭위(海崇尉) 신지(新之)의 아들이며, 어머니는 선조의 딸 정혜옹주(貞惠翁主)이다.

21 김장생(金長生) : 1548(명종3)~1631(인조9). 조선 중기의 학자 문신. 호는 사계(沙溪). 조선 중기의 정치가, 예학사상가. 선조 말과 광해군 대에 주로 지방관을 역임하였으며 1613년(광해군5)에는 서얼들이 일으킨 역모 사건에 연루되어 처벌의 위기를 맞았으나 무혐의로 풀려났고 그 후 관식을 포기, 연산으로 낙향하여 예학 연구와 후진 양성에 몰두하였다.『가례집람(家禮輯覽)』,『상례비요(喪禮備要)』,『근사록석의(近思錄釋疑)』,『경서변의(經書辨疑)』 등이 있다.

22 진진지친(秦晉之親) : 춘추시대 진(秦)과 진(晉), 두 나라가 혼인하였는데, 이로 인하여 두 성이 혼인하는 것을 일컬음.

23 동관(童卝) : 어린아이.

안의 구슬[24]처럼 여기는 정도가 아니었다. 그러면서도 올바른 도리를 엄격하게 가르쳤고, 부인은 이를 받들어 어김이 없으니 덕과 은혜가 나타났다. 이후로는 그 효성을 시부모에게 옮기고 그 순종함을 가족에게 미루어 행하니 서석 선생과 부부인께서 아름답게 여기셨고, 우리 아버지도 매우 합당하다 여기셨다.

윤 부인[25]은 탁월한 지식과 높은 행실이 있어서 본래 사람을 잘 알아보았다. 폐백 드리는 어머니를 어루만지며 "김씨 가문을 번성시킬 사람은 필시 이 며느리일 것이다. 내가 미망인으로서 자식을 기르고 손주들을 예뻐하며 살아 왔는데, 이제 장손부(長孫婦)의 어짊이 이와 같으니 내가 어찌 걱정하겠느냐."라 하셨고 사랑함이 남달리 깊어서 별도로 땅과 밭과 노비를 주시며 뜻을 표현하셨다.

서석 선생이 비록 일찍 현달했으나 매우 가난하였고 참찬공[26]의 집안도 본래 검소하였다. 김 공인(金恭人)[27]이 또 얼마 안 되어 세상을 떠나니 어머니는 오직 밤낮으로 직접 바느질을 하여 아버지를 받들어 겨울에는 갖옷, 여름에는 베옷을 빠뜨리지 않았다. 이후로 많은 자녀들을 양육하며 혹이라도 양가의 어른들이 걱정하는 일은 하지 않으니 이에 모두 감탄하며[28] '이 며느리가 덕이 넉넉할 뿐만 아니라 재주도 이와 같구나.'라고 하였다.

인경왕후(仁敬王后)[29]가 왕비로 간택되어 가례(嘉禮)[30]를 행하시니 사가(私

---

24 장주(掌珠) : 장중주(掌中珠). 손에 쥔 구슬. 전하여 사랑하는 자식.
25 증조 할아버지 김익겸의 부인 윤 부인을 말한다.
26 이씨가 아버지인 지평공 김광직을 여의고 어머니 안동 김씨마저 병이 들자 참찬공이 양육해 주었던 것을 말한다.
27 이씨의 친정 어머니 안동 김씨를 말한다.
28 책책(嘖嘖) : 탄식이나 감탄하는 말.
29 인경왕후(仁敬王后) : 1661(현종 2)~1680(숙종 6). 조선 제19대 왕 숙종의 비. 본관은 광주(光州). 광성부원군(光城府院君) 만기(萬基)의 딸이며 김춘택에게는 고모가 된다. 1670년(현종 11) 10세 때 세자빈으로 간택되어 의동(義洞) 별궁(別宮)에 들어갔고, 다음 해 3월에 왕세자빈으로 책봉되었다. 1674년 현종이 죽고 숙종이 즉위하면서 왕비가 되었고, 1676년

家)에서 궁중의 사람을 맞아 대접하였는데 그 일이 매우 성대하였다. 어머니가 부부인(府夫人)을 보좌하여 그 일을 하셨는데 크고 작은 일 할 것 없이 모든 것을 힘써 갖추어 치르셨다. 부부인께서 궁궐[31]의 내명부에 이름을 올리고[32], 인경왕후께서 왕비의 자리에 오르시게 되자 또 항상 궁궐에 들어가 배알하였다. 전후로 장렬(莊烈)[33], 인선(仁宣)[34], 명성(明聖)[35]의 세 성모(聖母)를 뵌 것만도 여러 번이었지만 어머니는 더욱 삼기고 두려워하며 또 일을 주선함이 민첩하니 궁중에서도 칭송하고 왕후께서도 더욱 존경하였다.

경신년[1680]에 아버지께서 과거(科擧)를 보아[36] 벼슬에 나가셨고, 계해년

정식으로 왕비의 책명(冊命)을 받았다. 1680년 10월에 천연두로 승하하였다.

30 가례(嘉禮) : 길(吉), 흉(凶), 군(軍), 빈(賓), 가(嘉)의 오례(五禮) 중 하나로 혼례(婚禮)를 이름. 임금의 성혼(成婚), 즉위(卽位) 또는 왕세자, 왕세손의 성혼(成婚), 책봉(冊封) 같은 때의 예식.

31 대내(大內) : 임금이 거처하는 곳. 임금의 부고(府庫).

32 통적(通籍) : 궁문(宮門)의 출입 허가를 받는 사람의 성명, 연령 등을 적은 명패(名牌).

33 장렬왕후(莊烈王后) : 1624(인조 2)~1688(숙종 14). 조선 제16대 왕 인조의 계비(繼妃). 본관은 양주(楊州). 아버지는 한원부원군(漢原府院君) 조창원(趙昌遠)이며, 어머니는 전주 최씨로 대사간 철견(鐵堅)의 딸인 완산부부인(完山府夫人)이다. 1638년(인조 16) 왕비로 책봉되어 효종의 잠저인 의동본궁(義洞本宮)에서 가례를 올렸다. 1649년 인조가 죽자 대비가 되고, 1651년(효종 2) 자의(慈懿)의 존호를 받았다.

34 인선왕후(仁宣王后) : 1618(광해군 10)~1674(현종 15). 조선 제17대 왕 효종의 정비. 성은 장씨(張氏). 본관은 덕수(德水). 아버지는 우의정 유(維)이며, 어머니는 우의정 김상용(金尙容)의 딸이다. 1630년(인조 8) 봉림대군(鳳林大君)의 부인으로 간택되어 다음해에 가례를 올리고 풍안부부인(豊安府夫人)으로 봉하여졌다. 병자호란 뒤 소현세자(昭顯世子)와 봉림대군이 심양(瀋陽)에 인질로 갈 때 따라가 8년간이나 머물면서 많은 뒷바라지를 하였다. 1645년 소현세자가 죽으면서 봉림대군이 세자가 되자 세자빈이 되었으나, 책봉을 제때 받지 못하여 사저(私邸)에서 왕자를 낳게 되었다. 그뒤 책봉되어 1649년 효종이 즉위하면서 왕비가 되었고, 2년 뒤 정식으로 책명을 받았다.

35 명성왕후(明聖王后) : 1642(인조 20)~1683(숙종 9). 조선 중기 현종의 왕비. 본관은 청풍(淸風). 영돈녕부사 청풍부원군(淸風府院君) 김우명(金佑明)의 딸이다. 서울 중부 장통방(長通坊)에서 출생하였다. 1651년(효종 2) 세자빈(世子嬪)에 책봉되었다. 1659년(현종 즉위년) 왕비에 책립되고, 1683년 12월 5일 창경궁의 저승전(儲承殿)에서 42세로 죽었다. 숙종과 명선(明善)·명혜(明惠)·명안(明安)공주를 낳았다.

36 결과(決科) : 과거 시험에 응시하다.

[1683]에 비로소 분가(分家)를 하여 살게 되었다. 그때 녹봉은 적고 또 아버지가 일찍부터 집안 일에 마음을 두지 않으셨지만 어머니는 아버지에게 집안에 있고 없는 것을 알리지 않으셨다. 궁궐에서 숙직을 하시면 음식을 보내 드렸는데 반드시 다른 집보다 먼저 하셨다. 아버지께서 벗[37]을 초청하면 술이 없다고 아뢰는 것을 수치로 여기셨다. 한가롭고 편안한 절기 때마다 서석 선생께서 찾아 오셨는데 어머니가 정결하게 음식을 갖추어 받들었다. 선생은 돌아가서 부엌의 여종에게 "어찌 우리 며느리의 음식 솜씨만 못한 게냐!"라고 꾸짖곤 하셨다.

을축년[1685]에 아버지의 관직을 따라 수원부로 갔으며 병인년[1686]에 또 전주 관아로 따라 갔다. 아버지는 본래 청렴하고 엄격하여 큰 고을, 번성한 지방에 계실 때에도 처자식을 위한 계책을 조금도 세우지 않으셨다. 비록 녹봉이 혹 줄여도 견디셨고, 명령이 부엌문[飯門][38]을 통해 행해지는 것을 무엇보다 엄격하게 금하셨다. 어머니는 이를 편히 여겼고, 다만 편히 여기셨을 뿐만 아니라 집안의 사사로운 일 때문에 아버지에게 누를 끼칠까 두려워하셨다. 그 뒤로 아버지의 관직은 더욱 높아졌고 지조와 절개는 더욱 굳세지셨다. 비록 아버지를 심히 좋아하지 않던 사람이라도 청렴결백하다고 한결같이 말하지 않는 이가 없었으니 이것은 진실로 아버지의 성대한 덕이요, 또한 어머니의 내조에 힘입은 것이다.

정묘[1687]년에 서석 선생이 돌아가시니 어머니는 총부(冢婦)[39]로서 가사(家事)를 이어받으셨다. 기사년[1689]에 간사한 무리들이 화(禍)를 얽으니 아버지는 상기(喪期)를 겨우 마치고 제주로 귀향가게 되었는데 윤 부인과 부

---

37 집우(執友) : 뜻을 같이하는 친구.『예기(禮記)』「곡례 상(曲禮上)」 "僚友 稱其弟也 執友 稱其仁也 交遊 稱其信也[鄭玄注 執友 志同者]"

38 반문(飯門) : 탄반문(攤飯門). 여기서는 공적인 일이 집안, 혹은 부녀자의 말을 통해 알려지거나 행해지는 것을 엄격하게 금했다는 뜻이다.

39 총부(冢婦) : 가문의 종통을 이어받은 적장자의 아내.

부인[40]을 봉양할 사람이 없어서 어머니께서 유배지로 따라 가는 것을 허락하지 않으셨다. 얼마 되지 않아[41] 윤 부인이 돌아가시자 아버지는 승중(承重)[42]을 하였고, 어머니도 이에 따라 상복을 입으셨다.[43] 그때에 유배로 떠돌며 상을 당하였고, 재앙의 기미를 헤아릴 수 없었으니 아버지는 유배 중에도 편안하실 수 없었으며 가문과 나라가 모두 망할 것 같았다. 성상(聖上)의 도우심으로 보전할 수 있었으니 갑술년[1694]에 찬란하게 교화가 펼쳐져[44] 아버지는 첫 번째로 석방의 은혜를 입고 또 벼슬이 특별히 올라[45] 돌아오셨다. 부부인을 뵙고, 곧 강화 유수로 가시니 어머니께서 부부인을 모시고 따라갔다. 조금 있다가 또 정2품[46]에 오르셨고, 가문은 점점 융성해졌다. 우리 형제 열 한 사람 중에 혼인한 사람이 많고, 각각 자녀들을 낳았으며 또 이미 대과에 급제한 사람도 있어 사람들이 모두 부러워 칭송하였고 부인의 영화와 존귀함도 점점 넘치게 되었다.

그때에 동궁(東宮)의 가례를 행하니 우리 가문은 원비(元妃)[47]의 친척으로서 궁궐에 부르심을 입었다. 궁중의 고례(故例)에 가례를 치르는 저녁에 반드시 복과 덕이 있는 부인을 선택하여 동궁과 동궁빈의 이부자리를 받들어

---

40 이씨의 시어머니 서원부부인 한씨와, 시할머니 해평 윤씨를 말한다. 김춘택에게는 할머니와 증조 할머니이다.

41 무하(無何) : 얼마 안 되어.

42 승중(承重) : 장손(長孫)으로 아버지가 돌아가신 뒤에 조부모(祖父母)의 상사(喪事)를 당할 때에 아버지를 대신하여 상제 노릇을 하는 것을 말한다.

43 남편 김진귀가 이미 돌아가신 아버지를 대신하여 할머니 초상에 승중복을 입었으므로, 그 아내인 이씨 또한 승중복을 입은 것이다.

44 경화(更化) : 교화(敎化)하여 바뀌게 함. 여기서는 노론들에 의해 남인 정권이 물러나고, 폐위되었던 인현왕후가 복위되며, 왕후 장씨가 희빈으로 강등되었던 일을 말한다.

45 승질(陞秩) : 벼슬이 올라감.

46 정경(正卿) : 상대부(上大夫) 중에서 선발되어 정치에 참여하는 사람. 조선시대 정이품 이상의 벼슬아치.

47 숙종의 비 인경왕후를 말한다. 김춘택의 고모이자 김만기와 해평 윤씨 사이의 딸이 숙종의 정비 인경왕후였다.

펴도록 하였다. 모든 여관(女官)들이 해당하는 자를 의논하였는데 인현왕후[48]께서 "김 판서의 부인이 아니면 안 된다."라고 하셨다. 부인이 마침내 감읍하고 두려워하며 명을 받들었고, 듣는 자들은 더더욱 부러워 칭송하였다. 『주역』에 "선을 쌓는 집안은 반드시 후손에게 경사가 있다."[49]고 하였으며 『시경』에 "즐겁도다, 군자여! 복을 받아 편안하구나."[50]라 하였다. 무릇 아버지와 어머니의 어짊을 아는 사람이라면 모두 이 말로써 칭송하였다. 그러나 어머니는 한번도 교만하여 스스로를 잘나게 여기는 기색이 없었고, 아버지는 더욱 겸손하게 사양하며 사치를 버리고 복을 귀하게 여기[51]는 것으로 매번 경계하셨다.

아버지께서 관장한 임무가 많고 녹봉이 제법 후했으며 또 사방에서 절기마다 관례에 따라 바치는 것도 많았다. 그러나 부모님이 드시고 사당에 바치는 것 외에는 저축해 두었다가 묘역(墓役)에 필요한 데 보충하였으니 집안의 재산은 조금도 불어나는 것이 없었다. 어머니는 밥상에 두 가지 이상의 반찬을 놓은 적이 없고 옷은 항상 더럽고 해졌지만 또한 편안하게 여기셨다. 계미년[1703]에 아버지가 1품에 오르니 어머니는 정경부인의 작호를 받으셨다. 인주(人主)의 신하로서 이보다 더한 것은 없을 것인데 그때 나가서 아버지를 뵈니 한미한 선비일 때와 마찬가지였고, 들어가 어머니를 뵈니 내명부에 오른 귀한 분인 줄 모를 정도였다.

---

48 인현왕후(仁顯王后) : 1667(현종 8)~1701(숙종 27). 숙종의 계비. 성은 민씨(閔氏). 본관은 여흥(驪興). 아버지는 여양부원군(驪陽府院君) 유중(維重)이며, 어머니는 은진송씨(恩津宋氏)로 준길(浚吉)의 딸이다. 1681년(숙종 7) 가례(嘉禮)를 올리고 숙종의 계비가 되었다.

49 적선지가(積善之家) : 『주역』「곤(坤)・문언전(文言傳)」 "積善之家 必有餘慶 積不善之家 必有餘殃 臣弑其君 子弑其父 非一朝一夕之故 其所由來者漸矣 由辨之不早辨也 易曰履霜 堅至 蓋言順也"

50 낙지군자(樂只君子) : 『시경』「주남(周南)・규목(樛木)」 "南有樛木 葛之藟藟 樂只君子 福 履綏之" 후비(后妃)의 덕이 아랫사람에게 미쳐 질투하는 마음이 없으므로 여러 첩들이 그 덕을 즐기위하는 시.

51 석복(惜福) : 복택(福澤)을 귀하게 아낌. 『송사(宋史)』「태조기(太祖紀) 삼(三)」 "魏國長公主 襦飾翠羽 戒勿復用 又敎之曰 汝生長富貴 當念惜福"

어머니는 또 형제에 대한 사랑이 깊으셨다. 어릴 때 부모님을 잃은 이후로 여동생 두 분과 지평공의 후사가 된 아들을 수족(手足)과 같이 여길 뿐만이 아니었다. 우리 집의 막내 숙부께서 일찍 돌아가시니 막내 숙모님께서 어머니를 의지함은 부부인을 의지하는 것과 다름이 없었다. 정씨에게 시집간 고모님[52]이 돌아가셨는데 자녀들이 많고 어렸다. 부부인께서 이를 매우 안타깝게 여기셨고 어머니께서도 지극하게 보살피고 두루 돌보며 그 자녀를 어머니가 없지만 어머니가 있는 듯이 키웠으니 진실로 아버지께서 권면해서 한 것은 아니었다.

멀고 가까운 친족들에게까지 미루어 은혜를 베풀지 않음이 없었고 또 자애로움도 보통과 달랐다. 자식들이 낳은 어린 아이들부터 종들에 이르기까지 무릇 춥고 배고픈 자가 있으면 마치 당신이 그러한 듯하셨다. 비록 다른 곳에서 비천한 사람들이 따라 와서 달라고 하여도 반드시 원하는 것을 채워 주고자 하였으며 주지 못할 상황이면 당신이 병이 난 것처럼 아파하셨다. 지위가 높고 연로해지신 뒤에도 집안 일은 솔선하여 직접 그 수고를 다하였고 부녀자나 종들이 대신하게 하지 않으셨다. 종들에게 죄가 있으면 먼저 깨우쳐 준 뒤에 꾸짖으며 회초리를 절대 쓰지 않으셨다. 사람, 사람을 잘 살피고 오로지 그 사람의 마음을 상하게 할까 걱정하였으니 이는 천성이 지극히 어질고 너그러우셨던 것이다.

어머니께서 행하신 바의 시종(始終)을 거슬러 가보면 친정에서나 시집가서나 효성과 순종으로 행하여 마침내 모든 아름다움을 갖추셨다. 비록 어릴 때부터의 바른 가르침에 근본한 것이지만 성품이 진실로 그러했던 것이요, 침선과 주식(酒食)에 능했던 것은 또 여사(餘事)일 뿐이다

아아! 못난 나의 허물이 극에 달하여 아버지께서 갑신년[1704] 겨울에 갑자기 세상을 떠나셨다.[53] 나는 모질어 빨리 죽지 못하였으니 일찍이 스스로

---

52 정형진(鄭亨晉)에게 시집간 고모를 말한다.

정성을 다할 것이나마 생각하였다. 아버지께서 평생 검소함을 숭상했는데 이제 장례를 후하게 하고 제사를 풍성하게 지내는 것은 아버지께서 남기신 뜻이 참으로 아니었다. 그러나 어머니께서 혹시나 세상의 범상한 습속에 매어 있지 않을까 하여 성복(成服)을 하게 되자 어렵사리 바로 들어가 뵙고 "세속을 따라 풍성하게 장례를 치루는 것이, 간소하게 하여 아버지가 남기신 뜻을 따르는 것보다 어찌 낫겠습니까." 아뢰었다. 어머니께서 곡(哭)을 멈추고 "나도 이미 그렇게 생각했는데 네 말도 이와 같으니 오직 네가 하고자 하는 대로 하여라."라 하셨다.

이로부터 모든 장례 도구와 제수품은 하나같이 나의 결정을 따르고 어머니는 그 일에 대해서는 관여하지 않으시는 듯했다. 곡식과 돈, 비단부터 상사(喪事)를 행하는 것 외에 집안의 크고 작은 일, 아침·저녁과 춥고 더운 때에 스스로를 봉양하는 것, 들고 나는 것을 조절하는 것을 모두 내가 관여하였고 다른 일이 생기면 그때마다 "우리 아이에게 물어 보시게."라 하였다. 비록 애통함이 지극하여 스스로 살고 싶어 하지 않으셨지만 그러나 죽[54]에서 거친 음식으로, 거친 음식에서 생강과 계피로[55] 내가 청을 드릴 때마다 애써 따르지 않으신 적이 없었으니 "네가 있는데 내가 어찌 감히 죽겠느냐." 라고 말씀하셨기 때문인 듯하다.

내가 외람되이 부녀자의 행실을 헤아려 본 적이 있는데 고인(古人)들은 반드시 '삼종(三從)'이라 하였다. 삼종 중에서 아들을 따르는 것이 어려우니 이치가 또한 그러한데 오직 우리 어머니만은 그 어려운 일에 대처함에 넉넉함이 있었다. 매번 선유(先儒)가 어머니 섬김에 대해 논한 말을 볼 때마다

---

53 연관사(捐館舍): 죽음을 완곡하게 이르는 말. 백거이(白居易), 「고제주자사사영양정공묘지명(故滁州刺史榮陽鄭公墓志銘)」 "公自捐館舍 殆逾三紀 家國多故 未克反葬"

54 미죽(糜粥): 죽. 미(糜)는 미(麋)와 통한다. 『예기』 「월령(月令)」 "仲秋之月 是月也 養衰老 投幾杖 行糜粥飲食"

55 강계(薑桂): 생강과 육계(肉桂). 육계는 나무의 이름이며 그 껍질은 계피(桂皮)라고 한다.

세상에 진실로 이런 일이 있을까 생각하였다. 그런데 나의 어머니 같은 분은 선유의 말을 베풀 곳이 없으며 다만 불초자 내가 그 뜻을 받들어 본받지 못하는 것이 두려울 따름이다. 아아! 이것도 오히려 규문의 성대한 절개인데 우리 어머니는 또 더한 위대함이 있다.

금년에 사위 은진(恩津) 송무원(宋婺源)[56]이 선비들을 이끌고 영의정 최석정(崔錫鼎)이 신종(神宗) 대보단(大報壇)의 제관이 되는 것이 부당하다는 상소를 올렸다.[57] 상감께서 진노하여 송무원을 멀리 유배시키라 명하시니 그의 처가 놀라서 할 바를 알지 못하였다. 어머니께서는 "이는 그 선조의 뜻을 계승하는 것이니 멀리 유배되는 것을 어찌 상심하느냐"며 위로하셨으니, 송무원은 바로 우암(尤庵) 선생의 증손이다. 얼마 있다가 나와 작은 아버지 죽천공(竹泉公)이 조태일(趙泰一)의 무고를 당하여 쫓겨 가게 되었다.[58] 부부인과 어머니께 동시에 이별을 고하니 어머니께서는 또 탄식하며 "이것은 내가 자식을 녹녹치 못하게 낳은 죄로구나." 하셨다.

아아! 어머니께서 내가 비견할 데[59]가 없음을 알지 못하시고 현사(賢邪)·소장(消長)에 마음을 쓴 것은 비록 자식을 사랑한 허물이었겠지만 그러나 환난을 당하여 두려워하지 않고 굽히지 않으며 오로지 의리로 대처하였으니 이는 선비와 군자도 혹은 어렵게 여기는 바이다. 그러니 어찌 더욱 뛰어나지 않겠는가! 아아! 나는 불효하고 선한 것이 없어 아버지의 궤연을 끝까지 지키지 못하고 상복을 입은 채로 죄인의 몸이 되어 호남의 당악(棠岳)[60]

---

56 송무원은 김춘택의 매부로, 우암 송시열의 증손이다.

57 1706년, 송무원 등 사학(四學)의 유생들은 최석정이 인조 때 화친을 주장한 최명길의 후손이라는 점을 이유로 들어 그가 숙종을 대신하여 황단(皇壇)의 제사를 지내서는 안 된다는 상소를 올렸다. 『숙종실록』 32년 3월 3일(신유)의 기록에도 있다. 이 일로 송무원은 변지(邊地)에 유배되었다.

58 송무원의 상소와 관련하여 당시 수찬의 자리에 있던 조태일의 소척(疏斥)을 받았다.

59 비수(比數) : 서로 병렬함, 서로 같이 논함. 『한서(漢書)』 「사마천전(司馬遷傳), "刑餘之人無所比數 非一世也 所從來遠矣"

60 당악(棠岳) : 전라도 해남의 옛 이름. 김춘택은 1706년 4월 매부 송무원이 최석정을 배척한

에 와 있다. 별진역(別津驛)의 시골집에 쓸쓸히 갇혀 있는데 남쪽으로는 큰 바다를 임하고 있으니 바로 아버지께서 일찍이 유배와 계시던 곳으로 내가 배를 타고 아버지를 뵈러 들어 온 적이 있다. 북쪽으로 첩첩 구름 낀 산을 바라보니 멀고 면[61] 천 리 길, 어머니 계신 곳을 알 수가 없으나 그 마음은 알 수 있다.

그런데 평소에 모질던 내가 어찌하다가 이로 인하여 병을 얻었으니 부모님이 남겨 주신 몸을 제대로 지키지 못했을 뿐만 아니라 곤궁한 중에 빠진 것이 이제 또 몇 개월이나 되었다. 근래에 또 들어보니 간악한 무리들이 흉악한 상소를 올렸다는데 그 계획은 오로지 나를 죽이고자 하는 것이다. 비록 성명(聖明)한 임금이 위에 계심을 믿고 있지만 "사람이 많으면 하늘도 이긴다."고 하지 않던가. 내가 비록 혹 병으로 죽지 않는다 해도 장차 화를 면하지 못하게 될 것이다. 돌이켜 생각해 보면 어머니께서 슬픔을 안고 고통을 참아가며 지금까지 연명해 오신 것은 그저 나를 위해서인데 어머니에게는 행운이 거의 없는 것인가! 아아!

이제 내 어머니의 일생을 말해 보면 처음은 비록 부모님을 잃고 고통스러웠지만 시부모님을 모시며 기쁘게 지낸 것이 20년이고, 부부인께서 또 여전히 건강하시다. 기사년의 우환은 극심했지만 근심이 바뀌어 기쁨이 되었으며 하물며 중년에 영화와 부귀가 넘쳐나고 융성하여 진실로 사람들이 칭송하는 것이었음임에랴! 불행히도 갑자기 남편을 잃는 애통함[62]을 당하였고, 끝내는 나로 인하여 걱정과 아픔을 거듭 끼치게 되었으니 천수를 끝까지 누리시라는 보장을 할 수도 없게 되었다. 재앙과 복이 이같이 일정함

상소를 올린 일에 연루되어 해남으로 유배당했다.

61 망연(莽然) : 광대(廣大)한 모양, 초목이 무성한 모양.

62 붕성지통(崩城之慟) : 남편을 잃는 슬픔. 유향(劉向)의 『열녀전』에서 나왔다. 『열녀전』「제기량처(齊杞梁妻)」 "莊公襲莒 殖(杞梁殖)戰而死…杞梁之妻無子 內外皆無五屬之親 旣無所歸 乃枕其夫之屍於城下而哭 內誠動人 道路過者莫不爲之揮涕 十日 而城爲之崩"

이 없으니 이른바 선을 쌓는 집안은 후손에게 경사가 있다는 이치 또한 어그러진 것인가 의심스럽다. 그러나 모두 나의 죄이다. 애통하고, 애통하다.

문득 생각해 보면 하늘과 사람이 비록 서로를 이기고[63] 재앙과 복이 비록 일정함이 없지만 그러나 백 년 뒤에라도 속일 수 없는 것은 선악(善惡)뿐이다. 내 어머니의 지극한 성품과 순전한 행실은 진실로 옛날의 여사(女士)들에게도 부끄러운 것이 없으니 어찌 그 자식된 내가 결국 사라져 없어지도록 하겠는가! 스스로 생각해 보면 위태로운 이 목숨, 하루의 정성이라도 바치지 못할까 두렵다. 이에 감히 눈물에 붓을 적셔 평소의 언행 한두 가지를 삼가 기록하여 후세 사람들에게 보이고자 한다. 그런데 또 그 말이 나에게서 나온 것이기에 신뢰를 받기에 부족할까 두렵기도 하다. 그러나 내가 차마 거짓되고 과장된 말로 부모를 무고하는 죄를 중하게 할 수는 없었으니 후세의 군자들도 혹 보게 되거든 헤아려 주었으면 한다.

나의 할아버지는 만기(萬基)이고, 아버지는 진귀(鎭龜)이니 벼슬이 호조판서이며 관작(官爵)은 광은군(光恩君)이시다. 어머니께는 11명의 자식이 있으니 장부가 8명이고 딸이 3명이다. 장남이 바로 나 춘택(春澤)이고 다음은 보택(普澤)·운택(雲澤)이니 모두 문과에 급제했고, 민택(民澤)은 진사(進士)이며 조택(祖澤)·복택(福澤)·정택(廷澤)·연택(延澤)이 있다. 장녀는 송무원(宋婺源)에게 시집갔고, 차녀는 임징하(任徵夏)에게 시집갔으며 막내는 어리다. 자손들의 이름은 아버지의 행장에 자세하기 때문에 지금은 모두 기록하지 않는다.

병술년[1706] 가을 7월 11일 불초자 춘택이 삼가 썼다.

---

63 천인호승(天人互勝) : 하늘과 사람이 각각 서로 대신할 수 없는 역할과 명분이 있다는 뜻. 순자(荀子)가 '명천인지분(明天人之分)'을 논한 데 이어 유우석(劉禹錫)이 '천인교상승(天人交相勝)'의 논의로 사상적으로 발전해 왔다.

해제

정경부인 한산 이씨(1651.11~?)는 김진귀(金鎭龜)의 아내이자, 춘택의 어머니이다. 이씨의 아버지는 고려말 목은 이색의 후손 사헌부 지평 광직(光稷)이고, 어머니 공인 안동 김씨는 청음(淸陰) 김상헌의 후손 동지중추부사 광찬(光燦)의 딸이다. 17세 되던 1667년 무렵 김진귀와 혼인하여, 이 행록을 짓던 1706년까지 생존하며 모두 8남 3녀의 자식을 두었다. 숙종의 비를 배출한 가문, 또 혁혁한 관직을 이어갔던 가문의 여성으로서 영화를 누렸고, 또 동시에 기사년, 갑술년의 정쟁의 부침을 함께 겪기도 했던 여성이다. 김춘택은 1706년 4월 그의 동서인 송무원이 최석정을 배척한 상소를 올린 일에 연루되어 해남으로 유배당했다. 이후 자신에게 화가 미칠 것을 예견하고 해남의 유배지에서 7월에 어머니 행록을 지었다. 그렇기에 이 행록은 어머니에 대한 개인적인 기록이지만 동시에 개인을 넘어 김춘택과 그 어머니가 속해 있는 가문과 당론에 대한 입장을 공표하는 장이기도 했던 것으로 보인다.

증조 할머니[64] 언행록 별록
曾祖母言行別錄

　　나의 증조 할머니는 실로 현숙한 덕이 있었으니 옛날에 이른바 '여자이면서 신비의 행실이 있는 자'에 가깝다. 마땅히 행적을 찬술하여 후세에 전해야 하는데 나의 할아버지와 아버지께서 불행히 먼저 돌아가셨다. 종조(從祖) 할아버지[65]도 당시에 죄를 입어 옥(獄) 중에 계셨는데 큰 화를 면치 못할 것이 두려웠다. 이에 할머니의 언행을 몇 마디의 말로 남몰래 기록해 두셨다. 얼마 있다가 죄가 유배형에 그치고 화도 조금은 누그러졌지만 그러나 그 원고는 끝내 내어 놓지 않으셨다. 내가 비록 보지는 못하였지만 지극한 정성으로 그려냈을 것임은 상상할 수 있다. 그 뒤에 우리 아버지와 형제들이 또 유배를 가게 되고 오직 나만이 할머니를 모신 지 반년 만에 끝없는 애통함을 당하게 되었다. 그간의 언행 중에 없어져서는 안 되는 것들을 이에 감히 삼가 기록하여 종조 할아버지와 내 아버지께 보이고자 한다.

　　할머니는 팔순을 바라보는 연세에 쇠약함이 극심하였으니 인간 세상에서 드문 환난을 모두 겪으셨다. 그러나 조금도 두려워하거나 기개가 꺾이지[66] 않으셨다. 오직 탄식하고 깊이 염려해마지 않으며 우리들에게 말씀하셨다.

　　"쓸데없는 일 때문에 독서를 게을리 하지 말며 화가 장차 닥칠 것이라

---

64 김춘택의 증조 할아버지 익겸(益謙)의 아내 해평 윤씨를 말한다. 윤지(尹墀)의 딸이며, 할머니가 신조의 딸 성혜옹주(貞惠翁主)이다. 아들이 만기, 그리고 구운몽의 작가로 잘 알려진 서포 김만중(金萬重)이다.

65 김만기의 동생으로 김춘택에게는 종조부가 되는 서포 김만중(1637~1692)을 말한다. 김만중은 어머니 「선비정경부인행장(先妣貞敬夫人行狀)」을 썼다. 김만중, 『서포신생집』 권10, 『한국문집총간』 149, 96쪽 참조.

66 저상(沮喪) : 의기소침해짐, 실망하여 기가 꺾임.

해서 혹여라도 방탕[67]해도 될 것이라 하지 말거라."

또 말씀하셨다.

"아무리 사람이 죽을 지경이라 해도 스스로 뒤짚어 엎는 일을 해서는 안된다."

숙부를 유배에 처한다는 왕명이 내렸다. 숙부가 아직 길을 떠나지 않았을 때에 이미 할머니의 병은 위독하셨는데 탄식하며 "네가 유배가는 곳이 만약 호서(湖西)라면 내가 따라갈 수 있을 것을…"이라 하셨으니 호서는 실제로 묘소가 있는 곳이기 때문이었다.

병환 중이실 때에 마침 종조 할아버지[68]의 연동(蓮洞) 댁에서 모셨는데 위태롭게 숨을 이어가시면서도 내내[69] 본가로 돌아가겠다고 말씀을 하셨다. 종숙부와 우리가 거듭 "조금이라도 나아지기를 기다리셔야 합니다."라고 말씀드렸지만 "재동(齋洞)은 일찍이 큰 아이가 살던 곳이니 내가 의당 그곳으로 가서 삶을 마쳐야 한다."고 대답하셨다. 간간이 꿩고기로 죽을 끓이고 잣을 넣어 맛을 돋구어 드리면 그때마다 기뻐하지 않으며 "우리 집안이 망하겠구나. 어찌 이렇듯 사치스러운 물건을 쓰는고!"라 하셨다.

본가로 모신 뒤에 우리에게 "내가 죽으면 익병(益炳) 같은 이들이 상례를 주관하게 될 것인데 필시 '이는 부인(夫人)의 상례이니 의식과 제물을 어찌 풍성하고 넉넉하게 하지 않겠는가.'라 할 것이다. 그러나 나의 마음은 본래부터 그렇지 않았다. 모든 일은 반드시 간략하고 검소하게 하거라. 또 아침저녁의 제찬도 평소에 먹던 것보다 풍성하게 하지 말거라."라 당부하셨다.

해
제 김춘택의 증조 할머니 해평 윤씨(1617~1689.12)는 김익겸(金益謙)의 아내이고, 윤지(尹墀)[70]의 딸이다. 이 글은 별록(別錄)의 형태를 취하고 있

---

67 유탕(流蕩) : 구속을 받지 않고 방탕함.

68 이씨의 아들 서포 김만중을 말하는 것으로 보인다.

69 순순(諄諄) : 자상하게 일러 주는 모양, 삼가고 성실한 모양.

어 완결된 한편의 글은 아닌 것으로 보인다. 다만 앞의 원주에서도 밝혀져 있듯이 윤씨의 아들이자 김춘택에게는 종조부가 되는 서포 김만중이 1690년 8월 「선비정경부인행장(先妣貞敬夫人行狀)」을 쓴 이후, 김춘택은 별도로 윤씨의 언행을 추가적으로 기록한 것으로 보인다. 김만중이 쓴 행장은 「선비정경부인행상(先妣貞敬夫人行狀)」『서포집』 권10(『한국문집총간』148) 96쪽 참조.

---

70 윤지(尹墀) : 1600(선조33)~1644(인조22). 조선 후기의 문신. 본관은 해평(海平). 자는 군옥(君玉), 호는 하빈옹(河濱翁). 영의정 방(昉)의 손자이며 해숭위(海崇尉) 신지(新之)의 아들이며, 어머니는 선조의 딸 정혜옹주(貞惠翁主)이다.

정부인 홍씨 제문
祭貞夫人洪氏文

유세차 병신년[1716] 12월 3일 기축일에 종손(從孫) 춘택이 그 아내 이씨와 함께 삼가 조촐한 제수를 갖추어 놓고 공손히 재종(再從) 할머니 정부인 홍씨의 영전에 고합니다.

아아! 부녀자가 현숙하면 반드시 '선비의 행실이 있다'고 합니다. 그러나 누가 선비, 군자처럼 학문을 꿰뚫고 행실이 완전할 수 있겠습니까. 옛사람들도 어렵게 여기는 바인데 오직 부인만은 그러하셨습니다. 그리하여 시서(詩書)와 형패(珩珮)[71]에 탁월하게 본말이 있었으니 단정하고 엄숙하며 맑고 현명한 것은 하늘에서 타고난 것만은 아니었습니다.

아아! 부인의 인생은 한때는 부귀했으나 슬픔과 걱정, 고독함이 반평생이었고 그렇게 삶을 마치셨습니다. 비록 정령(精靈)이지만 뒤를 이은 자식에게 병이 많고 아들이 없는 것을 필시 걱정하실 것입니다.

아아! 옛일을 살피는 자는 지금을 알지 못하고[72] 자기를 수련하는 자는 운명에 곤궁함이 많으니 이치가 상도(常道)와 어긋남에 어찌 여자와 선비를 따지겠습니까. 그러니 유독 부인만의 불행은 아닐 것입니다. 아아! 어질면서 곤궁한 사람이 그 아름다운 이름을 영원히 전하는 것은 다행스러운 바입니다. 그러나 가리고 덮혀 드러나지 못한 것이 규방 중에는 또 많이 있습니다.

아아! 제가 부인을 의지한 것은 단지 아내와 딸을 경계하는 스승으로 삼

---

71 형패(珩珮) : 장식으로 차는 갖은 옥(玉). 여기서는 '시서'로 상징되는 선비의 학문과 대를 이루는 여성으로서의 범주를 말하며, 본말이 있었다는 것은 학문을 하였으되 부녀자로서의 법도와 범주를 벗어나지 않았다는 말로 보인다.

72 불획(不獲) : 부득(不得), 불능(不能). 『서경』「고명(顧命)」 "疾大漸 惟幾 病日臻 旣彌留 恐不獲誓言嗣 玆予審訓命汝(孔傳: 恐不得結信出言 嗣續我志)"

고자 해서만은 아니었습니다. 또 불초한 저도 저를 알아주고 권면하심[73]에 감동된 것이 있습니다. 그런데도 부인의 언행을 찬술하여 그 아름다움을 드러내고 중루[劉向]의 『열녀전』과 함께 나란히 전해지도록 하지 못하고 오로지 구운 닭과 갓 벤 풀[74]로 옛 사람들이 현인(賢人)을 애도하던 뜻을 부칩니다. 이제 부인께 제 마음을 다 바치려 하지만 또한 우러러보나 굽어보나 스스로 부끄럽습니다. 상향.

해제│ 정부인 홍씨는 김춘택의 종조모(從祖母)로, 서포 김만중의 할머니이고 해평 윤지(尹墀)의 부인이다. 아버지는 경기 감사를 지낸 명원(命元)이다. 김만중 「선비정경부인행장(先妣貞敬夫人行狀)」 『서포집』 권10(『한국문집총간』148) 96쪽 참조.

---

73 장지(奬知) : 식견을 인정받아 지우를 입다. 범중엄(範仲淹) 「대호시랑걸조편표(代胡侍郎乞朝見表)」 "竊念臣不逮人 遭逢有素 束帶從事四十餘年 荷三朝之奬知 歷二省之淸要"

74 자계생추(炙雞生芻) : 구운 닭과 새로 벤 꼴. 조촐한 제수를 비유한다. 『후한서』 「서치전(徐穉傳)」 "郭林宗 有母憂 穉 往弔之 置生芻一束於廬前而去"

윤 유인 애사
尹孺人哀辭

유인 윤씨는 그 집안에 대대로 죽음으로 절개를 지킨 선비가 세 분 있다. 그리고 도학(道學)과 예법(禮法)이 있는 우재(尤齋) 송 선생[75]의 가문으로 시집갔으니 우재 선생의 증손인 송백순(宋伯純)[76]이 그 남편이다. 유인은 태어난 집안에 부합하며 시집간 집안에도 합당하니 두 집안의 친척과 벗들은 모두 '어질다'고 하였다. 그렇듯 송씨와 우리 김씨에게는 형제와 같은 인연이 있고 또 혼인으로 거듭 맺어져서 백순의 며느리가 내 딸이다. 그래서 내가 유인의 어짊에 대하여 특별히 자세하게 알고 있다.

유인이 처음에 선생을 섬기게 되었을 때 선생께서는 유인이 부도(婦道)를 갖춘 것을 매우 아름답게 여기셨다. 백순은 종가의 적손(嫡孫)이니 유인이 군부(君婦)[77]가 되어 선생의 제사를 받들었는데 이른바 '막막(莫莫)[78]한 정성'을 다하였다. 백순은 고상한 행실이 있어 계모(繼母)를 지극한 효성으로 섬겼는데 유인의 내조를 받으며 어김이 없었으니 이는 그중에 큰 것이고 그밖에 집안을 다스리는 모든 일에 어질지 않음이 없었다. 내 딸이 간간이 나에게 귀근(歸覲)와서는 가만히 그 어미와 이야기하며 일찍이 "우리 시어머니

---

75 우재(尤齋) : 우암 송시열을 말한다.

76 송백순(宋伯純) : 송일원(宋一源). 백순은 그의 자이고, 아버지는 은석(銀錫)이다. "송씨 가문의 가학을 계승하여 관직이 사부(師傅)에 이른" 인물로 평가받는다. 윤봉구(尹鳳九)『송자대전』「송서속습유(宋書續拾遺)」 부록 제2「묘지(墓誌)」.

77 군부(君婦) : 가문의 후사를 이은 자의 아내. 원래는 군주의 정처(正妻)를 일컫는 말이었다. 『시경』「소아·초자(楚茨)」 "君婦莫莫 爲豆孔庶(鄭玄箋: 君婦 謂後也 凡適妻稱君婦 事舅姑之稱也)"

78 막막(莫莫) : 엄숙하고 공경하는 모습.『시경』「소아·초자(楚茨)」 "君婦莫莫 爲豆孔庶 爲賓爲客 獻酬交錯[朱熹集傳 君婦主婦也 莫莫清靜而敬至也]"

의 현숙함이 이와 같습니다."라고 말하지 않은 적이 없다. 아내는 나에게 가만히 일러주었고 또 매번 "우리 딸이 이렇듯 현숙한 시어머니를 모시게 되었으니 진실로 현숙한 사람이 아니라면 이와 같을 수는 없을 것입니다."라고 하였다.

그러나 유인에게는 또 위대한 행실이 있다. 백순이 죽었을 때 유인은 애통하였지만 바로 그를 따라 죽을 수는 없었다. 이에 칼을 뽑아 손가락 하나를 자르니 거의 죽게 되었는데 어쩌다가 죽지 않고 상기를 마쳤다. 내 아내가 그 사이에 편지를 많이 보냈지만 유인은 한 글자 답신도 보내주지 않았는데 동서와 같은 친척에게도 그러하였다. 이는 아마도 손가락을 잘랐을 때의 마음을 하루라도 잊은 적이 없어서였을 것이다. 끝내 애통함으로 병을 얻어 버티지 못하고 죽었다.

무릇 손가락을 자르고 애통함으로 죽음에 이르는 것은 예서(禮書)에는 실려 있지 않다. 그러나 공자께서는 임방(林放)의 물음에 '애통함[79]이 예의 근본[80]'이라고 답하셨다. 그러나 또 공자의 말씀은 슬퍼하기만 하고 예에는 이르지 못하는 자를 이른 것이다. 이제 유인은 스스로 예를 다하였으면서도 그 애통함이 이와 같았으니 이것이 그분이 현숙한 까닭이다!

내가 이미 그 현숙함을 잘 알고 있으며 애통함을 안은 채 죽은 것을 슬퍼해 왔다. 또 세상이 쇠퇴하고 야박해져 근본을 많이 잃어버리니 유인과 같은 행실을 거의 다시는 볼 수 없게 된 것을 한탄해 왔다. 그리하여 자손들의 청을 사양하지 않고 애사(哀辭)를 짓는다.

절의 있는 가문[81]에서

---

79 척(戚)·처은 애통함에 선일하고 문식(文飾)이 없는 것이다. 예(禮)는 중(中)을 얻는 것이 가장 귀한데 사(奢)와 이(易)는 문(文)에 지나치고, 검(儉)과 척(戚)은 미치지 못해서 질박하니, 이 두 가지는 모두 예에 합하지 않는다. 그러나 모든 사물의 이치는 반드시 먼저 질(質)이 있은 뒤에 문(文)이 있는 것이니, 애통함은 질로서 예(禮)의 근본이다.

80 『논어』「팔일(八佾)」 "林放 問禮之本 子曰大哉 問 禮 與其奢也 寧儉 喪 與其易也 寧戚"

81 결리(結縭) : 고대 시집가는 여인의 의식의 하나. 혼인을 의미한다. 여자가 혼인할 때가

처음 혼인을 하였네.
선비의 집안으로 오니
부합하고 마땅하도다.
공경하고 삼가니[82]
효자가 '나의 모범'이라 하네.
밤낮으로 경계하니
예의에 어긋남이 없었도다.
제기는 정결하며
좋은 음식 때에 맞게 드렸네.
안에서 자리가 바르니
모든 일이 다스려지네.
남편을 잃은 애통함에
끝내 따라서 죽었구나.
지성과 정렬함은
신명께 여쭐 수 있으리라.
공자가 '차라리 슬퍼하라' 했으니
백성의 인륜을 밝혔도다.
저 하늘의 질서가
근본은 이에 있으니
저들이 부족하다 하나
나는 예를 다하였다 하네.
참되도다. 그 현숙함이여.

되면 어머니가 수건을 묶어 채워주며 시댁에 간 뒤에 시부모를 섬기고 집안 일을 행하겠다
는 뜻을 보인 것이다. 『시경』「빈풍」「동산(東山)」 "親結其縭 九十其儀(毛傳: 母戒女 施衿
結帨)"; 『후한서』「마원전(馬援傳)」 "施衿結褵 中父母之戒 欲使汝曹不忘之耳"

82 익익(翼翼): 공경하고 삼가는 모양. 『시경』「대아」「대명(大明)」 "惟此文王 小心翼翼"

거룩한 스승을 얻었구나.

말세에 물결이 출렁이니

주나라 말세[83]보다 심하구나.

말단에 능한 이도 드문데

근본을 어찌 바라리오.

현수하도다. 유인이여.

가는 이를 따르기는 어렵구나.

내가 그 시종을 모아서

크나큰 슬픔을 기록하노라.

해제 유인 윤씨는 김춘택의 친구인 백순(伯純) 송일원(宋一源)의 아내이다. 또 김춘택의 딸이 송일원의 아들에게 시집갔으니 두 집안은 친구이면서 또 혼인으로 맺어진 돈독한 관계이다. 김춘택은 윤씨가 처음에 남편 백순이 세상을 떠나자 죽음에 대한 단호한 의지를 '단지(斷指)'로 표현한 뒤, 상기(喪期)를 잘 마치고 죽은 것을 근본인 애통함을 곡진하게 하면서도 예를 지킨 온전한 행위로 평가하고 있다. 김춘택이 송백순을 위해 쓴 제문 「제송백순문(祭宋伯純文)」이 『북헌집』 권18(『한국문집총간』185) 「은귀록(恩歸錄)」 253쪽에 실려 있다.

---

83 주쇠(周衰) : 주나라 말기 때의 혼란. 소철(蘇轍) 「예의신족이성덕론(禮義信足以成德論)」, "周衰 凡所以敎民之具旣廢 而戰攻侵伐之役交橫於天下"

원문

조덕린(趙德鄰) ──────────────

洪烈婦旌門後敍

余少也, 聞洪烈婦節死事, 不識烈婦何狀辦此奇節. 及讀諸賢傳記, 及列邑上子陳顯貞烈叙列詳矣, 心惕然傷之, 不覺涕泗滂滂下也. 烈婦死後四十五年己酉, 特命旌表門閭, 其諸姪孫請余言刻之左方. 余謂事本末未易詳也, 且至今赫赫在人耳目, 奚容贅焉!

夫洪氏之飭身潔行如此, 一朝被以惡名, 誰信之者. 世重以其舅, 常愛重之, 稱以孝婦, 誇之鄕里曰: "吾婦之行, 雖載三綱行實無愧云." 其旣已知其賢矣. 不幸而有惡子妖妾, 窨寵爭財, 爲之媒孼則猶可, 舒究觀釁, 以俟其終, 而浸潤旣久, 意不能無動, 顧乃刲盟必振誣招. 貞婢藉手投狀, 發關逮捕, 徒幸洪氏之決死不來, 因欲爲所欲爲.

洪氏聞亂赴獄, 逐節辨晰, 至坦胸露腹於推官之前, 白見寃狀, 彼其氣死色沮, 不敢置一辭. 其游辭立證, 皆白撰無一實, 隱胸秘迹, 盡暴發無餘. 誣讕永雪, 羣慝伏辜, 何其烈哉!

烈婦旣出獄, 爲書謝推官, 又上父母書. 書訖沐浴, 更新衣, 明燈端坐, 俟侍婢熟睡, 引刀自刺, 初不殊, 至再至三而絶.

州人失聲奔走太守, 出坐垂淚曰: "向者固謂其必死矣" 兵馬使爲治喪具惟謹, 鄕人出文傳通列邑, 爲出擔丁護送其喪云.

古人曰: "慷慨殺身易, 從容就義難." 向使洪烈婦, 聞變自裁, 此與婢妾引決奚異. 方命麒等誣以黯黮, 締搆起獄, 又使揚言曰: "奸者首服, 貞婢納招. 雖冰玉之潔, 無辭秖取辱耳. 願娘子自爲計." 洪氏毅然就吏, 逮獄塗炭, 志豈嘗須臾忘死耶! 忍一死雪大恥, 名垂於後世. 悲夫!

太史公曰:

非死之難, 處死卽難. 其與舅對獄也, 略無一言及舅, 而時得異味, 必送舅所. 其上推官及父母書, 乞貰舅命, 俾全舅婦之道, 歸對亡夫之面. 迫死期而不貳其操, 遭變事而不失其正, 孝與義兩盡, 節與行雙淸. 其從容就死, 落落如此, 豈慷慨而徒死者哉!

洪君萬濟, 於烈婦爲從父兄弟, 居家以孝友聞. 從烈婦同往終始不離, 獄門之外, 時其槖饘, 共其阨困, 卒載屍而歸. 婢貞心獨留李家, 受脅見誘, 抗辭奮罵, 以直主寃. 官庭刑訊, 兩膝糜碎而終始一辭, 以明其誣, 其急難之義, 殉主之忠, 焯然著見, 法當附書.

嗚呼! 烈婦之所樹立, 如此卓卓, 士林齊籲, 道臣狀聞, 其時太守爲立傳, 又扁於試題. 而距其死許多年, 始有襃旌之典, 可以慰旣骨之魂. 而節義之名不幸乃見乃烈婦, 則豈願有此名哉! 然襃之所以勸也, 襃一人而千百人勸, 其有補於風敎, 豈淺鮮哉! 余言奚足爲烈婦重, 特書之, 使過者式而有所感慕興起云.

烈婦爲南陽大姓, 贈領議政唐城府院君世恭之玄孫. 父爾遠, 謹愼有行誼. 烈婦自少孝敬祥順. 壬子. 嫁鎭川人李命寅, 卽世重之前婦子, 命麒·命麟, 其後妻所生. 烈婦嫁未幾, 命寅歿, 烈婦誓以死從不得, 卒遭變而死, 實明陵十一年五月某日.

趙德鄰, 『玉川集』권8, 『한국문집총간』권249, 266〜267쪽

祭亡室恭人權氏文

惟君心溫而粹, 行安而和. 年二十有二, 歸于我, 事舅姑敬而有禮, 待我順而無違. 自娣姒姉娌親戚隣里, 皆心服無間言. 余少事擧業, 久不得志, 賴君拮据勸勉, 晚來有成, 其不能一日同其事育之樂, 而君死矣, 嗚呼! 其可惜也已, 亦可哀也已.

君少孤, 鞠於外氏鶴沙金先生之家. 質美矣. 又能擩染於典訓, 所行所言, 皆從儀法. 記余年少時, 性粗暴, 遇事不如意, 輒易怒, 君左右委隨曲意, 承迎事過, 從容規切, 辭意懇惻, 余卽愧謝不暇.

余應擧遊泮, 凡十餘年, 無虛歲, 或歲再往, 往或五六朔在頖不歸. 家本貧, 不能具資裝, 君力貧支應, 備所不堪, 晝夜經理, 一無退言難色.

歲庚午, 伯氏登巋科, 余又登翼年第, 自是余每歲赴洛, 一年在家纔三四月,朝士冠服, 比前時倍難辦. 君忍飢耐苦, 夜不交睫, 余每勞之曰: "得無傷乎, 何自苦若是." 君曰: "貧士之妻, 此固恒耳. 何敢爲勞. 況庶幾免牛衣." 有時乎, 余時暗暗稱歎, 而亦不知其言之悲也.

未幾余將赴壬申臘月殿最, 而君乳期亦在臘月, 十一月君先向酒泉親家, 余後君十餘日, 治任赴洛道, 見君酒泉, 謂當赴歲裏, 歸見君, 遂別去. 到洛. 見伯氏議繼娶于洛中, 期在臘月下旬, 余爲此留無何, 伯氏有疾, 日日以深, 及癸酉正月十五日, 不救, 蒼黃叫呼, 殯于其新聘家, 將以二月, 護櫬南還, 俄又基川黃上舍, 傳訃書來, 君以正月十五日乳, 十六日發痘, 二十日不起矣. 此何言哉, 此何言哉! 天之禍吾家, 若是獨偏且酷哉.

念余奔馳來哭, 而兄喪寄在千里外, 吾歸誰能挽紼, 掩泣遲佪, 留待引期. 扶櫬東出, 間關踰嶺, 卽付兄喪於護來親, 至而單騎, 疾馳來尋酒泉君柩. 日暮空谷, 柴扉長掩, 香火無主, 孤魂久飢. 呼而莫應, 酹而莫起, 人歟, 鬼歟! 誰使君至此哉. 吾兄弟接武登科榮矣, 父母俱存, 兄弟無故樂矣. 將福溢而災隨, 以及是乎.

使我不得幸第, 不沾一命, 君尚可生乎, 卽不幸死, 猶足相守以居, 相訣以死, 必不使君懷不瞑之恨, 而余抱無涯之慟也.

嗚呼, 哀哉! 與君爲夫婦僅十六年, 而月計實十四年. 除應擧覓官在外, 其中同室而居者, 十四年中不過五六年而已. 啙窳爲生, 兒息且蕃, 無衣無食, 不免啼飢而呼寒, 則其中晏然而居者, 五六年中, 亦無日焉爾. 然而君之慰離曠甘辛苦者, 徒以余之得一郵宰, 上而爲父母之養, 下而爲子女之奉, 而百年在前故也. 若知其如此, 彼浮榮薄祿, 何足以易一日之樂哉!

嗚呼, 哀哉! 君氣質淸羸而素彊無疾, 不謂遽盡於此. 而解娩一日, 毒痘繼發, 雖扁倉之術, 縮手無如何矣. 嬌女又夭, 乳兒不育, 悲夫悲夫.

嗚呼. 聞君訃之後一日, 酒泉吏來致君兩度書, 卽正月初四日十四日書也. 書中更他語, 惟言兩女子始痘, 奔避狀良悉, 其末有曰: "毋驚動毋寒輕出." 想君發書時, 在家染痘而出, 纔出又犯痘, 君自知必不免, 不免, 君亦自分死, 其書語易以哀, 而惟吾之驚動冒寒, 以致傷是憂, 益可以見君之賢而其情良, 亦戚矣.

嗟乎! 君之念我若是其至, 而君病吾不知. 君歿吾不見, 聞訃吾不卽還哭. 君若有知, 尙以余爲非情哉. 已矣已矣. 更何言哉, 更何言哉.

嗚呼. 君之葬地, 是永嘉地, 去酒泉三十里而近, 去此百餘里而遙. 君一去不還, 竟作客土之魂, 豈不知情理之所難忍, 而葬兆素號吉地, 或意其體魄之安. 且空其右一壙, 以爲他日從葬之所. 置田山下, 將分一子以居之, 庶不至孤寄無依也.

古人曰: '嫁而有子, 女子之慶', 君出三子. 若得成立, 度其才貌, 當不在人下, 亦可以自慰否.

嗚呼! 明日, 是君再期也. 前在葬時, 若小期當, 替以文辭, 略道悲抱. 而葬時急卒未暇, 小期又以病不能, 奄至于今, 几筵將撤. 終闋然不言, 是幽明抱恨無窮, 聊爲君一二言之. 而言有盡而情不可窮, 靈其不昧, 尙鑑余衷.

趙德鄰,『玉川集』권 8,『한국문집총간』권249, 266~267쪽

祭亡室恭人姜氏文

我鼓瑟琴, 實欠諧合. 鬼闞其室, 造此冤業. 我不君尤, 君豈我訾. 不幸棄背, 葬祭以時. 前年至月, 値余北逐. 道中祥日, 淚灑風雪. 旅館虛位, 哭臨脫衰. 始終虧恩, 生死堪悲. 祭及再周, 余尙未歸. 窮荒絶漠, 二子來依. 故鄉今日, 雖祭無主. 骨肉歸土, 魂無不至. 想魂萬里, 肴蔬雜陳. 無近無遠, 有誠有神, 祀祭則通. 文以自攻, 魂無我違, 尙鑑余衷.

趙德鄰,『玉川集』권8,『한국문집총간』권249, 287쪽

恭人洪氏墓碣銘 幷序

恭人洪氏, 南陽大姓. 高祖諱可臣, 用儒術, 顯宣廟朝, 以洪州牧, 討平劇寇, 策靖難勳, 封寧原君. 官至刑曹判書, 謐文莊, 號晚全. 曾祖諱榮, 漢城庶尹贈吏曹判書. 判書有三子, 長諱宇定, 工曹佐郎, 其季諱宇遠, 吏曹判書. 佐郎公卓犖有奇節, 文章亦高. 丙子, 避地太白山下, 徵不起, 浪跡名山川, 賦詩嘯詠, 人人傳誦膾炙, 想見其爲人. 判書公淸名直操, 德行文章, 冠冕搢紳, 世所稱南坡先生者也. 佐郎公有子諱克, 長興庫直長, 亦簡亢有父風. 眉叟許先生嘗稱其傑然有奇氣, 薦之朝. 娶靑松沈氏, 進士紈之女, 以長陵, 丁亥二月某日, 生恭人.

自幼安貞, 長益孝謹, 身親井臼, 供養勤劇, 未嘗違忤, 父母愛之. 擇對, 年二十, 歸于聞韶金公台重. 直長憐其貧, 又能自敬謹無貽罹, 心賢之, 特給一婢以嘉之. 未幾, 奔所後之姑之喪, 恭人來承宗事. 新婦行李, 罍恥箱篋, 無所貯, 年少婦女, 竊竊相耳語, 諸婢使之饒舌者訕侮之, 間或造言語, 相往來. 恭人夷然不以爲意曰: "吾家故貧, 取譏議固當." 終不辨, 人皆歎服.

公少豪爽, 不事産業, 遊學于外, 或累月不返. 恭人挈幼孩, 處冷堗, 不免饑寒, 人所不堪. 人或勞之, 恭人輒曰: "丈夫志學, 惟勤劬乃成. 豈戀戀閨房爲懷安計耶?" 重患乳癰. 時公讀書山房, 俟潰而合, 不告言. 晚年對公因語次及之, 公動容而益敬重之.

公有生家舅姑, 恭人事之盡誠. 及姑金夫人歿, 舅處士公春秋高, 恭人養之, 凡調腼烹飪之節, 必躬必謹. 其有祀享, 則前期澡剪執籩硎羃酒醬, 燃燈淸坐, 以待薦陳. 輪回祭祀, 不待告戒, 預先辦置, 不以煩君子也. 凡所以承接公意, 不擇巨細, 不問有無, 立應無違. 待公之門下族子弟來學者, 亦曲有恩禮, 終始無厭倦. 敎子女有法度, 必謹長幼之節.

侍公疾累月, 恭人不解衣, 不交睫. 藥物必自擇, 將進必先嘗. 及公歿, 恭人年垂七旬矣, 猶衰哭奠三年, 喪畢. 乃老, 悉分諸子家産曰: "夫死從子.禮也"

諸子將具壽服, 恭人曰: "吾性不喜華靡, 且夫子之喪, 不能致美, 豈可令前後相踰耶!" 姪子億, 以田民, 請立契券曰: "毋以承我宗事無替"

丁未, 寢疾彌留. 一日告諸子曰: "吾將行也. 夫子其告之矣." 諸子驚遽進藥, 飮曰: "疾已不可爲矣, 然爲汝輩且一嘗." 遂命席東首, 招諸子女訣別, 各致勉戒. 顧謂宗孫敏行曰: "吾兩家同居, 式好無猶, 以迄于今. 爾曹宜勉之" 又曰: "閣上有魚米. 吾爲吾先考忌日備者, 及時送之無忘也."

遂恬然而逝, 卽十一月七日也, 享年八十一. 葬于臨河縣東松石坤向之原.

男鼎錫, 先卒, 次命錫·慶錫, 女適權后準·鄭致雲·權莆. 鼎錫男振河·紀河, 女適申錫標. 命錫男遠河, 餘幼, 女適趙喜采·徐萬里·洪載熙·李可遠, 季幼. 慶錫男斗河, 女適趙喜載, 餘幼. 權后準男長洵, 進士, 次潤, 季幼. 鄭致雲男在田, 餘幼, 女適進士宋履錫. 權莆二女, 長適柳思永, 餘幼.

恭人生長法家, 世傳淸白. 于歸之日, 衣無兼副, 而禮義飭備. 旣富且閒, 克相夫子, 以成厥志, 閭里歎息母婦思效. 可不謂賢乎! 公亦以文獻大族, 少有儁聲. 學成行修.薦授齋郞, 不就, 而終於家. 號適庵. 公於德鄰爲中表親, 素知恭人閨範之懿. 次胤命錫, 手李處士栽之狀, 請銘于墓, 不獲辭, 謹敍而爲之銘曰:

詩歌碩人, 爰敍懿族. 恭人之先, 淸門世德! 乃及于行, 克媲大家, 惟德之耀. 布裙荊釵, 不諧于俗, 不歉于約. 式禮莫愆! 旣敬旣飭, 自始及終, 厥聲彌劭. 母有多子, 旣愛而敎, 人人化服, 孰云其初! 銘于好辭, 配古圖書!

趙德鄰, 『玉川集』 권13, 『한국문집총간』 권249, 360~362쪽

曾祖妣宜人崔氏墓表

曾祖妣夫人崔氏, 系出全州. 爲大姓, 中世徙嶺南泗川, 世有冠冕. 至贈都承旨水智, 樂一善, 海平江山之勝, 移居焉, 年十九而卒. 五世至諱山立, 登宣廟朝辛卯文科, 性狷介, 好善嫉惡, 官止禮曹正郞, 是爲夫人皇考. 夫人兄處士喆, 有文章, 懷奇負氣, 隱居行義, 有大名.

夫人年若干, 歸于我曾王父直長府君諱佺. 夫人玉溫冰淸, 申以禮防, 奉舅姑孝敬, 待夫子齊莊, 未嘗戲言苟笑. 執豆籩, 羃酒醴, 薦蘋蘩, 克勤克敬. 將祭盥濯, 必潔俎盛.燔炙鉶羹必親, 下至婢使僕御, 必令梳洗執役, 毋敢喧囂紛塵. 訓諸子以義方, 不爲愛弛敎. 敎諸女以婦德婦功, 執麻枲絲繭, 身先而勸之. 納酒漿助奠以示之禮.

直長公下世, 夫人獨專家政, 整勅防範, 皆有法儀, 未嘗少懈. 德鄰幼少時, 尙能逮奉顏色, 夫人年及耄期, 倦勤不離床褥, 每家祭日, 猶拓窓起坐, 省視滌漑, 朔望茶禮, 必行亦如之.

他不能記也, 嘗聞諸家庭, 參以逮事老婢之言, 尙能說夫人時事云.

夫人性簡嚴, 見人不如意, 一有咄責, 諸子女婦, 皆屛氣惕息若不容. 鄕人與舅家有嬶者, 染迹昏朝. 一日, 來上謁, 夫人使婢, 辭以病不見, 且曰: "汝問客得爵未" 婢並傳此言, 其人羞恨, 亦不敢望焉.

次子處士公, 出繼宗家, 家素饒, 頗間遠. 長子進士府君, 早歿, 處士公迎侍夫

人, 左右忠養無方, 夫人輒不樂, 決歸曰: "此非吾家, 吾歸." 未嘗久留, 還吾
父養. 庚戌八月七日, 以壽終, 距其生丁丑六月十五日, 享年九十有四.
有二子四女, 長卽進士府君諱廷珩, 儒雅有文行, 早占司馬, 間六年, 見丙子
難, 不赴試, 以終身. 處士公諱廷職, 豪爽有節槩, 人士多稱之. 諸女皆以婦行
名, 夫人之敎然也. 其字諱嫁歸, 具直長公碣陰, 此不著.
初處士公伐石, 竪兩代墓碣, 又具一小石, 埋山下, 夫人葬後求不得, 至曾孫
祇得之, 屬德鄰刻其碣. 事遠不大傳, 略敍所聞見如右, 樹之墓前, 以終處士
公之遺意, 而寓永世追慕之感云.

趙德鄰, 『玉川集』 권 8, 『한국문집총간』권249, 269〜270쪽

이해조(李海朝) ———————————————

祭亡室小祥文

維辛未七月甲申朔, 初九日壬辰, 亡室尹氏之諱日始周, 夫李海朝命僕治具奠于靈筵, 而文以哭之曰

嗚呼! 君之棄世, 尙疑以爲非眞, 目若接乎容, 耳若聽乎聲, 而君之亡日倏已周矣, 筵几將撤, 朝夕之哭將絶. 疑而非眞者, 今不可疑, 而容音之若接目而聽耳者, 莫尋其影響, 則憑依而想像者, 今唯待於夢耶.

周歲之頃, 疾患憂慽, 反覆荐仍, 君能知余之長吁太息, 無所告語, 幼稚之呱呱哀哀, 無所依恃. 雖魂游太虛, 而咨嗟涕洟, 彷徨躑躅而不忍捨耶. 其或杳杳冥冥, 無所知覺耶. 無知也, 則余羨君之不知悲, 而君不復悲我矣. 有知也, 則君之悲我與幼稚, 猶我之悲君死, 猶不暝目矣.

嗚呼! 疇昔夢君, 容色慘悽, 謂有生前未了之語, 而欲言不吐, 焂爾逝. 覺來無覯, 涕唯霑被矣. 未久, 余省姊氏于驪江, 欲歇道故, 槩聞君未了之語, 余又說前夜之夢, 不覺相對一慟. 嗚呼. 君何不告我, 而只告姊氏, 不洩於生前, 而耿耿於死後, 猶靳於夢中, 而憑姊氏而告余, 使余只益疚懷, 而悔莫逮及耶. 然此可驗其不至於杳冥無知, 而猶有所憑依而想像者耶.

有知而見於夢, 其果勝於無知而不見於夢耶. 無知無夢 則余恨有時已, 而有知有夢, 則余恨終無極矣. 不夢而猶待於夢, 旣夢而不如無夢, 則將何以紓余之悲耶.

嗚呼! 余每覽昔人夫婦爲知己, 相儆戒飭勵之語, 未嘗不嘉悅而誦之. 君雖不解文字, 聞輒欣然慕之. 期與鹿車歸田, 勸課農桑, 訓育兒稚, 不欲使孟光少君, 專美於前古也.

余嘗耆飮, 時或延客, 而君輒先治杯杓, 不使罍恥. 愛玩書畫, 時欲買取, 而君雖剪裙𩮰髻, 不告裳洗. 喜賞梅竹, 而雖余不在家, 君輒手自培植. 好游山水, 而君必理濟勝之具, 不以遠游爲沮.

諦余之久無世念, 不以祿仕勸余. 新居草創, 家事旁落, 而不以屢空溷余, 不以疎懶咎余. 此皆女子之所深惡而交譙者也, 而君卽樂蹈而無怍色. 是不惟婉變無違, 務悅余意, 槩其志實有合於余者. 而百年之計. 今其已矣. 人誰無配偶, 而求其深知默契, 如鮑叔之於管仲者, 則豈復有君與我者乎.

君之歸余十有六年, 大都處約殫瘁, 而疾病五之, 哀疚四之, 伸眉開口笑者, 未能一二. 辛勤營室, 旨蓄御冬者, 適爲他人之發笥. 考君終始, 豈不痛甚哉!

余嘗賴君, 無內顧憂, 日以詩酒自娛. 而今遽以君十六年備嘗而飽經者, 都付於吾身, 叢萃於一時, 瑣碎勞苦, 抑鬱難吐者, 非特君之所閱歷, 而哀生悼逝之心, 又有加焉. 此余所以羨君之無知, 而亦悲君之或有知也.

嗚呼! 人生幾何. 而從今未死之前, 更無開抱之日. 方將沈冥麴糵, 放浪物表, 學浮屠以妄塞悲, 此亦可以紓余之悲也耶. 嗚呼. 吾今如此而已矣. 君昔飲食我者, 而今余設飲食而饗君. 以君供余之誠, 諒我今日饗君之情, 毋吐玆爵. 嗚呼哀哉. 尙饗.

李海朝, 『鳴巖集』 권68, 『한국문집총간』 권175, 563~565쪽

조태채(趙泰采) ─────────────────────────

張氏墓山移葬當否議

以爲咸一海疏中, 旣有疵毀之說, 其在愼重之道, 不可不往審. 故臣於 筵中
有所陳白. 而至於墓山吉凶, 移葬當否, 宜從術家之言. 臣何以決定仰對. 該
曹堂上率諸地師, 再次看審, 則反復論難, 歸一後稟定. 事體則然, 更令該曹
依此擧行, 恐爲得宜. 伏惟 上裁.

趙泰采, 『二憂堂集』 권6, 『한국문집총간』권176, 112쪽

婦人九十歲以上封夫人仍贈夫爵議

以爲夫從妻爵, 雖有一二可據之例, 事體旣甚苟簡, 法理亦極乖舛. 該曹之陳
稟, 首相之獻議, 恐爲得宜, 伏惟 上裁.

趙泰采, 『이우당집』 권6, 『한국문집총간』권176, 112쪽

亡室贈貞敬夫人靑松沈氏墓表

夫人沈氏, 籍靑松, 府使諱益善之女, 領議政諱之源之孫, 花浦洪忠正公諱翼
漢之外孫也. 生於庚子九月十五日, 卒於己卯正月十六日, 得年堇四十. 同年
三月 窆于長湍東坡驛村卯坐原. 後 贈貞敬, 從余爵也. 育三男三女, 男鼎彬觀
彬皆進士, 謙彬, 女李廷煐·朴舒漢, 季幼. 鼎彬生三女, 李廷煐生一男一女.
嗚呼! 夫人自幼端莊貞淑, 立心制行, 一出於正, 聰明敏達, 有過人者. 五歲
就養於其叔母金淑人, 或時代幹家事, 則能一一照管, 毫末不差. 有一婢取隣
墻果子與喫 則曰: “偸竊之物, 吾不食也.”
府使公嘗爲惠局郎, 有求吏胥者賂以珥環之屬, 公試其意曰:
“汝欲之, 我卽許之.”
對曰:
“物雖美, 豈可取此使吾父受汚衊之言?.”

公曰:

“吾兒介潔, 宜乎有是言也.”

年十七入吾門, 事尊姑克敬克孝, 以至姒娌宗族, 咸得其歡心. 御婢僕以恩, 而有不如禮者, 卽加嚴責, 上下截然, 閨內肅如也. 待余甚敬, 而性小剛, 見余有過, 輒直擧而正諫不相借. 余亦容而受之, 終覺其大有益也. 平日服飾, 務從儉素. 其叔父靑平都尉家嘗內宴, 座中婦女悉以珠玉錦繡 競尙華侈. 而獨夫人紬苧淡粧介其間, 略無歉色. 公主深加歎服, 諸婦亦多有歸而稱美者.

余按廉嶺南也, 本道守宰有饋到門者, 輒却之曰:“夫子在南, 何可受也.”夫人處事綜密, 凡於日用諸物, 措置無遺, 及其歿也, 斂殯祭奠之需, 皆取自藏中, 若宿辦焉.

嗚呼! 夫人歸我以來, 備嘗艱苦, 每朝夕供我以豊食, 而夫人則餔糜. 常見我讀書, 夜必爲之點燈而勸之曰:“願夫子早捷科, 免我此食淡也.”余幸釋褐, 官位稍顯而夫人逝矣.

今余官益崇祿益厚, 視曩時艱窘, 不啻十倍, 三子長成, 連有科慶, 二女于歸, 各得美對. 父子男女, 團聚一室, 言笑啞啞, 以相悅樂, 此可謂人事之略備, 不負夫人當日之言. 而顧夫人不在, 余何心獨享. 此余之所痛悼, 欲置而不能忘者也.

嗚呼! 以夫人之淑德懿範, 不克享年, 有足悲者, 而使其平日言行, 堙沒不見于世, 則是重余之悲也. 於是抆涕而略敍其事實, 揭諸墓表, 以視(睋)永久云.

趙泰采, 『二憂堂集』 권6, 『한국문집총간』권176, 118~119쪽

김주신(金柱臣) ──────────────

八世祖妣貞夫人洪氏墓誌

夫人墓表, 題曰: '貞夫人洪氏之墓表', 陰記曰:

"判漢城府尹金從舜妻洪氏. 弘治十三年二月, 葬于高陽大慈山. 而不及世系生卒, 今皆不可攷. 聊記判尹公先系后孫, 誌于壙南, 而略古詳今, 庶有徵於來世."

判尹公考曰贈判書季誠, 祖曰本朝開國功臣齊肅公稛. 曾祖曰贈贊化功臣參知門下府事智允, 高祖曰典書起淵. 我金氏本慶州人. 判尹公歷事世宗·文宗·端宗·世祖·睿宗·成宗六朝, 卒謚恭胡. 有二男三女, 男長致運, 奉常寺正, 次致世, 洪州判官. 三女適府使權佀·判官金良孫·副正韓允範.

寺正子曰持平引齡. 判官子曰直提學千齡. 直學長男萬億郡守, 次萬鈞大司憲, 出嗣持平. 次萬鎰縣監, 次萬鍱. 大憲生二子, 長曰節度使慶元, 次曰左議政命元. 議政長男克亨, 早沒. 次守仁別提, 出嗣節度. 次守廉僉樞. 別提子曰贈參判南獻, 僉樞子曰禮曹判書南重. 參判三男, 始振參判·益振正字·夏振參奉. 判書三男, 弘振正郎·一振生員·必振府使. 參判子正字男亮臣, 生子宗衍縣監. 正字男輔臣判官, 生子昌衍. 參奉男夢臣觀察使, 生子世衍. 正郎男鼎臣府使, 生子履衍·泰衍·復衍. 生員二男, 聖臣進士, 生子象衍·趾衍, 柱臣領敦寧, 生子後衍·九衍. 府使男介臣.

夫人墓向丁爲原.

　　己丑五月五日, 埋于壙南一尺.

金柱臣,『壽谷集』권4,『한국문집총간』권176, 163쪽

添錄

判尹公墓失其處. 先代傳以爲初葬孝陵火巢內, 而亦未知其必然也. 歷職亦譜佚無傳, 而世祖壬午, 以嘉靖大夫, 爲京畿觀察使, 則見於興仁門內古鍾銘. 睿宗元年, 以資憲大夫, 爲慶尙道觀察使, 則見於本道先生案.

端宗癸酉, 爲掌令, 世祖辛巳十二月, 以都承旨, 與河東府院君鄭麟趾, 左議政申叔舟, 左贊成黃守身, 往相章順王后葬地于高陽縣. 及壬午, 爲戶曹參判, 甲申爲大司憲, 成宗辛卯, 爲開城府留守. 戊戌四月, 成宗宴老人于泮宮, 公以上護軍, 與鄭昌孫, 韓明澮, 徐居正, 許琮諸名公進參, 則見於實錄. 被選淸白吏, 亦見實錄. 而公之外曾祖判書李公丘直墓表, 立於正統九年, 其陰記, 卽公所書. 而公之官銜, 以宣務郞兵曹止郞兼承文院副校理·春秋館記事官, 書則其由文科登庸, 此可見也.

　　　庚寅十月七日. 添埋.

實錄曰: ‘成宗戊戌四月甲午, 上幸成均館, 行酌獻禮, 御明倫堂, 宴老人領議政鄭昌孫, 行上護軍金從舜等十六人’云. 而此外進參者亦多, 公於諸老臣中, 序居第二, 則是時似年且大耋. 而自戊戌至弘治庚申夫人葬年, 爲二十三載也, 以此推之, 則夫人享年且將百歲, 果有是與? 家中舊譜有曰: ‘<一本以爲判尹公, 娶摠制朴培女>, 恐或前後室云者’爲是, 而別葬亦以是與.

金柱臣, 『壽谷集』 권4, 『한국문집총간』권176, 163~164쪽

五世祖妣 贈貞敬夫人驪興閔氏墓誌

夫人大司憲贈領議政月城府院君金公諱萬鈞之元配,　直提學諱千齡之介婦. 左承旨驪興閔公諱源之女, 觀察使諱師騫之孫也. 早世未育. 繼配安氏, 有二子, 長慶元節度使, 季命元左議政. 議政以下子孫, 備載于大憲公墓表及議政公碑陰.

夫人葬于高陽大慈原, 與大憲公墓相望數十步而近. 有短表, 以正德辛巳九月立, 而未知下世果在何年也. 然直學公年三十五, 卒于弘治癸亥, 而朴挹翠所撰名行記曰: ‘有男五人, 女一人, 男大者始十一歲’云. 大憲公序居第二, 則是時, 似生未十歲, 至嘉靖戊子登第時, 則年纔三十三四. 而立表在於戊子前八年, 則夫人享年似不滿三十且數歲也. 後贈貞敬夫人.

己丑五月五日. 埋于壙南一尺.

金柱臣, 『壽谷集』 권4, 『한국문집총간』 권176, 168쪽

亡妹墓誌

亡妹孺人, 爲韓氏婦九年, 病勞火, 不起. 旣殯, 其夫弘仲泣謂余曰:
"亡人夭而無嗣. 如不爲同室之制, 吾恐吾子孫不封修其墓也. 故吾必將卜廣阡, 虛其右而返葬焉. 君其姑葬大慈里之原."
余感其言, 用是年四月己酉, 權厝于大慈里之原, 實高陽治之西, 先考妣之兆也.
旣葬之三月, 余又泣謂弘仲曰:
"吾妹夭而無嗣, 如無家傳以遺後, 吾恐兩家子弟無以知其賢而致慤乎其祀也. 且其葬權厝也, 尤不可不識, 吾欲自爲文識其壙, 遂書二通, 一以遺吾後, 一以藏君之巾笥, 何如?" 弘仲汪然而曰: "唯唯…."
余以是言, 言于弘仲, 今且周一歲矣. 而文猶未就者, 盖余自吾妹沒, 觸事感悼, 常願溘然而無吡, 則有蘄其忘不忘者矣. 又安忍叙其平昔, 而形諸文墨, 如使妹復在吾目前, 而新吾之戚耶? 然不忍乎一時之戚, 又將安用吾情而殺吾哀! 遂爲之濡血以書曰:
孺人慶州金氏, 考成均生員諱一振, 早世未顯. 祖禮曹判書·川君諱南重, 曾祖僉知中樞府事贈領議政, 鼇原君諱守廉, 高祖左議政, 慶林府院君忠翼公諱命元. 妣豐壤趙氏, 成均進士贈左承旨諱來陽之女, 左議政文孝公諱翼之孫.
孺人以顯宗甲辰五月十九日生. 幼而事慈母, 處兄弟, 敬愛備至. 及歸韓氏, 以愉色, 侍其舅, 和柔事其夫, 凡其夫所欲爲, 必曲從而無違拂. 其或有失, 又能明道理, 箴警悟而後已. 由是, 其夫甚相敬如賓.
嘗朝坐, 忽忽不樂, 後其夫問曩朝何思而不樂, 孺人曰:
"夢吾鏡自裂, 吾診其兆, 不得耳."
其夫以爲不祥, 使市諸人不留. 孺人笑曰:
"兆已見矣, 不留何爲? 且以不祥之器, 推之他人, 不祥莫大焉."

其夫始斂袘而曰:

"如君之意, 與古人不賣的盧者相似. 斯可以禳不祥"

甲子春, 慈堂伯兄奄違背於旬月, 孺人過毀甚戚. 助奠則雖菹菜庶品, 必躬執刀, 而不委婢妾, 哭泣則血淚穿裳濕筵, 三年如一日. 比小祥, 大感傷, 語其夫曰:

"世言女不如男, 今果然矣. 如我襁褓失父顏, 齠齔在母懷. 雖三年外, 獨居三年, 再生劬勞, 安報其萬一? 禮若有變, 如找宜變. 而三年之喪, 亦不任情, 今未大祥而衰服已解, 今日之恨, 終身之痛."

因一言一涕, 如負大辜.

而孺人自其年夏, 忽感疾嘔血. 以謁醫之便, 來歸吾廬, 未數月, 勿藥自瘳. 及冬, 還夫家, 病復挾寒, 呻吟而自卜必死, 時於夢寐, 呼天祈活. 明年春, 病轉劇, 出次閭舍, 至三月一日曉, 余與弘仲及二三女奴, 環坐屬纊, 日出, 始告親戚. 復以襌衣, 斂用吉服. 嗚呼! 彼蒼, 胡寧忍此! 胡寧忍此!

孺人孝友出天. 大故以後, 涕泗常沾枕席, 與人言時, 忽嗚咽忘其言, 蓋無復人世意矣. 然凡慈堂繭絲之具, 並掇拾藏去曰: "雖弊, 生手澤, 多在此器." 時京城騷屑, 孺人盡出其所藏遺墨累百緘, 存其十一, 而投火曰: "多則緩急時難保, 少則生可身守, 死可以殉." 殉以遺札, 伸其志也.

每念余窮無以飾廚, 雖麩餠不堪悅口者, 有見必寄. 凡余所思, 嘗必極力營辦, 而必曰: "適有." 不見其艱, 其力所不及者, 又退而傷貧如病. 以此余對孺人, 則愼不言飢飽也. 方其病委床也, 余嘗在傍扶持. 孺人每於朝夕, 喚小奚問余所膳, 因附耳語, 出瓶粟沽酒供余, 至將死之夕, 氣息如縷, 猶不廢.

孺人自未齔時, 已知執麻枲女紅. 然亦不事奇巧貯藏, 及長, 見人衣紈穀聚貨賄者, 歎曰: "絪綿足禦寒. 文繡豈加溫耶? 人生如朝露, 積聚非吾用耳." 凡粧匲之類, 人有求者, 輒擧予無靳, 紈綺之屬, 雖偶得, 輒散不留室. 蓋其好施尙儉, 自在幼孩, 實有女士風.

嗚呼! 柳子嘗誌其姊崔氏夫人曰:

"姊之歸于夫家, 爲婦爲妻之道, 我之知不若崔之悉也, 自笄而上, 以至幼孩, 崔固不若我之知也."

然語云"知拱於抱, 知庭於戶". 傳亦曰: '資於事父, 以事君.' 若孺人至性, 其

孝於母如此, 則事公姑可知已, 友於兄如此, 則事夫可知已. 故吾卜其必能有
愉色而無違也. 其儉而廉, 與物無競, 在家如此, 則況夫家觀視之所乎! 侈服
適體, 累財足用, 人情所安, 婦人有甚. 而孺人之不喪幼時性如此, 則自笄而
上, 弘仲亦可類推. 已然則孺人自笄至孩, 仲之知詎少於我! 歸于夫家, 爲婦
爲妻之道, 我之知詎不若仲之悉也! 柳子之誌固矣夫!

嗚呼! 雖孺人孝敬可質神明, 不有尊章慈仁且明, 果使三至之言, 未成一車之
鬼耶. 孺人生一子夭沒, 時更無似續, 天道福善之理, 一何昧耶! 豈因果之說,
或不誣, 適其前身之有過而後, 將報以景福耶! 不然, 以孺人仁孝, 何旣無后!
凡世百祿, 亦無一全耶! 豈余積殃延及同氣耶! 天乎人乎! 曷故之由!

嗚呼! 孺人少余三歲. 自在幼少, 相友甚篤, 况喪威以來, 依庇愈切, 相保爲
生者! 只有姊妹二人, 而伯姊嬰疾江郊, 自虞至祥, 皆望遠而哭. 其同居一城,
知余疾痛寒飢, 而朝暮相慰喩者, 唯孺人而已. 今孺人死, 余將何爲生耶! 余
將何爲生耶!

嗚呼! 余旣寡兄弟而不忍也. 朔望之奠, 不避寒暑而徒步, 墓有惡草氷雪, 常
手折而指刮矣. 今余悲疚早衰, 餘日無多. 余死之後, 封禁芻牧, 墓享苾芬, 天
若監玆, 其肯許也. 其不在於天耶! 兩家之後, 如有有恩同胞者, 有感於斯文,
吾其瞑目矣.

弘仲名配道, 淸州人. 右議政淸平府院君諱應寅之玄孫, 今成均館司藝諱聖
佑之介子也. 未冠, 出嗣其族叔父諱聖擧, 孺人常居其家云.

今上十三年丁卯五月仲旬, 兄柱臣, 抆淚識.

金柱臣, 『壽谷集』 권5, 『한국문집총간』 권176, 174쪽

亡嫂孺人羅州林氏墓誌

今上十年甲子春, 先兄進士棄世於先妣喪在殯之日. 有男二人女一人, 男長
者未成童, 二年, 其妻孺人林氏, 哭踊痛絶而莫有及, 則曰: "昔吾聞吾姑之喪
先舅也, 無長子婦治凶事者, 其附於身衣衾以上, 姑必躬自整理, 庶無憾於存
亡. 今吾何敢不勉焉" 遂抆血, 盥手而手治含斂事, 不委人. 自是, 凡遇祭祀,
必加敬愼慮, 時早晚, 則必明燭廳事, 倚俎而寐. 大故以來, 僑居益窮, 然其奉

二喪饋奠之事, 使柱臣, 未嘗知其艱. 及柱臣免喪, 而柳無敝縕, 案有厚味者, 皆孺人經紀勤苦, 誠意過人之致也.

孺人除喪之年, 繼哭其私親, 前後在疚五載間, 亦除喪八月矣, 非疏食大布, 不安其身. 因善嘔羸瘠. 至戊辰八月二十三日卒, 壽止三十七. 以十月壬寅, 祔葬于高陽大慈原.

嗚呼, 悲哉! 沒時, 無舊衣裳可斂, 責于婢御, 則曰: "供二喪三年之祀, 不足則出簪珥繼之, 衣裳尚安有乎?" 至是, 始覺承筐之有以, 而重使余痛恨也.

孺人長於治家, 又能急人困, 夫黨嘗有臨死, 而窮無以飾廚者. 孺人聞而矜甚, 問其常所嗜者, 求諸市而貽之. 其家感孺人甚至, 至今言孺人事, 未嘗不泫然. 記性絶人, 聞人生卒日, 族派姓氏, 雖十年, 語及則輒指言無錯. 以是家中細務, 不爲籍記, 不遺其一. 早失母, 育於外氏, 外祖參判李公俊耉, 鍾愛異諸孫云. 孺人本羅州望族. 考曰宏儒, 青巖道察訪, 祖曰壿, 吏曹判書, 曾祖曰惰, 黃海道觀察使. 先兄諱聖臣, 慶州金氏, 世家字行, 載其誌.

孺人凡擧三男三女, 其三先孺人夭. 男長者名象衍, 負才勵學, 早有令聞, 孺人沒二年, 與其妹繼亡. 雖娶而未育矣. 今有一男, 甫十歲, 名曰趾衍. 孑然無所怙, 悠悠昊天, 其監于玆耶! 嗚呼!

余與先兄, 未嘗分居, 自孺人沒, 家事剝落, 而祀享缺儀. 余亦糊口東西, 已經四寒暑于今. 窮道多感, 益念旣沒之親戚, 遂叙耳目不能忘者爲誌, 書石而埋于土.

　　　埋于壙南一尺.

金柱臣, 『壽谷集』 권5, 『한국문집총간』 권176, 180쪽

伯母淑人韓山李氏墓誌

淑人李氏, 韓山望族. 考諱基祚, 官禮曹判書, 諡忠簡. 祖諱顯英, 官吏曹判書, 諡忠貞. 母平山申氏, 左承旨應榘女.

淑人生于天啓丙寅七月三日. 自幼端重, 言動擧止, 自有規度. 及笄, 歸于先伯父正郎府君. 時舅貞孝公及大舅僉樞公及夫人, 俱年高無恙. 淑人能處其

間, 凡承顔周旋之道, 靡不委曲審密, 而一出於誠愼. 僉樞公及貞孝公, 嘉悅
不已曰:

“新婦孝敬. 誠吾家之慶也.”

自姑貞夫人下世, 淑人主內事, 益自小心, 謹畏祭祀, 而雖苴茉庶品, 必躬親,
俎刀視膳. 而雖至寒盛暑, 必開戶當爐, 或手爲之鞁瘯, 而未嘗少懈. 事夫子,
盡其莊順. 正郎府君或待遇賓客, 命駕暮還, 雖至夜分, 非府君對案, 未嘗先
飯. 平居率以爲常, 一日無變. 及府君喪, 晝夜涕泣, 氣息如縷, 而朝夕饋奠,
必扶將親與. 終三年, 家人未嘗見其啓齒焉.

淑人天資慈惠溫雅, 表裏瑩澈. 記性又過人, 凡前言往行之可師可法者, 一聞
未嘗遺忘, 以是日用事爲之間, 其違於義者盖鮮.

男鼎臣三以專城養, 凡食品或近豐侈, 輒使減去. 臨食而見雞雛懷卵者, 則輒
却而不進曰:

“方春孳育之時, 刳孼爲饌, 心有所不忍.”

因令亟停官獻. 或聞官務之難處, 則戒之曰:

“訟之難平, 古今通患也. 然秉心公正, 而勿以私意間焉則可矣.”

或見親族以口腹來歸. 則又曰:

“公藏雖有限, 患難相救之道, 當施於何時. 古人有以一日行事, 焚香告天者,
苟自反而無愧於心, 捐俸濟人, 何傷於義乎!”

雖在家之日, 內外姻親之凍餒不能自存者, 輒傾儋石以周之, 賴以資活者多,
沒齒含恩. 而嘗有中表李氏婦臨沒, 自念無以斂, 使人致意. 淑人聞而出涕,
遺以在笥上服, 以此, 親黨莫不感悅.

性勤, 雖篤老之年, 猶手不去紡績之具. 以至赫蹏酬答, 箱饌絲麻之遺人, 必
手書封緘, 而字畫方正, 一無欹斜. 或以是竟日而無倦色. 婦女輩以勞神爲
言, 則輒不悅曰:

“吾非勉而爲此. 且不如是, 是待人不以誠也.”

淑人以庚辰正月二十四日卒, 享年七十五. 始葬廣州先塋, 甲申四月. 移窆于
溫陽郡北二十里範圍村向卯之原. 正郎府君墓. 在全義素谷貞孝公兆次. 府
君常以貞孝公墓地狹, 元配閔夫人未克祔左爲恨, 遺命別葬焉.

府君諱弘振, 慶州金氏. 官止戶曹正郎, 早世未顯. 貞孝公諱南重, 禮曹判書,

慶川君贈左贊成. 僉樞公諱守廉, 僉知中樞府事贈領議政, 鼇原君.
淑人凡擧三男一女. 男長卽鼎臣, 生員前淸風府使, 二男幼亡, 女適士人李慶
著. 府使娶僉正韓鼎相女, 生三男, 履衍·泰衍·復衍. 履衍·復衍早沒, 泰
衍有一男一女. 李慶著生二女, 爲縣監朴弼純, 士人韓配文妻, 皆有子女.
淑人哲範懿德, 已有今領議政徐公宗泰所撰墓表, 今柱臣以淸風公命, 謹書
平昔耳目所覩記者. 以誌幽堂焉.

金柱臣, 『壽谷集』 권5, 『한국문집총간』권176, 183–184쪽

姜召史壙記

嗚呼! 此吾伯父正郎府君及先考贈領議政府君, 乳母姜召史之墓也.
堂兄淸風公, 謂柱臣曰:
"召史之墓宜有誌, 而先君兄弟皆早世, 未果, 其責在吾等. 君其圖之."
又曰:
"召史生以壬寅, 卒以庚子十二月初一日. 而爲人愿謹, 事主家以誠. 卒之前
一夕, 忽自言曰: '吾幼時, 遇術者, 見吾掌文以爲年五十九當死. 吾今年適滿
其數, 宜死.' 是日夜暴疾, 死於平常一日之間, 異哉. 然君之生在其明年, 何
以知之?"
柱臣旣追先志, 又承堂兄命, 命工刻石, 納于壙. 蘄後人知有葬于此, 而還掩
其已坎之土也.
歲戊子仲春, 慶恩府院君金柱臣誌.

金柱臣, 『壽谷集』 권6, 『한국문집총간』권176, 202쪽

乳母尹召史壙記

嗚呼! 此余乳母尹召史之墓也. 召史旣無后, 墓距京城遠, 香火久斷, 思之,
輒汰然也. 玆刊一片白石爲誌, 送奴祭告埋于壙前, 以寓余悲念之意. 而亦祈
後人毋畎畝於玆三尺之封焉.
歲庚寅九月下旬 慶恩府院君 金柱臣識.

召史生以天啓丙寅, 卒于己卯正月八日, 壽七十四. 多生子女, 皆不育, 只有
一女. 召史及其病老, 願歸死故土, 遂葬于安峽. 召史父母 卽我先妣外祖故
李忠翼公家臧獲. 實而安峽, 忠翼公微時躬耕之地也. 故召史以忠翼公命, 來
自安峽, 服役于吾家. 而性謹厚, 乳余幼時, 殆數年, 保視甚勤.
前刊誌文, 不書生卒葬地, 故今追記如右, 而添埋焉.

金柱臣, 『壽谷集』 권6, 『한국문집총간』권176, 202~203쪽

先考言行記聞錄

先君嘗奉王父于家. 時先妣乳母死無后, 賣其家, 獲白金二百兩, 具以白先
君. 先君曰: "可以供酒食." 又曰: "勑婢, 使毋言鬻金事." 先妣將順其意. 每
新釀, 未醲而客至, 則必以衣襆裹餠, 終秘其沽酒狀. 時當辛丑歲荒. 供瀡㵑.
纔半年. 金盡無餘. 而竟不作一介産業. 至如賤隷之來見者, 王父命賜之酒,
則先君必親審其醇薄. 夫先妣之無違如此, 而先君之恐有闕於養志者, 又如
此焉.

……王父有副室, 至生兩子, 而無一媵可代澣絺之勞者. 先君給外氏婢歸己
者一人, 因使傳其子焉.

……先妣趙氏, 浦渚文孝公之孫, 進士來陽之女, 延陽府院君李忠翼公之外
孫也. 常育于延陽公膝下, 延陽公奇愛甚篤, 常曰: "此兒恨不爲男子, 吾必見
其配施衿." 時王父在禁直, 先君受學而歸. 延陽公適路遇之, 遙見先君丰姿
照人, 心異之, 踵問誰家兒. 因歸語家人曰: "今日得吾壻矣" 先君旣處甥舘,
兩公愛重之殊甚. 是時, 先君甫成童, 而其見賞識於先輩如此.

金柱臣, 『壽谷集』 권6, 『한국문집총간』권176, 203~206쪽

先妣行狀

先妣孺人趙氏, 豐壤望族. 成均進士贈承政院左承旨諱來陽之女, 議政府左

議政, 謚文孝公浦渚先生諱翊之孫, 僉知中樞府事贈議政府領議政諱瑩中之曾孫. 上世有諱孟, 佐麗太祖開國, 爲名臣, 此其始祖也. 母贈淑夫人李氏, 議政府領議政, 延陽府院君, 謚忠翼公諱時白之女. 歲崇禎癸酉, 李夫人從忠翼公于江華府, 忠翼公遭其考忠定公喪, 解官歸. 夫人出次于閭舍, 生先妣, 實二月十六日也.

先妣生而穎脫聰明. 六歲, 能通諺書, 因請學文字, 至八九歲間, 始傳誦羣從兄弟所讀書, 甚詳無遺語, 曾工父母莫不歎賞. 而忠翼公奇愛之尤重, 常育于膝下曰: “此兒恨不爲男子. 男子必昌其家.”

丙子之亂, 承旨府君提挈避兵于海島. 時忠翼公在南漢, 飮泣嬰城, 忘身殉國, 而日夜念先妣不置, 常呼先妣小字而私語曰: “生耶死耶!” 其幕下從事鄭公致和·李公行遇, 聞而異之曰: “相公獨不念一身, 而獨念外孫少女耶?” 忠翼公笑而謝之. 盖忠翼公之愛之也, 非獨愛其才也. 愛其愛親敬長如成人也.

未及笄, 李夫人在湖西有疾. 田舍最患赤蝨, 雖峻床以避, 夜則每緣牀足傳床. 先妣夜必手燭探蝨, 攀回牀下以達曙者, 踰累月而不懈益虔.

及笄歸于我先君, 凡事夫子, 順以巽, 時又規警闕遺. 其在舅姑之所, 必屏氣愉色而侍, 其洞洞然屬屬然, 如不勝衣者十七年, 恒若受釐之日. 待遇姊姒, 顧接諸庶, 亦一出於誠信, 而常小心畏愼, 不有其門地. 時文孝公與忠翼公, 已同入相府, 王父慶川府君悅曰: “吾家賢婦也!”

戊子, 承旨府君與李夫人, 見背於三月之間, 先妣哀毀過制, 三年如一日. 旣三年悲, 慕猶不懈, 及舅姑喪, 亦然.

先君嘗奉王父于家. 時先妣乳母死無後, 賣其家, 獲白金二百兩, 具以白先君. 先君曰: “此可以供酒食” 又曰: “勑婢, 使毋言鬻金事.” 先妣將順其意. 每新釀, 未醑而客至, 則必以衣襆裹甁, 終秘其沽酒狀. 比至王父返宅, 視其藏金餘只數片, 遂以予舅氏, 使備承旨府君繫牲之石.

乙巳三月, 先君在練垔, 棄諸孤. 時無長子婦治凶事者, 凡附於身衣衾以上, 先妣必躬自整理, 不委婢妾. 旣殯, 疾劇幾滅性, 見不肖等纍纍無依狀, 戚然感悟, 乃克終喪.

凡奉先事亡, 一以誠敬爲本. 粢盛雖稱貸以具, 未嘗槩其多寡, 難備之語, 未嘗出口曰: “恐先靈知之, 不肯來享矣.” 及見女婦等有此語, 輒麾手, 使毋畢其說, 如有聽聞之在王父.

外祖成府君無後嗣, 王父嘗命先君主其祀. 及先君沒先妣敬其祀, 無間禰廟. 每臨祭, 必述曾王母成夫人語, 而勅女婦助奠者曰:

“我王姑嘗曰: ‘父母性潔. 麵餅被人手澤而成者, 亦不進.’ 此語吾至今不忘. 祭物不潔, 神必不享, 其明滌杯圈, 毋或以遠而怠也.”

凡處兄弟也, 因心爲友而多人所難及. 舅氏嘗分田宅奴婢以獻, 先妣辭曰: “若干臧獲, 已不可分. 且數畝之田, 割而貳之, 則父母之祀, 其將承虛筐乎? 吾自有生業, 無此而足矣.” 舅氏累請, 而先妣終不許, 舅氏不釋然.

王父有側室子四人. 其長者, 賴婦有家, 而次三人, 不別治生, 命先君兄弟, 各卹一人. 及先君沒, 先妣與之奴婢, 以助薪水, 奴亡, 又與之奴. 加田百畝, 以資其食曰: “先舅之所戀, 亡夫之所恤, 不敢忘也.”

凡育諸孤也, 慈愛過人, 病則露坐待朝. 而至其有過, 亦不少假. 雖甚愛小子, 小子勝冠後, 以廢書數日, 而至授夏楚. 以至一擧足一出言, 皆欲其鞭督向道, 而尋常敎誡, 皆以古訓爲式.

每見小子逸遊怠荒.則必責曰: “不事而食, 禽獸之類.” 見小子慢率寡飭於禮, 則必責曰: “汝輩讀聖人書, 而不能踐履, 雖多將何用哉!” 小子嘗臨書札湛思, 戒之曰: “明道不云乎? 一向好着, 亦自喪志.”

小子嘗以墓木蔽日, 請伐以爲室, 戒之曰: “傳云 ‘爲宮室, 不斬於丘木’, 愼毋擇材而伐也.” 其築室也, 又戒曰: “先立祠堂.” 常禁小子譚朝政言人過, 而每勉小子言忠信行篤敬曰: “能此二語, 可爲君子.” 每見小子一事不如意, 則必歎曰: “汝父不如此” 又曰: “汝父在, 汝曹不如此.” 日擧文孝公奉親之事, 忠翼公憂國之語, 懇懇爲小子語曰: “恨不使汝曹見之.”

小子不肖, 固未能兢兢奉母訓不失. 然以小子甚癡無似, 而其能不墜乎虛邪悖枉之塗, 而粗知乎操心謹己之方者, 盖以平日敎導如此之嚴故也.

凡治家也, 專務儉約, 而敦尙名敎. 常語小子曰:

“我皇舅以巨室位六卿. 其田收月俸, 雖擧家錦衣, 何不足? 然素不喜華靡之習. 雖甚愛汝兄, 每撫汝兄戒我曰: ‘毋以帛爲襦袴.’ 以此子弟未敢衣純采. 汝父尤好儉素, 雖當暑, 不以苧爲表, 纓不以絹. 此汝所當知也.”

見世俗浮誕之流, 病之已甚, 而尤不悅浮屠巫覡之說, 每歎曰:

"今世出錢帛餉佛, 以祓咎禱病, 是何惑也! 如使佛而無靈則已, 如其有靈, 是
貧無貨者皆夭, 而財饒者皆壽, 此豈生人之理耶? 且吾見今世士夫家, 當祖
括之日, 請巫覡設鼎俎, 若爲慰死者魂, 以爲不爲者, 其魂宿怒, 必待子孫疾
病, 而始施其殃. 是何不思之甚也? 使魂而有知, 子孫疾病, 憂念之不暇, 反
害之邪? 此尤甚可笑者也."
常恨冠禮之廢以爲非所以正始之意也. 逮小子成童, 將行三加, 而祝敎雖嫌
於專制而未果, 盖猶惓惓不已. 嘗於忌祀, 先兄再上杳起拜, 及徹, 戒曰: "禮
以三爲節, 上香當三. 今再非也." 雖小禮, 必欲其中節又如此焉.
嘗寓居南山下, 小子輩怕寒不堪, 使家僮潛取禁松. 先妣見之, 輒嚬顧曰: "士
尙可犯國禁乎! 愚頑僕御之動違主令, 不足道矣!" 其後小子輩雖甚寒, 猶相
戒守法.
嘗聞族人解官者, 多以官貨歸家, 顧謂二子曰:
"祿俸餘貨, 猶可累身而歸, 官庫公藏, 是豈潤屋之資耶? 世雖有介潔之士,
又多爲婦人所誤, 甚可惜也. 汝曹他日, 若不能自强, 辱先豈大焉."
嗚呼! 今雖幸而不死而得位, 不負所敎, 吾親旣沒, 誰云 '是好消息也'! 慟矣,
慟矣!
先妣素無宿恙, 中歲以來, 盒無久世之意, 盒薄自奉之事. 而小子無狀, 不敏
四肢之力, 而徒增三遷之憂, 未負百里之米, 而反貽尸饔之勞. 竟以勞悴成
疾, 至甲子正月十八日, 棄諸孤. 嗚呼, 痛哉! 嗚呼, 痛哉.
嘗封一小篋, 重襲固藏, 而每語諸孤曰: "此吾父母舅姑手札也. 他時置吾棺
裏可矣." 至是, 諸孤敬奉治命, 始閱其篋, 則簡牘六緘, 手識別裹, 不相混錯.
盖其四緘外一緘, 卽忠翼公手蹟也, 又其一則文孝公夫人在湖日往覆遺札,
而考其年月, 則先妣八九歲時也. 察其書辭, 則懃懃懇懇, 實非弄瓦之語也.
先妣穎發夙成., 於此益見. 而自其時, 已知吾親手澤爲可敬之物, 不一見遺
棄, 藏收閱五十年, 而又命之殉. 嗚呼! 苟非至性, 果能如是乎!
以其年三月庚午, 卜葬于高陽郡西大慈里先君墓後子坐午向之原. 盖以先墓
狹仄, 不克祔葬, 將以明年九月, 移奉先墓于此.
先君諱一振, 慶州金氏也. 踰冠, 中甲午生員, 不幸早世未顯. 慶川府君諱南
重, 官禮曹判書, 襲封慶川君, 卽先君皇考. 皇祖諱守廉, 官僉知中樞府事贈

議政府領議政, 鼇原君. 皇曾祖諱命元, 官議政府左議政, 慶林府院君. 墓與
先君墓同岡而異原, 盖高陽金氏八代先塋, 而金氏自國朝以來, 世居漢城.
先妣享年五十有二. 育二男二女. 男長聖臣, 進士, 聰穎博識, 將大其家, 不幸
沉痾未穌, 奄遭大故, 竟歿於先妣喪在殯之日. 慟矣, 尙忍言哉! 次卽柱臣,
不肖無狀, 遭此人世至無之禍. 女長適士人李鎭岳, 次適士人韓配道. 聖臣娶
察訪林宏儒女. 有二男一女. 長男象衍. 代父承重. 時未成童. 柱臣娶士人趙
景昌女, 有一女. 李鎭岳生二女, 幷幼, 韓配道生一男, 夭.
先妣資性和順端直而通敏慈良. 識慮明徹而言議辯達. 往往所論酷近聖謨.
愛親之誠, 惻怛之仁, 得之於天.
未十歲. 嘗新縫錦衣, 衣未浹旬, 有族人兒, 屢問其費價多少, 先妣閔然曰:
"爾欲之乎?" 卽脫而與之. 鄕里聞者, 皆竊歎之.
庚子, 忠翼公之臨終, 凡湯茶之微, 皆親下堂執爨. 癸亥, 黃夫人之重染癘瘧
也. 先妣以五十暮年, 晝夜不眠, 親擧扶不離側. 二子相語曰: "母氏愛敬不
衰, 良可感也. 然諸孫甚多何事, 使吾親偏勞!" 遂趁從食之間, 極言此非衰老
之人所可堪, 先妣憮然曰:
"諸姪婦女, 亦皆不寐, 其筋力亦皆勝我. 顧其小心扶持, 安適老人之身心, 則
皆不如我. 故老人數呼我前坐, 我其忍退休!"
盖不解帶, 不甘味, 凡二十餘日, 而未嘗見纖毫惰容. 黃夫人卽李夫人繼母,
而視先妣實外祖母也. 李夫人沒後, 先妣事之如李夫人焉. 嘗聞庶叔言曰:
"某年八月望, 吾與伯氏進士, 徹奠于先墓, 筐有新柿. 進士食其一, 裹其三,
吾問'將以進於親乎?', 曰: '不. 將以歸獻祖母.' 盖謂黃夫人也. 夫過其親, 思
其祖, 此豈人情! 然而如此者, 以養口不如養志故也. 吾於是知慈夫人之念老
也. 一嘉果一美味, 未嘗先嘗." 云.
以外王父王母盛世夭沒也, 追慕久而愈切, 平生言及父母, 則嗚咽下涕. 問人
齒, 其年甲偶與父母同, 則不覺嗚咽. 嗚呼! 哀慕不已於終身, 愛敬不衰於五
十, 非至孝而其可勉而及此乎!
季妹嘗適舅所而請行, 戒曰:
"古人以爲天下無不是底父母. 然婦姑之恩情, 由報施而生. 汝苟能竭汝之
誠敬. 則舅姑必曰: '彼非吾養而如吾子.', 其情豈有間哉. 最懼汝或有失, 彼

將曰: '是某之孫而某之子.' 愼之毋貽父母羞. 雖兄弟之子見之, 必以事父母
之道.”

諄諄勉戒, 盖其愛好人倫. 錫類不匱, 又如此焉.

甚愛小學一書, 常以紡績餘暇, 覽讀不輟. 而每至江革負母逃難, 王覽抱兄號
泣之說, 慜惻之意, 達於辭色, 不啻如目擊而身當者. 每至曾子‘親戚旣沒誰
爲孝’之誡, 未嘗不三復而含涕. 每至忠臣貞婦孝子之篇, 爲二子反覆開釋,
言其所以爲臣了當如此, 爲婦當如此之理, 而其辭明白簡易, 雖娘嬬聽之, 皆
喩其當如此也. 嘗曰: “新長之兒, 未有雜慮時. 先敎小學, 使知所向可也.”

以此, 小子亦於九歲後, 始知讀書, 而其初學史記, 纔究一卷, 旋受此書. 至四
子等書, 亦皆略涉, 而凡經傳所載一聽, 便耳順心得, 耽翫不已.

嘗曰:

“事親者, 常以洞洞屬屬爲心, 則庶乎寡失.”

又曰:

“吾今年五十, 而至外王母前, 則身輕如未老時.”

又嘗曰:

“子孫不學無識, 如玉卮虧缺, 雖其質可愛, 終非完寶.”

又曰:

“士當以言行爲本, 文藝末也.”

又曰:

“人雖平生爲善, 猶難盡善而死, 又何事枉心作惡?”

此皆恒言常說, 而無非至論善喩也.

嗚呼! 我先妣平生至行懿德, 凡可以爲子孫法, 爲鄕里則者, 何但止此. 而小
子昏迷, 僅擧十一, 則小子不孝之罪, 無所逃於天地矣. 其幸而思存者, 又不
能及時纂錄, 以圖不朽之策. 而又不能實記直述, 厚誣其先, 則是小子不孝之
罪, 無所宥於父母矣. 此小子所以朝暮焉汲汲如不及, 而猶未敢浮揚而虛誇
者. 唯君子憐而察焉.

抑小子又有萬倍痛迫者, 小子性疎誠薄, 生不能致其養, 家貧無貨, 沒不得豐
其葬. 今雖視息于世, 惡乎用情! 每中夜無寐, 一念到此, 則不覺濟焉下涕,
失聲長吁, 五情痛割, 如受鋒刃. 我心非石, 尚何堪忍! 然猶有一事可以報萬

一於冥冥, 而紓此心之寃悒者, 卽所謂不朽之策是已. 幸蒙不斳一言, 俾得燒甕納土. 使幽堂有誌, 閨範有傳, 則小子至痛深恨, 庶可少泄. 如此事未卒而喘喘之息, 一朝溘然, 則是小子生爲不孝之人, 死爲抱寃之鬼, 寧不悲哉! 寧不戚哉! 唯君子憐而察焉. 甲子九月日. 不肖孤柱臣. 泣血謹書.

金柱臣, 『壽谷集』권7, 『한국문집총간』권176, 211~215쪽

祭亡妹文

維歲次丙寅四月乙酉朔二十三日丁未, 兄柱臣謹以淸酌庶羞之奠, 哭訣于亡妹孺人金氏之靈.

嗚呼! 汝今逝矣, 吾將安歸? 世誰無夭閼之患, 而寧有如汝喪之慘且憐也. 人孰免同氣之戚, 而安有如吾情之痛且苦也. 吾情之痛, 汝喪之慘, 求之人世, 俱無兩焉. 慟矣此恨, 欲言腸裂.

嗚呼! 惟余賦命險巇, 夙遭愍凶. 生年五歲, 家君捐世, 維時汝尙在懷, 兄未成童, 而長姊笄而未嫁. 我慈氏辛勤劬勞, 抑哀撫育. 比終喪, 僦屋嫁女, 越明年, 留兄就學, 而唯挈吾與汝, 往寓交河舊庄, 蓋爲伯兄醮禮, 爲治蠶耕殖地也.

夏月潦暑, 茅屋上漏下濕, 一器蔬飯藜羹, 有菜不糁, 其苦實不可堪. 而然而慈堂, 有時開口而笑者, 誠以吾與汝俱幼, 而日夕在前嬉怡也, 自後凡有移徙長姊, 伯兄以旣長自食, 雖或分居別寓, 唯吾與汝, 則蓋未嘗違吾親之膝下, 而一日相離也.

吾旣善病, 汝又淸羸, 每貽慈堂唯疾之憂. 而慈堂慈愛過人, 雖居貧供祀 冬禯不絮, 唯少子少女藥餌, 未曾絶也. 雖氣力未康, 起居恃杖, 唯病子病女所食, 必躬爨而先嘗焉. 一啜一飯, 唯視病子, 而病子不食, 則亦隨而絶粒, 精誠之至, 豈無所感! 吾與汝幾死而回生, 濱危而復甦, 旣免疲癃, 終能成長. 蓋貽母之憂, 荷母之恩, 吾與汝最深, 欲報之德, 曷有其極!

嗚呼!唯我諸孤, 旣荷顧復, 有室有家. 亦蒙修誨, 粗有知識. 諸幼戲嬉, 滿堂奴婢, 奔走率命. 而儋石有儲, 祀享不替, 則慈堂始有遂生之念矣. 伯兄藝業日就, 嶄然見頭, 則得祿致養, 指日可期, 而吾與汝反哺之願, 亦庶可因兄始伸矣. 誰意天不悔禍, 神惜純嘏, 幾成而毀, 將全而破. 俛仰之間, 而萬事瓦裂乎!

盖自庚辛以來, 禍故復作, 娟秀幼孫, 三筒孩提, 旬月相繼夭死. 而又值歲惡
艱食, 遷居移宅, 甘旨未充, 而日有何嘗之歎. 離合無常, 而每患陟屺之憂. 自
是吾與汝, 亦離多會少. 而維時汝常見親表中二親無恙, 祿食贍厚, 姊妹昆
弟, 一室驩娛, 而左右供歡者, 汝輒汪然而曰: "吾家何獨無此樂乎?"
余亦潸焉以悲, 而然余則性頑誠薄, 悲不久時, 憂而旋忘. 不思江革行傭採拾
之事, 而徒俟伯也之將顯, 亦忘曾參'不時不及'之戒, 而惟恃母氏之康寧, 盖
謂就養有時, 豈意執爨無日乎! 始知汝之焦然每見于色, 汲汲若不及者, 一出
乎愛日之誠, 而已有今日之慮也.

嗚呼! 惟余不肖無狀, 不敏四肢之力, 而徒增三遷之憂, 未負百里之米, 而反
貽尸饔之勞, 使吾親, 竟以勞瘁成疾, 奄忽違背. 嗚呼! 生無一日之養, 而卒
之以憂患戕吾親. 死乏一瓦之覆, 而終至乎几筵無所托. 世間愍凶大故, 人孰
不遭, 而惟其極冤至痛, 豈有如不肖者哉! 慟矣慟矣! 況伯兄受病于久病之
中, 夭逝於充瞿之日! 同室二殯, 路人所悲. 矧吾與汝, 孤露餘生, 幼而恃母
爲養, 長而仰兄爲生, 今失母纔一旬, 兄又棄吾汝而隨二親, 吾將誰仰, 汝將
何恃! 吾與汝皇皇焉望望焉, 若有求而不得, 從而不及. 則汝抆血盥手而助奠
于內, 余忍慟捨杖而營葬于外, 東西乞假, 襄事纔完.

而汝卽釋喪, 衣反常服, 歸侍舅病, 余旋挈孤寡, 奉靈筵, 移寓城西. 自是汝非
朔望茶奠, 不敢來侍几筵. 而余嫌無故出門, 未得隨意省汝, 盖吾與汝一月相
對, 不過四五日而已. 胥遠之恨, 孔懷之情, 宜乎喪威以來, 一倍難抑.

而汝之念吾, 吾之慮汝, 又有他故大於是者. 然汝之念, 只是念吾單居守喪,
形影相弔, 疾痛無所呼, 飢寒無所告, 而日夕焉銜恤自悼而已. 至於吾之慮,
則剝膚之災, 逮身之孽, 降非自天, 作非自己, 而緝緝翩翩, 莫可逭免, 將無
措躬之地, 望有雪冤之路乎. 斯慮不淺, 食息未忘, 逮夫去年夏, 汝果有對案
之愁.

嘔血之病, 而念吾之憂, 不卽告余, 至於不幸噎肺, 則汝乃始向余, 訴悶以謀
艱貞之吉. 而余察其顏, 則髮竦而色惴惴若受鋒刃者. 余聞此誠不覺心寒而
神慄. 而弛毈之策, 百爾思度, 終無善計, 余言分爨之謀, 則汝蹵然而曰:
"不瑕有離親之誚, 而重不孝之名乎?"
余又誦耘瓜之說而喻之曰:

“彼參也, 不逃父杖, 而尙得罪於聖人矣하였다. 況奉仁舅慈姑, 而徒恐傷親之志, 守恭俟命, 如申生之爲, 則又何異畏城敬社, 而狐咬鼠嚙, 任其齗齧乎?”

汝始戚然感悟, 歸以權辭, 白其舅, 來寓吾廬之旁. 是本無妄之疾也, 未數月勿藥而有喜, 則吾之慮始解矣. 並居一室, 共侍几筵, 孤苦之情, 稍加自慰, 則汝之念亦寬矣. 不幸羣庶之慍, 往而愈毒, 非情之誚, 果如汝度, 如簧如刀, 實不可堪, 汝寧欲待天乎巖墻. 而適有先君改葬之事, 汝遂以營葬爲辭, 隨吾拜柩于先壟, 則囂囂之口, 盖亦暫閉矣.

因念今人離父母者, 雖昨離而今會, 必先以其疾痛憂畏, 釀淚歷訴, 冀蒙憐恤之德. 況吾與汝, 常以生不識父顔, 爲平生至痛! 今於失怙二十年, 始見玄棺, 而邇來荼毒, 不啻疾痛憂畏之比. 又適當此履虎據蔾之日, 則吾與汝, 日夕嗷嗷咷咷, 若呼若愬者, 其聲戚而其怨苦矣. 其意則盖亦冀蒙啓佑之澤于冥冥之中. 而汝命甚奇, 吾殃尙深, 俾先靈, 不克私厥子, 而終不免乎短折, 慟矣! 尙忍言哉!

盖旣葬而還, 則益畏衆口, 遂卽歸觀. 比至歲末, 前恙復作, 而疑訝內焦. 舊絮薄冷, 而風寒外攻, 遂成羸憊之疾, 益臻委頓之境.

而日月流邁, 祥事忽迫, 汝益恨病不執奠, 哀毀加病. 而余亦悲遑度日, 未卽來省, 過祥後始來見汝. 則汝乃伏枕呻吟, 擧目而視余禫衣素冠, 不覺涕淚之汍然, 而氣息綿綴, 不能出一話相慰. 余始深慮汝病, 忍淚强語而還.

而因念弘仲一身, 日侍湯藥, 而二三女奚, 俱甚昏迷, 調治之事, 多有不密. 況舅姑病裏貽憂, 亦豈可不念乎. 爾郎亦先獲我心, 遂令移室于中門外闒舍, 而俾我救療. 自是余得日夜扶護, 躬執藥物, 汝喜同氣在傍, 如蒙顧復, 沉痾果歇, 庶有復起之望. 而誠愛淺薄, 未見神明之佑, 調治不密, 反同小奚. 而病情沉沉, 日就澌綴, 至前月一日曉, 竟至不淑, 嗚呼, 痛哉!, 嗚呼, 痛哉!.

頃日余之始來省汝也, 小奚隨我至門而謂曰:

“阿妹夢中呻痛之時, 多呼喪主. 喪主數來, 則病懷必寬.”

余感傷唯唯而歸. 及至病革之日, 吾非尋醫調藥, 不離汝側. 而汝於夢裏, 呻痛不呼我, 而輒呼慈堂, 如呼在旁之人. 嗚呼! 汝之恃吾如母, 而吾之視汝, 不如平日慈堂之視汝. 故其初則呼我蘄生, 窮而後反本, 而惝怳罔措, 束手坐觀, 使汝焦惱而自盡, 吾將何面, 拜慈堂于地下乎! 嗚呼!痛哉! 嗚呼!痛哉!

汝歿之後, 廿有三日, 始行禫祀, 而唯此隻身, 孑立奉奠. 傍觀甚戚, 身當何堪! 嗚呼! 今日一家上下, 皆釋衰服吉, 而唯汝一人, 何獨不在耶! 每念汝呻吟之中, 裁裳染黛之事, 五內如煎, 枯腸如割. 尙復忍言! 尙復忍言!

嗚呼! 一自孤露, 終鮮以來, 只有兩箇姊妹, 相保爲命. 而伯姊則病處江外, 虞練祥亦未克來會, 一年對顔, 僅三四日. 至於同在一城, 知吾疾痛寒飢, 而逐時月來會, 相加慰喩者, 唯汝而已. 然而猶以室遠爲恨, 每思源源之道, 頃與爾郎相語, 爾郎聞余方營數楹之室, 爲奉廟之所. 爾郎曰: "吾亦有爲老遷居之計. 可得卜宅于一洞, 而朝暮相從乎" 余聞此喜甚, 方且晝謀夜度. 而豈意斯慮纔萌, 汝忽先逝, 使我益無所依庇, 而抱此至恨也哉!

嗚呼! 余雖癡頑, 平生慕子臯之行, 足不欲履影, 手未嘗害物. 而有何不道隱惡爲神人所怒, 酷殃慘罰, 荐降而疊臻, 至於今日而極, 而顯有猜疾之意乎! 況汝至性純行, 宜克蒙福于天, 而于歸九載, 困於脣舌, 一子夭折, 更無嗣續. 而竟以廿三弱年, 奄忽夭逝, 天道福善佑仁之理, 果如是耶!

嗚呼! 惟汝性行慈良, 孝友出天. 事慈母則先以養志爲務, 而凡所猷爲, 不欲違拂. 處兄弟則常以怡怡爲恩, 而及見過誤, 必加誠責. 至於得一嘉果一美味, 必欲與慈母兄弟, 並坐共餐, 而未嘗先嘗. 慈母兄弟, 有所思嘗, 則必極力營辦, 而不使知其艱, 乃若自身不免寒餓.

而奉養其夫, 則便身之物, 無不畢給. 待其夫相敬如賓, 而有失則必怡聲而規警. 及至執親之喪, 助奠則雖菹菜末品, 必躬爨火, 而不委婢妾, 哭泣則血淚穿裳濕筵, 三年如一日. 顧此至性, 移之事舅事姑, 寧有甚悖不順之理乎! 況汝歿之後, 汝之小奚, 持一冊子訴余曰: "阿妹平日愛翫此書, 此書吾無以持守" 余泣受而閱之, 則乃汝平日手抄小學諺解一書也. 一編之中, 莫非孝弟之訓, 而至於賢婦事實, 畢錄而無遺, 苟非眷眷乎奉承公姑者, 其留念此事, 何能若是之勤乎!

嗚呼. 汝平生不事貯藏, 不喜華靡. 屋無私貨, 笥乏紈綺, 死之日, 只以數領襦掩首, 此外更無尺縑之儲. 而惟此一區鏡奩, 數隻箱篋, 乃先妣艱難營造, 迨汝施衿之日, 而手自貽汝者也. 卽今無一血續可傳此物, 但有二三女奚, 收護持保, 而塵埃已滿, 蟲鼠難禁. 將欲焚埋不見, 則痛割一倍, 而藏守勿失, 則屬托無所, 吾將處此物於何地乎! 言念及此, 我心如焚.

嗚呼! 仁者有後, 古聞其語. 而汝之純明, 今何絶嗣! 伯道未育, 猶有可推, 而
汝之無後, 終不可究, 天道神理, 一何昧耶!

嗚呼! 汝旣無一箇似續, 而汝家先塋, 方營改葬. 惟汝孤魂, 實無所歸.. 則姑
將權厝于大慈洞墓側, 以爲卜兆後返葬之地. 而冥冥之中, 倘或有知, 其必樂
父母之孔邇, 喜兄弟之無遠. 終天之痛, 同氣之哀, 倏如昨夢, 而晨昏之歡, 濡
湛之意, 無異平日, 此庶可以慰寃於九原. 汝其有知也耶! 其無知也耶!

吾亦何日當死, 忘斯悲而遂此樂也耶! 然念先君子先伯氏, 皆以强康之資, 而
未享疆仕之年. 況余喪性於喪威, 損精於病瘦者. 懍懍喘喘, 莫保朝暮, 則餘
日實寡. 而且雖不幸而得中身之壽, 前過二十六年, 與瞬息無異, 則從汝於九
原, 不過俛仰之間也. 今日所祈, 唯此而已, 其意亦可悲矣.

嗚呼! 吾自今日, 生人之理都盡矣. 惟當從汝郎君, 卜居同里, 以待餘日. 而
汝家親癠尙苦, 至今兩月, 未傳汝訃. 襄事雖訖, 亦將返哭於寓所, 方與爾郎
謀搆數間屋於本家中門外, 以爲奉主終喪之所, 而勅婢使謹祀享, 俾不替朝
夕之奠. 俟卜吉地, 終能返葬, 然後吾其瞑目矣.

嗚呼! 時月如流, 春序忽變, 故園花開, 前階草深. 鳥飛鳴而招子, 蜀睍睆而
求偶. 靜觀萬物, 盖莫不有生意, 而惟長逝之冥寞, 將無歸於斯世. 悠悠彼蒼,
曷有其極.

嗚呼! 日月如流, 靈辰忽迫. 翣已陳矣, 輀將駕矣. 挐一片之粉旌, 尋宿草於
舊壟, 登壟一慟, 草木共悲. 逝者不昧, 寧不愴恨. 嗚呼, 百里之別, 尙猶刺刺,
況兹幽明永訣之辭乎! 疇昔之所欲言者, 塡膺塞胸. 而憂病交攻, 神魂迷亂,
朝思夕忘, 夕思朝忘. 今之所吐出, 乃其中一奧而已. 他日地下, 當歷說而盡
懷焉. 姑設此饌, 失聲長號, 其可以少洩至慟也耶. 嗚呼哀哉. 尙饗.

金柱臣, 『壽谷集』권7, 『한국문집총간』권176, 225〜229쪽

祭外曾大母貞敬夫人黃氏文

維歲次丁卯八月初三日己酉, 貞敬夫人昌原黃氏靈柩, 來自淳昌郡舘舍, 將
以二十一日丁卯.祔葬于天安郡南延陽府院君李忠翼公墓右. 其外曾孫慶州
金柱臣, 漬絮灸雞, 走自嶺西, 及其懸棺前一夕, 而哭訣于靈筵曰:

嗚呼! 惟我夫人, 早以名門淑女, 歸爲巨室冢婦. 鑿衿纚施, 而鞠衣在躬, 熊
虺無徵, 而子姓甚茂. 受命婦重祿, 殆三十秋, 享專城榮養, 亦八九州. 而八袠
遐壽, 考終厥命, 純嘏景福, 蓋莫與競. 而况其在世, 則國有大慶, 輒蒙東朝之
禮速, 上思舊勳, 時貺內藏之粟帛. 而其沒也, 則相臣奏先正之忠勤, 聖主下
隱崇之異恩. 至令兩道列邑, 各執其物而奔走掩坎, 是其生榮死安. 雖在慈
孫, 而宜無遺憾. 而惟我小子之以服盡外裔, 承訃以來, 望望如孺子之慕慈
母. 而至今二月, 慟愈新而心愈疚者, 豈徒然而無以?蓋欲言則先淚.

嗚呼! 昔我先妣早失怙恃, 唯夫人焉是依. 則恩奚翅於閔斯! 中歲晝哭, 賴夫
人而未亡, 則德豈止於再生! 由是先妣事夫人如親母. 凡所供奉, 極其誠敬,
而常若不足, 居常侍側, 必有愉色而猶恐有失. 雖萊之承老, 參之養皙, 曷足
以喻其樂!

不幸小子殃咎貫盈, 禍延其親, 封窆之慟, 大傷老人. 而餘殃尙深, 穹罰猶酷,
未葬而伯兄喪逝, 旣祥而季妹夭閼. 隻身孤立, 煢煢孑孑, 疾痛無呼. 寒飢誰
告, 自憐形影之相弔, 唯有椎心而泣血. 維時夫人, 哀我愍我, 慰我寬我, 一如
先妣晝哭之日. 小子感泣, 忍哀加飧, 于今苟全, 亦豈非夫人之德耶!

嗚呼! 免喪以來, 纔幸牀下之來拜, 而南行以後, 復如堊室之懸慕, 則忽憶韓
氏生不共居之語, 更念李密報劉日短之言. 而竊自傷念曰: '表從叔板輿南邑,
雖爲乎日用三牲, 我小子內外尊屬, 唯夫人年高無恙. 且在小子, 可以先妣之
思而事一焉, 少紓風樹之感於今日者, 亦有夫人一人.'

而離違未幾, 歲序又變, 小子情理, 何忍廢遠思. 將匹馬裝行, 敬奉千里晨昏,
而飢病錮留, 魂夢徒煩. 維時內兄戀慕, 亦與小子一般, 遂相往來屬託, 幸荷
執政矜憐, 換授畿邑. 秋以爲會, 則共賀歡侍之不遠, 唯祈時月之易邁. 而小
子貧困日甚, 失所棲棲, 慮欲一飽食於窮途, 遠從叔父官于嶺西, 則又恐旋歸
不遑, 迎謁遲延矣. 何知曾未數月, 人事忽變, 期以警欬歡侍之辰, 反爲窀穸
告訣之日耶?嗚呼, 痛矣! 嗚呼, !痛矣!

夫人一自南邁, 戀念小子, 實倍諸孫, 手書絡繹, 辭意慇懃. 每言氣息危淺, 勉
以不死復見. 而今年二月書曰: "歲已換矣. 思戀日積. 而自度神志益耗, 可知
非久奄忽矣." 小子奉讀再三, 不任驚歎, 而然以爲老人之恒言, 不意自卜其
遐箕也. 誠知其如此, 何憚跋涉, 終遠一面! 病未執燭, 斂不奉奠, 而隔千里

之嶺外, 忽一夕之承凶. 設虛位於旅館, 望南天而椎胸, 竟抱無涯之戚, 而孤
負平生之澤耶. 嗚呼, 痛矣! 嗚呼, 痛矣!

孤露餘喘, 三年草土, 百病嬰骸, 八載僑寓, 萬念俱灰. 豈復有人世意也. 然而
向也入而有懷焉, 出而有適焉. 寓墻羹之慕, 移愴愉之歡, 而自保冥頑者, 誠
以夫人在世也. 今也入焉銜恤, 出焉靡之, 墻羹之思無所寓, 而愴愉之誠無所
移. 則雖使孩提孺子喪其慈母, 慟悼哀疚, 寧有加於小子今日耶? 小子此生,
復將喚誰而謂祖謂親耶? 嗚呼, 痛矣! 嗚呼, 痛矣!

日月流易, 靈辰已迫. 酹酒洩哀, 不可再矣, 撫柩長號, 今日已矣. 而病餘操
管, 文不盡情, 客裏齋奠, 物不如誠. 雖不昧之鑒衷, 顧此恨之焉極? 單杯一
慟, 終天永訣. 嗚呼, 哀哉! 尙饗.

金柱臣, 『壽谷集』 권7, 『한국문집총간』권176, 229∼231쪽

祭伯母文

維歲次庚辰四月甲子朔初五日戊辰, 姪子中訓大夫, 行戶曹佐郎柱臣, 謹以
淸酌庶羞之奠, 敬祭于伯母淑人韓山李氏靈座之前,

嗚呼, 慟矣! 我生不天, 未齔失怙, 甫冠四載, 不卒反哺. 煢煢孑孑, 在死而存,
惟我諸父諸母之恩, 孤露殘骸, 庶有依庇. 命奇祚薄, 降割未已, 伯父, 叔父,
羅, 鄭二姑, 二紀之間, 相繼而殂. 惟玆叔母曁我伯母, 巍然獨存, 我燠我覆,
我寒而襦, 我飢而穀. 念我顧我, 無間似續, 雖我冥頑, 尙解感戴. 瞻我伯母,
常猶天只, 誰知今日? 慟深如喪, 蒼天蒼天, 吾將安仰!

嗚呼! 伯母, 二五淸淑, 鍾稟爲性. 純明之德, 貞正之行, 姻睦之誼, 慈孝之篤,
求諸女史, 古罕其特. 若論閨儀, 可比任姒, 六親取則, 罔不愛慕. 逮今會弔,
如哭其親, 矧余摧割, 曷有其垠! 獨於幽明, 孤負反甚. 自病至殯, 自殯至窆,
擧扶之誠, 侍奠之節, 奔走斗斛, 禮廢情缺.

日月有時, 祖道將戒. 自今信宿, 窀穸永閟, 顧玆深恨, 於何少洩!

至行懿範, 庶幾摹述, 傳于家譜, 詔我後昆, 小子之責, 唯斯已焉. 仰惟尊靈,
精爽不昧, 冥冥之中, 尙監微衷. 嗚呼, 哀哉! 尙饗.

金柱臣 , 『壽谷集』권8, 『한국문집총간』권176, 242쪽

祭從妹文

維歲次辛巳歲除日, 堂兄順安縣令某, 遠具酒果之奠, 替告于從妹孺人金氏之靈.

嗚呼! 爾之棄世, 今且周一歲矣. 精爽魂氣, 其有不亡而存者耶? 其飄散怳惚, 無復記識於冥寞耶?

爾之始死, 吾承凶於關外. 旋以老人疾病, 熬煎憂遑, 爾未入地之前, 竟未能奔哭而臨穴. 又未暇爲文潰絮, 走人告訣於柩前, 而乃今僅趁爾初忌, 千里緘辭, 以紓余痛結. 爾靈果無散減而存者, 其必憾余於前, 而終哀余無限也.

嗚呼! 余不幸五歲而孤, 自在髫齔間, 嘗受業於先叔父, 而年十六七, 則叔父嚴課講學, 攜置床下. 且將三載, 而其時見汝始生于世. 余永感, 又破家失所, 常在先叔父膝下. 而其時叔父, 謝官罕出, 擇壻與送女之事, 俱任余周旋.

而先時, 叔父連喪丈夫子五人, 晚年育汝. 而又汝穎悟, 秀朗絶人, 以是先叔父, 視汝如男子子, 暮景悲疚, 只憑汝消遣. 又得佳耦爲配, 則閨門之內, 方且慶喜, 而其年冬, 叔父奄忽違背. 余終三年, 不忍離去, 而汝素抱奇疾, 大故以後, 有時添劇. 醫治砭炳, 汝獨余言是信. 而又汝之郞君, 在湖病篤. 余嘗護汝間關往會, 見其病愈, 而後始返. 盖汝於吾, 雖爲從兄妹之親, 前後同爨旣久, 又同憂患如此. 故汝視吾如親兄, 而吾之視汝, 亦比天倫無間也.

嗚呼! 昨年夏, 余出宰西關. 而二親已逝, 祿不及養, 則晚景一麾, 非榮伊戚. 而自念'吾之有今日, 無非叔父之德也. 十數年來, 殘骸隻影, 又資養於叔母, 今叔母菽水不繼, 而專城之奉, 吾何忍獨享耶!' 遂版輿侍往. 而但汝方在湖西之夫家, 叔母以西關去南漸遠也, 戀汝尤切. 余每引喩于前曰:
"驛路嗣音, 無異在京. 而旣未相見, 則遠近何關"
汝亦有書, 以爲'慈親, 每於寒節, 舊恙輒作, 少有安日矣, 聞秋冬間起居, 比前康勝, 又無寒疾, 此殆奉養無缺而然也. 弟不以遠離爲恨'. 余又以汝書, 白于叔母.

而余幸晚有兒息, 方可提抱, 又有兩女一兒, 環侍左右, 戲嬉遣日, 叔母亦自寓懷, 未有歸思, 而安之如家. 方擬二三年, 瀟灑供歡, 以待神氣加健, 奉還京第矣. 豈意如是未及半年, 而遽承汝千里外凶音, 使余莫知所以爲處耶! 痛矣痛矣! 是何事耶! 是何事耶!

前歲臘月, 汝有書求藥曰:

“久病未蘇. 而今又有身, 免乳之際, 恐溘然不起. 兄欲復相見我, 如人參良劑, 因便見惠,”

余覽書戚然, 而只謂病裏苦語. 誰知是後不復見汝書耶! 痛矣痛矣!

見汝書才一月, 得李友衡坤書, 始聞汝竟以産病, 不起於首春之十七日. 承訃之日, 驚痛如割, 而出次閭舍, 一聲長慟而已. 後四日, 又於閭舍, 成服, 南望長號, 而卽釋麻服吉. 終不敢以汝喪事, 告于叔母者, 誠以叔母雖在盛年, 每遭慘戚, 輒痛隕成疾, 今於七旬衰年, 若聞汝訃, 則必無以支保, 而自致京第也. 然而汝之喪事, 終難久諱. 則遂決意解歸, 日夜理行, 聞訃二十七日, 託以他事, 侍奉登途, 盖將還京後, 告知汝訃. 而行到鳳山, 舊痾忽發, 不能前進, 客土逆旅, 老人疾病, 猝然危篤. 而四顧旣無親知, 醫藥亦無其便, 此時憂遑煎迫, 豈人情之所可堪哉! 幸賴神明之陰隲, 調治一旬, 氣力少穌. 而前途尙遠, 恐復撼頓於跋涉, 乃又還尋舊路, 復返任所. 而自夏至秋, 常在欠伸, 屢欲扶將作行而未果. 荏苒之間, 爾之別世, 倏然而歲盡矣.

叔母以久不見爾書, 每自悶鬱. 或託書封之浮沉, 或託見汝郎君書, 而知汝平安, 慰解不翅多方, 而終歲不見爾書, 則老人心懷, 將信將疑. 每於床下, 強笑權辭, 多逼逝者, 而痛割如新. 彌縫周遮, 或恐覺悟而焦煎一倍, 此又豈人理之所可堪忍者哉! 痛矣痛矣!

爾別世前一月, 千里專价, 來候老親起居. 其還也, 余爲寄土産若干. 而伻人當發之前夕, 入候叔母, 則叔母方親持一小笥, 盛以皮卓餘饌, 手自藏襲以付矣. 厥後聞爾病革之日, 猶問伻人還否. 而伻人還到於爾喪旣殯之後. 爾夫家以此數種, 展于靈筵, 而擧家號哭云. 痛矣. 此言奚入余耳, 而使余傷痛如新耶!

暮春節使之還, 有以砂糖篆香來饋者. 余以是納于叔母, 則又親自緘封, 覓便贈汝. 而後一月, 爾郎君書復于余曰:

“曩者諺簡, 帶香佩而至. 滿紙辭意, 誠不忍奉讀, 而亦不忍棄置, 並埋墓所. 逝者有知, 豈能暝目於斯耶!”

余覽至於此, 不覺涕泗之交頤, 而嗚咽而哽塞. 痛矣! 此書奚入吾眼, 而使吾慘焉悼怛, 如始承訃之日耶!

嗚呼! 惟我叔母, 凡擧五男七女, 五男三女, 相繼夭逝. 而汝於序爲最季, 平日鍾愛特甚, 夫家往來數月之別, 猶不禁垂涕而撫頂矣. 今爾死而且將期年, 而尙不知爾之一身, 與其抱中兒, 已入于地, 但以消息久斷, 靡日不思. 而凡遇異味, 輒以餉汝, 又作爾小兒衣裳以送, 而旁人含忍順旨而已. 方其修書, 又恐婦人疎於應對, 余時操管. 而及退而涕淚已潸. 痛矣! 世間, 寧有是事耶! 方俟開春, 奉還京第, 而後始告汝訃. 而旣聞汝訃, 則其勢必過哀添疾, 此時亦將何爲處耶! 死而果有不昧, 其必戚然自傷, 而深慮隱憂, 與余無異也.

嗚呼! 吾於汝, 平昔親睦如同氣. 而沒而不得撫柩而哀, 葬而不得臨壙而訣. 斯慟斯恨, 何時可已! 而最是爾病中一札, 爲丐藥餌, 而吾困於酬應, 又其價重難售. 而又不意爾病之竟至於斯也, 因循未卽覓付, 而忽聞爾訃, 吾於是, 負爾多矣, 負爾多矣. 玆求數本三稜, 作爲菹果, 寄奠於酒杯之間, 盖不如是, 無以伸余恨結也. 今吾所齎送薄具, 當薦於爾之初忌. 而貼書于爾之兄公, 使之親讀此誄文. 庶幾爾之歆格, 倘有不昧, 其將有感於斯耶, 其否耶.

嗚呼! 以爾純明之質, 宜克蒙福于天, 而纔生一男, 未晬而死. 沒時所生兒, 生八日而死, 兒死二十四日, 爾又死. 而爾之生世, 僅二紀有一年矣. 古人所謂神理不可推者, 誠然矣. 痛矣痛矣! 謂之何哉, 謂之何哉. 尙饗.

金柱臣, 『壽谷集』권8, 『한국문집총간』권176, 242~245쪽

祭乳母文

維歲次庚寅十月壬戌朔十三日甲戌, 慶恩府院君金柱臣, 謹具酒果之奠, 遣傔人徐碩望, 告于乳母尹召史之墓.

嗚呼! 召史之沒, 在於已卯正月初八日, 而承訃於二月之旬, 設位一慟, 服麻三月. 無何, 出宰關西, 因又繫官于朝, 匹馬西行, 宿草泄哀之計, 至今十年而未諧. 有時念至, 不覺感涙之沾襟也. 玆遣傔人蒼頭, 覆土改莎, 埋誌壙南, 使村里農人牧竪, 知此纍然之塚, 爲吾乳媼之葬焉. 嗚呼, 哀哉! 尙饗.

墓在安峽.

金柱臣, 『壽谷集』권8, 『한국문집총간』권176, 248~249쪽

祭季母文

嗚呼! 我生不辰, 早失怙恃, 中歲喪威, 孑然靡寄. 父師之義.顧復之仁, 唯我季父曁叔母恩. 開我聾瞽, 幬我視息. 欲報之德, 昊天罔極. 積殃在身, 重忤神祇, 凡所猷爲, 猜害如隨. 版輿西邑, 寔爲供歡, 林氏妹訃, 千里遽傳, 彌縫周遮. 隱痛懷閔, 稱觴介壽, 竟違宿願.
逮還京師, 分居離側, 同室晨昏, 不如往昔. 猶幸邇來, 年壽彌高, 而無大恙. 爲神攸勞, 巍然獨存, 作我幈幪. 喜懼之私, 方切于中, 豈知一夕, 慟深如喪! 哀我小子, 何依何仰? 嗚呼! 寬裕之性, 仁厚之德, 純備之行, 宜享百祿, 奈何其生, 親哭五子! 天理茫昧, 實有難恃.
時序流易, 靈辰已迫. 惟楊合塋, 三日以隔. 終天永辭 宜敷衷情, 悲疚神昏, 僅叙數行. 俯仰叩叫, 何所逮及. 聊薦菲儀, 庶幾歆格.

辛卯二月

金柱臣, 『壽谷集』권8, 『한국문집총간』권176, 249쪽

亡妹墓改莎草告辭

昨歲襄事, 値時之旱, 墓茅枯落, 封赤如袒, 尙冀其蘇, 以待春和. 今四月夏, 百草皆花, 惟玆宿莽, 生意索然. 間有勁根, 猶自芊芊, 枯莖靑葉, 生死咫尺. 我每來哭, 覽玆益戚, 其未卽修昏姻之故. 玆卜良辰, 將加抔土. 先事來告, 薦以瓣香, 爾幸毋驚. 我其在旁.

金柱臣, 『壽谷集』 권8, 『한국문집총간』권176, 252쪽

淑人豐壤趙氏行狀 代作

先妣淑人趙氏, 籍豐壤, 高麗佐命功臣孟之後也, 曾祖諱希輔, 文科官至分承旨. 當昏朝, 杜門守正, 世稱之, 祖考諱珩, 禮曹判書, 有厚德, 祖妣泗川睦氏, 壼法甚美, 考諱相抃, 鎭川縣監, 妣密陽朴氏, 慶州府尹諱守弘之女, 嶺南名族也. 以崇禎丙戌十二月二十九日, 生先 妣朴夫人.

淸明端肅, 爲宗黨模楷. 而先妣自幼時已能服習其訓, 事親奉長, 愛敬篤至, 行事多長者所不能及, 故判書公及睦夫人子孫甚盛, 而特奇愛之. 嘗侍朴夫人坐堂上, 見僕人乘屋或臨危, 輒轉面不視問其故曰: "吾不忍見其墜而傷也." 雖在沖年, 而其軫物之意, 已如此.

自七八歲, 不喜遊弄, 能隨長者趣, 女功不煩程督, 凡縫紉紡績刺繡之事皆能, 又好書, 輩從兄弟學書, 必手箴線在其傍. 受讀者有所未達, 反能爲之剖析, 長者奇其穎慧, 欲授以書, 先妣以爲非女子務, 不當專心, 乃晝治女紅, 以夜讀小學內訓諸書, 略皆上口. 兄進士公, 高才博學, 讀書暇, 輒爲先妣論說經史, 先妣聞輒心融, 無復凝滯. 是以於聖賢義理之訓, 歷代帝王昏明治亂之迹, 靡不通曉, 然未嘗以此自矜詡, 故人見之悾悾, 不覺爲識文字人.

年十六, 歸于我先君. 我伯姑, 實爲先妣仲母, 故察其賢而媒之也. 入門之日, 人皆嘖嘖賀冡婦得人. 旣歸, 小心謹身, 一遵禮法, 無故不下庭, 昏夜如厠必以燭, 晨起卽治供姑之物, 烹飪調腼, 唯恐不適. 我祖妣素抱疾, 至冬輒劇, 先妣常一心焦憂, 不遑理容髮, 雖隆寒大雪, 必露立終夜, 以視粥藥, 俟祖妣安寢, 然後暫就私處以爲常. 雖手面凍裂, 不憚也, 乙巳歲, 祖妣疾大危, 醫人皆却走, 擧家遑遑不知所爲, 先妣乃潛斷手指, 取血和藥以進, 疾得瘳, 而家人少知者, 惟伯姑見之, 嗟歎不已.

出適旣久, 而歸寧時, 輒照察家務, 以代父母勞, 隨事承意, 未嘗有纖毫咈逆. 旣去, 思慕款款, 常如在其側, 其居父母喪三年旣畢, 而猶不嘗肉者數月. 及我祖妣喪, 已衰矣, 而哀慕甚切, 疏水一如禮, 不肖等憂其不堪諫之, 而終不肯變. 具饋奠, 必身莅之, 劬瘁而不懈, 精誠透徹, 有人不可及者. 然竟以此致傷, 免喪纔數月而疾作.

每自以早失怙恃, 多哭同氣, 居常茹哀, 言笑稀少, 食不甘美味, 身不近錦綺. 父母手簡, 一一收拾, 雖赫蹏之微, 不遺, 緘而署之曰: "他日取納我棺中." 其孝敬類此.

凡擧九子, 皆自鞠未嘗置乳母, 盖不欲以己子病人子也. 其養子, 不以慈愛而過於厚. 十歲前, 無得衣帛, 飮食不使肉勝, 務爲淡薄, 盖敎之儉, 又以養其氣血也. 旣長, 猶禁世俗所尙精侈之服, 故諸子婦無敢造焉. 子女雖幼小, 檢束甚嚴, 其所爲有少不可, 輒峻呵責之, 不少假. 常戒不肖等曰:

“士當謹飭其身, 正其心術, 務其學業.”
其戒女子則曰:
“士齊家而後可以治國. 女子在室時少過, 方可以行於夫家也.”
子女或言婢僕之短則曰:
“人稟各有高下, 豈可責其盡同乎, 責人以恕己之心, 古訓也.”
諸子視之如一, 無少偏愛婦人. 多內女外婦, 而先妣不存絲毫厚薄焉. 父母沒, 析産, 先妣以先業鮮少, 兄弟多困乏, 乃讓其所當得者, 秋毫亦不取. 兄弟子早孤者, 撫顧一如己子. 先君篤於兄弟, 而先妣克承其志, 無少圓方. 其處娣姒間, 有人所難者.

我祖妣鞠外孫女一人於家, 旣適人, 猶念之不置, 雖一味之甘, 必分餽之. 祖妣沒, 先妣猶按行其事無少殺, 而又憐其新寡, 賙恤尤曲盡焉, 此妹常感頌曰: “舅母之恩, 與父母何間.” 及疾病, 其家婢來候, 先妣語之曰: “汝家近何以自存. 汝家郎祥日, 我欲助祭物, 預有所營, 而今疾甚莫能如意也.” 仍惻然傷心, 侍疾者麾送其婢.

宗族隣里, 有婚喪及窮乏, 救助如將不及, 家有無不顧也. 親黨有年高者, 必以時致膳服, 雖下賤人, 若家有老人, 必給供養之物. 見人凍餒, 必惻然爲之脫衣推食, 有庶族女, 早寡無歸, 收置家中撫之, 積年歲不衰, 其人感之入骨. 從先君莅歙谷縣. 邑小賦重, 民物凋弊. 先君務行如傷之政, 而先妣又左右之, 雖官物之經入者, 猶一切不受曰: “當此凶歲, 民不聊生, 而家屬坐食官廩, 不知飢寒, 豈不畏哉!” 或聞邑中有老人之無告者, 必贍救之. 撫官婢如家人, 視其能否以授任, 不强其所不堪. 故邑人莫不頌先妣之仁. 解歸累年, 猶問遺不絕. 待婢僕優厚人, 人皆自以爲得所. 未嘗輒施箠楚罵詈, 而莫不兢兢奉職, 其愛戴如父母焉.

雅不喜華靡衣服, 取完潔足以禦寒暑而已. 自奉養甚薄, 飲食居處, 未嘗求便適. 勤性過人, 平生未嘗有一息暇豫, 其責人亦然, 常謂不肖等曰: “天地亦無一時休息, 人公然坐而衣食, 甚不可也.” 手執女功, 日夜吃吃, 以率家衆, 故上下大小, 莫敢惰焉. 又敎導有方, 故婢僕雖無才者, 皆精於藝.

預治送終衣服, 而皆自家中織帛爲之曰: “家貧無以市. 又生時所不服錦綺, 不可用也.” 宗黨有喪, 輒以所置衣襚之, 隨卽補其缺. 故及喪, 取諸市者無多.

世業頗廣, 而中經饑歉大零落, 先妣受之, 晝思夜度, 盡心經紀, 故百廢皆興, 家道漸復. 有所營爲, 授僮僕以方略, 事無不成, 稍違節度輒敗. 事有難處, 家人以稟, 皆立決而無不當. 己巳時事大變, 去京城出寓江上, 課僮僕力農圃, 樹藝之妙, 老農圃亦讓焉.

嘗爲我祖妣設壽宴, 臨期寂然若無所營, 而及宴, 事事豐洽, 人以爲神. 謹節財用, 無浮冗之費, 而至所當施, 無少吝惜. 我祖妣喪凡送終之具, 必使恔於心而後已, 不復計其費焉. 日用百物, 皆畜之有素, 故未嘗有臨時之窘. 奉祭養親之需, 尤盡誠營聚, 不輕以他用. 其治酒醬, 無不爲至味, 雖菜菹之屬, 調和皆得其妙, 他人莫及也.

先妣天性, 易直豁達, 絶無世俗女子之態, 而亦柔順敬愼, 不越乎婦道之常焉. 仁愛之心, 出於至誠, 而又高潔寡欲, 無所係吝. 其所以薄於己而厚於物, 急於義而後於利者, 非勉强之所致也.

寬簡明恕, 其御家臨衆, 無所疑阻. 故閨門之內, 未嘗有往來之言也. 英發通敏, 其出謀發慮, 曲中事理, 故凡所施設, 皆可爲通行之法也, 才德高於人, 而欿然不以自多, 施惠於人多而未嘗有自功之色. 巫覡神怪之術, 斥而不信, 祈禱醮禳之事, 絶而不爲, 雖屢經憂患迫切, 而終不爲之變. 雖老婢輩或指陳禍福應驗之明以動之, 而終不爲之惑..,

多喪子女, 又先君罹積年篤疾, 有不勝其憂者, 而亦能以理自寬. 或身受勞苦, 有不可堪者, 而處之若安, 人或以惡言加之, 而漠然若無聞知. 凡一切不如意事衆所介介者, 皆無足以累其心. 是故平居氣象坦然, 絶無戚戚意. 先妣之德如此, 故自家衆以至宗族鄕隣, 無不敬服嘆頌, 以爲女中君子也.

我祖妣之妹具夫人嘗言: "斯人有出人之行, 宜受天佑, 故今福祿漸盛也." 戊辰, 季子生, 人謂先妣至行格于神明, 錫之祚胤, 天所以報也. 及疾病, 親舊家來問疾者, 皆言"天方降福, 必不止於此." 疾雖甚, 無憂也, 但以人品觀之, 可畏耳. 及其沒也, 又無不失色驚心, 謂天道無知也.

先妣以癸酉三月得疾, 日臻不退, 至十月初五日卒, 享年四十八. 嗚呼痛哉! 先妣有疾三月而我先兄沒, 又踰月而我先君卒, 而皆不忍以聞. 嗚呼痛哉! 先妣之疾, 凡八閱月, 如一日而猶能自强, 家事多所照管. 雖在瞑眩之時, 若值先忌, 則必問今日祭物何以能具耶, 吾病至此, 恨不能如誠也, 酌量證候,

自試藥物, 往往有效, 多侍疾人不及思者. 盖自少慣於侍疾, 而能於醫療之術
一一留心故也. 及棄世之日, 神氣益精明, 言語一如平時. 嗚呼痛哉!

以是年十一月初七日, 權厝 于積城方洞, 明年九月初五日, 永窆于同縣伏虎
洞艮坐之原, 實與先君同壙, 先塋西十餘里地也.

先君諱處宇, 官止歙谷縣令, 有男三人, 長九澤先歿, 次九采, 次幼, 女一人,
適生員金昌緝, 九澤二男三女, 九采一男一女, 金昌緝一女, 皆幼.

嗚呼! 以我先妣之德, 宜享無疆之福, 而反受罕世之禍, 旣不得食報於其身
矣. 若又使懿美掩抑, 不得表見於後世, 則不肖孤不孝之罪, 益無以自贖矣,
窮天之痛, 益無以自洩矣. 茲敢列其平日言行大略, 思以徼惠於立言君子. 而
心肝崩隕, 文詞短拙, 其於徽德純行, 無所發揮, 反或漏沒, 則誠有之矣, 不敢
一毫溢美, 內以誣其親, 外以欺乎人.

伏惟仁人君子, 惻然垂憫, 使其不得食報於其身者, 不至重埋沒於身後, 則幽
明幸甚,

金昌緝, 『圃陰集』권6, 『한국문집총간』권176, 461~464쪽

亡女行狀

亡女以庚申正月初十日庚子, 生于京城鄕校洞外家. 時我先考妣在鐵原謫中,
聞之遙錫以嘉名, 戒其母以善養. 五月, 先考始解還京第, 見之曰: "雖嬰兒而
中若有識也." 先妣亦曰: "仁兒也." 俱念之甚.

女自幼卽婉娩老成, 絕不作驕駃之態. 長者或責讓, 未嘗少有忤色. 六歲, 能
通諺文, 書字端整, 八歲, 已能爲先妣, 視出內代筆札, 先妣亟稱之. 先妣欲親
近小婢之通諺文, 女卽敎之, 開告有方, 專勤不置, 遂數日而成就. 先妣甚喜
而奇之, 爲製銀釵而賞焉.

己巳禍機猝迫, 女驚痛之甚, 絕不解顏發語, 及聞罔極之報, 哀戚至極. 先考
之喪北歸, 其母將迎哭中路過, 視女于其親家, 女相見大慟, 且曰: "願隨母
往, 以見吾大母與父親也." 時年十歲矣. 其秋, 擧家入永峽, 女亦隨往, 朔望
之奠必與, 晝夜侍先妣以居, 扶護奉承, 一如成人焉.

性專靜有條理. 其治絲枲鍼縷與饎羞之事, 皆早成而不待學, 先妣每嗟嘆曰:

“誰得此婦者. 非小福也.” 十六歲 歸于完山李望之. 望之之姑, 吾季嫂也, 以女爲賢, 故勸其成婚云.

女天資仁厚, 柔順正直, 淳質自然, 無所修飾. 其處心行事, 待人接物, 絶不見有表裏畦畛. 事祖父母, 誠意純至, 視父母無少間焉, 而及事舅姑亦然. 雖以身爲父母獨女, 故不得長在舅家, 而一心歸向, 視爲己家, 盖視世俗婦女, 有迥異者. 姑張夫人, 愛之甚, 每曰: “如吾女也.”

及女沒, 其良人及舅姑, 皆哭之甚慟, 凡送終之事, 一以至誠焉. 後張夫人寢疾且卒, 泣曰: “吾雖死, 使吾婦在, 以託吾幼稚者, 吾豈不瞑目哉?” 盖言之者屢, 而雖其內外族黨以至媵御婢僕, 亦無不傷惜. 旣累年而猶追思之, 往往垂涕. 吾先妣亦哭之過時而哀曰: “吾之慟, 殆無減於庚申也” 盖吾妹李孺人, 生有異質, 而歿於庚申年故云. 而三年之後, 猶以時節治奠具以送焉.

女恬虛少欲, 年旣長, 猶無私蓄, 不義之得, 尤視之若浼. 於時尙衣服之飾, 亦不數數焉,. 世俗以時節致饗舅家以爲禮, 而家苦貧乏, 每闕而不擧, 其母以爲恨, 女輒解之曰: “此不必爲也.”

女思慮通慧, 識度過人. 雖以勤執女紅, 不得專於學書, 而略通其義, 稍得暇, 又輒潛心焉.

女生未周歲而乏乳, 自幼已善病. 而重以遭罹家禍, 流離困厄, 常食藜藿, 所以傷損者益深矣. 己卯歲, 有身而冬寒, 不善調護, 得咳嗽病甚苦. 明年正月, 解娩僅二十日, 誤梳洗, 疾遂劇. 氣血大虛以發熱而莫之察, 一向投以寒劑, 遂以三月初六日不救. 嗚呼! 此何以異於不免水火者哉. 死前一日, 以其疾不可爲, 將移送新生兒于其舅母所. 女取兒抱之而後送, 又寄語舅母曰: “吾病甚, 可悶. 今以兒爲託, 願善視也.” 仍以保養之宜, 丁寧付囑焉. 嗚呼! 尙忍言哉! 以是年五月十三日, 葬于抱川雙谷先兆內, 後七年丁亥, 其夫歿, 其歲十一月十八日, 遷女柩, 合葬于高陽城山. 又五年辛卯二月二十三日, 遷葬于交河某山某向之原, 卽張夫人兆次也.

女得年僅二十一, 始生一男曰虎孫, 朞而夭, 今只有一女, 卽所謂新生兒也. 嗚呼! 以女之仁心福相而乃止於是耶! 其生則旣已矣, 不宜又使其性行之懿, 泯泯無傳, 以重父母之罪. 故略爲綴輯如此. 而哀甚文拙, 不能盡其形容也, 然若得我叔氏筆之以示後, 則庶幾死而不朽, 而生者與死, 俱可以少慰也.

李望之, 承政院同副承旨觀命之子, 吏曹判書西河公敏叙之孫.
母南陽洪氏, 歙谷縣令處宇之女, 領議政瑞鳳, 其曾祖也.

金昌緝, 『圃陰集』권6, 『한국문집총간』권176, 464~468쪽.

祭姪女吳氏婦文 庚辰

嗚呼, 汝生於己未之臘月, 吾女生於庚申之正月. 雖隔年而生, 而實比月而生也. 今春吾女遽爾夭歿, 曾未數月, 汝又繼逝. 其生世皆僅踰二十春秋, 而其終身又皆以産後之疾. 嗚呼! 何汝輩之賦命若是其不幸, 而又若是其相同耶! 其亦酷矣! 其亦異矣!

吾女性質淳良, 固無可以感召凶禍者. 而汝之疎通潔白, 坦易溫恭, 尤宜見勞于神, 膺受多福, 而今乃至於此耶! 然吾女氣稟, 不甚剛實, 雖不料其若是之短折, 而亦頗憂其不長矣. 若汝之形氣凝固, 精神蘊蓄, 人莫不以遐壽期之者, 又何爲而至此耶! 所謂神者誠難明, 而理者不可推矣.

聞汝前秋夢, 與吾女同歸, 及吾女死, 汝益自分其必死, 今竟驗矣. 豈人之生死, 固有冥數之前定者, 而不容一毫人力幹旋於其間耶! 吾女之病, 醫治無一善狀, 以至於不救, 吾以爲刻骨之恨. 於汝之死, 仲氏亦多追恨者. 而先見於汝夢者已如此何耶! 豈人事之未盡, 亦莫非天之所爲耶. 是未可知也.

汝與吾女, 平日相愛之篤, 無間同氣, 眷戀綢繆, 不欲一日相捨矣. 今果能相隨於泉壤, 一如前夢而有以續平生之樂耶! 言至於此, 肝腸抽裂.

嗚呼! 痛哉! 吾於汝之病也, 新喪吾女, 不無畏忌, 不得助視醫藥. 汝之歿也, 一夜之間, 病勢暴急, 不及奔走臨訣. 今汝之卽遠也, 道里稍遠, 病骸難强, 又將不得隨往以見其入地. 茫茫穹壤, 慟恨曷極. 聊以一杯, 告此永訣.

金昌緝, 『圃陰集』권6, 『한국문집총간』권176, 468쪽.

亡女生日祭文

維辛巳歲正月初十日戊戌, 病父略具酒果餠膳, 哭于亡女李氏婦靈筵.

嗚呼! 痛哉! 汝之始死也, 吾若不可以一日生也, 而至于今猶生也, 旣見汝之就木矣, 旣見汝之入地矣. 歲旣改矣, 練旣過矣, 而距汝死之日, 又僅隔月耳,吾猶不死而生, 飮食言笑, 與人往還, 一如平日. 若是乎吾之頑也.
然汝之始死也, 吾猶惝然怳然, 未信汝之眞死也. 又未省死者之不可復生也,
如寢而將有覺也, 如行而將有返也. 今歲且周矣, 而未見汝之覺也, 未見汝之
返也. 而汝之柔聲也, 婉容也, 仁心也, 順行也, 日翳然泯然, 無復有彷彿接於
吾耳目, 則亡矣喪矣, 不可以復生矣. 心絶志隕. 不可復有所望待矣, 盖余之
痛, 至此而抑有甚焉. 於始死之日也, 其將何以爲生哉.
始余年十九而汝生焉, 其後又三擧女, 輒皆不育. 而汝獨能成長也, 旣歸于名
門, 配于賢婿, 又甚得舅姑之愛, 已而又有熊羆之祥. 凡女子之所欲願, 汝皆
有焉. 吾每謂天之生汝, 所以哀我而慰其生也. 是以吾雖不得擧男子子, 人或
以爲唁而吾不恤者, 以有汝故也. 乃汝母子後先夭殞, 反使我抱無涯之慟, 愈
久而不可解, 其將何以爲生哉!
汝之死也, 汝之女生僅月餘耳. 汝死前一日, 移之于汝外家, 其去也, 汝之病
已急矣. 而汝猶抱之懷中, 以致相訣之意, 又以養護之宜, 顧囑丁寧不已, 其
慈愛之意, 至矣. 今汝女日長月成, 已能行步矣, 已能學語矣, 其警慧之性, 婉
好之容, 往往使余破涕爲笑. 而汝乃不及見之矣. 是尙可忍耶! 是尙可忍耶!
方春草木萌動, 蟄蟲振作, 萬品欣欣, 擧皆有昭蘇之意. 而汝獨不能然, 吾之
痛當如何! 而況今日又汝降生之辰也. 每年此日, 必有以餉汝. 雖家貧不能盛
爲酒食, 而所以祝汝壽福者, 豈有窮哉. 而今乃以此物, 酹汝祭汝, 此何爲耶!
此何爲耶!
汝柩之引也, 余病憊特甚, 又神魂錯亂, 爲文告汝而不盡所欲言. 其後每欲更
抒膈臆, 而輒哀塞不能成語而止矣. 今因此奠酹, 略告余哀, 而終亦不能盡其
意也. 然汝其聽而饗之乎. 嗚呼!痛哉!

金昌緝, 『圃陰集』권6, 『한국문집총간』권176, 468〜469쪽.

祭叔嫂李氏文

維歲次丙戌十月乙酉朔初七日辛卯, 安東金昌緝, 謹以菲薄之奠, 敢昭告于
嫂氏孺人慶州李氏之靈.
嗚呼! 婦人之道, 以順爲美, 世降俗衰, 鮮克履此. 婉娩聽從, 不煩姆指, 我儀

圖之 曰: "惟嫂氏, 東西南北, 一視君子" 鹿車之行, 何有遠邇, 漠漠高山, 井
臼屢徙, 衡門之飢, 樂以流水. 生涯淡泊, 半百而止. 旣富且壽, 他人則爾, 誰
能問天. 理乖角齒, 猶有子孫, 餘慶可俟, 以此寬哀, 敬薦薄酬, 鬱彼佳城, 歸
寧萬禩. 嗚呼! 哀哉! 尙饗.

金昌緝, 『圃陰集』권6, 『한국문집총간』권176, 470쪽.

祭仲嫂李夫人文 己丑

嗚呼! 夫人, 展也女士, 端直溫良, 克配仲氏. 宜福之萃, 事乃反是. 安富尊榮,
旣以擠人, 憂患慘毒, 胡溢于身! 竟罹巨創, 以促其年. 廬位無主, 行路悽然.
誰實尸之, 茫茫者天! 日月幾何, 再啓窆穸, 三洲之上, 萬事陳跡. 惟此百哀,
告以一酌, 我辭之短, 我懷曷極!

金昌緝, 『圃陰集』권6, 『한국문집총간』권176, 471쪽

亡女遷葬時祭文

維歲次辛卯二月庚申朔十五日甲戌,　老父略具酒果之奠,　告于亡女李氏婦
之靈.

嗚呼! 丁亥之冬, 以汝柩遷, 將祔良人, 遠至安山, 乃遭訟變, 復引而還. 旌翣
顛倒, 行路悽酸. 草草掩土, 城西之阡, 相望咫尺, 喪病是纏, 曠莫一省. 忽忽
五年, 佳城獻吉, 幽隧再穿, 强疾而來, 若將見焉, 平生音容, 竟亦翳然. 素紼
浮江, 風波渺然. 莫能隨去, 以臨黃泉. 奈何父子死而相捐!

設此酒食, 訣以短文, 歸于其丘, 萬歲是安. 嗚呼! 痛哉. 尙饗.

金昌緝, 『圃陰集』권6, 『한국문집총간』권176, 471쪽

이관명(李觀命)

祭子婦安東金氏文

人之生也苦哉! 與憂戚而同始, 幼而壯兮至老, 挐百慮之集萃. 眇然一身之並受其攻, 生平齕齕爲造物者所戲. 雖百年或未得一日之小歡, 夫孰欲長生而久視. 矧吾儕不免於鍾情, 古人亦大乎生死.
唉! 吾人何辜于天. 奇禍酷罰之早自踐履. 昔余間關乎嶺湖, 投海堧而避地. 憫衆穉之勞瘁, 罹癘虐之外熾, 呼苦叫痛, 並枕于蓬窩土室之中, 朝天夕化, 相繼而不起. 不絶之嗣如線, 繫一索之是恃. 蒼黃拯出於滔天之水火, 保抱携持, 奔竄乎西塢北里. 秘千金而什襲, 戒羣盜之旁伺, 惟成立之日祝, 望農夫之歲至.
父母心兮, 願有室. 更自附於高義. 襲先契於金蘭, 結厚緣於葛藟. 涓吉日兮辰良. 命我督兮聘爾, 貞其姿而婉其容, 步升堂而執贄, 進以禮而退以節, 儀不爽於拜跪. 慈顔悅豫, 宗老稱美.
敎不煩於傅姆, 自內行之純備, 恒致誠於孝順, 絶遊情於紈綺. 譽旣洽於閨闥, 人不間於昆季. 吾之門自此其昌大, 奚獨美夫中饋. 似神明報我以福. 及三年居然有子, 孔子釋氏之抱送. 豐盈犀角之拔類, 昔謂斯何而今謂斯何! 庶幾曰昔之禍兮, 今福之所倚!
病已者追思其宿痛, 魂營營至今有餘悸. 曾日月之幾何, 而厄運之重値. 奄奪我之膝抱, 若投珠於淵水. 逮今春之夢虺, 二竪嬰而爲祟, 奔余馬而問汝, 病在床而擁被. 憑虛熇熱, 煎爍骨髓, 燎原之火, 不可嚮邇. 與乃翁相守而彷徨, 終莫能奏一效於藥餌.
俄招魂於僦舍. 忍萬古而背棄. 遺孩泣而呱呱, 父母號而仆地. 女御悽而開篋, 設斂儀之紅紫, 將結褵之衣裳, 作附棺之賵襚. 回哭子之昔慟, 迸余眸之血淚, 人孰有此剛腸. 儻忍是而任是, 大塊噫而播匀, 萬彙等乎一指, 或壽或夭之同歸爛熳, 死也歸而生寄. 吾固知竊竊之無益, 反爲高人達士之所恥. 而傷虎之初心, 蓄余胸之久矣. 若種着於中原, 梦不可乎芟薙. 揮之不能而纏繞我心腸, 卒亂絲之莫理.

嗟! 余婦之純懿, 宜遐福之神賜. 由積殃之在吾, 致中道之失墜. 復孰怨而孰尤, 撫我生而歎喟. 卜汝宅兮先壟, 山秀高而谷邃. 求神道不遠乎人情, 靈惠然而適彼. 至情無文, 至哀難記. 陳余肴兮讀余詞, 瀉一慟於單觶.

李觀命, 『屛山集』권15, 『한국문집총간』권177, 311~312쪽

祭亡室德水張氏文

嗚呼痛哉! 自吾與子結髮爲夫婦, 邇來僅二十有五年矣. 光陰倏忽, 不足盈把. 而乃於其間, 禍溢于門, 哀戚爐心, 吾兩人消魂爛腸, 存者無幾. 而今子捨我先歸. 獨使我抱無涯之戚, 而莫與之相慰, 天乎人乎, 胡至此極.

歲至壬申, 避地南遷. 間關湖海, 海之右風土不亚以北, 稚兒弱女攝養之旣失. 而時丁大瘥, 並罹其毒, 臥病於土窯蓬室之中. 吾與子保抱攜持, 晝宵燭灼. 而窮鄕僻地, 藥物乖其方, 一旬之內, 相繼夭折. 珠隕于淵, 烈火焚玉, 搥胸叩心, 莫能救拯, 此豈人理所可忍哉. 吾之所以心焦神削, 形羸氣餒, 至于客歲之秋, 病痁百日, 幾危復蘇者, 此爲之祟, 而子之所以終至於斯者, 實由此也. 嗚呼痛哉!

自是到今, 天星殆一周矣. 大兒成長, 幸有室家, 亦有兩孩, 嬉戲膝下, 庶可慰情. 而枕席之涕, 尚今未晞. 每一念及, 不覺骨驚心慄, 怛然若鋒鏑之剝我膚. 怳然無樂生之心, 矧伊婦人性褊而心柔者哉! 時見子悲淚凝眶, 心神嗒然, 叩而問之則曰: "若有物着在肚裏, 結而不解." 嘻嘻. 以子之厖羸淸弱, 焦廬燻爍十年如一日, 其何以堪之哉!

子之所嬌, 多在地下, 今子之歸, 母子如初. 而向者十年之痛, 蘧蘧夢覺, 子於斯世, 固無戀戀. 而惟我獨留, 入而視之, 虛室悄然, 出而聽之, 諸孩呱呱, 愴我耳目, 攪我心肝, 抑塞而不自聊, 旁人爲之噓唏. 子寧忍我一去, 而莫之顧耶! 嗚呼痛哉!

子之家世, 視古馬鄧. 而相國之文章德業, 尙書之淸名妙節, 間出而並曜者也. 尙書累擧不育, 晚而得子, 愛憐甚於男子. 在綺紈之家, 不喜芬華之習. 恭儉之性, 幽閒之操, 宗黨所艶稱, 而通家之所共聞也. 先大夫與尙書, 世有伍擧聲子之好, 托以朱陳之誼.

子歸寒門, 事舅姑盡孝道, 閨庭之內無間言. 觀命無祿, 先大夫奄棄諸孤, 母氏年高而抱深痾. 子以弱齡, 幹蠱主饋, 勞心焦思. 仰事俯育, 日日賴之, 蘋蘩之薦, 其儀罔缺. 至於脫簪珥之玩, 給奉先之需. 誠心爲之, 未見倦色, 吾誠歎而敬之.

吾嘗少而攻業, 壯而蹭蹬. 年及彊仕, 始忝一第, 濫通仕籍. 驟躋淸顯, 人皆賀之, 雖吾之心亦不能不以爲幸. 子獨戒之曰: “世道嶮巇, 禍福無門. 卿若有梁鴻之志, 吾不嫌孟光之貧矣.” 吾曰: “寂寞之濱, 余所樂也.” 子旣有言, 將與子偕行.

而高堂有沉綿之憂, 不可遠違京輦. 吾將丏身于朝, 杜門謝世, 以就家食之吉, 則不負子之戒矣. 荏苒時日, 此計差池. 而子今先逝, 吾自此益無仕宦之情矣. 從當屛跡間處, 敎育諸兒, 期有樹立, 不墜家業, 毌貽子九地之憂矣. 嗚呼痛哉!

天之福善, 其有之乎, 抑無之乎. 若謂無之, 餘慶之說, 胡稱於羲經, 而必壽之言聖人道之. 若謂有之, 以子之秉心貞靜, 終身樂善者, 偏爲造化兒所暴虐, 毒罰酷禍, 旣飽經之, 而卒不能永其年, 如吾不佞, 雖無一善之可稱, 檢其平生, 亦無極惡大過, 可以得罪神理. 而哭子哭女, 淚無乾時, 又不能保有其匹, 直爲此崎窮之一鰥夫, 倘所謂天者, 吾未知有無乎哉! 嗚呼痛哉!

一氣回斡, 生滅紛紜. 賢愚貴賤, 同歸一塵, 彭聃不必壽, 殤子不必夭. 萬古形骸, 有奚足較哉. 今子脫世膠固懊惱, 偃然方寢於巨室. 而吾之寓形於此者, 只是逆旅之暫爲濡滯迷歸於眞宅者也. 吾豈不知此哀之無益, 反爲達人所嗤哉. 然而涕出而不能禁, 心腐而日益甚者, 誠以至恨在心, 悔莫之追也.

向吾三兒不日並化, 是豈三兒之命同然哉. 流離遷次, 不得就其燥濕, 施之醫治, 俱不免水火之厄, 是吾之過也. 子之病積有年所, 血枯而形日消. 火熾而咳嗽作, 醫者莫不危之, 非大劑莫可庶幾. 吾於近歲鎖直禁廬, 或連月莫出. 間因公事暫來省子, 而終不能遍訪當世醫者, 以施盧扁之技. 及至不可爲然後蒼黃馳出, 子臥于床, 氣息已奄奄矣. 謂熱者投之寒, 謂虛者勸之補. 吾則茫然, 若溺者之罔知攸濟. 日進瞑眩而無其效, 卒皇復於轉眄之間, 是吾之過也. 早知其如此, 吾豈一日捨子之病, 而甘心久取於金馬玉堂之榮哉. 嗚呼痛哉!

今吾爲子卜兆於先塋之內. 寔我五世舊阡, 而先大夫衣冠之藏. 隔岡甚密邇, 長兒之婦亦祔于玆, 子想有斯丘之樂矣. 吾且收嬴博之骸, 歸埋于子之側, 以慰我三孩之魂. 又將虛子之右, 以待吾同穴之時矣. 吾今年纔四紀, 疾病侵凌, 形枯而神疲, 頭童而齒脫, 幾何不從子而逝乎? 死者有知, 將與子相遊於泉臺之下, 以了此未了之緣. 若其無知, 情田愛根之廓然釋脫, 斯亦快矣. 腐臭土木, 何足控搏. 而默默在苦海中, 久受此無限哀疚哉.

遠日已迫, 靈輀將駕. 積雪埋凍, 層氷嵯峩. 曠野結陰, 悲風射眸. 茫茫天地, 悠悠此恨. 撫柩一慟, 心摧腸折.

李觀命, 『屛山集』권15, 『한국문집총간』권177, 312~313쪽

이건명(李健命) ——————————————

姜嬪伸雪當否議

判敦寧黃欽·刑曹判書李健命·工曹判書閔鎭遠以爲今此聖敎，　愍念幽寃，哀傷惻怛，凡在輦下，孰不感歎.

當初此事，出於宮闈之內，且無獄案之可據. 故國人多稱其寃，而其實外間無以知其詳矣. 到今七十年之後，如臣等後生謏聞，何敢妄論於其間哉. 惟在自上深加商量，博採廷議，而有所裁處焉.

李健命, 『寒圃齋集』권8, 『한국문집총간』권177, 473쪽

愍懷嬪遷葬當否議

今此愍懷嬪遷祔之擧，不但允愜於神理，事功亦且省約. 故前日奉審大臣，以遷奉之意陳白定奪.

盖地中事，雖難預料，近世士夫家，遷動如許久遠之墓者，間或有之，其無事與否，何能逆知? 只以事勢人情之有不可已故也. 然事有深可慮，情亦有未伸者.

今聖上以近八十年遷葬，實爲重大爲敎，此實出於十分愼重之意，則其他有未暇論，臣有何的見而可以質對乎? 惟在商量而審處，伏惟上裁.

李健命, 『寒圃齋集』권8, 『한국문집총간』권177, 473쪽

端懿嬪服制議

臣於禮學，素未講習，而今因詢問之及，試考儀禮.

古者婦爲舅姑朞，舅姑爲適婦大功，爲衆婦小功. 唐宋以來，升婦爲舅姑三年，而舅姑爲適婦周. 衆婦大功. 故其後仍之，朱子家禮，我朝國典及文元公金長生喪禮備要，皆如此. 今若不問曲折，直欲追復古禮，則到處窒碍，有難輕議. 伏惟上裁.

李健命, 『寒圃齋集』권8, 『한국문집총간』권177, 473쪽

殺妹罪人李成輔處斷議

臣卽考律文, 則兄殺弟之罪, 本不至死. 而以其戕殺同氣, 情狀絶痛之故, 以一罪論斷事判下後, 入於啓覆事, 已有受敎, 則聖朝敦倫厚俗之意, 可謂至矣. 攸司之臣自當依此奉行而已, 不必更容別議, 伏惟 徽裁.

李健命, 『寒圃齋集』권8, 『한국문집총간』권177, 473～474쪽

婦人年九十封爵議

朝家値此罕有之慶, 凡係推恩, 宜有非常之擧. 而第婦人之年老封爵, 禮典之所不載. 近年雖有一二前例, 出於一時特恩, 未必援爲著令. 則今於詢問之下, 有不敢質請, 惟在聖上參酌而裁處焉.

李健命, 『寒圃齋集』권8, 『한국문집총간』권177, 474쪽

明聖王大妃昇遐後大殿陳慰箋 代作

玉候愆度, 久貽惟疾之憂. 慈馭賓天, 奄纏靡及之慟. 母儀已缺, 孺慕何堪. 恭惟誠深奉盈, 化推錫類. 勿藥有喜, 方兩宮之承歡. 弗吊降喪, 奈萬姓之無祿. 攀號固切於在疚, 執禮宜戒於徑情. 伏念臣職忝居留, 迹阻奔哭. 悼徽音之永隔, 曷勝悲懷. 想聖孝之罔涯, 采增愚慮.

李健命, 『寒圃齋集』권8, 『한국문집총간』권177, 479쪽

亡室贈貞夫人光州金氏墓誌銘 幷序

贈貞夫人光州金氏旣歿之二十年癸未, 夫完山李健命, 受命于朝留後江都, 改題夫人爵號于主, 乃喟然歎曰:
記歲癸亥, 吾先君子守是都也, 夫人隨余來侍, 明年還京, 歿於八月十日. 今其室宛然, 而人事已變嬗矣. 余以不肖, 藉先蔭通朝籍, 致位于此, 惟不克負荷是懼. 而夫人早世, 不得俱享, 吁可! 悲已.

夫人高祖, 世稱沙溪先生諱長生, 以道學著于世, 官至參判. 曾祖諱槃吏曹參判, 祖諱益熙吏曹判書兩館大提學. 考諱萬均承旨, 妣淑夫人李氏, 大提學諱一相之女, 左議政月沙諱廷龜之孫, 夫人內外俱名胄. 而性柔愼, 無疾言遽色. 遇少長皆以恭, 其天性然也. 且習女工, 凡於紡絍饋飧, 無一不能, 而亦未嘗以此加於人.

年十七歸于余, 時承旨公已棄世, 李夫人在湖庄. 成弇禮後數歲來京師, 自笄七年産一女, 仍病不起. 女亦數月而化, 得年僅二十三.

夫人有至行, 事舅姑如事父母. 先君子嘗不安於朝, 住江郊數月, 命夫人主饋. 夫人朝夕致養, 接遇賓客, 輒撥貧爲富, 先君子每稱其誠. 歿後吾大夫人深加歎惜曰: "吾失孝婦. 久不能忘也"

嗚呼! 以夫人懿德, 早失怙又無年, 而無一塊嗣續, 天之禍夫人何其偏歟!

墓在抱川雙谷, 卽吾李氏先塋. 以甲子九月葬焉.

李氏系出璿源, 世宗莊憲大王有支子密城君諱琛, 九世而至健命. 皇考諱敏叙吏曹判書兩館大提學, 贈諡文簡公. 李氏五世丘墓咸在一原, 而夫人之壙久無誌. 健命遂次夫人世系及德行以納諸幽.

銘曰:

有德有行, 閨閫之光. 無年無嗣, 行路之傷. 納石于壙, 永世之藏

李健命, 『寒圃齋集』권9, 『한국문집총간』권177, 499~500쪽

祭外姑淑夫人延安李氏文

余贅高門, 年纔十六. 夫人在堂, 已悲晝燭. 視余猶子, 無間顧復. 庶冀庇庥, 奈余逢罹. 長簟生塵, 塊肉不遺. 卅載前後, 世事遷推. 少曾弔離, 悲歡屢閱. 因依望絶, 恩愛采篤. 昨歲來南, 入門告拜. 一病沉淹, 六年床笫. 尙賴神佑, 心焉且禱. 云胡一夕, 遽傳凶報.

凡世閫則, 不克逾國. 苟非升堂, 孰窺幽則. 大人徽範, 可徵世德. 何祿不滿, 何壽不稱. 此理茫茫, 靡叩靡應. 佳城叶吉, 遠日斯迫. 陳辭寓哀, 略薦菲薄.

微誠若通, 尙有來格.

李健命, 『寒圃齋集』권10, 『한국문집총간』권177, 520쪽.

祭亡女文

歲在乙酉十一月十六日丙子, 家人以女季亡日告, 其父與其母略備時羞. 祭以告之曰:

嗟乎! 此汝之亡日也. 自汝之死今已一朞. 而汝之容貌言語, 一不接于余夢, 豈汝之思吾, 不如吾之思汝而然歟. 抑汝英慧之質淸明之氣, 非塵寰所可久者, 雖或暫寓, 一朝返眞, 不復眷念於斯世歟.

汝之生僅七歲, 昨歲得疾, 僅一旬而逝. 其臨死之時, 言與氣俱盡, 而其係戀於父母之恩, 顧惜於死生之際者. 何語之琅琅, 容之切切. 使余至今日接乎目, 盈乎耳而不能忘也. 嗚呼, 痛哉!

記汝且死, 余問曰: "汝已至此, 欲何言." 答曰: "吾年幼有何言."

此其言似成人, 而今余哭汝, 亦復何言. 今余與汝母, 崇酒于觴, 列豆于盤, 以冀汝之來歆. 汝其有知耶, 其不知耶.

李健命, 『寒圃齋集』권10, 『한국문집총간』권177, 520〜521쪽

祭亡室文

吾與君居, 卄八寒暑. 中間契闊, 不暇詳叙. 嗟君之疾, 實有源委. 歲在丁亥, 哭余仲子, 心腸寸斷, 忽若無生. 矧爾婦人, 豈免徑情. 悲毀內薰, 形肌外鑠. 荏苒七載, 自底沉篤. 余於前夏, 困于多口. 棲遑郊坰, 江月屢戢. 及至冬初, 濫承恩擢. 黽勉入城. 君病已革, 六朔淹延, 日斯阽危. 尙冀陽和, 宿痰可醫, 藥炳昧方, 大命遽促. 念君平昔, 自恃精力, 顧余虛脆, 非可較量. 云胡一夕, 我存君亡. 兩兒善病, 一女未字. 哀哀孀婦, 靡依靡恃. 疇任撫育, 不貽君戚. 居諸易邁, 遠日斯迫. 百年之期, 今朝乃訖. 魂兮有知. 歆玆芬苾.

李健命, 『寒圃齋集』권10, 『한국문집총간』권177, 522쪽

이만부(李萬敷)

祭亡室柳氏文

嗚呼, 痛哉! 與君爲夫婦三十年, 今隔幽明三月. 反而思之, 三十年忽忽過一夢, 三月茫若千秋. 無乃吾心氣不得其常乎. 何若是乎. 三十年與君所共經歷, 次第羅列, 無纖不起, 交集我方寸, 節節生悲. 此身不滅, 此悲長存, 吾將奈何哉.

君稟性貞正廉潔, 孝友寬厚. 以事吾親得其愛, 以友吾兄弟致其悅, 以導吾拙踈補其所不逮. 糟糠不厭而適吾饑飽. 衣裳不完而時吾寒暑. 扶護吾身, 沈痼而復起, 順適吾志, 厄窮而無悔, 爲婦之道, 無是過矣.

惟吾爲人丈夫, 使賢婦人一生, 窮懰[1]寒餓, 困瘁虞戚, 不能一日 舒體肆志, 卒又誠薄淡, 不能救一疾, 抱恨長逝, 君不負我, 我實負君. 豈惟悲也, 愧亦至矣. 痛矣痛矣. 已矣已矣.

慕君之世德, 嘉君之性. 孤露窮獨, 君與我同, 夫婦相依, 無他可憑, 餘二十年. 凡惡貧賤艶富貴, 婦女常情. 然君意謂丈夫所仰望終身者, 其行已有耻, 俯仰無所愧怍, 是爲不辱於身, 如不義浮榮, 何足多也. 吾亦嘗念取娟妒寵, 女子羞行, 彼旣有所服承之敎, 又能安分識事, 是可尙爾. 君雖不言, 吾知君之所存, 吾雖不言, 君亦必測吾心. 然君謙遜自居, 不欲上人, 是以一家至親, 亦未淡君秉心執德之實. 惟君所以奉金氏之祀, 事其母尹氏之節與夫所以畜媵女之道, 雖古稱賢婦之行, 恐無以過之. 此所以義益重情益深, 而與徒泥愛子不同也. 痛矣痛矣, 已矣已矣.

以君所持, 質諸上下, 食報之理, 似不爽矣. 因我行負神明, 十數年來, 不乾哭天之淚, 惟 女, 作天地未亡之身. 吾每當入室, 見其孱子之狀, 未嘗不卻立怵惕. 況君常與之左右, 而摧折心肝者乎. 想君減其箅, 未必不由於是, 思之

---

1 원문에는 [懰]로 되어 있는데 류(懰)와 같은 글자이다.

及此, 吾之胸盆塞而腸欲裂矣.

産育望絶之餘, 小兒女英慧可念. 又取子娶婦, 嗣續之義無關, 以爲吾夫婦庶可轉悲爲懽, 送此晚景. 誰知君之欺我太甚, 遽舍情緣, 如蛻蜩甲, 而獨使吾復當無限之悲也! 盧女身無所歸, 其哭欲徹天而不可得, 栢也稟弱未壯, 羸毀若難保, 而新婦羞澁未盡, 脫華易衰. 少女蝸蝸, 若知悲而不成哀, 皆吾朝夕助悲之物. 吾無木形石心以處之, 則欲遠避不見者數, 亦不能辦焉.

前者每當極悲難忍之處, 則理以自勝, 君必先我曰:"何不念古人之戒?" 我感君而自寬, 以全其性命矣. 今絶痛大悲, 非止一再, 曾不聞一言之勉我, 嗟呼! 此生天地, 將復誰賴! 痛矣痛矣. 已矣已矣.

君平日一布裙, 無可替瀚濯者. 故初終附身之物, 俱蒼黃丐貸, 事多不稱. 然力之所及, 無敢弛誠, 至於首丘之願, 我則雖切, 而事不副心. 玆卜息山一岡, 爲君幽宅, 商爲君之桑鄕, 息是我所樓遁, 於情義似不遠, 未知君以爲何如. 欲一傾我懷, 以與君長訣, 而操筆臨紙, 端緖塡臆, 隨字而涕, 竟不能成文. 君必有會於不言之言. 幸顧此筵, 毋相邈焉.

李萬敷, 『息山集』권19, 『한국문집총간』권178, 419～420쪽.

孝子烈婦忠奴列傳

烈女李氏, 故縣監李延挺之妹也. 爲某家婦, 夫常與語曰: "吾與君同日死" 生一子三歲, 而夫病且死曰: "吾與君約同日死, 今吾死, 君必從死. 然兒誰依. 待兒年十歲, 君可死從" 李氏曰: "諾." 夫死之日, 哭擗有節, 不爲毀形. 敦喪具多自執, 見者疑.

及兒爲九歲而屬除夕, 李氏謂其母曰: "吾夫死謂女曰: '吾死與君約死, 然待兒十歲可死從', 女已許矣. 明日兒年滿十, 女始可遂與亡人約者" 母抱持泣曰: "是何言, 是何言!" 曰: "人一死理也. 女當死而不死, 經七年日月, 夫臨死之言, 義不可負. 惟負我母氏不孝甚, 柰無兩全理何"

自厥明遂絶不食, 母爲守不離, 屛刀刃于左右. 李氏曰: "吾死豈敢毀我父母遺體?" 起居言語視常, 惟口不近粒, 積十有二日自盡.

凡女子喪夫者, 孰不欲死從. 然其始死也, 崩隕慟絶, 決死於須臾者有之. 若

時移歲去, 人情亦幾少弛矣. 猶至期不復粒, 以不負平生之言, 其義尤至, 其
事尤難. 噫! 養子七年之間, 何嘗一日忘死哉!

李萬敷, 『息山集』권20, 『한국문집총간』권178, 432쪽

庶姑洪婦壙記

庶姑姓李氏, 籍延安. 其母箕都妓也, 舉姑姊妹二人, 姑其次也. 十二贖賤, 至
京養于家, 十五, 適洪宇疇爲妻, 宇疇, 夏明側室子, 夏明方爲北道兵馬節度
使者.

嫁之十九年庚辰, 其夫以宿疾不起. 旣屬纊, 姑索瓮裏鹽水, 盡飮之, 毒內攻,
鼓脹氣塞. 傍人投以甘物, 得甦, 姑不得同日死, 故於是大哀痛, 乘弛防, 後二
日, 自決不及救. 斂遷, 同殯于下室. 痛哉!

姑和柔貞順, 無賤人態. 然而緩弛制行不孜孜. 王考致政公曰: "其中卻有主"
及嫁夫曰: '賢', 舅及同居曰: '能'. 至是其心益剛決, 一家人乃驗致政公之敎也.
有五女一男, 一二女長未嫁, 餘幼.

姑生以戊申, 死以今年. 得年三十三, 短哉. 其葬也, 嫡侄息山居士萬敷, 悲其
短, 復懼墓發他時遺, 以是使入壙, 以作後人考焉. 庚辰仲春某日.

李萬敷, 『息山集』권21, 『한국문집총간』권178, 439쪽

亡室恭人義城金氏墓誌

恭人金氏, 籍義城, 延城後人, 李萬敷之初室也. 始祖金紫光祿大夫太子詹
事, 義城君龍庇, 子追封銀靑光祿大夫尙書左僕射, 行正憲大夫監門上護軍
宜, 最顯於勝國. 其後代有達官. 入我朝, 數世有正言漢啓. 正言生萬欽, 是生
判官鴻, 是生僉知亨胤. 是生禁府郞克繼, 是生判決事迖, 於恭人爲祖考. 判
決事第二子曰爾楷, 娶士人尹某之女, 以甲辰八月日生恭人.

七八歲失所怙, 然慈敎無懈, 凡事屬女功者, 無不通. 壬戌四月, 歸不佞. 時先
府君謫北漠, 而先夫人從焉, 以禮見于王考致政公, 公嘉愛甚篤焉. 六月, 不
佞北覲, 癸亥, 先夫人下世, 扶櫬而歸. 甲子, 不佞又北覲, 乙丑歸, 丙寅先府
君南遷, 不佞又隨而南, 丁卯歸.

己巳, 先府君賜環造朝, 不佞始卜西湖, 草刱産業未成, 恭人以庚午八月亡, 得年二十有七. 蓋與不佞爲夫婦於斯世九載, 而流離患故, 同室之處, 未滿數歲. 嘗有娠輒墜, 卒無一塊孑遺, 生世益凄凉, 悲夫.

恭人事夫事親, 務盡不辭難. 雖窮乏, 不佞寒煗飢飽, 必適於時. 先府君每休官出湖上, 恭人輒換短裙, 入爨室, 親調饍羞, 未嘗替人, 府君曰: "適吾口, 惟吾婦所供也" 不佞以此感恭人之行也.

葬在坡州田地山酉卯之原, 卽蒜谷先壟東麓之東也. 不佞南投未歸, 今二十餘年. 衰且病甚, 一朝歸化, 其反首丘, 與恭人同穴, 未可知, 尤可悲矣. 取舍弟子之柏子之, 娶士人柳聖和女.

李萬敷, 『息山集』권21, 『한국문집총간』권178, 441쪽

亡室恭人豐山柳氏墓誌

延城後人李萬敷繼室柳氏, 籍豐山. 始祖伯, 文科, 三世有工曹典書從惠, 又四世有郡守公緯. 郡守生仲郢, 以黃海道觀察使 贈領議政豐山府院君. 娶松隱處士金光粹女, 金夫人有賢德. 生二子, 季卽西厓文忠公先生是也. 文忠公諱成龍, 字而見, 文忠公季胤諱袗, 以遺逸, 官至司憲府持平 贈吏曹參判, 號爲修巖先生, 於恭人爲祖考. 考諱千之, 亦以遺逸, 官至司憲府掌令. 掌令公娶士人河晉瀅女, 生二男三女, 恭人序最季.

生質柔婉貞正, 有執守, 掌令公最鍾愛. 甲子, 河淑人殁, 己巳, 掌令公考終, 恭人躬執酒醬菹醢, 助奠饋, 毁瘠幾不勝喪. 辛未, 服闋, 至月, 歸于不佞, 距其生己酉, 爲二十有三年. 禮也, 明年壬申春, 眷而歸. 祖致政公旣與掌令公爲少年至交, 撫贄而曰: "厓相之孫, 子强之女, 爲吾家婦也"

恭人服飾裝匳, 甚朴素無華, 然無所艶慕. 及其躬踐, 必遵禮無越, 對長者之問, 倫而不亂, 先府君大加愛重, 一家老少漸得其懽焉.

是年秋, 因事, 不佞與恭人寓于商山, 蓋自修巖公卜商山之柴里, 子孫仍家焉也. 癸酉, 不佞以風眩, 駄歸西湖, 恭人從. 自是, 不佞沉痼積歲不瘳, 恭人扶護之, 不有其躬. 有時將危, 在傍者呼泣不忍近, 恭人獨止之曰: '必無是理' 一致其至誠, 累危而起, 實有以感之者也.

乙丙大殺, 貧無以資. 丁丑秋, 不佞始南食, 築于魯谷, 戊寅, 先府君南下, 秋, 捐諸孤, 已卯, 不佞兄弟扶櫬返窆. 庚辰, 恭人相隨至洛, 至月制畢, 復相挈而南. 上之四十三年丁酉七月九日, 恭人以宿疾不起. 痛哉.

恭人沉默寡言笑, 寬廉正直. 見人不是, 惡之如坐塗. 然亦未嘗色辭於外. 孝友天出, 與兩兄不見稍間, 戀戀殆不自任. 姊趙氏婦最窮, 衣裳匹段凡用, 苟有餘羡, 輒資之. 撫其諸姨女加厚. 平生無私藏慳吝之物, 而若借貸未償於人, 則恐不能, 須臾拮据, 還之乃安. 西湖時, 前室母尹氏居鄰. 尹氏寡而無他子, 恭人爲憫惻, 事之如親母, 尹氏亦無間乎己女. 奉前室祀極其誠潔, 不佞有所遺忽, 輒正色規之.

至其事不佞, 一以巽順. 育窮三十年, 身無完裙, 糗未充腸, 於不佞寒煖飢飽, 竭心力以供之. 中年累遭慘慽, 有非人理所堪, 恭人必先自抑悲, 以寬不佞. 丁亥, 喪子女, 嗣續望斷, 不佞知恭人不以爲嫌, 卜媵女. 恭人遇之嚴而有恩, 賤人無知感而戴之, 及喪, 其哭甚哀. 臨終進媵女曰: "我奉金氏祀, 恨不能如意. 吾死爾當攝饋. 必於此謹之, 毋吾以也"

此皆古賢婦人之行也. 不佞寡合於世, 窮老貧賤, 以古人餘敎, 爲之依歸, 庶免悔吝. 惟恭人處之若性, 視彼不義浮榮, 不啻藐焉. 是雖曰閨中知己, 不泰也. 恭人務自謙節, 每言自量, 百不及人, 此非設讓, 實情然也. 以此雖在至親, 略知有柔順婦行, 至其秉心之貞, 執德之亮, 或未及淺識也. 嗟呼! 不佞自少善病, 無有寧歲. 恭人竭誠焦思以救之. 恭人偶然一疾, 壽嗇五十, 仁天之報施爾歟!

生二男四女, 二男二女俱不育, 長女適士人盧玄壽, 亦早寡, 末女幼. 取舍弟萬維第二子之柏子之, 娶柳斯文聖和女, 亦厓老胄孫也. 以是年七月九日, 葬于州東沙坊谷巳坐亥向之原, 略記其言行十一, 納諸壙. 夫息山居士李萬敷, 書.

이만부, 『식산집』권21, 『한국문집총간』권178, 442쪽

松巖處士鄭公孺人尹氏旌門陰記

金陵郡厥瀆曰鑑水, 村有臨鑑水曰新, 卽古松巖處士鄭公之閭. 而窈窕蟲然于坡者, 有小屋, 詢諸土, 乃公若孺人尹氏雙旌所廬者也. 旣鄭君文奎甫, 以

公遺事狀, 叩不佞, 拜而曰:

“吾先烈載地乘, 爲鄕邦所公頌, 而百有餘年, 始棹楔. 然妣先考後, 以先王肅宗十二年曁二十二年, 皆朝命也, 題外雙豎石, 所以標揭, 故奴若婢私自爲也. 此文以最故, 故不見棄於君子, 幸公筆削于是, 以考信於後焉, 則其樹恩於後裔何如也.”

噫! 炳炳乎記言者, 固宜勉之. 重其誠甚摯, 烏得辭諸.

按公諱鎰, 字景重, 延日人, 榮陽公襲明之後也. 甫逾弱冠, 中進士, 事親能無違. 自商山樂鑑水水石, 移居之, 慕遯士之風.

壬辰, 島夷來寇也, 賊鈔至村. 公卒遑急竄林翳. 尹氏抱孩而俱卒遑急, 度不可兩全, 於是尹氏用紬段, 自裹其身, 令不得見膚, 投道巖湥潭. 婢莫介下從. 後公竟復爲賊得, 誘欲與去, 公據義, 罵不絶聲, 遂遇害. 奴季化俟賊去, 殮殯主君主母屍, 遂負其遺孩, 走依尹氏親鄕, 終得以嗣其後.

若公事, 槩見李蒼石商山誌, 尹氏事, 李學士記詳之. 夫忠孝節義一理也. 然或相偏重, 有難俱備於一家. 若夫死於義, 婦死於節, 至爨樵賤品, 亦惟以忠與節, 自徇如公者, 古未嘗有也. 論者曰:

“賢哉公! 烈哉尹氏! 其奴與婢, 無非義人哉! 雖然 若非公所以感而化者, 有素以漸焉, 何能遽致此乎! 以公平時所以事親制行, 及爲虜時, 袖中猶有義經者觀之, 其化一家上下, 并耀于後不誣矣”

李萬敷, 『息山集』권21, 「한국문집총간」권178, 454쪽

祖妣貞敬夫人朔寧崔氏墓誌

贈貞敬夫人崔氏, 系出朔寧, 光廟名臣領議政寧城府院君諱恒之八世孫也. 祖諱東立, 海西伯, 考諱皝, 佐嶺幕, 卒. 妣李氏, 太宗別子謹寧君之後, 而處士廷謙之女也. 萬曆己未七月十四日, 夫人生,

幼時儀度不凡, 喜施無私藏, 七歲失怙, 哀禮如成人. 十八, 歸于我王考致政府君. 夫人願卒養偏慈, 致政公賢而可之. 李夫人爲置土田臧獲, 夫人告曰:

“父母有繼子托重, 女何可重占産, 況用此玷舅家淸德, 尤非願也” 竟辭之.

其事舅姑也, 敬謹無違禮. 日用供需, 必親省視, 撫愛弟妹, 撤私藏, 以資嫁

遣. 贊成公性嚴, 不容子弟婦姒過, 獨於夫人, 悅而順矣. 致政公聚輦從孤貧者, 敎于家, 夫人爲之菜糲與共, 不以有無爲意, 其成就蔚興, 非但致政公之敎云.

致政公歷典州郡, 夫人淸約儉謹, 無少玷累於官. 先府君早顯, 嘗在外, 致魚果, 書詰之曰: "此物從何出? 得無涉非義乎" 敎子弟必以義方, 禁不得言人過失. 夫人姊早沒, 一遺孤嫠仃, 夫人恤之如己出. 弟繼本家者, 遘狂易疾, 無倫常. 夫人哀之, 縫衣衣之, 撫其二子, 經理家事, 惻怛愛護, 狂人見夫人, 則輒順所命, 稱德終身, 誠之所感, 博哉.

夫人不喜芬華, 常服衣裙, 補綴移曲. 躬親紡績, 勤瘁無怠. 或曰: "兩世食祿, 何自苦如此?" 夫人曰: "不可易性"

其智慮通透, 議論正大, 當事以片言析之, 有以鹽服人心. 閨闈之間, 恩義雍睦, 而斬斬有法, 憐弱恤窮, 克己爲義, 所居隣里感化, 服勤來使焉.

壬子二月初六日, 偶感疾棄世, 壽五十五. 時致政公瓜鍾城未還. 以是年四月日, 權窆于坡山梧里洞先壟下, 乙亥遷祔致政公葬于交河月籠南子坐之原. 子孫錄在致政公誌.

李萬敷, 『息山集』, 속집 권6, 『한국문집총간』 권179, 229쪽

이재형(李載亨)

浣兒婚書

願室家之有, 自是人情之所同. 待媒妁之言, 何幸天緣之將結. 俯賜旣厚, 私慶實深. 恭承令姪女, 早服姆師之言, 克成閨閫之範. 而僕之子浣, 圭玷未復, 行有愧於謹言, 墻面無知, 學何取於任業. 不度微分, 妄意高門, 豈曰量材而求. 特蒙不鄙之惠, 玆憑神龜之告, 旣得吉辭. 爰稽先人之儀, 敢伸采典.

李載亨, 『松巖集』권5, 『한국문집총간』권179, 458쪽

記訓戎鎭婢李娘事

吾鄕上舍鄭公屬余而言曰: "鄙之妾母, 有卓爾之行. 而尙無旌閭之典, 甚慨然. 願得一言以記之" 因出府民文狀及邑倅報牒以示之. 余讀之未畢, 不覺斂衽. 不敢以辭拙辭, 乃按狀而略叙之曰:

娘姓李名翠, 訓戎鎭婢也. 自兒時, 已有貞靜之操, 年十六戊午, 本鎭僉使納之生一女, 僉使卽鍾城人金光遠也. 金遞歸之後, 頓無顧護之意. 而娘一心仰望, 固守不更之志. 以名在賤籍, 累被狂暴之劫, 而善辭哀乞, 以死自矢, 終亦免焉.

庚午金以高原郡守, 死於任所而歸. 娘被髮徒跣卽奔往, 其顏色之慽, 哭泣之哀, 見者無不掩涕濡衣也. 與夫人日夜寢處几筵之旁, 攣悴日甚, 如不能支. 而祭奠及上食, 必稟於夫人, 親自具饌, 而一不委之於人也. 奉君之父母, 極其誠敬, 盡賣箱篋之物, 以極其甘旨之供. 未幾君之父母又沒, 其哀慕致誠, 一如喪郡守時也.

及制終, 歸養其母. 母又死而無男子, 喪葬祭奠之具, 娘竭力營辦, 無所遺憾. 旣喪畢年近五十, 而窮無所歸, 只依一女以爲終年之計.

本鎭假將姓某素强悍. 欲奪志, 以威劫之, 娘引刀削髮, 以額叩壁, 流血被面,大號而走. 僅得脫而形貌盡毀傷矣. 自是之後, 母女每相抱而泣曰: "吾以至賤之身, 幸而曾免大辱. 豈謂垂老之年, 反有今日之事耶. 行負神明, 身體髮膚, 吾不得全, 他日入地, 無以見吾父母與郎君也." 悲號度日. 因而成疾, 閱三歲至壬辰竟不起. 遠近聞者, 莫不咨嗟涕泣如悲親戚也. 事聞于國而竟不報. 噫! 烈孝二行, 人道之大節. 在丈夫猶難, 況女子乎. 有一猶難, 況兼有之耶. 娘以賤娼之身, 生於賤娼之家, 長於賤娼之間. 而其所立, 若是其卓爾, 則此又難之尤難者也. 有比三難, 而尙未得旌顯, 直上舍之慨然而竊歎也.

雖然娘之死已過十年, 街談者稱其孝, 巷議者誦其烈. 而南北之往來于其地者, 莫不聞而知, 知而慕之如昨日事, 則是亦一旌也. 何必棹楔其門而後, 乃謂之旌也. 余不及見娘, 而聞其女上舍公之妾之有誠孝, 而節操又不凡, 亦可以知風之所自矣,. 兹並及之, 以見是母之有是女云爾.

李載亨, 『松巖集』권5, 『한국문집총간』권179, 458쪽

祭仲姊崔氏婦文

嗚呼哀哉! 我姊而至於斯耶. 姊之壽只六十六而止耶. 自姊之離我而逝已二十有九日矣. 其始也芒芒焉恍恍焉, 猶不知姊之棄人世而隔冥漠也. 寤寐之間, 謂或聲音之聞乎耳, 視瞻之際, 謂或儀形之見乎目, 而望望企企, 有若候行者之反, 俟寐者之覺. 一日二日, 今將越月, 而終無聞見, 則已而已而. 無復有望, 而姊果棄人世而隔冥漠也. 以姊孝友之誠, 而未能獲其報耶! 以姊慧美之姿, 而未能蒙其澤耶!

今夏一疾, 幾不能起. 而勿藥勿醫, 旋得快復, 旬日之間, 神氣如常. 一家相慶, 以爲神天冥佑之致, 曾不數月, 遽至於斯, 天不可恃而神不可測者, 其若是耶! 嗚呼哀哉!

惟我兄弟, 女三男三, 而姊之於序爲第二. 中歲以來, 天禍我家, 父母兄弟, 相先後而逝. 踽踽人間, 形影相托者, 惟伯姊與姊與我三人而止. 而伯姊則遠在百里外, 不得以時月相接, 而獨與姊對門而居, 相依而生, 則其所以相存以爲命者, 復當如何. 有慽則必對而相慰, 有喜則必對而同慶. 年來老病俱深, 步履雖澁, 猶未撤朝暮相從, 而飲食言笑, 鮮不與姊偕矣.

禍故餘生, 苦無人世之樂, 而猶以此爲幸. 人耶鬼耶, 仇我者誰, 而使我不得終此幸耶. 三日不見, 嘗以爲阻, 未知自今所阻者幾日. 一饌未分, 嘗以爲恨, 未知自今未分者幾饌. 言念及此, 心腸俱裂, 嗚呼哀哉.

我之違父母離兄弟, 已積年紀, 而一痛在心, 愈久愈切, 每與姊所共傷悼者, 而姊今同歸, 此在後死者所欲羨也. 九地之下, 泉臺之間, 倘能侍父母對兄弟, 而叙平日所痛懷者否耶. 日相追遊, 懽笑娛樂, 一如在世時否耶. 亡兒最鳴, 亦得侍其側否耶. 老舐之悲, 姊所熟諳, 不待我言, 而必能道我懷而撫而存之也. 雖然地府深陰, 有難測知. 姊何不入我夢接我魂, 而道其詳耶? 嗚呼哀哉!

明日是葬姊之日. 上有君子而主其喪, 下有嗣子而致其誠. 自斂殯以至將葬凡百, 皆欲盡禮, 是則可慰. 而嗣子又於明年永窆之後, 欲遷渠之亡姊與亡弟之墓, 於姊墓隧道之側. 其意懇惻, 而盖體姊平日之願也. 此姊之所欲聞, 故玆敢並告也.

今當永遷, 不可無訣. 爲文告哀, 何無一言. 瀝酒薦誠, 何不一嘗. 一聲長號, 情不可極. 嗚呼哀哉. 尙饗.

李載亨, 『松巖集』권5, 『한국문집총간』권179, 460쪽

祭姪女車氏婦文

維歲次庚申七月巳巳朔十一日巳卯, 叔父以漬綿之奠, 哭酹于姪女車氏婦之靈. 嗚呼痛哉! 汝年今五十有九. 古人以六十爲中壽, 而汝少六十一歲, 則余非以汝爲無壽也, 念汝平生, 頓無暫時在世之樂, 此余所以絶悲而慘痛者也.

汝十有一歲而失所怙, 惟母是依, 長於哭泣之中. 年二十二而嫁, 自嫁後連年喪子喪女, 淚眼未乾. 至庚戌自春末至夏仲, 長末二男相繼而死, 秋初又夫沒. 人世慘禍, 復有如是者耶. 膝下遺存, 只允壯一子, 而年甫九歲. 蒼黃逃避, 托非其所, 銜哀忍淚. 惟以存孤爲心, 十載辛苦. 至于今春, 允壯娶婦, 庶可以稍慰汝心, 而汝卽死焉.

嗚呼! 不惟汝塡胸之悲塞肚之痛, 結而終不得解, 推之於理, 亦所難測. 以爲天乎則汝之順德懿行, 宜無獲罪於天矣. 以爲神乎則汝之淑質純姿, 宜得見佑於神矣. 而使汝至此極者, 果誰爲耶! 嗚呼痛哉!

汝之亡今已五月矣. 聞其旣殯而葬, 卒哭而祔. 萬事已矣! 而猶不忍以汝爲死爲鬼, 常若有前期而冀得一見. 今日之來, 入門而汝不迎, 擧帷而汝不在. 呼汝不應, 酹汝不飮, 然後始信汝之爲死爲鬼, 而不復有望於一見也. 白首垂死之日, 而乃反哭汝, 寧不痛心. 但未知汝歸何方, 在於何處, 而得與汝君子, 相從如平日否, 聚汝亡子亡女於膝下, 叙生前結恨否. 又能得謁於汝父母與吾父母, 復蒙提挈周旋, 而得從遊否耶. 若是則固汝所樂, 余亦無恨. 而神理冥昧, 有難測度, 是可哀也. 嗚呼痛哉!

汝初居我之北隣, 去百許步之地. 而朝往暮來, 團圓無時. 自汝遭患分散之後, 雖各在南北, 而汝常源源而來. 近歲以來, 汝移住于漁社姊舍之隣, 余每歲一行或再行, 以候於姊. 而汝與二三表從, 釀酒具肴, 預待於姊氏之旁, 而盡數旬之歡, 實不落莫. 而猶以別多會少爲恨. 今則埋之厚壤, 隔以重泉, 經千古歷萬刦而未有倘來之期, 雖欲復得向來別多會少之日, 其可得耶!

聞汝病時, 切欲見余, 屢形於言色. 而余終不得見. 此不獨余之一倍增痛, 抑汝長逝魂, 必飮恨無窮, 而想亦致憾於余也. 然而臨終寄言於余曰: “願毋過哀致傷” 此亦可見汝之雅量而誠意之至死愈切也.

終天之痛, 永訣之恨, 無以自泄, 忍涕爲文, 略此云云. 汝其聞乎不聞乎. 其有知乎不知乎. 一聲長號, 天地茫茫. 嗚呼痛哉! 尙饗.

李載亨, 『松巖集』권5, 『한국문집총간』권179, 462쪽

生親孺人許氏家狀

孺人陽川許氏, 九代祖諱惟禮, 以討逆功封吉城君, 贈工曹判書. 曾祖諱應壽, 祖諱敬立, 考諱宗胤, 妣全州李氏, 成均典籍士瑀之女.

孺人資質精粹, 聰明過人, 事一經眼, 輒記不忘. 其於事理, 亦能辨其當否, 而決其取舍, 父母兄弟, 每以不得爲男子爲恨也. 自兒時已有深愛於親, 母李夫人有眼患, 不能辨物, 孺人日夜在側, 不忍暫離, 而盡其扶護之道. 及旣嫁而歸, 常涕泣曰: “女子有行, 遠父母兄弟. 若使吾母目明, 則吾何必傷離至此耶.” 見者爲之感惻也.

順於舅姑, 謹於祭祀, 而端莊誠一, 深爲一家所敬服. 府君無男, 昆季只有女弟, 而不欲相離, 同巷而居. 孺人克體其意, 友愛篤至, 尺布必分, 斗粟必共者, 幾卄年, 而無一毫或忤於心者. 及其沒也, 有未笄女子, 孺人取養於家, 極其撫慈, 飮食衣服, 必先於己子, 而猶恐傷其意. 其嫁而資送, 罄其箱篋而無所惜也. 其於宗黨, 無少長貴賤, 而一以誠心待之, 賙窮恤乏, 靡不周均, 而各得其懽心. 族內婦女食於家者, 常五六人, 每戒侍婢曰: “人家門族不和, 多因婢僕不良行言以離之. 汝輩若有此行, 則罪死無赦!” 以此閨庭之內, 外言不入.

婢僕有罪過, 不少容貸, 而亦甚撫愛, 其飢飽寒煖, 無日不察. 使之亦必以其道, 雖豪奴悍婢, 亦皆革心而輸忠. 有一老奴一老婢, 先代所嘗使令者. 養之甚厚, 而待之亦加禮也.

汎喜施而尤恤窮. 見飢者寒者, 未嘗不惻然, 而解衣推食, 如恐不及. 以此隣婦里姥, 有急輒告. 有一老嫗家甚貧, 待而擧火掩體者盖有年. 其將死, 謂其子女曰: “吾家之至今得免塡壑者, 全賴某宅救恤之力. 汝輩若忘此恩, 則必有災殃也.”

孺人素廉潔, 於財脫然無所累. 常曰: “利慾之心, 一萌于中, 卽形於外, 而面目俱變. 雖欲厭然掩之而其可得耶.” 其私親所遺臧獲數口, 嘗謂府君曰: “私親之財, 固非出嫁女所應得. 而況彼貧此優, 尤不當取. 所得臧獲因留本家, 使之護吾病母如何.” 府君義之, 因立約, 令子孫後亦勿推.

府君以繼先之宗, 長子載泰先府君沒. 府君喪畢, 高曾二代神主, 當並遷于長房. 將遷, 孺人泣謂長孫曰: “家運不幸, 二代神主, 一時出廟, 愴感罔極. 凡遷主祭僕, 留置宗家, 雖云法例, 而其在人情, 不無歉缺. 以生人之道言之, 則豈有先祖遷動, 而子孫全無護送之理耶. 況今所遭, 異於常例, 似不可執而不通也.” 因送一婢, 以供祭祀.

自末年以來, 喪慽連仍, 其於家事, 全不經意. 而猶於子孫勸戒愈勤, 聞其有一善行, 則喜形於色, 見其有一不善, 則怒顯於言. 末女早夭, 哀其幼女之無依, 取養於家. 慈愛雖篤, 而敎方甚嚴. 及嬰末疾, 其訣語, 亦皆訓戒之辭, 而加明切也.

孺人生于崇禎乙亥五月初六日, 終於庚子六月初七日, 享年八十六. 以其年九月二十六日, 合葬于府君之墓左. 出後子載亨泣血識.

李載亨,『松巖集』권5,『한국문집총간』권179, 468쪽

先妣孺人朴氏家狀

先妣孺人忠州朴氏, 曾祖諱惟一, 以壬辰倭亂時, 救護王子, 配享于彰烈祠. 祖諱瓘, 考諱士彦, 妣延安車氏, 士人敬軸之女.

先妣以崇禎癸未十二月二十四日生. 天姿溫粹, 性行貞靜. 又純於孝, 自兒時雖一菜一蔬, 不敢先嘗, 必薦於父母, 父母有疾, 啜泣廢食. 常好觀古傳及女戒等書, 見嘉言善行則籍記而不忘也.

旣適先人, 承順無違, 盡其誠敬之道. 先人幼失怙恃, 受鞠於伯父母. 先妣事之一如舅姑, 奉養備至, 而克稱先人之意. 嫁之翌年, 先人嬰末疾, 以治療累月在醫家. 先妣晝不安席, 夜不就枕, 常依戶而望. 及先人疾革而歸, 號泣祈禱, 靡所不至, 而願以身代命, 人皆謂得神感.

而竟不能救, 遂引刀自剄. 因傍人急救, 刃不犯喉, 而瘡血淋漓, 人不忍當視窒塞. 經時而後僅得甦, 勺水粒米不入於口者八九日, 而期於自盡. 因父之懇諭, 强進數匙米飮. 而哀毀日甚, 形貌頓變, 見者靡不驚慘. 日夜寢處於几筵之傍, 雖病甚如不能起, 而猶親執饋奠, 未嘗一日廢也.

及制盡藏主, 皇皇如無所歸, 每哭於廟門之外. 人之過門者, 皆感泣濡衣也. 當節祀及忌祭, 輒哭泣, 率一婢親自具饌. 常戒婢曰: “吾之今日所可致力者, 惟奉祭祀一事. 汝須竭力, 以體吾意.” 婢亦感而盡其誠.

先妣無己出. 取先人從兄諱應瑞之仲子載亨爲後. 年尙幼, 每撫而泣曰: “汝若稍長, 可以托先君香火, 則吾何復有所顧而苟延此命耶.”

平居以喪人自處, 未嘗見齒, 衣素食素者幾十年. 而病日益甚, 父憫其羸悴難支, 强令開素, 自是哀慟一倍, 後十餘日而遂白引, 卽乙卯八月三十日也. 父臨尸而哭曰: “汝之死, 得遂汝所願, 吾何痛爲. 但賢而命薄, 是可哀也.”隣里鄕黨迄今共記其跡, 累 聞國而尙無旌典矣. 孤哀子載亨, 泣血識.

李載亨,『松巖集』권5,『한국문집총간』권179, 470쪽

이의현(李宜顯) ―――――――――――――――――――――――――――――――――

淑人南陽洪氏墓誌銘 幷序

原城元侯命益哭其妻淑人洪氏, 手爲狀, 請余誌其壙, 辭凡千有餘言. 余曰: "噫, 可銘也! 婦人之行, 其大者有七, 曰孝曰友曰莊曰敬曰正曰勤曰儉. 而今淑人盡備有焉, 則雖古中壘所記, 何以加玆!"

盖言其孝, 則事父母殫其誠, 推及祖母. 世俗婦女於私親喪, 多不以禮, 獨持制甚固. 事季母如母, 季母亦子視之, 氣味相合, 許爲知己. 事舅姑若祖姑, 生也承意順志, 洞洞屬屬, 歿也殯斂祭奠, 極其誠潔.

言其友, 則視同氣如一身, 視夫之昆弟, 如己之同氣, 同居數十年, 終無間言. 娣姒妯娌之間, 恩義克篤, 人人各得其歡心.

言其莊而敬而正, 則天資端貞, 事夫禮甚肅, 無燕昵之私, 規益頗多. 持身恭恪, 恒曰: "'若少失謹飭, 則必忝辱於所生, 此罪也.". 見不善, 必峻斥不饒, 賢邪是非之別, 剖晳甚嚴. 不惑巫祝左道, 居然有女士風.

言其勤而儉, 則善於理家, 拮据有無, 苦身自約, 早夜不懈. 不喜芬華, 被服斥綺紈, 從夫之縣, 益勵廉潔之操, 閫外截然, 無交關.

嗚呼! 世道不古, 風氣日頹. 號爲男子而無義無行者, 皆是也, 閨門懿美之若此, 尤豈可易得哉! 仍念上所云淑人季母, 卽余之姊也. 余固耳熟於姊言, 則盖不待狀而已知淑人之德矣, 敢不樂爲之銘!

淑人系出南陽. 高祖諱聖民, 判中樞文貞公. 曾祖諱瑞翼, 分兵曹參議, 祖諱命夏, 領議政文簡公. 考諱遠普, 臨陂縣令, 妣慶州李氏, 參判時術女. 以顯宗甲寅生, 年四十九, 而卒於其二月二十六日. 乳一男二女, 不育. 以同年四月初六日, 葬原州長山里元氏之塋. 元氏族出, 具在其表誌, 此不著.

銘曰: 何德之貞兮. 何壽之不羸., 何後事之伶俜. 太史作銘兮昭厥度, 配碩媛兮永終古.

李宜顯, 『陶谷集』권16, 『한국문집총간』권181, 164쪽

贈貞敬夫人靑松沈氏墓誌銘 幷序

故相

國牛坡趙忠翼公諱泰采有賢配, 曰贈貞敬夫人靑松沈氏. 領議政諱之源之孫也, 考府使諱益善, 妣南陽洪氏, 忠正公諱翼漢之女. 議政相 孝廟有名, 忠正爲 皇明死義, 其世德如此.

夫人自幼識度已過人. 嘗與羣兒作爨戲, 火延薪, 將及於屋. 羣兒皆走匿, 獨不去, 急呼人以救, 長者大奇之. 有婢潛摘隣果與喫, 却不食. 府使公嘗在官, 見有獻珥環求差任者, 以試意, 卽對曰: "此賂也, 不可受" 府使喜曰: "是宜有是言矣." 忠翼公之按部嶺南也, 有守宰餽于家, 輒却之. 忠翼公莅縣, 窮族來有干請, 嚴辭斥之. 及聞其病甚, 加顧視, 得以回生, 其人感泣.

性儉素, 不喜華靡. 每族家會集, 以紬綿淡粧, 處於錦繡珠翠之間, 不以爲耻, 人莫不歎服. 理家, 纖鉅井井, 無少罅漏. 事姑以孝, 待姒娣以和, 佐君子, 規益甚多. 御婢使, 有恩而威亦不廢, 閨內肅然無異言.

以 肅宗己卯正月十六日疾卒, 年僅四十. 葬于長湍東坡驛村, 後二十四年, 忠翼公卒, 遂同塋.

育子男女六人, 男鼎彬郡守, 觀彬參判, 謙彬敎官, 女適李廷熀 · 進士朴舒漢 · 生員洪啓百. 鼎彬無子, 有繼子榮克, 女四人適李焆 · 宋堯協 · 尹得敏, 一幼. 觀彬亦無子, 子同宗子榮晳, 謙彬二男二女, 男長卽榮克, 餘幷幼.

趙氏望楊州. 忠翼公三世, 曰知事昭敏公諱存性, 判書忠靖公諱啓遠, 郡守贈領議政諱禧錫. 夫人之卒, 忠翼公官爲承旨, 後累官至議政府右議政, 夫人亦累贈至貞敬.

嗚呼! 夫人以莊淑之行, 得利女之貞, 閨門盛美, 庶幾匹儔於南澗之詠. 而不幸中道而夭, 不克永享莘祿, 此固公所深悼而黨親之所甚惜也. 雖然, 婦人顯融, 莫尙於媲得名賢. 公當 宗社顚危之日, 挺然立大臣節, 畢身殉國, 精忠赫著. 而夫人乃爲其嘉耦, 則其榮光, 盖將遠流於無極矣. 夫豈魚軒象服, 長筳稚齒, 只爲一時榮之比哉. 夫人其可無遺憾於地中也夫!

銘曰:

猗嗟夫人! 德則多有, 惟卒未究. 烈士之出, 忠臣之婦, 其榮也久. 玄宅孔安,公藏在右, 幷垂不朽.

李宜顯, 『陶谷集』권16, 『한국문집총간』권181, 164쪽

孺人海州吳氏墓誌銘 幷序

孺人吳氏, 系出海州. 曾大父逈不仕, 大父聖蒙文科刑曹正郎. 父嶙通德郎, 娶尙州黃氏, 生孺人.

性貞靜有婦行. 年十八, 嫁申氏, 頗爲夫黨所稱美. 顧命道窮甚, 甫六歲而失母, 無所依薄, 鞠于伯母. 後四年, 通德公再醮, 孺人不免泣柰之悲. 旣歸而夫家酷貧, 殆不能煬竈, 竟罹奇疾, 手足俱廢. 以 肅宗乙亥二月二日卒, 年止二十九, 嫁纔十二年矣.

有女年九歲, 男五歲, 末女在繃. 其男夙慧異常, 能讀史而善疑, 長者莫及. 後其母一年, 又夭死, 孺人之窮, 至身後猶然. 可哀也已.

孺人墓在楊州申氏之塋. 二女後歸學生閔鎭夏, 進士李重郁, 申氏系出平山, 夫名球, 前任 禧陵奉事.

銘曰:

白羊之谷玄厥局, 埋玆貞石惟永寧.

이의현, 『도곡집』권16, 『한국문집총간』권181, 165쪽

孺人水原崔氏墓誌銘 幷序

平山申球謁余曰:

"球也命蹇, 早喪配無嗣, 復娶水原崔亨坤女爲配. 性溫而心靜, 貌端而言寡. 曾祖崦, 祖天極俱以孝聞, 克襲前美, 事父母有深愛, 旣喪, 哀慕益篤. 或不與祭, 輒齋沐遙拜, 以伸其誠. 奉尊章甚謹. 吾母老而病, 養口體護起居, 不懈夙夜. 邀姨之與吾母齊年者, 同居以順適母意.

前配亡日, 爲之喪食曰: '是曾事我君子, 有兄弟義, 何忍肉?'. 球寒窶甚, 井臼蕭然, 安之不憂曰: '此士之常也'. 然經理得宜, 微碎不遺, 以此稍自延保, 庶幾乎古所稱良轉運者矣.

不幸中途而歾, 歾時處後事, 纖悉敎戒家人, 皆中理致, 又可驗其平日識度
矣. 歾以景宗辛丑正月六日, 而貧不能辦葬. 至五月一日, 始窆于楊州白羊
谷, 生男女五人, 俱夭, 以球兄子徵夏爲後. 球重哀其生旣迫吾貧, 歾無以章
其懿美, 願得一言之重, 以慰其魂."
余亦再抱斯戚, 眞所謂傷於虎, 聞談虎而色動者, 其何能已於言耶.
遂爲之銘曰:
維年之促四旬有九. 而傳之永千禩其壽.

李宜顯, 『陶谷集』권16, 『한국문집총간』권181, 166쪽

淑夫人靑松沈氏墓誌銘 幷序

故大司諫洪公諱禹瑞, 配淑夫人沈氏, 靑松人. 曾祖諱俵, 四山監役, 贈領議
政, 祖諱之源, 領議政. 考諱益善, 豐德府使, 豐德公本生祖, 曰旌善郡守諱 俵,
考曰處士諱之澤.
夫人自幼孝悌至篤, 及歸洪氏, 推是道以事舅姑友姒娣, 旣順旣敬. 夙夜無
斁, 良辰盛設, 備盡娛悅, 疾而膳飮, 喪毀祭愨, 繇初訖終, 一心齊肅事之之則
也. 同爨合室, 勿表以襮. 長亡有育, 無間己出, 季沖而孑, 倍加慇恤. 居申告
戒, 病親饋歠, 友之之實也.
內助甚善, 正而有禮. 性介潔, 嚴於辭受, 恒恐累及君子. 以是大諫公淸名益
彰. 始舅府使公以宗子夙殞, 權攝其事, 及主後定, 夫人盡收器用諸物, 一以
歸之, 纖毫不留. 理家得宜, 每躬視大諫公供羞, 未嘗一日或替. 敎子有法, 必
使循蹈規矩, 尤謹男女之別. 御下不煩而整. 痛斥巫卜. 不喜奢華, 唯女紅是
勤, 才長, 針線克緻而捷, 人稱手頭有神.
晚持大諫公制, 過哀成疾, 沉淹薦席者七年. 常以近先妣喪餘, 不受晬日享.
當辛丑周甲之歲, 親黨力請, 執不許, 斯可見終身之慕矣.
至次年五月十五日卒, 祔大諫公葬. 有二男三女, 男長啓欽, 進士壯元, 次啓
鉉. 女適庶尹金泰衍, 參奉趙榮曾, 士人尹潗. 啓欽男朝海, 鵬海, 季夭, 三女
幼. 啓鉉有一女幼. 金庶尹有子仁大, 女適徐日修, 趙載福. 趙參奉有二男二
女, 朝海有一女, 並幼.

洪氏系南陽, 府使公諱受浣, 其考諱處厚, 祖諱命元, 俱官京畿觀察使. 夫人
與吾先妣鄭夫人, 同出於花浦洪忠正公翼漢, 爲姨從兄弟. 余故習知夫人德
美, 今見啓欽所爲狀, 尤該而悉, 盖不可勝書, 姑約其語, 以誌而爲之銘曰:
含章可貞, 叶地勢坤. 有玆淑美, 光纘盛門. 載實垂永, 彤管斯存. 我觀其出,
忠臣之孫. 莫曰芝醴, 無有本源.

李宜顯, 『陶谷集』권16, 『한국문집총간』권181, 173쪽

貞夫人豊山洪氏墓誌銘 幷序

古之稱述女德者, 彤管之記, 中壼之編, 尙矣. 聖朝撫運, 王化熏徹, 內敎之
敦, 亡愧往昔, 雖編戶之賤, 尙亦有凜然以禮則自持者, 矧出於法門名冑者
乎, 若故牧使趙公配貞夫人豊山洪氏, 卽其一也, 夫人是我先公姨妹, 余固已
熟知其德懿, 而今按其子彦臣, 翊臣所爲狀, 盖美不可勝書, 姑摭其大者.
其紀始至曰:
"孝奉兩世姑嫜, 姑嫜善之, 恒稱'昌吾門者此婦', 六親無不交口騰譽."
其中年事曰:
"牧使公三妹俱未行, 一弟早世, 諸兒幼弱. 敎誨婚嫁, 俾克成立. 奉先祀, 必
謹而潔. 嘗隨牧使公往南邑, 迎養姊之居近土者, 事之如母. 念親家貧, 不能
供祀, 爲買田而助之.."
其理家曰:
"勤約節儉, 幹理有度. 濟窮䘏匱, 猶恐不及. 不事積箸, 家用自裕. 待姬妾以
恩, 御婢僕以正. 在郡衙, 嚴防內外限, 絶勿使交關."
其敎子曰:
"雖甚愛, 不廢義訓, 必勉以忠信孝友, 每稱擧內舅文谷公, 使之儀法. 辛壬禍
後, 彦臣奉夫人, 退居窮峽, 夫人安之若素. 後當戊申亂, 莅淸州, 淸賊藪也,
夫人貽書曰:'臣子義當死, 毋以我爲念.' 洎登宰秩, 夫人愀然曰:'汝靡德以
堪, 冥升可懼.' 喜翊臣得藏修所, 謂:'汝占此仙區, 世間榮貴, 殆不足易.'
及見廢擧求志, 輒奬成之."
噫! 夫人之德若此, 直可於古人中求之. 夫豈末俗簪珥之倫, 所可企及也哉!

盖夫人之考, 縣監杜天, 祖府使(濚), 而府使之考, 卽 宣祖朝名臣大司憲諱履祥, 號稱慕堂公者也. 縣監娶安東金氏, 同知光燦女, 同知之考, 卽淸陰先生諱尙憲也. 夫人以此兩家之出, 鬱有承受, 則其衆美之畢該無怪也. 嗟乎, 哲哉!

夫人生于孝宗丙申, 卒時年七十七. 合墓于楊州茂山牧使公兆次. 牧使公諱泰興, 淳昌人. 彦臣文科叅判, 翊臣有子宗溥及其弟幼者, 宗溥後彦臣.

銘曰:

嗟哉碩人! 孔仁且哲. 飭軌邁訓, 幼老若一. 婦婦母母, 則彼閨闈, 豈惟閨則! 宜世是律. 我銘斯懿, 追媲往烈, 德則多有, 愧非鴻筆.

李宜顯,『陶谷集』권16,『한국문집총간』권181, 178쪽

恭人星州李氏墓誌銘 幷序

故處士平山申君命鼎, 好古篤志之士也. 其內行尤修, 鄕遂以孝聞于朝, 贈司憲府持平. 有賢配克助相之, 少處士四歲, 十八而字, 五十一而寡. 又十二年而卒于己酉閏七月二十二日, 享年六十二. 厝于仁川費嶺卯向之原, 與處士別葬, 而迺申氏先壟, 猶祔也.

有一男二女, 男光彦, 女歸魚有珩, 徐擇修. 光彦旣勾鄭公澔, 李公喜朝文, 記處士阡, 復以別葬無識爲痛, 泣而謂不侫顯曰:

"吾母李氏系星州文烈公兆年後. 高祖諱稄觀察使, 曾祖諱碩望府使, 祖諱震秘縣監, 考諱重茂學生, 妣海州吳氏, 縣監浹女. 稟姿端良, 飭操貞靜, 慈詳明白, 表裏瑩然. 嘗手寫小學孝經以自律, 此吾母族出名蹟也. 閨閤之文, 宜簡不宜繁. 雖少, 亦足以垂視來世, 願從公圖永其傳."

余曰:

"唯唯. 余固已言之矣, 子之先公志行旣美, 而又得闔之助. 盖不在多颺, 而德懿可知, 況其端良貞靜, 爲內助之本者乎. 宜夫作爲歌詩, 以續雞鳴昧朝之詠也."

詩曰:

婉彼淑人, 來嬪介士. 維士有行, 有守有志, 而克勤相, 允稱兩美.

六二之吉, 順斯爲軌. 猗嗟女德, 弗愆于履. 式闡幽光, 媲古彤史.

李宜顯, 『陶谷集』권17, 『한국문집총간』권181, 184쪽

淑人延安金氏墓誌銘 幷序

吾宗叔員外公厥有二媲, 前媲淑人金氏, 系出延安, 領敦寧府事懿愍公諱悌男之曾孫, 淸州牧使諱珠之孫, 廣興倉守諱天錫之女, 母海平尹氏, 學生埴女, 梧陰相國斗壽玄孫.

懿愍公爲 宣廟國舅, 梧陰暨其子海昌公連登台閣, 門戶鼎貴. 淑人旣生長內外大家, 克有撌染. 性寡言笑, 端肅自持, 與人勤施無勌 喜潔精, 所居堂室, 不留一塵, 囊篋瑣細咸井井. 恒抱羸疾, 然日必櫛縰, 朝晝章視廚供甚謹, 不有其躬. 事員外公, 順而能箴, 允稱內相.

歸于公二十五年, 卒于乙亥十二月十日, 得年四十三. 舅縣令公泣之曰: "吾老矣, 衣食百須, 誰幹其有亡者" 戚姻哭甚哀曰: "失此賢媛, 吾家族其如何?" 葬衿川巖江, 與員外公同塋. 後幷公移厝于抱川雙谷先兆下. 有男宜夏, 二女適金錫範, 趙台佐, 公後娶昌寧成氏, 生二子, 宜哲 · 宜大. 其曰普昌 · 普行 · 普聖 · 韓命集妻, 宜夏出也. 金 · 趙亦有出, 不盡錄. 公諱世雲, 官刑曹佐郎, 自有誌.

銘曰:

於嗟淑人, 名門是出, 齊其躬心, 小大罔缺. 維德維行, 弗愧彤筆. 爰發潛翳, 用昭幽室.

李宜顯, 『陶谷集』권17, 『한국문집총간』권181, 184쪽

淑人潘南朴氏墓誌銘 幷序

韓山李子平喪其配淑人朴氏, 悼甚手爲狀累百言, 謂不佞顯曰:

"伉儷之義, 人人所同氣味, 鮮或相近, 吾於淑人則有之. 余常惡婦女多矜衒, 性復寡諧. 好靜安素, 拙於進取. 而淑人退若無能, 泊爾無累, 克順以承. 不用嘻嘻, 不恥窮約, 不慕榮貴, 無非犁然合余意也.

自余赴公車, 間多困阨. 而曾不以得失嬰懷, 每勉余科宦非君子究竟事. 世方隘, 盍蚤舍旃, 遵鮑桓故事以娛晩景. 其性識之明, 乃如此. 顧余迂緩遲徊未決, 而淑人遽死矣. 夫求友於四方, 得其心事之合者難矣, 得之閨閤之內, 尤豈不至難哉. 由吾之窮, 失此良助, 又未成偕隱之志, 重負逝者, 此益可悲. 願得子一言, 以慰其魂, 且以釋吾恨焉."

不佞聞其言, 不覺爽然起而言曰:

"陰柔坤從, 固女德之恒. 而乃其意度貞靖, 儼然有幽人志士之操, 若如淑人者, 古亦希覯, 今世則無之矣. 詩云'釐爾女士', 淑人其無愧於女士之稱也歟! 然藍田之種必異, 空谷之馨必遠, 人之賢否, 多係世類. 淑人之世名家也, 乃祖文正·文康二公, 以節義問學, 爲當時諸賢所重. 又以 昭顯世子爲外祖, 派分玉牒, 麟角麟定, 與常人殊. 故其在幼髫, 已若成人. 嘗入闕, 肅廟試以言, 應對敏而有禮, 上奇之. 生長紈綺, 不爲所囿, 及歸貧家, 宛若素習. 兄登宰列, 一無所干求, 被服有常, 屛絶芬華, 其處先後間, 斂遜和敬, 最得體, 言語簡當, 動止詳雅, 恒務誠實, 無一事近矯僞. 不喜赴燕集, 不好觀雜說, 惟讀小學書以自律, 斯其所以立本而叢美者歟! 嗚呼. 其賢矣哉!

淑人系出潘南. 曾大父諱垓, 贈參判, 大父諱世冕, 贈參贊. 父諱泰定, 錦昌副尉敬憲公, 母封慶寧郡主.

淑人卒于己酉二月三日, 年五十四. 葬于安山竹栗里. 有男度重, 女三人, 長適尹尙靖, 有女適朴師春, 次適進士趙聖逵, 次適金簡行. 子平名秉成, 牧隱文靖公之後, 敦寧都正諱涑之子.

銘曰:

潘冶之閥, 長廟之出. 載毓淑質, 幼而自克. 往徽以飭, 令儀無射. 來嬪法門, 不介貴尊, 惟巽之敦. 珩瑀靜嘉, 琴瑟離和. 曰假有家, 樂我簡素, 齅世華膴. 卓哉韻度. 與子偕隱, 離塵踔坌, 盍守吾分, 抱玆永翳, 差池宿計, 夫子攸涕. 享短流長, 彤史垂芳. 孰云其亡, 維坎之銘, 維烈之形, 維千百齡.

李宜顯, 『陶谷集』권17, 『한국문집총간』권181, 185쪽

恭人全州柳氏墓誌銘 幷序

歲己未, 禹斯文世準涕泣而語余曰:

"準不天, 十一歲而孤, 二十, 失所恃, 惸惸餘喘, 苟活至今, 今六十五歲矣. 將恐風燭奄及, 亟欲闡先蹟以示後, 敢以請."

仍言:

"吾母恭人柳氏, 系出全州. 遠祖直提學克恕顯麗朝, 連世有人. 至諱蓉, 諱世隆, 諱廷休, 三世不仕, 廷休寔吾母之考也.

吾母性柔順貞靜. 在家, 已以孝友稱, 及歸我門, 事尊章, 一於無違. 尤潔修祀享, 佐君子敎子姓待僕隷, 咸得其道. 及吾父之喪也, 哀毁過禮, 絶而復蘇. 盖戒飭諸子, 勉以勤學自廣, 毋墜家聲聞. 好客至, 竭力承奉, 有截嫠之風. 嘗見人來投有飢色, 亟淅米作粥飮之, 其人感謝不已. 噫! 吾母行治, 固非一二, 而老昏忘失, 不能備述. 然亦可以一隅反三也.

肅宗甲戌, 吾母寢疾, 至五月卄九日夕, 促具飯饋子女, 及夜, 遂棄不肖. 嗚呼! 是盖自知不起, 與之爲訣也. 時年五十二."

禹君之言止此, 而辭甚宛惻, 發於至情, 余自不覺戚然有動於心, 遂爲之書.

恭人之葬, 在忠州北村之月峴, 將卜吉, 移禹公葬, 與恭人合窆而姑未及也. 所育子女, 已記公墓石, 此不著.

銘曰:

懿哉恭人, 克著淑美. 肆列玄石, 以告遐禩.

李宜顯, 『陶谷集』권18, 『한국문집총간』권181, 212쪽

伯姊孺人墓誌

我伯姊李孺人, 通德郎安東權公諱尙明之配也. 我李系出龍仁, 曾祖諱後淵, 贈左贊成, 祖諱挺岳, 坡州牧使, 贈領議政. 考諱世白, 左議政, 母夫人迎日鄭氏, 高陽郡守贈左贊成諱昌徵之女.

以崇禎後壬辰四月十三日生, 自幼儼若成人, 學女紅, 終日俯首不輟, 與同隊遊戲, 絶不下庭曰: "此非婦人事也." 祖妣金夫人常嗟歎不已, 旣行奉尊舅, 誠禮備至, 處姒姒, 各盡其誼, 門庭之內, 翕然無間言. 事父母有深愛, 先議政公之喪, 年已向衰, 而致毁踰禮, 幾不全. 以母夫人在堂, 擺脫家幹, 頻頻來侍, 左右將護, 靡不用極. 鞠養子女, 不以慈廢誨, 通德公旣早世, 以諸子歸依通德伯兄遂菴先生, 俾得觀感成就.

孺人雖不習書史, 而明達事理, 議政公每隨事諮問, 不視以女子. 性莊正寡言笑, 不喜巫祝左道, 一不作祈禳事. 嘗寓峽村, 其家奉神之具自墜於地至再三. 村人曰: "神必畏憚而然." 後寓他村, 亦然. 祀享甚謹, 雖病, 烹脯必親, 務令豐腆曰: "此大事也. 今不如此, 後必漸殺矣."

厚於宗族隣里, 周急, 不計有無費. 隣有失火, 其家婦適新産兒. 孺人慮其因驚致傷, 亟問安否, 且饋飯羹救之, 無異素識, 聞者莫不歎服. 御婢使, 恩威並施, 任使有方. 處家事, 疎密適宜, 條理井然不紊. 執麻枲治紡績, 老益不懈, 屬纊前一日, 以刀尺餘線, 出付其女而詔之曰: "此吾平日執勤之事, 爾曹宜識之."

孺人素彊無疾病, 中歲用悲哀, 寢以示憊, 沈淹積久, 至周甲之歲十一月二十四日, 竟卒. 窆于通德公墓右, 異穴同墳. 通德公有才行不遂. 考執義諱格, 以直道顯. 世系具載通德公誌中, 此不著.

有二男一女, 男燮·瑩, 女適士人黃埻, 燮娶參判李世弼女, 生一男初性, 再娶縣令趙景昌女. 生一男二女, 男德性, 女爲金漢鳳妻, 次幼. 又有側出男善性, 瑩娶贈注書魚史商女. 黃埻早死, 有所後子幼. 初性娶縣監宋淳錫女, 生二男祚應·瑞應, 二女皆幼.

嗚呼! 宜顯以少弟, 最被撫愛. 平昔懿美得於覩記者固多, 而若其至性孝友, 實有出於人者. 宜顯險釁, 擧子男女, 輒不育, 孺人傷盡至甚. 取養次男於家, 顧復恩勤, 甚於己出. 日望其成長, 以承先業. 而甫十歲而遽夭, 孺人驚號隕痛, 日夜涕泣. 時節, 必具食以祭, 其哀戀之久而彌切. 疾革, 猶命祭其晬日曰: "吾雖病, 豈忍使渠餒而也?" 臨歿, 又感念不置. 嗚呼! 苟非孝友之出於至性者, 烏能如是! 於此而卽其他懿美, 亦可以推知矣. 遂泣而識諸後.

李宜顯, 『陶谷集』권18, 『한국문집총간』권181, 216쪽

仲姊孺人墓誌

嗚呼! 今年是何歲也!. 兒子之疾方篤, 而姊氏宿患又劇, 姊氏以四月二十三日卒, 兒以二十九日死. 一旬未浹, 凶禍荐至, 嗚呼, 天乎!

門戶單子, 承先人後者在孫惟兒. 而兒死, 先君之祀絶矣, 孤露餘生, 倚姊氏如母, 而姊亡則失恃之痛再矣. 夫人之有生, 父母焉是仰, 而一朝絶先祀失慈覆, 遂成惇獨人. 嗚呼! 今年是何歲也!

旣葬姊氏之數月, 哀孫致元泣請余誌墓. 余直一未冷之屍耳, 豈有餘氣可及於文字, 而念此事少遲, 將使姊氏懿蹟, 泯滅無徵, 是豈可忍! 遂力支垂盡之喘, 倚枕而口呼之.

姊氏龍仁李氏也. 先考諱世白, 左議政忠正公雩沙先生, 祖考諱挺岳, 坡州牧使, 贈領議政, 曾祖考諱後淵, 贈左贊成, 先妣貞敬夫人迎日鄭氏, 高陽郡守贈左贊成諱昌徵之女.

以我孝宗丙申十二月初九日, 生于外氏第. 外曾王考相國忠貞公特加賞異, 每恨不爲男. 我先君家法嚴整, 先妣閨訓莊肅. 王母金夫人, 卽淸陰文正公之孫, 外王母洪夫人, 花浦忠正公之女, 俱以德行, 爲一世女宗. 姊氏自幼擩染薰襲, 壼範克備.

十八, 歸于南陽洪氏, 爲通德公配. 時通德考相國沂川公已卒, 獨其母尹夫人在, 姊氏事之, 一遵禮法, 祗敬無違. 淑安公主孝廟之女, 而爲沂川公從孫婦. 貴而亢, 於人少許可, 見姊氏之爲, 嘖嘖嗟歎, 語其弟淑徽公主曰: "雅聞鄭夫人敎子女有法, 益信其然矣" 盖淑徽, 卽姊氏舅母故也. 通德之兄扶餘, 臨陂二公, 謂其諸女曰: "女子跡不越閾閾, 得賢師難, 今汝輩得師矣" 使之往侍姊氏, 敬受指導. 以是其女俱得聲譽於夫黨.

通德之喪, 姊氏絶食哀隕, 猶自力治祀饗, 豐潔有儀, 尹夫人之兄判書以道亟稱道之.

姊氏少虛脆多病, 亡所育. 及通德公卒, 遂取臨陂公次子爲後, 年纔離乳 其愛護可謂篤至. 而勸學甚勤, 必令枕藉黃卷, 不觀雜戲, 事親敬長之節, 亦無不隨事敎飭. 及赴邑圻湖, 每戒之曰: "吾嘗隨先君之官, 竊覰政令事爲, 必有遠大規模, 不爲姑息, 汝其體行毋忽" 饋問親族, 或有未愜, 輒擧內外祖先姻睦周恤事, 申申勉厲.

爲人儀度寬厚, 氣稟恢廣, 於事不帖帖細瑣, 而御下營幹, 條理井然. 聰明過人, 一見不忘. 雖不學習文史, 而古今大是非大治亂, 擧提挈綱要, 人家譜派, 亦多諳悉. 識慮周通, 剖判果決, 忠正公時有諮問而採用之, 鮮不中綮.

家酷貧, 幾乎不擧火, 而一不向人求匄, 爲苟且事, 奉蒸嘗育子女, 類不失大家軌則. 每見井臼歷落, 僅使鶉服, 而卮匜床榻, 秩然有序, 兒孫飮化, 婦媳承楷, 祥和祗順之氣, 充溢堂宇, 姊氏飭身正家之道, 亦可以推測其一二矣.

孝友之行, 絶出倫夷. 余嘗得罪於朝, 遠謫塞徼. 地荒絶, 不得以祠宇往. 姊氏移就我家, 奉先祀克虔, 四載如一日, 以余與金氏妹爲父母晚得子也, 保養若嬰兒. 我輩事姊氏, 亦如所生, 而姊氏之護視, 尤有加焉. 於余則凡係宦途身事, 隨加德誨, 常恐其玷名累先, 恒眷眷不已. 雅不欲違遠, 東西京第, 旣就近, 外藩亦隨往, 晚歲屛野, 又奉住旁村, 以盡源源之樂.

及余黽勉還朝而老朽甚, 每引疾謝朝請, 因此曠候多時. 洎兒子嬰疾濱危, 而姊氏沉痾, 亦凜凜矣. 兒嘗往育於姊氏, 懼其病裏憂念, 兩相諱秘. 然姊疾姑無添加之證, 而兒患方有晷刻之急, 不得不留救兒子. 及聞姊病頓劇, 蒼黃捨去, 入見姊氏, 已不能言, 但開睫一視而已, 姊氏子視余, 而平日奉姊氏, 無一善狀, 至其末終, 兩禍交沓, 焦撓奔迸, 兩不得用吾情. 天地有窮, 此恨無窮. 尚何言哉!.

姊氏病革, 謂諸孫曰: “人皆以死爲戚, 我則不然者, 以歸見汝父也” 又曰: “我若死於皇辟諱日, 可以減得貧家一祀, 豈非幸也” 果如其言, 亦異矣.

姊氏享年八十五. 祔於通德公墓. 墓所及通德家牒, 已具通德誌中. 後子得福事姊氏盡孝, 有曾閔行, 登進士試, 仕至龍潭縣令. 先姊氏歿, 娶寺正李寅爀女, 生二男二女, 男致元, 致亨, 女適金載祿, 李命廸, 致元有一女, 金李俱有出, 並幼.

嗚呼! 我姊氏德美可紀者, 不啻多矣, 而悲哀掩抑, 淚在筆先, 不能成語, 如是而止矣. 嗚呼!痛哉!

李宜顯, 『陶谷集』권18, 『한국문집총간』권181, 219쪽

第二女金氏婦墓誌

余老益奇釁, 獲罪神明, 歲庚申, 子死, 又無幾, 而女爲金氏婦者亦死. 重哀疊痛, 人理所難堪, 叫呼隕裂, 穹壤茫茫. 日女之大舅參贊公手草女遺行若干條示余, 其草曰:

亡孫婦柔順之德, 得於天賦, 不但事長者, 無違其志, 待家人, 亦盡歡心. 于歸十七年, 未嘗有疾言遽色, 持身處事, 皆出於自然, 無一毫作爲强勉意. 而言語動止, 鮮有不中節者. 與其夫之諸妹長時同處, 或豈無不如意底事, 而處之怡然, 始終如一. 婢僕有罪過, 事係幽暗, 則必爲之掩覆, 情雖可惡, 亦未嘗罵之以死.

天稟淡然無欲, 雖微細之物, 絶不干求於人, 人有求之, 輒應副無難. 於人涇渭甚明, 而亦不輕加毁譽, 故自無怨惡於人. 有老婢無所依歸, 置之家中, 嘗言十年在左右, 慣知其人品. 雖遇可喜可怒事, 一不形見於色辭, 亦未見與人有爭競辨詰語. 雅性謙遜, 不要人知, 家人不知其婦道之純備如此. 及至死後, 念其平生所爲, 無一可疵, 老少上下始乃同聲稱之曰: "今世上, 不可復見如許婦人" 推此數事, 其德性之天成, 槩可見矣.

氣本淸弱, 久抱沉痾, 自喪所天, 漸毀無餘, 轉成難醫之疾. 癸丑, 其姑以産病逝, 兒生纔七日. 艱辛鞠養, 以至十歲, 相依如母女, 女於壬戌七月夭化, 悲哀太過, 宿病添劇, 竟以九月十九日不起. 痛哉痛哉!

天以美質令德, 賦與於渠之夫婦, 使作配耦, 則其意似非偶然, 而窮命短造, 一皆同符, 又無遺餘血屬, 天理之乖舛, 人事之慘切, 一何至此! 亡孫之葬, 地不利, 以其翌月, 移窆於瑞山大山廣石里負酉之原. 渠死時語傍人曰: "吾死適當此際, 得與同槨而葬, 是可幸也." 卒如其言.

參贊公之言止此. 而字字皆出至悃深衷, 雖使行路聞之, 亦爲之涕籟籟下, 在余腸肚, 況也可言!

余自哭女之後, 欲略記小文字, 以叙哀悰, 而筆與心俱腐, 卒掩抑莫遂. 又念言出於余, 豈能見重於人, 以此趑趄未果. 今參贊公之言, 質而詳, 簡而當. 夫女子出嫁, 必以善事尊章爲懿, 則得公一言之獎, 於渠榮亦大矣. 且公素勁仉少許可, 其言尤豈不信於來後耶!. 遂一從公言而書之, 俾鑱於其夫幽石之傍.

女以 肅宗壬辰生, 生歲十五而嫁, 嫁九年而寡. 寡九年而下從, 年才三十一.
女系出龍仁, 祖考諱世白, 左議政忠正公, 父宜顯亦嘗猥躡先蹟, 以罪廢退.
母宋氏, 先正圭菴之後. 夫家族派, 具載金氏墓文, 此不著.

李宜顯, 『陶谷集』권18, 『한국문집총간』권181, 221쪽

季妹貞夫人墓誌

嗚呼! 余老而不死, 獲罪神天, 歲庚申, 子夭死, 死之前七日, 姊洪孺人先逝,
壬戌春, 妹金侍郎夫人繼逝, 秋, 第二女金氏婦又死. 穀燧曾未更三, 而子女
同氣皆棄我而先酷矣, 極矣. 人之悍獨, 乃至是耶! 悲哀成疾, 伏枕喘喘. 一
日妹之子致萬泣且言曰:
"吾母德美, 布在親姻, 而其詳而信者, 莫如我舅氏. 且念高年宿疾, 人事凜
凜, 纂次遺蹟, 恐不可緩, 願亟圖之. 抑地中有靈, 其望必深矣."
噫! 言之悲切如此, 雖木石, 其心安可無動. 遂和淚書之曰:
蓋聞婦人懿則之可觀者有三, 一曰幼儀, 二曰婦道, 三曰母敎. 三者克備而
後, 壺彝之始終, 方可言矣. 俗婦剪剪, 大抵逡巡乎此, 而夫人獨能恢然, 若無
事, 豈不難哉.
請言幼儀. 夫人生而儀度天成. 先考妣固不以慈弛訓誡, 而又其內外襲美, 動
有擩染, 故生質夙茂, 動止自矩, 考妣並奇愛之. 舅母淑徽公主, 孝廟女也, 生
長天家, 評人甚高, 而見輒嘉賞之.
請言婦道, 夫人十七, 歸于金, 殫厥誠敬, 率禮罔愆, 處先後間, 各盡其道. 舅
忠憲公方嚴少許可, 而每稱'賢婦賢婦', 視遇试殊. 而夫人猶一心洞屬, 毋敢
或怠. 事夫子, 壹以禮法, 視古雞鳴昧朝之詠, 宛若卽事, 由是閨門整肅, 上下
斬斬. 雅性淸素, 不喜華腴, 少嘗居窮, 備極艱窶, 而無一毫嗟恨色. 及後家道
頗成, 亦不改其舊也. 蘋藻之事, 益致誠慤, 躬執俎刀, 不遑寢食. 自筐錡釜
鬵, 至奠獻品物, 一皆精美嘉好, 見者咸交口贊頌曰: "此家謹禴祀若此, 其受
天祿也宜哉"
請言母敎. 大人雖未得熟習書史, 而鑑識絶人, 義埋是非, 論辨甚晳. 又嘗服
膺家庭之素. 我先妣每擧祖公律己事, 津津不離口, 而夫人亦慣見先君氷蘗

之操, 其薄富厚貴廉潔, 盖有所受. 常以不慕榮宦, 恬靜自守, 戒飭子孫. 以故
致萬能得廢擧藏修, 不失令名, 寔由夫人之善誨. 嗚呼! 夫人之德, 固不可勝
書, 而若無大本, 曷以臻茲!

往在癸卯之歲, 侍郎公遘士禍, 遠謫塞徼. 母夫人病未隨往, 淪落鄕村, 莫養
於下, 情事絶可悲. 夫人獨自留護, 危厲薰心, 酸楚到骨, 而左右接應, 庶事自
理, 不特誠力之過絶, 古君子素患難之節, 殆可以同符, 窮閭賤婦莫不相告嘆
咜也.

性篤孝友, 有終身之慕, 先考妣舅姑手札, 藏弃箱篋, 疾革, 命以從殉. 老姊窮
寡, 饘粥不繼. 夫人深加隱傷, 衣食百須, 隨力伙助. 姊嘗爲之感泣曰: "孝子
事親, 不是過也" 宜顯老喪子, 宗祀無托, 夫人語必淚下. 臨絶, 手書告訣, 祝
余壽哀余窮, 至性懇激, 余不覺執紙號痛.

若其敦睦族戚, 濟恤貧窮, 溫慈潔正, 表裏瑩澈, 御衆之惠, 則恩信周洽, 頑狠
化服. 理家之善, 則程夫子所稱良轉運, 其人也. 至其晚暮, 門族愈益隆盛, 而
斤斤自守, 一無竿牘之及, 亦豈尋常簪珥所可倫乎.

余年老筆短, 不能闡揚其一二, 而若使如古中壘者記載, 則必將輝暎彤管, 永
垂來許矣. 余復何言哉.

我李籍龍仁. 曾祖贈左贊成諱後淵, 祖坡州牧使贈領議政諱挺岳, 考左議政
忠正公諱世白, 妣貞敬夫人迎日鄭氏, 贈左贊成行高陽郡守諱昌徵女.

侍郎公名希魯, 工曹參判, 系出淸風. 考右議政諱構, 祖全羅觀察使諱澄.

夫人以我 顯宗辛亥生, 再承封誥, 自淑而貞. 卒於三月八日, 春秋七十二. 病
阽危, 無怛化意, 訣其子, 告戒諄複. 葬廣州梧琴里, 新卜也. 致萬侍直, 娶參
判洪錫輔女, 生子鍾厚, 鍾秀, 長生員, 女適進士洪益弼, 一幼,

李宜顯, 『陶谷集』권18, 『한국문집총간』권181, 226쪽

坡平尹氏墓表 代作

尹氏我祖考刑曹參議諱後天之貳室也, 父府使燧, 母李氏, 萬曆壬子生, 崇禎
後乙丑終, 葬楊州金谷面戌之原.

育三男四女, 男方岳縣監, 冠岳·勛岳嘉善僉使, 女適進士尹世蕃·武科許

昇・李善揆・鄭應祥. 方岳二男, 世範・世楷俱引儀, 一女適進士金磷. 冠岳無子, 子弟之子世濟. 勛岳四男, 世復・世晉・世渙・世濟. 尹一男進士寅明, 許二男一女, 男純緯, 女未字. 李二女適張世鳳, 柳海運, 鄭二男二女, 男璡, 項, 女適李瀗, 一未字, 世範男宜錫, 宜協, 內外孫曾玄摠四十餘人. 事行具載幽誌, 此不著. 我李籍龍仁云.

李宜顯, 『陶谷集』권19, 『한국문집총간』권181, 229쪽

寧嬪安東金氏墓表

歲乙卯春正月癸未, 寧嬪金氏卒, 享年六十有七. 越三月甲申, 禮葬于楊州豐壤之新阡, 旣事, 其弟致謙具狀請識, 余曰:
“婦人之行, 不越乎閨閤, 固鮮可紀. 至若處宮掖深邃, 亡專事, 尤亡表表可紀矣, 然嬪則異於是”
其世安東大姓也. 鼻祖宣平翊麗祖, 勳伐爛然, 傳世五百餘年, 入我朝彌盛, 有諱尙憲左議政文正公, 身任大義, 世稱淸陰先生. 子光燦同知中樞府事, 以兩子登台輔, 推恩贈領議政. 子壽增工曹參判, 自號谷雲居士, 有淸脩苦節, 子昌國成川府使. 府使公娶全州李氏判敦寧府事正英女, 生嬪焉, 其族望之高, 有如此者.
昔路行汾蹶, 詩人有詠, 女子榮身, 韓氏有述, 庸可亡紀乎. 肅宗富於春秋, 而未見螽斯慶, 仁顯后憂之, 啓聰登淑, 圖廣儲嗣. 於是嬪膺選爲淑儀. 已陞貴人, 始至, 折旋中規, 禮容甚都, 宮中一辭稱婷. 唯上以爲賢, 恩顧有加, 嬪益用危惕, 凜若履氷. 亡何, 有己巳之變, 仁顯遜位, 嬪削號歸本第. 坎而弗隕絶怨尤意. 甲戌, 壺極復正, 而嬪復受爵. 仁顯玉度靡玷, 嬪亦含章終吉, 家國之安危, 倫彝之晦明, 而嬪一身之亨屯隨之, 所遭値絶奇, 庸可亡紀乎.
嬪夙悟多慧, 善學女事. 入宮日, 谷雲公手書戒辭以貽, 服行弗怠弛. 爲人莊介寡言笑, 自有尊貴儀度. 而接人一以誠愨, 惠問旁流, 椒風淸穆, 上久益敬重. 以素嫺於禮, 凡有大儀節, 輒使主之. 性至孝, 以早入後庭, 常懷離親恨, 語及必涕, 家祭墓儀, 悉心經埋, 而猶若不慊. 女紅敏妙絶人, 梱政緻密. 然不干澤不營利, 惟守分自約, 卒之日, 斂衣外無餘財. 其履行若此, 庸可亡紀乎.

嗚呼! 嬪優於德, 舛於命, 備經憂畏, 又不成子姓, 有似乎漢之班姬. 斯可傷
已. 然重覩蝕月之復, 與奉增成之寵, 進封宮嬪, 貴至極品, 老閱 累朝, 禮遇
彌摯, 沒又哀榮亡餘憾. 要皆非彼所能得究厥始終, 我聖考修齊之化, 亦可以
仰闚其萬一, 此尤不可不紀也, 是爲表.

李宜顯, 『陶谷集』권19, 『한국문집총간』권181, 246쪽

贈貞夫人潘南朴氏墓表

夫人潘南朴氏, 觀察使韓山李公之再室. 十九來歸, 二十二而卒, 旣蚤夭不
育, 在夫家日淺, 未及主梱政, 事蹟無表白於後者. 獨其家世可考而知也.
其曾祖以下三世, 曰牧使東望, 通德郎瀏, 掌令世樟. 而牧使之祖冶川文康公
紹有盛名, 夫人之母金氏爲冲菴先生淨後孫, 內外懫美, 固有異於人者矣.
今觀察元配子秀輔將伐石, 表夫人之藏, 以狀授余而曰: 性端雅心慈仁, 爲婦
盡其道, 爲母篤於愛.
噫! 斯足以觀世德, 餘徽之所漸染, 而婦人懿則, 其有加於玆數者乎. 其可不
記以孤孝子之心乎.
夫人沒於肅宗丙寅, 而後三十四年, 觀察秩躋二品, 從贈貞夫人. 葬公州猪
洞, 在觀察東十許里. 觀察諱萬稷, 牧隱文靖公之後. 秀輔官牧使, 而參奉秀
得, 末配出也. 玆二子雖非夫人自生, 而實亦夫人之所子, 則所謂無子而有子
者非耶. 是爲表.

李宜顯, 『陶谷集』권19, 『한국문집총간』권181, 249쪽

貞夫人金氏墓表

夫人氏出光州. 曾祖考副司果善生, 祖考副司勇梁, 考繕工奉事益烌, 媲晉州
蘇氏, 同知東鳴女, 年二十三, 歸李氏, 爲諱萬稷第三配.
幼已有至性. 十九失恃, 哀毀幾不全, 事繼母尤篤至. 及行, 痛不逮尊章, 事公
伯氏若配, 尊章如也, 蘋藻之事, 盆致誠愨. 公兩配喪日, 必素食, 以後配亡
育, 悲愴至於隕涕. 待公側室以禮, 同居四十年, 一無幾微之間. 識道理燭事

幾, 鑑裁超卓, 有鬚眉丈夫所不及者. 當肅廟陟方, 泣而語子姓曰: "汝輩坐而
衣食, 莫非 聖恩. 他日立朝, 宜思一心圖報" 義方之訓, 此可反隅也.
始公連喪二配, 漂搖零落, 幾無以爲存. 夫人入其門而幹理百須, 劬躬自約,
竟使夫子安樂而家道克成. 盖論世之婦人, 有德, 鮮見底功, 能言, 未必踐行,
夫人則德純而功懋, 言正而行果, 衆美畢該, 無一之或歉. 嗚呼哲哉!
司果公, 沙溪先生之堂從昆弟. 世所稱禮法名門, 必先數金氏, 夫人之賢, 固
有自來而然, 苟無天稟之軼倫, 亦何以有此哉.
夫人己亥, 從封貞夫人, 以癸卯三月十八日卒, 享年五十九. 葬于公州茁洞.
長子牧使秀輔, 公初配鄭氏出, 而參奉秀得, 府使洪晉猷, 士人愼必遇妻, 夫
人出也. 秀輔語余: "吾母葬距先公墓爲十步, 固近矣, 猶未爲同塋, 盍別爲記
以視後?" 遂爲之書.
公韓山人, 官至觀察使, 自有銘.

李宜顯, 『陶谷集』권19, 『한국문집총간』권181, 249쪽

先妣貞敬夫人迎日鄭氏行狀

嗚呼! 惟我先妣貞敬夫人鄭氏, 系出慶尙道迎日縣, 迎日之鄭, 爲我東大族.
遠祖諱襲明, 高麗知奏事, 以直道顯, 國史有傳. 自後簪組相襲, 十傳而至諱
夢周, 門下侍中, 倡明性理之學, 本朝儒賢輩出, 而道統之源, 實祖於此. 當麗
籙將訖, 伏節以終, 我朝贈諡文忠, 腏享孔廟, 後學師宗之. 稱爲圃隱先生. 有
二子, 曰宗誠吏曹參議, 宗本成均館司成.
司成有二子, 長恂直長. 次愼司正, 司正無子, 取直長子智忠爲後, 智忠生浣,
浣生光胤, 藝文館檢閱. 檢閱出後於族父司憲府監察仁昌. 監察考鐵拳不仕,
祖脩亦監察, 實參議公子也. 檢閱生雲, 雲生龜應, 社稷署參奉, 贈左贊成, 卽
先妣高祖也. 曾祖諱謹, 承文院博士, 贈領議政, 祖諱維城, 議政府右議政忠
貞公, 相我 顯廟, 誠忠潔白, 爲一代名臣.
考諱昌徵, 高陽郡守, 以子寅平尉齊賢貴, 贈左贊成, 妣南陽洪氏, 司憲府掌
令花浦先生諱翼漢之女, 花浦公丙丁之難, 爲 皇明守義, 終殉節於虜庭, 朝
廷棹楔其閭, 贈領議政, 諡忠正. 士林立祠俎豆之.

先妣以崇禎乙亥九月十七日生. 自在髫齡, 已端重靜一, 雖同諸兒嬉戲, 自有一定規度, 絶無小兒輕浮氣. 稍長, 發言簡當, 處事精切, 容貌擧止, 天然尊貴, 諸長老咸奇愛之, 不視以女子. 花浦母夫人李氏丙丁以後, 涕淚爲日. 先妣在側, 輒爲之寬心, 撫謂之曰: "吾無意人世久矣, 賴汝稍以自慰. 汝眞吾孝孫也." 別賜臧獲, 以表嘉喜之意.

年十六, 歸于先君, 是時忠貞公位已顯, 朝望蔚然. 未幾, 遷擢至公宰. 弟又尙主, 燁爀鼎貴. 而先妣益祗飭謙愼, 處先後間, 絶不以門第相高, 有鍾郝家儀則. 先祖考議政府君甚宜之, 推爲一家諸婦之首. 祖妣金夫人生長法家, 閫範卓然, 以其德性相近, 尤加愛重. 先曾祖考參議府君嘗語忠貞公曰: "吾自少至老, 見婦女多矣, 資稟純美, 未有如新婦者. 長者家兒, 固宜如此, 吾家福祿, 將見其未艾矣."

性溫雅介潔, 而存心處身, 方峻正直, 凡世俗苟且依違之行, 浮溢夸詐之習, 耻之若浼. 勤篤絶人, 日必晨起盥濯, 親視先君盤供, 調腼百味, 極其精美, 至老不廢. 大耋之年, 亦爲不肖尸饔, 不憚勞劬, 一臠一蔬之微, 裁截位置, 必使整齊不亂, 與古之割肉必方, 斷蔥以寸者, 暗相符焉. 於食物, 只取精簡, 無偏嗜, 不喜厚味. 雖甚老而病, 於先世諱日, 累日食素, 享先之禮, 尤致愨愴. 先君非宗子, 故家不奉祀, 然必具潔馨, 送宗家以備祀需.

先君有疾, 則粥椀藥鐺, 躬親炊火. 不使子女婢僕替行, 至冬不入室, 夏不就涼, 苦身自剋, 疾瘳而後乃已. 在外邑行女婚, 而皆出自機杼, 或節縮常俸, 毫毛之細, 不藉官物, 不以有無關君子.

近世宰樞家, 例多雜色人, 先妣常鄙夷之曰: "士君子家, 寧可雜亂如此!" 痛加禁絶. 閨闈之內, 只許至親伻使之出入, 餘人不敢厠迹. 有夤緣干請者, 輒峻責而斥絶之, 時果微瑣之物, 亦不輕受, 人皆敬畏而稱歎之曰: "非獨相公也, 乃其夫人之淸, 世所罕聞." 至相戒毋敢妄干私囑, 由是先君位極三旄, 而門庭冷落, 如寒士家, 一時以爲矜式.

尊爲命婦, 身先儉約, 常服紬綿, 不御錦綺, 人或勸之, 亦不聽. 隨不肖在官府, 嚴束婢媵, 絶不使內外交關. 不肖或於壽辰, 略有供進, 則又戒其踰濫曰: "恐乖吾兩家遺矩也"

孝悌篤至. 高陽公享年不永, 都尉公尤早夭, 終身悲痛, 語及必涕下如雨. 大夫人年高, 頻頻往侍, 及喪, 年已六旬, 而持制不懈. 一弟早寡窮貧, 憐念甚至, 隨加顧濟, 疾病, 亦眷眷不已. 事舅姑, 克盡其誠, 所賜服用, 常列置於前, 時時撫玩謂子女曰: "每見, 如承音旨, 當終吾生用之耳" 賜梳年久, 至耗傷而不去之, 事雖微, 至誠哀慕可見也.

先君末妹金氏婦貧甚. 以先舅姑所鍾愛也, 待之有加, 軫恤眷戀, 曲體其意. 遇族戚甚敦, 於窮寠則加厚. 御婢僕, 恩而有威, 賞罰甚明, 雖以罪被挼, 而有一善, 必存記而施惠. 以此婢僕輩畏服而愛悅之. 苞家, 纖鉅井井, 秩然有序. 年及耄期, 精神不衰, 視家秉如少日.

不肖晚生, 其恩勤撫育, 固可謂異甚. 而有過, 戒責不饒, 每擧忠貞公與先君淸素遺範, 勉令企及. 其誨飭深切. 有如此者. 嗚呼!. 宜顯不孝無狀, 其於晨昏溫凊之節, 多所闕略. 而先妣實有深慈至愛, 至其末年, 不肖年亦向衰, 而保養護視, 無異嬰兒. 自飢渴燠寒, 以至日用事物, 無不用意省察, 恐恐然猶慮少或致傷, 五十年如一日. 不肖累哭子女之夭, 先妣常慽慽憂惋. 晚得一孫, 撫愛至甚, 臨沒, 亦眷憐不已. 今長成娶婦, 而先妣不及見矣.

不肖甲戌, 登科第於具慶之下. 以玉堂官, 乞養得金城, 會以事不得赴. 後數年, 以前承旨, 出知伊川府, 已又連出按嶺南海西, 備極榮養. 旣歸, 特陞拜禮參, 位次卿月. 先妣以忠貞公所着金帶賜之曰: "吾得見汝腰金, 又着吾祖之帶, 吾心之喜已極. 而吾夫子亦曾着此, 三世一帶. 其事尤奇. 吾倘見汝黃閣之繼躅否" 翌年, 有按畿之命, 將奉往官次, 而奄遭大戚. 及後忝躋八座, 濫膺韋平之拜, 不洎之悲, 隨遇彌深矣. 嗚呼. 痛哉.

先妣於癸亥, 從先君職秩, 封淑夫人, 翌年, 進貞夫人, 丙子, 遂受貞敬之封. 竊嘗總而論之, 先妣戴美世令, 早有擩染. 莊肅自持, 栗然如玉. 晚又德器渾成, 寬裕有容, 慈仁愛物, 涵覆羣衆, 人人咸得其歡心. 婦德母儀, 可以光垂後世, 而庇賴子孫云.

先妣素彊無疾, 丁酉冬, 偶示愆, 以十二月十八日, 棄不肖, 春秋八十三. 以明年二月二十四日, 葬于楊州治東雲吉山下陶山里卯坐酉向之原, 距先君墓十里而近.

先妣生五男八女. 男宜顯議政府右議政, 兼兩館大提學. 女適士人權尙明, 洪德普尹溥江華經歷金希魯, 餘並夭, 宜顯初娶觀察使魚震翼女, 不育. 再娶主簿宋夏錫女, 生一男二女, 男普文娶判府事申思喆女, 女適黃槍, 金聖柱. 三娶士人柳寅女, 生二女, 並幼. 權生二男一女, 男燦瑩參奉, 女適黃埴. 洪有繼子得福, 縣令, 尹有繼子相謙, 金生一男致萬, 參奉. 外孫曾玄捻三十餘人. 妣純德懿行, 盖不止是. 而不肖年老衰落, 忘失爲多, 僅錄其一二, 以俟執彤管者採掇而表章之, 昊天罔極. 嗚呼. 痛哉.

丁未九月日, 不肖孤宜顯泣血謹狀.

李宜顯, 『陶谷集』권24, 『한국문집총간』권181, 366～368쪽

亡室贈貞敬夫人魚氏行狀

龍仁李宜顯凡有三配, 其元配曰贈貞敬夫人咸從魚氏, 江原道觀察使贈議政府左贊成諱震翼之女也. 十世祖變甲, 世宗朝爲集賢殿直提學, 有恬退之節. 其子孝瞻, 判中樞府事文孝公. 文孝二子, 世謙左議政文貞公, 世恭兵曹判書襄肅公. 三世四人, 俱以文學勞伐著, 並載於 國朝名臣錄. 襄肅曾孫季瑄左參贊. 其子雲海擧遺逸, 屢拜諸道都事, 卒官平昌郡守. 栗谷先生甚許之, 卽夫人高祖也. 曾祖夢麟, 童蒙教官, 祖漢明, 左水運判官, 贈左參贊. 觀察公聘原州元氏學生玭女, 以 顯宗八年丁未正月二十一日, 生夫人.

聰慧夙悟, 絶異凡兒. 筆札針線, 精美神速, 不勞而自就, 見者莫不驚異之. 十七, 歸宜顯, 時余考妣年俱向衰, 而子只有余一人. 及見其長成娶婦, 幸喜固極矣. 而夫人旣有端容美質, 淑德懿行, 女工之能, 又超越常倫, 以此益加愛重. 常曰:"吾子婦德性, 非世俗婦女可比. 此婦之入吾門, 實吾家大慶也"然夫人不以是自懈, 愈益謹畏, 未嘗有纖毫違忤.

性拙直純白, 無機變, 言語不流利, 不能承迎人顏色以求媚悅. 而誠實眞樸, 表裏如一, 絶無忮克傷害之心, 故人且信而敬之. 自姒娣娣姒, 以及遠近族戚, 咸一口稱服以爲賢婦, 由是在舅家十八年, 終始無間言.

事余, 亦和而有別, 規益頗多. 良善之人, 類多頹懦, 短於營幹, 而夫人不然. 御下却莊肅有威, 婢媵輩愛戴而不敢慢. 家政井井有條, 無一事罅漏. 褊隘少容, 婦女之通患, 而大人心量極寬. 人或非意相干, 絶不與較, 遇不平, 忿恚之色, 不形於外, 愈見其和泰. 余或盛怒嗔責, 辭氣益恭, 無一語抗辨, 惟深自摧謝, 余亦自覺其過而止焉.

家嘗失火, 火逼其室, 終不出. 事定, 人問之曰: "女子當急遽之際, 不可輕出門外, 況尊章在, 吾何徑動?" 先考妣歎曰: "此實闇合於圖史所記也." 夫宋伯姬之行, 千載一有, 而夫人優爲之, 不賢而能如是乎!

夫人受氣甚薄, 感疾尤頻, 一年之內, 安日恒少. 又血氣不調, 近十年不字. 先考妣憂之甚, 求嗣之方, 靡不用極. 雖苦口湯劑, 亦服之不厭曰: "尊章愍念之意, 何敢不奉承." 自庚午, 始連生子女, 俱四歲而夭. 後又生子女, 夫人旣虛脆善病, 而連歲胎挽, 益致傷憊, 兼荐見夭慘, 積悲哀, 肌肉日消鑠. 夫人自知壽命之不長, 常嘘唏歎曰: "吾病如此, 恐不能久事君子. 上以貽戚於兩家老親, 下使幼稚失其乳哺, 此尤可悲也"

庚辰四月, 偶感風氣, 日日增劇, 至六日, 奄然而瞑, 是月十八日也, 得年僅三十四. 母元夫人年七十六, 方隨子在西縣. 及喪之日, 書至滿紙, 皆思戀語. 以其書讀告筵前, 嗚呼, 慘哉! 是時男始六歲, 女四歲, 俱有夙惠, 能知失母之悲, 此尤慘惻, 不忍見矣. 先考妣旣喪夫人, 悲不能自止, 歷累年而語及, 必涕淚縱橫, 撫育兩稚, 日望其成長. 及先府君疾惟幾, 顧不肖曰: "吾於家私, 無一嬰懷, 惟兩稚耿結不忘耳." 嗚呼. 尙忍言哉!

先府君以癸未四月不諱. 而翌年六月, 兩兒俱病, 弟以七日夕死, 兄以其翌日朝死. 於是夫人血屬遂絶, 而吾家宗祀, 將無可靠矣, 先府君臨命之托, 亦歸於虛地矣. 天乎天乎! 寧有是哉! 始葬夫人于楊州治東金村馬山里酉坐卯向之原, 距先祖考墓隔一岡. 至是以兩稚瘞於其傍. 嗚呼!

先府君每稱道夫人不置曰: "吾子婦必享福人也. 吾家積慶, 必於是乎大發矣." 夫孰知天不佑仁善, 旣椓夫人之命, 又勦絶其遺嗣, 使我先府君平日期望之至意, 一朝而反蹙若是哉!

余以宗祀之重, 承考妣命, 繼娶恩津宋氏, 生一男二女. 男普文娶判府事申思喆女, 女適黃楡, 金聖柱. 雖不出於夫人之腹, 而實亦夫人之子女, 則夫人其可謂無子而有子矣. 惟此庶可以少慰掩抑之孤魂也耶.

夫人沒時, 余官兵曹佐郎, 後九年, 陞通政, 從封淑夫人. 又四年, 以余秩二品, 贈貞夫人, 又十五年, 余陞一品, 乃加貞敬之贈. 嗚呼! 念昔少日夫人勉余學業而曰: "君子若顯揚, 我亦當與享其榮, 豈不幸哉" 及通籍數年, 而夫人遽沒, 乃以虛誥展於靈几之下, 尙可謂享其榮也乎? 悲夫悲夫!
夫人旣葬, 術人多言地之不宜, 窆隧之事, 猶未究竟. 故姑不得誌其藏, 先爲
狀以示後人. 雖文字短拙, 不能盡其實美, 而尙蘄以此考徵其萬一云爾.
丁未九月日, 夫李宜顯狀.

李宜顯, 『陶谷集』권24, 『한국문집총간』권181, 368쪽

亡室贈貞敬夫人宋氏行狀

贈貞敬夫人恩津宋氏者, 龍仁李宜顯之中配也. 考諱夏錫, 司禦主簿, 妣昌寧
成氏, 牛溪先生諱渾之玄孫也. 父曰參奉熙緝.
惟宋氏遠有代序, 十一世祖愉號雙淸堂, 以隱逸名. 其四世孫參奉世良有二
子, 長龜壽 宗廟奉事, 號西皐, 性至孝, 居喪白燕巢廬, 人以爲孝感. 次麟壽
吏曹參判, 號圭菴, 以德行模範士林, 特諡文忠, 西皐公有二子, 長應期儀賓
都事, 次應光牛峰縣令. 圭菴公有一子應慶, 無子, 以都事公子承祚爲後, 知
禮縣監. 其子時爀砥平縣監, 砥平公無子, 以知禮公弟兵曹佐郎邦祚之孫基
明爲後, 寧陵參奉. 參奉公生考時瑩, 大君師傅. 師傅公出後於從叔父典籤熙
祚, 卽牛峰公子也, 參奉公實生主簿公.
夫人以 肅宗八年壬戌二月十九日生. 夫人之家, 雖未得奕世隆赫, 而世德之
美, 人莫有先之者. 盖雙淸公旣持高節, 而其母柳氏, 以烈女旌閭. 西皐之孝,
圭菴之學, 又振耀一世, 佐郎以剛直有重名. 其弟甲祚立節昏朝, 特諡景獻,
卽尤菴先生時烈之考也. 師傅之兄時榮, 殉節虜難, 特諡忠顯. 祖先宗族, 多
以道學節行著, 而若牛溪與成聽松文貞公守琛, 節孝公守琮・朴江叟薰・白
忠肅仁傑之學術, 李正獻潤慶・尹文貞根壽・李忠簡山甫之名德・尹忠憲烇
之節義, 皆爲其自出, 內外協美, 胚胎孺染, 固有異於人者. 故夫人性淸高貞
介, 無鄙俗之態, 蕭然有林下風氣, 信乎典刑之猶可見也!
始夫人入我門, 而前配之子有二人, 撫存愍育, 恩義曲至, 二兒亦依恃如所
生. 前配祭奠, 必殫心辦備, 器皿饌品, 務極豐潔曰: "吾於此若有忽慢, 死者
有知, 豈不憾恨." 恤其舊僮使, 加於己婢, 尤篤厚於前配母元夫人, 數以雋味
送饋. 其隨余在外藩, 以果實腊肉, 擇其宜於老人者, 手自藏戾櫃閣, 極其精

美, 以餽元夫人, 元夫人感歎, 至於泣下.

一家婦女甚多簪珥, 聚會之地, 是非長短, 辭說紛然. 而夫人飭己周謹, 不受人罅隙, 雖不悅者, 終不敢肆意疵摘. 事余, 盡禮而能莊, 燕私之際, 益自整肅, 余亦不敢以昵狎加之. 待人極厚, 有求卽應, 不計家有無. 尤惻惻飢寒人, 必欲賙濟. 於物澹然無欲, 自幼而然, 見美好者, 輒讓與他兒, 仲母韓孺人每稱以氷淸玉潔. 前後在藩府, 一無所要索, 恒勉余以簡飭. 以是官中上下, 咸一口頌夫人之淸.

夫人世居淸州, 固鄕人也. 素習於儉約, 衣服飮食, 皆取朴陋. 凡俗所謂靡麗之粧, 號爲時世樣者, 不以近身, 錦綺珍玩之屬, 視如泥土. 於人之巧爲袨服艷飾者, 略無欽羨之意. 顧常喜織布, 每自上機, 杼聲軋軋不休, 以衣余與兒小. 此事京華婦女, 素所鄙夷而不爲者, 夫人安然不以爲恥. 余本不喜紛華, 暨時事漸艱, 尤有休退之志. 以親老不決, 見夫人安於澹泊, 心悅之, 擬於早晚携手歸田, 如鮑桓梁孟之爲, 以共娛暮景, 而夫人遽沒矣.

夫人素儜弱少神氣 而猶無大段疾恙. 始挽兒, 下血過多, 仍成虛憊之證, 久乃得安. 而根株尚在, 再挽三挽而愈加. 至四挽, 始得男子, 擧家動色相賀, 夫人亦自幸. 而病益危劇, 遂至不救. 臨絶, 精神不亂, 處後事纖悉. 時距兒晬日纔隔月, 惟以此耿結而死. 悲夫悲夫!

夫人二十而嫁, 與余同居僅十六年, 吁短哉! 其卒之日, 卽丙申七月初六日, 年止三十五, 享年與同居之年, 略與前夫人同, 亦異矣. 夫人歸余之八年, 封淑夫人, 後四年, 進封貞夫人, 從夫爵也, 貞敬之贈, 實在後十五年.

始葬夫人於前夫人墓傍. 其明年, 先妣棄簾櫳, 營厝于其十里許陶山里. 又明年, 移夫人葬, 窆於其下, 艮坐坤向也.

夫人始生女期而夭, 次二女適黃槍·金聖柱. 男普文, 娶判府事申思喆女. 吾兩人後事, 惟靠此一兒, 天道有知, 倘可以綿延嗣續, 以伸夫人不瞑之恨也耶! 始擬作小誌, 以識其藏. 而顧念先考妣幽宅, 尙在商量. 夫人旣從葬, 亦當隨而定其遷否. 故姑以狀述先焉, 語雖未該, 大體亦已略擧矣, 覽者尙有以詳之也. 丁未九月日, 李宜顯狀.

李宜顯, 『陶谷集』권24, 『한국문집총간』권181, 370쪽

淑人昌寧成氏行狀

吾宗叔佐郞公繼配淑人成氏昌寧人. 其先出高麗中允仁輔, 五世而至靖平公石因, 入本朝, 官禮曹判書. 又三世而文安公任官吏曹判書, 文安之後連世有人, 汔爲大族. 曾祖迷, 祖昌一俱不仕, 考鏷由武擧登第, 蚤卒. 妣牛峰李氏, 宣敎郞晩熙女, 觀察使之信後也. 淑人以我 肅宗庚申正月十八日戊申生, 卒于今 上壬子閏五月四日己丑, 享年五十有三.

淑人生有至性, 少孤執喪, 哀戚如成人, 哭泣幾至失明. 旣歸, 事舅姑盡禮. 入門之始, 年才十八歲. 舅縣令公稱之曰: "是必能宜吾家, 不可以年少易之." 授以家政, 小大咨焉. 已而縣令公卒, 姑尹氏年老寢疾, 淑人奉藥物侍側, 不解衣者五年. 及姑且終, 取視所爲時月制者, 備極精好, 乃歎曰: "家貧, 何以能如此, 此新婦之惠也!"

及葬, 淑人日殫誠盡力, 任其勞劬. 三年之內, 親井臼執饎爨, 以供祭祀. 每寒月, 手足至皸傷見血, 夜則坐而假寐, 六七年如一日. 其疾病醫餌之用, 多巧貸於人, 且八九百兩, 嘖言將至, 淑人經營拮据, 無幾時盡還之.

公常言 '使我不以貧累其先而憾於終事者, 淑人力也, 是爲我恩人'. 待之如賓友, 沒時, 屬托甚重. 公居家, 坦易儉素, 喜施與, 不以事物經心. 時節往來朋舊滿門, 淑人常力爲備酒食, 未嘗言有無費, 公之羣從子弟有孤貧無依者, 來歸如其家. 淑人拊愛以誠, 冠娶長養, 終始無間, 皆感戴歡欣, 事之如母. 親戚有喪, 不能自辦者, 家自爲具, 以助以濟.

公所交多當世賢人長者. 以是淑人德聲播聞諸公間, 咸稱'哲婦, 哲婦'云. 公疾革, 淑人沐浴露立, 泣禱于先廟, 求以身代. 旣而喪, 憂毁疾, 執禮彌篤, 以至終身. 盖淑人自其先世, 以貞孝淸白著稱, 故家遺法, 久益不衰.

淑人考兄弟五人, 事大夫人至孝. 曾王母於丙子亂, 奉姑避兵安峽山中, 路與賊遇, 相與懷刃隊崖. 血流于地, 賊相顧愕眙以去. 家人扶舁而歸, 幸皆全完. 事聞賜復, 月致粟. 其世美如此, 淑人之賢, 盖亦有所自也.

淑人旣蚤失怙, 大夫人衰老甚, 奉養益致虔. 及喪, 躬親百事, 殯葬饋食之禮, 克盡無憾. 祖先祭奠, 必具蔬果魚肉, 不以疎昵而有間. 有弟一人, 友悌甚篤. 爲之成就保恤, 經理微悉, 一如親在之時.

公沒之後, 淑人持守門戶, 敎育子孫, 憂勞勤瘁, 未或自佚. 每日未明而起, 拜家廟, 坐正堂, 以理庶事. 歲時之祀, 先期掃滌, 僕隷之與祭者, 亦令齋宿更衣. 爲供具, 必躬視酒漿, 要在潔精. 雅不以豐侈爲尙曰: "享先, 當以誠, 不當以物也." 當祭, 竟夕不寐, 坐而待事, 已祭而猶悲泣達朝. 江上先墓, 或世遠宗人浸解, 有田而未薦, 則諭令立法, 割其田更置, 得歲收其入以供祀事. 於是族人皆歎其決以爲不可及. 其居喪, 極致毁, 食素十有餘年, 危疾者數矣, 幸復得少間, 盖時有奇佑之應焉.

往在 肅宗癸巳, 公卒于京. 明年正月, 歸葬巖江. 旣而奉几筵守制於江上. 淑人晝夜衰絰以居, 用苫藁爲薦, 委身一室, 晨昏饋奠. 哭不絶聲, 涕淚著地, 爲之經年不減. 所居屋宇新修, 圬泥犵露, 無塗墍. 夏月, 暑潦下濕, 蟲蚤滿室. 疾病靡寧, 終夜不寢, 而一不爬搔, 戒左右毋得妄殺一蚤, '吾凶禍罪罰, 安求自逸耶'. 旣而羣蟻日夜相銜負以出戶外, 蚤遂絶. 族隣莫不嗟異以爲精誠之極, 乃至孚感於微物云.

自是以來, 宿疾日臻, 彌留久而愈怴, 不得行步出入. 夜則煩閟引水飮, 却湯餌不服, 常貯水座側, 如是者累年. 一日夢公贈以藥漿, 明日卽止, 不更進水, 疾亦良已. 後嘗爲諸子言夢寐感應, 宜亦不虛. 然竟沉淹積歲, 以至大故. 而藥物不時進曰: "我乃未亡人也." 嘗晨謁廟, 退立階下, 泫然久之曰: "入室如見舅姑. 然吾衰甚, 久行安可幾也."

其明年, 終于巖江先廬之旁近寓舍. 臨沒, 無一言及後事, 取酒與二子訣, 反席而終. 淑人嘗謂長子宜夏曰: "汝先妣之喪, 送終旣儉, 我喪, 亦宜如之, 毋使有過. 他日同歸地下, 新舊之飾有異, 神理其能安乎."

至是斂葬諸事, 一視前喪, 遵遺旨也.

淑人仁恕聰明, 識高而慮遠. 孝于親, 友于兄弟, 遇宗黨, 謹而有恩. 御家衆, 嚴而有法, 起居坐立, 必有定位, 衣服飮食, 必有定時. 善於彊記, 鉅細不遺, 幹埋家務, 常不言而自辦. 平居, 整飭自守, 手執所事以終日, 不自暇逸. 喜怒不遽, 事有不意, 絶不示疾言厲色. 其於人慈愛深摯, 常有不忍之意. 見有阨窮可念, 雖在疎間, 亦爲之漣洏惻然, 必有以周濟之. 有言其太過者, 輒曰: "性情自爾, 不能遂已."

其敎子姓也, 愛之固甚矣, 亦不猥假以色辭. 至有過, 必加譴責, 使之下庭受罪. 或令從師請學, 冀有所成就. 又嘗諭之曰: “汝等努力學問, 家人細瑣, 不足知之. 吾見世俗婦人, 每於家事屑屑, 喜說貧, 凡士之卑陬近利, 慊慊然心不廣者, 皆爲婦言所中故也. 昔汝先人, 嘗公退歸家歎曰: ‘今日士大夫多庸鄙, 唯規規焉家私是營, 世其衰也. 某也良士猶然, 盖困於貧, 失其操者也.’ 汝其服念於玆, 毋忽.”

又戒之曰: “吾性本不喜世俗名利之榮. 思與爾曹就佳山水, 築室其中, 讀書耕稼, 無求於世, 爲士之道, 但當飭躬正行, 不妄交游, 不失身於人, 得稱爲君子人, 亦可以爲父母榮. 何必富貴利達而後可哉.” 或時出至書室, 見有簡帙几硯散亂不收者, 必手自齊整刷拂之曰: “汝輩惰性若此, 何能辦事!”

其居處服食, 必令以長幼爲序, 雖微小事, 亦致意存戒, 立法示敎, 常在孝悌倫理之上. 又每擧正大二字, 申申勉勵, 其義方之訓森如也. 嘗論文公小學而曰: “此生人之所必自爲耳. 何至筆之於書以曉之耶.”

每從容語其子曰: “過失之差, 人所難免, 患在有之矣. 人不言而已不知之爾, 我則有過, 汝宜隨卽救正, 毋自嫌阻,” 旣而笑曰: “雖然, 直言之來, 固知其善, 尙覺難入. 信乎莊士之寡合於世也.”

或有非意之訾, 諸子爲不堪, 淑人夷然若不聞, 徐而曉譬曰: “我無是事, 彼言何有, 久當自止, 不足介意. 吾用此法, 經歷多矣.” 又曰: “凡遇困厄橫逆, 常思他人所遭有甚於己者. 持以自比, 則當自得力. 事宜靜以自俟, 不可徒自紛紜, 有損無益也.”

辛丑, 新修巖江先廬. 旣成, 命宜夏名其正寢之堂曰: ‘遠睦’, 以導發其永遠修睦之義. 每言臣子之於君父, 其分義之重, 豈以衿紳簪珥而貳視也.

庚子夏, 肅廟大漸, 亟命宜夏自江上入京, 探承安危候曰: “方今中外憂遑. 汝雖布衣微賤, 世祿之裔, 義不可退偃鄕里.” 及聞喪, 下堂哀哭久而乃止曰: “平生未嘗深識國恩, 而不覺涕泗, 君臣猶父子, 信非虛語也.”

淑人雖無經籍講劘之工, 而天資明粹, 自然暗合於道理, 類非尋常婦女所敢幾及. 是以族親知舊, 無不中心敬服, 有大事, 必諮而後行. 喪也, 又皆曰: “某家其如何!”, 淑人之德, 修於己而信乎人者, 乃至於此. 嗚呼! 豈不賢哉!”

淑人生二男一女, 男宜哲進士, 宜大有志行, 早死, 女未行而夭. 宜夏公元配金氏出也, 又有姉妹二人, 適進士金錫範, 士人趙台佐. 宜夏生男普昌·普

行·普聖, 女適韓命集. 宜哲生男普翰, 普衡, 普衡爲宜大後, 金壻子道東·
道南, 趙壻子銓, 內外孫若干人. 公諱世雲, 縣令公諱胤岳, 龍仁世家也.
淑人卒之四朔, 是年八月三十日甲申, 葬于抱川雙谷里先兆之下. 越二年甲
寅春, 又移公葬, 與前配墓曁淑人塋, 合爲品字形厝焉.
旣事, 宜夏·宜哲等, 排纘淑人行治爲家狀甚詳. 猶慮夫遺美之或有漏失也,
又追記餘媵, 極其纖悉. 仍請余連綴爲一文. 余旣重哀其孝思之篤, 又以忝在
宗戚之末, 嘗有稔聞而欽歎者, 遂一用其文, 繁而不殺, 惟蘄立言君子之就加
裁擇鑑定, 以表揭玄隧, 登載肜史, 昭視悠久, 永式閨閫云爾.
丁巳八月日, 謹狀.

李宜顯, 『陶谷集』권24, 『한국문집총간』권181, 371쪽

채팽윤(蔡彭胤) ————————————————————

宜人韓氏墓誌銘

平康蔡彭胤有賢內佐曰 宜人淸州韓氏. 其先太尉蘭, 佐麗祖爲壁上三韓功臣, 子孫益大而蕃. 入我 朝, 將相國舅勳伐尤盛. 有號久菴先生諱百謙, 以道德文學, 儀表一世, 是宜人之高王父也. 先生有二弟, 仲諱重謙上舍, 其季卽西平府院君文翼公諱浚謙也. 先生之子曰: "右議政諱興一", 後議政公曰諱以明早世, 寔文翼公之孫, 而我舅氏後焉, 寔上舍公之曾孫也. 諱後相, 妣韓山李氏, 禮曹參判諱延年之女. 舅氏解同福印歸, 未幾宜人生. 端莊秀徹, 洞見事理, 舅氏常稱之曰: '是鍾赤壁江山之英'云. 壬戌遭杯圈之痛, 丙寅三月, 歸于彭胤.

丁卯彭胤登上舍, 己巳得甲科, 其冬被選湖堂. 辛未入春坊, 壬申移翰苑, 宜人皆不喜曰: "夫子以小技鳴. 吾實懼焉". 甲戌陞南宮, 歷騎省遷薇垣, 宜人曰: "可以求外矣. 時事不可知也." 無何坐罷. 彭胤旣廢, 無復當世意. 時有檢擧, 宜人聞之笑曰: "夫子之所不欲偪側周行間可矣. 獨不可奉檄一行乎." 反爲藍浦, 乃反不喜.

旣而人有言之之邑, 近子之親所, 義不可不赴, 彭胤黽勉赴任. 宜人以八月來, 九月行小酌於親所, 宜人喜動於色曰: "少伸夫子之願矣". 十月迎侍二親, 諸兄弟皆來. 宜人樂之曰: "比來匕著不健, 今樂矣, 稍進之矣." 未五日而病, 十九日而變作. 時丙戌十一月十二日, 距其生乙巳四月之十日, 得年四十二. 以吾宜人之德, 宜享其祿. 而又素善病, 雖飱必無他也, 嗚呼! 其命也歟! 向所以不喜者, 盖兆也. 不來其免! 以吾之行負神明, 禍移于宜人, 豈眞命也歟! 嚮使我專意文墨, 不以憂衣食亂心, 毫髮皆宜人力也. 方新莅邑, 不暇爲一日具以答其二十年之勞, 且曰: '有待也', 宜人曾不待也! 於是損官膳無過三器, 所以志吾慟也.

彭胤無子, 宜人無所不禱, 卒無子. 甲申取伯兄修撰公之第二子膺全而子之.

宜人出入于腹, 慇懃呴乳, 朝暮立之戶, 以驗其長. 兒亦少須臾不離, 不自知
其非宜人出也. 人或斥之, 兒則嗔恚不食, 宜人愛之愈篤. 嘗於冬之夜, 圍短
屏, 左右詩書刀尺, 夫婦相對臥, 仝於其間. 宜人撫弄之曰: "如是百年足矣."
嗚呼! 此樂其可復得耶! 恒言曰: "仝兒娶婦, 吾委吾産."
病三日而謂彭胤曰: "吾病甚怪, 必不起. 彼篋笥中所藏去者, 皆爲仝兒妻. 勤
守之, 以致吾遺意." 彭胤驚起而慰之曰: "子之病特不汗. 汗則愈, 此言奚爲
發哉!" 嗚呼! 其竟至於斯也. 得稍延五六年, 以見新婦之來, 且無恨矣. 而使
九歲之兒, 纍然啼哭, 死能有知, 其亦瞑目矣乎.
舅氏奉祭祀甚蠲, 爲羞有數. 宜人必招仝兒示之曰: "我死亦然". 今也祭宜人,
一遵其制, 盖行宜人之志, 而亦以示仝兒也.
宜人有至行, 於孝友天性也. 事舅氏於苫塊之間十二年, 不懈益誠, 舅氏亟賞
之, 視之猶丈夫子, 有疑事必咨. 雖異巷而居, 三日必一覲. 舅氏御家嚴而有
法. 子弟有過, 或數月不敢見, 奴僕有罪, 雖小不貸. 宜人必婉容愉色, 從傍解
之, 舅氏爲之霽威而從之. 旣病, 爲書於舅氏, 不任運舠. 彭胤止之曰: "幸少
間而爲之.". 宜人曰: "何可已也, 此永訣也." 比革失聲而號曰: "七十老父, 吾
不復見矣!, 嗚呼天乎!"
其始寢疾也, 亟言于彭胤曰: "疾甚矣. 舅姑老, 且吾惟千金一兒, 不可以不
避." 於是二親還, 兒亦遷. 已又曰: "夫子胡不去." 且言且泣. 不得已屏於戶
外, 聞有藥餌糜粥見却者, 輒呼曰: "吾其入矣!"則强進之. 彭胤從屏後草侍
婢入視之, 宜人覺之欲泣, 彭胤曰: "夫婦一也. 我病, 子其避乎? 吾何去如
之." 嗚呼賢哉! 不憂已之病, 而上憂舅姑, 下以吾爲憂也.
彭胤嘗閑居與人碁. 宜人切箴之曰: "夫子之於文章, 未之究也. 盍以其費之
於博奕者移之. 夫子不朽, 我與不朽".
宜人嫉貪汚如犬豕. 旣到衙, 雖蔬一掬薪一束, 不以私徵曰: "恐累夫子". 彭
胤將營一部書, 宜人曰: "古人有載石而歸者, 此書可以當石乎?" 彭胤愧謝.
若女紅之密如也, 家秉之秩如也, 皆其粃糠也.
嗚呼! 失吾賢內佐, 吾不復知吾過矣. 吾病三月垂死, 而吾不言, 孰知宜人之
爲宜人. 遂力疾扠涕而爲之銘曰:
宜人之病, 盖有越聲焉. 必欲返葬, 以無負幽明. 近舍吾鄉, 遠求王畿, 人曰已

之, 我心竊悲. 乃胥恒陽, 乃占蓮城, 維楊州食, 勿移其名. 束直十里, 實惟舊京, 三山在後, 大江在前. 久菴遺基, 脩竹似賢, 其下烟火, 舅氏之莊. 有茅數椽, 設醮之堂. 今二十年, 吉凶同域, 天意人事, 萬感交集. 非我苟襄, 以循君志. 質之堪輿, 吉無不利. 百歲之後, 我則同穴, 又百歲之後, 子孫來托. 庶乎其人世之所不得享者, 享之於幽宅. 彊圉歲改, 攝提月竟. 其日直癸, 其麓抱丙. 嗚呼! 春雲之舒而在乎天也, 秋月之淨而在乎淵也. 是惟宜人, 曷日忘旃.

蔡彭胤, 『希菴集』권24, 『한국문집총간』권182, 443쪽

殤女瘞誌

嗚呼! 此前郡守蔡彭胤女兒之藏也. 兒生丙申二月一日, 越四年己亥三月十六日, 死于嘉林外家, 兒性愛父甚於母, 居恒繞父膝不去. 父有出入, 輒呼曰: "願父無久離." 嗚呼! 孰使兒離父而遂不歸乎. 離而送之至于是! 父之罪也夫! 父之罪也夫!
厥五月十二日, 瘞于蛇峙左麓.

蔡彭胤 『希菴集』권24, 『한국문집총간』권182, 445쪽

四月十日祭亡室宜人韓氏文

嗚呼! 盡君之心, 以安吾身. 欲一娛君, 吾指玆辰, 君不少須, 我懷曷伸. 君在寥廓, 邈然不知. 我留氛濁, 惟兒是依. 細理前言, 宛其如昨. 謂山盖高, 不如吾之悲不極, 謂水盖深, 不如吾之淚不涸. 日遠日忘, 古人我欺. 久而愈新, 何以堪之. 翩翩雙燕, 使我心摧. 幽明一理, 能無我哀. 精誠可徹, 庶竭斯杯. 嗚呼哀哉! 尚饗.

蔡彭胤, 『希菴集』권26, 『한국문집총간』권182, 473쪽

秋夕祭亡室文

嗚呼! 方君之病, 不知必死. 莫叩願欲, 將焉從事. 君神行空, 朝夕於吾. 語言靡接, 心腹曷敷. 狠婢交猾, 薄産無主. 我躬疇恤, 我兒疇撫. 龜筮茫昧, 巫陽

誕荒. 幽明爾殊, 鬱結逾長. 花開葉換, 鶯燕互飛. 海雨喧簷, 山月窺扉. 昧朝
難興, 薄暮難還. 悲來如期, 萬緖千端.

節物流遷, 秋序平分. 緬懷前年, 中若焦焚. 親痾未已, 霖路亦阻. 衰草新丘,
竟孤稱擧. 恒言在耳, 了然如昨. 精誠所通, 夢寐不隔. 神魂輒迷, 徃來常遽.
何不少留, 備展平素. 施諸人事. 不以冥冥. 靈其不遐, 鑑我此情. 嗚呼哀哉.

蔡彭胤, 『希菴集』권26, 『한국문집총간』권182, 474쪽

亡室小祥祭文

維歲次丁亥十一月己酉朔十二日庚申, 夫藍浦縣監蔡彭胤, 謹回去年三皐之
晨, 更申他日屢告之辭, 矢于亡室宜人淸州韓氏之靈前曰:

嗚呼哀哉,! 偕老爲期, 有延有折. 吾欲亡悲, 吾心則結. 共寠以俟, 有予有奪.
吾欲亡悲, 吾腸則裂. 儀形歸土, 邈焉難覿, 德美載石, 垂之無極.

瑤草有牙, 琪樹有支, 何天於君, 掃跡無遺. 豈曰無遺, 有兒母君. 我相眉目,
典刑若存.

寢夢之間, 思至幽咽, 至情藹然, 穹壤可徹. 君亡不亡, 死生堪慰.

惟此五斗, 於我何貴, 遲回不去, 坐環今日. 竹哀籟, 縈簾凄月. 方病之貌, 怳
然猶記, 臨絶之言, 不忍復理. 深思默惟, 萬悔千悼. 恩我實多, 負君不少. 逝
將戒裝, 日指京洛, 徑謁舅氏, 披露衷曲.

新墳宿莽, 舊巢塵局. 觸目酸鼻, 何以爲情. 謂死有知, 影響莫因. 而謂无知,
夢寐胡頻. 樽醪是淚, 瓣香是心. 靈如不遐, 庶幾來歆.

蔡彭胤, 『希菴集』권26, 『한국문집총간』권182, 474쪽

亡室禫日祭文

維歲次戊子正月己酉朔初九日丁巳, 夫藍浦縣監蔡彭胤, 告于亡室宜人淸州
韓氏.

嗚呼! 自君棄我, 歲聿其三. 爲練旣訖, 於禮且禫. 如川之逝, 終古不復. 如月
之明, 無時可掇.

徂兹窮臘 , 阿兒被疫, 晝夜在膝, 呼號啼哭. 摩之拊之, 中竊酸悲. 君獨何往, 而肆我詒. 旬時撤奠, 能無餒而. 賴君之賜, 兒起捧卮, 以顯推幽, 而喜可知. 顧念吾身, 無以家爲, 君何毒我, 俾我如斯. 言想平生, 寤寐潛潛.

誌劖未瘞, 床簀未安. 親疾旣淹, 兒疹又乘. 遭辰三駕, 卒莫之能. 瞻彼新丘, 流慟曷勝. 體魄雖沈, 精靈則升. 其沉日泯, 其升愈頴. 百歲相逢, 餘懷可罄. 謹以淸酌庶羞, 陳此禫事, 嗚呼哀哉! 尙饗.

蔡彭胤, 『希菴集』권26, 『한국문집총간』권182, 475쪽

亡室大祥祭文

維歲次戊子十一月癸酉朔十二日甲申, 卽吾亡室宜人淸州韓氏之再朞也. 夫彭胤謹因祝告之辭, 演而矢之曰:

嗚呼! 京城之時, 不知有馬山, 馬山之時, 不知有遁村, 遁村之時, 不知有程谷. 前此數十年, 東西南北, 死生榮辱, 皆吾之所不能知. 則又惡知後此幾年之東西歟南北歟, 何死何生, 何榮何辱. 是皆聽於天而非吾之所能與. 則子之死也奚以悲, 吾之生也奚以樂. 太上之忘, 非勉而至者也達, 吾未嘗不追也. 而吾之髮日以變, 右車第一牙動搖脫去, 血往往從嗌中出. 茫洋乎行, 不知所如, 岬岬乎無所憑而息. 厭然若不可復陽者, 亦有所不得免焉.

風霜至而草花落者, 物之變也, 哀樂之用, 情之感也. 孰是有生而情其獨無乎. 死者漠然而已矣, 子而漠然不知吾之悲, 則吾之子悲也, 亦可以已矣. 然悲之纏於心也, 若草之有根, 泉之有源, 自生而自達. 尙何暇念子之知吾與不吾知而逆制之哉! 嗚呼, 慟矣! 吾固不能爲荀奉倩, 又不敢望曾子. 從外而觀之, 宜若忘子者也, 孰知其中之爲甚悲而有不得已者耶.

詩云: "子有衣裳, 不曳不婁, 子有車馬, 不馳不驅. 宛其死矣, 他人是愉." 其二章云: "子有廷內, 不灑不掃, 子有鍾皷, 不皷不考. 宛其死矣, 他人是保." 三章云: "子有酒食, 何不日皷瑟, 且以宴樂, 且以永日. 宛其死矣, 他人入室" 甚哉! 其爲今日道也. 默而溯之, 觸而激之, 無所往而非吾之悲子者也. 百歲之前, 吾知吾心, 百歲之後, 相見於地下, 則子亦有以知吾之心矣. 嗚呼. 慟矣!

向之葬子於水村也, 以有京城之舊窩在, 朝吾投綏而夕吾反, 歲時得以躬澆,以塞吾悲. 今吾親老矣, 不可以遠游, 提抱阿仝, 遲回於窮山之下荒野之濱.
京城舊窩, 垣巷蕪絶, 水村新壟, 香火凄寒. 悲乎悲乎. 人間之事而有是乎. 林
扉寂寞, 歲暮而風雪, 滿目蕭條, 零淚自下.
言念初沒, 若在眼前, 逝水不留, 靈几將撤. 死者逾遠, 而生者有餘悲矣. 村醪
野羞, 爲具微薄, 亦豈足以盡吾之情哉. 不昧者存, 庶鑑此心. 嗚呼慟矣. 尙饗.

蔡彭胤, 『希菴集』권26, 『한국문집총간』권182, 475쪽

姜安陰植母夫人輓辭

婦德不出梱, 曰: '吾有所徵之矣'. 彭胤嘗習於夫人之諸子, 於安陰公以下見
其友, 於中郎公以下見其悌. 由義方內之和愉, 篤於行敦於學. 板輿藥玉, 榮
慶交至. 蘭芽鳳毛, 不絶書於俊造之籍. 踰七望八, 精力益康健. 於是知夫人
之盛德, 所以受祉于天, 斯有徵也. 彭胤生也後, 不及見夫人之以雕馳文軒,
從夫子于東西之廨也. 然以其母道徵其婦道, 盖女而士也. 吁賢矣哉!
彭胤於中郎公, 有斷絃之慟. 今又落南, 不克備執紼之列, 嗚呼! 傷已. 謹以
詩系之曰:
令以明順以則, 夫人之德兮. 茂以昌將以僕, 夫人之福兮. 德言隆福言成兮,
害不百年. 以慰孝子之誠.

蔡彭胤, 『希菴集』권27, 『한국문집총간』권182, 493쪽

亡室韓氏發靷到安山因山事不利將向水村告文

陽之谷不可托, 我乃卜西湖側. 勿移村靈所知, 丙之春醮於斯. 人間世獨無
死, 寶瑟詩夢中淚. 天且明戒靈車, 望三山涉楊花. 魂兮歸來近京國. 嗚呼哀
哉! 重爲告.

蔡彭胤, 『希菴集』권27, 『한국문집총간』권182, 494쪽

返哭後告文

是歲丁亥玆月仲春日直壬辰. 夫彭胤謹以將盲之眼, 漬淚于觴, 已哽之喉, 形

言于文, 聊因夕祭, 昭告于靈几之前曰:

嗚呼! 託君之體於水村之丘者, 不忍孤病日思歸之苦心. 返君之魂於藍浦之
衙者, 欲以了生時未享之餘供. 而君之樂在彼不在此, 恐靈之棄我而不我從
也. 倘幽明之相感, 庶精誠之流通.

蔡彭胤,『希菴集』권27,『한국문집총간』권182, 494쪽

亡室韓氏墓立石告文

維歲次戊子二月戊寅朔十五日壬辰, 藍浦縣監蔡彭胤, 謹因立石之役, 埋誌
於籠臺之下, 兼具薄奠, 告于亡室宜人淸州韓氏之靈曰:

嗚呼! 疇昔之夢, 粲然而迎我者非君也耶? 夫何漠然而亡所覩, 使我噭噭於
孤墳. 君亡三載, 怳惚若存.

濟銅湖而西邁, 止凌陰之舊軒. 有杏依依, 君所植也, 有樓宛宛, 君所陟也. 園
柯號而江鳥哀, 僮僕見我而不能言. 入都城而右轉, 窺南麓之朱門, 溪溜幽咽
而草芽動, 松颼颸而悲風.

尋平生之影響, 閨閤無人兮庭院空. 循左逕而遲遲, 及詠恩之吾廬, 頹垣破
扉, 壞壁漫除. 排櫳檻而擧目, 故物羅列而不移. 楎椸顚倒, 床簟離披, 煤稼施
宇, 蛛網絡笥. 香塵未泯於行坐, 手墨猶留於封識. 擠北牖而流涕, 老桑離立
於墻垂. 每年之春, 柔葉生枝. 持懿筐, 我詠爾詩. 昔聯步而相追, 今携影而獨
歸. 枝枝科結而不解, 若方寸之酸悲.

邅迴出郭, 錯莫登山, 大江茫茫以西流, 人一去兮何時還. 宿芽苹雨, 荒烟夕
曛. 鴈雙雙以北去, 天杳杳以孤雲. 已矣哉! 百年飄瞥而不留, 嗟我悲君復幾
時. 脩短自有定分, 我獨奈何乎天爲.

爰樹其表, 亦瘞其誌. 非曰: '死者之有知'. 聊以慰夫後死. 嗚呼哀哉.

後移韓山與先生合窆

蔡彭胤,『希菴集』권27,『한국문집총간』권182, 494쪽

告宜人韓氏墓文

維歲戊戌暮春壬辰, 夫舒川郡守蔡彭胤, 告于亡室宜人淸州韓氏.
泉塗旣閉, 影響寢杳. 宿草荒丘, 殘春斜照. 獨留人世, 再專海城. 地隣玉馬,
天周歲星, 追惟疇昔, 余懷之悲. 此淚可徹, 逝者其知. 尙饗.

蔡彭胤, 『希菴集』권27, 『한국문집총간』권182, 495쪽

告子婦李氏墓文

歲戊戌之三月壬辰, 舅告于子婦韓山李氏靈.
胡去我託此山足. 舊墓新墳, 望之心惻. 我方爲州, 靈不少俟. 平日之言, 卽事
之淚. 陳荄復華, 人莫之如. 單盃來澆, 尙庶歆諸.

蔡彭胤, 『希菴集』권27, 『한국문집총간』권182, 495쪽

최창대(崔昌大) ———————————————————

祭外王母貞敬夫人尹氏文 甲戌

嗚呼! 性之賦於人, 有通嗇. 氣之鍾於人, 有豐約. 得性之正者, 必有其德, 得氣之多者, 必有其祿, 而談者或曰: "德嗇於女而通於男, 祿豐於古而約於今. 今有非男而通, 在今而豐者." 則其說遂窮.

嗚呼! 王母, 貌莊而心溫, 弘中而方外. 毅而能祥, 恒而無滯. 御衆則如山鎭物而物莫敢動, 容人則如谷受水而水無不會. 惜無以用之邦國, 而止行於閨闥之內也. 玆豈非得性之正者歟.

論世則奕, 媲德則賢. 九命榮封, 未始不貴. 七十康寧, 豈曰無年. 有兒翮翮, 旣裳而弁, 有女娟娟, 或後而先, 莫不輸誠而致孝. 仰德而祈憐, 玆豈非得氣之多者歟.

光乎邦家, 慶于族親, 雍容顯融, 永有令聞. 生而爲世所羨, 歿而爲人所遵, 由是觀之, 非男而通, 在今而豐. 得如王母, 蓋擧一世而無幾矣.

其來也順, 其去也時, 委心從化而又奚悲. 惟余小子, 忝列諸孫, 與有得乎是性之餘, 是氣之分. 而恩勤之至, 撫愛之仁, 則抑有倍蓰諸兄弟, 而沒世不可諼者矣. 其於存歿幽明之際, 又安得不號呼而涕泗, 掩抑而酸辛也哉!

陳以酒肴, 薦以芝芬, 爲長語而告訣者. 是亦有愧於至哀之無文也耶. 嗚呼, 哀哉. 尙饗.

崔昌大, 『昆侖集』권15, 『한국문집총간』권183, 280쪽

贈貞敬夫人全州李氏墓誌銘 癸巳

今右相趙公有賢配, 曰全州李氏. 以丙子三月初五日卒, 享年五十七. 葬于楊州之豐壤負庚原. 時右相公, 官吏曹參議, 夫人例封淑夫人, 後累贈貞敬夫人. 胤子判官君, 間嘗爲余泣曰:

"以吾母之德之美, 淹病食貧, 又不永年. 家君晚躋卿相而已不及矣, 此不肖沒身之痛也. 以吾母之德之美, 又無所紀述 憖使之泯沒無聞, 是重不肖之罪也. 以子有三世之好也, 敢以累焉."

右相公, 於昌大父友也, 判官君, 又辱與之遊, 其於夫人婦道母儀之懿, 竊嘗有聞. 孝子之託, 其何可辭.

謹按夫人系出 恭靖大王, 曾祖惟侃, 同知中樞贈左贊成, 祖景稷, 戶曹判書贈左議政, 諡孝敏, 考長英, 尙州牧使, 妣迎日鄭氏, 左議政澈之曾孫, 生員潑之女.

夫人生有至性, 篤於愛親, 學語已能知養, 遇新味, 必先進而後嘗. 其出也, 雖肴果之微, 必懷歸而爲獻, 牧使公嘗稱曰: "此吾孝女也." 牧使公嘗任外邑暴病, 夫人旣壯有家, 方寢疾, 聞卽星夜馳往, 朝夕於左右, 夜不就寢, 藥飲必手具以進. 其後鄭夫人病, 亦如之. 及牧使公將殆, 引刀刲股, 取血和藥進之. 及喪, 又致毀至病, 頓不恤. 三年之外, 猶不啖甘美, 不聽音樂. 於是內外兄弟之親, 咸曰: "若是乎爲女之孝也."

其事舅姑, 必誠必敬. 平居善病, 身不離牀, 兹可强則必櫛縰省侍, 服勞惟謹, 不敢以隋廢爲安. 姑睦夫人旣老, 多方以忠養之. 右相公於行第爲季, 而睦夫人常常就養於公家, 蓋其心安之也. 睦夫人沒而宗孫貧弱, 禰廟有事, 嘗具於公家. 夫人雖病, 必躬莅, 先事經辦, 品味豐潔. 於是趙氏之黨, 咸曰: "若是乎爲婦之順也."

右相公諱相愚, 禮曹判書贈議政諱珩之子. 少事宋同春先生. 有重名家, 故貧素而喜賓客, 客至者, 多一時名勝, 夫人必有酒食, 以助其款曲. 田園之入, 不盈擔石, 力紡績儉於服用, 小大得免於寒飢. 右相公不以家生爲意, 及公之就仕也, 絶賄遺拒干請, 惟恐有累於君子. 從之州邑, 愈益斤斤焉, 官衙外內, 截如也. 於是宗族姻戚咸曰:

"若是乎相室之善也."

訓子女, 嚴而有度, 不以恩慈敗敎. 男泰壽, 筮蔭仕官判官, 次海壽, 進士, 見任牙山縣監, 次斗壽, 向學. 判官子, 駿命·龜命, 皆成小科, 女適敎官李必興, 監役權益文, 沈璟, 曹夏章, 李蓍亨. 子孫繼有科宦, 五壻皆名家子, 而內外孫曾, 凡三十餘人. 於是交遊所識咸曰: "若是乎爲母之賢而福祥之厚也"

右相公爲時名大夫, 歷官淸要數十年, 寬厚仁恕, 居家無疾言遽色. 僕御甚飭, 門戶靜密, 雖不喜公者, 無敢以家私指議. 諸從子姪孫, 皆並闈而居, 事公如父, 候拜聯翩, 燕飮歡侍, 風流藹如, 於是里巷游談之人咸曰: "非獨右相公賢也, 亦夫人有內德之助焉."

夫人之幼也, 嘗盛服對案, 旁人誤翻水, 衣盡沾汚. 坐皆疾聲驚惋, 夫人凝然不失色, 徐起而易他衣. 時年十一, 見者咸稱異之. 其資性端重如此.

昌大竊觀自古大家名族之興, 不惟祿位之盛, 聞望之顯也, 必其有賢婦人爲之左右內治, 成其爲大家焉. 詩云: "慶旣令居, 韓姞燕譽", 此詩人之頌美侯伯而樂其有嘉耦也. 若夫人之備有德懿, 克配君子, 旣身享光榮, 沒膺極品之封贈, 而子姓昌衍, 力於文術, 趙氏之慶, 未艾也. 傳曰: "德厚者流光" 其不在斯歟! 是宜載之彤管, 詒其後人, 俾有以觀慕焉. 謹爲銘曰:

有齊碩媛, 其德孔有. 壹其孝敬, 于父于舅. 相君子賢, 有譽无咎. 方隆方昌, 胡不眉壽. 雖不眉壽, 亦云有後. 納詩玄壤, 可與永久.

崔昌大, 『崑崙集』권17, 『국문집총간』권183, 313쪽

贈貞敬夫人驪興閔氏墓誌

夫人驪興閔氏, 戶曹判書諡肅敏諱聖徽之女, 刑曹判書贈領議政諡忠貞吳公斗寅之元配也. 肅敏公事 仁祖, 懋著績用爲名臣, 忠貞公於己巳 仁顯后之廢, 以諫死, 主上追悔而褒嘉之, 贈爵諡旌閭. 夫人之高祖起文, 有名 中宗朝, 官弘文館副提學. 曾祖蓰, 贈兵曹參判, 祖有孚, 魁文科, 官止正郎贈左贊成. 母貞夫人昌原黃氏, 進士庭悅之女.

夫人生以天啓乙丑十月十八日. 性慧哲英秀, 在室, 肅敏公大愛之, 旣歸, 舅觀察使天坡公諱翻, 先已下世, 事尊姑無違, 言事悉叶姑意. 周旋動止有度, 一家嗟善. 己卯, 忠貞公持祖母服, 夫人執喪甚謹, 不類年少婦女. 稍涉小學家禮, 而不以外見, 見人窮寒, 雖身所服, 輒解以與之.

丙戌四月卄四日, 疾不起, 葬陽城吳氏先塋坐癸之原. 後以忠貞公貴, 累贈貞敬夫人. 擧一男一女, 男觀周, 早登生員, 持後母金夫人喪, 過毀而歿, 無子, 後以姪子晩爲嗣. 女適都正南宅夏, 有二男一女, 男道揆, 大司諫, 道振, 士人,女適縣監閔承洙. 道揆有二男二女, 道振有五男一女, 閔承洙有一男五女.
夫人歿旣七十年, 墓無誌. 後夫人黃氏子海昌尉泰周, 營之未成而歿, 弟晉周
圖終海昌之志, 以其從祖持平諱翩所爲狀, 屬昌大述之, 謹据以叙之.

崔昌大, 『昆侖集』권17, 『韓國文集叢刊』권183, 316쪽

贈貞敬夫人原州金氏墓誌

夫人姓金氏, 新羅敬順土溥之後也. 曾祖斗南, 同知中樞贈戶曹判書, 祖成均
生員海龍, 考學生崇文, 妣淸風金氏. 孝宗朝名相文貞公堉之女.
夫人生以崇禎辛未二月廿三日. 早失父母, 鞠於外家. 幼端惠不苟言笑, 文貞
公甚愛之. 十八, 歸于吳公斗寅爲繼室, 觀察使號天坡諱翻, 卽尊舅也. 天坡
公先歿, 而尊姑在堂, 夫人事之, 甚有婦道, 承君子無違, 撫視前夫人子有恩,
衣食一均於己子. 雖於婢僕, 未嘗以惡言罵詈, 蓋仁順原於性一也.
癸卯四月初八日卒, 葬陽城吳氏兆次面丁之原. 吳公官至刑曹判書, 後蒙褒
贈上相, 夫人累贈貞敬夫人. 擧一男一女, 男鼎周, 今繕工監副正, 女夭. 副正
一男璿, 纔成童, 副正弟海昌尉泰周, 第三配黃夫人出也, 嘗命余誌夫人之
墓. 旣歿而其弟晉周繼以狀見屬, 謹叙之如右, 以成海昌公遺志云.

崔昌大, 『昆侖集』권17, 『韓國文集叢刊』권183, 317쪽

貞敬夫人尙州黃氏墓碣銘 甲申

夫人尙州黃氏, 刑曹判書諡忠貞吳公諱斗寅之繼室也, 仁顯王后之廢, 忠貞
公以諫死, 仁顯旣復位, 而上命贈公領議政, 夫人前已從封貞夫人, 至是, 進
貞敬, 命給夫人月廩終其世.
夫人之遠祖商山君孝源, 策勳 世祖朝, 官左贊成, 諡襄平, 曾祖諱佑漢, 官大
司憲, 祖諱挺英, 早世, 考諱埏, 豐川府使. 母柳氏, 文化顯姓, 副元帥斐女也.
夫人禮事忠貞二十四年, 擧三男四女, 年五十九, 甲申四月十八日卒. 旣葬,
子海昌尉泰周將樹墓碣, 屬昌大書之, 昌大於夫人, 子壻也.
竊觀於夫人, 敏而有恒, 惠而能正, 固爲良婦賢母. 至其明達好義, 實有丈夫

君子之心. 詩云, 無非無儀, 惟酒食是議, 此特言婦人之德, 本乎謙卑爾. 及若貴而能勤, 發言有章, 如文伯之母者, 聖人善之, 良史記之, 亦以勸天下之爲婦人也. 若夫人言行之實, 法宜備書深刻, 以昭於無窮也.

初忠貞公連喪配, 兒婦滿前, 母老不理, 家事益落. 於是而夫人嫁歸, 時年二十一. 自其爲女時, 已能孝順攻辨, 甚愛於父母, 旣歸, 姑卽擧以傳焉.

夫人日晨興掃除, 各授諸婢職事, 時飢飽節逸勤, 躬以先之, 人樂以勸, 擧無乏事, 不以有無關君子. 見人窮乏, 若痛癢在身, 雖所愛玩, 捐之不少吝. 內外親戚, 其來如歸, 食於客室者常滿, 其仰給者, 日夜踵門不絶, 應之如流無倦. 其貧不能家者, 爲之敎育嫁娶, 亦十餘人. 歲收之船入者嘗敗沒, 族人驚曰: “是家船敗, 吾何以濟!”

夫人之善治家樂振施, 蓋天性也, 雖子孫他人, 效之終莫能及. 然有純行, 明於大義, 事姑孝, 朝暮於侍側, 寢然後退. 進膳必躬, 事細大不違, 多方以適之, 姑甚安之曰: “吾年老見人多矣, 未見至行如吾婦者, 天必有以享吾婦.” 爲祭祀, 致豐潔, 自菜果之微, 必擇而須之. 臨事滌濯, 肅將無怠, 器品明好, 烹苞熟美, 當世貴家好禮者, 亦自謂莫如也.

視前夫人子甚善, 嘗曰: “人乃母我, 我何忍不子.” 撫育均於己子, 人見其諸姊妹兄弟, 不辨其爲異出. 長女南氏婦, 前夫人出也, 嘗病胃而劇. 夫人曰: “是與我相老, 惟我知其食性.” 遂身往以歸, 爲調其飮食以護之. 及歿慟甚, 每見其兒, 輒流涕.

黃氏宗孫夭而無, 家不能祭, 夫人泣曰: “吾不凍餓而慦, 使吾父母乏祀乎.” 每有事祠家, 必備物以將之, 爲營第舍, 以家其孤. 當己巳忠貞之抗疏也, 子弟咸懍懍, 夫人毅然曰: “丈夫旣委身事主, 當國家有變, 盡死職耳, 危禍寧足恤耶!” 及大故, 痛欲無生, 絶不飮水漿, 已而歎曰: “吾死易耳, 誰當護諸孤者?” 乃强進糜粥. 然衰麻不去體, 與人言, 不啓齒. 服旣除, 而衣布素食, 草具終身. 忠貞葬陽城而與元配異兆. 夫人嘗語海昌曰:

“我卽死, 其別葬我, 毋合葬以違禮.”

及喪, 諸子用遺指, 別葬于廣州治西月谷之原, 卽貴主賜塋也. 嗚呼! 茲數者, 足以槩之矣.

銘曰:

孰顯與夷, 孰令與幾. 孰聞其德, 而弗興斯!

崔昌大, 『昆侖集』권18, 『한국문집총간』권183, 325쪽

先妣貞敬夫人慶州李氏行狀 丙申

先妣姓李氏, 其先慶州人, 新羅之始, 佐赫居世爲元功, 諱謁平, 其始祖也. 高麗之季, 位侍中, 以德業文章, 大顯于世, 諱齊賢, 號益齋, 其遠祖也. 六世祖公麟, 爲朴公彭年子壻, 夢八龜之祥, 有丈夫子八人, 長曰竈, 死戊午士禍, 號再思堂. 其後兩世, 以家難不仕. 曾祖諱大建, 弱冠登進士, 有文行, 游處太學, 號稱館中顏子, 不幸早世. 祖諱時發, 事 昭敬王, 才望伏一時, 當壬辰亂後, 勞績茂著, 官刑曹判書, 號碧梧, 諡忠翼. 考諱慶億, 事 孝宗 顯宗, 有淸德令望, 位左議政, 號華谷. 妣海平尹氏, 領議政諡文靖諱斗壽之曾孫, 監察諱元之之女.

先妣, 生以 仁祖乙酉正月己丑. 祖母申夫人, 承旨號晚退應榘之女. 中正淵懿, 通書史有識量, 一世稱爲賢母. 先妣甫免乳, 申夫人擧而養之, 鍾愛甚, 晝夜不離抱, 隨事指誨, 未十歲, 言動如成人, 器度類非世俗兒婦女, 申夫人益奇重之. 年十八, 歸于我先君, 當是時, 華谷公及其伯氏春田公, 位望並隆, 家門赫然. 而兩家有丈夫子九人, 女獨先妣耳, 又申夫人所鍾愛, 兩父亦愛重甚. 及歸, 尊舅靜修公養疾家居不仕, 門庭落然. 先妣抑畏謙愼, 斤斤自飭, 事尊章處妯娌, 各盡其道, 未嘗有纖毫過差. 於是小大咸悅服, 而靜修公大賢之, 視遇殊別. 自有高識, 明於大義, 凡發言處事, 自合於古訓者爲多. 又達於世運興壞事成敗, 知人物賢邪吉凶, 其言往往而驗, 先君亦心重之, 及登朝, 雖去就語默, 亦時訪之. 君之新入玉堂也, 主上幼, 羣小亂政, 舊臣多在罪籍. 先君欲疏論時事, 顧以親老遭譴謫爲憂, 先妣察之曰: “以讜言被罪, 固學士之榮也. 且當路者, 宜無久長理, 復何疑焉? 先君果上應旨疏, 被削黜, 未幾, 羣小罪紲, 而先君顯用. 其後先君官位益盛, 而閱世變多, 隨事補助, 動合於義. 丙戌以後五六年, 先君位上相, 季舅連掌兩銓, 季父繼又秉銓而常常來會, 所論說, 皆銓注用舍及軍國大事, 刑政重務. 往往問及先妣, 先妣輒以一言定是非得失, 兩公每稱善, 以爲不可及. 季父嘗曰: “恨吾嫂不爲丈夫, 揚于廟廊,以鎭衆而靖國也!”

訓子雖督課文學, 必以識度爲先. 昌大少時喜爲詩, 與詩朋數人, 日常唱酬, 先妣戒之曰: “詩人例多輕淺浮薄, 一切癖好, 非養德器之道也.” 又嘗語昌大曰: “士大夫, 居家孝友, 當官廉白, 固未易. 如有近名之意, 自好之色, 便非眞正. 必也名節修飭而出於自然, 無矜高之意, 然後可稱眞士大夫.”

又嘗曰: “祿位光顯, 丈夫之至願. 而世途險巇, 惟當以保全身名爲重.” 每以謝事休官, 克全晚節, 勖勉於先君. 又戒昌大以息意榮進, 遠於世網, 爲營小築於東郊, 躬自經紀, 至貸子母家以需之.

季舅晦窩公, 年艾位益崇, 而事我先妣如母. 日必送人候安否. 有出必迂拜, 率常數日一至, 事小大, 必稟問而行之. 季父心服先妣, 親孿敬重, 無異於姑姊, 先妣亦不置畦畛, 一以誠意相待. 間因事規勸, 季父輒虛襟聽受, 先妣或有差失, 季父亦嘗盛氣盡言, 無所顧慮, 實有兄弟切偲之義. 然兩公迭處權要, 首尾十年, 先妣未嘗以毫髮之私, 有所干請. 先君位鼎軸二十年, 門庭無一儈胥之自通者, 一家咸曰: “此非獨相公之淸德, 卽見內政之簡嚴也!”

奉祭祀必誠以謹, 平居善病, 身不離牀席, 有事于祠家, 必躬莅而致虔, 自肴果之細, 必擇以須之. 牀皿椀楪, 必籍記而謹藏之. 治家, 持其大綱, 不屑屑於升斗尺寸, 條貫自理.

庶事修擧, 不以巨細關君子, 先君之居位任職, 得以專心於公務, 其閑廢, 得以覃思於經籍, 寔有內助焉. 先君性喜施與, 視財産如糞土, 尤於窮阨死亡, 悉心救助. 先妣一意承奉, 遇艱乏, 雖稱貸必給, 如迂齋趙副學, 定齋朴應敎之喪, 賻襚之外, 捐助亦多. 疏昆弟諸庶之貧無歸者, 徧加收恤, 成其婚喪, 凡十餘家.

御婢僕, 惠而嚴, 婢侍不敢絮語於前. 嘗曰: “此輩小人也. 假之色辭, 自損威重, 則不惟家法不嚴, 亦渠輩易陷罪過耳” 先君旣壯, 出後於叔父東岡公, 數年間連持所後服. 先妣奄當內政. 婢僕素悍不率, 而不動聲氣, 鎭拊得宜, 莅之以嚴重, 行之以公正, 不期歲, 家衆信服, 無一逃畔者.

先妣性沉凝, 容止舒重, 儼然人望而敬之. 及開顔接人, 言笑雍然, 見者莫不欣慕, 雖淹病瘦瘁, 而自有天然尊貴之象. 平生無疾言遽色, 雖當憂患切急, 未嘗有顰蹙愁歎之容. 用先君貴, 累封貞敬夫人. 擧一男, 昌大, 二女, 適李聖

輝·李景佐. 壬辰, 苦泄痢, 以八月十三日卒, 享年六十八. 葬于淸州大栗里
先兆枕坎之原.
嗚呼! 先妣器量之弘重, 性識之明達, 求諸丈夫君子, 亦不多有. 平生言行之
懿, 蓋未易遽數, 顧哀迷荒隕, 詮次不能詳, 且懼稱述有溢辭, 以自陷於誣親
之罪. 玆錄其一二, 以備立言君子之財取焉.

崔昌大, 『昆崙集』권18, 『한국문집총간』권183, 342쪽

김춘택(金春澤) ────────────────

祭鄭氏姑母文

維癸未十二月十八日己丑, 姪春澤與姪婦李, 謹具薄奠, 告于鄭氏姑母之靈.
姑母與姪, 生差二年. 少同游戲, 親愛則偏. 旣長而嫁, 尊舅遠竄, 吾門之厄,
骨肉分散.

我於辛未, 寧親于耽, 姑從夫所. 我由而南, 往來歷省, 惆怳夢寐. 有酒以飮,
買肉爲食, 懽我于旅, 叙我以懷. 泉源淇水, 曷月歸哉. 已散者聚, 老親之傍,
姑亦言歸.

婉婉我堂, 旣諧君子, 子女多有, 卜屋我隣, 有井有臼. 生人之事, 行略備矣.
喪姑喪舅, 胡禍不已. 卒殞其身, 何辜于神!

惟姑平生, 慈孝最純, 割之若遺, 寧忍是乎. 矧伊君子, 鰥于旣孤, 莫窮如此,
靈其不念. 柔和夭閼, 福善罔驗. 非直周親, 行路亦愴. 緬矣疇昔, 我哀曷狀.
姪婦居同, 十稔于玆. 羹湯問性, 義無尊卑, 何有何亡, 私相云云.
前月之初, 出錢幾文, 各爲丈夫, 山房之資. 姑病卒亟, 姑夫先來, 錢又隨送,
付之阿愛. 誰謂奄忽, 此事不再. 甲與我述, 其年俱十, 述有果餠, 敢不以及.
無言不悲, 無事不憯. 訣于柩前, 庶幾有領

金春澤, 『北軒集』권7, 『한국문집총간』권185, 99쪽

潛女說

有所謂潛女者, 業潛水, 採藿或採鰒. 然採鰒比採藿, 甚難而苦有過之. 其容
癯悴, 有憂困求死之狀. 余爲勞之, 仍問其事之詳. 對曰:
"吾就浦邊, 置薪而蓺火. 吾赤吾身, 着匏於胸, 以繩囊繫於匏. 以舊所採者鰒
之甲, 盛于囊, 手持鐵尖, 以游以泳, 遂以潛焉. 及乎水底, 以一手撫其厓石,
知其有鰒. 而鰒之黏於石者, 堅而以甲伏焉. 堅故不可卽採, 伏故其色黑, 與

石混. 乃以舊甲, 仰而置之, 以識其處. 爲其裏面光明, 在水中可察見也. 於是吾氣甚急. 卽出而抱其匏以息之, 其聲劃然久者, 不知凡幾. 然後得生, 遂復潛焉, 以赴其嘗識處, 以鐵尖採之, 納於繩囊而出. 至浦邊則寒凍, 戰慄不可堪. 雖六月亦然. 遂就溫於薪火以得生. 或一潛不見鰒, 再潛不果採者有之. 凡採一鰒, 其幾死者多. 且水底之石, 或廉利, 觸之則死. 其虫蛇惡物, 噬之則死, 故與吾同業者, 以急死, 以寒死, 以石與虫物死者相望. 吾雖幸生而苦病焉, 試觀吾容色也."

余爲之憫然. 又前而言曰:

"公知採鰒之難, 不知吾買鰒之甚難"

余曰:

"汝今採鰒人. 且從汝而買, 何汝之自買爲"

曰:

"吾小民也, 鰒美味也. 以小民取美味, 以充 上供, 以備諸官人之食, 又以給諸官人之所餽於人者. 是吾職也. 吾雖不得以爲吾衣食之資, 每思官人與其所餽之人者, 雖其最下, 當有加於吾, 吾敢不恭, 雖病敢以恨乎!.

惟諸官人之所甚寵, 而惟恐其言之不從. 其欲之不能滿者, 其賤而可鄙, 無以異於吾. 惟塗朱粉被錦綺異矣. 而以寵之故, 吾之鰒, 常爲其所聚. 以言之從故, 尤徵督不已. 必其多聚而滿, 欲以聚之多, 故散而賣之, 以益其富. 吾苟病不能採, 或採而無所得, 而被徵督之迫焉, 則時就其所聚而買之, 還以輸於官. 夫賣與買, 各以所欲也. 今知吾之勢, 不得不買, 故極其價之高而售之. 吾於是破産焉. 鰒一也, 而其採之患, 則止於吾身, 其買之禍, 則家族皆且不保, 吾豈不大困而甚難哉."

余以謂泰山之虎, 永州之蛇, 幸無苛政虐賦, 今汝兼有採鰒買鰒之苦, 誠可憫也已.

金春澤, 『北軒集』권13, 『한국문집총간』권185, 185쪽

母夫人行錄

惟我母夫人姓李氏, 其糸出於忠淸道之韓山, 實牧隱先生之後也, 曾祖考諱德洙, 吏曹參議, 號怡愉堂. 祖考諱弘淵, 議政府左參贊. 祖妣貞夫人金氏, 考諱光稷, 司憲府持平, 妣恭人安東金氏, 淸陰文正公之孫同知中樞府事諱光燦之女.

母夫人, 以辛卯歲之十一月生. 年十四, 持平公捐世, 金恭人毀而病, 夫人遂育于參贊公金夫人所. 參贊公金夫人, 視夫人猶自生也, 雖夫人之于參贊公金夫人, 亦猶親所生也. 十七, 歸于我先君子, 以我祖考光城府院君瑞石先生爲舅, 以西原府夫人韓氏爲姑. 我曾祖考諱益兼, 以布衣, 當丁丑虜難, 殉節於江都, 而其配尹夫人時在堂.

我金望光山, 世所尊沙溪先生, 於先君子, 爲高祖. 而金氏舊與李氏, 已有伍聲之好, 秦晉之親. 瑞石先生之於持平公, 卽自童卝從遊, 至長則益相敬. 一日, 持平公過瑞石先生, 聞先君子之啼始呱呱然曰: "吾於前月生女." 遂約以婚. 至婚而持平公不及見焉, 則兩家共深悲之.

持平公以英才敏性, 尤篤於慈孝, 而不幸無丈夫子, 其念夫人, 不啻如掌珠. 而加之以義方之敎, 夫人有承無違, 德惠則見. 旣而, 移其孝於舅姑, 推其順於家人, 瑞石先生及府夫人, 嘉之, 先君子又甚宜之.

尹夫人有卓識高行, 素善知人. 旣撫夫人贄則曰: "大金氏者, 必是婦已. 吾以未亡人, 鞠子弄孫, 今孫婦之長之賢如此, 吾尙奚憂哉." 寵之殊甚, 別賜土田奴婢以志之

瑞石先生雖早顯, 而甚淸寒, 參贊公家素儉嗇. 金恭人又未幾而捐世, 夫人惟日夕躬針線, 以奉先君子, 而冬裘夏絺不闕. 以餘其後多養子女, 而無或以爲兩家尊老之憂. 於是又咸嘖嘖曰: '是婦不惟優於德, 乃其才如此'云.

自仁敬王后膺簡行嘉禮, 私家所以接遇宮中人, 其政甚殷. 夫人佐府夫人爲之, 事無巨細, 悉辦以治. 遂及府夫人通籍 大內, 至 后正位坤極, 又常常入朝謁. 前後得見於 莊烈·仁宣·明聖三聖母者數矣, 而夫人克自謹畏, 又敏於周旋, 宮中稱之, 后愈敬焉.

庚申, 先君子決科而仕, 癸亥, 始析産以居. 時祿薄, 且先君子未嘗經意家事, 夫人尤不欲使其知有無. 而禁直傳餐, 必先於他家. 先君子有執友相邀致, 耻以無酒告. 每時節閒燕, 瑞石先生過焉, 夫人洗手具饌以奉之. 先生歸, 則輒讓廚婢曰: "何以不如吾婦之饌之佳也."

乙丑, 從先君子之任水原府, 丙寅, 又從於全州營衙. 先君子素淸嚴, 其在雄州巨藩, 不以絲毫爲妻孥計, 雖常俸或減刷, 最痛禁命令之由飯門行. 而夫人安之, 不特安之, 顧自以因家私而爲先君子之累爲懼焉. 其後先君子官益崇, 節操益廣. 雖甚不悅者, 莫不一辭於淸白, 則是固先君子之盛, 而亦夫人之助有賴歟!

丁卯, 瑞石先生棄背, 夫人以冢婦承事. 己巳, 姦壬構禍, 先君子服纔闋而竄濟州, 以其無人養尹夫人及府夫人, 不許夫人之從配所. 無何, 尹夫人棄背, 先君子承重, 夫人從而服焉. 時方流離喪故, 而禍機又罔測, 先君子殆不得安於竄, 而家國且俱亡. 賴聖上保全. 至甲戌, 則爛然更化, 而先君子首蒙釋, 又特陞秩歸, 拜府夫人, 旋留守江都, 夫人奉府夫人從焉. 俄又陞正卿, 門戶寢盛隆, 不肖兄弟十一人, 婚嫁者多, 各産子女, 又有已登大科者, 人皆艶稱, 夫人之榮貴蕃衍.

時行東宮嘉禮, 私家以 元妃之戚, 得被 召赴 闕. 闕中故例, 於禮成之夕, 必擇有福德夫人, 奉設 東宮與嬪之衾枕. 諸女官議可者, 仁顯王后若曰: "非金判書夫人, 不可." 夫人遂感悸承命. 聞者尤艶稱之. 易曰: "積善之家, 必有餘慶" 詩曰: "樂只君子! 福履綏之" 凡知先君子與母夫人之賢者, 皆以此頌之. 而夫人未嘗有驕矜自多之色, 先君子尤兢兢謙挹, 每戒之以去奢惜福.

先君子管諸司多, 月俸頗厚, 又四方有時節例餉. 而親羞廟薦之外, 又蓄儲, 以補墓役之需, 家産無尺寸之長. 而夫人則案未嘗兼味, 衣恒至於垢弊, 亦怡如也. 癸未, 先君子陞一品夫人爵貞敬. 人臣之位, 蔑復加矣, 而當是時, 出而見先君子, 猶寒士之時, 入而見母夫人, 不知其爲命婦之貴也.

母夫人又深於兄弟之愛. 自以早失父母, 其與二妹及持平公所後子視之, 不啻手足. 吾家季父早夭, 而季母之仰夫人, 無異於其仰府夫人. 鄭氏姑之沒, 子女多稚弱. 府夫人甚傷之, 夫人爲撫恤周至, 使其子女, 殆亡母而有母, 固不待先君子之勉之也.

推以及於遠近族黨, 莫不以恩, 且慈愛異常. 自子女所生諸稚, 以及其婢僕, 凡有寒餒, 若在于身. 雖他卑賤有從而乞求, 必欲滿其望, 勢不給則呻之如病也. 旣位尊年艾, 而梱內事, 率親其勞, 不令諸女婦若婢僕代之. 婢僕有罪, 先誨後呵, 絶不用箠楚. 竊見其於人人者, 唯恐傷其意, 則此其天性極於仁恕.

而原夫始終所爲, 在家適人, 以孝以順, 遂具衆美. 雖本幼敎之正, 卽性所固然, 若夫針線酒食之能, 又其餘事耳!

嗚呼! 以不肖罪釁之極, 先君子乃於甲申之冬, 奄捐館舍. 不肖頑不遄死, 則粗嘗思所以自盡者, 夫以先君子之平生崇儉, 而今若葬之厚祭之豐, 則甚非其遺意. 而竊恐母夫人之或拘於習俗之常也, 服旣成則乃忍入見而告之曰: "與其循俗而豐, 曷若簡而遵遺意." 則夫人輟哭而諭曰: "吾已思之, 若言如此, 惟若所爲也."

自是凡葬具祭品, 一聽不肖裁量, 母夫人若無與於其間者. 至粟米錢帛其以奉喪事者外, 如家中大小, 朝夕寒暑所自養, 其出入調度, 皆關不肖, 及有他事, 輒曰: "問吾兒爲也." 雖以哀痛之極, 不自欲生, 而然由糜粥而疏食, 由疏食而薑桂, 不肖有請, 未嘗不勉從, 盖曰: "若在吾何敢死也."

不肖妄嘗論婦女之行, 古人必曰三從. 而三從之中, 從子爲難, 理亦然也, 惟我母夫人於其難者, 尤處之有裕. 每見先儒論事母語, 以爲世固有此. 而若如我母夫人, 則先儒之言, 無所可施, 特恐爲子者不肖, 無以奉體其意耳. 嗟乎! 此猶止爲閨閣中盛節, 惟我母夫人, 抑有大焉.

今年女婿恩津宋婆源, 倡多士, 疏陳首相崔錫鼎之不當爲 神宗壇祭官. 上震怒, 命婆源遠配, 其妻驚隕, 不知所爲. 夫人寬之曰: "是能繼其先祖之志者, 遠配何傷." 婆源實尤齋先生之曾孫也. 旣而, 不肖與仲父竹泉公, 爲趙泰一所誣, 被行遣. 同時辭訣府夫人及夫人, 夫人又歎曰: "此吾生子不碌碌罪" 嗟乎! 夫人不知不肖之無所比數, 意其有與於賢邪消長之際者, 雖其愛子之過, 而然當患難, 不懾不屈, 惟以義理處之, 此士君子之所或難, 則豈不尤卓然也哉! 嗟乎! 春澤不孝無狀, 不獲終守先君子之几筵, 乃曳衰麻而就縲絏, 來投湖南之棠岳, 幽囚於別津驛之村舍, 南臨大洋, 卽先君子之所嘗謫居, 而不肖所爲浮舟而入覲者. 北望雲山相繆, 莽然千里, 不知母夫人之處, 卽其方寸, 可知也.

然素頑豈應以此成疾, 特不能將護父母所遺之體, 沉淹困頓, 今且累月. 近又聞邪黨進兇疏, 其計專欲甘心春澤. 雖恃 聖明在上, 不曰: '人衆則勝天乎'. 不肖雖或不死於疾, 恐將不免於禍. 顧念母夫人之含哀忍痛, 延至於今者, 徒爲不肖, 不肖而死者, 母夫人殆無幸矣! 嗟乎!

今以我母夫人一生言之, 始雖痛失怙恃, 而其奉歡於舅姑之前者二十年, 府夫人又尙無恙. 己巳之憂, 極矣, 而轉憂爲喜. 況其中年之榮貴蕃衍備盛, 固爲人之所頌也! 而不幸遽遭崩城之慟, 卒以不肖之故, 重貽其憂傷, 至不能保其克終乎天年. 則禍福之無常如此, 所謂積善餘慶之理, 亦疑於舛. 而然皆不肖之罪也. 痛矣痛矣.

抑念天人雖互勝, 禍福雖無常, 而百世之下, 不可誣者, 善惡而已. 若我母夫人之至性純行, 實自無愧於古之女士, 則豈以其子之不肖而遂爾泯滅哉! 自惟危喘, 恐無以復效一日之誠. 兹敢濡筆以淚, 謹錄其平日言行之一二, 庶幾以示後人. 而又懼其言出不肖, 無足徵信. 然不肖之不忍爲浮衍之辭, 以重其詔親之罪, 則後之君子, 亦或見諒焉已矣.

我祖考諱萬基, 先君子諱鎭龜, 官戶曹判書, 爵光恩君. 夫人, 十一子者, 丈夫八, 女子三. 其長卽春澤, 次普澤, 雲澤, 皆文科, 民澤, 進士, 祖澤, 福澤, 廷澤, 延澤. 女長卽適宋婺源者, 次任徵夏, 次幼. 諸孫之名, 詳於先君子行狀中, 今不盡記.

丙戌秋七月十一日, 不肖男春澤, 謹述.

金春澤, 『北軒集』권13, 『한국문집총간』권185, 187쪽

曾祖母言行別錄

惟我曾王母, 實有賢德, 庶幾古所謂'女子而有士行者'. 宜有纂述以垂來後, 而我祖考不幸先歿. 從祖獲罪於時, 在牢狴中, 懼不免於大禍. 於是暗錄王母言行凡若干言. 旣而, 罪止流竄, 禍稍緩矣, 而其藁遂不出焉. 不肖雖未獲見, 而盖想其至誠模寫矣. 其後吾父兄弟又流竄, 惟不肖奉侍王母凡半年, 而遭終天之痛焉. 其間言行之不宜泯沒者, 兹敢謹錄之, 將以示從祖與吾父焉.

王母以望八之年, 哀傷之極, 而備閱人世稀有之患難, 然略不畏怵沮喪, 惟慨嘆深念不已, 謂不肖輩曰:

"勿以無所用而怠於讀書, 勿謂禍將及而或至流蕩."

又曰:

“雖人之殄滅, 勿自顚覆爲也.”

叔父有定配之命, 行未發, 而王母之疾已劇矣. 乃嘆曰: “汝謫若於湖西, 吾可以從之.” 盖湖西, 實丘墓所在故也. 寢疾時, 適奉在從祖蓮洞第, 氣息方危綴, 而諄諄言還歸本第事. 從叔父與不肖輩更諫曰: “宜俟少愈”, 則答謂 “齋洞是長兒所嘗居, 吾當往而就盡也.” 間進雉脯佐粥, 而以海松實, 塗而和味, 輒不悅曰: “吾家其亡矣. 何爲此侈靡之物乎!”

奉還本第後, 謂不肖輩曰: “吾死則族人如益炳輩當幹喪, 必曰: ‘是夫人之喪, 儀物豈不當豐厚’云爾. 而吾意本不然. 凡事必簡約也. 且朝夕祭饌, 毋豐於常時所喫也.”

金春澤, 『北軒集』권19, 『한국문집총간』권185, 259쪽

祭貞夫人洪氏文

維歲次丙申十二月初三日己丑, 從孫春澤, 與其妻李, 謹治薄具, 敬以祭于再從大母貞夫人洪氏之靈而告曰:

嗚呼! 婦女之賢, 必曰有士行. 而孰有如士君子之學通而行全. 盖古人之所難, 而惟夫人爲然. 故其詩書玎珮, 卓有本末, 而不惟端嚴淑哲之得於天.

嗚呼! 夫人之生, 一時榮貴, 而悲憂煢獨者半生, 以沒其齒. 雖精靈, 必戚然於繼子之多疾與又無子.

嗚呼! 稽古者, 不獲於今, 修身者, 多窮於命, 理之反常, 卽何論女與士. 而非獨夫人之不幸. 嗚呼! 賢而窮者, 所幸令名之無窮, 然掩翳不彰, 又多在閨閤之中.

嗚呼! 小子之仰夫人, 不特戒妻女而以爲師. 且其不肖之愚, 實有感於獎知. 然不能爲之纂言述行, 闡其徽烈, 與夫中壘之傳而並垂, 惟炙雞生芻, 古人所以寄哀賢人之義. 今於夫人, 輒用自効, 亦惟俯仰而自愧. 尙饗.

金春澤, 『北軒集』권20, 『한국문집총간』권185, 284쪽

尹孺人哀辭

孺人尹氏, 其家世有死節之士三, 而歸于宋尤齋先生道學禮法之家, 先生曾孫伯純甫, 其夫也. 孺人能稱其所生, 而宜於其所歸, 二家之親黨舊故, 皆曰: ‘賢’. 然宋氏與我金有兄弟之契, 又重與爲婚姻, 爲伯純子婦者, 是吾女. 故余知孺人之賢特詳也.

孺人始及事先生, 先生甚嘉其得婦道. 伯純宗嫡也, 孺人爲君婦而奉先生祀, 克致所謂莫莫之誠, 伯純有高行, 事繼母以至孝, 聞孺人助而無違, 斯其大者, 他凡壼內之政, 無有不賢. 盖吾女間歸省余, 其獨與其母語, 未嘗不曰: “吾姑之賢如此”. 吾妻之獨語於余, 又每曰: “吾女之得賢姑也如此, 非固賢者, 殆不能如此也.”

然孺人又有大焉. 方伯純之沒, 孺人痛不能亟死以從. 乃拔刀斷一指幾死, 偶不死而終喪. 吾妻於其間, 致書甚多, 而孺人曾不以一字見答, 卽於其娣姒之親, 亦然. 是盖未嘗一日忘斷指之心. 而卒病毁不支以歿焉.

夫斷指毁死, 禮所不載. 而孔子答林放之問, 以戚爲禮之本. 且孔子之言, 謂徒戚而不及禮者. 今孺人則能自盡禮而其戚如此, 此其所以賢歟!

余旣詳其賢而哀其抱痛以終. 又嘆世之衰薄, 多遺其本, 如孺人所爲, 殆不可復見. 故遂不辭諸子之請而作辭曰:

節義之門, 始結縭兮. 歸于儒家, 稱而宜兮. 翼翼孝子, 曰我儀兮. 儆戒夙夜, 禮無違兮. 籩豆靜潔, 甘旨時兮. 正位于內, 百事治兮. 痛失所天, 竟死隨兮. 至誠貞烈, 質神祇兮. 聖曰寧戚, 昭民彝兮. 夫惟天秩, 本在斯兮, 彼謂不足, 我盡之兮. 允矣其賢, 得聖師兮. 世季波蕩, 甚周衰兮. 末則鮮能, 本曷希兮. 賢哉孺人, 逝難追兮, 我撮終始, 辭孔悲兮.

金春澤, 『北軒集』권20, 『한국문집총간』권185, 293쪽

찾아보기

| 역자 김남이

부산대학교 점필재연구소 HK교수로 있으며, 이화여자대학교 국문과에서 한문학을 전공하였고, 그간 작업한 것으로 [집현전 학사의 문학연구], '의암 유인석의 민족자존론과 여성인식', '17세기 사대부의 주자가례에 대한 인식과 일상에서의 예실천' 등이 있다. 지금은 동아시아 문명의 전환과 고전번역학에 관심을 갖고 공부하고 있다.

이화한국문화연구총서 13

18세기 여성생활사 자료집 ❼

2010년 5월 10일 초판 1쇄 펴냄

역　자　김남이
발행인　김흥국
발행처　도서출판 보고사

등록　1990년 12월 13일 제6-0429호
주소　서울특별시 성북구 보문동7가 11번지 2층
전화　922-5120~1(편집), 922-2246(영업)
팩스　922-6990
메일　kanapub3@chol.com
http://www.bogosabooks.co.kr

ISBN　978-89-8433-673-5 94810
　　　　978-89-8433-811-1(전8권)

ⓒ 김남이, 2010

정가　29,000원